黄兴

刘大程——著

HUANG
XING

四川民族出版社

图书在版编目（CIP）数据

黄兴／刘大程著．--成都：四川民族出版社，2022.10
ISBN 978-7-5733-0821-4

Ⅰ.①黄… Ⅱ.①刘… Ⅲ.①传记文学–中国–当代 Ⅳ.①I25

中国版本图书馆CIP数据核字（2022）第181687号

黄　兴
HUANG XING

刘大程　著

出 版 人	泽仁扎西
责任编辑	周文炯
责任印制	谢孟豪
出　　版	四川民族出版社（四川省成都市青羊区敬业路108号）
邮政编码	610091
设计制作	成都圣立文化传播有限公司
印　　刷	四川金邦印务有限公司
成品尺寸	170mm×240mm
印　　张	36
字　　数	620千
版　　次	2022年10月第1版
印　　次	2022年10月第1次印刷
书　　号	ISBN 978-7-5733-0821-4
定　　价	88.00元

著作权所有·侵权必究

目 录 CONTENTS

第一章 ·········· 001
不喜功名的读书人

第二章 ·········· 028
甲午惊雷

第三章 ·········· 047
奉命再赴考

第四章 ·········· 054
戊戌之变

第五章 ·········· 074
志在投笔

第六章 ·········· 094
留学日本

第七章 ·········· 117
播火者

第八章 ·········· 129
创建华兴会

第九章 ·········· 139
长沙起义

第十章·················· 152
改名黄兴

第十一章················ 157
劫后余波

第十二章················ 163
众志同盟

第十三章················ 186
这个秋冬不平静

第十四章················ 194
广西之行

第十五章················ 204
风暴前夕

第十六章················ 215
揭竿萍浏醴

第十七章················ 224
论战保皇党

第十八章················ 234
初起纷争

第十九章················ 243
边地烽火

第二十章 ················ 274
清贫时光

第二十一章 ················ 286
维护同盟会

第二十二章 ················ 299
喋血广州

第二十三章 ················ 341
情缘与悲愤

第二十四章 ················ 359
立宪骗局

第二十五章 ················ 365
龙蛇上海滩

第二十六章 ················ 369
武昌首义

第二十七章 ················ 389
鏖战阳夏

第二十八章 ················ 429
虎子黄一欧

第二十九章 ················ 445
执掌南京

第三十章 ············ 483
北上调和

第三十一章 ············ 490
英雄还乡

第三十二章 ············ 497
刺宋案

第三十三章 ············ 512
二次革命

第三十四章 ············ 523
再起分歧

第三十五章 ············ 533
倒袁护国

第三十六章 ············ 555
未解的残局

后记 ············ 567
那一场理想和热血的绽放

第一章
不喜功名的读书人

公元1892年，即清光绪十八年，在中国历史上似乎并没有发生什么特别重大的事情，但这块古老辽阔的土地并不安定，明暗交织的危机恰如十万雷霆前酝酿的风云。乱云飞渡之下，民间的疾苦似乎又加深了一重，紫禁城的龙庭似乎已在夜间轧轧作响。

时序不管人间事，只顾按它自己的规律嬗递。

农历三月初，在长沙府善化县龙喜乡凉塘村，春色正一日浓过一日。放眼平畴，金黄的油菜花轰轰烈烈铺向远方，那偶或于平坦中突起的并不高峻的坡岭，则如深黛的卧眉或螺髻，秀气十足。明丽的阳光下，有的农民手扶犁耙，吆喝着耕牛，在没有栽种油菜的稻田里开始早耘。燕子的身影倏忽而来，倏忽而去，不时发出"叽"的一声脆鸣。呼吸之间，就能闻到空气中散发的花香和泥土气息。

好一派古老的湘东春光。

这凉塘村之所以叫凉塘，是因为村中连着有三口水塘，塘中水质清洌，四季不枯，在村人们看来，那也是村子灵性的象征。

倘若移步到这三口凉塘南侧的大路上，向北一望，便可看到塘后是一片树木，蓊蓊郁郁，很是茂盛，直往后覆盖了一座低缓的小坡。如果再走近了，站在三口水塘之间往树木间仔细打量，又可发现那堆绿叠翠的繁枝密叶间隐隐有青瓦白墙显现，看样子还是个体面的院落，并非普通人家的简陋宅子。

这正是当地富户黄筱村的庄园。黄筱村不只是当地富户，还是一方名士，此人博学多才，也小有功名，为府学贡生，在家设有私塾，又因为人正直，急公好义，还担任着当地都总，负责管理地方事务，调解邻里纠纷。他的父亲黄月楼，也曾是地方闻人，太平天国时期，地方上不安宁，黄月楼曾招募团勇，维持地方治安，后来被奖叙六品军功，虽是虚衔，在社会上却很有名望。

此时是午后，五十二岁的黄筱村午睡已罢，开门往右绕过天井去劝学斋安排好学生的功课，让一个大弟子帮看着，就回到后排屋子的堂中，坐在太师椅上，叫人上了茶，一边喝着茶，一边若有所思。

"黄福，"黄筱村握着茶杯的手搁在桌上，突然发了话，"怎么一天都不见轸儿？你看看他在哪儿，帮我叫来。"

黄筱村说的是他的小儿子黄轸。按字辈，原本名叫仁牧，后来他自己取了"轸"字为学名，字庆午。

"老爷，我也是吃早饭时见到少爷。"管家黄福提着下摆进了堂屋，一看黄筱村脸色似乎不对，就说："我这就去找。"说罢停了一下，见黄筱村没别的吩咐，这才出了堂屋。

黄福在黄家大大小小几十间屋子转了一圈，也不见少爷黄轸的影子。他只好去问黄轸的妻子廖淡如："少夫人，少爷莫非外出了？老爷找他，不知有么子事，我在宅中没找着他。"

廖淡如是善化县东乡枫树河绅士廖星舫之女，端庄秀丽，贤淑而通文，年长黄轸一岁，于去年与黄轸成婚。两人虽相处时间不长，但她对自己丈夫的了解，却不是一般人可比。

廖淡如正放下手上的女红，拿起一册蓝封线装《诗经》，打算随意翻翻，解解乏，见黄福找黄轸不着，心想：前两日，丈夫都是和家里的帮工到田地里干活，今天无须他去帮忙，他这是去哪儿了？若是外出，他都要同她或父母说一声的。她略一思忖，说："应该没有外出。我去找找。"当下起身，抚抚衣裳，又对着镜子正正鬓发，然后往身上加了件披衫，便出了门，站在过道里略一驻步，便径直出了东门，往后花园而去。

黄家庄园后面有一条护庄渠，环绕着庄园，流入屋前的凉塘。渠上有一座可收可放的小吊桥。廖淡如绕到屋后，走过吊桥，在阳光斑驳的树林间穿行。一条弯曲的石板幽径旁，时而是桂树，时而是樟树，时而是枫树，时而是竹子，小鸟在枝叶间叽喳。她一边走一边打量，直往那个小坡走去。未到小坡上，就看见丈夫坐在坡上那棵浓荫蔽日的大樟树下面。那里有一张圆形石桌，桌旁有几个小石凳，供平时休闲聊天。这里很少人来，黄轸有时会一个人在此练习武艺。

"庆午——"廖淡如距丈夫只有十来步了,看到丈夫仍埋头看着桌面,并未发现她的到来,就轻唤了一声。

黄轸一个愣怔,抬头看着廖淡如,说:"淡如,你怎么来了?"

"爹找你呢,"廖淡如已走到丈夫面前,"这里风大,这也才刚进三月,天还有些冷呢,你整天就待在这里?"

"哈哈,你看我怕冷吗?"黄轸一捋右手袖子,攥紧拳头,给廖淡如看。确实,他虽年方十八,刚刚成人,但身体壮实,筋骨强健,浑身上下都是力气。这都得益于他的勤于锻炼。

这时,廖淡如发现石桌上摆着象棋,黑红两方残缺不全,处于对阵状态。原来丈夫是对着象棋发呆。她知道丈夫喜欢下棋,包括象棋和围棋,但此时这里就他一人,他和谁对弈呢?自个儿同自个儿开战?

"哦,"黄轸看到妻子不解,笑着说,"我上午到浏阳河那边一趟,随手带着象棋,心想遇到谁就杀两盘,没想到遇上的都是不堪一战的臭手,在河边王老疤的渔棚里吃了中饭,就来到了这里。这不,正琢磨这个残局。"

原来是这样。浏阳河倒是不远,坡后那边过去就是,她和丈夫常去那儿散步呢。

"不知爹找你何事。"廖淡如提醒道。其实她心里已有七八分明了,所以她看着丈夫,似有不安。

二月里,黄轸去参加了县试。前几日已经放榜,他四姐夫胡雨田和同村的刘石介都考中了。黄轸原本也应去看榜才是,却没有去,他是成竹在胸,让刘石介去看了回来告知一声就行了。谁知刘石介回来竟没有上门报信,黄家一时心里便满是疑团,然后自然也就知道了自家学子没有考上。大家都把这事窝在心里,没有一人说破,但这样掖着却更让人难受,黄筱村尤甚。这可是儿子第一次参加科考啊,知子莫若父,以儿子的学业,怎么可能落榜呢?

"我知道是为么子事。"黄轸看着妻子,坦诚地说,"其实我已经尽力了。"说罢苦笑一下,摇摇头,站了起来。

看着丈夫一脸无辜又无奈的样子,廖淡如心里更加难过。她也有疑惑,姐夫和村友的学业都在丈夫之下,他们都中了,凭丈夫之才,怎么就落选了呢?她知道,丈夫此时比谁都郁闷,最需要安慰,就说:"此事也没什么大不了的,谁能保证自己事事毫无差池功德圆满?明年再考就是了。"

"淡如，实话说，其实我这次考试并没有失误，"黄轸觉得还是把事情给妻子说清为好，"我们还是边走边聊吧，这里风大，你不是说好像有身孕了吗？爹妈还不知道，你就不留点儿神？"他挽着妻子，慢慢走下坡来，走走停停，一路说着他考试的事。

这次考试，他和姐夫胡雨田、同村刘石介分在同一个考棚。考的是写八股文。黄轸心想：如果还是像宋金时期那样写策论多好，虽然也有一定限制，但考生仍然能够尽情抒发胸中抱负。而八股文是规定得很死的，破题、承题、起讲、入题、起股、中股、后股、束股，格式固定，考生必须按照这个格式来写作，完全是削足适履，简直就是故意压制和束缚学子的思想和才情。他自读书以来，对学习本身的兴趣极浓，博览群书，刻苦用功，总想多掌握些真学问，但就是对这科举考试不上心。取才制度理应是随着时代推陈出新，为何却是反其道而行之，比过去更加僵化死板？八股制是明朝时逐步成形的，清康熙时曾试用策论，不久又废除，光绪帝也曾想恢复策论，但阻力太大，试了没多久也废止了。

考试在时间上倒是没有严格限制，清早入场，点灯前交卷就行。开考后，黄轸没花多长时间就写了一篇初稿，可是看了一遍觉得很不满意，皱皱眉，打算废掉，另写一篇。这时，坐在他旁边的刘石介和胡雨田，正在搜索枯肠，苦寻思路。刘石介瞄瞄黄轸，又瞄瞄监考官，一伸手把黄轸的初稿抓了过去，动作比猫还快而轻。他看了看稿子，然后俨然是对着自己的草稿，气定神闲地誊抄起来。

黄轸继续写。没多久，又写好一篇，仔细看看，还是觉得不满意，又打算废掉重写。这时，胡雨田才开始动笔书写，但看那模样，显然吃力得很，随时都有可能卡住。他瞄瞄妻弟，又瞄瞄监考官，也一伸手抓过妻弟的卷子，看了看，誊抄起来。

黄轸一颗心怦怦直跳，看看监考官，调整了一下呼吸，这才平静下来，略一思考，继续开写。这回，写好最后一个字，他松了口气，重读了一遍，满意地笑了。然后，他把此文工工整整地誊抄了下来，交卷结考。

他一直没把这事儿告诉任何人，包括廖淡如。他觉得，既然帮了他们，就要仗义，为他们保密，科举也就是个科举，一种已落伍于时代的腐朽选才制度，一件本让他并不怎么感兴趣的事，能成人之美又何乐而不为？何况他们未必能中，而自己最后写的那篇质量最佳，考中的把握更大。当然，如果三人都中了，自然最好，也正是他心中的愿望。总之不能透露这个秘密，害人害己。谁知造化竟如此弄人，他们两个中了，而自己别说名列前茅，竟连个黄瓜屁股也没啃上。

"我现在说给你听了，你可不要让任何人知道。"黄轸看着妻子，嘱咐道。

廖淡如却还没回过神来，这匪夷所思的情节，使她仿佛在听一个并非现实中发生的传奇故事，一边听，一边还在心里丰富着一些没被丈夫说出来的细节。

"哎——"黄轸摇摇妻子的手，倒是开怀地笑了。

廖淡如这才走出故事，惊奇地看着丈夫问："这都是真的？"

"莫非你以为我在编《拍案惊奇》？"

"你倒还挺开心的样子！"廖淡如也笑了，"其实我知道你这几天心里苦闷着呢，但我也不便提这事，让你更不好受，大不了过些时日就好了。不知爹今天找你是否就为这个，你可得想好了怎么应对。"

"我早就想好了，"黄轸坦然道，"你知道，爹也是深通事理之人，不会无故责怪人。只是我这次没有为他老人家争气，也辜负了老师的厚望，真是惭愧。"

廖淡如只好拿话宽慰丈夫。突然又问："你刚才下的什么棋啊，这么投入？"

黄轸神秘地笑笑："这盘棋的来历可不一般哪。"接着，他又给妻子说起这局棋的故事。

这盘难解的残局，是他这次参加县试的时候"捡来"的。当时有个年近六旬的老头儿，一身褴褛，须发飘飘，提着个旧布袋，在考场附近逗留，见士子们来了，就从口袋里摸出一副象棋，在地上摆开，沙哑着嗓子招呼道："谁能破局？谁能破局？……"

有认识的说，这老人考了几十年，也没过县试，就不考了，但逢考日就会提着个布袋，来这里找人破他的残局。懂象棋的多半知道，当时的棋界江湖最负盛名的有四大残局，第一残局名"七星聚义"，第二残局名"千里独行"，第三残局名"蚯蚓降龙"，第四残局名"野马操田"。可这怪老头儿的残局既非这四者之一，也非棋友所熟知的其他残局，而是从未见过的新局。老人唤它作"颠倒乾坤"。看那棋盘中的布子形态，确实也比较符合。据说这老头儿在这已连摆五年,也没有一人破得了。很多残局,只要不走错,杀它多少个回合都是和棋,而老头儿却这样说:"不难不难,此局最少十二步、最多三十六步可分胜负,谁能下成和棋,倒是稀罕。"也不知他说的是真的还是妄语,往往是好奇者数人围上来,盯着棋局试走几步,便散开而去,晾下老人收棋入袋,半弓着背,踽踽独行而去。

"真是怪人怪棋。"廖淡如接话说,"你破解了吗?"

"还没有,我脑壳都想痛了也只走了六步。"

"有的棋不好下,而要下好人生这盘大棋就更不容易啊。"廖淡如感慨道。

"嘿,夫人成哲学家了。"黄轸笑道。

廖淡如也笑了。

这时二人已走到院门口,只见李妈正从屋子里出来,也是来寻人了。

黄轸回到家里,还未到厅堂,便听见父亲在堂中咳嗽。

走到堂屋门口,便见继母易自如正拿了一件外套给父亲披上,并轻轻拍着父亲的后背。外面虽然阳光灿烂,但时令毕竟刚进三月,而今年又是闰六月,节候也就比往年略迟,屋里还有些冷意。

黄轸的生母罗氏已于1886年去世,那时他才十二岁。黄轸的哥哥黄仁蔚是于1882年十九岁上夭亡的,他的母亲显然受了很大的打击,身体一日不如一日,挨了几年,终于也撒手而去,年仅四十五岁。黄轸和四个姐姐抚着母亲的遗体痛不欲生。这么大的家业,黄筱村没个得力的内当家是不行的,就于一年后娶了继室陈氏,谁知仅过了一年,陈氏又因病去世,黄筱村就又续弦易自如。易自如与廖淡如一样,来自书香门第,知书达理,勤俭持家,她对黄轸视如己出,爱而不溺,肩负起相夫教子的贤妻良母职责,和廖淡如一起把黄家事务打理得井井有条,黄轸也很敬重她,把她视为生母一般。

易自如看黄轸回来了,便慈爱地对他说:"你看你爹,非要逞强,以为还和你一样年轻力壮呢,不肯添衣,这不咳起来了。"

"妈妈说得是。爹,你年纪大了,又操劳过度,可不要和年轻人比啊。"黄轸说着站在了父母面前。

"轸儿回来了。"易自如对黄筱村说,把手从黄筱村背上收了回来,在旁边的凳子上坐下来,看着黄轸,"轸儿你坐下。"

黄筱村抬眼看了一下黄轸，忍了忍，总算止住了咳嗽。

黄轸在一张木凳上坐了下来。

黄筱村看着黄轸，欲言又止，略一沉吟，声音有点凝重地说："你有什么打算呢？"

黄轸知道父亲的意思，为了让父亲释怀，他当即说："我并没有把这次县试当儿戏……"

于是他把刚才对廖淡如说的，对父亲和继母又说了一遍。

黄筱村不是不相信儿子的话，而是仍心存疑惑：为什么写得好的文章反而落选了？他对科举考试的情况其实非常了解，好文章未必就一定能选上，只是他不相信这样的事正好摊到自家头上。

"要不，我把三篇文章重写出来，你亲自过目一遍如何？"黄轸看着父亲，一脸委屈。

黄筱村点点头："要得。"

易自如也点点头。刚才听了黄轸所说，她心里很为他抱不平。一家人的心病到这时还并没有完全解除，弄个明明白白自然最好。

约莫过了半个多时辰，黄轸就小心地拿着三篇墨迹尚未完全干透的文章回到了堂上，放在桌上，先递给父亲一篇，看完了又递一篇，直到三篇看完。

易自如几乎屏住了呼吸，看着黄筱村。

黄轸也紧盯着父亲。

黄筱村认真地把三篇文章看完，不说话，咳了一声，还是不说话。

易自如马上让黄轸背过身去，然后轻声问黄筱村："如何呢？"

黄筱村这才伸出两个手指，轻声说："这篇最好。"意思是第二次读的那篇最好。

易自如又去问黄轸。黄轸说："第二次递给爹那篇，是我那天最后写的，我自己觉得最好。"

易自如和黄筱村都松了一口气，仿佛这口气已在心里郁积了多少年似的，凝成了个疙瘩，如今总算烟消云散了去。

黄筱村清清嗓子道："俗话说'文无第一，武无第二'。但好得多的文章还是一眼就能看出来的。罢了，罢了，来年再考吧。要说这科举，虽然是读书人比天还大的事儿，可有时候也就那样。离奇荒唐的事都几多，你这又算什么？明代的罗圭，考了七次都过不了童子试，捐了个监生去参加乡试、会试，连中第一名。那说的还有点远，就说近的吧，饱学如咱们长沙府湘乡县的文正公曾国藩，从十四岁上就开始应童子试，一路坎坎坷坷，屡挫屡考，二十七岁终于进士及第，不过排名可并不光彩，列到了三甲的倒数第二。他那算是好的，像聊斋先生蒲松龄这样的渊博之士，一生无缘功名，也多得很。"

黄轸和继母安静地听着，没有插话。

黄筱村又说："你还年轻，再考吧。虽说我们族中曾有祖辈留下不仕当朝的告诫，然而时移世易，情形不断变化。古人说'达者兼济天下，穷者独善其身'，大丈夫行走于世，必须自己先安身立命，才谈得上惠及他人。顾亭林、王夫之等都论述过'天下是天下人的天下，而非一姓一己之天下'，如今之国虽为清执掌，我们为何就不能参与治理，造福黎民？只要不违背良心、为虎作伥，能凭本事谋个一官半职为乡民做点实事，应该也不会贱于寂寂无为的一介寒士吧？照我看，我们不必在这问题上反复纠缠对错，还是以务实、有为为重。再说，我希望你考，也并不是一定要你去官场谋个一官半职……"

"天下是天下人的天下"，黄轸何其熟悉。父亲的话，自有其一片苦心。但黄轸眼睛一亮，来了精神，说："天下本来就是天下人的天下，只不过总被强梁人所夺，当作自己的私产，视黎民百姓为奴才，供他们盘剥压榨。这其中又以当朝为甚，明明已腐朽至极，弄成个民不聊生的烂摊子，还在自诩天朝大国，故步自封，不思革新，实在可恶！"

"轸儿！"黄筱村语气严厉，却并不惊慌，"你这话可出不得堂屋啊！年轻人有思想我从来不反对，但是，对一个家庭负责也是一种担当。"

易自如略微有些吃惊，想说点什么，就要开口，又停住了，看看继子又看看丈夫，脸上已全是理解。

"我们还是想想下一步的打算吧。"黄筱村喝了一口茶，接着说，"你还是去读书吧，家里不缺你这个工。"

黄轸心想：虽说科考没多大意思，但读书求知却是好的，也正是他的愿望。于是说："去哪儿读呢？"

"去城南书院吧。"黄筱村琢磨着，"岳麓书院自然最好，但没过县试，难呢。我已同你王叔提过，去城南书院，不过入学考试还是要的。"

黄筱村说的"王叔"，是同村的王先谦，正任着长沙城南书院的山长。王先谦在政治上有点保守，治学却很严谨，并且具有先进思想，他反对空谈，提倡实学。他对当时的发达国家和中国的各自情形有自己的看法，比如他认为日本的维新重在务实，是以实业兴国，而中国的维新流于空谈，多半只是为图名利，并无实际意义，所以对此他是持鄙夷和不屑态度的。他主张从教育入手，开化风气，只要这方面做好了，有些问题自然会水到渠成地得以解决。他认为书院的课程在传统群经、国文之外，还应开设算术、舆地、历史、图画及各国语言等，跟上国际形势，满足中国发展需要。

黄筱村觉得这样的学习环境很适合儿子。儿子有时说的话虽然很有道理，但他心里却隐隐担忧。这几年，家里变故不断，先是丧子，再是丧妻——包括原配和二任，四个女儿嫁了出去，他膝下就只这一个儿子了。由于过度操劳，他的身体已经大不如前，万一有个三长两短，这个家就靠儿子一个主力支撑了。儿子这次县试失利，虽很意外，却可以再考，而若是按他自个儿的某些想法，惹出乱子来，就不只是他一个人的麻烦了。在黄筱村的内心深处，当然是希望儿子考个功名，振兴门庭的。

黄轸听了父亲的话，点点头，然而想了想又说："我想明年再去城南书院。"

"为什么？"黄筱村和易自如几乎同时问。

"我是想，去书院上学以后，要再正儿八经地跟着师傅习武健身恐怕就比较难了，越往后恐怕越不容易，不如趁现在还抽得开身，去李师傅那里再学学拳术。"

黄轸说的李师傅，是浏阳的李永球。李永球是当地有名的拳师，擅长乌家拳，黄轸曾拜其为师，颇有收获。

黄筱村略一沉吟，想到身体第一重要，就说："好吧，我同意。我身体虽不及你祖父威武，原本也是不错的，可现在不得不承认已大不如前，你万不能像我。"

易自如说："这也好。我看淡如的样子，是有喜了，起居得留点儿神了。等孩子生下来，我们家就又热闹了。"

三人又说了些贴心话，黄轸就回了房中。

廖淡如听黄轸说了要去读书和习武的事，很高兴，说不能就这样待在乡下荒废了。说罢又似有心事，沉默不语。

黄轸故意说："你是不是口是心非，内心里还是巴不得我没得书读，当个山野村夫天天陪着你啊？当个村夫其实也不错，只是我还有些想法，需要到更宽广的天地去才能实现。"

廖淡如一愣，回过神来也故意说："对啊，我们这样不是挺好的吗？考个功名，当个官，又怎样啦？"

"好，这可是你说的，"黄轸一本正经地说，"知我莫过你，简直说到我心里去了。我还是不去读也不去考了。"

廖淡如明白丈夫是在玩嘴皮子，也不说话，抓起那本《诗经》就往他身上拍。

"啊，"黄轸佯装吃惊，"那你这是赶我快点走了！你就不怕我出去谋了功名不回来了？"

廖淡如看到丈夫已经从落榜的阴影里走出来了，心中高兴，嘴里却说："你有本事去做驸马好了，我自有人陪！"说着抚了抚肚子。

两人闹着，笑着，不过很快就打住了。

黄轸认真地说："哎，我告诉你，母亲已经知道你有喜了。以后，饮食起居，可都得掂量着点儿了哦。我不在家，也辛苦你了。"

廖淡如说："我平日能辛苦到哪里去，倒是你跟师傅摔摔打打要小心，别伤了身体。"

看到黄轸眼睛盯着壁上贴着的《自勉规例》，廖淡如就又说："莫非要抄一份带了去？"

"自然。"黄轸肯定地说，"人都有惰性和顽性，我也一样，还是抄一份带在身边好，就当作老爹的眼睛，免得自己调皮捣蛋，成为纨绔子弟，讨人嫌。"

"为什么是爹的眼睛，而不是我的眼睛？"

"爹的眼睛让我不敢懈怠，"黄轸哈哈一笑，"你的眼睛嘛……只能让我半途而废，速速卷铺盖回家……"

"说得倒是没错，但你都背得烂熟了，还用得着抄？我看你有时不乏任侠之气，有时又书生气太浓，近似于一个迂夫子。不过，这迂还不算讨人嫌，只是……"

"只是怎样？"黄轸拿起笔，看着廖淡如。

"人道是江湖险恶，人心难测。你这个性格，将来到了社会上去，不知吃得开不？"

"不怕。"黄轸笑了，"如果这个社会真成了阴险奸诈之徒的天下，那就更说明应该改变一下了。"

"抱负还挺大的嘛。"

廖淡如很开心，说着顺手从桌上抓过一张一尺见方的练字用的毛边纸，递给黄轸。黄轸于是调了墨，也不看壁上贴的规例，就提笔在纸上工工整整写起来：

自勉规例

一、行动必须严守时刻；

二、说话必须说到做到；

三、读书须分主次，纵使事忙，主要者不得一日荒旷；

四、处理重要事务及文书，必须亲自动手，不得请托他人；

五、对人必须真诚坦白，不得怨怒；

六、游戏可以助长思想，不应饮酒吸烟。

三日后，黄轸就打点行李，去了浏阳的李师傅家，专心习武，除此之外还勤练骑马、游泳，常去爬山，与当地的邻里乡亲尤其是年轻人打成一片。

每隔十天半月，黄轸就会回家一趟。

廖淡如的孕相越来越明显。易自如掐了日子，应是十月份生。

精于乌家拳的李师傅与哥老会关系密切，哥老会中有的成员曾入伍清军，参加过鸦片战争、中法战争，有的则当过太平军，留下很多传奇故事，黄轸每每请师傅或长者讲述，听到激昂或愤怒处便摩拳擦掌，甚至"咔嚓"一声劈断竹木，这样才觉得痛快。

李师傅看黄轸笃实、坦诚，英武中还隐隐透出一股似有大作为的弘毅气魄，便把真本事毫无保留地传授与他。

有天，黄轸回到家里，兴致勃勃地对廖淡如说："我终于不需另一只手帮任何忙，能单手举起一百斤重的石头了！"

廖淡如微微一惊，摸着肚子说："这么说，我们母子俩可能刚好只够你一举啊！"

"那就不对了，"黄轸笑道，"你们母子俩在我黄轸心里何止千钧之重哪！"

说得廖淡如满足地笑了。

转眼到了立秋，然后几场雨，几阵风，酷暑就开始消退了，原先铺满金黄菜花、接着铺满青绿禾苗的田野，又铺满了金黄的稻子。农民开始割禾打谷。

黄轸回家帮着收完田地里的谷物，中秋节已在眼前。黄轸打算陪家人过了中秋节再去浏阳。

黄家院子里有棵橘子树，春天开出白色的花，秋天露出橙色的果，总会给人带来快乐。这天，黄轸在院子里，看到橘子树上的果实正由青变黄，便爬上去摘了两个下来，想让廖淡如尝鲜。这时候的橘子还很酸，不过，孕妇往往正好喜欢。

黄轸正拿着两个橘子往屋里去，村东头黄二享家的三儿子猪伢子进了院门，一见他就叫："轸……轸大哥，我……我爹叫你……晚上去我家……吃……吃饭……"

黄二享是个篾匠，挺热情的一个人，黄轸叫他享叔，猪伢子因为有颗牙齿长得有趣，像猪獠牙，得了个"猪"字名，不过此时他那颗牙齿掉了还没新长出来，本来就有点口吃的他说起话来就好像更费劲了些。

"吃……吃个么子饭哦？"黄轸笑道。

"我爹昨夜……带黑狗去河边抓……抓到一条大水獭，打……打牙祭。我……我爹叫你……一定去，说你上次帮他扛竹子，还……还没请你吃饭呢……大家越吃……越发。"

"好嘞，越吃越发。"黄轸答道，"给你个橘子吃，吃时小心点，别酸掉了刚长出来的牙。"说着递给猪伢子一个橘子。

猪伢子跑到黄轸面前，接了橘子，欢天喜地地回去了。

估摸着快到晚饭时间，黄轸就去了黄二享家。

进到院子里一看，只见摆了两桌。其中一桌已经围满人，另一桌还有两个空位。黄轸发现，村子里有名的恶人"老丁"也在座，其中一个空位就在他旁边。

黄二享夫妇刚开始往桌上端菜，见了黄轸，热情地招呼他坐。黄轸很随意地坐在了老丁身旁。

老丁乜了黄轸一眼，说："年轻人，坐这儿好，坐这儿好，今晚正好陪我多喝几杯。"

黄轸直爽地答道："那可真对不住了，对酒，我还没喜好上，最多只喝一杯打住。"

"哈哈哈,"老丁笑道,故意认真打量了黄轸一番,"不会吧,看起来也像条小牛牯呢,还怕酒?着实稀罕。"

"不是怕,是不喜好。"黄轸淡淡地说。

这时菜已上齐,酒已斟好,要来的人都来了,牙祭就开始了。

黄轸果真只喝了一杯酒,便不再喝,任人怎么劝也没用。老丁一脸不高兴,嘴里嘟哝着:"什么叫作男人……"

说起这老丁,可是地方上的一霸,平时没人敢惹他。前些时,他又干下一桩伤天害理的恶事,就是为了强夺一个乡邻的美貌少妇,采用卑鄙手段,对那个乡邻百般陷害,直到其进了监狱,达到他的目的。这一恶行,让村人对他更是憎恶,但也只是暗中唾骂,不敢稍有得罪。地方上出了这样的人,黄轸觉得真是不幸,早就在琢磨着这事。今天机会难得,非灭灭他的气焰不可。

黄轸也不作声,只管动碗筷。突然,他的手碰到了面前的汤碗,碗"砰"的一声翻了,里面的菜汤泼了出来,刚好对着老丁的衣袖。老丁抬腕一看,袖子已被菜汤湿了大片,汤水油汁还在一滴滴往下掉呢。

老丁当下黑了脸,骂道:"莫非眼睛长到裤裆里去了?"

黄轸回敬道:"我只是打翻了菜汤,弄脏了你的衣袖,你就受不住了?那你霸占良家妇女,手段有多脏,你可自知?"

老丁一听大怒,"唰"地站起,冲黄轸就是一个耳光扇过去。黄轸头一偏,老丁的手掌扇在了空气里。说时迟,那时快,黄轸起身往后一闪,就抓住了老丁的辫子,再一用力,"嘭咚"一声,老丁便四仰八叉躺在地上。

老丁吼道:"你放开老子!"

黄轸说:"你服不服?"

老丁:"你放不放?"

黄轸:"你服不服?"

老丁使劲挣扎想站起来。黄轸手上一使劲,他又躺着了,但嘴上仍骂个不停。

黄轸大声说:"莫弄脏了享叔的地方,咱们出去计较。"说罢拖着老丁,像拖着一条打来的野猪,往门外而去。剩下在座的人面面相觑,一时不知所措,直到听得老丁在外惨叫,才都拥到门口。只见黄轸正对老丁拳打脚踢,老丁根本无还手之力。大家心里暗暗痛快,见老丁已挨了不少揍,也就佯装着急,随黄二享夫妇上前劝解。

黄轸看教训老丁的目的已经达到,便停了手,警告道:"以后再敢为非作歹,我看到你一次收拾一次!"说罢拍拍两手,好像是怕脏似的,然后甩手而去。老丁这才像一条节肢动物,四肢支撑着,吃力地爬起来,一副鼻青脸肿的狼狈样。他哪里想得到,今天会被一个才十八岁的年轻人拾掇。

黄筱村知道了这事,又把黄轸叫到面前,严肃地说:"你制服老丁,我不反对,但点到为止即可,不必让他如此狼狈。你要记住,大丈夫为人处世,不管有多大能耐,都要低调,不要逞强斗狠博风头。另外,你得罪了人,就要有防范之心。"

"我知道。"黄轸平静地说,"我当时在气头上,没忍住,也没有想到他平时那么猖狂的一个人,却并不经打。看来有的东西,也只是表面强大……"

老丁咽不下这口气,打算召集喽啰,对黄轸进行报复。谁知被黄轸这一教训,他威风扫地,那些曾经唯他马首是瞻的喽啰们,一个个装聋作哑起来,再也没有谁愿意听他的使唤。现实,有时就是这么残酷。

当时社会治安有些混乱,常有盗贼骚扰地方,黄轸与父亲借此带头捐款,号召乡邻或出钱或出力,建立乡社,对成员进行训练,打击盗匪,维持地方治安。过去跟随老丁的那些喽啰,有的改邪归正加入了乡社,听命于黄轸、黄筱村,有的从此收了手,再也不敢胡作非为。

老丁没辙了。

1893年春,黄轸去了长沙的城南书院读书。

这时的他,已经是一个孩子的父亲。廖淡如于先年十月份生下一子,给黄家带来一派喜气和生气。黄家这些年接连不断的变故,让黄筱村心情颇为抑郁,也为整个黄家笼罩了一层阴影。新生儿的一声啼哭,让黄家大院顿时云开雾散,洋溢着新生命的活力。全家人都沉浸在添丁的喜悦里。黄轸亲自为长子取名字,叫一欧,寄寓了学习欧洲先进思想文化和科学技术,使中国一如欧洲民富国强之意。这时的清朝虽然仍是狂妄自大,闭目塞听,但一些有见识的人,如"近代中国睁眼看世界的第一人"魏源、曾任驻英及驻法大使的中国第一位驻外公使郭嵩焘等人,还是给虚妄、沉闷、自闭的大清国带来了令人精神一振的新鲜空气。

城南书院位于长沙城南妙高峰下，面临湘江，与岳麓山下的岳麓书院隔江相望，一并声名远扬。它原是南宋大儒张栻和其父张浚的私家园林。张浚作为南宋名臣，晚年官至宰相，但因为力主抗金，屡次失意，有心寄情山水。1161年他任职长沙时，长沙还叫作潭州。所居园林经过父子二人的精心营造，亭台水榭，馆舍书楼，风光无限。张氏父子将园子命名为城南书院。张栻和朱熹曾在此讲学论道，闻人雅士也多到此活动，赋诗挥墨，使此地更负盛名。远的不说，近世名臣郭嵩焘、曾国藩、左宗棠、胡林翼等都与书院有着很深的渊源。

黄轸临去城南书院时，黄筱村心情愉快地说："城南书院的学风还不错，你要趁着年轻多用功。我虽已年过半百，但还是想多做些事。此前城里不止一家教馆请我前往执教，我都谢绝了，可是现在，我也打算进城了。我高兴啊，对，高兴，因为我们有了一欧！"老人这几年来积聚的抑郁之气已经随着一欧的到来一扫而光，"另外，我还有一个打算，就是再建一座房子，地儿我都想好了，就在石家河，一来那儿风水不错，二来我们那儿地多，虽然离老屋有两里来地，但并不算远。你想啊，我们的房子本来就不够宽，何况还打算请些人手。"

黄轸不无担心地看着黄筱村说："爹，我入学后，家里就只有帮工能帮到你做重活粗活了，这进城教书和建房子的事，照我看一样都不行。你操持好这个家已经够辛劳了，何况我和一欧等后辈，至少照我目前的想法，都不会守着老业不动，一代人有一代人的理想和活法，你只需做好力所能及的事就好了，何必总是处处为我们操心？"

"你是以为我老了？没什么能耐了？"黄筱村微微一笑，冲黄轸拍拍胸脯，"爹壮实着呢！"

"我是说没那必要……"

"谁说没那必要？你才十九岁，知道个么子？咱们现在才有一个一欧，将来还有一亚、一中……我年轻时也曾志在天下，想过仗剑四方，可后来还是觉得咱们凉塘好。再说，事业归事业，可官做到宰相又如何呢，也有告老还乡的一天嘛……"

黄轸理解父亲此时的心情，便不再辩驳，笑道："正因为一欧、一亚、一中……挨个儿等着你有足够精力好好哄他们，你更要保重身体！"

黄筱村乐得哈哈大笑："那确实，确实！"

任城南书院山长的正是黄筱村说过的"王叔"——王先谦。

王先谦虽然在政治上保守,但在学术上颇有见地,是当时的大学问家,思想上多少受"睁眼看世界"的启蒙知识分子魏源等人影响,认同西学东渐。

此时书院著名的主讲教习有王先谦和刘采九等人。这两人的学问都鼎鼎有名,但性情迥异——王先谦严肃,有几粒麻子的脸孔常常板着,不苟言笑;刘采九随和,较为谐趣,常有乐子。

城南书院除了传统群经和国文课之外,名义上虽然开设了一些为适应形势而新增的课程,但由于开设时间不长,缺乏能引领风尚的有魄力的教习,不管是老师还是学生,对来自西方的新事物认知十分有限。

黄轸入学后,结识了不少新同学,其中有一个罗姓同学,长得精瘦,又有点调皮,人称"罗猴子"。其人学业尚可,书写有些天赋,尤其是适合应考的阁馆体写得像模像样,只是考了三次都落榜了。他还有个特点,就是对新鲜事物嗅觉极为敏锐,比一般人都知道得早,了解得多。作为班上的趣味王,看似有些吊儿郎当,人品倒是没问题。他对黄轸的学习和为人甚为钦佩,因而两人关系还算不错。

有一天课余,罗猴子不知从哪里得来一盒咖啡,颇为得意,暗示黄轸后,即悄悄拿去学校厨房,让伙食师傅帮忙煮起来。黄轸随后来到厨房,待咖啡刚煮好,两人正欲享用时,不料刘采九背着两手,迈着八字步,陶醉地哼着古诗文来了。他是开餐时在忙事,现在来看还有没有吃的。

黄轸当即说:"先生好。"脸上笑着,却有些不知所措。书院有规定,禁止学生擅自拿食品去厨房加工。

罗猴子胆子大得多,爽快地说:"先生好。真是不要来得早,只要来得巧。你口福不浅哪,来,尝尝咖啡。"说着就给刘采九拿碗倒了半碗咖啡。刘采九瞄瞄两人,只轻轻"哦"了一声,不骂人也不答应,却走近了,从背后抽回一只手,慢慢端起碗来,看了看,然后就送到嘴边,吹吹热气,喝了一口。

"哎呀,这红糖水怎么这么苦,一点都不甜?这叫么子糖?"刘采九皱着眉,一脸苦相,眼珠子从眼镜片儿上面瞪着两人。

"先生,这是咖啡。"黄轸老老实实地说。

"对,是咖啡,"罗猴子笑着,又用英文说了一遍,"coffee。"

刘采九:"阔肥?"

罗猴子："阔肥。"

刘采九："是好东西？"

罗猴子："好东西。"

刘采九摇摇头，放下碗，目光转向了伙食师傅。

伙食师傅会意，就给他找吃的。刘采九向摆放食品那边走过去，随意地动手翻看一些器具，当他打开一个小圆桶状的罐子，凑近一看，发现里面装着大半桶米色的东西。

"这不是白糖吗？"他自语道，随即顺手拿了一把勺子，伸进去戳了一勺，就掉头过来，往咖啡碗里放了进去。

罗猴子和黄轸正在品咖啡，注意到刘采九这一做法时，刘采九已经拿勺子在咖啡里搅拌着了，二人也不知道他在碗里放了什么。

这时，刘采九端起碗来，喝了一口咖啡，但立即"扑哧"一口喷了出来，一脸迷惑。

"先生，那是牛油，做糕点的！"伙食师傅发现不对，看了看那罐子，才明白过来。

"哈哈哈……"除了刘采九，三个人都大笑起来。

"哈哈哈……"刘采九也笑起来，"我说呢，怎么是这个怪味。"然后接了伙食师傅给他留着的食物，往餐桌边走去，边走边念着："阔肥，阔肥……"突然猛一回头，似严厉却又不失滑稽地冲罗猴子和黄轸道："不得乱说，否则掌嘴！"

但此事很快就被全院师生知道了。不过省去了大半情节，只是说刘采九把咖啡当红糖，嫌不甜，加牛油。

这都是罗猴子的功劳。

院里有个陈姓教习，上课时便据此口占了一首打油诗：

先生饱学亦时尚，
每开风气佳话长。
只恨咖啡无甜味，
却把牛油当白糖。

这天刘采九来上课，其间打趣道："一位官家子弟托我好友捎来一首诗，让给看看。看在老友的分上，我给看了，并把七言改成了五言。那公子读了之后，先是叫好，然后却说，七言改成五言，每句少了两字，甚是遗憾，还是不如改回七言。"

众人听了大笑。刘采九也大笑。

这时有一学生插话道："先生，我这儿也有首诗，你看写得如何？"于是把陈姓教习那首打油诗念了出来。同学们又大笑。谁知刘采九待学生稍微平息，微笑着反问："那么，这位同学，请你给大家详细讲讲关于咖啡和牛油的学问如何？"这名学生张了张嘴，竟被噎住了。

黄轸看了看罗猴子，以为他会积极发言，却只见他在搔后脑勺，显然也是知其然而不知其所以然，只是赶时髦而已。班上顿时安静得出奇。

黄轸也回答不上。

他感到很难堪。放学后，又是找人请教，又是查资料。

第二天上课，瞅个机会，黄轸站起来说："先生，我来回答你昨天提的那个问题。"

刘采九颇感意外，但随即点头。

黄轸先说咖啡，咖啡树、咖啡果、咖啡豆、咖啡粉甚至咖啡因……再说牛油，让大家可谓眼界大开。对这牛油，原先多数学生暗自以为，所谓牛油嘛，就是用牛身上的脂肪、肥膘熬出来的油，就像猪油，但又怕出错，所以不敢回答。听了黄轸所说，才知道不是那么简单，它不止一个类别，除了用牛的脂肪物提炼的油脂，还有用牛奶提炼的乳制品，西方人叫"奶油"，我们习惯了都叫"牛油"。至于这些东西的作用和营养，众人都一无所知。

"黄轸说得没错。"刘采九笑了，"我之前也不甚了解这些东西，这两天正向人请教。而你们呢，五十步笑百步，半斤八两也。也可见我们做学问在求新上还远远不够。曹雪芹先生曾有言'世事洞明皆学问'，想必大家并不陌生。学问的范畴广得很，并不只限于常读的书本。对未知的事物，我们一定要多去了解。我们作为天之骄子，切不可做那除了书本知识之外便如瞎子摸象般的盲瞽之人。"

这"咖啡事件"本为师生间的一个小插曲而已，但黄轸却颇有感触。

为什么在发达国家习以为常的咖啡和牛油，在中国却成为稀罕物，并且还闹出笑话来？这显然也是拜闭关锁国、闭目塞听所赐。

而刘采九的一番话，也值得思考。城南书院在传统群经和国文方面，其深厚底蕴和良好传承，是没的说的，它所倡导的将个别钻研、相互问答、集众讲解相结合的教学方法，以及适度议论时政、探讨形势的学习氛围，均可圈可点。但在思想更开化的学生看来，还是会常常感觉到礼教规制的影子不时晃动，维护旧制度的观念始终占着绝对优势。

王先谦于1891年任城南书院山长以来，提倡务实不务虚、求实学而不尚空谈的学风，与经世致用、坚忍不拔、不尚玄虚、摒弃浮词的湘学传统基本保持了一致。但此人表面比较开明，骨子里却是守旧甚至顽固的，对待新思潮，可以说只愿着眼于学术和技艺，而对不符合正统的思想持排斥态度。由于政治上的保守，他与同为保守派的地方绅士、学者张祖同、叶德辉等关系亲密，喜欢干预事务，排除异己，对教习和学生的言论多有戒备，反而使郭嵩焘主讲时培养的活跃空气有所抑制。

黄轸这时还没出过远门，眼界还并不开阔，只是因为喜欢博览群书，关心时局，探究事物，知识面比其他同学稍微要广。他虽然对书院的一些守旧思想有看法，因为并没有影响到他的正常学习，所以不以为意。但在他的心里，常有一些新的想法，喜欢设想如果是他自己创办一所书院，会实行哪些创造性的革新，以便更好地培养新时代的人才。

黄轸如饥似渴地学习，成绩优异，每月所得"课奖"足以应付生活开支，不必再从家里领取。除了课程范畴的旧学和新学，他还喜欢看杂书，其中尤其对有关太平天国的读物感兴趣。这些读物大多是禁止公开发行的，只在地下流传，黄轸也照看不误。他有个同学叫雷恺，对历史包括野史也颇感兴趣，此人平时胆子较小，但涉猎书籍却很少顾虑。两人每有好书，必交换分享，一"读"为快。

有一天，黄轸与同学杨笃生、雷恺及好友周震鳞一起登妙高峰。站在山上，向北望着长沙城，黄轸深有感触地说："当年太平军就是在这里炮轰长沙城，并几次发起攻城的。"

雷恺笑着说："黄轸，你和震鳞多次与我提及此事，看来你们对此战是特别关注啊。这也难怪，发生在家乡之地的战事嘛，我也认真研究过。"

周震鳞说："谁说不是。此战虽已过去四十余年，但每当听老人说起，那是绘声绘色，枪炮之声和呐喊之声犹在耳畔。"

周震鳞是宁乡人，自小丧父，十二岁时由在长沙教馆教书的叔父周理琴带在身边，负责他的学业。周理琴与黄轸的父亲是好友，所以黄轸和周震鳞相识的时间也很长了，算是总角之交，互相最为了解。

黄轸知道，太平军的悍将朱衣点就出自宁乡，但后来兵败被杀，和他一样从小就喜欢听太平天国故事的周震鳞对此是有心结的，于是看着雷恺说："是得好好研究，并且让后人知道那些故事，才对得起那些宁愿付出生命也不肯选择屈服的好汉。"

杨笃生作古正经地说："只能说清朝气数未尽。试想，当年如果不是曾国藩、胡林翼等人带领湖湘子弟与太平天国死磕，还有清朝存在吗？可有时候我想，他们那样做，值得吗？"

黄轸似在沉思。雷恺望着西边烟波浩渺的湘江，感慨道："'古今多少事，都付笑谈中。'然而青山不老，绿水长流，英魂虽不语，美名千古留。"

这时黄轸拍拍雷恺的肩膀，说："又多愁善感了不是？"回头看着周震鳞和杨笃生，接着说，"当年太平军没有攻下长沙城。我在想，如果太平军是由我们三人指挥，你们想想，这仗，我们应该怎么打，才能攻下长沙？"

雷恺直了眼："指挥打仗？攻下长沙？我可只是喜欢研究历史，对兵法就一窍不通了。"

周震鳞笑道："人说'纸糊的长沙'。长沙是无险可守，可似乎也不好打啊，勇猛之如太平军，也没能攻下。这不，定都天京后，太平军西征军又试图前来攻打，仅到湘潭便铩羽而归。莫非真的像有的人所说，是长沙的风水庇佑？我可不大相信真有那么神。"

杨笃生微笑着说："如果我是太平军将领萧朝贵他们，我一定会派些人先潜入城中，到处煽风点火捣乱子，最好是暗杀了守城的清军将官，然后攻城自然就轻而易举了。"

黄轸看着杨笃生说："这个办法确实很有必要。至于你说的曾国藩他们保清朝值不值得，这个问题我也很纠结，但我有时候反过来又想，如果当时太平天国真的推翻清坐了天下，从太平天国当时某些方面的表现来看，他们的统治会比清好吗？"

几个人当下便讨论起来，对于要建立怎样一个政权才能真正实现国强民富，各抒己见。

黄轸说的太平军当年攻长沙，发生在1852年。太平军在广西遭清军重兵围追堵截之后，天王洪秀全亲率太平军将士数千人，从广西全州向北突围，一路拼杀进入了湖南。太平军势如破竹，在短短的两个多月时间里，连克道州、永明、江华、嘉禾、桂阳、郴州等州县，将追剿的清兵远远甩在后面。所过之处，清朝官员有的被杀，有的逃跑，毫无抵挡之力，太平军队伍也在转战中得以扩充，人数增至数万。清廷不胜惶恐，在衡州、郴州一带布下大军，准备以南北夹击之势，将太平军一举消灭在湘南地界，解除其北犯之忧。洪秀全洞察了清廷这一阴谋，决定采取"围魏救赵"之计，趁清军调集湘南而省城空虚之机，攻打长沙。

先是西王萧朝贵与林凤祥、李开芳等人率领一千余名太平军将士，于8月28日出发，抄近道奔袭长沙，于9月11日抵达长沙城南的石马铺，拉开了长沙之战的序幕。

驻守石马铺的清军是西安绿营兵和浏阳乡勇。绿营兵刚到达，萧朝贵趁其立足未稳即发动袭击，激战半日，攻破防线七八里，斩敌总兵福成、副将尹培立，清军伤亡九百余人。浏阳乡勇见官兵不敌，作鸟兽散，驻守左翼金盆岭的清兵不战而逃，枪炮器械全为太平军所获。次日，太平军扫除清军在城外的抵抗后，进驻南门外的妙高峰，占领直通南门的金鸡桥和西侧横跨湘江的浮桥，控制坚固民房和制高点，在妙高峰上居高临下向城中发炮轰击，从9月12日至18日，枪炮之声，火箭流矢，昼夜不停。守城清军惊慌失措，竟从城隍庙中请出定湘王神像，抬到南城楼上，由提督鲍起豹等轮番祈拜，请求保佑。

攻城的太平军毕竟人数不多，加上沿途所收新兵总共也不过四千人，没法对长沙城进行合围。清军副将邓绍良从湘潭率援军疾驰长沙城外，这是一支特别精悍能战的湘西兵。其他各路援军也不断开往长沙。此时长沙的守军已由一万余人增至四五万之众，城内巡抚、提督、总兵就有十几人，太平军的老对头广西提督向荣也率军逼近长沙。情势对太平军十分不利。激战中，萧朝贵不幸中炮牺牲。完成集结的清军疯狂反扑，企图以绝对优势兵力全歼攻城的太平军，谁知几经厮杀，损兵折将，未能得逞。

9月24日，还在郴州的洪秀全和东王杨秀清接到长沙告急，率大队人马星夜赶往长沙，前锋于10月5日到达长沙，与原先攻城的军队会合后随即发动猛烈攻势，在城外与清军守将和春、秦定三、江忠源等所部激战，大败清军，击毙敌参将任大贵，伤副将德安，作为早期湘军头领的江忠源腿部受伤坠落马下，幸得手下及时救走。向荣情急之下命人用大炮从天心阁上轰毁城下民房，使太平军失去屏障，不能靠近。

10月11日，洪秀全、杨秀清大军抵达长沙城南门外后，兵分三路发起猛攻，由于清军防守加强，未能破城，撤回营中。15日，郴州的清军追兵赶到长沙，与城内清军形成呼应，太平军腹背受敌。此时太平军在湘江东岸面临被清军三面合围的危险。洪秀全、杨秀清及时改变策略，分兵西渡，占领河西地区，包括水陆洲——又名橘子洲。河西为长沙地区西通常德、北入洞庭的要道。10月17日，翼王石达开率领数千太平军控制了河西，实现可攻可转的战略目标，盘活了战局。湘军头领江忠源本已提醒新任巡抚张亮基提防河西，等清军发现不妙，派兵抢夺，遭到石达开率军痛击，进攻了十多次都溃败而回，向荣亲率的三千清兵陷入埋伏，丢盔弃甲，狼狈而逃，向荣仅以身免。清军再也不敢轻举妄动。

湘江东岸，长沙城南的太平军继续发起进攻。到11月底，在一个多月时间里，太平军在城南金鸡桥至魁星楼一带挖掘地道十多处，从地下进行爆破，曾三次轰塌城墙四五丈、七八丈不等。清军守将督兵拼死抵抗，堵填缺口。巡抚张亮基按幕僚左宗棠的谋略，筹得十二万两赏银，解决了援军的给养，安定了军心，并发布规定，城墙一旦决口，凡及时向缺口投掷石块的，每投一块赏银一千文。此后城墙一有缺口，石块便如雨飞来，抢攻的太平军死伤无数。

太平军攻打长沙历时八十一天，面对仍然没能破城而清军援兵继续增多的局面，决定实行战略转移。于是按照洪秀全"直前冲锋，循江而东，略城堡，舍要害，专意金陵，据为根本"的战略方针，利用夜色掩护，经过河西，向北而去，再往东掉头，水陆并进，直逼武昌……

几个人说来说去，雷恺又说到清军请出定湘王菩萨和萧朝贵中炮的事。

黄轸笑道："什么定湘王庇佑，这是混话，如果真是这样，战争打起来，请神不就行了？"略一停顿，又说，"从这次大战本身来说，在攻守方面，太平军为攻，清军为守。攻城战宜有内应，但太平军此次是临时开战，缺少内应；在兵力方面，太平军起初并不占优势——只是比守军能打，后来更不占优势，因为清军援兵四集；在士兵战力方面，太平军总体比清军强，但其中有异数，比如清军中驰援的湘勇，勇猛得很；在将帅能力方面，太平军几大首领的指挥能力毋庸置疑，十数名清军头目中虽不乏酒囊饭袋，但向荣、江忠源、秦定三、和春等人，还有刚卸任巡抚但人还没来得及走的骆秉章，均是能战之辈，其中向荣和江忠源在广西时已是太平军死敌，尤其江忠源，有勇有谋，南王冯云山就是殉难在他手里，而临危受命的左宗棠，更非等闲之辈……"

"那么，你觉得此战……？"雷恺急于知道黄轸的结论。

黄轸说："我也还不懂军事，只是觉得此战，太平军起初如果能够适当增加兵力，或安插好内应，速战速决，是可以拿下长沙的，但也守不住，毕竟是长途奔袭的运动战，这里没有根基。所以从结果来看，太平军久战不克而实行转移，并不算失败，既粉碎了清军在湘南剿灭太平军的阴谋，又给了清政府以沉重打击，唯一遗憾的是损失了西王萧朝贵。从清军来看，此时的绿营兵也并不比没落的八旗兵能战多少，倒是江忠源等人组织、训练的湘勇特别具有战力，他们打起仗来敢拼命，又不按章法。还有左宗棠的才智，在这次守城战中也得到了很好的发挥。"

周震鳞说："黄轸分析得不错。当时为母丧而守孝在湘潭家中的曾国藩，也亲历了长沙之战，显然正是看到了这些，才下决心和罗泽南、江忠源、胡林翼等人开始组建湘军，并向朝廷大力举荐这几人，还有左宗棠。"

黄轸说："正是。经此长沙一战，湘军得以崛起。而湘军将帅的出色表现，正是湘学精髓经世致用的体现。由此也可得知，我等如果只是空读书，哪怕皓首穷经，真的读破万卷，也不过只是学究而已。"

杨笃生又一本正经道："清本来就已走下坡路，经太平天国这一闹腾，就更糟糕了。好在总有第一个吃螃蟹的人，没有魏源的《海国图志》，清廷就还找不到自己到底病在哪里，即使被英国打得大败，也还不了解英国——就像一个人被别人揍得满地找牙，还不知道对方是么子来头，自然也就不会有洋务运动的兴起……"

"啪嗒！""啪嗒！"……几人正说着，突然不知是什么声音传来。循声看去，只见两只白鹭从下方不远处的古樟树上腾飞而起，拍着长翅，往湘江方向飞去。湘水之中，水陆洲静如卧蚕，水畔点缀着三两渔舟；湘水对岸，麓山苍郁，如同翠屏。青山绿水衬托着一对雪白飞禽，宛若画境。

雷恺指着一派好景对三人说："我芙蓉之国，何其美哉。如果再无战乱，人民得永享太平，则是幸甚。"

黄轸说："只怕是树欲静而风不止啊。太平军虽已剿灭，但清政府还在，并且更加腐败堕落。指望他们良心发现，真正为国为民着想，恐怕只是一厢情愿的幻想。这不，人类文明发展到今天，清廷却仍然甘愿抱紧几千年专制不放。这战争之事，双方有时只是各为其主或各为信仰，是非功过不能简单而论，有本事就消灭对方，但像清军竟能做出掘出萧朝贵尸体挫骨扬灰、对太平军俘虏剖腹挖心的非人之举，正说明他们已残忍到何种地步。一种可以使人残忍到丧尽人性的制度，必定已存活不了多久……"

这天下午，初秋的阳光很好。

王先谦从外面回到书院，开门进了书房。他走到窗边，把虚掩的窗户推开，想让房中的空气更清爽。就在这时，两只蝴蝶抱在一起从窗外的小樟树上坠下来，一边坠落，一边想努力飞起来，却又不想松开，就更显亲昵之态。

"晦气！"王先谦啐了一口，收回目光，这时才发现临窗的桌上躺着一封书函。

他脸上略显诧异，去关了房门，回到桌前，拿起书函拆开了来看。看着看着，脸色便越显凝重。

原来，这是一封匿名举报信。举报的对象不是别人，正是黄轸。举报内容是黄轸常偷看禁书，尤其是关于"长毛"——太平天国的，谈论与学业无关的话题，如王夫之的"一姓之兴亡，私也；而民之生死，公也""置天子于有无之处"，及其诋毁君主帝王的逆言"欲削天下之才智，毁天下之廉隅，利百姓之怨大臣以偷固其位"，还有其与顾炎武等倡言的"天下是天下人之天下"，以及来自西方的一些歪理邪说，等等。

王先谦拧着眉头，心里直犯嘀咕。黄轸到城南书院就读，黄筱村曾托他对儿子多管教，这不全是客套话，毕竟两家是乡邻，不是亲族也如同亲族，他当然愿意对黄轸多些关注和教导，希望他学有所成。看到黄轸并不需要他多费心而学习用功，学业优异，他心里也高兴。可这孩子除了淳实率真之外，思想也特别活跃，喜欢想入非非。想入非非倒也不一定就有害，但若是与政治有关，尤其是与正统不符，就不是好事了。

他又想：这到底是谁举报的呢？一时想不到。转念就觉得这并不打紧，打紧的是对这个事情的处理。据他所知，虽然让学生自由讨论也是学习的一部分，但就城南书院的学风，学生们平时极少有什么出格的言论，偶尔有三两个思想前卫的，也成不了主流。但现在有人举报上来了，就得重视。黄轸这孩子，方方面面，他都算是了解的，明事理、肯吃苦的一个后生，没什么坏心眼，但有些事情，不该掺和的就不要沾边，年轻人有时是不懂其中的利害。所以不妨给他提个醒。至于此前略有不当的三言两语，也无甚要紧，毕竟他王先谦在长沙也是根深叶茂的。

主意打定，王先谦打算休息一会儿，就想把窗户掩上。目光投向窗外时，竟看到那两只蝴蝶从下面飞了上来，一边飞，一边碰碰撞撞的，似乎还想抱在一起，就又啐了一口，随即掩上了窗户。

晚上，王先谦把黄轸叫到了家里。

书房里，王先谦命人上了茶，与黄轸闲聊。

两人先聊家常，然后才是学习。

王先谦说："轸儿啊，古人说男儿须读五车书。大家都知道你博览群书，这是好事。这些年都读过哪些书，有何感受，可否与我分享一下？"

黄轸见有大学问的王叔和他谈读书，于是把所读过的书，拣重要的说了一遍，其中就包括写太平天国的。

王先谦不动声色，与黄轸大致谈了几本书，又略谈了谈王夫子、顾炎武、黄宗羲等人，大多是从褒、抑两方面来谈，以表明他是持公允态度的。

然后喝口茶，似乎是很随意地，就谈到了太平天国。

与邻家长辈谈读书，黄轸自然没有任何戒备心理，是敞开了心扉地畅所欲言。

黄轸说："官逼民反，民不得不反。这是中国革命的历史规律。从这方面来说，太平天国起义有他们的理由，也是历史的必然。但从人类文明已发生巨大变化，野蛮和愚昧越来越遭抛弃的世界大趋势来看，如果再重复几千年的旧规律，就已落后于社会发展潮流和时代期许。"

"继续说。"王先谦的眼神深不可测。

"在我看来，一方面，我刚才之所以说太平天国的出现是历史的必然，是因为清廷的专制极权已经不能适应中国的发展需要——当然，准确来说不只是现在不能适应，是早就不能适应。与海外发达国家相比，清朝何止落伍三五十年？腐败遍生、国民愚昧、科技落后，最终导致国力衰败，对外不能御辱，对内不能安民，这是垂死挣扎的专制极权带来的必然后果。所以，这种统治状况再不改变，国家、民族会更加危险。一方面，太平天国之所以能一呼百应，正是顺应了民意，所谓穷则思变，濒临绝境的人谁不想寻条活路？他们势如狂飙，席卷大江南北，一度打得清军狼狈不堪，清廷惶惶不可终日。他们本可以有大作为的，将华夏神州换个天地，从而振衰起弊，实现国强民富，谁料洪秀全等人缺少眼光，思想还停留在皇帝轮流坐的窠臼，不能以民主思想来号召和武装人们，而是沿用老一套的装神弄鬼来获取人心，事情还远未成功，又先自腐败起来，不择手段，争权夺利，这说明他们的行动不过是为了一己之私，并没有一个为国为民的远大理想和目标。曾国藩固然有能耐，但不是一败再败吗？太平天国最终其实并不是亡在他手里，而是亡在自己手里。真是可惜、可叹，足以让后来者引以为戒。"

听着黄轸的话，王先谦脸上的表情发生着变化，一会儿放松了，一会儿又紧张起来，然后又放松了，接着又紧张起来。但都很微妙，不像一般人那样一惊一乍，所以黄轸并没有留意到。

听黄轸说完了，王先谦顺着黄轸的某些话自我发挥道："是啊，那就是一帮靠邪教组织起来的乱贼，祸国害民，人们确实应当引以为戒，不可再受类似蛊惑。"

黄轸低头抿茶。王叔这话，听起来似乎也没说错，只是已违背自己的本意。他当然明白王叔的用心，所以并未辩驳。

王先谦看黄轸不接话，还是有点不大放心，于是语重心长地说："轸儿啊，有些话，同我在这里说说没关系，在外面，还是慎重为好，毕竟人多口杂，人心难测。"

黄轸一听，才猛地一醒。确实，刚才只顾与王叔推心置腹，没注意到有的话若是掂量起来，完全可以授人以柄。须知，这些话他不只是在这里与王叔说，平时与不少同学、朋友也是说过的。他本来也只是激扬文字，发表自己的看法，至少到目前为止还并没有半点谋逆之心。

于是他点点头，心想以后加以注意便是，总不能给王叔添乱。

王先谦见黄轸点头，总算放心了。为了不把事情复杂化，他也就没有将有人举报的事告诉他，只是在给学生讲课时，以全体警示的方式，算是对举报事件作一个了结。

至于那个举报的人是谁，也许王先谦心里清楚，也许他也不知道，反正是没有了下文。

科举考试的成例是，按级别从低到高，县试和府试每年举行一次，乡试和会试（加殿试）每三年举行一次。遇特殊情况时则不一定。

到了光绪帝时期，由于政局动荡、光绪帝想多选拔优秀人才等多方面原因，科考时间，在乡试和会试上多有变动。科考对读书人来说是头等大事，一旦考中，便可以实现"鲤鱼跳龙门"的梦想，一下子改变身份地位，"朝为田舍郎，暮登天子堂"是最形象的比喻。

1894年，因为是慈禧太后六十大寿，特别增设了恩科，使三年一次的乡试、会试多出了一次，也使全国学子们的备考气氛高涨了许多。

黄轸面临的还是每年一次的县试。很多同学、朋友已在做准备了，但黄轸却不为所动。

考试就在二月。眼看报名就要截止，黄轸还是不打算参加。黄筱村请王先谦说服黄轸，也没能奏效。他很着急，可他知道儿子的性格，认准的事常常不轻易改变，多说也无益。但他还是想再试试，便让黄轸的好友周震鳞劝黄轸，同辈好友的话也许更有用。

就读于湘水校经堂的好友周震鳞便对黄轸说："我们一起考吧。考，并不就等于只是想着朝廷给的那个功名和位置，捞取利益，而是可以借助这个途径，为百姓做点实事。"

黄轸却还是毫不犹豫地说："没错，我们刻苦攻读，就是为了经世致用。但国家腐败，经济凋敝，民生艰难，慈禧太后却还在大张旗鼓靡费财力操办寿诞，真是昏聩荒唐之极，还开什么'恩科'，岂不是笑话？我今年就不考了，要考的话也明年再考。"

雷恺见黄轸决心已定，则半认真半玩笑地说："我本指望与黄轸兄同坐一个考棚，也借黄轸兄作废的稿子用用，省得半天憋不出几个句子，看来是没戏了。"

三人大笑。

第二章
甲午惊雷

县试放榜时，周震鳞榜上有名，也就是成了秀才，雷恺落榜了。

黄轸当年的老师萧举人本次则进京参加了会试，考中进士，殿试时被定为第四名，即传胪，也就是仅次于状元、探花、榜眼。

黄轸没有应考，自然与榜上题名没有关系，风言风语随之而来。但黄轸不以为意。

周震鳞又以名列第一的成绩考上了两湖书院。

两湖书院在湖北武昌，是洋务派代表人物之一、时任湖广总督的张之洞于1890年创建的。湖广总督管着湖南、湖北两省的军民政务，两湖书院的经费也来自这两个省，主要是由两省茶商捐献，专门挑选两省的士子就读，每省限额录取两百名。另外，为报答茶商资助，从茶商子弟中录取学生四十人。

1895年元宵节后的一天，黄轸、雷恺等同学为好友周震鳞设宴饯行，宴后送周震鳞出小西门，到湘江码头乘船去武昌，入读两湖书院。

双方挥手告别之后，看着轮船越去越远，大家似乎都有些不舍，在寒冷的江风中一直眺望着，直到船影消失在烟波尽头，才掉头慢慢走向小西门，打算回城。

黄轸领头走在前面。刚走完台阶，进得门来，突然有个衣衫褴褛、戴顶破斗篷的人跌跌撞撞从后面追上来，赶到黄轸前面，看了看他，喘着气道：

"是了，是了……"

黄轸一愣："你是……？"

"黄轸兄弟！"

"啊，这不是李余兄吗？"

黄轸立即握住那人的双手。只见那人眼窝深陷，面容瘦削，脸如菜色，胡子拉碴，与一个常年流落街头的老乞丐无异。但是仔细一看，分明是个年轻人。

李余是浏阳人，黄轸十五岁时初次去浏阳拜李永球学武艺时便认识了他。他比黄轸大三岁，活泼有趣，也爱好拳术，两人挺聊得来。李余当时说他有个表哥在一支清军里当兵，混得还不错，信里都写得挺神气，还答应了帮他引荐，让他也去。然后，没多久，他真的就不见了。听李师傅说，他的确是去表哥那里吃军粮了。尽管五年不见，面前的他业已变得人不像人，鬼不像鬼，但黄轸还是一眼就认出了他。可黄轸立即就犯糊涂了：李余怎么变成了这番模样？到底发生了么子事？

"我刚下船，一眼就看到了你。"李余虽然落魄不堪，但此刻却抑制不住兴奋，同时用眼瞄瞄雷恺等人，又看着黄轸，似有难言之隐。

这真是太意外了，太离奇了。

黄轸一看李余的表情，当下会意，便对雷恺等人说："你们先回吧。"雷恺几个便先自进城去了。

黄轸拉着李余说："这里不是说话之处，我们找个馆子。"

李余点点头："要得。"

黄轸继续拉着李余，一边走一边往两面看。左右一溜儿都是店子，有杂货店，有饭馆，有客栈。黄轸挑了右手边一家饭馆，带着李余走了进去，与店小二打个招呼，径直上了二楼。

两人拣了个避风的座位坐下，黄轸点了酒菜，嘱咐店小二动作快些。还不到吃中饭的时间，所以楼上并无其他客人。黄轸看到李余不仅衣衫破烂，还有点单薄，便脱了一件夹衫让他穿上。

李余把头上的破斗篷取下来，往桌腿边一扔，就端起茶来喝。

黄轸也喝了一口茶，看到李余的茶杯已空，正待给他续上，李余已自己提起茶壶倒满了，并给黄轸添了一些。

李余连喝三杯茶，这才缓过来与黄轸说话。

黄轸说："兄台，你这是？……"

"败了！败了啊！"

李余刚说了这一句，就哽咽起来，痛苦至极的样子。

黄轸连忙安慰："么子败了？慢慢说，不急。"

"与日本人打仗,败了。"

看李余痛心疾首地说着败了,黄轸有点纳闷。中日两国从去年以来就在打仗不假,可是,不是打胜了吗?怎么会是败了呢?

正在这时,酒菜上来了。

于是两人一边吃,一边说。黄轸急于了解战事的全过程。他此前所获得的关于此事的信息几乎与李余所说的截然相反,是清军连连奏捷,日军望风而逃。但李余快饿坏了,忙着胡乱填肚子,一句话能说清的,要分几次才说明白。终于等他差不多吃饱了,才有条理地说起来。

"你知道,我和表哥是在马玉昆的军队里,马总兵曾是咱们湖南乡党左大人左宗棠的属下。马玉昆、左宝贵、聂士成都很能打,可是那该死的叶志超,在国内镇压农民起义厉害得很,到了朝鲜与日本兵作战,就是怂包一个,一心想着逃跑。那混账朝廷也是一帮瞎子混子当权,让这样一个废物充当各军领袖。兵败如山倒,可怜了那么多弟兄……呜……"

李余说着哭了起来:"可怜我那表哥……"

"你表哥怎么了?"

"死得好惨……呜……"

黄轸又好言相劝,待李余平静下来,他忍不住问:"我们不是打胜了吗?国内都知道是打胜了啊,海战和陆战都打胜了啊!"

"撒谎!他们撒谎!"

"谁撒谎?"

"叶志超他们领兵的撒谎,朝廷也撒谎!"

黄轸吃惊不小,感到不可思议。之前他们所听到的消息,看到的报纸,都是说打胜了,尤其那报纸,上面不仅登着战事取胜的文字,还配有著名画师绘制的精美图画,描绘的战争场面十分生动形象,都是清军完胜日军,清军看起来威武雄壮,日军狼狈不堪。而且,去年11月29日,长沙府还和全国各地一样,为慈禧太后她老人家举办了六十大寿庆典活动呢,还说老佛爷真是洪福齐天,捷报当贺礼。

李余把事情说得似乎差不多了,但又明显还没完。

黄轸继续问:"那么,最后结果怎样呢?"

"还在打。"

"既然还在打,怎么就能断定清军完全失败了呢?"

"清军在朝鲜战场丢掉平壤败退回鸭绿江后,虽然时不时还在打,却再也没能扳回来。黄海海战,北洋舰队失败后,剩下的舰只撤到威海,日本海军跟着屁股追到威海,不知现在怎样了,但想都不用想,败局已定。"

"那,大家就都走了?"

黄轸想,两国既然还在交战,作为一名士兵的李余,怎么就回来了?

李余似乎看出了黄轸的意思,气愤地说:"左宝贵战死了,那么多弟兄战死了,还有逃跑中死去的。我们的马总兵虽然还活着,但残部差不多也在撤离中走散了。我表哥已经死了,不过我也杀了十多个日本兵,够本了,不想再找回去为他娘的清朝廷卖命了,咱们湖南人不打窝囊仗,白丢了小命不值。要打就让万寿无疆的老佛爷和光绪帝、李鸿章那帮人去打好了,不打就让他们把大清卖掉算了,反正天下是他们的,关我屁事,老子只想回浏阳打鱼。"

黄轸一句话到了嘴边,又咽了回去,那就是:天下兴亡,匹夫有责。这话是顾亭林提出来的。意思是说,天下大事,老百姓都有义不容辞的责任。但前面还有一句,即"国家兴亡,匹夫无罪",意思是说国家的兴盛和衰亡,主要责任在君臣肉食者。世人常拿后一句说事,以强调百姓的责任,却不提前一句。可是你想,君臣官僚把持着国家一切,百姓平日贱如刍狗,待国难当头时却将责任推向这些草民,岂不荒唐和无耻?那还不如连外寇内贼一并除之,另建一个平等自由的新世界,这也才是"天下兴亡,匹夫有责"的真义所在。

添菜的一个阿姨看李余那么激愤,虽然没听清多少内容,也忍不住帮着骂:"那些砍脑壳死的,冷炮子打的,扁毛畜生……"

黄轸和李余都愕然,不知阿姨是在骂日本人还是骂清政府,或者是两者一起骂。阿姨好像意识到自己多嘴,不好意思地笑笑,拿着托盘下楼去了。

黄轸继续问李余:"你是怎么回来的?"

"还能怎么回,当叫花子,一路讨饭,走了两个来月。"

黄轸叹口气。事情说得差不多了,李余也打算告辞回浏阳了。黄轸伸手从衣袋里摸出两枚银圆,递给李余说:"到家了就好,兄台回浏阳先休养好身体,再从长计议吧。"

李余也不客气,接了钱,起了身。黄轸也起了身。两人走了几步,黄轸记起李余的斗篷,返身从桌脚捡起来,回头递给李余。

结了账,送走李余,黄轸回到城南书院。今天还没正式开课,中饭刚才也吃了,没什么要紧事,黄轸便来到宿舍,躺在床上,静静地回想李余刚才说的一切，再结合此前所知的一些情况，对中日间发生的这场战事终于有了一个比较清晰的轮廓。一个国家遭受这么大的战争失败，意味着什么？他脑子里一时被这件事占满了，忍不住反反复复地想，非把它理得更清楚明白不可，甚至想复原一个个细节。

正月未完，天气还冷。黄轸体质好，又刚吃过饭，并不觉得冷，当他连打两个喷嚏的时候，这才站起来，走到窗前，活动了一番手脚，很快感到热量又增加了。于是走出宿舍，往书室去。

第二天就开学了。学子们像无事一样，开始新一年的学习。而北方的战事仍在进行。黄轸心里撂不下这事，一边读书，一边千方百计地不断打探真实消息。

最后，黄轸对这场战事前前后后的了解和想象，也许与全部事实有出入，但也八九不离十。

日本在明治维新后，一改幕府时代的封建落后局面，全国走上现代资本主义发展模式，国力迅速增强，不断扩充军备，开始向外扩张。先侵占了清朝附属国琉球王国，改为冲绳县，还试图攻占台湾，受到清军反击，没有得逞——但清朝却赔了款。日本接着又盯住了清朝另一个附属国——朝鲜，以武力强迫朝鲜脱离清朝，以便进一步攫取利益。

1890年，日本爆发了经济危机，更加迫切地希望对外开战，以缓解国内危机。中国和朝鲜是日本的最佳利益选择。1894年2月，朝鲜爆发了东学党起义，朝鲜政府向清朝请求出兵帮助镇压。日本佯称不加干涉。清朝遂派直隶提督叶志超、太原总兵聂士成率淮军两千人于6月初开往朝鲜，在牙山登陆，加上后续军队，总人数近两千五百人。但朝鲜政府和义军已达成了和议，清朝军队未及时撤回。

日本看到中国军队入朝，随即也往朝鲜派兵，到6月底，登陆仁川进入朝鲜的日军已达八千余人，远远超过清朝驻军。牙山、仁川一带，日本舰船往来不绝。

朝鲜政府要求中日两国撤兵，日本驻朝公使大鸟圭介表面与清朝驻朝大臣袁世凯谈妥共同撤兵，但很快却拿出"中日两国共同协助朝鲜改革内政"的方案，一方面想借此名义让日军留在朝鲜，一方面想借此拖住清军，挑起事端。清廷拒绝了日本这一方案，要日军撤出朝鲜。日本恼羞成怒，两次向清政府发出"绝交书"，并加以威胁，中日两国谈判破裂。

中日谈判破裂后，日本一面逼迫朝鲜否认自己是中国属国，一面强迫朝鲜按日本提出的方案进行改革。朝鲜政府不愿就范，一再督促日本撤军。到了7月17日，日朝谈判也宣告破裂。战争一触即发。

面对朝鲜局势，清军驻朝将领纷纷请求朝廷增派兵力，以防不测。但朝廷却争议不断，以光绪帝和户部尚书翁同龢等人为首的"帝党派"主战，以慈禧太后和直隶总督兼北洋大臣李鸿章等人为首的"后党派"则主和。

驻朝大臣袁世凯和聂士成等人看到朝廷反应迟缓，又建议清军先撤出朝鲜，让日本无话可说，也免于军事冲突。但朝鲜历来为中国附属国，清朝并不想放弃。

袁世凯因为驻朝多年，对日本和沙俄窥伺朝鲜多有抵制，已几次遭日本派人暗杀，只是没有得逞。他一看形势不妙，三十六计走为上，于7月19日化装成平民逃出朝鲜，回到了天津。

清朝终于决定增兵朝鲜。派马玉昆率毅军、左宝贵率奉军、卫汝贵率盛军、丰升阿率奉天练军盛字营等，四支军队共计二十九营近一万四千人，作为北路军，于7月21日开赴朝鲜平壤。同时，派北洋水师将领方伯谦率巡洋舰"济远""广乙"和练船"威远"、炮船"操江"，护送"爱仁""飞鲸""高升"三艘向英国租借的运兵船，装载清兵从黄海赴朝，作为南路军支援驻在牙山的叶志超和聂士成。

清朝援军还未到达朝鲜，1894年7月23日凌晨，日本侵朝战争爆发。驻朝日军突然向汉城王宫发动袭击，击溃朝鲜守军，占领王宫，废除朝鲜国王李熙，解散朝鲜政府，扶植了国王的生父李昰应上台摄政，并要求其"委托"日军驱逐驻朝清军。朝鲜却暗地向清朝求援。

7月23日，清军"威远"号护卫着已完成运兵任务的"爱仁""飞鲸"两船，从牙山返航。

1894年7月25日，为中国农历甲午年六月二十三日。在朝鲜的日军对清军不宣而战，引发了丰岛海战。中日甲午战争爆发。

当天早晨，清军"济远""广乙"两舰也从牙山返航，接应正向牙山驶来的"高升""操江"两船，在丰岛海域时突然遭到日本联合舰队第一游击队巡洋舰"吉野""浪速""秋津洲"的截击。丰岛海战爆发。

日军的装备远超清军，敌我力量悬殊。"广乙"号是福建船政局自制舰，47毫米口径的火器相对于日舰150毫米口径的速射炮，明显太弱。管带程璧光下令直驶日舰，发射鱼雷，不料船舵被击毁，伤亡惨重，丧失战斗能力，在朝鲜十八岛附近搁浅，纵火自焚。"济远"被"吉野"紧追，方伯谦怯战，下令挂起白旗，无用，又下令挂起日本海军旗，仍然无用，水手王国成、李仕茂用尾炮向"吉野"射击，"吉野"受伤，船头起火，方伯谦趁机率"济远"抛下"高升"号和"操江"号逃离了战场。"高升"被"浪速"截停，船上官兵宁死不降，在清将高继善带领下奋起抵抗，被"浪速"击沉，船上千余名清军官兵除两百余人逃生外，其余全都殉难。"操江"为轻型炮舰，作为运输船使用，被"秋津洲"逼降俘虏。丰岛海战以日军胜利、清军失败告终。

8月1日，中日两国政府正式宣战。

丰岛海战后，日军派步兵攻击驻在牙山的叶志超和聂士成部。牙山无险可守，援军也再难进入，叶志超只好采纳聂士成的建议，决定绕过已被日军控制的汉城，向朝鲜北部重镇平壤进行转移。

叶志超畏首畏尾，当初来朝鲜时，就心有惧意，托人向李鸿章说情，李鸿章安慰他未必会真的开战，他才勉强来的。牙山撤退时，先是移师成欢和公州，这两处都是兵家必争的险要之地，聂士成决定在这里伏击日军。到达成欢时，叶志超便命聂士成留下阻击日军，他退守公州，作为后援。27日深夜，日军进攻聂士成部。清军奋勇战斗，几次击退日军，于光炘、周宪章等四名武备学堂学生率领的数十名清军设下埋伏，打死打伤日军多人。聂士成身先士卒，指挥作战。日军看到清军兵少无援，再次发起猛攻，于光炘等壮烈牺牲。因清军四面受敌，寡不敌众，聂士成只得率残部杀出重围，往北撤退。成欢失守。

28日，聂士成部退到公州，才发现叶志超已率军离开公州北上，只好率军往东绕过汉城，追赶上去，开到平壤。

马玉昆、左宝贵、卫汝贵、丰升阿率领的北路军于8月4日陆续到达平壤，与叶志超、聂士成随后到来的军队会合。

叶志超在给李鸿章的战报中谎报战功，称所部在成欢之战中大获全胜，日倭伤亡两千多人，清军仅伤亡两百余人。李鸿章信以为真，向清廷为他请功，清廷对他大为嘉奖，赏银两万两犒军，并任命他为驻平壤各路清军总统。

接着是平壤之战。这是中日双方宣战后陆军首次大规模作战。

这次大战，清军本来占优势。兵力方面，清军总兵力约一万五千人，日军约一万六千人，但清军先进驻平壤，占据有利地形，备战时间充裕，可谓以逸待劳。从与朝鲜关系来看，朝鲜政府虽已被日本挟持，但人心仍然向着清朝，朝鲜平安道观察使闵丙奭积极协助清军作战，被日本扶持摄政的李昰应也在汉城暗中向清军传递情报，希望里应外合击退日军，朝鲜人民也大力拥护清军，仇恨日军。

但清军并没有积极备战。叶志超因谎报军功而得奖赏，沾沾自喜，麻痹大意，只作简单布防，终日饮酒作乐，消极等待军需。众将领对其所作所为十分不满。此外卫汝贵所统盛军，军纪涣散，开始抢夺财物，强占民房，激起民怨。李鸿章得知后，发电警告，才略有收敛。当时日军在朝部队仅一个混成旅，后续部队尚未到达。光绪帝数次催促叶志超进军汉城，北洋行营翼长盛宣怀等人也建议抢占先机，快速进兵。但叶志超按李鸿章"先定守局，再图进取"的授意，按兵不动，龟缩在城里，把驱离几个日本哨探也当作屡战屡胜奏报朝廷，并电告李鸿章，主张"俟兵齐秋收后合力前进"，李鸿章认为是"老成之见"。直到朝方闵丙奭电告，日军正向平壤扑来，叶志超和李鸿章才意识到事态的严重性。叶志超这才安排左宝贵率奉军守城北玄武门、牡丹台一带，卫汝贵及丰升阿率盛军、盛字营守城西及西南面，马玉昆率毅军守城东及大同江岸，自领聂士成居城中调度。

9月14日晨，日军攻击平壤城北外围。当晚叶志超召开军事会议，主张弃城逃跑，遭到左宝贵等将领严词拒绝。

9月15日，日军兵分四路，以合围之势，对平壤发起总攻。在大同江南岸战场，马玉昆率兵反击，日军遭受重大伤亡，将校以下死者约一百四十名，伤者约二百九十名。日军撤回驻地。玄武门、牡丹台一线是日军的主攻方向，因此集中了优势兵力。左宝贵身先士卒，指挥清军英勇抗击，战斗中受伤，仍拼死力战，亲自燃放大炮，最后中炮牺牲，日军也有三位营官被打死。激战半日，日军占领了牡丹台和玄武门，但遭到城内清军顽强抵抗，只好停止进攻，以观动静。在城西南战场，虽然丰升阿率领的盛字营最无战斗力，被老百姓戏称为"鸭蛋兵"，一碰就烂，但卫汝贵抵抗还算积极，派出马队冲击失利之后，凭借坚固堡垒坚守，日军进攻受阻，觉得难以得手，也暂停攻击，退回驻地。

第一轮战斗结束，双方互有死伤，日军并未达到进攻目的，形势处于相持状态。如果清军指挥得当，调度得法，协同作战，寻机歼敌，日军未必能够取胜。但叶志超再次动摇，决定弃城撤离，却并没有制订周详的撤退计划，下午在城头悬起白旗，当天夜里，冒雨撤退的清军如惊弓之鸟，乱作一团，自相践踏。失望不满的朝鲜兵从后面放枪，日军在清兵的退路上伏击，清军一溃而不可收拾，死伤无数，所弃枪械、粮食等均为日军所获。

叶志超率部奔向安州。聂士成建议：安州地形险要，有利于进行防御阻击，如果在这里固守，一定能击败日军追兵，转败为胜。叶志超哪里听得进，只恨爹妈没生一双翅膀，可以直飞国内。他马不停蹄，到了安州穿城而过，狂奔五百余里，逃至鸭绿江边，渡江进入中国边境。朝鲜全境被日军占领。

就在平壤陷落的第三天，即9月17日，日本联合舰队在鸭绿江口大东沟附近的黄海海面，向清军护送援兵的北洋舰队挑起激烈的海战。自17日中午十二点五十分开始，至下午五点半结束，北洋水师损失惨重。加上后续的威海之战，北洋水师全军覆没，中国三十年洋务运动的自强成果灰飞烟灭……

1895年4月17日，李鸿章代表清政府，在日本马关与日方签订了《马关条约》。条约承认日本对朝鲜的控制；中国将辽东半岛、台湾岛及所有附属各岛屿（包括钓鱼岛）、澎湖列岛割让给日本；中国赔偿日本白银两亿两；开放沙市、重庆、苏州、杭州四地为通商口岸，允许日本在中国的通商口岸投资办厂等。后来沙俄因日本占领辽东半岛，阻碍它向中国东北扩张势力，便联合法、德两国进行干涉，日本于同年5月4日宣布放弃辽东半岛，但要中国支付白银三千万两作为"赎辽费"，致使日本在甲午中日战争后一共勒索了中国两亿三千万两巨额白银。

谈判时，日本内阁总理大臣伊藤博文对李鸿章说："中国的困难，你的难处，我都深知，因此已将对中国之所求尽力削减，不过所减十分有限，我也有为难之处。"

李鸿章说："难道就不可以辩论了吗？"

"可以辩论，但我们所开的条件，不能减少。"

条约签订后，李鸿章不无羞愧而伤感地对伊藤博文说："我办了一辈子事，主要是练兵，尤其是练海军，都是纸糊的老虎，虚有其表。贵国兵将，都是按照西方，训练有素；各项政治，也是日新月盛。本大臣这次进京，与众人谈论，也都深感我国必须改变，才能自强自立。"

但奇怪的是，事情到了这个地步，国内公开传出来的消息仍然是清军大胜，各大报纸如《申报》《新闻报》《点石斋画报》《字林沪报》等报刊也仍然在撒谎，居然说是因为清军一路狂胜，日军再也顶不住了，才向大清乞和休战。照样是文字配上精美绘画，清朝一方威武雄壮，日本一方狼狈猥琐。其中以《点石斋画报》为甚，报道尤其夸张离谱。自然，压根儿不提向日本"赔款"一事。

面对这一切，黄轸陷入苦苦的思索。

同是抱着自强的目的学习西方，为什么日本的明治维新能让国家强大起来，而以曾国藩、李鸿章、左宗棠、张之洞等为代表兴起的洋务运动只能让清朝虚胖，实际不堪一击？清政府花费数百万两白银打造的北洋水师曾经号称亚洲第一，世界第九，日本海军原本落后于清军水师，但当日本奋起直追，并且很快赶超了北洋水师时，北洋水师却驻步不前了，有的舰艇还生了锈。英国远东舰队司令斐利曼特尔中将就曾警告说："中国水雷船排列海边，无人掌管，外则铁锈堆积，内则污秽狼藉，业已无可驶用。"为什么清朝官员却看不到这些？日军在海战中立下头功的"吉野"舰，原本是清朝政府向英国定做的，后来慈禧太后要办六十大寿，海军衙门就把这笔预算转为礼金献给了慈禧太后，而日本政府打听到这个消息后，决定倾全国之财力购买此舰。天皇下令从皇室经费中挤出三十万元作为海军补助费，日本商人和民间发起募捐，后来募集到的银两甚至可以买三艘"吉野"号，既增加了军费，又鼓舞了民心士气。日本天皇为了便于指挥，还将大本营从东京迁到广岛，甚至在用餐上压缩开支，将举国的财力、物力和人力压到了前线。而清朝却腐败奢靡成风，光绪帝提议停修颐和园，把省下的开支用于军费，竟未获同意，一些原该用于军费的款项也被挪用于慈禧生日。作为清朝方面主帅的李鸿章，其子李经方却在暗中倒卖大米给日军。双方在思想觉悟上的差异为何如此悬殊？日军训练有素，能够协同作战，以为国尽忠为荣，清军比之鸦片战争时虽有起色，但为何仍然军纪涣散，步调不一，难以配合？日本虽然是以举国之力发动这场战争来赌国运，但毕竟是小国，已经快顶不住了，国内开始出现农民起义，号称"天朝上国"的清朝为何这么快就兵溃告败了，不能再支撑一阵？日本间谍活动频繁，军队行动迅速，而清军情报缺乏，反应迟钝；外国军队可以有随军记者，而清朝不许，要了解真相，除了私自打听，只有看外国媒体；李鸿章责怪翁同龢曾经阻挠为北洋水师拨款，翁同龢却说当时黄河洪泛更为紧迫，急需治理，而甲午战败之后，淮军不是还有八百多万两银钱并未用于军备吗？到底谁是谁非？……一系列问题困惑着黄轸。

朝廷，制度，战略眼光，军事理念，指挥系统，现代军备和战术，将帅，士兵，国民，情报信息，作战意志……围绕一个个因素，黄轸试图找出全部的症结。

但日子还得那么过。

是的。1840—1842年中英鸦片战争，清朝战败，日子还是那么过；1881年及1883—1885年，中法战争，清朝本来战胜了，却主动求和，成为不败而败，日子还是那么过；现在，这场战争清朝败得很惨，日子仍然还得那么过。

人们根本就不知道多少真相，生存的压力也不允许他们多想。至于那及时行乐的，争权夺利的，没有理由不依然故我。唯有那清醒的，心里装着民族和国家的，常常陷于思考的痛苦。

不久，物价就上涨起来了。

人们，也就更忙了。

1895年暑假，周震鳞从武昌回了长沙。

其间，周震鳞叫上黄轸参加了由谭嗣同做东的一个小聚。参加这次小聚的还有唐才常、黄遵宪、江标、陈三立。

这些人中，黄轸原先也就只与周震鳞和唐才常相熟。唐才常是浏阳人，与周震鳞是湘水校经堂校友，先于周震鳞赴两湖书院就读，今年刚肄业。

谭嗣同也是浏阳人，1865年生于北京。五岁时他得了重病，昏死三日，又奇迹般复活，所以取字"复生"。十岁时拜浏阳著名学者欧阳中鹄为师，对王夫之的思想很感兴趣，阅读广博，喜欢经世济民的学问，文才出众，对八股文非常反感，曾在课本上写下"岂有此理"四个字。在浏阳读书时就与唐才常订交。此后到兰州，在他父亲的道署中读书数年。此人还爱剑喜琴，有"剑胆琴心"的美誉，加上任侠好义，后来与鼎鼎有名的北京"义侠"——曾为黑旗军首领刘永福部下的大刀王五结为生死之交。1884年离家出走，游历全国十数省，饱览风土，结交名士。后来在同为浏阳籍的著名学者刘人熙的指导下开始专心治学，研究王夫之等人的著作，并涉猎西方学说。甲午战争发生期间，他正在湖南，获知真相后义愤填膺。因为谭嗣同很少在湖南，所以黄轸平时虽然常听周震鳞等人说起，但并没见过面。

黄遵宪是广东嘉应人，原在新加坡任总领事，甲午战争爆发后，心系祖国，百般忧虑，便结束了十几年的外交生涯，回到国内，最近到湖北拜见张之洞，希望有所作为，但并不如意，于是来长沙，拜见刚任湖南巡抚不久的陈宝箴，同时考察湘学。

陈三立是陈宝箴的长子，江西义宁人。陈宝箴博学开明，去年战事爆发时，陈宝箴任直隶布政使，受光绪皇帝召见，询问战守方略，所答策略让光绪帝很满意，便命他负责督办，把湖南临时组织的湘军往东转运，准备投入战斗，谁知已不济事，终成败局。《马关条约》签订后，陈宝箴悲愤交加，痛哭流涕，屡屡上疏，痛陈利害得失，希望变法图强。今年春，升任湖南巡抚，到任后就整顿不正之风，查办了二十多名贪官污吏，深得民心。陈三立是随父来长沙，协助父亲推行新政的。

江标是江苏元和人，也是刚来长沙不久，出任湖南学政，正忙于整顿校经书院，增设史地、算学等学科。

还没见过面的四人中，黄轸对陈三立和江标还了解不多；对黄遵宪久有耳闻，还看过他的著作；对谭嗣同虽未曾谋面，却颇为熟悉，觉得两人的性情有诸多相似之处，最大的区别可能在于谭嗣同更奔放，而自己则较为内敛。

见面时，黄轸打量谭嗣同，只见此人身材挺拔，相貌不凡，额头宽阔饱满，两道长长的一字眉如用楷书写成，又如用塑像刀法刻成，硬朗有力。微凹的眼窝似含着激愤之气，目光坚毅，鼻挺唇厚，面色微黑，整张脸如同钢铁铸造一般，透着英武和果敢之气，颇有英豪快士之风。黄遵宪呢，身体有些瘦弱，略显病态，但满脸赤诚，目光里充满智慧。陈三立风度翩翩，颇有宦家子弟的气质，只是多了一分风骨。江标中等身材，体貌略丰，满面亲和。

几人当下互相问了好，熟悉的不熟悉的，就都没有了拘束。

聚会定在坡子街。这里有不少名声很响的美食店，如"玉楼东""热卤刘""火宫殿""双燕楼""伍德厚堂""余长兴烤鸭店""杨裕兴""清真李合盛"等等，都是让人大饱口福的地方。按说，几人都不算拮据，尤其是陈三立、江标，都是在位之人，谭嗣同虽不在位，但父亲此时正任着湖北巡抚。但他们还是放弃了去名店，而是拣了偏僻之处一家很普通的店子，随意点了几样菜，两瓶酒，上到三楼，坐在靠窗的位置，一边吃简单的酒菜，一边喝着君山银针茶，交谈起来。

此次聚会，本来就不是为了吃，而是一半为联谊，一半为大事。

这些人都是已知道甲午战争真相的，谈话的主题就是这个。

谭嗣同慨然说："局面坏到这步境地，实是我华夏子弟的奇耻大辱。耗费国家重金打造的淮军和水师，却只是一触即溃的货色。清廷如果再执迷不悟，一意孤行，大清必衰亡无救。所幸还有光绪皇帝，开明思进，救亡图强的愿望非常强烈，这是希望之所在。但是，又听说作为一国天子，光绪帝竟然并无实权，实权仍在曾经垂帘听政的慈禧手里，如果真是这样，也实在荒唐。条约签订后，在京等待考试放榜的举子无不愤慨，来自广东南海的康有为和他的学生梁启超已联合十八省举人，得一千多人支持，发起'公车上书'，于5月2日与北京数千市民一起向朝廷请愿，要求拒和、迁都、练兵、变法，然而竟被朝廷拒绝。但维新图强的潮流不可阻挡，正如燎原之势蔓延。我已决定处理好一些事务，去北京拜会康有为、梁启超。不知各位有何见地？"

唐才常也气愤地说："正如在京乡党张百熙劾奏李鸿章所言——'阳为战备，阴实主和'，战事未开时就没有决心，只是勉强出兵，开战后就想着求和，这样也能打赢战争才是怪事。数万人之众，又是陆军又是水师的，却徒送了那么多将士性命，还不如中法战争时刘永福所带一支流落异邦的黑旗军作战来得解气，甚至不如鸦片战争时广州三元里临时集聚起来的平民百姓争气。积弊不除，国将不国。是可忍，孰不可忍！"

"弱国无外交，昏政是祸首啊。"黄遵宪脸色凝重，"国事到了这一步，我这个外交官，话说得再合理得体，外邦也没谁愿听啊，又还有什么存在意义？因此忧愤不安，回到祖国，希望全国上下能有所作为，尽快挽回战败损害，使国家朝好的方向发展。如果能实现这个愿望，我这年近半百的病弱之躯，死亦无憾。"

陈三立说："家父和我也是痛心疾首。大清积弊已久，除了朝廷，下面层层机构，莫不如此。目前朝廷的守旧势力仍是顽固，皇族一派，谁愿放权革新？李中堂不缺见识，却长袖善舞，更多耗在做官之上了，于国家大事尤其是军事上缺少魄力，无法与当年曾国藩、左宗棠这样能扛重担、开局面的重臣相比，又缺乏自律清廉，带坏了官场风气。朝中之事我们暂时也无可奈何，但为官一任、造福一方是基本操守，家父与我既然来到湖南，先把湖南的事办好，这是责无旁贷的，否则有何颜面在曾公、左公的桑梓之地安享民俸，并面对三湘父老？此外，只要力所能及，我们也定将为国事进一步付出绵薄之力。"

江标说："除了上层的因素，日本国为何能集全国之力发动这场战争，那是因为他们的国民素质高，有民族、国家意识，凝聚力强。我国因为立朝的正统问题及当朝的所作所为，民间本来就一直延续着不满情绪；再加上教育陈旧和落后，民智没能得到开化，愚昧、麻木成为常态；又加上吏治更加腐败，百姓对国家越发缺少认同感，鸦片战争时不是还出现过百姓观看中英两军交战发出欢呼的咄咄怪事吗？窃以为在上层进行必要变革的同时，国民教育也必须改革，大力革新和推进，以开发民智，唤醒人心。"

周震鳞接话说："说到教育，张大人张之洞算是相当重视的，在湖北颇有作为，也颇见成效。不过多半还是只注重科技，不触及政治，最终于复兴国力作用如何，还得拉长了时间才能知道。"

在几个人中，周震鳞年龄最小，其次便是黄轸。

周震鳞最了解黄轸，他的最大特点是笃实、稳重、谦让，他能真诚地对待每一个不算厌恶的人，但有些重要的话，只对很要好的人说，在有生人的场合，他从来不喜欢吹嘘自己和说没把握的话。所以，他是最后出声的。

"真是惭愧，这些年，我只知读书学艺，对外面的事务关心不够，直到随着这次战事的不断恶化，逐步知道有关真相后，才感到国事的糟糕，为此也一度愤慨难消。国家事，民族事，都是我们学人必须关切的最为要紧之事，此后我也会多用心在这上面，向各位奋起直追。至于这次事件让我感受最深的，是朝廷还不能正确认识自我与世界，摆正自己的位置，做到壮士断腕，克己所短，吸人所长，赶上世界文明潮流。传统的夷夏之辨，都是以自我为中心，为文明，为正主，视异族他邦为夷狄，为野蛮，为附属。但王夫之先生就并不这样认为，他认为夷夏其实并无绝对之分，区别主要体现在文化上，彼此既有冲突又有契合，对野蛮侵犯需要抵制，对相互依存需要包容，而且社会的文明进化是处于变化状态的，也就是并没有一个固定的中心。他之所言，和魏源、郭嵩焘等人的见识一样让我受益匪浅。其实在明朝时期，我国能睁眼看世界的就有数人之多，如王廷相、朱舜水、孙毂、瞿式谷、冯应京、徐光启等，都知道中国只是地球上的很多国家之一，而明朝多数时候也能敞开胸怀对待异族和外邦。遗憾的是自清以来，便闭关锁国，眼界逼仄，俨然自己才是上天唯一眷顾的万世不败的天朝上国，他国均是不值一提的附属宵小，实在荒唐。当然，这只是一方面，还有一方面，就是权力和利益的诱惑太大，旧势力不肯轻易松手，管你什么国家和民族，正如法国路易十五所言：我死之后，哪管它洪水滔天。"

谭嗣同听了说："正如震鳞所言，黄轸确实博学谦逊。王夫之先生还论述过'道器'关系，认为'道者器之道''终无有虚悬孤致之道'。所谓'道'，我们可理解为制度、理法；所谓'器'，可理解为事物、技术。现在要变法图强，有人却说'变器不变道'，也就是不能涉及大清的制度、规例，只能做其他方面的革新。我说，这天下哪有一成不变的'道'，事物和技术既可以随时都发生变化，哪有什么'道'可以始终如一的道理？看来要推动变法还真不是容易事啊！"

大家又谈论了一阵，虽然是坐在临窗，江风阵阵，但毕竟是暑期，天气炎热，于是各饮了一碗酸梅汤，然后谭嗣同结了账，提议去湘江游泳解暑。

几人从小西门出去，来到湘江边，拣一个人少且避眼的地方，脱了衣服，下水洗澡。

几人泡在水里，感受水浴的痛快。黄遵宪最年长，身体又较弱，只敢待在最靠近岸边的地方。谭嗣同、唐才常、黄轸是游泳好手，又是在最熟悉不过的家乡河里，就随意得很。谭嗣同刚才已好好打量过黄轸，现在看着他玩水，便叫着他的字笑道："我和才常算是厉害的水鸭子了，庆午老弟的水性似乎比我们还好啊，佩服。"

黄轸也笑道："家乡挨家乡，河是一条河，只不过你们离乡时间长些，我赖在家里久些，下河当水獭捉鱼多些，练出来了。"

"水獭肯定胜过水鸭。"

"那敢情有鱼吃了。"

几人你一言我一语，边说边笑。对面就是水陆洲，如一艘巨舰，顺江泊在水央不动。谭嗣同突然提议，与唐才常、黄轸游过去。

黄轸和唐才常说声"好"，三个并排，随着谭嗣同一声"起"，三人往前一跃，伸着长臂，如桨入水般利落，插入水中，快速一划，又换另一只长臂，就这样，飞快地游向对岸。过了河心就分出了高下，果然是黄轸最先到岸，接着是谭嗣同，然后是唐才常。三人在对岸的树下说了一会儿话，然后又游了回来，这回几乎是一齐到岸。

然后大家坐在江边，又说到来过湘江边的杜甫、辛弃疾、姜夔等人，说及他们的一些诗词，诸如"国破山河在，城春草木深""男儿到死心如铁""南去北来何事，荡湘云楚水，目极伤心"……有人发出慨叹，有人加以勉励。

最后，谭嗣同、黄遵宪随陈三立回巡抚衙门，唐才常随周震鳞回叔叔周理琴的教馆，江标自回学政官署，黄轸回城南书院。

因为是在假期，城南书院只住着少数学生。有的是离家路远，假期不回，有的是临时逗留，便于在省城访客会友。书院不供伙食，得自己解决。

那个闹出"咖啡事件"的罗猴子是永州人，有点贪恋省城繁华，还没有回乡。

黄轸原打算第二天上午处理点事情，下午回家，谁知在外面吃了午餐回到宿舍，准备收拾几本书就动身时，那个罗猴子也刚好从外面回来，棋瘾来了，拉着黄轸非下两盘棋再走不可。黄轸只得奉陪。

于是两人在室外的两棵细叶桐下面，围着圆石桌下棋。细叶桐很茂盛，罩出一大片浓荫，不时有风吹过，还算凉快。下了一盘，黄轸就不想同罗猴子下了，因为罗猴子下棋喜欢悔棋，之前黄轸与他订立过口头协议，不准再悔棋，谁知今天他又悔。黄轸正说着"不好玩，不好玩"，周震鳞来了。

罗猴子也认识周震鳞，知道他和黄轸的交情，于是和周震鳞打过招呼，便自觉走开了，不掺和俩老友说事。

周震鳞就在挨着黄轸的石凳上坐下。

周震鳞要言不烦地轻声说："谭嗣同透露，据可靠消息，以康有为、梁启超为首的维新派打算发起成立一个组织，团结有志于维新变法的人士，这样更有力量。他觉得我们湖南的仁人志士不少，也是可以有所作为的。"

"他的具体想法是？"

"他想先把湖南的人员摸个底，等他进京与康、梁见面后，见机行事，一俟北京的组织成立，湖南即可进行响应，一起为辅助以光绪帝为代表的开明派而抑制以慈禧为代表的顽固派出力。当然不止发动湖南，还包括全国多地。谭嗣同私下对我说，你和我都是值得信任的人，希望我们到时能加入，成为得力的一分子。"

黄轸听罢，想了想说："我看谭嗣同兄的风神，有一种大气魄，绝非一般人可比，他的许多方面都令我敬佩。然而对于首倡变法的康、梁，我是了解不多的，对于政治领域，也还缺乏研究，对有些事情，觉得自己还把握不准。黄宗羲、顾炎武、王夫之等贤哲都论述过天下非一姓一氏的私产而是属于全民的道理，我觉得这比那些为一姓王朝所鼓吹的'道统论'似乎更符合天理人性，在这关系到四万万同胞前途命运的节骨眼上，我们再举天下精英之力去维护一个家天下的朝廷，至少我目前还不能说服自己。不知你有何想法？"

周震鳞略加思忖说："说实话，我们的想法基本一致。你知道，我们祖上有七位秀才死于清廷之手。虽说佛有言'一念放下，万般自在'，但我以为也要看值不值得放下，为什么放下，这放下可不可行。所以，我也想再看看。"

黄轸又想了想说："此事我们可以稍稍从长计议。嗣同兄也许也只是初步提起，而不是立马要我们一个答复。而且，就算我们不正式加入，只要是有利于国家和民族的事，需要我们帮什么忙的时候，我们也是不吝出力的。"

周震鳞点点头，突然想起来似的说："你的定力还是比我大啊，今年仍没有参加科考，而我却做不到。如今又半年过去了，明年，你打算如何？"

周震鳞为没能说服黄轸参加考试过意不去，感到没法向其父亲交代，因而仍将此事挂在心上。

黄轸叹口气，然后说："我们情况有些不同嘛。你是叔叔带大的，能读到今天不容易，老人的心意怎能违背？我呢——唉，怎么说呢，其实也一样，老人的愿望也恳切得很……可是，我真不想考那个八股文。"

"我说庆午兄啊，要不你听我一句，明年还是去考吧。"周震鳞诚恳地说，"不瞒你说，我还希望有一天，我们能在两湖书院做同窗呢，那里的学习环境真的比这里还要好得多。"

"是吗？那我倒是兴趣很大呢。"黄轸笑道，"到时我们住一个宿舍？"

"要得！"周震鳞开心地笑了，用力拍了一下黄轸厚实的肩膀。

黄轸回到家的时候，天已经黑了，家里亮起了灯。

一欧已经快两岁了，能一摇一晃地满地跑了。黄轸进了大门，走到里屋门口就听到他在灯下随妈妈唱童谣：

> 月亮粑粑，肚里坐个爹爹（dia），
> 爹爹出来买菜，肚里坐个奶奶，
> 奶奶出来绣花，绣只糍粑，
> 糍粑跌到井里，变蛤蟆，
> 蛤蟆伸脚，变只喜鹊，
> 喜鹊上树，变只斑鸠……

黄轸等他们把童谣唱完了，这才走了进去，冲一欧做了个鬼脸，又做着动作唱道：

> 伢仔伢，钓蛤蟆，
>
> 蛤蟆一蹦，钓蚱蜢，
>
> 蚱蜢一飞，钓乌龟，
>
> 乌龟一爬，抓住它！

三人开心地笑作一团。

看黄轸放了行李，廖淡如说："吃饭时爹还念叨，不知你今天回不回呢。"

"哦。"黄轸应一声，"爹呢？"

"刚才还在堂屋。"

黄轸想起进屋时没看到父亲在堂屋，便走了出去，各处转了一圈，发现父亲在东厢房那边，正和几个帮工在说话。

黄轸与父亲打了招呼，站了一会儿，听到父亲是与帮工们说建房的事。

黄筱村又说了几句，便和黄轸回到堂屋。

黄筱村躺在一张凉椅上，黄轸在他对面一张木椅上坐下。油灯的火苗在八仙桌上一跳一跳的。

黄筱村拿起桌上的茶杯，深深喝了一口，把茶杯放回原处，就对黄轸说："轸儿，我还是决定在石家河把房子建起来。"

"爹，这么热的天，你多休息，暂时还是搁着吧。"

"不，"黄筱村肯定地说，"你平时都待在长沙，比我更清楚，物价涨得凶啊。莫非这清廷已经到了死鸭子只剩嘴巴硬的地步了？当年为鸦片打那两仗，也败了，签的《南京条约》《天津条约》《北京条约》等，又是割地又是赔款的，但也并不公开，这是你爷爷告诉我的，我那时才刚会走路。没想到这次败得更惨。如果世道这样坏下去，老百姓的日子可怎么过？我们虽有几块田地，但谁又说得清到时的情况呢？所以，我还是要把房子抓紧建起来。现在先把材料备好，不然万一物价没谱地长，存的几个钱都买不了几样东西了就更糟了。有些事情就算我们不懂，可是你想啊，他们赔了那么多白花花的银子出去，肯定会出大问题的。"

这时易自如走了进来，看着黄轸说："我也是劝你爹，别太累了，可他还是想为你们多做点事。"

看父亲决心这么坚定，黄轸便说："那好吧，有些事，我来做。"

这时一欧又唱着"月亮粑粑"，嚷嚷着随廖淡如来找黄轸了，黄轸转身抱起一欧，三人来到院子里，只见一弯新月正从东面的天空往上升。来自院子前面水塘的风，一阵阵吹进院子来，再加上屋子处于浓荫蔽日的大树掩映中，院子里本来就无多少暑气，这时就更是凉爽得很。

三人在院子里看月亮，唱"月亮粑粑"，只听见一欧咯咯咯的笑声不断。

第三章

奉命再赴考

　　四姐夫胡雨田和同村的刘石介这回也和周震鳞等人一样肩负起了劝说黄轸参加科考的任务。

　　黄轸总算比较爽快地答应了。

　　大家当然知道，他口头爽快地答应，心里其实勉强得很，否则他就不会在刚做的一首《别母应试感怀》诗里写下"一第岂能酬我志，此行聊慰白头亲"这样的句子了，但只要他愿意去考，就一定还是会用心的，这就是好的。黄轸不考中，胡雨田和刘石介心里是一直不安的。

　　离考试只有三天了，胡雨田和刘石介等几名亲友为黄轸置酒壮行。

　　还是在坡子街，不过这次他们坚持选了一家名店——火宫殿，也是图个"红红火火"的意思。

　　黄轸不爱喝酒，所以一场小宴吃下来没多长时间就结束了。

　　与胡雨田和刘石介在街头分手后，黄轸本打算回城南书院，但走着走着，就走出了小西门，来到湘江边，沿着湘江往上走。这个时节的江边有点冷，所以人极少，但黄轸觉得正好借江风凉爽凉爽，清醒地理理混乱的思绪。

　　他慢慢走着，心里想着很多事。首先想到的是理想。他总感觉自己想干一番事业，不同于一般人以个人利益为追求目标的事业，可要具体说起来，一时又说不清楚。好在他也不纠结于此。这些年他就只认潜心读书，习武强身，先把本事学好再说，否则有再好的想法都是空谈。接着想到家庭。这十多年来，家里陆续发生了那么多让人伤感的事，兄长、生母、第一任继母相继去世，对这个家庭的打击太大。他永远不会忘记，八岁前他在冯塘的萧举人家读书，都是母亲亲自接送。可是，八岁时，母亲病倒了，即使他天天守在床畔，也挽不住母亲的离去。后来,他去八喜庄周翰林家读书时,常常绕到母亲的墓地,默默地悼念。再后来,第一任继母又去世了。作为一家之主的父亲,承受的打击最大,幸好现在的继母贤惠能干,为父亲分担了很多,让他心里略感宽慰。然后他就想到科举,想到八股文——这让人憎恶的怪胎,不是他一个人憎恶,而是很多有思想的学子都憎恶。可是又必须面对,因为迄今为止它仍是关乎前途命运的必经关卡,放弃它当然并不等于就无路可走,但要付出数倍的代价。"学而优则仕""学成文武艺,货与帝王家",这是历来学子视若圭臬的名言。久远的不说,《儒林外史》中为中举而喜至发狂的范进也不说,单这些年所见的读书人,多数就是只冲着考个功名,谋个一官半职而已。他们苦读必考内容和范文——闱墨,苦练八股文和馆阁体。而自己呢,却只在乎学到真学问,对那个科举考试就是上不了心,喜欢广泛涉猎,自由写作,书法也是上溯晋、魏,融入性情和拳法,形成自己的风格,而非流行的面目如一的馆阁体楷书……然而,心里矛盾归矛盾,他这次是下了决心应考的了。他前几天回家,继母的谆谆嘱咐言犹在耳,哪怕仅仅为了给父母家人一个安慰,他也要去考。

黄轸走着,眼看就到潮宗门了,他打算掉头回书院,刚一转身,与一个人碰了个满怀。

"咦!——"那人惊叫道,往后一连退了几步。

黄轸也本能地往后退了一步。他定睛一看,也是奇了,居然是个算命的老头儿。

只见那老头儿个子瘦高,戴着一副墨镜,清瘦的脸上鼻孔高耸,格外醒目,下巴上一绺灰白胡须,头上罩着个小南瓜式的毡帽,一袭洗得泛白的长布衫上打着两块巴掌大的补丁,左手执着一面算命旗幡,上方画着一黑一白两条鱼似的太极图,下面写着"赛半仙"三个大字——嗬,人家算命的只称"李半仙""张半仙""刘半仙",他倒好,"赛半仙",更高一级。

"刚才不小心,冲撞了老伯,请多包涵。"黄轸两手前握,打了个拱。

那"赛半仙"站定了,右手扶正快掉了的眼镜,盯着黄轸。

"咦,年轻人,气度不凡。本次应考么?"

"谢过老伯。晚生还真的会应考,不过,权当玩儿。"

"天大的事,岂能当作玩儿?要不,我给你看看,能不能考中,需不需禳解?"

"谢老伯关心,晚生才疏学浅,对考试这事,一切顺其自然。"黄轸又是一拱。

"这就不对了，""赛半仙"撇撇嘴，"考就要考中。我看哪，年轻人是有心事。"

一个算命先生，你若理会他，必有说不完的话，非到你掏钱不能作罢。尤其是在这开考前，算命占卜的都盯紧了准备赶考的学子呢，考取功名这样天大的事，谁不想旗开得胜有个好结果？这就正是这些半仙们挣钱的好时机。黄轸于是打算告辞了："谢老伯关心，晚生定当尽力。天气寒冷，老伯多保重身体。"说着就要走。

"哎哟，你可误会了。"不料那老者还不想放人，"你是怕我漫天要价吧？那就误会我了。对要赶考的学子，如果是吊儿郎当的纨绔子弟，我是一定要收钱而且要价不菲的；如果是勤苦肯学的良家儿郎，一切好说，给不给钱，给多给少，都没关系啦。"

还有这等事？黄轸并不是想算卦，而是有些感到好奇，便停住了，不无敬重地看着老者。

"我自己也是科考过来的，个中甘苦，自有体会。"老者笑笑说，"我可是考了八次，四十岁上才终于中了个秀才，嘿嘿。"

"那也不错，好歹考上了。"黄轸语含赞扬，意在安慰老者，"那为何……"

"我就知道你要问我为什么不干别的，来做这个行当。"老者抬起左手，指了指幡子，又看着黄轸，"明说吧，我也在教馆授徒，只是没事时做做这个，一是出于爱好，二则为挣点小钱。至于帮官府去做什么事，我想都没想过。也就是说，考试是考试，而帮不帮他们做事，那可是另一回事。"

"老伯风骨，晚生钦佩。"黄轸没想到，连面前一个算命的，都有自己的气节。诚可谓吾道不孤。

"至于我特别想找打算赶考的学子聊天，是喜欢了解他们的心理，有时还真能帮忙参谋参谋，引导引导，哈哈。"老者笑道，"当然，我还知道，学子们喜欢到湘江边来怀古伤今，嘿嘿。"

黄轸觉得这老者很有趣，又想到老者刚才说他有心事，还真说对了。真是个怪老头。

黄轸问："那你是怎么识别学子身份的呢？"

"眼光不会欺骗我啊。"老者自信地说，"让我看看，你是哪路人……

哦，家底殷实，不学无术……哈哈，不，你是个虽然家境不错，却踏实好学之人也。"

"实在惭愧，老伯过誉了。"

这时老者停住笑，一本正经地说："要不，我给你测个字？"

黄轸不想忤老人的意，便点点头。

老人很高兴："那你随便说个字。"

黄轸想了想，说："就测个'轸'字，车字旁，加个珍贵的'珍'右部。"

老者凝神琢磨了一下，说："'轸'字，从车，三人随车，表示盛况，有场面。而车在前，人在后，表示一马当先，有引领开拓之风范。大吉呀。不过……"

"怎么？"

"此字结体略为不稳，也即暗藏风险。"老者继续道，"你既看重此字，莫非是你的名字？那么姓氏又为何字？"

"正是。姓氏为'黄'。"

"啊，"老者听了惊叫道，"那你这命相，老朽我不敢算了。"

"为何？"

老者凑近了黄轸，轻声道："你想啊，那在众人簇拥之下，有黄罗伞盖的车是什么车？……"然后退开，把黄轸重新打量了一番，带着几分不敢相信的神色，转身就走。

黄轸赶紧掏了几元钱握在手里，赶上去塞给老者。老者看着黄轸，神秘地说："年轻人，你好自为之，珍惜前程。"说罢掉头而去，一边走一边唱：

> 我是山中龙虎豹，
> 来到世间走一遭。
> 不吃人也不吃羊，
> 自由自在乐逍遥。

黄轸看着老者的背影，不禁有点惆怅。他喜欢上这名老者了，如果是坐下来好好聊一聊，相信他一定有更多有趣的故事和话题。至于刚才的测字，他只会心一笑，权当玩乐而已，并没有怎么往心里去。他又想起当年赶考时碰上的那个摆残局的老人，遗憾的是那盘残局至今无解。

目送老者离去，黄轸改变了主意，折身往潮宗门走去，决定从城内回城南。

进了潮宗门，就是潮宗街。黄轸也不想往别处去，就径直踏着古老的麻石街往前走。走了一会儿，正要往右一拐，向南而去，却见一个人从旁边食馆走了出来，身子有点儿飘，脚步略显趔趄，显然是喝多了。不看则已，这一看，那人不就是陈作新吗？

陈作新是浏阳人，比黄轸大四岁，家境清贫，自幼过继给伯父陈伊鼎。伯父学识渊博，主讲于浏阳狮山书院。陈作新由伯父发蒙读书，在伯父的严厉管教下，用功学习，打下了深厚的国学根基。

陈作新天赋异禀，资质不错，兴趣广泛，是个多才多艺的人。功课之外，他还擅长书画，篆、隶、楷、草四体字都写得颇见功力，且自成一家，尤其精于大小篆，笔法浑朴苍劲；所画梅、兰、竹、松，别具一格，所制图章刀法遒劲，苍古自然。此外，他还喜欢骑马、练拳、舞剑。因此可以说是文武皆能。

陈作新今年二十六岁。他从十四岁就开始赶考，但考了六次都名落孙山，而去交界之地江西萍乡等县当"枪手"替人代考，却考了五次中了三次，先后得到三百多两银子的报酬。后来花几十两银子捐得一个监生，得到乡试资格，考试后自己觉得文章写得挺好，满以为会中，结果又是名落孙山。当他得知自己的文章也曾被阅卷老师呈递给主考，只是最终还是落榜了，就更加悲愤时运不济，命途多舛，也更加看透了科场的荒唐，发誓再也不考。长沙名士彭梅生颇为欣赏陈作新的才华，看他生计无着，便推荐他去了一户李姓人家里教书。

这时陈作新立定脚步，抬眼往街上一扫，也看到了面前的黄轸。

"兄台，你又喝酒了？"黄轸打了招呼，上前抓住陈作新的手。

"啊，你也在这里。"陈作新笑道，"早来点就好了，可以陪我喝。"说着拍拍黄轸的肩膀。

"这次真的不考吗？"黄轸知道陈作新现在对科考有多痛恨。

"我考他妈个祖宗！"陈作新愤愤地骂道，"实话说，代考也涨价了，二百两银子一次，没得二话可讲，哪怕少半两，本爷也不出马。"

"嘘——"黄轸提醒陈作新噤声，又扶着他往前走去，免得引人注意。这科场舞弊搞不好要杀头的。

"杀头碗、碗大个疤。"陈作新声音压低了,却把手掌当大刀片往脖子上砍了一下,不屑而又诡秘地笑着,"他们不砍我的头,老子还想砍他们的头呢!"

黄轸心想:陈作新也算个奇人,只是爱借酒浇愁,如果少喝酒就好了。

黄轸在善化县完成考试后的第二天,回了家。

对这次考试的发挥,他是满意的,但结果如何,只有等放榜了才知道,否则谁都不能把握自己,除非是花重金贿赂主考的权贵、富家子弟。

黄轸回到家才知道,父亲病了。

其实黄轸应考前回来那天,黄筱村就病了的,只是易自如为了让他安心考试,把黄筱村藏到了黄轸大姐之前住的那间房里,对黄轸谎称他父亲出去帮人调解矛盾了。

不过,黄筱村的病还真来自帮人调解矛盾。经过调解,当事人双方握手言和,并按当地风俗习惯,摆了和气酒。黄筱村经不住劝,多喝了几杯,回家途中,遇上大雨,被淋了个透湿,由于体质已变差,就生了病。这病时好时坏,但黄筱村和易自如都瞒着黄轸,让他安心考好了再说。

黄筱村听黄轸说了考试情况,精神好了很多,舒坦地说:"谋事在人,成事在天。只要用心对待了,就是好的。"

黄轸于是在家多待了几天,观察父亲的病情,与妻儿享受天伦之乐。还好,黄筱村心里愉快,病也好了大半,只待慢慢调养。

早盼夜盼,终于放榜了。

这回,黄轸果然考中了!

善化县一千多名学子应考,只取三十四名,难度不是一般的大。

胡雨田和刘石介首先登门庆贺。他们的心里总算泰然了。

黄家沉浸在一派喜气中。

黄筱村的精神特别好,非要拄着拐杖,在妻子易自如的陪同下,与前来庆贺的人寒暄几句,脸上始终堆满了笑容。然后他又把黄轸叫到跟前,说:"石家河的房子,已经建了一半了,赶一下,完工很快。我看哪,今年咱们就可以搬进去过个丰收年了。"

黄轸对自己考中了反应平淡,但看到家人高兴,他心里也是快乐的。他还是担心父亲的身体,不由内疚地说:"你们都在为子孙着想,我却因为读书，在家里的时间很少，何曾帮到你们？你目前最紧要的是调养身体，房子的事，就让母亲吩咐帮工们做就行了，你不必担心。"

黄筱村点点头："你放心，我只是间或去看看，不碍事。"

易自如也说："轸儿，你就安心读书好了，我会照顾好你爹的。他就是好强，你劝劝他也好。对吧？"说完看着黄筱村。

黄筱村满足地笑了。

黄轸这才放心了些。

黄轸中了秀才后仍在城南书院就读。

同年农历九月，廖淡如生下一个女孩。黄轸为女儿取名振华，意为振兴中华。先中秀才，现又添丁，黄家一年之内可谓双喜临门。

年底，一家人果然搬到了石家河新居，过了一个欢乐年。

遗憾的是，第二年春暖花开时，黄筱村就去世了。临走时，他充满感激和愧疚地看着易自如。然后，当黄轸握着他的手，他也抓着儿子的手不放，久久地看着儿子。大家都知道，他是担心这个家庭的重担一下子落到黄轸的肩头，黄轸又还要读书，他吃得消吗？直到易自如和黄轸好言安慰，他才松了手，溘然长逝。

黄轸和继母把父亲安葬在了村子东面的叶里包桃山上，墓地位置恰好位于两片桃叶山包裹着的桃果方位上。

第四章
戊戌之变

纸毕竟包不住火，谎言只能暂时蒙骗一部分人。

清朝在甲午战争中的失败和战后对日本的巨额赔款，在中国所引发的民族情绪和思想激荡，持续发酵。

1895年8月，在帝党代表翁同龢的支持下，由康有为发起、侍读学士文廷式出面组织的强学会在北京成立，先后吸收了梁启超、丁立钧、张孝谦、沈曾植、杨锐、沈曾桐、徐世昌、袁世凯、张之洞、聂士成、梁鼎芬、汪康年、张謇、黄遵宪、汪大燮、孙家鼐、李提摩太、李佳白等数十人为会员，先后创办了《万国公报》（后改为《中外纪闻》）、《强学报》。上海强学会也随即成立，并创办了《时务报》，与前两报一起倡导维新变法。虽然强学会不久即因被弹劾而遭封禁，但产生了广泛的影响。

湖南很快成为全国最富朝气的一个省份，长沙成为维新思想最活跃的一个城市。

江标于1895年在北京加入强学会后不久，来长沙出任了湖南学政。他特别重视教育改革，大力改进课程，扩增设备。湘水校经堂是由湖南学政主办的学堂，所以这里也很快成为一块思想活跃的土壤。

此外，由已兼任岳麓书院山长的王先谦领衔申报的时务学堂，也在以"变法开新"为己任的湖南巡抚陈宝箴的支持下，于1897年1月开始创办，随后发布了《湖南时务学堂缘起》，阐明了设立学校、培养维新人才的宗旨。委派黄遵宪和刚从两湖营务处任上回湖南的翰林院庶吉士熊希龄负责学堂筹备事宜，并任命熊希龄为提调（校长），主持一切行政事务。聘请梁启超为中文总教习、李维格为西文总教习。创办了《湘学新报》（后改为《湘学报》）旬刊。时务学堂很快成为湖南维新力量的主阵地。

谭嗣同从1895年开始在湖南一边组织算学社，从事新式课程钻研和讲学，一边呼吁变法。1896年春，谭嗣同入京，结交了康有为、梁启超、翁同龢等人。接着因迫于父命，入赀成为江苏候补知府，一路游历，前往候缺，但在奋笔疾书完成哲学著作《仁学》一书后，便懒得再候那个官缺，于1897年春节后回了湖南，在巡抚陈宝箴和新任按察使黄遵宪、学政江标的支持下，与唐才常等一起倡办时务学堂。

维新派还倡导开矿山、修铁路、办工业。总之，湖南的气象焕然一新。

时务学堂定于8月份招考，9月份开学。

就在8月28日时务学堂开考那天傍晚，陈作新突然来到城南书院找黄轸。

黄轸看到陈作新脸色很不好看，不知他又遇上了什么事，就陪着他往学堂的林荫道上走，然后在一个池子边的亭子里坐下来。

果然，陈作新又交了华盖运。原来，他去考了时务学堂，气就是在那里受的。王先谦也是考官之一，当让人传唤陈作新面谈的时候，看到陈作新很自信，话没说上几句，就对陈作新百般奚落，说他考了那么多次，秀才都没考上，捐了个监生再去考也没考上，还是个童生，也想考时务学堂？陈作新一气，就说："老子代人考中三次了！"王先谦半信半疑，然后严厉地说："如果属实，那就更不行了，而且是重罪。我现正忙活，懒得与你计较，就当你是胡话。来人呀，给我轰出去！"

就这样，对时务学堂满怀憧憬、极抱希望的陈作新非但没有如愿以偿，还憋了一肚子窝囊气。

"王先谦这个狗眼看人低的混账东西，我陈作新有朝一日得势，定要杀了他！"陈作新怒气难消，"这些顽固不化的老朽，不过是一帮狐假虎威的狗奴才！"

黄轸赶紧示意陈作新小声。王先谦自从兼任岳麓书院山长后，虽然更多时候待在那边，很少来城南书院，但还任着城南书院的山长呢，这里又是他的老地盘，亲信和耳目众多。幸好旁边并无书院的其他学生。

至于陈作新这事的真实性，乍一听，黄轸有点吃惊，但转而一想，并非不可能。不过王先谦毕竟是他的老师，又与父亲有交情，所以即使他心里为陈作新抱屈，也不便对王先谦有所不敬，只是好言开导陈作新："兄台不必为此生气。考场中的事，兄台经历的还少？何必再计较这一次？兄台的才学，我们都知道，这就够了，至于那名分上的功名，何值一提？风气渐开未开之时，就恰如那乍暖还寒时候，常常是最难熬的时刻。兄弟所遇这事，也正好佐证了科举功名观的可恶。龚定庵先生诗云'我劝天公重抖擞，不拘一格降人才'。这正是个需要不拘一格选人才的时代，遗憾的是现实却仍如铁板一块。不过，我相信总有大改变的时候，而且不会太远了。兄台但放宽心，大丈夫要沉得住气，方能成就大事。李太白说'长风破浪会有时，直挂云帆济沧海'，愿我们共勉。"

经过黄轸劝说，陈作新心情好多了，但还是止不住对王先谦的痛骂，只是语气已经平缓："自以为泰山北斗了，可除了抱着一堆故纸不放，还知道他妈的个么子？我就不相信他王麻子能一手遮天一辈子！"

黄轸怕陈作新在其他场合也说这些话，对陈作新不利，就又劝导他，要提防小人搬弄是非。因为对王先谦的为人，黄轸基本还是清楚的。作为翰林院庶吉士出身的王先谦，除了学术上的名望，还曾做过京官和江苏学政，回湖南定居后，在政、商、学、绅等各界都可谓盘根错节，深不可测，有左右当地重要事务的能力。时务学堂本为唐才常等人所倡导，之所以尊他为领衔由他来申办，就是陈宝箴等人考虑到以防他日后从中作梗。而他之所以愿意出面，一是得了面子；二是对办教育，只要是不触及封建纲常，他还是有热情的，那么参与进来进行操纵，以便按自己的意图进行运作就很有必要；三是看目前形势，维新变革虽尚有争议，但某些方面的措施却也似乎已得到朝廷默许，有全面铺开之势，那就不如顺势而为。也正是基于第三点的考虑，在同意创办时务学堂前夕，他就曾出资一万银两，与本省一些士绅集股，并拨借官款，开始兴办工业，比如创设宝善成机器制造公司等。但在政治思想上，他并没有什么改变，他认定日本明治维新的成功，主要得益于工业生产上的变革，而不是制度，也就是"器变道不变"。他以为朝廷也正是这样在向日本学习的。

陈作新颇信任黄轸，两人聊了一阵，已情绪如常。

黄轸于是拍拍陈作新的肩膀，微笑道："这次没喝酒？"

"戒了！"陈作新爽快地答道。

"戒了？真的？"黄轸很意外。

"我去年那个事，你又不是不知道……"陈作新说着，脸上满是自愧。

原来，陈作新所教的李家那儿子，年十二岁，天资聪颖，士子必读的十三经除了《仪礼》之外，都已读完，八股文也已学习得像模像样，达到"完篇"。按照习惯，文章已经完篇的学生，就不必再强行背诵诗书，也不需再施行体罚。但陈作新性情有点急躁，琢磨着怎样才能使孩子更好地成材。想到自己小时候因为顽皮，伯父管教甚严才读了不少书，学了不少艺，认为孩子一般都是爱玩的，管束不严不行，要求不高不行。所以李家孩子一有表现不如他意的时候，就施以体罚，板子"啪啪啪"，打手掌，打屁股，给其布置的课后任务也很重。那孩子终于忍无可忍，离家出走了。陈作新感到自己责任重大，和李家人四处寻找，但寻了一整天也毫无消息。大家更加着急，连周边的水塘都去捞了，怕孩子失足。直到第三天傍晚，孩子才被外祖父派人送了回来。方知孩子出走后，也不知走了多久，来到野外的稻田，在一个农家的草垛里躲了起来，第二天被农民发现了，要送他回家，他说是逃出来的不敢回，要送就送去外祖父家，农民就按他说的送了去。见到孩子无事，大家这才松了口气。陈作新经过这次事故之后，就对自己好好反省了一番，对孩子的管教放宽了，而且从此戒酒戒怒。当时，对他有知遇之恩的彭梅生正在东长街创立"国民教育阅书处"，教书之外，他还应约前往做彭的助手，在那里看了不少翻译的新书，开阔了眼界，进一步有了改造社会、变法图强的理想。

黄轸听了笑道："吃一堑，长一智。这就是经验嘛，现在你已经是个好先生了。"

陈作新苦笑道："可我总感觉志不在此啊。"

黄轸点点头，表示理解，突然想起似的说："哎，我看你这身体挺硬扎的，既然能文能武，文路不通，武路也是可以考虑考虑的。"

陈作新看着黄轸："你的意思是？"

"东边不亮西边亮。如果有机会，兄台不妨投笔从戎。以你之才，到了军营，也一定不会被埋没。"

"咦，兄弟说的是，我记住了。"陈作新抓住黄轸的手，重新把黄轸打量了一番，"像你这般武力，文笔又出众，就更是将帅之才了呢。也许，投笔从戎，我们真的可以大干一番事业！"

两人惺惺相惜，兴致颇高，看到时间不早，才愉快作别。

再说时务学堂。因为第一批学员按计划只收四十名，所以要入读这所新学堂还真不容易，录取的个个是精英，比如蔡松坡、秦力山、杨树达、范源濂、方鼎英、李复几等等。

教习们在教学中大力宣传变法革新理论，使时务学堂真正成了培养维新志士的摇篮。

1898年春，黄轸因为学习优秀，被调往湘水校经堂深造。

黄轸拜谢了老师，告别了同学，转入同在城南的湘水校经堂就读。

黄轸离开书院时，罗猴子不无伤感地对他说："有机会就好好读吧，我是不求上进，打算再读一年就回家去了。我没有么子远大理想，最好的想法就是在乡里设个教馆，招几个学生，娶上村里孙大富家的三女儿，安心过小日子了。"

黄轸安慰他说："人嘛，各有各的活法。你的想法不是挺好的吗？说不定哪天我会来永州看你的。柳宗元说'永州之野产异蛇，黑质而白章'，到时我倒想好好验证一下。"

说得罗猴子开心地笑了："要得。那时，想必我已儿女绕膝矣。咱们提个笼子，捉蛇熬汤，也不算坏事。"

"那就这么说定了，到时我们再下棋，你可不要再悔棋哦。"

两人都乐得大笑。

再说这湘水校经堂，最初是由湖南巡抚吴荣光于1831年建于岳麓书院内，吴荣光离任后一度荒废。1879年，考虑到湘江东岸的学子过江上课多有不便，由湖南学政朱逌然及郭嵩焘等迁建于长沙城南。吴荣光创办湘水校经堂的初衷是为了矫正当时书院教育中专重科举仕进的陋习，培养通经史、识时务的经世致用人才，树立新的学风，能兼容各学派的不同观点，无门户之见，课程分为经义和治事两大部分，不学专为应考的八股文。知名校友有郭嵩焘、左宗棠及熊希龄等人。

校经堂按严格程序选拔人才，凡是被选中就读的，每人每月付给各种费用，即"膏火银"，共八两，比一名七品官的月俸还高一倍多，也比其他书院都要优厚。

在湘水校经堂，黄轸遇上了城南书院的老同学杨笃生等人。杨笃生大黄轸两岁，是长沙县人，于先年进校经堂学习。这年秋闱，杨笃生考中了举人，被分配到广西任知县，但他不愿为清廷效力，没去赴任，被聘为时务学堂教习，与唐才常、谭嗣同等一起协助梁启超，成为维新骨干之一。

也就在这段时间，在陈宝箴等开明官吏的支持下，由谭嗣同、熊希龄、唐才常等人发起的南学会成立，会址设在长沙孝廉堂。

先年冬天，当德国强占胶州湾后，其他帝国纷起效尤，将手伸向中国，划分势力范围，争夺在华利益。中国面临被瓜分的危机，国家命运危在旦夕，民族情绪再次被点燃。在此背景下，谭嗣同等做了最坏的打算，一旦中国被列强瓜分而亡国，则要争取先保持南方独立，然后再图救国。他们的想法得到康有为和梁启超的支持，认为"湖南之士可用，广东之商可用"。南学会在长沙设总会，各府厅州县设分会，还创办了《湘报》，每日出版，配合宣传，大量刊发政论和南学会演说，为挽救瓜分危机而呼号。南学会倡导的革新内容涉及政治、经济、社会、文化等多个方面，思想活跃，影响广泛，对推动湖南新政，转变社会风气，发挥着重要作用。

陈作新自从报考时务学堂受挫后，改名陈汝弼，与一批志同道合之士组织了"碧螺吟社"，砥砺气节，吟诗作赋，启发爱国思想。听到南学会成立了，赶忙前来请求入会。这次总算顺利加入了南学会。

但南学会宣传新学、推行新政的活动，尤其是伸民权、设议院的主张，引起湖南顽固派的强烈不满和阻挠。王先谦等投资兴办企业，原指望赚钱，谁知因为不善经营，亏损严重，只得转给了官方，他们心里正不痛快。他本来就对时务学堂和南学会没有按自己的意图运作而心怀不满，看到维新活动搞得轰轰烈烈，就纠集张祖同、叶德辉等地方豪强劣绅及守旧官吏，对时务学堂和南学会进行攻击，一股脑儿地抨击其为"首创邪说，背叛圣教，败灭伦常，惑世乱民""伤风败俗""志在谋逆""一切平等，禽兽之行""专以无父无君之邪说教人"，使学生"不复知忠孝节义为何事"，等等，并鼓动岳麓、城南等书院部分学生和得意门生到省城学宫集会，商定所谓《湘省学约》，用来约束士人言行，从而对抗新思想传播，还对官方施压，要求驱逐梁启超、熊希龄、唐才常等维新人士，停办报刊，对时务学堂严加整顿。五月，开讲仅三个月的南学会不得不停止了讲学活动，有关负责人和教员，有的言行受到限制，有的被驱离出境。

时务学堂也人心惶惶，充满变数。有的南学会骨干如谭嗣同、熊希龄等人本身也是时务学堂核心负责人，在南学会被迫停止活动后很快也脱离学堂。梁启超先回了北京，接着谭嗣同得到翰林院侍读学士徐致靖的推荐，应光绪帝征召，率助手毕永年去了北京，与康有为等在北京推动变法。

陈作新这么快就失去了最想去的地方，他又忍不住对王先谦咬牙切齿。这时他已经不在李家教书了，就只好待在彭梅生的国民教育阅书处。黄轸告诉他，有个叫禹之谟的新朋友，曾经投军参加过甲午战争，负责运输粮秣弹药，兵败后，两江总督、湘籍重臣刘坤一念其劳苦功高，准备为他奏赏五品翎顶，他却谢绝了挽留，去上海研究实业，去年刚回省，正在创办企业，也是个很有志向的人，不妨多去帮衬。

"这个人我听谭嗣同说过。"陈作新当即想起来，"说是他去上海时认识的，有实业救国的想法。"

"那就对了。"黄轸接着说，"我们读书人，对实业很陌生，熟悉一下也是大有好处的。"

陈作新点点头，突然一摸脑袋，幸灾乐祸地说："哎，王先谦的企业开不下去了，也算是老天有眼。那老贼，我早晚都想痛打他一顿，让他满地找牙。"

再次说到王先谦，黄轸不由在内心慨叹：人，有时候真的是太复杂了，王先谦便是其中之一。他继续对陈作新劝慰道："大丈夫能屈能伸，不必纠结于一时之挫败，因小失大。他的企业这么快就难以开下去，恰好说明我们的传统教育不能适应时代发展要求，因而缺少得力的实业人才。"

陈作新说："谁说不是呢？我对那些就一窍不通，可恨的是有人要阻止和破坏维新啊。就像你上次说的，我看自己还是更适合投军，有了实力，谁阻止社会进步，就扫除障碍。"

周震鳞又从两湖书院来信了，邀请黄轸前去投考。

黄轸于是前往报考，还真顺利考上了。

前往两湖书院就读前，黄轸通过好友唐才常、杨笃生等人结识了时务学堂的几个学生，包括蔡松坡和秦力山。

面对目前风雨飘摇的局势，这些学生都不知道何去何从。如果时务学堂办不下去了，他们就直接面临去哪里读书的问题，岳麓、城南、校经堂等院校原本都属于考虑之内，但一想到王先谦等顽固势力，他们大多数并无这种打算。

蔡松坡，原名艮寅，字松坡，是宝庆人，比黄轸年小八岁，1882年生于一户贫寒的裁缝家庭。幼年在私塾读书，颇为用功，于1895年十三岁时考中秀才，去年考入时务学堂，今年也才十六岁，相貌英俊，思维敏捷，少年老成，深得梁启超、熊希龄、唐才常等人赏识。

秦力山，是黄轸的同县乡党，比黄轸小三岁，他的父亲曾在县衙做过师爷。他的文笔颇见功力，但也无意于仕途，今年春刚以第二名考入善化县学，却另行选择考入了时务学堂，接着加入南学会，积极参与维新活动。

不过，几人都还只是普通相识而已，还没有什么深入交流，只是都对目前的形势充满担忧。

这种担忧包括了多个方面，其中一个方面很快成为残酷的现实，那就是戊戌政变。

还是在去年冬，德国出兵强占胶州湾后，面对严重的民族危机，维新变法运动迅速高涨。康有为第五次上书光绪帝，指出形势急迫，提出必须尽快召集群臣商议变法等主张。光绪帝本想当面和康有为谈谈，碍于四品以下官员不得召见的祖制，只好安排了五位大臣代为召见和面谈。李鸿章、翁同龢及直隶总督荣禄、刑部尚书廖寿恒、户部左侍郎张荫桓五大臣，于1898年正月在总理各国事务衙门西花厅召见了康有为。乍一见面，还算客气，而当听完康有为的变法主张时，作为清皇族和后党代表的荣禄扔下一句"法是可变的，但祖宗之法不能变"，就再也不予理会。即使康有为耐心地解释，祖宗之法是适合祖宗时用，而如今情况已经发生变化，不再是祖宗时的情形，就不能再用祖宗的老办法来解决新的问题，理应因时制宜，加以改变，这也是为现实所逼迫而情不得已的事情，但荣禄仍是听不进去。

袁世凯因为附和变法，在宫中被一群太监围住，他们一个个怪叫着，有的拳脚相加，有的扔烂白菜，有的砸臭鸡蛋。袁世凯又不能动武伤人，只得抱头挣脱，仓皇逃离。

随后慈禧太后申明了"四不变"和"五不议"，即：三纲五常不能变，祖宗之法不能变，满洲统治不能变，最高皇权不能变；军机处事不议，内务府事不议，八旗兵事不议，太监制事不议。

1898年3月，沙皇俄国通过《中俄会订条约》和《续订旅大租地条约》，强行租借中国旅顺、大连，并索取其他利益，进一步瓜分中国。

光绪帝于1886年十六岁时亲政以来，一直十分关注国内国际形势。1890年，驻美公使张荫桓归国时，他便急切召见，询问国外情况，又特地命人找来驻日公使参赞黄遵宪所写的《日本国志》阅读，日本明治维新在他心中留下了很深的印象。此外，他还读了如冯桂芬的《校邠庐抗议》等不少著作、资料，萌发了改变中国积贫积弱状况的愿望。无奈因为年幼即位，长期由慈禧太后大权独揽、垂帘听政，亲政后仍然处处受制于慈禧太后，对许多重大事务并不能像一个正常的皇帝那样独立处理。

1898年4月，光绪帝召见康有为，表示不做亡国之君，让康有为全面筹划变法。康有为同梁启超在北京发起成立保国会。

6月11日，光绪帝颁布了"明定国是"诏书，变法正式开始。变法期间，光绪帝先后发布上百道变法诏令，除旧布新。

变法内容主要包括：

1. 政治方面：准许官民上书言事；取消闲散重叠机构，裁汰冗员；废除旗人寄生特权，任用新人。

2. 经济方面：京师设立铁路矿务局和农工商总局，保护农工商业的发展；奖励创造发明；改革财政，编制国家预算决算；裁撤驿站，设立邮政局。

3. 军事方面：裁撤绿营，精练陆军，改习洋操；实行征兵制；添设海军；兴造枪炮。

4. 文教方面：开办京师大学堂，各地设立中小学堂，兼习中西学；废除八股，改试策论，开设经济特科；设立译书局，翻译外国新书；准许设立报馆、学会；派人出国留学、游历。

一石激起千重浪。

清政府中的守旧派不能容忍变法运动的开展。有人上书慈禧太后，说维新派是要"保中国不保大清"，要求杀了康有为、梁启超等；奕劻、李莲英跪请慈禧太后重新"垂帘听政"；御史杨崇伊几次与在天津督练新军的荣禄密谋颠覆变法……

6月16日，慈禧太后迫使光绪帝连下三道谕旨，控制了人事任免权和京津地区的军政大权，准备发动政变，甚至打算废除光绪帝，另立端王载漪的儿子溥俊为皇帝。

北京城里，一时风云密布。

7月30日，光绪帝颁密诏给内阁侍读杨锐，表明自己已处于危险地位，要维新派筹商对策。

9月4日，光绪帝下令将阻挠变法的礼部六堂官员怀塔布、许应骙、堃岫、徐会沣、溥颋、曾广汉六人革职，赏给积极上书言事却被阻挠的礼部主事王照三品顶戴，予以激励。怀塔布的老婆与慈禧太后有亲戚关系，便向太后哭诉。

9月5日，光绪帝召见谭嗣同，并下诏授予谭嗣同及刑部主事刘光第、内阁侍读杨锐、中书林旭以四品卿衔军机章京，参与变法。

9月11日，光绪帝召见在天津训练新军的直隶按察使袁世凯，面谈维新事宜。此时的袁世凯手上握有七千北洋新军。

9月13日，光绪帝援引康熙、乾隆时的旧制，打算在紫禁城内开"懋勤殿"，挑选英才，设顾问官，便于议事，慈禧太后不准。光绪帝手谕杨锐，表明变法之难，命康有为等拿出切实可行的办法。

9月16日，光绪帝在颐和园召见袁世凯，升任他为工部右侍郎。荣禄对袁世凯应召进京心存戒备，催袁世凯速回天津。

9月17日，光绪帝再次召见袁世凯，暗示他今后可与直隶总督荣禄各办各事，又让杨锐转告康有为等再想变法良策。

9月18日，御史杨崇伊上书慈禧，吁恳太后立即亲自训政，遏制乱党变法继续发展。康有为等人从杨锐处得知光绪帝"朕位且不能保"的密谕，感到事态紧急，打算铤而走险，包围颐和园，控制住在园中的慈禧太后，杀死慈禧宠臣荣禄，并把这一任务寄托在统领新军的袁世凯身上。谭嗣同这时也明白了光绪帝的手里确实权力有限，十分着急，先与助手毕永年密议软禁慈禧太后，夜里又去袁世凯寓居的法华寺会见袁世凯，希望袁世凯趁秋操时将那帮前往观操的守旧派悉数逮捕，然后带兵进京勤王，将太后软禁，其余奸党一网打尽。袁世凯表面答应，内心却十分矛盾。

袁世凯，字慰亭，1859年生于河南陈州府项城县，因而人称袁项城，另有别称袁宫保。袁世凯出身大家族，叔祖袁甲三官至漕运总督，参与过镇压太平军和捻军，生父袁保中是地主豪绅，捐了个同知官位。袁世凯出生那天，刚好有叔祖袁甲三的书信到家，说到与捻军作战获胜。他的生父便按"世"字辈，给他取名"世凯"。不久，袁世凯过继给叔父袁保庆，六岁时发蒙读书，稍长又学习武艺，善于骑射，并喜欢兵法，立志学"万人敌"，不惜重金到处搜罗各种兵书战策，被人称为"袁书呆"。十三岁时，袁世凯写下"大野龙方蛰，中原鹿正肥"的诗句，以抒胸中抱负。生父去世后，袁世凯被在刑部任职的堂叔袁保恒召去北京继续读书，学习也算用功，但参加科考却名落孙山。1877年，河南大旱，袁世凯随堂叔在河南赈灾时，表现突出。翌年堂叔去世，袁世凯回到项城，又移住陈州，期间与授馆的徐世昌结交，拜为金兰。1879年，袁世凯凭堂叔袁保恒的捐赈款获得"中书科中书"的官衔。他一直想正儿八经考个功名，但再次应考仍名落孙山，一气之下将诗文付之一炬，有了投笔从戎的念头，便往山东投奔与其父有结拜之交的淮军将领吴长庆，在吴长庆幕府中结识了张謇等名流，又决定继续读书，考取功名。1882年，正逢科考，但清朝属国朝鲜突发事变，吴长庆奉命前往平叛，袁世凯随军去了朝鲜。袁世凯在朝鲜作战勇敢，经吴长庆请功，年仅二十三岁便以帮办朝鲜军务身份驻朝鲜，协助朝鲜训练新军。在朝鲜期间，他颇有作为，尤其是在应对日本、沙俄的涉朝事务上，能维护清朝的权益，颇得李鸿章等欣赏。甲午战争时，因看到危机四伏，逃回国内，随后奉旨前往辽东前线，协助李鸿章的亲信周馥负责后勤运输。清军惨败后，袁世凯萌生了用西法练兵的设想，刘坤一、李鸿章、王文韶三名封疆大吏联名上奏光绪帝保荐袁世凯，袁世凯获光绪召见后又上了万言书，一一条陈训练新军的重要性，又得奕䜣、荣禄等王公大臣支持，终于得以负责在天津编练新军。没有考取半个功名的袁世凯，几经磨砺，从此成为手掌兵权的重臣。但朝廷对他并不放心，荣禄的眼睛时不时暗中盯着他。

面对谭嗣同所说的这么大的事，袁世凯很为难。他本来愿意为维新变法出力，但他当初能到天津负责训练新军，是得到奕䜣、荣禄推荐的，没有他们就没有他的今天，奕䜣虽已于5月份去世，但荣禄还健在。再说慈禧垂帘听政那么多年，根盘蒂结，身边权臣众多，牵涉很广……

9月20日，光绪帝再次召见袁世凯，授予密诏。袁世凯权衡再三，还是选择了向荣禄告密，然后回了天津。慈禧太后接到荣禄密报，深夜从颐和园回宫。翰林院侍读学士黄绍箕冒险力劝康有为趁夜火速离京，从山东走水路去日本躲避。梁启超和康有为的弟弟康广仁等人也催康有为赶快出走。康有为于凌晨带着仆人李唐离开北京。梁启超随后也逃出北京。

9月21日，慈禧太后突然发动政变，将光绪帝囚禁于中南海瀛台，发布训政诏书，下令逮捕康有为、梁启超、谭嗣同、杨深秀、林旭、杨锐、刘光第、康广仁、徐致靖、张荫桓等维新派核心人员。所有新政，除7月开办的京师大学堂外，全部废止。历时一百零三天的维新变法宣告失败。

9月24日，新任兵部尚书刚毅奉命逮捕杨锐、林旭、杨深秀。刘光第投案自首。

谭嗣同不顾安危，多方筹划营救光绪帝，但都没有成功。多人劝他赶紧出走，信仰佛教的他却抱定"我不入地狱，谁入地狱""不生不死"之心，决定慷慨赴死，用自己的牺牲向顽固势力作最后一次反抗，同时唤醒大众。他坦然道："各国变法无不从流血而成，今日中国未闻有因变法而流血者，此国之所以不昌也。有之，请自嗣同始。"他让毕永年赶紧走，自己要留下来。

9月25日，谭嗣同在浏阳会馆被捕。

谭嗣同入狱后，大刀王五心急如焚，多方打探消息，买通狱吏，并联络武林志士，密谋营救，却被谭嗣同拒绝了。王五恳求说："留得青山在，不愁没柴烧。兄弟，事不宜迟，快随我走吧！"

谭嗣同却说："不。中国的热血志士多得很，不少我一个，只是还需要继续唤起。我已经明白了，清廷是靠不住的。他们说我们是要保中国不保大清，我们就应该这样做！"王五只得与其诀别。

谭嗣同在狱中墙壁上题了一首绝命诗：

> 望门投止思张俭，
> 忍死须臾待杜根。
> 我自横刀向天笑，
> 去留肝胆两昆仑。

谭嗣同的妻子李闰打通关系前往探监，看着遍体鳞伤的丈夫，不由声泪俱下，悲伤地说："你我夫妻一场，我至今尚未为你生下一儿半女，我对不住你。"

谭嗣同却淡定地对妻子说："我们现在这样的国家，多生一个孩子就是多生一个奴隶罢了。在没有创建出一个美好的国度之前，何必把孩子带到这个世上遭受磨难呢？"

李闰明白，丈夫所说既是真言，也是在安慰她。然而事已至此，还能如何？唯有洒泪而别。

9月28日，清廷未经审判，就将谭嗣同、杨锐、刘光第、林旭、杨深秀、康广仁六人在北京菜市口杀害，还特地用一口钝刀屠杀谭嗣同。

此即"戊戌六君子"事件。

在"六君子"被押往刑场的过程中，沿途群众，不乏愤愤不平者、扼腕叹息者，却也有不少人戳指痛骂，吐唾沫，扔菜头。

"六君子"事件后，清廷不但在北京缉拿和处罚参与变法的官员和志士，地方上也开始了对维新人员的大清算。参加维新变法的官员有的被撤办，有的被降职，其他人士不得不踏上逃亡之路。

戊戌政变不啻乌云翻滚中又一道惊雷，在神州上空炸响。

两湖书院为湖北的最高学府，位于武昌营坊口的都司湖畔。

书院内除了讲堂、书库及一座用于祭祀湖南、湖北两省先贤的楚学祠之外，南面、北面共设有斋舍两百间，供普通学生住读；西面设有斋舍四十间，供捐资创办学院的茶商子弟学生使用。每间斋舍前面是书房，后面是寝室。书院前后有两个湖，前面是都司湖，后面是菱湖，可谓风廊月榭，荷红藻绿，环境十分优美、雅静。

初秋的书院风景格外怡人。湖边的垂柳有风时轻扬，无风时如长发般纷披，掩映着前后两汪湖水。湖里的莲花已换成朵朵莲蓬，翡翠似的托盘高高擎立，仰面朝天。几只秋蝉或在湖边的柳树上，或在院内的老槐树上，一声声嘶叫，似乎是在告诉大家它们也将随着夏日的离去而离去，明年再带着歌声前来相聚。

自立秋过后，经过几场雨，暑气就逐渐消退了，而寒冷还没有到来，正是读书的好时节。

如果是天下太平，在这样的环境里读书论道，对于学子们来说，无疑是一件最美不过的事。

来到两湖书院的黄轸，与周震鳞住在同一处斋舍。

略一熟悉这里情形，他果然有眼界大开之感。

作为洋务派重要代表之一的张之洞，不仅重视工业，也很热心教育。此时的武汉不愧是全国仅次于上海的大都市，也是全国著名的新兴工业城市和新式教育中心。工业方面有汉阳铁厂、湖北枪炮厂、汉阳火药厂等；教育方面有算学学堂、矿务学堂、自强学堂、农务学堂、工艺学堂等，并且还在大力兴建。

两湖书院本着"中学为体，西学为用"的方针，课程设置中西结合，除了经学、史学、文学外，还开设天文、地理、数学、测量、化学、博物学、兵法史略、军操。多门课程为国内顶级专家教学。

新学中，黄轸最喜欢的是地理和军操，但很多同学恰恰不喜欢这两门课，尤其是军操。

这不，操场上，军操正在进行，却是一番不伦不类的景象。

"立正！"从新军中选聘来的李教习站在队伍前面，威严地发出口令，"向右转！"

"嘻嘻嘻……""哈哈哈……""瞧，你踩到我鞋子了！""啊哈，你怎么往左转啊？""哟嗬，地上有啥呢？"……

随着一片嬉笑之声，只见那些身着长衫，活动不便的学生，有的两手提着下摆，权作应付；有的将下摆撩起来，束在腰间；有的上身着单衫，有的却套着绸马褂；有的止不住这里搔搔那里挠挠，一副猴狲相；有的是听到口令反应不过来转错了，有的是故意往相反的方向转。操场上衣着、动作各异，一片杂乱，简直让人笑掉大牙。

"我们又不是当兵的，学这个干吗？""就是！""哎，你们瞧，那个黄轸还是做得一板一眼呢，倒也好看。"……

他们循声看去，果然，黄轸一身短装，表情严肃，神情专注，精神抖擞，动作十分标准，俨然一名军人。但他的表现在这嘻嘻哈哈的场面中反而显得格外另类，不协调。

"看来他是真的想去当丘八呢。""丘八？丘八是啥啊？""就是兵，兵字上下拆开不就是丘八吗？""啊哈哈，好一个丘八！"……

黄轸却仿佛同学们的表现与他无关一样，只顾随着教官的指令练习。

有的学生看到这情形，也稍稍用心跟着做起来。

操练结束，李教习还没来得及宣布解散，学生就一哄而散，纷纷往斋舍跑去。

李教习看着黄轸，叫了他一声，黄轸于是站住了，向李教习走去。

李教习看着空下来的操场，对黄轸说："这些天，愿意来参加操练的学生多了起来，这是好事，我还得感谢你呢。"

原来，军操课纪律一直乱七八糟的，来了的不认真练习，有的则干脆不来。这些学生中，有很多又是有背景的，尤其是那些茶商子弟，可说是书院的东家，教官也不好较真。黄轸来了之后，李教习发现只有他愿意认真按指令完成各项动作，于是让他多带动其他学生，争取军操课能有所改观。黄轸便以各种方式，发挥起带头作用。

听了李教习的话，黄轸惭愧地说："可还是乱糟糟的，不像样子啊。"

"是啊，就是还涣散得很，不过比原先好多了。我们再努力一下。"李教习拍拍黄轸的肩膀。

"这都是重文轻武思想害的。"黄轸深有感触地说,"一个国家,有没有朝气,有没有实力,仅有文治是不够的,一定还得有武功。尤其是像如今这样国衰民弱,列强霸凌的时代,如果只有一帮手无缚鸡之力的文弱书生,如何实现抗辱制暴,救亡图强呢?英国人办的《字林西报》都已经称我们为'东亚病夫'了。但要一下子让他们完全转变过来确实不易,我会继续做他们的工作。"

"你说得对,我们新军,也正是肩负着救亡图强的责任。"李教习深有同感,"大清国的耻辱已经够深重了。"

晚饭后,黄轸怀着心事去外面转悠。来到江边,看着轮船鸣着汽笛在江上来往,不觉心旌激荡,感到自己的志向似乎已逐渐清晰,正如那奔流的江水,起航的船舶,但究竟要去往何处,又似乎如同那夜幕中的江风和流云,尚无定着,仍然缥缈。

披着暮色回书院,在折过一条巷子时,他突然听到一片惊慌的呼叫,还有狗吠。抬眼一看,只见四五个人迎面跑来,后面一条大黑狗紧追不舍。

黄轸一眼就认出,这几个被狗追的都是两湖书院的学生。瞧他们拖着长辫仓皇逃跑的那副狼狈样儿,真是可笑之极。

黄轸让几名同学从身边跑过去,突然站定,冲着那黑狗大喝一声,又猛地一弯腰,似乎是从地上捡起什么,然后凶神恶煞地瞪着黑狗。

奇怪,那黑狗当即停了下来,警惕地看着黄轸,脑袋一抖一抖地叫着:"汪——汪——"算是示威,却再也不敢前扑。

黄轸又喝一声,扬起手做出要投掷什么的架势,并向前猛跨两步。那黑狗掉头就跑,偶尔回头"汪!""汪!"叫着,跑远了。

那几个被吓得失魂落魄的学生,站在巷子的另一头,看着这一幕,呆若木鸡。

黄轸走了过去,笑道:"黑狗逃跑了。"

几个同学脸上都有点难堪。其中一个嘀咕道:"他娘的,真是可恨,连畜生都是看谁好欺就欺谁啊。"

另一名同学说:"狗也怕猛人。"

黄轸仍然笑着说:"谁不怕死?狗这家伙,很凶恶也很聪明,你弱它就凶,你凶它就弱。再说了,狗怕石头砸,被狗追的时候,你只要弯腰捡石头或做做样子，十之八九的狗都怕。"

"那——"一个同学说，"假如那狗不怕你吓，还是要来咬你呢？"

"那也不怕，"黄轸答道，"这些普通狗，要收服它还是不难的。真到了万不得已的时候，就打它啊。"黄轸攥紧拳头，继续说，"打狗也是有方法的。比如，可以用腿，但要快，迅速使猛脚将它踹飞，它就怕了，不要太慢了被它咬住了撕扯。也可以用手，动作也要快，不是乱打，最好是一手抓住它的头皮，把它的脑壳往地上按，另一只手就使拳砸它，这样它咬不了你，又方便你揍它。"

几个同学听得眼都直了。

回过神来，一个说："问题是打不过啊。"

另一个说："腿还没飞起来，可能就被狗咬住了。"

又一个说："抓住头皮往地上按，按得住吗？"

"这倒也是。"黄轸分析道，"这得具备一定条件，一个是力量，一个是技巧。"

几个同学就有点泄气，仿佛制伏一条恶狗对他们来说已经是不可能的事。

"可以练呀，"黄轸眼睛一亮，"所以，我们才要上军操课，是不？"

"练得出来么？"

"当然练得出来，"黄轸将手肘一弯，稍一使劲，胳膊上就鼓起肌肉，"我就是练出来的。"

同学们看着黄轸，脸上满是羡慕。

"现在世道不太平，"黄轸趁热打铁，"谁都难保自己不会遇上任何危险，面对歹人，打不打得过是另一回事，连逃跑都是需要体能的。倘若我们连一条狗都对付不了，遇上了凶徒，那怎么办？所以，有个好身体，总是好的。"

同学们点头称是，然后和黄轸一块儿回书院。

一路上，黄轸心想：军操课看来可以上好了，多亏了那条大黑狗。

戊戌政变的消息很快打破了两湖书院的宁静。

张之洞自然是最先得到消息的。"六君子"中，杨锐是他的学生，杨深秀曾是他的属下，二人入狱后，他正打算积极营救，无奈身在外省，只好发急电去北京，谁知六人很快就已被害。京城的内线第一时间向他告知了此事，他也只有一声长叹。

黄轸和周震鳞知道"六君子"死难后，连日心情沉重。其中有几个，他们不认识，但谭嗣同，可是曾在他们面前侃侃而谈的满怀激情和理想的朋友。那样生龙活虎的人，就这样没了。

慨然赴死的"六君子"，让他们感受到了血淋淋的现实。

黄轸这段时间正如饥似渴地在看卢梭的《民约论》和有关法国资产阶级革命、美国独立战争的书籍，越发认识到依靠君主专制政体是不可能实现富强和民主的，只有推翻清廷的专制统治，建立民主共和政体，中国才有希望。"保中国不保大清"，正当如此。

他对周震鳞说："我并不是个天资过人的人，如果说此前对有些事情我还不大理得明了，现在总算看清楚了。'六君子'的血告诉我们，像清这样的朝廷，渴望他们良心发现，主动放弃权力是不可能的，不能对他们再有幻想！"

"希望他们的血能唤起更多人的觉醒。"周震鳞沉痛地说，"我现在最担心唐才常，他前些日来信说寄了此信就要动身进京，协助谭嗣同和梁启超，参与新政，不知现在何处。"

黄轸听了，心里也不由一紧。

北面的一处斋舍，两人彻夜难眠。

第二日中午时分，门卫突然来斋舍通知两人，外面有人找。

黄轸和周震鳞来到门口一看，只见一个破衣烂衫的流浪儿站在门外路边，往这边张望。两人走近看了看，并不认识，正在纳闷，那人开口了："两位请随我来。"两人迷惑不解地跟着那人走了一会儿，经过一处槐树林时，那流浪儿站定了，用手往树林里指了指。这时从路边槐树林中走出一个人来，身着灰布长衫，头戴斗篷，篷檐压得有点低，面部只看见嘴巴到鼻子部分，等他对两人稍稍一仰头，露出斗篷下的整张脸来，两人才认出了，此人正是唐才常，不由又惊又喜。

原来，唐才常因为在两湖书院读过书，门卫认得他，他只好临时雇了个流浪儿来做这报信、引路之事。

两人回头向当值教习请了半天假，带着唐才常来到街上一条巷子的小酒馆。

唐才常说，他昨天刚赶到汉口，获知了政变消息，便停止了去北京，今天特来这里一会。

"那你现在有何打算？"黄轸急切地问。

"我已决计去日本。只是担心，不知我们湖南还会翻起怎样的恶浪，那些参与维新的朋友，吉凶将会如何。"

"照我看，陈宝箴除了受官职上的处罚之外，应该不会有大碍。此人虽也有身在官场的两难之处，但值得信赖，按他和儿子陈三立的为人，自会通知维新人士及时避难，兄台只管抓紧出走就是。"周震鳞说。

黄轸点头道："我们也会尽快与他们通上消息，兄台快走。"

三人用了餐，黄轸和周震鳞从身上搜出所有银圆，给了唐才常。

出了酒馆，黄轸和周震鳞对唐才常郑重拱手道："兄台保重！"

唐才常回道："后会有期。"即转身径直离去。

两人望着唐才常离去的背影，默然不语。良久，才回到书院。

两人一边学习，一边密切关注湖南的事态。

湖南对维新人士的反攻倒算果然开始了。

陈宝箴、陈三立父子和江标被革职，永不叙用。熊希龄被革职并交地方官严加管束。黄遵宪到达上海时被扣留，押解到北京，由于他曾出任多国公使，英国、日本等均出面干涉，给清政府施压，使黄遵宪幸免于难，获释后南归广东乡下。杨笃生幸亏及时逃匿乡间，未被捉拿……时务学堂被取缔，学生解散，蔡松坡去了上海。秦力山去向不明，听说可能去了日本梁启超那里。陈作新化名程秉钺，给黄轸寄来一信，信中痛呼："天下正多事，男儿岂能沉迷于笔墨纸砚之间！"也去向不明。

转眼到了寒假。

两湖书院有例规，每到放寒、暑假，要由书院的监督训话，向学生反复强调忠君爱国。

此时，书院的监督是武昌府知府梁鼎芬。他之前来书院时，黄轸已听过他的说教，心里对他十分反感。在黄轸看来，忠君只是忠于皇帝一人，而爱国，是爱我们国家广大领土和土地上由无数同胞汇集而成的群体，两者根本就不能混为一谈。如果皇帝所出的政令对国家不利，百姓苦不堪言却无可奈何，这时候我们是去拯救黎民于水火，还是选择对皇上俯首帖耳呢？所以，"忠君"一词，又怎么能笼而统之地包含爱国或与爱国混为一谈呢？

这天，黄轸和一名叫陈嘉会的湘籍同学被叫去面见梁鼎芬。梁鼎芬知道书院有几个爱谈论时事的学生，他们俩都是其中之一。梁鼎芬坐在太师椅上，见学生来了，便放下鼻烟壶，招呼两人坐下。他先看着黄轸，打着官腔说："黄轸哪，常话说饮水思源，又说可怜天下父母心，意思都是说我们为人行事都不要忘记自己的父母……"

黄轸一听，立即从座位上站了起来，走向梁鼎芬。梁鼎芬大惊，急忙起身往后闪，准备躲进内室去。黄轸却突然一弯腰，向梁鼎芬深深作了一揖，朗声说："黄轸不但记得父母，还记得父母的父母的父母，记得一代代祖宗，秦、汉、唐、宋、明。"却抹掉了元和清。

梁鼎芬一听，脸色大变，赶紧用手指塞住耳朵，避往内室。

黄轸也不追，只是不无揶揄地说："梁监督的话说完了？那我们走了。"拉着陈嘉会真的走了出来。

回斋舍的路上，黄轸对陈嘉会说："我们孜孜矻矻地求学，难道就是为了效忠清朝廷？应该是成为有用之才，将来为四万万同胞谋福祉才对吧？可叹这般衮衮诸公，虽然读得满腹诗书，心里却视清廷胜过祖宗。我等心志，岂是他们能够明了的，老子就是要戏弄他一番。"

陈嘉会看着一脸憨实和倔强的黄轸，嘿嘿一笑，悄声说："刚才的场面，倒是有几分荆轲刺秦王的味道，怪惊险也怪精彩的。"

黄轸认真地说："哎，你别说，真到了有这个必要的时候，那也不失为一种选择，但要找准真正的秦王式的人物才行，梁监督只不过小鱼小虾而已。"

事后，陈嘉会悄悄把这一幕告诉了周震鳞等人，大家每说起来，就忍不住笑，但又不免为黄轸担心。

周震鳞知道，"六君子"事件带给黄轸的激愤仍窝在心里，才有如此举动。他私下对黄轸说："要成就某些事，常常需要天时地利人和。你的志向，我明白，但在时机到来之前，不妨韬光养晦，守住秘密。我相信，我们期待的日子，不会太遥远。"

"你说得对，我这次确实是没忍住。"黄轸点头道，"来这里之后，开始时我觉得这边的视野明显要开阔很多，除了课程上的变化，新报新书也能接触到更多。但后来我发现，他们对学生的要求，最核心的还是忠君，对于清的专制政体，是不能怀疑的，似乎反倒不如近年来湖南那边的空气活跃。这些年来，我之所以还没有参与一些事情，之前也对你说过，一是我想趁着大好时光用心学习，二是对某些问题还需要进一步思考。如今情形到了这个地步，我想，全国的有识之士应该都不会再继续忍耐下去，急风暴雨似的革命运动应该为期不远了。"

"确实。据我的了解，张之洞这个人，思想相对来说还是算开明的，对工业、教育都很热心，在政治上也有进步表现，否则他也不会听任杨锐参与变法了。但他也有顽固的一面，对变法主张中的某些内容，尤其是民权平等十分反感。他原先在湖北大力推销《时务报》和《湘学报》，后来看到上面有号召争取民权的文章，就很生气，在湖北停发了两报。另外，在政治上他很多时候是持观望态度的，他很信任梁鼎芬，一些决定是梁鼎芬发挥智囊作用的结果。"

黄轸说："所以，我才对梁鼎芬这个家伙十分厌恶。当然，这里的情形也有好的一面。一是我们在这里遇到了一些志同道合的同学；二是随李教习去军营玩时，我发现一些新军士兵颇值得好好聊聊，这可是一支不可低估的力量。"

"你的意思是将那些新军争取过来？"

"假以时日，我看也不是不可以。"

周震鳞会意道："我们可以先做些预备性的工作，不过一定要慎重。"

这时外面响起了脚步声，两人当即转换了话题。

第五章
志在投笔

时间到了1900年春。

这时，黄绍箕来到湖北任学政，兼两湖书院监督。他是张之洞的侄女婿，支持变法，戊戌政变后还曾致信张之洞，希望其不要对维新人士搞株连式清算。因为被荣禄所恨，辞官回乡，后又被起用，先是任京师大学堂总办，不久就来了湖北。

春天的两湖书院，自然是风光旖旎。学子们脱去了冬装，活跃起来，功课之外，三三两两，踏青赏春。

学子们的精神风貌，似乎也不再像以往那么懒散，也许，这与军操课大有改观不无关系。这其中，黄轸起到了很好的带头作用，除了基本的步兵动作，骑马和实弹射击等真实军事训练，他无不认真练习，如同真正身在战场一般。有的学生开始时不敢上马，有的学生歪歪斜斜地端起枪来又不敢扣扳机，鼓起胆子扣了扳机就捂耳朵，现在不仅极少人再像当初那样消极对待军操，而且动作也做得规范了，掌握了一些实用军事技术。

四月，张之洞决定选派一批军营官弁和学生前往日本，对兵、农、工、商等各方面进行观摩考察，为期四个月。这是从1898年以来，在他手上第三次向日本派出学生。清朝自1872年经教育家、外交家容闳倡议，在曾国藩、李鸿章的支持下，向美国派出第一批官费留学生后，学生赴外留学和游学便渐成风气。湖北是这段时间派出留学生最多的省份之一。

这天下午，周震鳞回到斋舍，悄悄地对正在看书的黄轸说："也许，你有机会出国了。"

黄轸并无反应，过了片刻突然抬起头："你讲什么？"

"你说不定有机会去日本呢。"

"嘀，你听谁说的？"

"黄监督今天不是在书院吗？他刚才找了我，问了你的一些情况。"

黄轸盯着周震鳞："你怎么说的？"

"我还能怎么说呢，当然是实事求是地讲嘛，品学兼优、胸怀大志，具有爱国之心，平时不尚空谈，只认笃实做事，对吧？"

"这话听起来够肉麻的。"黄轸笑道。

"那，难道我还能说……"周震鳞突然变得很神秘，声音也很低了。

"耍什么鬼把戏？"

周震鳞凑近了黄轸，声音极轻："这个黄轸嘛，据我所知，学习固然不错，却包藏祸心，痛恨清廷，图谋叛逆！"

黄轸并不吃惊，而是会心地笑了，接着说："言归正传，我知道你是在帮我，感谢你的美言。有时候我觉得自己就是头笨牛而已，所以只有学做那'笨鸟先飞'。"

周震鳞笑道："黄牛可是最可靠的，现在需要拉大车了，舍你其谁？"

黄轸想了想说："也许只是大范围摸底吧，半点谱都还没有呢。你想，那个梁鼎芬会在黄监督面前说我的好话吗？"

周震鳞皱了一下眉说："我担心的也是这里。但看那黄监督的态度，倒是对你蛮赞赏的，说话很诚恳。"

"黄监督的为人倒是不错，尤其是他的胆识。"黄轸心里思量着，"其实梁鼎芬也不是坏到骨子里那种人，而是没有明确的是非观，所做一切都只是为着忠君，这样的官员在太平无事时也没什么，但到了重要关头，就极有可能成为维护朝廷利益的刽子手。所以一想起来他那个训话就气愤。"

"这次的事是黄监督负责，而不是梁，希望梁鼎芬不要从中作梗，不然就确实可恨了。"

黄轸坦然一笑："能去当然好，不能去也罢了。顺其自然吧。"

周震鳞既然说了这事，黄轸心里就真惦着了。他拿不准这事情到底有几分把握。

没想到第二天，黄绍箕就找了他。

黄绍箕慈祥而不失威严地坐在椅子上。他与黄轸本已认识，但当看到黄轸进来时，又好好把他打量了一番，这才示意他坐下，然后慢慢开聊。学习、生活、家庭都聊了一下。当然，聊得最多的还是在两湖书院的学习。黄轸每次考试，不是第一就是第二，发挥再不好也没有跌出第五，还有极具个性的书法和诗词，还有军操表现。

"黄轸哪，我刚来时，听到有的学生说你'文似东坡，字工北魏'，颇不以为然，猜想可能是狂妄之徒放出的自夸之语，最近有了了解，才觉得说得贴切。"黄绍箕摸摸下巴的短须，微微笑道。

"先生过奖了。这话确实是同学的溢美之词，当不得真。"黄轸礼貌地回道，"只不过因为我来自湖南，而湘人多有耐得烦、霸得蛮的性格，我也不例外，因而对于学习，自认为如同竞赛，不必让人，不论哪科，都需要把争列第一当作目标。只有这样，才能尽我所能，不至于荒废了大好时光，将来也才能多做点有益之事。但知识无涯，我之所学，仍然不过是皮毛而已。"

"说得很好。"黄绍箕点头道，"我就喜欢这样的年轻人。"

然后，黄绍箕就同黄轸说了准备推荐他作为赴日考察团成员一事。黄轸道过谢，回了斋舍。

赴日考察的成员初选名单很快就呈送到张之洞面前，他们是：军营武官总兵吴元恺，游击张彪、纪堪荣、刘水金，都司王恩平，护军工程营帮带白寿铭，六人；武备学生严寿民、戴任、艾忠琦，三人；两湖书院学生陈问咸、李熙、卢弼、左全孝、尹集馨、黄轸，六人（前三人为湖北籍，后三人为湖南籍）。随后又增派两名两湖书院学生和一名工艺局学生同往游学。游学监督钱恂负责带队。

可是，黄绍箕迟迟没有等来张之洞的正式批复。他把书院的名单呈交上去时，对每个学生的情况都作了详细的介绍和说明，张之洞当时可都点头认可了的。

黄绍箕着急了。他最担心的就是黄轸。两湖书院这几名学生中，黄轸是他作为首选人才向张之洞推荐的，可别卡住了。

黄绍箕不便直接去问，就派了个人去打听。那人回来一说，果然是张之洞对黄轸不放心。他对黄轸的学业很欣赏，但对黄轸的思想状况没把握，因此犹豫不决，如果黄绍箕能以全家担保，那自然是可以的。

黄绍箕得知后吃了一惊，但爱才如命的他略加思忖，便决心为黄轸担保。张之洞见了黄绍箕的担保，这才同意让黄轸赴日本考察。

黄轸接到正式通知后喜不自禁。这毕竟是他第一次得到出国的机会。

此去日本，也许能近距离了解到这个东洋小国在明治维新后迅速崛起的一些秘密。

于是，以钱恂为领队，黄轸等一行十八人，于5月4日晚从汉口乘英国商轮出发，到上海后小住四日又换船东渡，于5月14日夜到达日本长崎，15日上午到达马关，16日上午到达神户，18日中午到达横滨，然后换乘汽车到达东京，在麹町租住下来，并请了日本翻译。

黄轸的任务主要是考察教育，附带了解日本的一些社会状况。在实地考察了多所中小学后，他特别想实地考察日本陆军学校的军事教育。但各军校都不对外开放，没有办法进入，他只好借助资料及其他渠道来了解。

除了公事之外，黄轸还给自己做了额外安排。他打听到住地附近有射击会，便报了名参加训练，另外还报了设在大森的射击会。因为这里的射击比在两湖书院的体操课上学的要科学、实用得多，比如射击距离的不同设置，目标物的大小、隐现、活动之分，射姿的站立、弯膝、伏地之别，等等。他估摸着，有四个月的公差时间，一定都可以拿下结业证。

其间，大家也向日本翻译学习一些简单日语，方便交流。

6月17日晚，黄轸到大森训练射击回来，发现气氛有点不对，钱恂手上捏着两张电报纸，一脸严肃，其他人则都情绪低落。

原来，钱恂刚才接连收到张之洞发来的两封电报，说是国内"拳匪"运动更加疯狂，不止一省一地，多处都有"拳匪"或暴民起事，八国联军又兵逼北京，形势紧迫。为此，特命令吴元恺、张彪等武官停止考察，赶紧先行回国。

"拳匪"指的是义和拳，又叫义和团。义和团运动的爆发已经有半年多时间，当初是由山东地方平民与基督教民积怨成仇而起。由于地方官员害怕得罪洋人，致使教民心有恃仗，与非教民百姓发生矛盾时，常常是非教民百姓吃亏，时间一长，民怨终于酿成暴动，后来发展到逢洋必反，凡与"洋"字有关的都成为攻击目标，导致滥杀无辜。拳民还声称只要"心诚念咒"，拿着狗血或污秽东西就可以"刀枪不入"，抵抗洋人的枪炮。于是设立神坛、画符念咒，也成为义和团的活动标识。

义和团发展迅速，影响很大，不断扩散。官府进行了镇压，但久扑不灭，洋人十分不满。1899年12月，袁世凯接任山东巡抚后，大力清剿，义和团便打着"扶清灭洋"的旗帜向河北转移。

光绪帝被软禁后，慈禧太后本来打算立端王载漪的儿子溥俊为帝，但遭到西方各国的反对，他们认为光绪所代表的帝党具有开明思想，而慈禧所代表的后党仍固持封建专制。载漪等人因此对西方各国及光绪帝恨之入骨。这时发现义和团可以利用，载漪四兄弟便纠集刚毅、赵舒翘、毓贤、董福祥等大臣，鼓吹义和团民心可用，决定扶持义和团，甚至图谋用义和团除掉光绪。

慈禧太后对洋人是又怕又恨。这些目无"天朝上国"的夷族寇邦，先是要你废酷刑、除跪礼，要和你互派公使、做生意，如拒不接受，就用坚船利炮逼你就范，还要赔款、割地……她见主战派占了强势，义和团也是拥护她后党一派的，民间义军已如同官办团练，也就同意了，开始庇护义和团。

只有精明过人的袁世凯对义和团最为了解，对他们神乎其神的那一套感到好笑。他本是奉命镇压义和团，谁知慈禧老太婆一帮人的态度变得比街头玩障眼法的动作还快。他向慈禧进谏，义和团不可用，应坚持镇压，却受到慈禧的训斥。袁世凯心里不痛快，便把气出在义和团身上。他约了义和团一帮骨干聚会，酒足饭饱之后，在聊天中，义和团又说到刀枪不入，其中的一名大师兄还起身一把脱掉上衣，赤着上身，发起神功来。袁世凯问："当真刀枪不入？"众人都说："当真。"袁世凯掏出一支德国造手枪，一抬手对着那大师兄就是一枪。大师兄应声倒地，没了动静。众人却并不惊奇，只是认为大师兄出了差错。袁世凯见众人如此愚不可及，也是哭笑不得。他知道，朝廷那帮人也并不一定都相信义和团刀枪不入，但已决定对他们加以利用，他也没办法，就说："如今北京形势紧，贵团既然拥护朝廷，就理应到北京前线去，否则就并非忠心，不能再聚众练拳。"于是，义和团主力便开始离开山东，扛着大旗，往北而去。

6月初，在清廷的默许下，义和团大量进入北京，与外国使馆卫队发生摩擦，愤怒地将使馆包围。涉事外邦通过外交施压没能平息事态，便组建了八国联军，由英国军官西摩尔为统帅，美国军官麦卡加拉为副统帅，率领联军于6月17日攻陷大沽炮台，从天津向北京进发。北京的局势迅速恶化，大战一触即发。

钱恂看看大家，叹口气说："真乃多事之秋啊。我等学人只想利用所学，为国为民实实在在做点事，谁知祸事时起，干扰不断。"

吴元恺曾参加过甲午战争，但无战功。他接话说："'拳匪'猖狂至今，愈演愈烈，到底是谁之过？如今急招我等几人回去，能起多大作用？"

黄轸心里瞧不起吴元恺。因为据他所知，甲午战争时，在辽宁的牛庄战役中，临时抽调的新老湘军以少敌众、以弱对强，正与日军拼死血战之际，吴元恺所率炮队未经战斗就撤离了战场。那可是湘军在甲午战争中的最后一战，异常惨烈。

黄轸欲言又止。他本来想说，官军不像官军的样，义军不像义军的样，这种奇葩景象，不正好说明了国事之乱之坏？埋怨是没有用的，左右摇摆随风而动更非大丈夫所为，最紧要的是积极谋划，献策出力，做些有助于事态好转的实事。这可真是最考验人的时候。

张彪已于1897年来日本考察过一次，此人做事踏实，军事素质也还不错，他当下说："作为军人，我等除了效忠皇上，奉命出战，甚至战死疆场，还能有何可言？"

黄轸话又到了嘴边，还是打住了。在他看来，张彪这人虽然死命忠君，甘做朝廷走卒，但比之吴元恺临战退却的操行总要好。不过这种人，要想用比较含蓄的方式启发他改变思想，一时也是不可能的。

最重要的是，事已至此，各人在此除了发表几句粗略的看法，也于事无补，仍然还得按电报所说的执行。所以黄轸干脆也就不说什么了。

但他的心里静不下来。

深夜，其他人的房间灯都熄了，唯独黄轸房间的还亮着。

黄轸趁夜给张之洞写了一封信。

在信中，黄轸说：义和团能够从当初的地方民变发展到如今牵动全国局势的地步，也是怪事。有人说这是端王和刚毅的阴谋，表面是抵抗外国侵略，实则是想借乱民之手公报私仇，在他们的纵容之下，才有了今天的危险局面。从情况看，确实也是如此，即使将端王和刚毅即刻处死，也不足以向全国谢罪。

黄轸接着在信中说：八国联军既然不断增兵进犯，进一步对中国豆剖瓜分就不是危言耸听。现在东南半壁所能依靠的，也就只有师帅和两江总督刘坤一了，但刘坤一已年届古稀，精力不及师帅，如今急电召回吴元恺、张彪等人，做好兵备安排，也是周到之举。

信中还说：长江一带，长久以来就是利于乱民潜藏的地方，现在九江、芜湖及广西、云南等多地已有民变，其他地方势必也会群起响应，真是祸患无穷。还请师帅联络各省督抚，一起肃清乱匪，外商不受乱民侵犯，也就找不到借口向长江进犯。

　　黄轸在信中表达了对国内局势的深深忧虑，面对国家干戈满地、风鹤惊天，而自己远在日本，不能为国出力，只能如涕泪泣血般写这样一封信回来，心中感到愧疚不安。

　　最后，黄轸比较详细地向张之洞汇报了这些天在日本的考察、学习情况，表示力争扫除书生习气，以天下事为己任。

　　另外，他给有知遇之恩的黄绍箕也写了一封信。

　　信中，他希望黄绍箕效法当年罗泽南、江忠源、曾国藩他们组建湘军，在武汉组建"弟子军"，也就是学生军，以待时机。

　　第二天，黄轸将信给钱恂看了一下，又修改了两三处。

　　20日，黄轸托付吴元恺和张彪，将信带回给张之洞和黄绍箕。

　　与同伴们送走几名武官之后，黄轸回到房间，坐着沉思。

　　这段时间，混乱的局势让东南各省和在长江流域有利益关涉的英、美、法等外邦都十分着急。为此，双方正磋商"东南互保"之事，以免于战乱。两江总督刘坤一、湖广总督张之洞、两广总督李鸿章、邮政大臣盛宣怀等为中方主要代表，他们对朝廷迷信、纵容义和团的做法及打算对外邦宣战的意图极为担忧和不满，开始筹划应对危局的预案。甚至计划真到了那一步，就推李鸿章为总统，主持大局。这一方案得到了东南各省及陕西、四川都抚的响应。

　　黄兴对此已有耳闻，总体上，他也是赞同的。在给张之洞的信中，也隐约表达了他的这个想法及对张之洞的支持。他觉得，北方肯定很快就会大乱，那么将南方保全下来，首先就对国有利，然后到时再说服张之洞等人，南方宣布独立，脱离清廷，实行民主共和，再然后收复北方，恢复全国主权，这样也就宣告了清专制统治的灭亡，实现了中国政体的革新，可谓一举两得。他又想起顾炎武论述过的"亡国与亡天下"。"亡国"不过是封建王朝的改姓易号，并无什么要紧；"亡天下"是民族的文化、精神和气节都丧失了，这才是最可怕的。那么，人民要捍卫的是"天下"而不是专制皇权手里的那个"国"。因此，清朝要亡就亡它的，人民要做的是保护中国，让它重获新生。他打算这些天在日本进行活动，联络志同道合的在日志士……

　　可是，他的想法，到底有多少实现的可能性呢？

　　阵阵夏风吹过窗外，摇动着几棵翠绿的冬青树。

　　没有谁能回答。

过了两天，黄轸收到一份电报，是周震鳞发来的，说是唐才常、秦力山、毕永年、蔡松坡等一众流亡日本的朋友都陆续回国了。电报上没有多说什么，自然也不便多说什么，但黄轸凭直觉，心想他们一定是有什么行动。

事情正如黄轸所想的那样。

唐才常在戊戌政变后流亡日本，见到了康有为、梁启超和在日本、南洋一带宣扬革命的孙中山，从两方面均得到支持，然后在日本、南洋等地募集经费。到1899年，政变风波暂告平息后，唐才常与一同流亡日本的秦力山、毕永年、沈荩等人相继回到上海，创建了正气会，后改名为自立会，推容闳为会长，以"东文译社"之名进行活动，又设立"富有山堂"机构，仿照哥老会的形式，广为发放"富有票"，来联络会党。

唐才常、汪康年等人又以反对清政府利用义和团排外为名，以"保国保种"为号召，于本年7月26日在上海英租界愚园邀集各界人士成立了中国国会，公推容闳、严复为正副会长，唐才常为总干事，林圭、沈荩等为干事。中国国会宣布：一、保全中国自主权，创造新自立国；二、不认可慈禧、端王、刚毅等控制的满洲政府有统治清国之权；三、请光绪帝复辟。中国国会希望得到各界响应，组织武装，北上"勤王"。但章太炎、毕永年等重要成员对宣言中"保皇"和"弃清"的自相矛盾持有异议。

唐才常接着把自立会总机关设在汉口，秘密组建自立军，孙中山也派了吴禄贞、傅慈祥、戢翼翚等人参与建军。全军分为五路，入会者达到十余万人，入军者约两万人。安徽大通为前军，由秦力山、吴禄贞统领；安庆为后军，由陈犹龙统领；湖南常德为左军，由田邦璇统领；湖北新堤为右军，由沈荩统领；汉口为中军，由林圭、傅慈祥统领。唐才常自任总司令兼总粮台，亲军和先锋营由其直接指挥。

自立会积极活动，确定于1900年8月9日在湖北、湖南、安徽、江西等地同时发动起义。

唐才常本为张之洞的学生。此时由于国内局势动荡，走势极不明朗，李鸿章、张之洞、刘坤一等督抚对唐才常等人的活动暂时都持暧昧态度，没有进行干涉。

黄轸当然不知道这一切，只是心里按捺不住各种猜测。

7月底，黄轸等人也离开日本回到了国内。

由于在日本的时间短，他只拿到了在附近射击会的结业证书，在大森射击会还有两门课，因路程远，往来费时，还没上完，也就还没有结业。

促使他愿意尽快回国还有一个原因，就是在日本短时期还很难联络到多少有共同志向的人，因为此时在日本留学的中国学生还很少。他记得蔡松坡去年离开刚入读不久的上海南洋大学来日本了，可是风风火火赶到他留学的东京大同高等学校，却找不到他，原来是回国了。而来自国内的消息还说，沙俄除了派兵参加八国联军以外，还于7月开始派出军队，兵分几路入侵中国东北，制造了海兰泡惨案与江东六十四屯惨案，屠杀大批中国平民，中国真的有被列强瓜分的危险。待在日本的话一时很难有所作为，那还不如早点回国。

黄轸回到两湖书院，等他稍事休息，周震鳞就同他说起唐才常这段时间的情况。黄轸精神一振，说："没想到才常兄的活动能力还很强，这也说明了人心的走向。也许真的可以趁势有所作为。"

周震鳞说："我已经同他外出几次了，还去过军营，那里有不少老乡呢。"

"不错啊，改天我们一起去。"黄轸兴奋道，又话头一转，"哎，最近……训话多不多？"

"与平时没啥区别。书院的空气目前也活跃了很多。"周震鳞庆幸地说，"原先南学会的朋友们这两年也真的太憋屈了，现在好不容易也有了机会，大都参与到自立会来了，成了骨干。蔡松坡被唐才常从日本召回来后，派回了湖南联络会党。"

"这就好。"黄轸思索着说，"北方已很糟，希望南方能尽快形成一股团结的力量，扛住来自内外的压力，在混乱中趁机改变政局。"

周震鳞说："自立会目前的发展状况是好的，只是有几位朋友之间的分歧，似乎有点难以调和。"

"万事开头难。"黄轸深有感触地说，"出现这个问题很正常，同时也是对我们的考验，比如需要一个怎样的理念，才能尽可能让更多的人达成共识，积极参与进来。这也是我最近在日本走访留日同胞时，常常想的一个问题。"

两人谈至深夜方罢。

第二天下午，毕永年和陈作新来到两湖书院。

前些天，周震鳞和陈嘉会等同学与毕永年、陈作新见面时，就说过黄轸这两天会回来。

几个人先在斋舍里聊。

毕永年和陈作新,正是几个相熟的湖南同乡中与唐才常有争论的人。

黄轸只知道毕永年做过谭嗣同的助手,却没见过面,一看毕永年脑袋光光,一袭僧衣,竟是一副出家人打扮,颇为吃惊。虽然周震鳞说过毕永年已经剪辫明志,但还是没有想到会是这副形象。

毕永年在日本时,见到了孙中山,还加入了其创建的兴中会。他比唐才常先回国,多方开展联络会党的活动,力促湖南、湖北的会党与兴中会以及活动于两广及香港的三合会联合。唐才常回国组建自立会后,他劝唐才常改变自相矛盾的宗旨,放弃康有为的保皇思想,并断绝与康的关系。唐才常颇感为难,没有依从。毕永年非常气愤,痛哭而去。他想到诸事不顺,心灰意冷,又想到谭嗣同生前是信奉佛学的,便前往浙江普陀寺剃度为僧,打算云游四海。后来觉得不应扔下老友不顾,就又回到汉口,再次劝告唐才常脱离康有为,唐才常仍然不听。这时他与孙中山之间也出了些不快,于是打算退出这些组织,南下广州,往寺院中寻求寄托。这次是来向两湖书院的同乡、朋友们告别的。

说着这些事,毕永年心中满是忧愤:"唐才常他怎么就想不过来呢?不能认清康有为和他的保皇党是不可靠的呢?"

要说康有为,这一年多来,在政变中幸免于难的他在日本、美国等多个国家、地区活动,声称手上有光绪帝的"衣带诏",组织保皇会,向海外华侨发出号召,多方募集经费,用来推动光绪复位运动。有的人信以为真;有的人却说他是撒谎,光绪帝是给过杨锐密诏,但显然早已被毁,他出示的是伪造的假诏书;还有的人说光绪帝给杨锐的密诏并不是这样的,康有为拿出来的是擅自改过的仿制品。康有为因此陷于争议之中。另外,他的保皇主张,也不为有革命思想的人士所接受。

众人看毕永年情绪低落,只得好言相劝。

黄轸说:"兄台所言,确实很有道理。我看唐才常之所以想兼顾保皇党和革命派,是想增强组织力量。这作为应急式的权宜之计也许可以,但从发展来看,显然是不行的。我也会找机会劝他。兄台一片赤诚,我们心里都明白。为了大事四处奔波联络,你着实也不易。你既主意已定,就先去南方待下来,但还望不要对事业灰心,不妨借机继续联络志士,一旦时机成熟,便可以同声相应。"

毕永年点头道:"仁弟的话,我记在心里了。"

陈作新也是个直性子，接话说："我对才常兄也没什么大的意见，只是觉得，革命就要有革命的样，不想做那老一套的'江湖佬'。"

"咋回事？"陈嘉会插话道。他对一些事情内幕还所知甚少。

"我早就戒酒了，黄轸也知道。"陈作新两手一摊，"可唐才常还是信不过我，怕我误事。他不想留我在汉口，一开始要我去安陆一带组织自立军，说那里有一位名叫许行健的会党头领，是个'老江湖'，有群众基础。我到了安陆，那许头领要我参加他的会党组织。说实话，我还真不想混入那种乱七八糟的江湖帮派，就回来了。才常兄又对我说，目前要起事必须借助会党力量，为了事业混一回江湖也没关系，又不是真的变成了'江湖佬'。"

"你不是想通了吗？"周震鳞像是已知内情。

"是啊，我已经不计较了。才常兄现在让我去负责崇阳、通城一带的活动，因为那边的会党统领谢大哥已病危，急需人接替。所以我也是来辞行的。"

"这就对了嘛，"黄轸笑道，"为了事业，我们要放得下架子。"

周震鳞也笑道："老话说英雄不问出处，又说大丈夫能屈能伸。兄弟自然不会做一辈子'江湖佬'的，只是要像模像样做好这'江湖佬'，还真不容易。"

"确实。他们那些乱七八糟的规矩和喜好、习惯，我还真难做得到。比如喝酒，我已经戒了，现在不但要喝，还得拿碗喝，满嘴稀里哗啦地流着喝。还得吆喝着赌钱……"

几个人听了都乐得大笑。

一个叫王达的，是黄轸的同县小老乡，非常活泼机灵，也不禁打趣道："兄台，哪天带带我吧，让我也见识见识那些江湖好汉，大块吃肉、大碗喝酒、大秤分金银，岂不快哉！"

陈作新连连点头道："没问题。你先读着书吧，做大事要的是人才，到时候叫你可别要赖不肯走。"

当晚，黄轸、周震鳞等几个同乡和好友，在书院附近的小酒馆里为毕永年和陈作新设了饯行宴。毕永年和陈作新在那小旅馆里住了一宿，第二天一早便告别而去。

眼看离自立军起义的时间8月9日越来越近了，可是，康有为承诺汇寄的经费却没有如期到来。

唐才常、林圭、沈荩等几名自立会主要负责人和黄轸、周震鳞等人都心急如焚。

林圭是长沙人，与蔡松坡都曾是时务学堂的高才生；沈荩是黄轸的同县乡党，曾在湖南积极支持唐才常、谭嗣同等变法。两人均很有胆识，戊戌政变后曾流亡日本。

几人聚在两湖书院斋舍一起密商对策。

黄轸和周震鳞这些天悄悄协助唐才常开展了一些工作，尤其是到军营中进行革命宣传，对唐才常的组织情况也更为清楚了。

唐才常无奈地说："看来只有推迟起事时间了。"

林圭担忧地说："我们的活动正逐渐为更多人所知，虽然暂时算平静，但如果时日拖得久了，难保不夜长梦多。"

沈荩点头道："我担心的也正是这个。而且康有为那里的经费到底是为什么没有按期汇来，我们也不清楚，这延期，到底该延多久？"

唐才常说："是啊，我何尝不担心这些，可是没有经费支持，粮饷枪械无着，起事就很难发动得起来，发动起来了也难以为继。而即便现在马上收到汇款，也来不及添置枪炮弹药了。必须延期，否则就凭目前的装备草率起事，必定没有成功的把握。"

黄轸思考了好一阵，终于开了口："兄台，我有句话，不知当讲不当讲？因为似乎不合时宜。"

"只管说啊，都什么时候了！"唐才常看着黄轸。

"从内心来讲，我巴不得起事马上举行，并在南方势如破竹。"黄轸沉着地说，"但经过反复琢磨，我觉得，目前北方虽然已乱，清廷穷于应付，但南方还算稳固，湖广、两江、两广，分别被张之洞、刘坤一、李鸿章管着，他们都是清廷还算有魄力的重臣，眼下虽是观望态度，但是如果我们起事，他们就必须拿出明确态度，要么镇压，要么支持。我觉得，后一种可能性至少从目前来看，还很小，因为全盘局势毕竟还没乱到那一步。而我们因时间仓促，组建的军队人员混杂，缺少训练，新军又还未完成规模性策反，一旦南方的清军进行镇压，我们的军事实力恐怕还不足以抵挡。因此，我建议起事不只是延期，还可以暂缓，把精力用于进一步扩充实力。我也想好了，尽快回湖南组织团练。"

几个人听了，互相看了看，都默然不语。

沉默了一会儿，唐才常、林圭、沈荩几乎同时开口，但话还没说出来，三人又不约而同打住了。唐才常便说："你俩先说。"

林圭说："黄轸兄说的也很有道理。只是，我刚才说了，时间长了，我们会不会有暴露的危险？"

沈荩说："正是。我们好不容易才有今天这个局面，如果无限期拖延，一是保密问题，二是大家士气正旺，久不见行动的话，会不会动摇军心，失去人心，让事情复杂化？"

唐才常拧着眉，又沉思了一会儿，说："黄轸的意思我自然明白，也理解。但是，箭在弦上，不得不发啊。南方虽然还稳定，似乎时机未到，但如果没有人来打破这个僵局，时局总是这样维持着，那我们不是就只能一直憋闷着望洋兴叹了？总得有人来吃第一只螃蟹，当然这会有危险，甚至万劫不复，但我唐才常在所不辞！"

周震鳞着急地说："才常兄，我刚才也想了一下黄轸的话，觉得确实可以再考虑。虽说我们是张总督的门生，可是你想，我们在他的地盘上起事，他能放任吗？即使他想装糊涂，但能装得过去吗？反之，暂缓起事，就算有所泄密，凭他平时的态度，也不至于穷凶极恶，将弟兄们悉数搜罗，斩尽杀绝，当事的人避一避也许就过去了。"

黄轸说："才常兄……"

唐才常痛苦地抿着嘴，突然把手一挥打断了黄轸："都别说了。我承认，我们初创革命，缺少经验，有些方面没有做好，但事已至此，不能再久拖。我决定，发难时间延期至23日。林圭、沈荩，你们回头马上发通知给各处。汉口、汉阳、安徽、江西、湖南这几个地方，我原本最有把握的就是秦力山、吴禄贞负责的安徽大通，那里的哥老会和巡抚旧友都给予了大力支持，联络工作做得比较顺利，清军的布防也相对弱一些，但现在却成了最危险的一处，因为志士们群情激昂，对8月9日这一天早已经迫不及待了，现在要延期，不知会出现什么情况。"

黄轸忍不住说："这样风险真的太大了！"

唐才常猛地一拍桌子说："躺在家里睡安稳觉都是有风险的！"

这"砰"的一声拍桌，在深夜听来格外震耳，而且唐才常说的这句话也很大声，大家都吃了一惊，立即噤了声，连针掉到地上的声音都听得见。

突然,"哗啦",黑漆漆的窗外一声响,打破了可怕的宁静。大家更是吃惊非小,警觉地盯着窗户。

黄轸小心地靠近窗户,外面黑咕隆咚,是根本看不清的,他就贴在窗户一旁倾听。这时,外面的樟树下传来了几声鸟叫,接着有翅膀的扑棱声。

"没事,"黄轸看着大家,"应该是树上的鸟受到惊吓,掉下来了。"

大家这才松了口气。

接下来,几个人停止了说话,将就着在斋舍里睡了。

第三天,黄轸回了湖南。

一是劝不住唐才常,暂时又帮不到他什么,在这里只能徒叹奈何;二是毕竟家里什么都靠继母和妻子张罗,实属不易,而最近出了一趟国门,正好趁着刚回来,返乡看看亲人,并筹措组建团练一事。

唐才常这边,起义延期的通知还未到达秦力山手中,秦力山和吴禄贞统领的安徽大通前军就按期举行了起义。由于事机泄露,他们也是情非得已,不得不立即发难。

秦力山亲率自立军数百人,举行宰牲祭旗后,在大通打响了自立军反清战斗的第一枪。清军驻大通水师四艘炮船首先反戈,掉转炮口轰击大通督销局、厘金局。清营参将张华照闻听义军暴动,吓得投江自杀。自立军随即又俘获清军炮船八艘,登岸后连续攻下盐务、厘金、药械三局和一些库房及衙门。接着,完全占领了大通镇。

但安徽巡抚王之春和两江总督刘坤一调集的清军水陆两军随后就对自立军进行了镇压。自立军以寡敌众,且战且退,与清军激战七昼夜,终因孤立无援而失败了。秦力山和吴禄贞在亲兵保护下得以脱险。

再说北京。清朝廷主和派与主战派争论激烈。主和派认为以大清目前的实力,很难与八国联军一较高下,应以外交方式解决争端;主战派则坚决反对,认为义和团有神力,能够战胜列强。慈禧太后对上书主张限制义和团、不可破坏例规攻杀使臣而妄开战端的许景澄、袁昶、徐用仪、立山、联元五位大臣十分愤怒,将他们一一处死,于6月21日发布了诏书,正式对不止八国而是十一国宣战。然而宣战诏书下至全国各地,却遭到了抵制。邮政大臣盛宣怀下令各电信局将诏书扣押,只给督抚观看便罢,不必服从;两广总督李鸿章复电朝廷,说这是遭"拳民"胁迫的矫诏、乱命,拒不执行;东南各省督抚也不买账。8月13日，八国联军兵临北京城下，14日凌晨对北京发动总攻，并攻进北京城。清军和义和团坚持抵抗，然而难以支撑。慈禧太后见势不妙，带领光绪帝、隆裕皇后及一众王公大臣，于15日早上出神武门逃往西安。联军于16日攻陷北京，开始大肆烧杀抢掠。躲在西安的慈禧太后只有寄望于议和，发布上谕，将战争的责任全推到义和团头上，命令各地清军予以剿杀。义和团双面受敌。

而就在这些天，梁鼎芬往张之洞的总督府跑得有点勤。

对于唐才常的自立军活动，张之洞之前已有所闻，但没有干涉。唐才常有个想法和黄轸一样，就是希望张之洞能够支持南方独立，那么自立军可以拥戴他主持南方。他也托人劝告过张之洞，张之洞不表态，显然是想再看看局势。但梁鼎芬竭力劝说张之洞镇压自立军，一次不奏效，两次三次，陈说利害，继续苦劝。

张之洞终于点头了。

周震鳞发现，这两天黄绍箕每天都要来书院查看一下学生。这个平时一心扑在读书、著述及编撰上的监督先生，原先可是有事才来。

黄绍箕的神色也有点不对。他来黄轸和周震鳞的斋舍时，看到周震鳞在，黄轸不在，就问："黄轸真的是回湖南了吗？"

周震鳞点头："是的，先生。黄轸没有兄弟，父亲也去世了，他挂念家里，回去看看。"

"这就好，这就好……"黄绍箕喃喃着，"你们，这些天都不要出去。"

周震鳞感觉不对劲，试探性地问："先生，有什么事吗？"

"没有。但是，我总感觉……也许是这天气太热了吧，让人闷得慌……"黄绍箕抬手抹一把浸汗的额头。他真的并不知道将要发生什么，只是发现这些天梁鼎芬总往总督府跑。他去总督府办事时，碰到过梁三回，看他走出来时的神情，有点诡异。黄绍箕不敢肯定有什么事情要发生，只是觉得心里慌，生怕书院有学生出事。

8月21日，即农历七月二十七日，汉口的天气与前几日无异，依然是那么炎热、沉闷。

傍晚时分，城里各处照常慢慢亮起了灯火。

随着夜幕渐深，白天喧闹嘈杂的城市慢慢安静下来，暑气也渐弱。然而茫茫的夜色里，隐藏于汉口英租界一片屋宇楼舍间的自立会和自立军活动机关里，却一点儿也不平静。明天就是发难日，所有负责人这两天已休息得比较好，此时都处于紧张的忙碌中。战前总动员会将于深夜召开。

突然，随着"咚咚咚"一串脚步声，灯光下的机关四周人影窜动，很快把机关围了起来。领头的两个人，一个是清军装束，一个是英国巡捕模样。

来人随即冲进了屋里。屋里随后间断地发出了三四声枪响。接着，便有人被押着从门口出来。

唐才常、林圭、傅慈祥、田邦璇等十二人当场被捕。

清兵和巡警继续四处搜索。

当夜被捕者一共二十一人。沈荩等侥幸逃脱。

翌日，张之洞安排新军监司郑孝胥审问唐才常等人。

唐才常昂然说："这些事都是我带头做的，一是为了勤王，废除清廷顽固派控制的专制统治；二是为了替好友谭嗣同等报仇雪恨，伸张正义，实现强国愿望。如今既然落到你们这帮奴才手里，唯愿一死，不必废话，请快动手！"并在狱中题下"剩好头颅酬故友，无损面目见群魔"的诗句。

22日夜，唐才常吟着"七尺微躯酬故友，一腔热血溅荒丘"，视死如归地走向刑场。唐才常、林圭、傅慈祥、田邦璇等二十一人被杀于武昌大朝街紫阳湖畔。唐才常的首级还被悬在汉阳门示众。

自立军起义失败了。

黄轸回到家中，全家自然都很欢喜。

儿子一欧快八岁了，已经由继母易自如和妻子廖淡如带着读书。

"月亮粑粑，肚里坐个爹爹……"

又可以与孩子一起唱家乡童谣了。家乡上空的月亮确实格外亲切，好像逝去的亲人真的就坐在里面看着下面的亲人。

但黄轸心里装着事。

在家里稍稍安顿，黄轸便着手组建团练的事。当年为了地方治安，他曾与父亲一起组织乡社，对成员进行训练。这些成员基本还在家乡，只是他这些年在外，父亲已去世，没有得力的人管理罢了。要把他们重新召集起来，并增加新成员，都不是很难的事。

黄一欧听说爸爸要在家里待下来，带人习武，特别兴奋，缠着黄轸教他武艺。黄轸笑着答应了，给他准备了小沙包，教他如何如何练基本功。黄一欧没事就在腿上绑上小沙包,"嗨""嗨""嗨"地跳板凳。

这天黄轸打听到杨笃生还在湖南,便想立即一见。

杨笃生在乡间躲过政变风波后,曾应善化籍的江苏学政瞿鸿机邀请,去做了幕僚,但没过不久,就因为厌恶官场污浊而辞职回湘,目前在湘绅龙湛霖家里教私塾。龙湛霖原本刚接替瞿鸿机的江苏学政一职,因病辞官回长沙居住。杨笃生与龙湛霖关系不错,正建议龙湛霖捐资兴学,扶助教育。

杨笃生虽然没有前往参加唐才常的自立军,但往来亲密,对唐才常十分支持。他在龙家教书,主要也是一个掩护。

黄轸得到这个消息,即赶往长沙。

当黄轸敲开杨笃生的门,杨笃生吃了一惊,愣了一下,才意外地说:"你不是去日本了吗?对,震鳞说你要去四个月,怎么会在这儿呢?"

黄轸微笑着拍了一下杨笃生的肩膀说:"提前回来了呢,想不到吧?"

"还真是想不到。来,进去说。"杨笃生说着把黄轸往屋里让。

杨笃生沏了茶,两人坐定,边喝茶边说话,别无他人。

"你都知道了?"杨笃生看着黄轸。

"你指的是?"

"湖北那边……"

"怎么了?"

"那么大的事,你还不知道?"杨笃生疑惑地盯着黄轸。

"我这些天都待在乡里,一边陪家人,一边顺便做些事,外面的事情真的不知道。"

杨笃生于是心情沉重地把自立军起义失败、唐才常等人被捕就义的事说了一遍。

黄轸愕然怔住了。

静默片刻,他突然往腿上砸了一拳,然后抹泪失声恸哭起来。

杨笃生也不劝,待黄轸哭了一会儿,声音渐小了,才长长地叹了口气。

"那秦力山和陈作新呢?"黄轸擦去泪水,着急地问。

"秦力山下落不明。"杨笃生声音很低,"陈作新潜回湖南后,来过我这里一次,我正是从他那里知道湖北的事情。"

"陈作新现在何处?"

"不清楚呢，我让他们别轻易露头。据我秘密得知，已有官文通知湖南方面协查自立会成员，说我们湖南可是活跃分子最多的省份。最要命的是王先谦、叶德辉等人已向巡抚俞廉三告密，估计正在核实、确认人员名单，然后开始大搜捕。"

"这两人确实可恶！"黄轸终于忍不住说出了对王先谦的愤懑。

"我正想着又得躲呢。"杨笃生并不惊慌，"我这回虽然没有明着参加，但之前清算南学会时就在他们名单里，后来又与唐才常保持密切联系，这正是他们邀功的时候，他们肯放过我？"

"这次你最好离开湖南，走远些。"黄轸关切地看着杨笃生，"这次的事情，是起义，是直接以武装力量挑战清廷的统治，在他们看来，性质非常严重，估计不会只是上次政变后那样对待变法余党了。"

"那你说，我该往哪里去？"杨笃生端着茶杯，看着黄轸。

黄轸想了想说："取道湖北，走水路，去日本。"

"事情不正是在湖北发生的吗？那边不正在风口上吗？"杨笃生有些吃惊。

黄轸若有所思地说："我在那边也这么久了，张之洞这个人，我还是比较了解的。目前形势下，他并不是一个顽固不化、死心塌地做奴才的人。这回一定是事出有因，不然，他不会突然下这么狠的手的。但那边的事情既然已经发生过，就反倒是比较安全的了，最危险的当是我们湖南，其次是上海。"

杨笃生愣愣地看着黄轸，似乎吃不定他说的话。

"不过这也正好说明了，清廷专制政体不除，其治下的官员就算有时候会有所摇摆，关键时刻仍然是甘愿充当朝廷的走狗，将屠刀对准不屈服于他们的人们。"黄轸自顾说。

杨笃生略加思忖说："你说的也有道理，让我想想看。"

"我也想马上回湖北一趟。"

"这事与你有无干系？"

"本来是有的，但应该还没有引起他们的重点注意。"黄轸掂量着说，"一是那么多好友遇难了，我必须回去看看；二是我也许回到那边比在湖南更安全。"

杨笃生会意地点了点头。

这天，黄轸和杨笃生为了避开长沙码头，特地走陆路到浏阳，从浏阳上船，前往湖北。

回到武昌，黄轸把杨笃生安顿在书院外面一家偏僻的小旅馆里，自己回了书院。

当晚，黄轸、周震鳞及陈嘉会、王达等老乡密聚在一起，说及自立军和唐才常等人，又是黯然神伤。

待众人都散去了，周震鳞悄悄对黄轸说："安徽那边搜得紧，秦力山已脱险回来了，就在附近，已经躲避一些天了。"

"他有何打算？"黄轸问。

"还是决定去日本。"

"好。杨笃生也来了，他们正好结伴。"

"也好。"周震鳞接着说，"据我观察，码头似乎可以走了。"

"最好化一下装。"

两人合计着，比平时都提高了警惕。

第二天，黄轸又亲自去街上和码头看了情况，回来对周震鳞说："让秦力山化装成商人，杨笃生化装成助理，这两天就走。"

当天晚上，两人便为秦力山、杨笃生在小酒馆里饯行。想到前年，也是入秋之后，两人也是在这附近另一家小酒馆为唐才常流亡日本饯行，黄轸和周震鳞都不由悲从中来。但想到敌人的凶残和狠毒，黄轸心里不由迅速又腾起一股愤慨和斗志，他对秦力山和杨笃生说："通过这次事件，我们可以更清楚地看出皇权专制的恶毒，不是保皇能够让他们自愿放下屠刀，洗心革面的，只有用革命来推翻他们，才有希望！"

秦力山和杨笃生点头赞同。几人一致决定，今后将以推翻清廷统治、光复中华、建立民主共和政体为革命奋斗目标。

黄轸又作了一首诗，以赠秦力山和杨笃生，题为《咏鹰》，诗云：

独立雄无敌，长空万里风。
可怜此豪杰，岂肯困樊笼？
一去渡沧海，高扬摩碧穹。
秋深霜气肃，木落万山空。

当天夜里，下起了雨。到凌晨，雨非但没有停，反而大起来了。黄轸觉得这是个好时机，便叫来两抬预约的轿子，送化了装的秦力山和杨笃生去码头，坐第一班商轮。

回到书院，黄轸与周震鳞一商议，等雨停了，又叫上陈嘉会和王达，来到洪山东北麓，找到草草掩埋唐才常、林圭等烈士的坟地，鞠躬致敬，并培了些土。

一连几日，黄轸愤懑难消，心事郁结，书怎么也读不进去，字怎么也写不安心。他想，自己此前是否太书呆子气了，对现实是否太麻木了？

这天，他略一寻思，忍不住执笔抻纸，写下两首小诗以明志，一首《笔铭》：

> 朝作书，暮作书，
> 雕虫篆刻胡为乎？
> 投笔方为大丈夫。

另一首是《墨铭》：

> 墨磨日短，人磨日老。
> 寸阴是竞，尺璧勿宝。

没多久，湖南的大清算果然开始了，与自立军有牵涉的志士及变法活跃分子共一百余人被杀。脸上都有麻子的王先谦和叶德辉被湖南人痛骂为"劣绅二麻"。

第六章
留学日本

1900年12月10日，已经攻占北京的八国联军成立管理北京委员会，对北京进行临时统治。义和团的顽强抵抗失败了。

清廷与八国联军开始磋商议和。

黄轸送走秦力山和杨笃生后，继续在两湖书院就读，以待时机。

1901年6月27日，黄轸的次子黄一中出生。黄轸回家住了一段时间，于7月底将家迁到了长沙城北的紫东园，然后回到两湖书院。

黄轸回到书院斋舍才发现，多了一位新同学。

周震鳞忙介绍道："这位就是黄轸，这位新朋友叫作章士钊。对了，你们两个还是同县乡党呢。"

"是吗？"黄轸打量着章士钊，这个老乡长得挺秀气，鼻梁上架副黑色圈框眼镜，更添儒雅，一看就是名书生。

章士钊也打量着黄轸，那神情大约是心里想：这位老乡大哥可是比周震鳞说的还要魁伟呢。

章士钊谦敬地握着黄轸的手，微笑道："我不是新同学，我只是暂住这里借读一段时间。以后还望两位兄台多关照。"

"乡里乡亲的，还说客气话，那就是见外了。"黄轸笑道，"到了这里，朋友、老乡有的是，你就放心吧。"

经过交谈，黄轸对章士钊有了比较详细的了解。

章士钊比黄轸小七岁，他的父亲曾在乡里做过里正，后来改做中医，但家里条件并不宽裕。章士钊自幼入私塾，读书非常勤奋。为了添补家用，他十六岁时就在亲戚家当起了童子师。这次他是得了大姐的资助，来武昌投考自强学堂的，谁知错过了招考时间，又不甘心这样回湖南，于是通过老乡关系来两湖书院借读，等有机会再考。

黄轸听了章士钊的情况，再次说："你不要有顾虑，只管安心留下来。"

章士钊微笑道："你们这么热情自然好，我留是要留，住是要住，但还是会一边想办法的。"

说罢，三人都笑将起来。

黄轸又说："湖北的书院、学堂多得很，考个学不是问题。我的意思就是你只管在这儿用功读书，做好预备。"

章士钊点头："那看来我寻到这里来是对的了。愿借兄台吉言，考个学校，也不辜负辛苦操劳的父母。"

黄轸握着章士钊的手，鼓励道："咱们喝浏阳河水长大的伢崽，一定行！"

庆亲王奕劻、李鸿章代表清廷与英、美、法、德、俄、日、意、奥及荷兰、西班牙、比利时十一国代表在北京反复磋商，讨价还价，于1901年9月7日正式签订了和约，即《辛丑条约》。

条约主要内容为：

1. 赔款。清政府给予十一国赔款共计白银四亿五千万两，分三十九年还清，年息四厘，本息共计约九亿八千二百万两，以海关税、常关税和盐税作担保。

2. 划定使馆区。将北京东交民巷划定为使馆区，成为"国中之国"。中国人不得在使馆区内居住，各国可派兵驻守。

3. 拆除炮台、驻扎军队。拆除大沽到北京沿线的所有炮台，各国可在从北京至山海关铁路沿线重要地区的十二个地方驻扎军队。

4. 清政府承诺镇压国内反抗各国的各种斗争。永远禁止中国人成立或加入任何与各国为敌的组织，违者处死。各省官员必须保证外国人的安全，否则立即给予革职，永不录用。凡发生反抗各国斗争的地方，停止文武各种考试五年。

5. 对德、日"谢罪"。清政府分派亲王、大臣赴德、日两国表示"惋惜之意"，在德国公使克林德被杀的地方建立与身份相符的石牌坊。

6. 惩治附和过义和团的官员。从中央到地方共计一百多人。

7. 设立外务部。将总理衙门改为外务部，列于六部之首，成为清政府与各国交办事务的专门机构。

　　李鸿章这回在条约上签名的时候，把三个字从上到下挤在一起，签成了一个"肃"字模样，大约是无颜以真实姓名示人和留史，而以朝廷所封的爵位名"肃毅伯"来承受这份耻辱吧。

　　11月7日，李鸿章在北京贤良寺撒手归西。临死之前，他忽然睁开眼睛，嘴唇颤动，喃喃欲语，两行清泪缓缓滑出。亲信周馥痛哭着再三安慰，然后用手慢慢给他合上眼睛，他这才气绝而去。

　　慈禧太后则已于先天调动数万人，驾着行李车三千辆，从西安出发，踏上返京行程。出潼关，经河南、直隶，一路浩浩荡荡，历经三个月，于1902年1月8日回到北京。

　　条约签订前后，义和团余部继续坚持战斗，全国的反抗也接连不断。慈禧太后在按列强的要求将端王、庄亲王、刚毅等活着或已死去的王公大臣分别加以惩处、追夺原官的同时，命清军与列强军队联合对义和团进行追剿。其他起义也被镇压下去。

　　为了挽救摇摇欲坠的大清，慈禧太后对外表示要"量中华之物力，结与国之欢心"，以迎合列强；清政府对内则提出了"自强""维新"的口号，以安抚国民的反抗情绪。

　　这段时间对学校的管制明显比原先要严了。一个专制王朝，即使衰败到苟延残喘，当局也总有手段管制反抗，继续往皮包骨的国民躯体上插吸管。

　　黄轸、周震鳞、章士钊等一众学生，在书院暂时没有多谈革命，只是一边读书，一边为今后的出路思考。

　　突然有一天，章士钊对黄轸说，他决定去投考南京陆师学堂，学习军事。

　　章士钊说："我觉得吧，我们国家不缺读书人，却很缺有卓越军事才能的人才，而这恰恰是一个积贫积弱的国家所急需的。如今那边正在招生，我想前去一试。"

　　黄轸对这位很谈得来的小老乡这么快就要离去有些不舍，但又很认同章士钊的想法，就说："古人说'小马乍行嫌道窄，雏鹰展翅恨天低'。我支持你！"

　　于是黄轸、周震鳞等为章士钊举行了饯别宴，并接济了盘缠，送其上了船。

　　接下来，黄轸除了继续阅读新书新报，还把卢梭的《民约论》、孟德斯鸠的《万法精理》和有关西洋革命的书籍等重温了一遍。

清政府颁发了一系列推行"新政"的措施。其中最主要的是编练新军和兴学育才。

张之洞是新政的活跃分子，因为朝廷的措施很符合他的"中学为体，西学为用"主张，就又决定选派一批学生，官费留学日本。

黄绍箕看到黄轸等学生暂时没有什么过激言行，心里踏实了些，在选拔人员时，就又挑了黄轸，同时也选了周震鳞。

可两人同贺没几天，周震鳞突然就心事重重了。

原来，就在不久前，湖南方面向朝廷的管学大臣张百熙请求，希望将高才生周震鳞派回湖南办学。张百熙是长沙人，思想开明，很重视教育，在戊戌政变前就支持康有为、梁启超的"废科举，办学堂"的主张，眼下正趁着朝廷的新政之机，根据西方先进办学经验和国内实情，着手编写一套学堂章程，对有益于家乡教育的请求，他自然十分支持，就同意了。周震鳞却是才知道这事的。

黄轸听周震鳞说了这个情况，想了想说："你这何尝不是更大的好事啊！没错，我们需要的是机会。留日固然是机会，留日之后呢？还得有个落脚的事业。现在这个干事业的机会早一步青睐于你了，你一定要把握好。湖南的教育自然也不算差，但比起湖北来，在新学上显然落后了一大截，这当然有多方面原因，但最主要的一条，我看就是一些顽固派的阻碍。你正可借此良机回去大办新学，打破顽固风气，培养一批新型青年才俊，为以后做大事干大业做准备。"

一想到湖南死在顽固派手里的一百多条人命，黄轸的心情就难以平静，痛感顽固分子的可恶，也更加理解了陈作新之前对守旧势力的痛恨和通过从军掌兵来加以改变的想法。

周震鳞本来觉得这样其实也不错，不过毕竟失去了一次出国深造的机会，因而有些失落，听了黄轸的话，心胸顿时豁然，释然道："也许这也是上天的一种有意安排吧，我留守，你远走。他日再相逢，把酒话人生，共忆当年同窗交契的往事，也就更有意思。"

"这么说，你乐意了？"黄轸也很开怀，"那就一言为定了，今日暂别长江畔，他年重逢湘江边。"

两人击掌为信。

张之洞确定的这批官费留学生一共三十一人,湖南籍的本来也就黄轸和周震鳞二人,现在周震鳞去不成了,就只剩黄轸一人了,其余的全是湖北籍,如李书城、陈英才、万声扬、李步青、金华祝、周龙骧等。

1902年6月6日,选拔自两湖书院、经心书院、江汉书院的三十一名学生,在张之洞专门委托的武昌府同知双寿的带领下,出发前往日本。

临行,黄轸写下一首七律,留给同学:

沉沉迷梦二千载,迭迭疑峰一百重。
旧衲何因藏虮虱,中原无地走蛇龙。
东山寥落人间世,南海慈悲夜半钟。
小别何须赋惆怅,行看铁轨踏长空。

抵达东京后,他们进入弘文学院速成师范科学习。

弘文学院是日本大教育家、东京高等师范学校校长嘉纳治五郎创办的一所私立学校。留日新生一般不懂日语,此前一段时期,清朝派往日本的官费留学生极少,都是由驻日使馆聘请教师教授日语。1896年的一批共十三人,算人数已较多,清朝驻日公使通过日本政府把这些学生委托给嘉纳治五郎培养,嘉纳就聘人教授他们日语及全部课程,直到毕业,此后几批都是这样。眼看中国的留日学生越来越多,嘉纳就于1902年特地在东京的牛込区西五轩町创办了弘文学院,专门接收中国留学生。学院原本只设普通科,学制三年,毕业后升入日本高等学校。1902年7月嘉纳访问中国时,张之洞考虑到国内急需人才,便与嘉纳商榷,希望能设速成科,学习期限为六个月、八个月和一年半。嘉纳同意了。

弘文学院的教师都是由帝国大学、高等师范学校抽调,或日本知名学者担任,教学质量较高。在课堂教学之外,他们还很重视结合实际。学校提倡德、智、体三育主义,认为体育也很重要。

令黄轸想不到的是,杨笃生此时也正在弘文学院学习。

杨笃生上次与秦力山流亡日本后,得友人相助,先是入了华人在日本办的清华学校,今年嘉纳的弘文学院正式开办了,就入了弘文学院。

异国他乡,知交相见,分外欣喜。

两人在学校随便拣了个僻静处，促膝长谈。

"宋人《四喜》诗说，'久旱逢甘雨，他乡遇故知。洞房花烛夜，金榜题名时'，果然写得没错！"黄轸抓住杨笃生的手说，"真没想到，这异国他乡，我们又碰到了一起。"

杨笃生更是兴奋："乍一见你，我还以为自己看花了眼呢；再一看，这不是那个在武昌城吟诵着《咏鹰》诗为我和力山饯行的黄轸还是谁呢？"

两人不由哈哈大笑。

"对了，力山呢？"黄轸问。

"他还在清华学校。"

"你们出国以来，一定吃了不少苦。"黄轸关切地看着杨笃生。

"还好，"杨笃生答道，"刚来的时候，得梁启超先生帮助颇多，毕竟他们是积极支持自立军的。只是后来……"

"后来怎样呢？"

"闹了点不愉快。"

黄轸说："我之前收到过力山寄回的一份《国民报》，从上面的一篇文章，可以看出他对康、梁的不满，只是不知内情。你知道，自立军事件后那段时间，书院被盯得有点紧，我也不好与力山多通信，力山自然也明白，所以没有每期报纸都寄。"

"唉——"杨笃生叹了口气，说了事情经过。

原来，他和秦力山来到日本后，梁启超正在日本，而康有为去了新加坡，在新加坡以持有光绪帝"衣带诏"之名，游说和推动当地的华人组织"华社"，参与保皇反后，并募集了不少经费。

秦力山听梁启超说此前追随康有为已游历多国，得知此时康有为在新加坡，他便赶去了新加坡。他是心里不服，既然康、梁已经赴多国募款，为什么自立军起义时康有为就是不按承诺汇款，致使自立军不得不推迟发难时间，最后因泄密造成不可挽回的后果。

秦力山到了新加坡，与康有为见了面，发现康有为有借保皇为国的名义而贪敛钱财以图享乐之嫌，两人当下便闹翻了。秦力山指责康有为背信弃义、贪污捐款，视革命事业和志士性命如儿戏。康有为却矢口否认、竭力狡辩，并一口咬定自立军惨案一定是与他不和的内部人员汪康年告密所致，不然血案发生后，汪为什么还从上海逃往事发地湖北？秦力山懒得再与他饶舌，将他痛骂一顿后愤然返回了日本。

"唉，这简直就是个荒唐的笑话。"杨笃生摇着头，总结道。

黄轸感叹道："没想到还有这样的事。客观说，康有为见识颇广，思想先进，他的变法建议多有可取之处，但如同'秀才造反，三年不成'一样，更多是流于空谈和虚妄，缺乏务实和践行。"

"是啊，事关国家大计，倘若自己都不能按自己的主张身体力行，还做出荒唐行为，就会授人口实，徒添非议，反而给革命带来干扰。"

"那与梁先生又是怎么回事呢？"

"秦力山是从新加坡回来后，与梁先生也闹了不快的。梁启超后来虽然与康有为之间的关系也有点微妙，但毕竟对康执弟子礼，还是会相互袒护。秦力山颇纠结。梁启超做过他的老师，又帮过他，按说理应追随，但彼此的观念和政见却又有诸多不同，他实在不愿盲从。这也是没办法的事。"杨笃生顿了顿，又继续说，"我现在算是进一步明白了你之前说的，保皇是不可靠的，一定要从根本上推翻清廷统治。"

黄轸点点头，又问："有没蔡松坡的消息？听说他也来日本了。"

"他呀，确实是个难得的才俊。"杨笃生夸赞道，"他在湖南幸免于难，得人资助后来到日本，改名为蔡锷，先是在梁启超处立足。别看他年龄不大，体质也不强，却一心一意立志学习陆军，几次请求梁启超帮忙。梁笑他：'你一介文弱书生，恐怕难以担当军事重任吧？'他回答说：'只要先生能为我想到办法学习陆军，我将来不做一个有名的军人的话，就不算先生的学生。'梁启超只好帮他。他先是进了成城学校学习陆军，成绩优异，今年刚转到仙台骑兵第二联队参加训练，说是还要去陆军士官学校学习军事。"

"好啊，我们就需要这样的人才。这边还有哪些走得近而又有见识的同胞？"

"本学院，还有杨度、胡汉民、胡元倓、周树人……成城学校，还有张孝准、魏肇文、梁焕彝、陶成章……早稻田大学，有张继……"杨笃生清点着，"还有一些自由活动、来去不定的，如章太炎等人。对了，在长沙办实业的禹之谟，因为随蔡锷加入了自立军受牵连，也来了日本，起初在东京千代田学习应用化学，后来去了大阪学习纺织工艺。"

这里面有些人，黄轸是熟悉的。比如张孝准，是长沙人，曾到王先谦家里做过塾师，颇得王先谦赏识，但思想却与王先谦截然不同。还有禹之谟，湖南湘乡人，甘愿放弃刘坤一的授官许诺，不辞艰苦，走实业救国之路，他还曾建议陈作新多去走动。

黄轸说："现在来日本的中国留学生越来越多了。我想，可以开始加强联络了。"

"据我的观察，留学同胞中，对清廷不满是很普遍的事。"杨笃生分析道，"但主张却差异很大，要想调和恐怕并不容易。而且对武装革命的态度，也有热情之高、低和反对、观望的区别。在联络上，则多以同省同乡作为纽带而自成团体。"

"这也很正常。谋事都有个循序渐进的过程，我们可以先团结走得最近的同乡和觉悟高、热情高的学生，形成中坚力量。我们也不必先高调宣扬革命，一方面可以从启蒙开始，一方面可以将排斥清廷这个容易为各方所接受的主张进行推广，再逐步发现和培养志同道合的学生，扩大阵营。"

"哎，你知道那个广东出来的孙中山吗？"杨笃生话头一转，"他在日本和南洋及欧美多个国家活动，鼓吹革命。"

"此人名字倒是熟悉，事迹却所知有限，不曾多作了解。"

杨笃生便与黄轸谈起了他所知道的孙中山的情况。

孙中山，名文，号逸仙，化名中山樵，1866年生于广东香山县一户贫困农民家庭。其兄长孙眉去美国夏威夷茂宜岛垦荒、经营牧场和商店后，家境才有所好转。孙中山后来随母亲也去了夏威夷檀香山。在兄长的资助下，孙中山先后在檀香山、广州、香港等地受过良好的西式教育。

1892年，孙中山从香港西医书院毕业后，在澳门、广州等地一面行医，一面秘密联系会党，开始宣传反清。

1894年，孙中山曾上书李鸿章，提出一些改革主张，但未被接受。孙中山便从上海去檀香山，创立了兴中会，确定了"驱除鞑虏，恢复中国，创立合众政府"的誓词，也算是革命目标。

1895年，孙中山在香港活动，与杨衢云等人成立了香港兴中会。同年10月，密谋在广州起义，因事情泄露而失败，孙中山流亡海外。

1896年10月，孙中山在伦敦曾被清朝驻英国公使馆诱捕，经他的医学老师、英国人康德黎等人营救，得以脱险。此后，孙中山借助丰富的海外关系，多方游历和考察。

1897年，孙中山来到日本，广交日本友人，寻找革命志士。

1900年10月，孙中山曾派人到广东惠州发动起义，失败。戊戌变法后，孙中山曾考虑过与康有为、梁启超等合作，但因为康、梁坚持改良、保皇而反对革命，合作没能实现。

此后，孙中山继续在日本等多个国家宣传革命。

"国内对孙中山所知不多，但他在国外颇有名气。"杨笃生总结说，"我因为常常寻思究竟谁才能担当起领导中国革命这一大任，对他作了一些了解。"

黄轸颇有兴趣，说："是啊，带头人很重要。"

"秦力山这两年与孙中山倒是联系蛮多。"杨笃生补充道，"去年，孙中山还资助他和浙江学生沈翔云、湖北学生戢翼翚、河北学生张继等人创办了《国民报》，倡导仇满革命。这报纸你也看过了。"

"你见过孙中山本人吗？"黄轸问。

"见过一面而已。因为兴中会成员多是广东人和在南洋谋生的广东籍华侨，我目前对这个团体接触还不多，所以还没有加入，暂时还在守着学业。"

黄轸思忖着说："此人看来倒是有不同于常人的气魄。但正如你刚才说过的，人们对清廷普遍有不满情绪，然而落实到具体主张和行动上，便会有很多不同。各路革命力量，能汇聚到一起就好了，但能否汇聚到一起，也有个过程，得经过努力和考验之后方有分晓。"

"是的，这些是需要时间的。"杨笃生点头道，"但你来了就好！"杨笃生的后半句话说得很有力，说着捏了捏黄轸结实的臂膀，仿佛找到了强大的依靠，随即开心地笑了。

黄轸也笑了："好，我们一起干！"

黄轸这次留学，目的非常明确：并非以学好文化课为单一目标，还要学好军事，并联络革命志士。要革命就必须有种种布置，这些恰恰是中国学生普遍欠缺的。黄轸特别爱好体育，有意继续训练体能，还在学校课程之外另外自费聘请了日本军官讲授军略，并且课余时常常找机会去参观士官联队的军操训练。

他还爱上了每天早晨去神乐坂武术会参加枪弹射击。按规定，凡是连续射中红心六次的，可获得一枚银质奖章。黄轸此前认真训练过射击，所以百发百中，所得银质奖章一枚枚不断放进宿舍的抽屉，让同学们看了无不叹服。

黄轸在留学生中的名气越来越大。这年10月，他被推举为中国留日学生会馆评议员。中国留日学生会馆成立于本年春，以"联络情谊，交换智识"为宗旨，设立干事会和评议会。

在悄悄开展联络工作的同时，黄轸决定办一份刊物。

这天傍晚，秦力山应约来到弘文学院门口，等黄轸。下课时间已过了几分钟，见黄轸还没出来，秦力山便征得门卫同意，进到学校里找他。

早已剪去辫子的秦力山身着青色日本学生诘襟服，十分精神，直往黄轸所在的自修室走去。

老远就听到自修室里一片吵闹声。秦力山走到门口往里探头一看，只见自修室的学生有的站着，有的坐着，正在激烈地争论。也有几个学生静坐着，只是听，不参与争论，黄轸便是其中的一个。

黄轸没有发现秦力山，秦力山也无意打扰里面任何人，就悄悄倚在窗外的墙上倾听。他听出来了，里面是一场关于"保皇""除后""革命""共和""立宪"等话题的争论，听声音就可见那唾沫横飞、面红耳赤、捋袖摩拳的场景。秦力山知道，自修室里常常会有关于时事、政治的讨论，有时哪怕是不同班的学生也会聚在一起激烈争论。

这时突然听得"啪"的一声响，教室里的争吵声顿时停了下来，静得出奇。

秦力山侧了头从窗玻璃往里看。

只见黄轸"噌"地从座位上站了起来，开口道："保皇，保皇，保谁的皇？保清家族和官僚奴才的皇还是人民的皇？现在谁是皇？是光绪还是慈禧？所谓保皇，保光绪其实就是保慈禧，因为光绪只有一个名分——何况还已经被废，慈禧才是真正的皇，就算没有这个慈禧，也还有另一个她！这就是谁都不能碰的清制度的至高权威！你们要保的不是人民想要的什么皇，而是自己想要的主子，以便有机会做奴才，分一钵可观的民脂民膏。立宪固然也不坏，日本、英国、西班牙等多国都是成功的典范，但要那君主愿意放弃专权，愿意接受制约，清廷最高统治者愿意吗？慈禧已经明确告诉你们'祖宗之法不可变'。哪怕是外国人的坚船利炮轰开国门，国家已快被人蚕食瓜分，也宁愿'量中华之物力，结与国之欢心'，只要能维持他们对四万万同胞的腐朽统治；哪怕是华夏赤子们奔走呼号，以命相搏，他们也'宁赠友邦，不予家奴'，只要能保住那无上的'祖宗之法'和专制皇权。这样的'皇'，指望其良心发现，放下屠刀立地成佛，不是与虎谋皮吗？而且我们要面对的还不仅是'皇'的问题，还有随'皇'而来的专制制度下的庞大的统治阶级集团，他们是'皇'的重要部分，如同日本的封建藩主，不将人民从他们手里解放出来也是不行的！为什么日本的明治维新能够使国家脱胎换骨，而我们的洋务运动却是一触即溃？难道还不够明白吗？那么多人的鲜血，还唤不醒我们的心智，点不亮我们的眼睛吗？真是可悲，可叹！"

黄轸的声音深沉有力，痛心疾首。

自修室里的眼睛都盯着黄轸。听了他的话，既无人反驳，也无人赞同，脸上满是惊异，似乎还未回过神来，又似乎是被镇住了。黄轸平日并不喜欢当众高谈阔论，不少人已剪了辫子，他的辫子也还留着，唯一的叛逆行为恐怕只是对某些校规不以为然，比如学校规定学生不许赤膊，爱好体育锻炼的他却常常光着膀子，拿个洋瓷盆，胳膊上搭条毛巾，大摇大摆地往来于洗浴室和宿舍，或穿过大院走向自修室。而现在，他居然当着那么多人痛快淋漓地说了那么多。

等大家都反应过来，也不再争吵，在一片嘈杂之声中，纷纷走出教室。

落在后面的，除了黄轸和杨笃生之外，还有一个人，中等个子，已剪去辫子，头发和胡子都漆黑精硬，面色冷峻，近于孤傲，一面慢慢往门外走，一面不乏轻蔑地说着："争啊，吵啊，闹啊，仿佛个个都是智慧圣哲、搏天斗士，谁知眼高手低、言行不一者多了去。大叫着保皇勤王的没见几个敢做'六君子'和唐才常，多半倒是羡慕康、梁的悠哉滋润；头上断了发的，心里的辫子却还好得很，在这里大叫革命，一旦回国去便又蓄起长辫，比那些恶官劣绅还要冥顽保守。呜呼，着实可笑，可悲，可叹！"

这人经过秦力山身边时，看了秦力山一眼，目光如刀。他冲秦力山点了一下头，又掉头看了看自修室内的黄轸，自顾离去了。

自修室里就只剩下黄轸和杨笃生两人。

秦力山走了进去，黄轸和杨笃生也就看到了他，招呼道："你来了。"

秦力山到了黄轸座位旁，才明白刚才那"啪"的一声响是黄轸摔碎了一把茶壶。

黄轸去自修室角落拿了清扫工具，开始收拾地面的茶壶碎片。

秦力山蹲下来帮着黄轸拾了几块较大的碎片，站起身，拍拍手，看看杨笃生，又看着黄轸说："发那么大的火？"

黄轸苦笑了一下，摇摇头，去倒垃圾了。

杨笃生说："唉，有些读书人，真不知他们脑子里是怎么想的。"

秦力山说："康有为可谓是读书人中的读书人，又如何？"

黄轸很快回来了。

秦力山想起来似的问："哎，刚才走在后面，平头，头发和胡子都像钢针的那个人是谁？"

"哦，那是周树人。"黄轸扫了一眼早已没人了的门口，回答说，"来自浙江，文笔不错，也很有独立见解的一个人。"

"嗯，有点愤世嫉俗，看问题倒似乎挺透的。"秦力山便把他刚才在门口听到那些话说了，又补充道，"没脑子的人有，随风鼓噪的人有，口是心非的人也有。我也算见多了。"

"何尝不是这样呢？不然我会动这么大肝火？"黄轸感慨道，"有的还是湖南人，真是丢湖南人的脸！"

三人往自修室外走去，边走边谈。

"力山，我这次约你来，主要是想聊聊办刊的事。我们出去说。"黄轸说。

三人出了校门，转了一会儿，进了一家喫茶店，点了咖啡。

喝着咖啡，吃着热松饼，三人主要就围绕着办刊之事商讨。

秦力山对办刊已经是轻车熟路了。他刚出来时，在梁启超主办的《清议报》任主笔，熟悉了办刊流程，去年又与沈云翔等创办了中国留日学界第一份宣传革命的报纸——《国民报》，与保皇派划清界限，倡导革命，影响不小，后来因经费问题停办了。

黄轸对秦力山说："我收到你那份报纸后，读了上面未署名的《中国灭亡论》等文章，感觉足以让人深省，可惜至今仍然有那么多人还是沉迷在保皇的美梦里。这也使我感到启蒙的任务十分艰巨。所以，我们一定要办一份刊物，当年维新思想的蓬勃兴起就离不开先后创办的《强学报》《时务报》《湘报》《知新报》等报刊的积极宣传。"

"正是，刊物一定要办。"秦力山赞同道，"康、梁很重视这个，孙中山也很重视，除了支持我等办《国民报》，还让陈少白在香港办《中国旬报》。除了刊登革命人士撰写的文章外，也刊登各国一些启蒙名作，像戢翼翚翻译的卢梭的《民约论》、孟德斯鸠的《万法精理》、穆勒的《自由原论》等著作，也通过这些刊物大量发表。"

说到这里，秦力山突然为难起来："按说，我应该义不容辞承担起这个任务，只是……"

杨笃生问："如何呢？"

秦力山寻思说："我这些天有个想法——也正是因为考虑到办刊的重要，才有这个想法，就是回上海去，参与办刊或创办新刊，加强在国内的革命宣传。我还没顾上同你们说。"

"哦，这么说你要回国了。"黄轸略感遗憾，"不过，你的想法我也支持。自立军事件之后，国内风声有点紧，但随着清算行动的结束和所谓'新政'开始实施，空气又逐渐活跃起来。趁着这个时机，应该是可以有所作为的，这也是我为什么支持周震鳞回湖南办教育的原因。但还是要注意安全。"

"是的。上海的《苏报》等报刊近年来颇受革命人士喜爱。报人陈范接手此报后，摒弃了市井琐事的风格，所登内容由改良到革命，风气焕然一新。章太炎在上海参与过多家报刊编辑，也是文风犀利的革命闯将，他现在是《苏报》等开明报刊的骨干作者，常常把一些顽固保守派驳得体无完肤。我因此也想回到上海去。"

黄轸想了起来，说："我听笃生说过你和章太炎先生的交情。你们年初的那件事就干得很漂亮。"

黄轸所说年初的那件事，指的是4月26日——明崇祯于煤山自尽的忌日前夕，出于扩大排斥清廷的宣传需要，秦力山和章太炎等人策划了在该日举行纪念会，后来由于清政府驻日公使蔡钧勾结日本当局进行制止，没能成功举办，但影响很大。

秦力山笑道："章太炎极有才华，文笔如刀，行为洒脱不羁，藐视权威，人称"章疯子"，其实爱憎分明，疾恶如仇，我们还真谈得来。'六君子'事件后他来了日本，与我一样同孙中山多有接触，后来回到上海，去年在我们《国民报》上发表了《正仇满论》，既排清又痛批梁启超的保皇论，再次遭到清廷追捕，又来了日本，6月份你们刚来没几天，他才回上海。"

"倒是个奇人。"黄轸说。

"他之前住在留学生公馆，可惜回国了，不然可以介绍你们认识下。"说到章疯子，秦力山兴致颇高，"对了，还有孙中山，这段时间不在日本，不然也可以认识下。不过，章太炎现在偶尔对孙先生好像也不怎么以为然，一些留学生对孙中山也因缺乏了解而多有误会，我还给他们作了不少解释。"

"机会总是有的，我们在国内分别，不是在这里又见面了吗？"黄轸把最后半块松饼夹给秦力山，"你刚才说回国去，我明年毕业后也要回，国内才是我们活动的重点。你先回去开辟一下，意义重大，到时我们又会再见面。革命事业是关乎国家民族兴亡的大事，需要大家齐力并举，才有可能成功。"

杨笃生说："是啊，清当初为什么能从弱变强，入主中原，就是凝聚力强，而当时的晚明已经内乱不已，难以形成合力。"

秦力山点头道："说的也是。然而，就怕人各有志啊。"

说着，三人又交流了一番办刊的事情。黄轸看看时间不早，就结了账，和杨笃生送秦力山到路口乘电车回去。

回校路上，杨笃生心情似乎有点沉重，对黄轸说："你那句话说得很好，就是'革命事业是关乎国家民族兴亡的大事，需要大家齐力并举，才有可能成功'。力山有句话也发人深省，就是'人各有志'……"

黄轸默然点头，欲言又止。杨笃生的话，他自然明白。杨笃生与秦力山同时来到日本，秦力山比杨笃生要活跃得多，与康有为和梁启超绝交后，转而支持孙中山，大力宣传革命，还与孙中山、章太炎讨论过土地问题，也曾与张继组织过兴亚会，主张中日两国同时革命，同建共和国……秦力山的很多想法看起来都是好的，为什么杨笃生却没有加入进去呢？

黄轸抬头看了看天空，停下了脚步。杨笃生就也停了下来。黄轸右手指着空中说："嘿，月亮粑粑……"

杨笃生笑了："对，月亮粑粑……"

黄轸等人经过商议，把刊物名定为《游学译编》。

刊物定位是：专以输入文明、增益民智为本。主要目的是把日本和欧美先进的社会政治学说和科学文化知识介绍到国内去。刊登内容以学术、教育、军事、时事、历史、地理、外论、理财等为主。黄轸负责教育栏目的译文。

一切工作紧锣密鼓地进行。

黄轸、蔡锷、杨笃生、杨度、梁焕彝、魏肇文等人碰了几次头，11月24日，《游学译编》第一期就出版了。由于内容丰富，文章质量佳，在留学生界深受好评。接着，黄轸与蔡锷、张孝准、杨笃生等人创办了湖南编译社，一方面负责《游学译编》的发行，在上海的广智书局和长沙的金线街矿务总局设立了发行处，一方面准备有计划地译介日本和西方重要文献。

就在这时，湖北籍学生李书城、刘成禺创办了《湖北学生界》。黄轸从多方面予以支持。接着，浙江留学生创办了《浙江潮》，江苏留学生创办了《江苏》，直隶留学生创办了《直说》，如此等等，刊物如雨后春笋般冒了出来。

1903年3月，湖南官费留日学生到达日本，进入弘文学院。

陈天华就在这批学生中。

接着，自费来日本留学的湖南学生刘揆一也进入弘文学院。

黄轸很高兴，意气相投的人在增多。

先说陈天华，字星台，生于1875年，比黄轸小一岁，湖南新化人。母亲早逝，父亲为私塾教师，陈天华幼时便跟随父亲读书，好学不辍。1898年，入读新化实学堂，受维新思想影响，拥护变法运动。1900年，到长沙入读岳麓书院，成绩优异。有位官员颇为赏识他的才华，想招为女婿，陈天华却效法汉代霍去病"匈奴未灭，无以为家"，说："国家不得安宁，我就不娶妻成家。"此后又在求实书院和已更名为城南师范馆的城南书院读书。1903年初，获得官费留学日本的资格。

再说刘揆一，字霖生，生于1878年，比黄轸小四岁，湖南衡山人，生于湘潭。幼年入私塾，后来曾入衡州船山书院，师从一代名儒王闿运，与杨锐、刘光第、齐白石、杨度等师出同门。维新变法时曾与杨度一起前往长沙的时务学堂听过课，参与讨论国事。1902年春，作为同县乡党、同门师兄的杨度不顾老师王闿运劝阻，偷偷自费跑来日本留学时，刘揆一在长沙岳麓书院读书，今年也踏上了自费留学之路。

陈天华和刘揆一进入弘文学院后，与黄轸一见如故，于是很快成为知交，黄轸让他们也参与编译社的工作。

从此，几名同乡加同学，常常促膝长谈，探讨国家民族大事。黄轸还在《游学译编》第十二期发表了《湖南自治论》，对湖南的系列问题进行了剖析，以此为案例，在原先"东南互保"的基础上，进一步认为可将地方自治作为救亡图存的重要手段。以此为契机，他们还对诸如美国联邦制等多国管理体制的利弊进行了大讨论。

为了团结湘籍留日学生，黄轸还领导组织了"土曜会"，将周六定为土曜日，每逢这天就进行集会，由秘书长石陶钧负责日常事务。每次集会，黄轸都会参加。为了强调军事素质对于革命的重要性，第一次集会时，黄轸就强调："我们的工作各有分工，心力方面的工作固然重要，但仅此是远远不够的。革命是残酷的，是你死我活的斗争，所以要有挺身杀敌的勇气和本领，以及杀身成仁的意志，才能具备摧枯拉朽的力量。"

中国留日学生与清政府派驻官员之间大大小小的矛盾时有发生。

黄轸去年刚来日本时，发生过"吴稚晖案"。

当时，有九名自费留日学生想进东京成城学校学习陆军，但日本与清政府有约定，需要清政府驻日公使具函保送方可。驻日公使蔡钧不愿作保，九名自费生就找在东京高等师范学校的学兄吴稚晖出面相助，吴稚晖带了二十多名学生去找蔡钧理论，结果和另一名学生一起被日本警察抓捕，限他们离开日本回国。吴稚晖写下绝命书，在被押解去火车站的途中，过桥时乘日本警察不备，跳江自杀，却被警察救起，带回警察署，给换了衣服，再押往车站。此事激起中国留日学生群愤，数百人前往火车站送别。

此事过去还不到一年，又发生了一件奇事。有人大呼痛快，有人恼羞成怒。

带头做出这件奇事的是东京同文书院的留学生邹容和早稻田大学的留学生张继。

先说邹容，1885年生于四川巴县一个商人家庭，求学时因厌恶科举、蔑视旧学而被书院开除。1901年，赴成都投考留日官费生，本来已被录取，却因为思想倾向维新，被人诬告，说是人虽然很聪明但品行不端，被取消资格。但他一心赴日本留学，决定自费前往，冲破重重阻力，于1902年秋到达东京，进入同文书院，阅读了大量西方资产阶级启蒙著作，开始撰写《革命军》著作初稿，并积极参加留学生活动，结识革命志士。

再说张继，字溥泉，生于1882年，是河北沧县人，1899年赴日本留学。课余时，张继经常在图书馆内翻阅《法兰西大革命》《民约论》等革命书籍，受到启发和影响，决心为推翻清专制统治的革命献身，学习非常专注投入，以至于"不顾家室，虽父书至亦不拆"。

有个叫姚文甫的人，是清政府派驻日本的留日陆军学生监督。此人除了喜欢对留学生横加干涉，还道德败坏，不干正事，竟勾结留日学生，帮他监视某人的小老婆，因为他与那人的小老婆有染。

邹容知道这事后，把那个被勾结的学生痛骂了一顿，并决定教训姚文甫。于是和张继一合计，约了陈独秀、刘季平、翁浩、王孝镇几名留学生，去找姚文甫。

这天晚上，姚文甫正在住所里闭目养神做美梦，突然门人来报，外面来了几个留学生。姚文甫正想着留学生是不是来求他办事，孝敬他的，一伙学生已经闯了进来，领头的正是年方十八的邹容。

邹容一把揪住姚文甫，"啪啪啪！"朝脸上甩手就是几耳光。张继等人的巴掌也招呼了上来，"啪！""啪！""啪！"一阵乱打。

"你个混账东西，干的什么龌龊事，简直猪狗不如！"邹容大骂道。

姚文甫被这突然发生的事搞蒙了。还没等他反应过来，张继已经紧紧抱住了他的腰，邹容捧住了他的头，陈独秀拿着剪刀，"咔嚓、咔嚓"，姚文甫头上的辫子到了陈独秀手里，头上现出一副丑八怪发型。

门人这时才回过神来，壮起胆子，和赶来的随从一起挡开几名学生，扶起姚文甫。

"你个龟儿子，以后还敢不敢胡作非为？"邹容怒目而立，指着姚文甫。另几人也气愤未消。

"不敢了，不敢了！"姚文甫只得求饶。

"以后还敢这样，打断你的脊梁骨！"陈独秀警告道。

"不敢了，再也不敢了！"

邹容和张继等人这才撤了出去。

狼狈不堪的姚文甫冲门人和随从大骂着"废物"，各踹了两脚，然后换了衣衫，戴上帽子遮住丑八怪脑袋，急急惶惶去向驻日公使蔡钧控告去了。

邹容和张继等人来到留学生会馆，把姚文甫的辫子挂在柱头上，旁边贴张纸条：留学生公敌姚文甫之辫。

此事随即在留学生界传遍了，成为一大笑料。

结果，在清政府和日本的双重压力下，"大逆不道"的邹容不得不带着他未写完的《革命军》书稿和同党张继、陈独秀回国去了，到上海投入新的革命活动。

奇事刚刚过去，更大的风波又来了。

4月29日午后，东京神田锦辉馆里，黑压压一片，人头攒动。

"赶走沙俄，还我东北！""赶走沙俄，还我东北！"……

现场的呼喊声有如雷动。

八国联军侵华期间，俄国除了派兵加入联军，还另外出兵十七万侵占了中国东北三省。1902年4月，中俄签订《交收东三省条约》，俄国承诺分三期从东北撤军，条约签订后却拒不执行，俄国沙皇竟然批准俄军无限期留驻中国。1903年4月，俄国还向清朝提出意在控制东北、蒙古、新疆的七项要求。消息一经传出，立即激起全国多地民众集会抗议。4月28日，日本《朝日新闻》披露了此事，引起了中国留日学生的极大愤怒。

一场轰轰烈烈的拒俄运动爆发了。

4月29日早上七点，留学生会馆干事和评议员四十多人聚集会馆，召开紧急会议，商议对策。

聚会人员以东京陆军士官学校学生居多。担任会馆干事的士官生钮永建等主张组织义勇队，回国开赴抗俄前线，并致电北洋大臣袁世凯和上海各爱国团体，争取官方和民间的共同支持。

午后，五百余名中国留学生在锦辉馆里举行大集会，一起声讨沙俄无耻行径，并当场开始征召义勇队员。

黄轸毫不犹豫地在报名表上签了名，并发动宣传，号召报名。

一百三十多名义勇队员分为甲、乙、丙三个区队，每个区队又分为四个分队。士官生蓝天蔚任队长，龚光明、吴禄贞、敖正邦任区队长。黄轸与方声洞等人编在乙区队三分队，由钮永建任分队长。

5月2日，为了应付日本政府的干涉，义勇队改称学生军。

黄轸因擅长射击，负责给学生教授枪法。为了不引人注意，学生军每天清晨秘密前往大森等地练习实弹射击，各自承担子弹费。

来自广东的廖仲恺、何香凝夫妇租住在大森，学习射击的二十多名义勇队队员与他们住在同一栋寓所里。每天很早，何香凝就起床了，给队员们烧水烧饭，做后勤工作。大家同仇敌忾，意气昂扬。

但学生军的行动还是引起了清政府驻日本公使馆的注意。驻日公使蔡钧一面诬蔑学生军"托于拒俄，以谋革命"，请求国内给予镇压，一面勾结日本予以解散。

就在这时，国内又爆出一桩国耻丑闻：天津的英文版报纸《新闻西报》刊出一份《中俄密约》草稿，内容是清政府准备答应俄国提出的要求。

这桩丑闻是通过黄轸的同县乡党、此前的自立军骨干沈荩曝出的。

作为自立军右军统领的沈荩，在唐才常遇难、自立军事败后，先是避走上海，然后潜往北京，接着去了天津，在当地报馆任职，并兼任一家日本报纸的通讯员。由于沈荩有记者身份作掩护，又擅长交际，在北京结交了不少有头面的人物，包括清廷权贵。沈荩假装与他们把酒言欢，从中套取有价值的东西。最近一天，沈荩听一个接近朝廷的清贵族说，中俄两国要签订密约了。沈荩吃了一惊，决定阻止清政府的这次卖国行为。他从新闻人的角度大胆地想出了一个最有效的办法。经过多方努力，沈荩终于通过政务处大臣王文韶的儿子弄到了《中俄密约》草稿的原文，然后立即寄给了天津英文版的《新闻西报》。《新闻西报》收到后，第二天就将原文刊登了出来。国内外各大新闻媒体随后纷纷转载，《朝日新闻》还专门出了一期号外。

清政府之前与外国签订的不平等条约，当时多是不公开的，人们事后才知情，这回竟然又打算干这丧权辱国的事。这一丑闻无异于火上浇油，引来国内外舆论一片哗然，清政府一时狼狈不堪。在国内外舆论的强大压力下，清政府不得不中止了签订卖国密约的计划，却暗中派人追查泄密原因，并密谕蔡钧和全国各省都抚，凡是有留日学生回国，一经发现有革命嫌疑的，可就地正法。

学生军更加义愤填膺。黄轸一时气急，竟至咯血。在随后的会议上，他愤慨道："中国的局势，已经糟糕到不可思议的地步，唯有革命，才能救危亡于万一！"

5月11日，报国无门的留学生们将学生军改组成军国民教育会，以"养成尚武精神，实行民族主义"为宗旨，实行新的方案，将行动进一步秘密化。军国民教育会会员很快达到了两百多人。

军国民教育会决定以鼓吹、起义、暗杀等多种方式开展革命活动。黄轸、杨笃生还与来自湖南新化的留学生周来苏、苏鹏等六人组织了暗杀团。

军国民教育会还决定推举十二名"运动员"，分赴国内和海外华侨聚居地宣传革命，包括筹措经费，联络同志团体。黄轸自愿让出了会中会计一职，自告奋勇报名为运动员，负责湖南、湖北和南京区域的活动。

受留日学生影响，上海爱国学社和中国教育会师生也先后组成了上海拒俄义勇队和军国民教育会。

黄轸的学习期限是八个月，眼看就要结束了。

在回国开展革命活动之前，这里还有不少工作要做，有些工作还需要做好后续布置。

一些事务，黄轸想交给陈天华和刘揆一负责。另有一件重要事情，就是他希望和杨笃生在日本把制造炸弹的技术学好，以便回国后能寻找机会实施暗杀行动。

陈天华这段时间在抓紧写作《敬告湖南人》《猛回头》《警世钟》。黄轸特别重视这事，蔡锷对此也兴趣很浓，常来走动，和黄轸一起给陈天华提了不少建议。黄轸希望陈天华能在他回国前完成作品，印刷成书，以便他回国后作为革命宣传物使用。陈天华因此几乎集中了全部精力，投入创作。

石陶钧负责给陈天华望风。

一身青色学生装的陈天华，长发披肩，执笔伏案，时而陷入沉思，时而奋笔疾书。有时，也不知他写到了什么内容，突然号啕大哭，痛苦不已。石陶钧只好上前劝抚，要他不要伤心过度。陈天华就擦干眼泪，继续书写。

黄轸看到陈天华进度不错，大受鼓舞，和杨笃生的造炸弹计划也开始实施。

杨笃生已于年初转入了早稻田大学，但随时都与黄轸在一块儿。

杨笃生这时住在留学生会馆，黄轸常去那里与他密谋。黄轸发现，杨笃生对暗杀特别热衷。

杨笃生说："擒贼先擒王。把清的最打紧人物干掉了，下面就群龙无首。即使不能干掉最打紧人物，干掉重要人物也行，可以起到杀鸡儆猴的作用。"

黄轸说："这也不失为一种好办法，如果真能实现，倒是可以减少革命志士的流血牺牲。"

"对啊，硬攻不如智取。"

"可要在重重防范中找到下手机会，也殊为不易。"黄轸沉思着。

"百密而有一疏，只要有心，就一定能找到时机。"

杨笃生看到黄轸似有犹疑，便说："你好像有什么心结。"

"确实。"黄轸笑笑，"我有时觉得，这手段似乎与'革命'不大相符。"

"唉，你就是太诚实。"杨笃生拍拍黄轸的背，"我明白你的意思。可是你想想，他们屠杀谭嗣同、唐才常等人，虽然是光明正大，但是讲道德吗？合天理吗？革命可以不分手段，只要能达到革他们命的目的！"

黄轸点点头。这一刻，他想起了专诸刺王僚、聂政刺侠累、要离刺庆忌、荆轲刺秦王，想起了死难的"六君子"和唐才常诸人、南学会志士……

造炸弹需要技术，谁会这个呢？两人开始想办法。

傍晚，两人沿着弘文学院外面的人行道散步。

杨笃生说："禹之谟此前在东京学过应用化学，应该会，可惜前些时回国去了。"

禹之谟已于年初从日本购买一批纺织机械，运回国办工厂去了。

黄轸说："禹之谟不错，既能接受革命思想，为人又很踏实，一心办实业。他说过'空言不是救国'，正合我意。如果革命成功了，这样的人才大有用武之地。可眼下，我们的任务还很艰巨。"

"是的，我们再想想看。"

黄轸想了一会儿，说："留学生多半来去匆匆，这事如果能得日本人帮忙，也许更可靠，他们的路子自然更广。"

杨笃生说："可我们结识的日本人都还不多，而且是年轻人。不过，我可以让他们打听打听。"

过了两天，杨笃生就找到黄轸，说："事情可成了。"

黄轸问："如何呢？问到人了？中国人还是日本人？"

"有两个人帮忙。一个是日本华侨，叫冯自由；一个是流亡日本的革命志士，叫梁慕光。"

杨笃生接着向黄轸讲了这两个人的简单情况。

冯自由，原名懋龙，祖籍广东南海，1882年生于日本一户华侨家庭，自幼在日本上学，1895年加入孙中山的兴中会。后来因反对康有为，改名为自由。目前就读于早稻田大学，与朋友办有《开智录》刊物。因与杨笃生同在一所大学，从而相识。

梁慕光，广东博罗人，为当地三合会首领。1900年在家乡聚众反清，围攻博罗县城。1902年起义失败后逃往日本，也加入了兴中会。

"不是冯自由会造炸弹，而是梁慕光会，冯自由答应介绍梁慕光教我们。"杨笃生补充道。

黄轸点头说："好。冯自由，名字也改得不错。有他出面帮忙，事情一定能成。"

不几日，黄轸、杨笃生、冯自由、梁慕光四人经过会面、商讨，事情就定了下来。

梁慕光此时住在横滨。杨笃生特地在横滨的中国街租了房子。黄轸一有空，很早就动身，赶往横滨。都是为着反清革命目的，梁慕光向二人慷慨传授炸弹制作方法，并一起去野外做了试爆。不久，杨笃生又打听到广西籍工科生马君武也会制造炸弹，又请他来指导。江苏常州籍留日士官生何海樵等人也加入了学习。

黄轸和杨笃生学到技术后，为了炸弹更加实用，决定进一步改进。两人经过摸索，研制出十余种制作方法。每研制出一种方法，必须经过试爆来验证。他们选择了去西北面远离居民区的荒郊野地去做实验。

为了不引人注意，他们不敢实验大剂量爆炸，只做小剂量引爆，以试验原理。

这个周日，两人又来到野外，在一片树林中的洼地里做实验。在这里引爆小剂量的炸弹，由于四面屏障的消解作用，距离较远就完全听不到声音了。

杨笃生在洼地里放置炸弹装置，一边放一边说："等我们种出好西瓜，就送几个给老佛爷和她的重臣吃，味道好得很。"

炸弹放好了，杨笃生让黄轸离远点，然后启动了引爆机关，迅速跑开。

黄轸拿着怀表，和杨笃生看看炸弹又看看表，起爆时间已经超过了，炸弹却没有动静。等啊等，时间过去了三倍，炸弹还是没有爆炸。两人不知问题出在哪里，一合计，就想探究个明白——这也是必须的。

杨笃生说："这个我比你拿手，还是我来。"

只见杨笃生一步一步走近炸弹，停顿了一会儿，然后蹲下去小心翼翼地拨弄起炸弹来。

黄轸越看越担心，冲杨笃生喊："笃生小心！要不别理它了，扔海里去。"

杨笃生却只当没听见一样，拨弄一会儿，又停下来，闪开两步，打量一会，然后又凑近去拨弄。

突然"轰"一声响，炸弹爆炸了。杨笃生身体往后一翻，躺倒在地上。

黄轸马上冲了上去，扶着杨笃生就喊："笃生，笃生，你没事吧？"

杨笃生却没有反应，过了一会儿才晃了晃脑袋，眨巴着眼睛说："没事，没事。妈的，这西瓜还不好种。"

这时黄轸发现杨笃生右眼部血糊糊的。

"你的眼，痛不？"

"不痛。"杨笃生说。

黄轸把杨笃生扶起来坐在地上，观察了一下他的右眼，确定是出问题了。这时杨笃生才抬起手要摸右眼，说："这只眼睛有点痛。"

黄轸伸手挡住了杨笃生的手，说："你这只眼睛受伤了，我送你去医院。"然后将上衣撕下一块，为杨笃生做了简单包扎，匆匆处理了现场，背起他就往市区医院跑。

杨笃生的右眼不算伤到要害，但也留下了残疾，视力受到一定损伤。但他满不在乎地对黄轸说："独眼龙又怎样呢？照样要造炸弹炸清狗。"

杨笃生表示，等黄轸回国了，他就和周来苏、苏鹏等暗杀团成员继续研制炸弹。

黄轸又与刘揆一商量在国内开展活动的办法。

刘揆一说："革命需要武装力量，动员新军和学界是必不可少的，但短时之内可能有些困难，如果要想尽快组织武装发动起义，联系哥老会等会党比较合适，他们的成员人数众多，而且他们本来就是因为反对清廷而结成团体的，容易发动。他们的组织也有一套行之有效的管理办法，可以暂时借鉴。"

接着，刘揆一介绍了与他交好的湘潭哥老会首领马福益的情况，并说："有一次，一名哥老会会员犯了重罪，马福益连夜开堂，判处其死刑。那名会员毫无怨言。马福益流着泪送他去河边自尽，当经过狭窄险要路段时，他竟回过头去，哭泣着说：'大哥留步吧，小心夜路失足。'马福益也再三安慰他放心上路。可见他们的会规和执法既严格，又令人信服。这也是革命组织需要的。"

黄轸说："如果真能动员成功，倒是一支不小的力量。这还得靠你出力。"

刘揆一颇有信心地说："好。三个月后，我们相会长沙。"

黄轸高兴地说："行，有你相助，我这心里就踏实了很多。"

除了湖南本省的学生之外，黄轸又与留学以来结识的其他省份的一些走得近的朋友作了告别，如福建籍的方声洞、江苏籍的赵声等人。

然后，他把陈天华已经印刷出来的《猛回头》和《革命军》以及其他一些有用资料，按需要保密的程度，一一打好行李。

5月31日，黄轸结束了这次的日本留学生活和在这里的革命活动，启程回国。

第七章

播火者

黄轸回到上海，逗留下来，住在洋泾浜一家客栈。

作为负责国内湖南、湖北及南京区域的革命活动"运动员"，他要按计划行事。

他没想到，在上海遇上了章士钊。

章士钊于1902年春去南京，考入南京陆师学堂，书读得好好的，深得学堂总办俞明震的赏识。1903年春夏之交，上海各学校学生罢课，与各爱国团体一起响应留日学生拒俄义勇军，南京陆师学堂的学生也参加了拒俄运动，遭到当局镇压。章士钊不顾总办俞明震的劝阻，率陆师同学三十余人离开学校奔赴上海，加入蔡元培等人组织的爱国学社和军国民教育会，任军理教习。在这里，除了蔡元培之外，他还结识了吴稚晖、章太炎、黄炎培、蒋智由、蒋维乔、邹容、柳亚子等人，并与章太炎结拜了兄弟。

当时，一帮人主要集结在爱国学社、苏报社、中国教育会、军国民教育会。

《苏报》于1896年创刊于上海，主办人是胡璋，以其日籍妻子生驹悦的名义登记注册，刊登内容多为市井琐事，经营惨淡。1900年，因在县令任上举报上司而被革职的湖南衡山人陈范接办《苏报》，倾向改良。为了网罗实力写手，他每月资助爱国学社一百大洋，由学社骨干蔡元培、吴稚晖、章太炎等人给《苏报》供稿。没多久，陈范又邀请章士钊担任《苏报》主笔。

所以此时的章士钊，刚进入苏报社不久，正对报纸进行改革，确立反对改良、宣传革命的宗旨。

黄轸与章士钊去年在两湖书院作别，如今在这里相见，又是意气相投的乡党，自然格外亲切。

　　章士钊听黄轸说了意图，当即表示支持。经与蔡元培、章太炎等商议，黄轸还得以在上海新闸路余庆里设立了秘密革命机关。

　　黄轸在日本已听过章太炎的大名，没想到这次机缘这么好，一回国就得以结识这位狂放不羁的海上文化闯将。

　　章太炎比黄轸大六岁，于1869年生于浙江余杭一个地主家庭。原名学乘，字枚叔，早年号膏兰室主人、刘子骏私淑弟子等，后来又改名为炳麟，号太炎，曾用心研究王夫之和顾炎武。十六岁时，章太炎去县里参加童子试，癫痫突然发作，中途就退出了考场。后来到杭州诂经精舍学习，师从著名朴学大师俞樾，前后有八年之久，埋头研究学问，颇得其治学精髓。1896年来到上海，加入强学会，编撰过《时务报》《经世报》《实学报》和《译书公会报》等。1898年，曾上书李鸿章，希望能顺应世界潮流实行改革。又应张之洞邀请前往武昌，帮助张之洞创编《正学报》，因学术思想和政治观点不同，与张之洞的亲信梁鼎芬产生激烈冲突，拂袖离开武昌。维新变法夭折后，章太炎避往台湾。1899年东渡日本，与梁启超等人交好，之后返回上海参与编辑《亚东时报》。1900年，义和团运动和八国联军侵华等事件发生后，慈禧太后等顽固派的卖国行为，让章太炎受到极大震动，对清不再抱幻想，开始激烈反对改良派，大力鼓吹革命。

　　黄轸还在上海见到了当年南学会的骨干、邵阳分会会长樊锥等故旧，却没有见到秦力山，就向章太炎打听。章太炎说，秦力山从日本回到上海后，先是参与《大陆报》编辑工作，后来独立创办了《少年中国报》，但由于资金短缺，没能继续办下去，就专门在长江中下游及广东一带联络会党，因而屡遭清政府通缉，行踪不定。

　　就在这期间，发生了"苏报案"。

　　这得从邹容说起。邹容从日本回到上海后，住进爱国学社，与章太炎成为莫逆之交，接着完成了著作《革命军》，署名"革命军中马前卒邹容"，请章太炎修改。章太炎拿过一读："巍巍哉！革命也。皇皇哉！革命也……"不由击节赞赏，认为革命宣传物就应该这样直率豪放、激情澎湃、通俗易懂，因而不做任何修饰，提笔写了一篇序文，称许《革命军》是"义师先声"，随即由柳亚子等筹集费用，交大同书局排印，于5月初出版发行。

　　恰逢章士钊负责《苏报》。改进后的《苏报》连续刊登了《介绍〈革命军〉》和章太炎的《序〈革命军〉》《读〈革命军〉》《驳康有为论革命书》等文章重要部分内容及相关文章，其中《驳康有为论革命书》还以《康有为与觉罗君之关系》为大标题，内容包括骂光绪为不识菽麦的小丑，以及攻击慈禧太后。

6月29日，英国巡捕在清政府的再三要求下，拿着个七人名单赴苏报社抓人。英国巡捕高声大气问："陈范在吗？"陈范说："他不在。"巡捕就不再理他，他趁机避走。当天抓走了陈范的儿子陈仲彝和账房程吉甫，以及一个叫钱宝仁的人。钱宝仁并非报社人员，而是上海滩一个混混，平时喜欢假冒孙中山，只是与名单中人偶有交集而已。因主办本案的江苏候补道、陆师学堂总办俞明震是章士钊的老师，与蔡元培、吴稚晖等人也熟，所以并不想较真抓人，几人看到风声不对，就避了。

30日，巡捕赴爱国学社抓捕。章太炎本来一样可以避走，却留下了。巡捕问："你是谁？"章太炎说："他们都不在，要抓的章太炎，就是我。"于是被捕。

邹容本已脱险，与张继藏匿在虹口一个外国传教士家里，但章太炎给他和另一个叫龙泽厚的人写了信，让他们投案。龙泽厚当晚自首，邹容次日收到信后也主动自首。英国巡捕见邹容是个少年，十分惊讶："你来干什么？"邹容说："我叫邹容，前来投案。"巡捕说："你是个小孩子，走开。"邹容急了，说："我真的就是清政府要抓的邹容，我写了好多革命著作，《革命军》只是出版的一本。"这才被收押。苏报社和爱国学社随后被封。

清政府要求租界将几人引渡，交由其处置。租界以清朝不讲法治、草菅人命为由，拒绝交人，要按西方法律来审理。结果，经会审公廨审判，章太炎被判入狱三年，邹容被判入狱两年，另四人被释放。陈范和苏报社成员樊锥等人去了日本，爱国学社的蔡元培、吴稚晖等人不再追究。这就是震动一时的"苏报案"。

黄轸与张继去监狱探望了章太炎和邹容。

上海租界的反清激进分子被传讯又放出是常有的事，只要不被交给清政府当局，一般问题不大。章太炎和邹容此时被关押在四马路的巡捕房楼上，由于是租界管理，条件尚可，也允许亲友探望。黄轸和张继也就放心了些。

这时杨笃生和周来苏、苏鹏悄悄携带着炸弹从日本回到了上海，打算寻机北上，实施暗杀行动。

几人经过商议，黄轸和章士钊决定先去一趟江苏，往泰兴和南京拜访在这两地的湘籍名流龙璋和魏肇文。黄轸让杨笃生和周来苏、苏鹏暂时留驻上海，负责革命机关。

黄轸要拜访的龙璋是湖南攸县人，在泰兴做县令，是左宗棠的外孙女婿、谭嗣同侄儿的岳父，其叔父龙湛霖为刑部侍郎，在江苏学政任上因病归居长沙，杨笃生流亡日本前就在他家里教过私塾。魏肇文是魏源族裔、前两江总督魏光焘的儿子，在日本留学时与蔡锷同学，已经与黄轸很熟，只是比黄轸早些回国。

在江苏联络好龙璋、魏肇文等人后，黄轸和章士钊回到上海，又遇上了胡元倓。

胡元倓是1902年冬就从弘文学院毕业回国的，他很仰慕日本人福泽谕吉创办庆应义塾（后改为庆应大学），培育了不少英才，也立志回湖南创办一所好学校，在表兄龙璋及其堂弟龙绂瑞的支持下，四处奔走募捐求助，租下长沙湘春街左文襄公祠为校舍，创办了湖南第一所私立中学——明德学堂，由他自任监督，龙湛霖任总理。这次他是来上海招聘英文教师的。

胡元倓一见黄轸，就兴奋地说："你回来得正好，明德学堂正需教师，想必你不会推辞。"

黄轸一想，教育启蒙是他喜欢的，从事革命活动也得要个掩护，便说："回得早不如回得巧啊，这'孩子王'，我就认了。"

胡元倓大喜道："我就知道你不会推辞。有了你，文武两用，我就可以少请一个体育教师了。"

两人当下确定了这事。

逗留上海期间，黄轸还几次去了圣彼得堂做礼拜，结识了那里的会长吴国光。当吴国光知道黄轸是湖南人后，便说有一名叫黄吉亭的湖北籍牧师，去年刚去长沙租屋设堂，他可以介绍给黄轸认识，以便于黄轸回湘后前去礼拜。

黄轸心想：开展革命活动就是要多结识各方人士。自然非常乐意。于是吴国光便拿了一张名片，在上面写了介绍语，让黄轸拿着，回到长沙凭名片去找黄吉亭即可。黄轸当下拜谢了。

眼看南京方面和上海的联络工作已有眉目，黄轸决定去湖北运动革命，然后回湖南任教。章士钊决定和张继、陈独秀等人在上海创办《国民日报》，继续宣传革命。

黄轸正打算离开上海，传来沈荩被捕的消息。

《中俄密约》草稿的披露，让清廷恼羞成怒。7月19日晚上，沈荩正在北京寓所进一步谋划行刺慈禧太后，几个清兵破门而入，将他逮捕。

接着又传来沈荩留下四首绝命诗，于7月31日受杖刑就义的噩耗。

沈荩牺牲了，成为这一时期新闻记者因爱国而被当局处死的第一人。上海新闻界和爱国志士闻讯都十分悲愤，纷纷发表唁文，也激起更大范围包括西方舆论的巨大反应，谴责之声不绝。

黄轸与章士钊、杨笃生、张继等人沉痛地为沈荩举行了吊唁活动，然后才登船启程去湖北。

黄轸于8月份来到武汉。

他随身携带了九千余册在上海翻印的陈天华的《革命军》和《猛回头》。

和黄轸一起留学日本的同学大部分已回到武汉，两湖书院也有不少在读的湖南同乡，黄轸这几年在两湖书院读书也积累了一些当地人脉。他到了武汉，活动可谓如鱼得水。

张之洞这时已转为代理两江总督，这段时间在北京，湖广总督暂由湖北巡抚端方代理。

端方为清正白旗人，比较有学问，喜欢金石书画，只要不谈政治改革，也还容易打交道，只是缺少变通。黄轸得知端方正在大办教育，首先前往拜访，提了一些关于教育方面的建议。

然后，黄轸就和李书城、陈英才、万声扬、李步青、金华祝、周龙骧等人四处活动，宣传革命，发放革命读物。

黄轸还回到了两湖书院演讲。

他和周震鳞、陈嘉会、王达四人，虽不曾在两湖书院公开宣扬过革命，但因为思想活跃，关心时事，还是被同学和老师有所洞察，由于他们都住在北面斋舍，因此被同学们私下称为"北四寇"。如今黄轸和周震鳞离开了两湖书院，另"两寇"还在。

黄轸不再如往昔那样隐忍克制，他现在已经把革命当作主要事情来做，他觉得革命就是要重视唤醒。他在两湖书院的演讲中大胆剖析了排斥清廷、改变国体和政体、平等民权的必要性和迫切性，受到热烈欢迎，不仅本书院的学生争相倾听，还吸引了武汉其他学校的学生及一些革命志士前来听讲。

人一多，自然少不了顽固派，要抬杠。黄轸不气不恼，甘愿奉陪，相互辩论，有时从早上直辩论到下午，也不嫌疲倦。因为在他看来，辩论的过程本身也是启蒙的过程。

这天，讲座会上，黄轸正在与一名顽固派辩论。已兼任院长的梁鼎芬闻讯赶来，一看大讲堂挤满了听讲的人，登时气急败坏地叫道："反了，反了！都散了，都散了！"

但是没有谁听他的，一些学生瞟了他一眼，继续听讲座。现场人挨人的，有的学生还故意装疯卖傻拿身体挤他，他根本就进不去。他带来的几名随从也无可奈何，便虚与委蛇。经历过甲午战争、戊戌喋血、庚子之变、自立军惨案等一系列重大事件之后的学生和新军，多数已开始醒悟，对清廷的统治强烈不满。

"反了，反了！你们等着瞧！"梁鼎芬怒气冲冲，灰溜溜地离去。

辩论继续进行。

这时，听众席上突然有一名青年举手站了起来，要求发言。

黄轸一看，只见此人大约二十来岁，身材较瘦，个子中等，脸颊微凹，但骨骼俊朗，特别精神，一双眼睛闪烁着睿智之光。

经黄轸点头默许后，此人开口说："先声明一下，我今天不是专门来听讲的，而是因有个朋友说黄轸先生棋艺颇为厉害，我是特来与黄先生以棋会友的，顺便听讲而已。我这个人是比较固执的，平时不怎么喜欢听人论道，因为所论的大多只不过是无稽之道和肤浅之道罢了，但刚才我觉得黄轸先生所讲的却颇合我心。该讲的他差不多都讲了，我不必狗尾续貂。我是喜欢法律的，就单从法律角度谈点感想。海外很多国家都实现了社会的现代化管理，基于公正、平等、民主、人权等精神的法治制度就是其典型特征之一。请问，我们国家有法律吗？有的同胞肯定会说有，真的有吗？有是有，但那只不过是'王法'而已，它根本就没有法律精神可言，也别谈什么平等，只是以维护封建统治为目的，按人的等级和关系来实施罢了。'我就是王法，王法就是我'，这句话想必大家都不陌生吧？它正好是我国所谓法律的生动注脚。只有建立了真正的法治社会，人们的权利才能最大限度得到平等的保障，不然广大民众就永远是任凭上层阶级宰割的羔羊。而要推动法治，就必须改变陈旧顽固的制度体系，如果利益集团不愿意改，那就要运用武力手段强迫他们改！那就要革命！"

"说得好！"

"是这个理！"

"精辟！"

……

听众纷纷鼓掌。

黄轸一听，笑了，也跟着鼓掌，然后接话说："说得好！清廷使我们国家落下发达国家何止几十年，那是上百年！如果我们再不加以改变，奋起直追，情况只会更加糟糕，对外没有主权可言，在内则会一直贫穷、落后、愚昧下去，平民百姓落到更加悲惨的境地。就算不为我们自己着想，而为了我们的子孙后代过得更好，不再受人奴役，我们也要奋起抗争！这当然有艰难，有危险，但我们甘愿带头去面对这个艰难和危险！"

会场再次响起热烈的掌声。

散会后，黄轸想和那名青年谈一谈。正好陈嘉会、王达、吴禄贞几个陪着那名青年走向了黄轸。

"幸会，幸会！"黄轸一把握住那名青年的手。

陈嘉会忙向黄轸介绍道："这是宋教仁，常德桃源人，目前在武昌文普通学堂就读。"

几人一边走一边聊，就到了陈嘉会的斋舍。

宋教仁，生于1882年，字钝初，号渔父。他是1902年来湖北投考入学的，在校期间，参加过吴禄贞等人组织的革命团体在武昌花园山举行的聚会，由此结识了吴禄贞，而吴禄贞此前已与黄轸、陈嘉会、王达等人很熟。

吴禄贞对黄轸说："钝初确实是听说你棋艺厉害，早就打算来会会你，只是去年你留学去了，来也没用，这次听说你回来了，就约了我一起过来。"

黄轸说："真是太好了。人说'风云际会'，我们都是些小人物，但有机会碰到一起，说说彼此都感兴趣的话，乃至做些彼此都感兴趣的事，又何乐而不为呢？以后就不必客套了，大家兄弟相称即可。"

"如此也好，那以后我就又多了一位兄长，多了一份依赖。"宋教仁笑道，"黄轸兄这几年在两湖书院应该是收获不小吧？"

黄轸笑道："其余都好，就是这里的膏火钱每月比湘水校经堂少了四两。"

宋教仁说:"那算什么,十二次大考,你六次名列第一,何况还有月考,你奖学金领了不少吧?何况我等在乎的可不只是银子,还有比银子更重要的。"

王达说:"那自然,比如今天的以棋会友。"

几个人说着,接下来却压根儿就没有提下棋的事,全是谈其他,主要就是革命。黄轸和宋教仁推心置腹地谈了好一阵,突然才想到下棋,于是对宋教仁说:"棋还是要下的,改天抽个时间。另外哪,我手里还有个残局,是当年赶考时从一位老者那里学的,我们也可以研究研究。"

宋教仁点头道:"要得。今天棋虽没有下成,收获可是比下棋大无数倍。"

再说梁鼎芬,对黄轸等人的活动十分惶恐,回府后急忙向在北京的张之洞致电汇报。

张之洞接到电报一看,果然当初怀疑这个黄轸是对的,这小子不但没有收敛,现在胆子竟越来越大,这般放肆起来了。然而怒归怒,心里还是爱才,他思忖再三,便复电命梁鼎芬将黄轸驱逐出境,不得再待在湖北。李书城等人也被梁鼎芬叫去,一顿训斥,不给安排职务。

谁知驱逐告示贴出来了,黄轸却并不理睬,依然故我从事活动,在武汉继续逗留了八日,与协助的朋友们一起将陈天华的《革命军》和《猛回头》散发了四千余册。主要是在学生界和新军中。

然后,黄轸才坐船踏上了回湖南的行程。

"呜——"听着拉响的汽笛,黄轸仿佛听到战斗的号角。面对浩荡江水,望着熟悉的武汉三镇,他陡地有一种豪迈和悲壮感,不由在心里默默地想:捐躯的唐才常等志士啊,革命一定很快就会再次打响,不只在这里打响,还要在全国打响,让清朝万劫不复!

明德学堂的创办人胡元倓是湘潭人,与黄轸同在日本弘文学院留学时就探讨革命。黄轸要从事的是军事革命,而胡元倓矢志于教育救国。他曾对黄轸说:"流血革命虽然危险,但只要不怕危险,以身践行,也可说不算太难;而'磨血革命',才是真的难上加难。教育事业就如同磨血革命。你在倡导的是流血革命,而我打算把心血放在教育上,做一个磨血之人。"

黄轸很赞同他的观点,因为思想启蒙非常重要,而从学生时代就开始启蒙，显然更为有效。从耗费精力来看，确实比武装斗争更艰难。

黄轸来到明德学堂，胡元倓见其如约而至，非常高兴，说："朋友们都很支持，这是对我的最大鼓舞，我心目中的明德学堂，规模可是想达到早稻田大学那样的，还要把分校开到全国多地去。"

黄轸说："谁说不可以呢？只要时局允许，不要横加阻碍，学校又能拥有自由活泼之精神，经过一定时间发展，将来超过早稻田大学也未可知。怕就怕横生枝节，事与愿违。但不管怎样，我们都要努力去做。"

胡元倓表示赞同。

1903年下学期，黄轸正式开始了在明德学堂的工作，担任学监之职，主持学校第一届师范速成班，并兼任历史和体操教学，还常常代理国文、地理、图画等课程。

怎样把学教好？黄轸心里明白，要让学生只学好文化知识倒也不难，但他所从事的不只是一份普通教学工作，还肩负着革命宣传的重任。硬性宣传不是好方式，春风化雨的效果更好。其中要做的重要工作是解放思想，让学生从陈旧观念里走出来。

黄轸采取了寓教于乐的方式。

他很重视体育课，除了给学生灌输"强国必先强身"的理念，还把原本单调的体育课上得有声有色。为此，他可谓把十八般武艺都使了出来。首先是每逢体育课或活动课时间，就把宿舍、教室、自修室全部落锁，在正式操练之外，又以多种形式的活动来提高学生的兴趣，如翻杠子、玩哑铃、踢足球、跑圈子等，甚至还教学生打棒球，组织了扬子江棒球队。

前来看望黄轸并观摩教学的蔡锷，看着黄轸训练棒球，附在其耳边悄声说："黄轸兄，你这是训练棒球呢，还是训练学生的臂力好扔炸弹呢？"

两人相视而笑。

体操场上，常见黄轸一头短发，一身运动服，神姿英发，充满活力，带领着一群生气勃勃的孩子，给人面貌一新的感觉。

黄轸身材魁梧，体格健壮，体型较大。他发现，与中学生和小学生玩耍时有个截然不同的现象。

和中学生玩跑圈儿时，他在前面跑，学生在后面追，眼看后面的学生追得紧，顽皮的学生不但不给胖子老师让道，还坏笑着故意把空当儿堵住，让老师跑不掉。而和小学生玩时，前面的学生看到老师快被追上了，就赶紧把空当放宽,大喊着:"老师快跑!他们来了!"急着放老师通过,有时还把老师围起来藏住,不让追赶的同学抓住。黄轸不由慨叹:"这些小家伙显然还没有心机,更加天真可爱啊!"于是对那些大同学说:"你们看,小同学都知道帮老师,你们就知道坑老师,坏得很,不跟你们玩了。"

那些中学生便一脸坏笑地说:"我们不是坑老师,是怕老师走远,想留住老师和我们玩啊。老师不跟我们玩,没关系,我们会抓住老师玩的。"

黄轸笑道:"古人说'人之初,性本善',还是有些道理。你们要越长越睿智,越长越仁德,可不能越长越狡诈……"

这天上博物课,学生在教室把学习工具放好,等着老师来。只见他们的黄先生着一件酱色长褂,捧着一个大洋瓷盆进了门,走上讲台。

不知这黄先生葫芦里又卖什么药。

上课了。只见黄轸从盆子里抓起一条鲤鱼来,那鱼中间被抓,首尾使劲摆动,想要挣脱。黄轸把鱼往盆里一放,"啪嗒"一声,溅出不少水来。

这唱的是哪一出呢?

只见黄轸抹一把脸上的水,说:"同学们,这是鲤鱼,我们都认识。有句话叫'鲤鱼跳龙门',我们也都知道,可这就是个十足的迷信。没错,我们的祖先很细心,观察到了鲤鱼有三十六道鳞和鲤鱼喜欢逆流飞跃的现象,但其中的真相,却并不是传说中的那样,鱼真的变成了龙,这只不过是鱼由于其生理特点和生活习性的原因,驱动其往上游寻找产孵地的一种自然现象。喜欢宣称这个传说的人,要么是不懂其中的事实,要么是别有用心,比如那些带头造反想当皇帝的和继承皇位的,总喜欢让人们相信真的有所谓的'真命天子',大家要无条件地服从他们的统治,又比如让人们相信富有富命、穷有穷命,一切都是命中注定,大家要安于自己的命运。这实际上也是一种蛊惑人心的'正统论'和'宿命论'。"

学生都认真地听着。

黄轸拍拍脑袋,继续说:"我们的脑壳是用来想问题的,而不是装豆腐渣的。所以,我们平时不要轻易相信有的说教,要学会思考,能够辨别是非。作为新知识分子,我们不应该相信封建这一套,要有决心和勇气改变自己和更多同胞的命运。就像法国革命党人,革命成功后,不再迷信皇帝,而是提倡民主、自由、平等、博爱……"

课讲完后,同学们回味和讨论了一阵。突然,一个思路清奇的学生问道:"先生,这条鲤鱼,不知你打算作何处置?"

黄轸说:"你觉得应该怎么处置呢?"

学生说:"我先问你,是要你回答的。"

"这我知道,不过,"黄轸解释道,"现在,在这里我是权威,你如果只是要我一个答案,就有点迷信权威的味道。而事实上,我的回答并不一定就是最正确、合理的。本着民主的原则,我看,这事不妨由大家商量决定,每位同学一定要本着认真负责的态度来考虑这个问题。"

班上立时又活跃起来。有说红烧的,有说清炖的,而有的学生则说,这条鲤鱼今天可是立了大功的,一回头就吃了它,有点残忍。最后举手表决,是把它放到学校的池塘里去。

这样的授课方式,没有人不喜欢。

黄轸上地理课必带一个比足球还大的地球仪。

对着地球仪,他讲世界上有很多国家,讲中国并非传统说法上的居天地之中的无上至尊,四边都是居天地之偏的蛮夷,自然更容易懂。

黄轸的图画得不错,上课时根据需要随手就在黑板上画出一幅图来,动物呀,瓜果呀,什么都画。张继私下悄悄地对黄轸开玩笑说:"你可是白天画图画,晚上话革命啊。"

上地理课的很多学生,喜欢上了跟着黄轸学习填充地图和绘制地图。有段时间还迷上了"题地图",一个个学生拿着画好的地图找黄轸题词。黄轸来者不拒,信手拈来,借题词以寄心志,比如"待从头收拾旧山河""叹江山如故,千村寂寥""汉家烟尘在东北""空怅望,山川形势,已非畴昔"等等。

有个叫阎幼甫的学生看到黄轸给题的是"若人如马亦如班,笑履壶头出玉关",不解其意。黄轸给他解释:"马"是指东汉名将马援;"班"是指东汉出使西域的班超;"壶头山"是指湖南沅陵和桃源交界处,是马援驻过兵的地方;"玉关"就是指玉门关,是与班超扬名西域有关的标志性地名。

经黄轸这么一说,阎幼甫明白了黄先生题词的良苦用心。

在胡元倓办学精神的感召下,又经过他与黄轸等人的邀请,明德学堂先后吸纳了一批青年英才担任教师,如周震鳞、张继、苏曼殊、赵声、吴禄贞、王正廷、秦毓鎏、陈凤光、翁巩、陆鸿逵、李步青、金华祝、王达等,其中多数有革命倾向。还聘请了两名日籍教员堀井觉太郎、永江正直。可谓精英荟萃。黄轸称之为"豪侠云集"。两广总督谭钟麟之子、翰林院编修谭延闿到校参观，当即决定给予赞助，也成了校董。明德学堂很快声名鹊起，成为与天津的南开学校齐名的新式学校，享有"北有南开，南有明德"的美誉。

黄轸经常与教员探讨革命，老师也都注意将革命理念灌输在教学中，譬如讲述清朝的恶行、腐败和闭关锁国使国家贫穷落后，等等。

长沙此时正在大办教育。为了传播新思想，黄轸除了在明德学堂任教，还承担了湖南民立第一女学、湖南实业学堂、安徽旅湘公学等学校的部分教学任务。

黄轸、胡元倓、周震鳞等对女校的兴起也颇感欣喜，因为这是对女性的一大解放。善化县的影珠女学堂可说是第一所女校，是与黄轸一同留学日本的许直的妻子许黄萱佑等人创办的，是一所黄氏家塾式的学校，专招黄氏家族女子，不对外招生，学生只有十余人。长沙面向社会公开招生的第一所女校则是民立第一女学，是由龙绂瑞和留日归来的俞蕃同、胡元倓、许直等人创办，校舍暂时设在长沙千寿寺巷，于1903年6月正式开学。必修课开设有国文、算学、历史、地理、美术、生理、外国语、体操、教育学、修身等。

在此期间，黄轸的继母易自如、妻子廖淡如都进入了民立第一女学做事，易自如担任副监督兼舍监，廖淡如担任学监。在家庭经济条件已大不如前的情况下，黄轸仍然为学校捐了十银圆，并附上一封书信《致龙绂瑞书》。龙绂瑞非常重视，特请谭延闿作了跋，将信公布。

尽管湖南巡抚赵尔巽对办女学很支持，给予批准立案，发布告示，但风气初开未开之际，社会对办女学阻力仍然很大。民立第一女学只有黄轸一名男老师，上课时不能进入学堂内，只能让学生来到创办人之一的许直、许黄萱佑夫妇的宅子里上课。文化课还好，上体操课时，只有未缠足的十几个大脚姑娘来上课。黄轸照样郑重其事，只是这回不穿短打运动服，而是一袭酱色长褂，教大家学习他从日本学来的柔体操，还有其他体育运动，比如翻杠、哑铃等，没有设备就带领大家自己动手，把床铺架子都用上了。女生们开始时忸忸怩怩，嘻嘻地笑，缩手缩脚，时间稍长，就能很大方地表现了。

黄轸的长子黄一欧这时已经十一岁，进了明德学堂小学班，在父亲的指导下和同学一起腿绑沙包做运动，同陈果夫、阎幼甫、陈嘉佑等同学玩得不亦乐乎。

生活处于表面的平静和美好中。

第八章

创建华兴会

1903年11月初，刘揆一从日本回到长沙。

紧接着，陈天华也从日本回来了。

一些外地朋友也陆续赶到长沙。

11月4日，即农历九月十六，是黄轸进三十岁生日。

这些年，黄轸难得在家里与亲人好好团聚一回，在明德学堂任教后，虽然住在家里，但时间精力却用在了明德和其他学校。这回过生日，正是一家人团聚的好机会，结果却不是在家里过。

这天，黄轸在同县好友彭渊恂的家中摆了两桌生日酒，地点是长沙西区保甲局巷。

黄轸、刘揆一及弟弟刘道一、周震鳞、章士钊、彭渊恂、张继、吴禄贞、宋教仁、陈天华、龙璋、谭人凤、秦毓鎏、陈方度、徐佛苏、柳继贞、胡瑛、柳聘农、彭邦栋、翁巩等二十多人，聚集在彭渊恂家里，名义是为黄轸庆生，实则是举行秘密会议，筹备组建华兴会。

会上，黄轸简要阐述了创建会党的初衷："如今国内的形势，大家也都清楚，清廷对外懦弱无能，割地赔款，丧权辱国，使国家面临被列强瓜分的境地，世界各国，没有谁愿意把我们当正常人看待；对内腐败横行，舞弊成风，对百姓极尽欺压和盘剥，致使盗贼横行，饥馑遍地，民不聊生。尤其是那慈禧恶后，执迷不悟，奉行'宁赠友邦，不予家奴'，也不把本国人民当人看待。革命已经势在必行，否则国家和民族都没有希望。"

与会人员表示赞同，很快进入实质性探讨，对创会方略及创会后的活动方式发表意见。

经商议，一致同意成立以"驱逐鞑虏，复兴中华"为基本宗旨的革命组织——华兴会，推举黄轸为会长，宋教仁、刘揆一、秦毓鎏等为副会长。

黄轸随后发表演讲："本会成员既然都是有志于革命，就应当讨论发难的地点和方法，怎样合适。一种是以倾覆北京首都的清王朝为目标，占领核心城市来号令全国，就像法国大革命选择在巴黎起事，英国大革命选择在伦敦起事那样。但是，英、法两国的革命，是市民革命，而不是国民革命。市民是以城市为依托的，在身受专制痛苦的情况下，振臂一呼，就可以群起响应，给统治者以致命打击。如今像我们革命，缺少已经觉醒的强大的市民力量，既不能依靠北京苟且偷生的贫弱市民来推翻清廷，又不能与清廷的禁卫军协同合作，而且我们是大国，清政府的势力广泛，那么我们的起事，似乎只适合采取雄踞一省、各省呼应，最后形成合力，推翻清廷统治的办法。就目前湖南来说，军、学界的革命思想已有所启蒙，市民也有一定程度的潜移默化，而且本来就以反清为宗旨的洪门、哥老会党人，已经发展团结很久，只是处于犹豫观望，未有起事，正如炸药已经备好，只等我们引燃药捻。如果我们能将各股力量联结为一体，或者由会党发难，或者由军、学界发难，互为声援，不难占据湖南作为根据地。但即便如此，倘若只有我们发起首义，没有其他省份的响应，也是以一己之力应对天下之敌，仍然难以实现挥师北上，直捣黄龙，驱逐鞑虏的目的。所以，还望各位同志，对于本省也好，外省也好，只要是有机缘，都多加运动，等有一定成效，再具体协商发难事宜。"

宋教仁接话说："黄轸分析得有道理。我国地域辽阔，国情确实与英、法等国不同，不是个别大城市举行起事就能大功告成，需要遍地烽火，形成合力，最终实现革命目标。"

刘揆一说："黄轸刚才所说关系到组建革命武装的问题，我们在日本时也有过讨论。一方面，新军是一支最强大的潜在力量，但还需要较长时间来进行发动和策反，如果要想尽快能够发难，联络会党就是一个不错的选择，他们本来就是为反清而产生，即使眼下没什么行动，反清的心理和情绪依然在，只要注意动员方式，还是很容易团结起来的。因此，我还是认为，我们在筹划其他各项工作的同时，应首先联络会党，争取他们的支持。"

陈天华说："我们在日本的革命活动仍然在进行。陈范和樊锥到日本后，也已参与到《游学译编》和湖南编译社的事务中。如今留日学生越来越多，他们对革命思想比一般人更容易接受，武装起来了就是一批生力军。我们暂时可以借用会党，但会党也许只可做偏师，终究还得建立一支纯粹的革命武装。"

谭人凤认为，会党成员很是复杂，但如果能因势利导，加以改进，于会党规条之外又加上军队纪律，未尝不可以成为劲旅，军队中的一些官兵，本身也来自会党。

黄轸认为，华兴会初创，就目前的情况，发动会党是一种可以尽快收效的办法，但必须进行严格改造，一定要深入会党开展工作，加强领导，使之化畸为正，并积极发动会党青年踊跃投军，成为正式的军人。同时，如陈天华所说的，要着眼于创建正规的革命军，这是个长期的任务，可以从培养军事骨干、发动新军、组建学生军等几方面着手。

章士钊说："'苏报案'没有吓倒我们，目前上海的革命形势并没有被打压下去。我们的《国民日报》虽被当局禁止邮局寄发，但仍通过其他渠道在传播，蔡元培负责的《警钟日报》也在发行，《革命军》和《驳康有为论革命书》都已印刷成册，广为散发。太炎兄和邹容在狱中坚守气节，让人感佩。我们一定要有信心，坚持战斗。康有为这个读书人的败类，拿着各地华侨集资的巨款，在海外既置房产，又开公司，还纳起年少貌美的小妾来了，这就是保皇党的猥琐面目。太炎兄虽然已在狱中，但我们要继续揭批康有为之辈的龌龊行径和梁启超之辈的保皇谬论，让人们接受正确的革命理念。"

各人都发表了意见。

为了避免引起当局注意，大家商定，华兴会对外称"华兴公司"，以兴办矿业为名进行活动，入会称为入股，股票即为会员证，会员通信也都使用商号和化名，骨干会员都为股东，计划集股一百万元，作为开矿资本，以"同心扑满，当面算清"作为口号。

最后，黄轸郑重而感慨地说："我们成立本团体，是为了一个共同的目的，就是推翻清廷，建立一个民主共和的国家，这是为国为民的事业，而不是为了个人利益。因此，我诚恳地希望，我们要以大业为重，切不可像太平天国那样，事业稍有起色，便鬼迷心窍，争权夺利，相互倾轧，导致不可收拾的后果。这是血的教训，万万不能重蹈覆辙。我当初以'轸'字为名，就是取'前车既覆，来轸方辙'之意。"

会议结束后，章士钊这才悄悄同黄轸说："杨笃生前些日带着周来苏、苏鹏，携带炸弹去了北京一趟，试图潜伏在故宫或颐和园，一举炸毙慈禧及清廷重臣，但没找到机会，又回到了上海。"

黄轸听罢吃了一惊："他们不告诉我，你怎么也不同我说声？"

"我咋同你说？拍个电报也只能说他们去了哪里，还敢说他们'携弹进京'？所以也就罢了，只好听天由命。"

"革命的手段多种多样，暗杀也是一种。但这事必须谨慎，计划周详，避免不必要的损失。"

"蔡元培先生也在和他们一起研制炸弹、毒药呢。"

黄轸想了想说："我想把笃生兄叫回长沙来一趟，我们要进一步商议一些事情。你回去正好传个信。"

章士钊点点头。

陈作新在自立军起义失败后一度失联，其实他是隐藏在一贺姓人家教书，其间静心阅读了大量海内外进步思想著作。黄轸回到长沙后才见到了他，华兴会成立后，他也来入会了。

陈作新确实是个命运诡异的奇人。

其实，1902年他就在长沙现身了，只是不敢公开到处露面。

那时，清政府已发布谕旨，要整顿兵制，在各省会设立武备学堂，以培养将才，训练劲旅。陈作新觉得这是一个好机会，便改名陈竟存，准备前往湖南武备学堂投考。

因为投考的是武学，为了塑造威风形象，他身穿一件酱色宁绸镶有青缎五云的得胜马褂，即新军军官服，足蹬快靴，提着笔墨袋，精神抖擞地前去报考。

时任武备学堂总办的是留日回国的湖南试用道俞明颐，他亲自担任主考。经过几道程序，他对陈作新的表现非常满意，决定录取。

可是，随后就有人控告陈作新假冒军官。

这事没人说就不是事，有人举报就成了个事。所以，当1903年5月武备学堂正式开学，陈作新兴冲冲前去入读时，门卫问了他的名字，又看了一遍新生名单，竟把他拦住了："对不住，没有你的大名。"

陈作新一听就急了："怎么会没有我名字？你再看看！"

门卫又仔细看了一遍名单，声音大了起来，不无鄙夷地说："难道你的名字会隐身法？你自己看！"把名单丢给陈作新。陈作新瞪着眼睛一个个名字搜下来，确实没有他的名字。这个与落选和逃亡结下不解之缘，将名字改来改去的才子，又没戏了！

"他祖宗的真是活见鬼了！……"陈作新只得骂着娘，垂头丧气往回走。

好在同年11月，武备学堂附设了湖南兵目学堂，他把名字又改回陈作新，前去报考。这回，因为字写得好，加上有革命倾向的龙璋的推荐，陈作新终于得以入选，进入兵目学堂学习。

1904年初，长沙高等学堂有学生在校内组织了小社团，创办了《俚语日报》，陈作新积极参与其中，趁机进行革命宣传，成为《警世钟》《猛回头》《革命军》等禁书的得力推销员。

"正如曾国藩之'屡败屡战'，兄台饱经历练，已是愈挫愈勇，让人钦佩。"对陈作新的遭遇，黄轸也是很感慨，但又不忘继续给予鼓励。

"我现在也想好了，求个什么仕，做个什么官，只愿多学点军事本领，好用于革命！"陈作新说。

"不错，当道路一条条被人堵死，我们就应该好好想想，是不是不能再把命运交给别人，而是由自己来主宰，将那堵路的人先清除。革命的风暴很快就会到来，我们都将是舞台的主角。"

接下来，黄轸嘱咐陈作新，除了在其他学校宣传革命，还希望他利用在兵目学堂的便利条件，在新军中多做宣传和联络。

华兴会成立后要开展革命活动，就需要大笔经费。

黄轸除了和同仁们通过各种渠道发起募捐，还想到了家里的田地和房产。

他心里无不惴惴地同继母和妻子商量。

易自如看着面前的黄轸。这个平时敦厚少言、勤于事功的继子，从来严于律己，不乱花钱，也无不良嗜好，可一谈到革命，就精神振奋。这回，竟要动用家产了，他得是下了多大的决心啊。

一则易自如和廖淡如历来就很支持黄轸的一些想法，二则黄轸平时在外求学，经常把读过的革命书籍寄回家给她们阅读，使她们也受到了思想熏陶，所以当黄轸说了心里的打算，尽管两人沉默良久，很舍不得黄家辛苦积累下来的家产，也还是点头答应了。

易自如说:"轸儿哪,人生在世,总得有点有意义的想法,做点有意义的事,如今你想准了,我怎么能不支持呢?不过我有个条件,你得答应我。常言道,钱财都是身外之物,只要过得平安健康就好。家里生活上的事,你不用操心,我和淡如现在都有收入呢。只是,我和淡如都知道你所从事的事业有多危险,所以,不管是什么时候在哪里,你都要记得注意安全,保护好自己。"

说到这里,易自如和廖淡如都忍不住抬手抹眼睛。黄一欧站在一旁,愣愣地看着几个大人。

黄轸回答道:"轸儿知道,记下了。"

想到父辈和祖辈辛苦攒下的家业就要败在自己手里,想到一家人原本可以安安乐乐地过团圆日子而自己却选择了危险重重的革命,黄轸心里一时也是百感交集,五味杂陈。但他还是横下了心。

就这样,黄轸将家里的三百多石面积的田地和凉塘旧居那个占地近三十亩的大庄园,一起卖掉了,一共得钱两万四千余串。

黄轸另外又与华兴会各骨干成员一起设法筹集资金,与柳聘农、彭渊恂等人共筹得一万余元;龙璋、杨笃生等人共筹得两万三千余元;在长沙南阳街经营图书仪器及印刷业务的新化籍商人张斗枢,先后捐助了一万余元;负责掌管华兴会财务的刘揆一也变卖家产并贷款,献出四千余元。

此时普遍挣扎在贫困线上的百姓,在城市干活一个月只能赚一两块钱。华兴会的骨干成员们为了革命,也算是尽其所能、义无反顾了。

1904年2月15日,即农历除夕日,借举行除夕宴欢庆新年的名义,华兴会成员聚集在龙璋的西园寓所,正式宣布"华兴公司"成立,到会的除了十多名重要发起人之外,还有省内外一百多人。

华兴会成员里有相当一部分是留日归国的学生,如陈天华、张继、杨笃生、吴禄贞、李书城、禹之谟等。暂时在长沙任武备学堂教习的蔡锷,为人格外谨言慎行,尚未入会,但平时常与黄轸探讨培养军事人才。另外,会员还涉及国内军界、学界、政界、绅界、商界、会党等,包括了社会的上、中、下各阶层人士。

会后,华兴会将总机关设在长沙南门外。

华兴会成为这些年来继兴中会之后的第二大反清革命团体,在国内则是第一大反清革命团体。

生活似乎仍然处于平静中，其实危险已在悄悄降临。

1904年春，正是江南草长，杂花生树的风光旖旎季节，明德学堂却迎来了乍暖还寒时节的风波。

突然有一天，胡元倓正在监督室处理一封来自外省学校的信函，巡抚衙门来了一个差役，见了胡元倓便说："赵大人让小的来请胡监督去衙门一趟。"

"哦，好的。有什么事吗？"胡元倓以为只是一般公干，顺便问问，常常是可以问到是什么事宜的。

"小的也不知道，先生随我去自然便知。"

如果是一般公干，也未必要随这差役一同去，让差役先回，稍后再自行前往也是可以的，但差役却站着不动。胡元倓这才感到事情有点不一般，于是说："烦劳差爷在外稍等片刻，我收拾一下。"

差役便出去了，站在门外等。

胡元倓随后便随那差役一起来到了巡抚衙门。

巡抚赵尔巽在三堂接待了胡元倓。

赵尔巽命人上了茶，招呼着与胡元倓各品了一口，尽了礼仪之后，拿出一封书信来递给胡元倓看。

胡元倓接过书信一看，竟是一封举报信，看着看着，他吃惊非小。看完一遍，他又看了一遍，生怕哪一处还没看准。

胡元倓看清了信的内容，很快也就明白了事情的原委。

原来，王先谦有个门生叫刘佐楫，也是1902年湖南选送留学日本弘文学院的学生之一，与胡元倓、黄轸都是同学。明德学堂初创时，他也是发起人之一，并出资两百串钱。王先谦是反对办新学的，因此特地安排刘佐楫加入明德学堂，随时留意明德师生的言行，密报给他和叶德辉等人。胡元倓和其他几名创办人起初都不知道这一层隐秘，以为他也是热心办学。后来，由于刘佐楫的思想不能与明德的学风合拍，学生都不喜欢他，所以他并没有任课，只是参与管理。

有一次，刘佐楫唆使一名叫单启鸿的安徽籍学生，把历史老师陆鸿逵的讲稿弄到了手，讲稿的内容有违规之处，而讲稿上有周震鳞所写的表示赞赏的批语。单启鸿如获至宝，将这份讲稿交给了他的哥哥单启鹏。单启鹏是留日士官生，却思想守旧，这时在长沙担任武备学堂的教习。他平时就要弟弟注意搜集明德教师宣传革命的讲话，单启鸿就把老师上课时的一些讲话记在了教科书的书眉上，事后整理交给哥哥。单启鹏得到这份讲稿后，就交给了王先谦。王先谦一看讲稿，神情突变，心想幸亏他早有警惕和布置，不然这簧门之地早晚成了乱党分子的贼窝。王先谦当即写了一封举报信，一并袖着这份讲稿，向巡抚赵尔巽告密，说明德学堂的师生倡言革命，要求审查严办。

再说赵尔巽，他是1903年1月由山西布政使调任湖南巡抚的。上任伊始，就决定顺应朝廷"新政"谕示，把创办新式教育作为他在湖南主政的重要举措来实施。清政府当时规定所有书院都要改为学堂，赵尔巽打算将岳麓书院改为湖南大学堂，但遭到岳麓书院山长王先谦等顽固派的强烈抵触，由此搁浅。赵尔巽便下令将已成立的湖南大学堂强行迁入岳麓书院，迫使王先谦等不得不离开。王先谦等人因此心中愤恨。

现在王先谦把这个事捅到赵尔巽面前，可谓一箭双雕，既是针对明德学堂，又看赵尔巽怎么处理。

胡元倓心里明白，这个事情看起来很严重，其实也可轻可重，于是心情不无沉重地对赵尔巽说："赵大人，明德学堂是顺应朝廷新政谕示，本着培育卓越人才的初衷而办，也有幸得到赵大人的扶持，如今出了这事，胡某甚感不安。对学堂教师从严管理，本来是我方应尽的职责，但新旧交替之际，有些事情头绪复杂，想必赵大人也多有体会，所以这件事情的原委隐情到底如何，似乎还有待调查。明德学堂得到赵大人及社会各界多方支持才有今天，着实不易，还望赵大人对学堂继续多加关怀。如此，不仅是三湘学子，也是四海学子的福祉。"

赵尔巽端着茶杯，听了胡元倓的话，脸上露出认同的表情，但没有马上表态，一忽儿表情又变得有些凝重，似乎有点为难。他喝了一口茶，然后放松了语气说："我今天叫先生来，是先让你知道这回事。至于如何处理，正如胡先生刚才所说，还有待调查了解。从个人感情来说，我是很愿意帮助明德学堂的，胡先生不必担心这点。只是具体处理方案，还需查明真相后，商定妥当。我看这样吧，胡先生可先回去，学堂的授课不必受这事影响，可以照常进行，事情有新进展，我再通知你。"

胡元倓看赵尔巽态度还算诚恳，当下点头同意，拜谢而回。

赵尔巽和学务处总办张鹤龄都有意保护明德，但又明白地方绅权的强大和复杂，所以不敢贸然处置。为了万全起见，他们想听听各方意见，于是就将地方巨绅名流召集到巡抚衙门的花厅开会，商量此事。当事人周震鳞、陆鸿逵和单氏兄弟都被叫了去。开明士绅还是占多数，对周震鳞和陆鸿逵进行袒护，特别是说周震鳞思想纯正，并非不轨之徒。陆鸿逵见机行事，干脆趁势反戈一击，说讲稿上的批语是单启鸿为了诬告周震鳞而自行捏造的。

赵尔巽一看场面情形，心中就有了底，最后做出裁决：周震鳞是教地理的，不可能批阅历史课的讲稿，显然是单启鹏教弟不严导致的捏造诬告行为。为此，当场开除单启鸿的学籍，交由单启鹏领回，严加管教。周震鳞和陆鸿逵不予追究，仍旧担任明德学堂教职。

一场风波，由此结束。

然而一波刚平，一波又起。

5月，赵尔巽被调往北京任户部尚书，漕运总督陆元鼎接任湖南巡抚。

顽固派以为机会来了。

胡元倓又被传唤到巡抚衙门。这回是长沙知府颜钟骥向陆元鼎控告明德学堂印刷发行《猛回头》和《警世钟》等禁书。

然而这回，学务处总办张鹤龄、兵备处总办俞明颐等人对明德学堂进行了卫护，使事态没有扩大。

不过，稍后，又有巨绅举报，说黄轸、胡元倓、周震鳞为乱党党魁，要求巡抚衙门立即拿办，严加审讯，明正典刑。

纠葛不断，胡元倓一看来势越来越凶猛，便向明德学堂总理龙湛霖求助，请他出面保护黄轸等人，维护明德学堂。

作为在江苏学政任上病退回籍的刑部侍郎，胡湛霖说话还是分量不轻的，他也是创办明德学堂的重要支持者，何况与胡元倓还有一层亲戚关系，侄儿龙璋与黄轸等人又交情深厚，他岂能坐视不管，当下便向陆元鼎致函，称赞黄轸为难得贤才，年轻有为，为黄轸等人辩护。

胡元倓又请学务处总办张鹤龄与黄轸面谈，以便了解黄轸是否真为忤逆之徒。张鹤龄与黄轸会面之后，对其谈吐非常满意，立即向陆元鼎汇报，说经过他的当面考察，认为黄轸是一个学识渊博的学人，并非革命党，他愿意以身家性命为黄轸担保。

就这样，接踵而至的风波总算又平息下来。

然而，谁能说得清下次又会发生什么事呢？

胡元倓、黄轸、周震鳞等经过商议，决定采取应对措施。

周震鳞原本从两湖书院回湘后与人开始创办宁乡师范学堂、宁乡中学堂，接着又任了湖南高等学堂教务长。考虑到目下明德学堂的情况，他决定辞职离开明德，率领十二名已经暴露的学生另外创办修业学堂和宁乡中学。

明德学堂速成师范此后保持相对独立，由黄轸亲自主持。

另外租赁西园龙宅房屋，成立经正学堂，刘佐楫一律不参与经正学堂的行政和教学。

明德学堂经历的风波也激起了学生的强烈愤慨，一度情绪高涨，在熊希龄等人的协助调解下，终于平息，回到正常教学秩序。

第九章

长沙起义

再说1904年春节后,即华兴会正式成立后不久,一连几日,雪花飘飘。

平日除了做好在明德学堂的教职工作,黄轸和刘揆一对革命活动也是一刻都不想耽误。

黄轸强调说:"目前反清已成普遍情势,但从武装斗争来说,各方都在观望,总得有一处揭竿而起,率先发声。虽然危险最大,但也要有人来做。"

由于湖南才刚筹组新军和开办武备学堂、兵目学堂不久,新军力量还薄弱,旧式巡防营一时又难以渗透,他们按计划把联络湘潭的会党首领马福益当作一个重点。

马福益,原名福一,1865年生于湘潭县继述桥乡。其父马大良为佃农,有三个儿子,马福益为长子。后来因生活艰难,经亲戚刘某介绍,举家迁往醴陵西乡瓦子坪种田。马福益幼时读过几年私塾,有一定文化,能写普通书信和简短文稿,长大后身材魁梧,富有胆略,以侠义闻名于乡里,并加入了以反清复明为宗旨的民间结社组织——哥老会。成年后夫妻俩迁居当地渌口,稍后在湘潭县雷打石的石灰窑做工,成为石灰窑的总工头,因为处理纠纷公平得力,很得人心。

渌口是个大市镇,当地流氓、地痞、盗贼、小偷、骗子麇集,常常生出各种事端,扰乱地方治安。商民不得安宁,就由商会会长出面,请马福益维持地方秩序。马福益宴请各会党首领,制定严明条规,推行实施。从此,市面安定无事,马福益因此赢得了更高的声誉。

其间,马福益还曾去投江南水师,充任火头军,因为将营中的军粮接济哥老会兄弟而被开除。

1891年，马福益创立了会党山堂——回龙山，按规矩设立山堂香水名号，山名昆仑山，堂名忠义堂，香名来如香，水名去如水，挂榜收徒。湘潭、醴陵、浏阳、萍乡一带加入者达一万余人。山堂纪律严明，处断公正，不徇私情，使马福益威望更盛。

1899年，毕永年从日本回国，奉孙中山之命联络会党时，马福益就曾派人赴香港，与兴中会接洽，共商革命。

唐才常组建自立军时，马福益也有积极配合，准备率部参加起义。长江流域会党大龙头王潄芳牺牲后，马福益接替大龙头之位，成为长江中下游地区最有影响的会党首领之一。

自立军起义失败及唐才常遇难后，湖南当局曾下令追捕马福益。刘揆一的父亲刘方峣原是湘军将领曾国荃部下的一名掌旗官，人称"刘大旗"，曾捕获太平军李秀成的一名部下、总制林迪荣，却仗义将他放走了，然后自己也逃走了，改名鹏远，避居湘潭乡下，后来在湘潭县衙门刑房当差。接到缉捕命令后，他急忙让刘揆一给马福益报信，马福益得以及时走避而幸免于难，因此对刘家父子特别感谢，此后尊称比他还小十二岁的刘揆一为"恩哥"，关系亲密。马福益曾嘱咐刘揆一说："恩哥今后有什么事情需要我帮忙，只管吩咐。到处都有我的人，我的联络暗号是三个马字，即'骉'（biāo），见字如见人，说字如执信，管用。"此后，两人一别就是几年。

黄轸和刘揆一派刘道一和一名叫万武的联络员先行联系马福益。

马福益听刘道一和万武说明来意，当下慨然说："但凡是反清革命有需要，我姓马的唯命是听。只是……"

刘道一问："马大哥的意思是？"

"恩哥自然不用说，只是那名叫黄轸的义士……"

刘道一和万武心里明白，马福益未见过黄轸，不了解其为人，自然有顾虑。

刘道一说："马大哥放心，黄先生会和家兄一并前来拜访大哥的，只是让我和万武先知会一声，以示郑重。"

马福益朗声笑道："用'拜访'就太见外了，应该说江湖渺渺，却彼此有缘，实在是幸事一件，理当把酒言欢，共图大举。再说，我马某也才有机会一尽地主之谊。"

刘道一和万武回头向黄轸和刘揆一汇报了与马福益见面的情况。黄轸和刘揆一心里高兴，决定立即去湘潭会晤马福益，商谈具体事宜。

黄轸和刘揆一确定了日期，让刘道一和万武通知了马福益。

为了避人耳目，这天趁着雪夜，黄轸和刘揆一身着轻便短装，头戴斗笠，脚穿防滑钉鞋，携带短枪，冒着风寒走了三十多里路，来到湘潭茶园铺矿山上的一个岩洞中。

马福益在山下山上都布置了暗哨，以保证这次会面的安全。

这个山洞是马福益用于秘密事务的隐蔽之所，不算宽敞，但用具齐全。

马福益与黄轸一打照面，就似乎有了英雄惜英雄的感觉。三人在洞内烤着旺旺的柴火，推心置腹，倾心交谈。

马福益豪爽地说："别看这儿地方小，好吃的东西却不缺。"

黄轸和刘揆一就都把洞内又扫视了一圈，但没见着什么吃的。刘揆一不禁笑问："不知马大哥准备了什么来招待黄轸兄？"

马福益神秘地说："这火堆里有些板栗，我们先吃了，等下自然明白。"说着拿根木棍，在火灰里一拨一拨，一粒粒饱满的煨熟的板栗就滚了出来。

于是三人一边吃着板栗，一边说话。面前的柴火偶尔"毕剥"响，或者发出"呼呼"声，增添了一分温暖和生动。

过了一阵，马福益走到洞口，向就在附近的手下作了个吩咐，又回到洞中。

很快，两名手下各捧着一包用干桐叶裹着的东西进了洞。那桐叶上直冒热气，香味扑鼻。

手下把那两包东西放在一块平整的石块上打开，竟然是两只煨熟了的全鸡。接着，他们又熟练地从洞中拿出酒、碗，还有一把尖刀，放在石块上，筛好酒，就退了出去。黄轸和刘揆一这才明白，马福益刚才说的好吃的是什么。

马福益拿尖刀把全鸡大致划拉了几下，说："来，我们喝！"

"喝！"黄轸和刘揆一答道。

三人用刀割着鸡肉吃，喝着酒，说着话，格外投入，也别有风味。

刘揆一看看时间不早，鸡肉也吃得差不多了，就对马福益说："不瞒马大哥说，黄轸兄平日里对自己是有要求的，就是不嗜酒贪杯，但今天见了马大哥，可高兴了，算是历来喝酒最爽快的一次了。"

"是吗？"马福益看着黄轸，"喝酒这事，是既好又不好，喝多了容易误事。我虽是个莽撞汉,却喜欢有分寸的人,那我们酒就喝到这里。前天听道一说,黄先生棋艺了得,我这大老粗没多少爱好,有空时却也喜欢摸摸'车''马''炮'。要不,我们玩两盘?"

黄轸说:"要得。"

黄轸和马福益下了两盘棋,结果,马福益都输了。

马福益摸了一下脑袋瓜说:"果然名不虚传啊。"

这时洞外已经透进光来,天亮了。

马福益毫无倦意,说:"老话说'秀才造反,三年不成'。这拉杆子的事,还得靠武力。前天道一还说,先生能文能武,马某能否冒昧请先生演示一下?没别的意思,就是开开眼。当然,我马某先来。"

马福益说罢,走到一边,脱下身上的棉夹,只穿背心,露出粗壮的胳膊,虎虎生风地就是一通拳脚。黄轸一看,这身手确实了得,以一敌十不在话下,于是也脱了外衣,扎扎实实打了一套乌家拳。马福益看着黄轸结实的肌肉和熟练有力的拳法,大为叹服:"好哥们儿,是条汉子!"

这时洞口的树上传来几声恶鸟的怪叫。

"他妈的,是么子鬼鸟在叫?"马福益骂道。

黄轸拔出腰间的短枪,看看洞外又看看马福益。

"可以。这里离市镇远,大清早的,也没人上山。"

黄轸看马福益同意开枪,就走向洞外。马福益和刘揆一跟了出来。

黄轸在洞口站定,抬头看树上。这是一棵三丈来高的马溜光,因为树有点老,枝叶不算很茂密。这时那"鬼鸟"又恶声恶气地叫了两声。这叫声正好暴露了它的位置。黄轸抬手就是一枪,随着"砰"一声,一只鸟从树上掉落在地。

马福益捡起鸟一看,确实是只怪鸟,黑不溜秋,有点丑,连他这个老农民的儿子都不认得是什么鸟。

马福益看着黄轸说:"好枪法!"又盯着黄轸手上的枪,眼里露出羡慕之色。

黄轸于是说:"革命自然离不开武器,兄弟们迟早也会有真家伙的。"

马福益点点头。

然后,黄轸、刘揆一与马福益握手告别。

这次彻夜长谈,不仅确定了华兴会与马福益的合作,还具体商定了一件重要大事，就是长沙起义的计划，初步决定于11月16日（农历十月初十）慈禧太后七十寿辰那天，在长沙万寿宫玉皇殿预先埋下炸药，趁全省重要官吏在那里为西太后行礼祝寿时，引爆炸药，发动起义。省城以武备学堂的学生军及新旧各路反正军队为主，哥老会军队则兵分五路，进军长沙，相互策应。起义以黄轸为主帅，刘揆一和马福益为正、副总指挥。

在一路风雪的归途中，黄轸即兴吟下了"结义凭杯酒，驱胡等割鸡"的诗句。

随后，黄轸又命华兴会成员谭人凤、李燮和负责落实联络宝庆一带的会党。

谭人凤，字石屏，人称谭胡子，1860年生于湖南新化县福田村，十六岁考取秀才，此后考了多次，也没有中榜。三十岁时，在村内义学任塾师，接着办福田小学堂，又到新化县城办小学堂。少年时就已加入洪门会党，在地方上享有很高威信，邻里纠纷多请他出面调解。在教学的同时，就开始联络会党，召集江湖朋友，在家乡开山立堂，取名卧龙山，自做山主，颇有领导会党自雄一方的意味。义和团运动前后，与会党秘密联络，进行反清活动，准备响应唐才常的自立军起义。后来经同乡介绍，了解了外面革命形势，并结识了黄轸等人，一并创建华兴会。此人不畏权势，快人快语，是华兴会的重要骨干，也是此时年龄最大的华兴会会员。

李燮和，1873年生于湖南安化县蓝田镇，较早就加入了谭人凤的山堂。1900年，李燮和到长沙求学，得以结识黄轸、刘揆一等人，从此倾向革命。1902年为县学生员，1903年就读于长沙求实书院，后加入华兴会。1904年任宝庆中学堂教员。平时与谭人凤联系紧密。

谭人凤和李燮和获知长沙起义计划后，除了宝庆之外，还积极奔走于湘西和广西等多地，联络会党。

为了保护明德学堂，也为了把时间精力更多地投入到领导华兴会、开展革命活动中，黄轸离开了明德学堂，抓紧部署和统筹全局。

省内方面，考虑到华兴会成员大多是知识分子，为了消除隔阂，更加方便、有效地联络会党，黄轸决定，在华兴会中成立同仇会，以"反清"为纽带，作为联络会党的专门机构，由黄轸和刘揆一亲自负责。依照日本将、佐、尉及各级军事编制，将会党组织新编成革命军队，使其改畸为正。黄轸自任大将，兼任同仇会会长；刘揆一任中将，负责陆军事务；马福益任少将，负责会党事务。刘揆一以应聘的名义赴渌江学堂任校长，以方便联络会党与湘、赣军队。又设立汉黄会，由陈天华、谭人凤、姚宏业、李燮和等人负责，联络军队及一些小会党。陈作新等人负责联络武备学堂及兵目学堂，一旦发难，便先夺取学堂仓库的枪械。周震鳞等人则负责联络其他学校的革命学生。又成立长沙日知会，以教会活动作掩护。华兴会的机构，除了南门外的总机关外，还在小吴门正街设立东文讲习所，以授补日文为名，开展活动；在长沙东街设立作民译社，名义上是翻译新书，其实是个宣传联络机关。

省外方面，首先成立华兴会湖北支部，由宋教仁、胡瑛等人负责，联络湖北革命志士。此时，湖北已有刘静庵、宋教仁、曹亚伯、胡瑛等人组建的革命团体科学补习所，由于宋教仁等多人都是其中成员，两个组织进行了合并协作，由曹亚伯担任两省间的联络员。其次，成立上海爱国协会，由杨笃生、章士钊任正、副会长，负责上海及江苏、浙江的联络工作，蔡元培、陈独秀、蔡锷等成为骨干。此时，蔡元培、陶成章等人已在上海成立光复会，两人分别任正、副会长，蔡元培加入爱国协会，也意味着华兴会和光复会的合作。黄轸还派陈天华、姚宏业、曹亚伯等赴江西，游说曾于明德学堂任教过的江西巡防营统领廖名缙及联络其他力量。江西的自强会得知消息，主动与赴江西的新化籍华兴会会员邹永成联系，通过邹与华兴会总部达成协作。黄轸又派周维桢、张荣楣去四川接洽会党，万武去广西联络当地会党头领陆亚发。此外，从湖南会党中抽调刘月升、韩飞等数百名懂军务的成员，安插到湘、鄂、赣的军队中。1904年夏秋之间，黄轸亲自赴上海，与蔡元培、陶成章及江浙一带革命派晤面，并转道湖北，了解联络情况。吴禄贞、李书城、赵声、耿觐光等骨干成员获信后相继来到长沙，参与谋划。

日本方面，留学日本的两湖学生，得到华兴会成立的消息后，已于4月份成立了新华会，由仇鳌、余焕东等发起，刘道一、覃振、樊锥、白逾桓等人均为成员，留学生界的新刊物《新湖南》《新广东》也连为一气，随时准备响应华兴会的行动。一些留日学生闻讯后还赶回国内，参与支持。

军火方面，通过驻上海的革命机关，从海外购买长枪五百支，手枪两百把，利用龙璋所有的两艘江轮，秘密运到长沙。

为了营造革命舆论，华兴会印发了大量的革命宣传物，如《猛回头》《警世钟》《革命军》《血泪书》《浏阳二杰文集》《新民丛报》《新湖南》《苏报案》《爱国歌》等等，书店争相销售，湖南当局屡屡禁止，但仍然无法阻止它们的流通。一名官员微服暗访，竟发现长沙各处发售的"逆书"类别达四十一种之多，不禁摇头悲叹："大清危矣。"

黄轸还经常出入明德学堂，利用理化实验室的设备和原料，秘密试制炸弹。

宋教仁安排好湖北的事务后，和游得胜等人回到常德一带开展工作，在武陵县设立了湘西联络总站，重点联系了在常德的湖南西路师范学堂就读的澧州籍革命志士蒋翊武，湘西哥老会刑部头目、武陵籍革命志士刘复基，以及会党首领孙汉臣等人，介绍他们加入了华兴会。经过共同联络，集聚了三万来人。

谭人凤和李燮和等人以宝庆为据点，活动范围辐射及湘西南、江西、广西及长江中下游一带，聚焦了几万人的力量。

马福益一路，作为会党重点，黄轸与刘揆一亲自负责督促，对队伍进行组编和武装。

在马福益于雷打石附近的五龙山开堂召集会众时，黄轸让刘揆一前往，赠送马福益白马一匹，在赠送的一批酒肉、布匹等礼物中暗藏枪支和子弹。马福益十分高兴。刘揆一又教他如何使用手枪，并督促他尽快编练军队。

1904年9月24日，是农历八月十五中秋节，浏阳普迹市沿旧例举行牛马交易集市。马福益的哥老会在同一天举行了集会，为了鼓舞会众士气，黄轸派刘揆一、陈天华、徐佛苏等人前往主持仪式，正式授予马福益少将军衔，并发给马福益长枪二十支，手枪四十把，马四十匹。经过组织，陆续聚集了十余万会众。

长沙城内的联络工作也已大体落实。

至此，各方面部署基本就绪。

秋后的天，一日凉似一日。

岳麓山上的树叶也一日红过一日。一声声雁叫，一夜一夜，从长沙城上空由北向南而去。寒冷的清晨，城中的层叠屋瓦上便覆上了一层薄白的清霜。

即使天气晴朗，来自西北方的秋风经过湘江再刮入长沙城中，也更添了一分肃杀之气。

稍有条件的人家，都在用心准备过冬了。那些流落街头、衣不蔽体的饥民，平时可以随便找块不至于被人踩踏到的地儿安身，这时候也不得不瑟缩着身子找个稍微避风点儿的地方过夜了，而且还不知道能不能挨过这个寒冬。那些为着一家老小的生计靠苦力挣着两个小钱的劳工，却还顾不上那么多，依然如平时一样奔波忙碌着。

长沙城里，除了肃杀，还散布着一种紧张的兴奋和隐隐的不安。

10月24日，即农历九月十六，是黄轸满三十岁生日。

这次，他决定在家里与亲人好好聚聚。

是的，起义就要打响了。吉凶未卜，成败难料。

一家人为黄轸能留在家里过生日高兴得不得了。几个大人很早就起来了，继母易自如和妻子廖淡如忙这忙那，为黄轸张罗着生日宴。住在长沙城郊的三个姐姐前一天就赶来了，打算专门为弟弟庆生，此时与继母和弟媳一起忙碌着，几个人有说有笑的。十二岁的黄一欧和八岁的黄振华，起床后跑来跑去，一会儿看看母亲在干什么，一会儿又跑到正在洗菜的父亲那边，把手伸进水里去帮着洗菜。黄一欧还好，黄振华没洗两下子就跑，把水搅到了地上，也溅到了黄一欧的脸上，惹得黄一欧一顿骂，她倒是好笑。家里洋溢着快乐喜庆的气氛。

这时大约是早上八点，黄轸正在下寿面吃，只见来了一个西园龙家的人，见了黄轸就说："黄先生，我家老爷又差小的来请你。"

就在刚才七点的时候，这个人已经来过一次，也是请黄轸去龙家。黄轸因为正在洗菜，看时间那么早，也就没有及时去。

黄轸看着来人说："来来来，先吃一碗面条，待会儿就同你去。"

易自如一贯虑事周到，一看情形，感觉不对，就把黄轸叫到一边说："轸儿，人家这么早一连两次派人来叫，一定是有什么重要事，你赶快去一趟。"

黄轸一想，对啊，自己只当是老朋友派个人来叫过去，是与平日一样喝个早茶，顺便闲聊点儿什么，而自己这次只想悄悄与家人团聚，并不想叨扰朋友们，所以吃过早点再去也无妨，母亲这一提醒，确实有道理。

黄轸刚叫了轿夫，出到门口，准备上轿，突然看到两个背着长枪的官差向他走来。官差到了他面前，其中一个问道："你是黄轸吧？"

黄轸立即反应过来，心想果然有事。但官差既然这样问，就说明他们并不一定认得自己。于是，他灵机一动说："我也是来找黄轸的，他不在家，说是去了明德学堂，我这就去那里找他，要不咱们一起去？"说着上了轿。

"好啊，好啊。"两个官差信以为真，跟着黄轸的轿子走，倒像成了黄轸的护卫。

轿夫抬着黄轸果真往明德学堂去。

黄轸坐在轿子里，心情轻松地对外面的官差说："你们找黄轸做么子啊？"

一名官差说："我们大人请他去衙门喝酒呗。"

另一名官差说："这酒还不是一般的酒呢。"

黄轸笑道："哦，没想到你们大人这么器重他。听说他很忙，不知道他肯不肯给你们大人面子。"

一名官差说："么子？给不给面子？"

另一名官差对同伴使了个眼色说："找到他再说吧，我们大人说他们是至交，他一定会去的。"

走着说着，到了明德学堂。

黄轸下了轿，对两名官差说："是你们进去找黄轸，我在这儿等呢，还是我进去找，你们在这儿等？"

两名官差图省事，说："你去找吧，我们在这儿等。"他们因为看到黄轸的轿子和三名轿夫也在这儿，所以根本没往别处想。

黄轸就独自一人进了明德学堂。进到学堂以后，快步往西走，从小侧门进了西园的龙宅。

两名官差左等右等不见要等的人出来，进到学堂转了一圈，方知上当。于是把三名轿夫押回了衙门，并带人去黄轸家搜捕。

再说黄一欧在家门口看着两名官差跟着父亲的轿子走，知道有险情，回头跟奶奶和母亲一说，立即从另一条路飞奔到明德学堂，把事情告诉了自己最亲近的沈老师，沈老师又马上告诉了黄轸的助手金华祝等人。金华祝感到事情多半不妙，于是将黄一欧藏在明德学堂，赶紧去龙府报信。

黄轸到了龙家，发现除了龙璋和龙绂瑞堂兄弟之外，胡元倓、张继、周震鳞及谭延闿等人都在，可谓高朋满座。前几人不用说，与黄轸烂熟，后者谭延闿是校董之一，也是两广总督谭仲麟的儿子，平时虽不在学堂管事，但与黄轸也是相熟的，只是交往还较少。

原来龙璋前几天从江苏回来，过两天又要回江苏去。刚才龙绂瑞派人去叫黄轸，就是因为几个人聚得比较齐，让黄轸也过来一起喝喝茶，聊聊天。

黄轸一看这么多人，聊得热闹，就当作没事儿一样，同大家打招呼，加入喝茶。

黄轸知道，两个官差找他肯定有事，但还把不准事情的性质。喝着茶，眼前人多，他也不好怎么说，便含蓄地对龙家兄弟说："唉，昨晚梦到有人给我算卦，说我近来怕是有牢狱之灾。因此刚才在家里纳闷，不知你们可以帮我化解吗？"

龙绂瑞听了道："吉人自有天相，你这样的贤达之人怎会有无妄之灾？坦荡磊落如你，也相信起这一套来了？无妨，无妨，好好的哪来的灾祸。"

龙璋一听，心想这一大早的，黄轸怎么说起这话来？要知道，早上可是忌讳说不吉利的话的，黄轸是不是遇到事了？

正在这时，金华祝等人进了龙府，说了经过，并说巡抚衙门已派人包围了紫东园黄家，正大肆搜捕。众人吃了一惊，赶忙商议应对办法。

原来，华兴会定于11月16日慈禧七十寿辰那天起义的事，已经泄露了。

华兴会缺少革命经验，开展活动保密性不够。会党人员复杂，多是以散兵游勇组成，这些人运用得法能勇敢战斗，但平时散漫成性，身上有不少弱点，短期之内难以实现对他们思想和纪律上的有效改造。起义计划确定，尤其是浏阳普迹市授将仪式之后，会党成员特别兴奋，感觉大展身手大干一场的机会就要来了，一些人难免口无遮拦，走漏了风声。

先是武备学堂的会员朱某，听到消息后，在同学间谈论，被有心者听了去，密报给了王先谦。王先谦马上向巡抚陆元鼎告密，要求逮捕黄轸和刘揆一。陆元鼎把学务处总办张鹤龄召去了解情况，张鹤龄仍竭力为黄轸等人辩护。陆元鼎十分不满，奖励巡防营统领赵春廷，命令他多方侦缉，务必破获革命党。

赵春廷非常狡猾，派人化装后与马福益的手下何少卿、郭合卿等人交好，于茶余酒后聊天时，从他们口中套得了机密，于是将二人逮捕，押解到长沙。

在长沙南门口开"宾如归"客栈做联络点的会员刘重，是湖南郴州人，虽身材瘦小，但自幼好动，矫健敏捷，行走如飞，有"飞毛腿""神行太保"之称。得知险情后，他当即从长沙飞跑至湘潭，告知马福益，使马福益得以躲避；又从湘潭飞奔回长沙，赶到保甲局巷的彭渊恂家里，把情况告诉了刘揆一，让刘揆一赶紧通知黄轸，又急忙赶往小吴门正街的东文讲习所告急。刘揆一还没来得及见到黄轸，清吏就开始行动了。

事情就这样暴发了。

龙府中，大家初步想好了应急措施。龙璋、龙绂瑞决定将黄轸藏在龙家密室。但黄轸特别担心活动机关被破坏，机密资料泄露，那后果就不堪设想，于是执意要先出去一趟。

周震鳞和弟弟、张继等人也随即外出打探消息。

再说刘重走出彭渊恂家，刚到巷口，只见数十名巡防营的士兵押着何少卿、郭合卿二人，从大街西边走来。他急忙回头暗示刘揆一，刘揆一会意，立即朝南面的巷子走去。

黄轸与刘揆一在东文讲习所会了面，简短商议之后，与几名会员紧急处理有关事宜。这时有会员来报，黄家和彭家都已被围住搜查，必须及时通知会员，万万不可再前去。

黄轸和刘揆一在东文讲习所向本省和湖北、江西、上海等各处机关发出密电，告知事已泄露，各处要做好应急处置和防备工作。然后，黄轸让刘揆一、徐佛苏等马上走避，自己则掉头回到龙府躲避。

长沙城的军警四处搜捕。就在这天，巡防营又逮捕了活动骨干游得胜、萧桂生二人。经严刑审讯，列出了更详细的缉捕名单：黄轸、刘揆一、马福益、陈天华、宋教仁、柳聘农等等。按名搜捕，急如星火。

黄轸在龙家把谋划起义的始末告诉了龙氏兄弟、胡元倓、谭延闿等人。大家继续展开救援。

黄轸说："我倒在其次，我现在最担心的是一样东西。"

龙璋是知县身份，自然不便出面。龙绂瑞暂无官职，只是社会名流，他忙问黄轸那重要东西为何物？

黄轸说："华兴会所有同志的名册和革命计划书及有关印章，放在一口箱子里，而这口箱子放在长沙中学后进的房间里……"

龙绂瑞说："这事我来办。"

龙绂瑞坐了轿，装作访友，来到长沙中学黄轸所说的那个房间，果然找到了那口箱子，还有几支长枪，一并放在轿子内带回了龙家，交给黄轸。黄轸一看，松了口气，随即将所有文件进行销毁，把枪支丢到龙家后园的池塘中。

龙绂瑞又到好友兵备处总办俞明颐那里活动，俞明颐对手下说："没有确凿证据的，就不要随便抓人。"

学务总办张鹤龄派人把胡元倓叫了去。

张鹤龄神情凝重地说："这回，他们已经得到了证据，所以才动手捕人。我因为替大家作了辩护，也遭到了陆元鼎的训斥。"

胡元倓听了，反倒坦然地说："我一心办学，平时无暇参与他们的事务,但我算是知情的。如果要追究的话,就把我一起拿了去吧,你们正好加官晋爵。只是,学堂的学生早就为一些骨干教师的离去闹过情绪了,难道他们也都是好坏不分的吗?"

张鹤龄"啪"地在案上击了一掌,怒道:"谁稀罕他娘的这劳什子官爵,我是叫你来商量怎么保护他们的!"

张鹤龄是江苏人,原被张百熙聘在京师大学堂做总教习,赵尔巽出任湖南巡抚后奏请朝廷将他调了来,倒是个思想开明、务实有为的人。胡元倓没想到他此刻竟也如湖南蛮子一样有血性,心里不由感动。误会顿消,两人开始商议如何尽力保护有关人员,维护明德学堂。

这时,龙家也已引起怀疑,一些不明身份的人出现在龙家周围游荡。但慑于龙家的背景,没有证据也不敢贸然行动。

黄轸在龙宅匿住着,泰然自若,每天就是读书,每餐三碗饭,没有半点惊惧慌乱之色。

但这样躲着也不是办法,他心里一直想着怎样才能逃出去。他甚至做好了最坏的打算。他对龙绂瑞、胡元倓、谭延闿等人说,如果仍有同志被捕,他将前去自首,承担首要责任,不愿苟且偷生,连累他人。

可是现在怎样才能逃出去呢?

黄轸想到了黄吉亭牧师。

他从日本回国逗留上海时,上海圣彼得堂会长吴国光曾经在一张名片上写了介绍语,让黄轸回到长沙找黄吉亭牧师登册记名。黄轸回湘后就去找了黄吉亭,后来又经常走动,已经很熟,黄吉亭是支持他的革命事业的。

经过商议,由金华祝写了一封密信,于25日夜里让轿夫携着密信去明德学堂,接曹亚伯去吉祥巷圣公会面见黄吉亭。

曹亚伯看过信,知道事情紧急,不能耽误,当即随轿夫出校门,上轿往吉祥巷赶。这时已是半夜,城里各处栅栏已经关闭。曹亚伯没有辫子,身穿西服,一副基督徒模样,守兵以为是洋人,不敢怠慢,才开栅放行。

曹亚伯来到圣公会,叩响黄吉亭的房门。黄吉亭披衣开门,曹亚伯急忙把事情相告。黄吉亭吃惊非小,转身穿好衣服,立即坐轿与曹亚伯往龙宅赶来。

来到龙宅,几个人再次商议脱险办法。黄吉亭答应保护黄轸安全,让其先到圣公会暂避,再作计较。

26日下午,黄轸一副女眷打扮,身上藏着手枪,换坐黄吉亭乘来的小轿，由张继和曹亚伯冒充随从人员护送，离开龙宅，往吉祥巷圣公会而去。

张继也身藏手枪，做好了随时应急的准备，并交代曹亚伯，一旦遇上危险，只管护着黄轸快走，由他来与敌人拼命。他本一介书生，之前跟黄轸学习使用手枪时，还差点走火伤着黄轸，此刻却俨然一名勇士。

幸好一路有惊无险。到了圣公会，黄轸与一名叫袁礼棩的信众住在同一房间。袁礼棩是邮局高级职员，得知情况后，命长沙邮政总局的得力同事，将各地寄给黄轸及华兴会的尚未投递的邮件全部秘密扣下，转交黄轸，免得落到巡捕手里。

黄轸在圣公会住了几天，见没有华兴会会员再被捕，心里稍安。但事已至此，短期之内在这里已无可作为，还是尽快出走，再行谋划为好。

胡元倓获悉，向张鹤龄借了三百元，送给黄轸作盘缠。

黄轸在圣公会请湖北籍牧师胡兰亭帮忙剃掉了原先那黄帝式的胡须。

11月初的一天傍晚，黄轸和袁礼棩化装成海关办事员，在张继、曹亚伯、黄吉亭、胡兰亭的陪同下，平安出城，到海关人员邓玉振家里用餐，当晚上了日本轮船"沅江丸"号，前往汉口。过望城靖港时，黄轸竟巧遇在日本留学时担任过拒俄义勇队队长的优秀士官生蓝天蔚，他这时在湖北任新军训练营务处教练兼湖北将弁学堂等学校的军事教习。大家都非常高兴，一路畅叙别情。有了他的陪伴，也多了一份安全感。

"沅江丸"号于第二天晚上九时到达汉口，黄吉亭等人又将黄轸、张继、曹亚伯送上开往上海的轮船"江亨"号。

临别，黄吉亭嘱咐黄轸，到了上海，就拍封电报回来，只需拍一个"兴"字，他就知道几人平安了。

原来，之前吴国光在名片上为黄轸写介绍语时，黄轸就有了改名为"黄兴"的想法，吴牧师在名片上就是按黄轸的意思把他名字写为"黄兴"，而非"黄轸"。"黄"除了作为姓氏，还有炎黄之意，"兴"则是振兴之意，"黄兴"即是振兴中华的意思。只是这个名字除了那一次用过之外，并没有正式公开使用，这事除了黄轸自己之外，就只有吴国光和黄吉亭知晓。

黄轸郑重地答应了黄吉亭的嘱咐，与张继、曹亚伯谢过黄吉亭等人，双方在江风凛冽的沉沉夜色里就此作别。

途中，几人觉得干脆若无其事可能更安全，于是在船上如普通乘客一般，观光交谈，行动自如。

第十章

改名黄兴

到了上海，黄轸就给黄吉亭拍回了一封"兴"字电报。

从此，黄轸正式改名为黄兴，字克强，公开普遍使用。

黄兴等人住在上海英租界余庆里的华兴会秘密机关里，关注着事态。

刘揆一、陈天华、宋教仁等人也都已脱险，到达上海。

11月5日，游得胜、萧桂生二人在长沙被当局处决。缉捕名单已由湖南当局发往全国各省。所幸湖南省内及省外各地暂时未有会员被捕的消息。

黄兴觉得，这次起义虽因事泄而失败，但损失不大，组织还在，基础还在，可以再作周密部署，确定时间继续进行。

11月7日，黄兴邀集杨笃生、陈天华、张继、章士钊、赵声、蔡锷、彭渊恂、徐佛苏、杨度、黄炎培、陈嘉会、刘季平、陈去病、仇亮、仇鳌等四十余人，在上海余庆里机关举行集会。

会上，黄兴介绍了这次长沙起义事件的经过，决定进一步推动和扩大革命。商讨了分头行动，运动大江南北的学界和军界的方略，制订了在长江中下游发动革命，把起义地点改为湖北和南京的计划。

会后，大家便开始了行动。响应的人很多，不到十天，声势大振。

黄兴和杨笃生等人也加强了爱国协会的活动，吸收有觉悟的中上层知识分子，谋划暗杀和暴动。

就在这时，节外生枝，发生了万福华刺杀王之春事件。

王之春是前广西巡抚，也曾担任过安徽巡抚。在安徽巡抚任上，曾将安徽多处矿权出卖给帝国主义，为安徽人民所痛恨。担任广西巡抚时，曾以低价出卖多处路权、矿权作为交换，借法国军队镇压人民起义，再次引发众怒，掀起了轰轰烈烈的拒法运动，清政府被迫将其革职。1904年冬，被革职的王之春闲居上海。

再说为争夺中国东北利益而爆发于1904年2月8日的日俄战争，此时仍在中国东北以旅顺等地作为重要争夺点进行着拉锯战，东北人民饱受战争之苦，流离失所，到处满目疮痍。

对于日、俄两国在自己的领土上进行争夺战，清政府竟然保持"局外中立"的态度，并发布了诏书："现在日俄两国失和用兵，朝廷念彼此均系友邦，中国应按局外中立之例办理。"

清政府的荒唐表现和帝国主义的猖狂行径，再次点燃了中国人民的怒火。王之春曾经指责过上海的拒俄运动，这时又在上海与俄方接洽，受俄人贿赂，企图主张以出卖东北路、矿权，实行联俄政策。明眼人都知道，沙俄与日本就是同等货色。王之春的行为激起革命志士的愤怒。

万福华原在南京与友人吴旸谷等组织暗杀团，与章士钊、杨笃生等人相熟，此前清廷军机大臣铁良南下时，便与章士钊等人谋划过刺杀铁良，被两江总督李兴锐之孙李茂桢获悉，苦劝万、章等人权衡得失，两人最后才决定终止行动。

万福华后来又随杨笃生等赶赴长沙，打算参加华兴会的长沙起义，事败后回到上海，与吴旸谷、章士钊等人组织民新学校，掩护活动。

这时，王之春进入他的视线，成为暗杀对象。

万福华与章士钊及同在上海的吴旸谷、刘师培、林白水、陈自新等同道密谋，制订了暗杀计划，决定由陈自新、万福华做射手，其他人进行配合。

他们设计了一个圈套，引王之春上钩。

刘师培仿照王之春的好友——"清末四公子"之一吴保初的笔迹，给王之春写了一封信，邀请他赴宴。

11月19日晚七时许，上海四马路一带，华灯初上，车来人往，繁华都市的夜景拉开了序幕。

王之春携随从坐着马车，前来四马路金谷香西菜馆赴约。

陈自新假扮日本人，拿着章士钊新买的一把手枪在楼上等。为了保险起见，万福华拿着刘师培向张继借来的一把手枪守在楼下。

马车停好，穿戴体面的王之春下了车，在随从陪同下兴致勃勃上了楼。万福华一看暗喜。

但是奇怪，楼上久久未见枪响。正在怀疑，只听楼梯一阵"咚咚咚"，随着急促的脚步声，王之春和随从失魂落魄地跑了下来，奔向门外的马车。

原来，王之春在楼上与陈自新交谈了一会儿，不见吴樾初，又听陈自新话语闪烁，便生了疑，起身就走。陈自新一时生怯，不仅没有紧急采取行动，反而乘机从楼上脱逃了。

万福华一见王之春想跑，不假思索，立即冲上前去，一把揪住王之春，厉声喝道："卖国贼，休想跑，我要代四万万同胞诛杀你！"

王之春闻言一看，黑洞洞的枪口正对着自己，吓得面如土色，随从和车夫也惊得目瞪口呆。四周行人众多，看到这场面，立马围了一个大圈。

万福华举枪射击，然而连发数次也不见枪响出弹。王之春趁机挣脱，没命一般狂奔乱喊，万福华在后面紧追不放。英租界巡捕闻风赶来，将万福华逮捕。万福华也不惊慌，不停地大骂王之春的卖国行径。

万福华被捕的第二天，章士钊前往监狱探望，顺便打探虚实，也被当作嫌疑犯拘捕，并无意中泄露了住址，一名白脸英国侦探随即带着几名黑脸印度巡捕前往余庆里搜索证据，逮捕了苏鹏等四名华兴会会员。

徐佛苏本来已经逃离，因担心未及带走的机密资料，折身回来，悄悄观察后发现屋内无人，就进屋去取资料，被暗探捕去。

黄兴本来已经外出办事，时逢湘籍友人郭人漳新任江西新军统领一职，路过上海，他们想邀他来聚聚，动员他加入华兴会，负责接人的张继和赵声见到郭人漳后就带着他往余庆里来，路上碰到黄兴，黄兴就上了马车一起回到余庆里，结果几人一并被捕。余庆里机关被破坏。

刘揆一最后回来，在门外一看情况不对，径直离去，得以幸免。

至此，加上原先被拘的万福华、章士钊，本次事件一共被捕的达十三人，成为英租界内的一桩大案。蔡元培、杨笃生、蔡锷、刘师培、林白水、于右任、林长民等革命志士立即奔走呼吁，展开营救，得到海内外捐款数千元，聘请了四名中西律师为他们辩护。

这时，上海当局已有湖南发来的协查通缉令。作为首犯的黄兴，被悬赏五千元。

会审时，黄兴一口咬定自己叫李有庆，是一名来自安徽的教师。

"你怎么可能叫李有庆？还不从实招来！"参加会审的长辫子清政府官员喝道。

"难道我自己用了几十年的名字都不记得了？莫非你叫李有庆？"黄兴面不改色，理直气壮。

"你，怎么，可能是，教师？"参加会审的光嘴巴英国人瞪着黄兴，用半通不通的中文问道。

"我不是教师是什么？那我告诉你怎样教国文、历史、地理、博物和体操，怎样画图……"

英国人半信半疑，不耐烦地拿起桌上的通缉令，看看上面的照片，又看看黄兴。两名翘胡子印度巡捕赶忙上前，把黄兴往前拉。英国人和那名清政府官员凑近着一起比对照片和黄兴，黄兴的胡子剃掉了，服装也与之前不同，与照片看起来似像不像。两人看了一阵，你瞪瞪我，我瞪瞪你，拿不定主意。巡捕房一时又没有确凿证据，黄兴因此得以蒙混过关，没有暴露真实身份。

其实，巡捕已在余庆里搜得一份会员名册，由于不识中文，就拿给一名华人书记看，华人书记看了暗暗吃惊，却不动声色，不屑一顾地说："This is just a daily dishes book。"（这只是一份日用小菜账簿罢了），随手撕碎就一丢。巡捕房由此失去了这份最有力的证据，被捕的几人和华兴会广大会员因此得以保全。

黄兴在狱中仍然镇定自若，只当没事儿一样。开餐时，每人一个肮脏不堪的水铁盒盛着饭菜，令人作呕，同人都直皱眉头，难以下咽，黄兴却视若平常，捧着大吃大嚼，吃完一碗，看着同人："你们不吃吗？吃吧！"拿过来又吃一碗，接着再吃一碗，每餐三碗饭。

同人一见都笑了："你可真是个可爱的人啊！"

郭人漳是不明就里被抓的，但一再申辩也没用。这时江西巡抚夏时致电英租界巡捕房和上海当局，证实郭人漳与众人无关，是被误抓的，要求放人。

这郭人漳，是已故湘军大将郭松林的儿子，早慧，文武兼习，与杨笃生、陈家鼎曾被称为"湖南三杰"，与黄兴、杨度等青年才俊多有交集，有民族意识，在日本留学时，一起参加过军国民教育会。他从日本肄业回来后，家里人给他捐了个山西道台，但自己没有珍惜，不久就因为贪污被革职，这次是重获起用。

因有江西巡抚作保，郭人漳被解除拘押。黄兴趁机冒充他的随从，于11月23日与郭人漳提前获释。

出狱后，黄兴对郭人漳道了谢，并说明了真实情况。

郭人漳大惊道："那你快走吧，我们从此两不相干。"

黄兴心想：郭人漳在日本时也算是有革命激情的，怎么现在就变成了这样？他宁愿相信，郭人漳就任清政府官职并不代表他就是死心塌地甘为清王朝奴才，就像一些革命志士那样，虽然身在清机构，却并不影响他们的革命本色，而且更有利于在暗中运动革命。尽管郭人漳目前还达不到这一步，但既然他没有出卖自己，就有继续争取的价值。

黄兴接着说："郭兄放心，你这次帮我大忙，我已感激不尽，岂能强拉你做不乐意之事？只是如今革命形势已如大河之水，不可阻挡，推翻清廷料想已不需很久。古人说'君子不立危墙之下'，还望郭兄有空时不妨想想将来，早作打算。"

郭人漳说："你不走，那我走了。今日之事，请不要再提。"

黄兴望着郭人漳的背影，似乎仍有些不甘。

黄兴侥幸出狱后与刘揆一隐藏到了法租界的湖北留学生招待所，与刘揆一等人悄悄想办法营救还在狱中的同人。一个有利的条件是，万福华刺杀王之春事件已在上海引起极大震动，上海各界对事态高度关注，纷纷参与营救万福华和其他被捕者的行动。万福华虽然供认了行刺王之春的事实，但只承认是出于个人义愤，与他人无关。在这样的情形下，被捕者暂时是安全的。

但巡捕房很快查悉获释的"李有庆"就是黄兴，又开始大肆搜捕。黄兴只得与刘揆一等人赶紧出走，流亡日本。

黄兴与刘揆一到达日本后发起募捐，得到四千余元，让彭渊恂带回国，与万声扬、林白水等人具体实施营救狱中同人。在江苏的龙璋也向英租界的会审公廨提出了保释。

1904年12月23日，万福华以在租界内扰乱治安罪，被判监禁十年，充作苦工。周来苏因为身上搜出手枪，被判刑一年零三个月。其余的人，因无证据而获释。

第十一章
劫后余波

长沙城。夜。

惨淡的星光下，隐隐现出屋宇的模糊轮廓。沉沉寂静中，仿佛已经不再是白天那个有生命的世界。有时一阵狂风呼呼地刮过去，或刮断了一根枯枝，或刮脱了一片屋瓦，发出各自不同的掉落在地的声音。有时风就只是那么轻重不一地使劲刮，"嘘——嘘——"，如尖利的鬼哨，好像正有前不见头后不见尾的大队妖兵打此经过。唯有好不容易发出的几声犬吠，或"哇喔"一声凄厉的猫叫，给深沉的黑夜带来一点儿生气。

11月16日，慈禧太后七十大寿那天，原本应该是因有官方的盛大活动而变得闹腾、欢庆的，结果，活动取消，街头那几盏零零落落发着红晕的灯，如同烈士的鲜血，燃烧着。

其实自从两名革命者被处以极刑那天起，这里的夜晚就多了几分凄冷和阴森。

再说紫东园的黄兴家。自黄兴被列为案首之后，便不得安宁。搜捕的官差来了一次又一次，不明身份的人也时有骚扰。一家人常常半夜被惊醒，不知将要发生什么。黄兴的次子黄一中这时才三岁，常常惊恐地看着黑夜，哇哇大哭，易自如和廖淡如好不容易将他哄睡，但说不定一会儿又被惊醒大哭。

易自如与廖淡如决定，暂时离开这里。

于是稍加收拾，一把铁锁锁了大门，一家人开始了东躲西藏的日子。一些亲友暗中帮忙，也有些亲友怕受他们牵连，不敢与他们接触。

眼看黄兴家眷没有了任何安全保障，随时可能遭受迫害，黄吉亭再次伸出了援手。

黄吉亭在圣公会旁边租了屋子,让黄家迁到那里居住,又让他们经常到教堂参加活动,让人以为他们也是基督教徒,不敢轻易冒犯他们。

黄一欧为了避免被抓,退了学,连家里也不敢住,只能偶尔偷偷回家看看。他先是住在长沙南门晏家塘的陈树藩家里。陈树藩是黄兴的同学加好友陈嘉会的父亲,曾任湖南中路师范学堂的监督、湖南咨议局副局长。陈嘉会的母亲任太夫人对黄一欧也特别关爱。

在陈家住了一段时间后,黄一欧又转移到南阳街张斗枢的书店楼上。张斗枢虽只是个普通商人,但急公好义,热心革命,当初就给华兴会捐过一万余元。

又过了一段时间,陆元鼎因湖南闹革命党,被调离,端方接任湖南巡抚。他不敢怠慢,生怕再出事,加强了日常管制和巡查,长沙也就风声更紧。

黄一欧于是又换地方,离开长沙城,来到善化县廖家河的外婆家躲了一段时间,然后又去东乡二姑妈家……

黄兴和刘揆一等人到达日本后,正忙于开展新的革命活动,突然陈天华苦闷迷茫起来,黄兴、刘揆一、宋教仁等人都很着急。

这事得从日本报纸《万朝报》说起。1905年1月份的《万朝报》刊登了一篇从德国报纸译载过来的文章,说是各国官方使用的最新资料中,中国地图已经不包括长城以北,表明那些地方已经被划给了沙俄。报纸一出,在中国留日学生中引起了骚动。陈天华感到形势非常紧迫,于是起草了一份《要求救亡意见书》,其中向清政府提出了一些要求:不要出卖国家主权,实行变法,给地方自治权,给予人民言论、集会自由等权利。同时也对人民提出了一些要求:当兵,交租纳税,购买公债为政府分担财政压力,替政府奔走开导百姓,等等。陈天华打算以全体留日学生的名义,在两周内确定此事,赴北京请愿。

陈天华的一腔赤诚虽然日月可鉴,但清廷的统治是靠请愿就能改变的吗?已经那么多人尽过力了。对百姓提出的那些要求又切合实际吗?清政府为了偿还外国那些巨额赔款,对百姓已经极尽盘剥,挣扎在生死线上的人已越来越多,在这样的官僚体制下,如果再把对百姓的那些要求通过官方推行下去,不知又有多少官吏有恃无恐地视黎民如草芥,榨取他们最后一滴膏血。

写出《警世钟》《猛回头》的陈天华怎么一下子变成这样了?他真的要带头捧着这份请愿书到紫禁城的丹墀上向清朝廷三拜九叩,口呼万岁了吗?

原来,戊戌之变、自立军起义及长沙起义事败,让激昂、敏感而忧郁的陈天华有了困惑。就在这时，经华兴会会员徐佛苏等人介绍，陈天华认识了梁启超。看到陈天华是天才宣传家，梁启超对他颇为器重，最近与他接触很多，陈天华显然是着了梁启超"保皇主义"的道。不仅是他，杨度也已与梁启超走得很近——当然，杨度只坚持自己的立宪保皇主张，能善待各派。陈天华的影响力还是不小的，如果将他请愿的想法在留学生中一鼓动，后果可想而知。黄兴、刘揆一、宋教仁等人只得做他的工作。

黄兴说："天华，我们目前虽然遇到了挫折，但古人说：'刑天舞干戚，猛志固常在。'我们的组织并未受到多少破坏，而且只要广泛发动，还有更大的力量。假以时日，我们的理想一定会实现的。你为国为民的急切心情，我们都理解，但这事急不得，不能因为这条路暂时还没有走通，就立即换一条更没有希望的路。"

陈天华默然不语，似在沉思。

刘揆一说："天华，雄强如曾国藩的湘军，都曾一度失败，但屡败屡战，最终还是获胜了。封建王朝的更替都有个复杂的斗争过程，革命也不可能一蹴而就。至于请愿的办法，据我所知，除了孙中山和康、梁及'六君子'之外，还有不少人也上过书，但有用吗？"

陈天华仍是默然不语。

黄兴又说："天华，每个人的思想，都值得尊重，但结合到具体事项，某些想法合不合适，可不可行，却需要一个尽可能最妥当的抉择。是真理就不怕辨析。要不这样吧，我们组织一下湖南同乡，开个讨论会，听听多数人的意见，如何？"

陈天华似有所动，略加思忖，终于开了口，爽快地说："这个办法我赞同，大家敞开了说，如果多数人不支持我，我没有二话可讲。"

1月30日，湖南同乡会在神田锦辉馆举行，共两百余人到会，几乎全不赞成陈天华这种请愿的方式。陈天华大感意外。

2月1日至2日，黄兴与刘揆一趁热打铁，又耐心地给陈天华做工作，他终于如醍醐灌顶般说："看来我是真的着了梁启超的道了，怪不得章太炎要痛骂保皇派了。"

黄兴笑了："章疯子兄弟还在狱中，不过很快就要出来了。这两年没谁骂保皇派，保皇派有机可乘，连天华都策反了，看来章疯子还是挺宝贵的嘛。"

陈天华笑道："在他出狱之前，我也可以先骂着啊。"

刘揆一说："这项工作确实也很重要，我们要随时留意保皇派的动态，当骂时则骂。天华愿捉刀，我们也就放心了。"

正在这时，传来日本警察署关于禁止陈天华号召学生回国请愿的消息，而这显然是清政府驻日公使馆与日本勾结的结果。陈天华听了十分愤慨，彻底打消了保皇的念头，誓与清廷战斗到底。

这事刚处理好，黄兴和刘揆一接到了刘道一发自上海的一封情报。

刘道一前些时从日本回国，一是为了营救为他兄弟俩受牵连而入狱的父亲；二是协助营救狱中同人，这时与马福益派来的联络员谢寿祺接上了头。从谢寿祺口中得知，马福益目前隐藏于广西，认为此次长沙起义事败，主要是他的会党中人谋事不慎所导致，他为此深感愧疚，现打算集结会党各派的精锐力量，再次举事，拼力一搏，希望华兴会能在粮饷和枪械上给予支持，并派人指挥，起事地点暂定为湘西洪江。

黄兴与刘揆一分析，洪江是湘西重要商埠，有"七省通衢""小南京""小重庆"之称，但地方偏僻，处于群山之中，有沅水贯通，可战可守，也有利于号召各方会党，所以赞成马福益的计划。

两日后，黄兴和刘揆一便从日本启程回国。

之前为了长沙起义，华兴会有一小批军火运到汉阳时，因湖南已出事，就没有再继续运往湖南，就近藏在了汉阳鹦鹉洲的一个木材商家里。洪江不通火轮，谢寿祺便先行回去，约了可靠的民船，前来装运。黄兴和刘揆一与那商人一起取出枪械，但只有长枪四十三支，子弹七排。他们把这些枪弹密藏于船底，从汉阳运至常德，再运往沅陵，打算继续往洪江进发。

就在过厘卡的时候，出事了。

这时船已停下来，等着前面的商船被税警检查完毕，就接受检查。黄兴和刘揆一保持警惕，观察着前面船上的动静。

突然，前面船上的一个税警大叫起来："私盐！"

其他税警持枪围了上去。

一阵嚷嚷，那艘商船连人带船一起被扣了下来。

因为这事，轮到检查黄兴他们这艘船的时候，税警就格外仔细了。

突然，一个税警更是大惊失色地叫起来："枪！枪！"

枪可不比盐。一个税警立即扑向黄兴。说时迟，那时快，黄兴顺势一手捞住那税警的腿，一用力，税警便已头朝下脚朝上，黄兴两手一举又一掼，喝声"去你妈的！"只听"扑通"一声，那税警已栽入江中。

谢寿祺与刘揆一迎住另三个税警格斗，其中一个税警被谢寿祺的一记猛拳击了个四仰八叉，跌入船舱。剩下的两个税警正与刘揆一相持，一看黄兴奔了过来，谢寿祺也腾出手来，连忙跳下船没命地往岸上跑，逃向附近的河防营告急。

黄兴、刘揆一、谢寿祺三人只得决定放弃船上的武器，三人各拣了一支枪，也立马下船上岸，提着枪打量了一下地形，撒腿就跑。河防营的清兵出动了二十余人，在后面追赶，边追边喊："站住！站住！"并放枪，"砰！""砰！""砰！"枪声打破了江边的安静。

黄兴三人边跑边掉头还击，"砰！""砰！""砰！"撂倒了几个清兵。

正是傍晚时分，夜幕低垂。清兵见三人中有人枪法了得，又不知前方虚实，不敢再追，便停下来，回去了。

黄兴三人再走一阵，脱了险。谢寿祺在沅江上来往多年，对这一带的情况很熟悉，走着走着碰到了一个叫杨任的会党同人。杨任把三人带到他一个亲戚家休息，用餐。

等黄兴三人平静下来，杨任这才告诉他们：会党弟兄们听说马首领要从广西回来领导洪江起义，安排人按原先的路线去迎接，谁知马首领并不走那里，而是换了一条道，结果在湘乡境内被清兵抓捕了。他听到消息后，急忙往洪江赶，路上碰到了来自洪江的会党成员彭茂春，证实马首领确实已被捕，会员们已经展开营救。洪江的机关已于三日前被侦缉队围攻，双方发生枪战，互有死伤。

说完这些，杨任力劝黄兴三人不要再去洪江。

三人听了相视无言，心情分外沉重。

洪江起义的计划，已不可为。

事已至此，三人只得转道古丈、石门，到达湖北公安，再向汉口行进。一路上，他们有时装作小贩，有时乘坐轿子假扮有身份的人，历经一个多月，才到达汉口。

黄兴和刘揆一在汉口隐藏下来，继续打探马福益的消息，并竭力设法营救。很快，他们便知道了马福益的真实情况。

马福益为了发动洪江起义，化名陈佑衡，从广西返回湘东，打算联络旧部，开往洪江。在邻近的江西萍乡车站，被清兵发觉。清兵一哄而上，围住了马福益。马福益毫无惧色，拔刀在手，大喝一声，奋力与清兵搏斗，一连杀死六个清兵，终因寡不敌众而被捕。

已换任湖南按察使的原学务处总办张鹤龄得知马福益被抓，长叹道："人一旦解入省城，便无法营救了！"因去年革命党差点弄出大事，酿成"甲辰革命风潮"，端方接任湖南巡抚后，加紧了对革命党的查处。

马福益的手下安排了在途中劫人。谁知，狡猾的缉捕队不走那些路，选择另一条道，悄悄就把马福益押回了长沙。

马福益在狱中备受酷刑，却没有供出一个同党，并慷慨陈词："我就是要革清王朝的命，为无数冤魂复仇，我一人被杀头，有四万万同胞接着起来，只要冤仇得报，我等死而无怨！"说罢哈哈大笑，声震监狱，让清兵听了不胜惊悚。

1905年4月20日，马福益就义，终年四十岁。

与马福益同时被捕的还有一名叫谭菊生的随从，因马福益拒不承认他是同党，只是偶然遇上的同行者，幸免于难。

获悉马福益被害的噩耗，黄兴和刘揆一恸哭一场，悲愤不已，深感唯有坚持革命，推翻清王朝，才能为死难的志士报仇。

5月间，黄兴与刘揆一再次流亡日本。

第十二章
众志同盟

二十世纪初的东海，海还是那个海，浪还是那个浪，风还是那个风，但有一群不甘屈辱、奋起抗争、苦苦求索的灵魂，在这里穿梭往来。

海阔天空，鸥鸟翻飞。

黄兴和刘揆一站在船上，心情沉重。但听着轮船一次次拉响汽笛，看着船头犁开雪白的浪花，又感受到一种勇往直前无可阻挡的激励，仿佛这大海即便是辽阔深重的苦难，希望之船也将驶达光明的彼岸。

黄兴和刘揆一回到日本的第一件事，便是召集同人，对马福益进行悼念。马福益的遇害，使会党失去了一位有威信的重要领导人，这势必给华兴会联合并改造会党带来一些曲折。

就在马福益就义于长沙的同一月，在上海因"苏报案"而被囚的邹容也死于公共租界提篮桥狱中。有说是清政府勾结租界监狱，使邹容备受毒打折磨，染病后数月得不到救治而亡，又有怀疑是被医生以治疗为由给其服毒药而死。数千中国留日学生举行集会，要求调查邹容死因，黄兴被推为调查主持人，张继被推为回上海的实地调查员。然而因实行上的困难，此事稍后便不得不停下来。

再说近些年在国内和日本，反清革命小团体如雨后春笋，名目众多，有的持续时间较长，有的组建不久就不复存在，颇有眼花缭乱之感。各个小团体就如留日学生一样，地域观念都比较强，因而各自为政的居多，显得散漫无秩，力量薄弱。各团体创办的刊物，也难以长期坚持，不断创刊又不断停刊。

孙中山虽然于1894年就在檀香山成立了兴中会，随后在香港立会，派人渗入国内活动，试图在广州、惠州等地发动起义，但都没有成功。孙中山多年来奔走在海外，兴中会在国内的活动历经十年，没有什么起色。实际上，近些年他自己都已很少再提及兴中会。1902年冬他在越南组织活动，用的是致公堂；1903年夏在日本办军事训练班，用的是中华革命军；1904年春在美国活动，用的是致公堂、洪门；1905年初在比利时，只统称革命党。

其他有影响的团体，便是湖南的华兴会、湖北的科学补习所和上海的光复会。后两者与其他一些小团体一样，只局限于一些小范围的随意性活动，覆盖面最大、造成较大声势的还是华兴会。

黄兴心目中的革命方略是一省发难、各省纷起。成立华兴会时，他就开始注重团结各方力量，张继、吴禄贞、李书城、曹亚伯、秦毓鎏等多名骨干成员都是省外的，做起义策划和联络时，也顾及了湘、鄂、赣、川、桂、宁等国内多地以及日本。

长沙起义事败后，他更是萌生了把各小团体联合起来，形成一个强有力的革命大团体，以便凝聚力量，更好地发展革命事业的想法。不少志士同人表示赞同。

1904年底他和刘揆一来到日本后，就开始按这个思路开展工作。当年12月，经他和刘揆一召集，在东京成立了一个有各省留日学生一百余人参加的革命同志会。此后因临时回国支持马福益举行洪江起义，这些工作便搁置下来，只是交由宋教仁和陈天华继续进行有关联络工作，并与程家柽、田桐、白逾桓等人筹办了一份刊物——《二十世纪之支那》。

如今又回到日本，这项工作还得继续推进。

黄兴和刘揆一租住在东京神乐坂近郊，离早稻田大学不远。

在革命同志会的基础上，他和刘揆一、宋教仁等正式决定：联合各省之同志，立一革命总机关。

这天下午外出回来，黄兴收到一封日本人宫崎寅藏的来信。

宫崎是黄兴去年底来日本时结识的一位朋友。那时他偶然读到宫崎的自传体著作《三十三年之梦》，感到这是一个极具豪侠气概和救世理想的人，于是前往其居住地新宿去拜会。到地后，宫崎的妻子告诉黄兴，宫崎正在外面做艺演。经指点，黄兴找到了那个广场，观看了表演之后，才与宫崎会面。宫崎热情地将他带回住处，进行了长谈，彼此都感到十分投机。后来和刘揆一为洪江起义临回国时，黄兴与宫崎作了告别。

宫崎本次来信，就是关切黄兴此次回国，事情办得如何。

晚上，黄兴便在灯下给宫崎写了回信。

可是第二天早上，用过早餐，他打算去寄信时，却改变了主意，觉得亲自去一趟，与宫崎谈谈更好。

他回头略作收拾，出门来到附近一家店子，买了一盒鲷鱼烧，在路边等了一会儿，便坐上了去新宿的电车。

到了宫崎的住处，宫崎夫妻都不在家。一打听，宫崎又去演出了。黄兴知道，宫崎近年的经济条件不好，组织了一个"浪花节"——类似于中国的说唱、曲艺表演班子，到处巡演，挣点小钱维持生计。

黄兴把鲷鱼烧寄放在宫崎邻居家，按邻居的指点往宫崎的表演地走去。

一路走着，到了一条大街上，突然听得前面锣鼓铿锵，放眼看去，只见一队人马行进过来。黄兴知道，这就是一个演艺班。锣鼓越敲越近，黄兴看到队伍中的那面广告大旗，就明白了，这就是宫崎的班子。只见那旗子上面写着："一颗头颅悬赏十万两，为清国政府追捕的白浪滔天——宫崎滔天在此。"宫崎寅藏前几年给自己取了个化名"滔天"，所以宫崎寅藏就是宫崎滔天。至于"悬赏十万两"一说，是因为宫崎积极协助过孙中山的革命活动，清政府确曾要连带缉捕他，只是赏银并非十万两。

队伍大约有二十来人，坐着人力车，有男有女，女性为艺伎打扮，浓妆艳抹，十分惹眼。街两边的行人便驻了步，店铺的人也停了手上的活，都盯着队伍看。

黄兴知道，这是演出前的宣传，希望多招揽一些观众。他看到个子粗壮、留着一把浓密胡子的宫崎在队伍靠后的位置，于是往几个行人身后一站，免得被宫崎发现。

然后，他远远地跟在后面，直到一个商业集中地带的小广场。表演开始后，他看了一会儿，又到周边转了一圈，再回来，站在人群后看完了表演，观众开始散了，才走上前去，握住宫崎的手，为表演成功表示祝贺。

黄兴随宫崎回到家里，两人在客厅就座。宫崎先听黄兴简单介绍了本次回国的情况，不由对马福益和邹容的遭遇发出感叹。然后，两人一边吃着茶点，一边继续交谈。

经过几次面谈和了解，黄兴认为宫崎是个值得信任的人，而取得日本人的支持也是很有必要的，于是就将打算联合各革命团体，建立革命总机关，结束各自为政、一盘散沙局面的想法说给了宫崎听。

宫崎原本是孙中山最有力的支持者之一,但看到这么些年的革命活动都没什么成效,近几年在这方面的热情已经消退,对自己的救世理想和大将情、英雄梦不再抱什么希望,正是基于这种巨大的失落感,才写就了他的《三十三年之梦》,文字中流露着惆怅和感伤。

但宫崎听完黄兴的话,兴奋地说:"好啊,这事可行,也是必须,否则各行其是,不过是散兵游勇,难以成事。中国革命这多年来无所收功,就证明了这点。"

"宫崎先生,有你的支持,我的信心又足了很多。"黄兴高兴地说,"有些事情,说不定还需要你的指教和帮助,届时还望你如当年一样,继续支持中国的革命事业,助我等一臂之力,使中国人民能早日走出苦难,也像日本人民一样,过上好日子。"

宫崎放下茶杯,吁叹一声,说:"黄先生,说实话,我感觉你们中国的封建统治太顽固了,而很多人还没有醒悟过来,中山先生的革命理想,也有点空中楼阁之味道。有时候,我很怀疑自己还能为理想做什么。这几年,我只想做点谋生养家的事了。我在外游荡这么多年,可难为了我的妻子,支撑着这个破家,若不是为了妻儿,我就放下一切,了却尘缘了。"

黄兴听罢,缓缓放下茶杯,思索着说:"宫崎先生,你的心情,我非常理解。为了革命,我何尝不是抛家别儿啊。"说到这里,黄兴心里不免难过,打住了。

"我知道。"宫崎点点头,"你的家庭,比我的家庭牺牲还要大。最起码,我的家庭没有受迫害的危险。"

"是啊,如果不是为了革命理想,我又何苦呢?"黄兴推心置腹道,"中国有句古话:'救人一命,胜造七级浮屠。'面对民不聊生、饥寒交迫的现实,我等男儿怎能只求自己心安?我也常去教会礼拜,并认识不少朋友,其实,不管身在教会、佛门,还是人间,守心即为洗礼,济世即是修行,倘若还能降妖伏魔,则是大功德。不知宫崎先生以为然否?"

宫崎听了,不由挥手击节道:"克强先生果然不同一般留学生,真乃一位有学问、有胆略、有经历、有见识的男子汉!"

黄兴拱手道:"宫崎先生不恋富贵,仗剑四方,胸有大爱,不拘国别和民族,才真正令人钦佩。"

两人惺惺相惜。接下来,又说到组建革命总机关的事。

宫崎一寻思，说："对了，前些时日中山先生说要回来了，如果你们能联合起来就好了。他创建兴中会已十年，虽然目前成效有限，但影响还是很广泛。而且，中山先生与我交往多年，照我看来，他虽务实不够，却是一名不可多得的革命家，有眼界，擅长演讲与鼓动，又有很好的海外资源，你们倘能协作，当是珠联璧合之事。"

黄兴看了看左面壁上挂着的一幅字——"天下为公"，又看着宫崎说："中山先生这幅墨宝所体现的志向，确实让我深有共鸣。'天下为公'，与王夫之、顾炎武等前辈贤哲所论及的'天下是天下人的天下'，可谓一脉相承。实际上，早在商末周初时，姜子牙便在他的《六韬》中明确提出了这一思想，后来孔子也表达了'天下大同'的理想，遗憾的是，历代统治者，无不是以'普天之下，莫非王土'为铁律，将黎民百姓也视为其私有财产，慈禧之'宁赠友邦，不予家奴'便是赤裸裸的体现。也正因此，我华夏中国，已非革命不可。中山先生我虽然从未谋面，但久闻其名，我相信宫崎先生的眼光。若真有机会合作，自然最好不过。"

"这事我来办。"宫崎颇有信心地说，"我不敢保证一定能成事，但照两位先生的情志和胸怀，应该不难。有黄先生这样的实干家相助于他，我想，中山先生高兴还来不及呢。"

黄兴微笑颔首道："希望能够如此。这事就有劳先生费心了，如有需要，随时通知我即可。"

黄兴又向宫崎介绍了刘揆一、宋教仁等人。

两人只管交谈，不顾时间，当宫崎的妻子再次添茶时，两人才发现，天色不早，再过一会儿就需掌灯了。

黄兴在宫崎家吃了晚饭，才回到神乐坂住处。

刘揆一告诉黄兴，今天在外面碰到程家柽了，程家柽准备顺路来看他，听刘揆一说黄兴出去了，就不来了。

程家柽原籍安徽，与黄兴是同年，少年时到湖北读书，比黄兴早一年入读两湖书院，早三年留学日本，入读东京帝国大学，那时就认识了孙中山，对孙中山的革命主张颇为赞同。这段时间，他在协助宋教仁具体负责《二十世纪之支那》杂志，任编辑长。

黄兴第二天便专门去了一趟程家柽寓所。黄兴的另一名日本朋友末永节也在。末永节是日本福冈县人，别号狼啸月，中日甲午战争时，为日本《九州日报》随军记者，战后回国，与宫崎相识，然后认识了不少中国留日学生，很乐意为中国革命做些事情。

程家柽与黄兴先谈了一下《二十世纪之支那》出版的事。末永节笑着说："黄先生，你知道，我对发行工作熟门熟路，就等着你们刊物出来，我才好有所表现呢。"

黄兴愉快地说："啸月先生愿意出力，我求之不得。我们几人目下都有点忙，也还真得仰仗各位了。"

然后，黄兴就特别说起组建革命联合团体的事。

程家柽说："昨天揆一也跟我提了一下这个事，我回头一想，组建这么一个大的团体，总得有个强有力的领导机构，那么人员安排就非常重要。不知你们想好了没有？"

"这倒还没有。"黄兴答道，"我们可以采用民主的办法，先制订一个选举方案，到时实行投票选举。"

程家柽犹豫了一下，然后说："我觉得孙中山先生和你可以担任重要领导职务。至于其他骨干，可以再考虑。"

黄兴若有所思，然而很快便说："家柽所说，我记在心里了。我担不担任重要职务倒在其次，只要有能胜任的人，把这个工作做好，不违初心，我就是只做一个推动者，也于愿足矣。"

程家柽继续认真地说："中山先生倡导革命这么多年，行踪却几乎只局限于海外，没能回到国内，如果把这个组会名誉给他，他便可以利用影响力专事领导之职，我们则可以回国专心从事革命活动。"

黄兴说："这也是个好办法。"

程家柽又说："据冯自由说，中山先生最近就会从法国来日本，克强兄不妨把组会日期稍微往后延缓一些，到时大家一起商议一下。"

"好，那就这么说了，我们先做着一些预备工作。"

末永节琢磨着说："中山先生组会最早，而黄先生创立的华兴会基础广泛，精英众多，而且黄先生是个有开拓意志的实干家，可钦可敬，理所当然要继续发挥领头作用。"

黄兴明白末永节的意思，就有意把话岔开："我这不是正在筹划吗？我们的组织很重要，我们的刊物也是很重要的，编辑和发行，就看你们的了。"

又说了些闲话，吃过中饭，黄兴便回来了。

黄兴回寓所时，在门外听得宋教仁的声音在室内朗诵："呜呼，起昆仑之顶兮，繁殖于黄河之浒。藉大刀与阔斧兮，以奠定乎九有。使吾世世子孙有啖饭之所兮，皆赖帝之栉风而沐雨。嗟我四万万同胞兮，尚无数典而忘其祖。"

黄兴知道，这是宋教仁为《二十世纪之支那》杂志首页所登的《中国始祖黄帝肖像》题的一首辞赋。

宋教仁朗诵罢，室内响起一片掌声。黄兴这才拉开门走了进来，笑着喝彩："钝初朗诵得不错啊。"

室内除了刘揆一、刘道一、宋教仁外，还有一名女士，那模样虽有女人的俊秀和白皙，却英气逼人，并有着几分劳动妇女的结实，绝非一般只知读书的柔弱女子形象，年龄大约三十出头。

黄轸扫视一下众人，看着那名女士，说："这位是？"

几人都停了下来，满脸是笑地看着黄兴。刘道一回答道："这位是唐群英大姐。"又指着黄兴对那名女士说："这就是克强大哥。"

"你就是唐群英，我知道你的，在青山实践女校。"黄兴笑道，"揆一和道一都向我提起过你，一说起你就是夸。"

"他们都是怎么夸的呢？"唐群英故意问，"我和他们见面那么多次，怎么没听见他们夸我，夸你这'克强大哥'倒是不少。"

"这你就不懂了吧？"宋教仁插话说，"丑话要当面说，好话要背后讲。"

"钝初说得没错。"黄兴接话道，"揆一他们说，咱们湖南有个女留学生叫唐群英，可是个了不得的人，从小就不肯缠足。她父亲原是清政府武官，她从小就跟随父亲习武，又饱读诗书典籍，后来从衡州嫁到湘乡荷叶塘，成为曾国藩的堂弟之妻，不幸的是，没过几年丈夫就去世了，她冲破封建礼教，来了日本求学，颇有闯荡江湖的女侠之风。"

"我算什么女侠，秋瑾才是女侠呢。"唐群英不好意思地说。

"你们都是女侠。"黄兴赞赏道，"秋瑾我知道，她来日本比你早，所以见过两面。你们不是嫁在同一个地方吗？真是巧了。"

"是啊，她祖籍浙江，生于福建，谁知父亲到湘乡为官，嫁在湘乡，而且都是在荷叶塘这地儿，确实是巧得很。如果不是她先来日本求学，我还未必会想到来这儿呢。可惜她前段时间回国了，不然今天我一定带她一起来。其实我们荷叶塘还有一个，你们都不认识，叫作葛健豪，我们三个性情相似，如同姐妹。"

"哦，那刚好够数，可称为'潇湘三女杰'。"黄兴不由称奇，"你是自小随父读书习武，秋瑾是自小随兄弟读书习武；你是丈夫不在了，冲破礼教出来，秋瑾的丈夫在北京做官做得好好的，她却不愿过安逸日子跑了出来；另一位虽不认识，但既能成为你俩的好姐妹，自然也不必说。巾帼不让须眉，着实让人钦佩。"

"好啦，克强你也就别助势了，要不我都飘飘然了。我这算得了什么，只不过是想按自己的一些想法过日子而已。"

"我都还没说话呢，你这就封嘴了？"宋教仁一本正经地说。

"哦，是吗？刚才克强说揆一兄弟俩夸我，可没说你。你是打算也要夸我，还是如你方才讲的丑话要当面说呢？"唐群英笑道。

"他也夸过你。"黄兴解释道，"只不过他之前只见过你一面，所以只夸过你一次，而且夸的方式不一样。"

"怎么个不一样法？"唐群英问。

"那我就真说了，反正都是几个老乡，无伤大雅。"黄兴忍住笑，"他说呀，幸好唐群英是大姐，要不如果他娶回家做夫人，就他那身子骨，若是惹得你生气，还经不住你一拳。"

几人听了都大笑不止。

刘揆一说："钝初总是能想到实质问题，不愧是学法律的。"宋教仁此时已入读法政大学半年多。

"看不出钝初，这人就是坏得很。"唐群英由笑转向严肃，指着宋教仁，"你为什么就想到打呢？夫妻间为什么就一定要闹到非动手不可呢？这到底是出于学习专业的敏感，还是大男子主义？"

刘道一说："对啊，钝初兄，别光只为自己考虑，以后我们还得多帮帮唐大姐呢。"

宋教仁点头，又看着唐群英："唐大姐，我这不是最生动地夸你吗？你怎么又扯到女权上面去了呢？"

"好，我认了。"唐群英平静了下来，"和你们在一起，真是开心。"又看看黄兴，"好了，玩笑也开够了，看克强是不是要说点儿正事，如果可以，我这当大姐的也听听。"

黄兴说："今天既然碰到了一起，干脆就聚一下。道一，你去把天华叫来。"

刘道一说："好，我这就去。"

陈天华此时也在法政大学学习，住在留学生会馆。

宋教仁说："天华这几天在整理《论中国宜改创民主政体》《中国革命史论》等文章，不然我都叫他一起来了。"

黄兴说："那道一更有必要去看看。天华是个性情中人，他写文章写到悲愤处常会如怨如慕，泪流满面，甚至恸哭失声，需要安抚。"

"我知道了。"刘道一起身走了出去。

大家聊着天。黄兴说："我给大家介绍一个人吧。这是个日本人，颇富传奇色彩。你们之前有可能听到过他的名字，但据我所知，至少在座的对他还没多少了解。"

"好，快说吧。"几人都很期待。

黄兴说："这个人叫宫崎寅藏。"

宋教仁说："名字是有点熟。"

黄兴继续说："宫崎出生于日本熊本县的一个武士家庭，上有七个兄弟和三个姐姐，他是最小的。他们家境原先是颇富裕的，有几百亩田地。他与兄弟从小跟随父亲学习剑道刀法，父母经常告诫他男儿就当建功立业做英雄、当大将，不能死于枕席，让他慢慢就有了英雄梦。十五岁那年，他带着父亲送他的两把白鞘刀和英雄梦，进入东京专门学校——就是今天的早稻田大学学习。那时日本明治维新还在进行中，很多日本人对国家命运十分关注。他们普遍有一种东亚文明已经落后于世界的危机感，又觉得日本命运和中国命运是息息相关的，要振兴日本就要先振兴中国，如果让积贫积弱的中国振兴起来，那么不仅日本，印度、暹罗、安南、菲律宾甚至埃及也可以得救，在国际范围普遍恢复人权，在地球上建立一个新纪元。一批日本人因此不仅有一种'兴亚'梦，还有了一种更大的济世抱负。宫崎的二哥就是其中之一，而且还是个颇有平等思想的人。宫崎与二哥关系最好，受二哥熏陶，把目光投向了中国，并特地学了汉语。1891年，他初次来到中国，在上海被友人骗得身无分文，就进了日本人办的一所间谍学校，然后回国，从此开始关于'兴亚'想法的考察和联络活动，除了在日本之外，与中国、朝鲜、暹罗都有接触。1894年中日甲午战争爆发时，日本军方要召宫崎和他二哥随军担任翻译，遭到拒绝，因为宫崎反对日本侵略中国，他想以自己的方式来拯救中国和日本。其间他认识了反对党领袖犬养毅，犬养毅又通过外交大臣大隈重信，为宫崎安排了赴中国考察的特殊任务，与平山周等人获得秘密经费，再次来中国考察。宫崎因为不事生产和经营，漫游四海，而且仗义疏财，属于他的那份家产已消耗殆尽，犬养毅从此成为宫崎的主要资助人。戊戌之变前，宫崎认识了孙中山，加入了兴中会，此后便开始参与孙中山的革命活动，并为其筹集经费。戊戌之变后，宫崎将逃出北京的康有为从香港护送到日本，并设法保护了康有为在广东万木草堂的学生。他一心促成康有为与孙中山会面，在日本为陪伴康有为，到处吃喝玩乐，大肆挥霍，由此欠下一家旅馆巨债无力偿还，竟导致那家旅馆倒闭。但康有为不愿与主张革命的孙中山合作，在新加坡还诬陷宫崎为刺客，面对警察追捕，宫崎只得回到日本，从此对康有为失望。接着配合孙中山谋划，试图说服时任两广总督的李鸿章将两广独立出来，实行共和，推李鸿章为总统，先削弱清，被李鸿章拒绝。然后与平山周协助孙中山策划惠州起义，并解决军火问题，也不顺利，起义失败。经历过这许多的事情，宫崎难免有些心灰意冷，感觉很多想法都不过是纸上画饼，对中山先生的革命理想和自己的英雄梦都不再抱什么信心，于是放弃为革命奔走，静下心来写了一部自传体著作《三十三年之梦》，作为对这段人生的总结，感叹回顾半生，只是恍然一梦，然后组织了一个'浪花节'演艺班，靠演出为生，宣传时常常打出'一颗头颅悬赏十万两，为清国政府追捕的白浪滔天——宫崎滔天在此'的广告，吸引观众。"

几人听得津津有味，又不胜唏嘘。

黄兴接着说："演出时，他常常唱他自己创作的一首《落花之歌》来遣怀：'四海兄弟皆自由，万国和平自由乡。如今一切计划破，此梦遗留浪花节。弃刀废剑执手扇，一敲即响黄昏时，与钟同谢是樱花。'即使他早年就已信奉基督，有一颗救世之心，但至今也没有找到好的救世之方，内心也得不到安宁。如果不是为了妻儿，可能已经遁入空门了。但我发现，他的革命理想其实还并没有熄灭，仍然是很愿意支持我们的事业的。"

"这还真是个神奇的人。"唐群英感叹道，然而又很不解，"日本对中国发动侵略，逼着清廷又是赔款又是割地，而宫崎这些人却这么做，到底图什么？"

黄兴说："我当初也有些疑惑。但通过对宫崎的接触和我的思考，我觉得，除了侠义和济世情怀，他们身上似乎还有一种基于武士和时代精神的以振兴东亚为己任的自豪感和使命感，最可贵的是那种有别于一般人的不拘于国家和民族的胸怀。再说，毕竟，不是每个人都有侵略和掠夺别国的思想，那么像宫崎、末永节、平山周这样有国际主义精神的人的存在，也是正常的。"

唐群英问："他会不会是间谍呢？"

黄兴说："应该不会。当初在上海那所间谍学校的日本人，很快就投入到侵害中国利益的活动中。但宫崎不一样，他不但拒绝了加入侵华日军，还在家境困难的情况下，为康有为欠下巨债，并为孙中山多方活动，四处筹款。关键的是，通过接触他本人，也能够看出他的性情和品格，是一个值得深交的朋友。当然，在革命方面，需要注意的是，宫崎身上那种融入生命的武士和浪人气质，使他的有些想法也未免显得过于理想而飘忽不定。每个人都有自己的局限，我们可能也一样。"

刘揆一对唐群英说："克强兄的眼光应该是不会错的。也许可以这样说，宫崎先生本来是个身负秘密任务的间谍，但走出了间谍的角色，表现了自我的本色，只有能保持独立思考的人或者说有生动灵魂的人才能做到这点。"

宋教仁说："我们的事业需要各方人士的协助。这位宫崎先生，改天我也去拜访一下。"

黄兴说："我已经向他介绍过几位了。"

"这样就更好了。"

唐群英突然想起来，说："哎，华兴会收不收女会员啊？秋瑾都加入洪门天地会了，还被封了'白纸扇'（军师）。前几天给我来信，说在上海又加入了光复会。"

刘揆一说："对了，你们的'共爱会'目前怎样？秋瑾回国了，那个陈撷英你也可以带来啊，她可是我们湖南的另一女杰呢。"

陈撷英是陈范的女儿，原先在上海除了协助父亲办《苏报》，还创办了《女学报》，"苏报案"后，与父亲等人一起来了日本，其间曾典当首饰支持章士钊、陈独秀等创办《国民日报》，在日本又与秋瑾等人成立妇女团体共爱会，并任会长，创办《白话报》，也加入了洪门天地会。

唐群英说："我们的活动还在开展。只是《白话报》有时也面临经费问题，不过大家暂时还能想办法解决。陈撷英对办报也很内行。"

黄兴说："陈撷英这姑娘还真看不出，我在上海第一次见她时，印象就是淑女一个，谁知这么精练能干，实为报界女将和女权先锋。"

"她今天有事要办，不然我真把她一起带来了。"唐群英回答，又略带不满，"怎么你们都只关心别人，还没回答我的问题呢？"

宋教仁问："你想加入华兴会？"

"是啊，不行吗？"

宋教仁看看黄兴，又看看刘揆一，说："这可是我们华兴会第一位、也是截至目前唯一一名女将。"

黄兴欣喜地说："好啊，欢迎唐大姐加入华兴会！"

"欢迎！"刘揆一说。

"我岂有不欢迎之理！"宋教仁说。

"这还差不多。"唐群英特别高兴，"不然，等秋瑾回来，我都无面目见她呢。"

"你们本来就同样出色。"刘揆一一面找本子记名，一面说，"我弟近段时间好像跟你们跑得勤，他还是个毛头小子，还望大姐多教导他。"

唐群英说："你可别小瞧了道一，他可是少年老成呢。"想了想又说："我和秋瑾还想创办一个秘密组织，人不要多，可能会以妇女为主，但我们想让道一加入。"

黄兴笑道："妇女运动也要男子汉帮衬嘛，道一兄弟既有活力，又细心，而且有语言天赋，我看合适。"

刘道一自幼聪慧，读书成绩优异，于多种语言学习特别擅长，此时在读东京清华学校。

"秋瑾还想介绍道一加入洪门，推荐他任'草鞋'（将军）呢。"

"好了，你们现在又转成夸道一了。"刘揆一笑道，"不过，我这当哥的心里高兴。"

正说着，刘道一和陈天华来了。

大家都招呼陈天华坐。

黄兴抚着陈天华的背说："天华，你的勤奋值得大家学习，但也要注意身体，为长久革命着想。"

陈天华拍拍胸脯笑道："各位放心，我这身板还算硬。当然，如果革命有需要，死也不足惜。"

刘道一又为陈天华和唐群英彼此作了介绍。

黄兴一看天色不早，就带了几人出去，找了家中餐馆，到了楼上的包间,边用餐边商议事情。

黄兴让刘揆一先介绍了一下创建革命总机关的必要性和迫切性,然后说:"我们要联合各团体,建立一个总团体,将各股力量拧成一股绳,为了有效维持机关的运转,就必然面临重要人事安排问题。我们作为华兴会的重要骨干,先大致有个共识,也可免得到时出现太大的意见分歧。"

"总会叫什么名称呢?"陈天华问。

黄兴说:"这倒还没定。到时由各团体负责人商议,综合各方意见吧。"

唐群英快人快语:"我支持克强做会长。"

刘道一紧接着:"我也支持克强大哥做会长。"

顺理成章地,刘揆一、宋教仁、陈天华都支持黄兴做会长。

黄兴一听,却皱了眉,面色凝重,断然说:"不行!"

"为什么?"几人同时问。

黄兴正色道:"实话说,我很想做这个头儿。但这样做,不是有自私之嫌吗?我发起这个事情,自己来做领袖,让别人怎么看?这次可不比咱们成立华兴会。"

"那你的意思是谁来做这个头儿?"唐群英问。

黄兴说:"孙中山先生。你们看如何?"

几人争着要反驳,刘揆一挥挥手:"这回我先说。什么叫自私?就是缺乏公平公正之心,仅从自己的利益欲望出发的心理和行为。就目前中国的革命团体来说,兴中会虽然最先创立,但已基本作废,这么多年来也没有任何成就。华兴会虽然是在其之后创会,但仅仅三年,影响力便不在其之下吧?而且据我了解,孙中山先生虽有不凡见识,但多半只局限于口头,缺乏实践能力。革命不是空头口号能奏效的,主要还得靠实际行动。因此,我反对由孙中山担任联合组织的第一领袖。"

黄兴担心其他人受刘揆一的话蛊惑,马上接话,苦口婆心地说:"揆一,我们要从大局出发,孙中山先生比我年长八岁,从事革命也比我早那么多年,事实摆在那儿。我们既然是要联合各会,就要有胸怀,所做的事情要争取得到绝大多数的认同。我们革命的目的是为了国家和民族,而不是自己。为此,我们不但要尽量做到处事客观公正,需要礼让的时候还要礼让,需要牺牲的时候还要牺牲,切不可在名头和利益上乱了方寸,与人相争。我之前多次讲过太平天国的教训。目前也有一个活生生的例子，就是康有为。曾经振臂一呼的维新领袖，如今攥着那四处募集的巨额经费，不仅置房产，纳小妾，还在瑞典买下一个小岛，在岛上修建园林，极尽奢华，并在国内外办了十多家企业。这样的人，他当初的动机真的是一心为国为民吗？恐怕最大的驱动力还是个人的权欲物欲，急不可耐地想在皇上面前搏个出头。我当初为什么没有加入，就是还想再看看。结果不出我所料。如果不是这个康有为上蹿下跳，'六君子'很可能不至于冤枉送命。他倒好，别人的鲜血换得了他的一派虚名和自在逍遥。这也是我们要引以为戒的。革命这事，如果不能做到保持自省，剔除私欲，有一个正确的动机，那我们可以去干点别的行当，挣点钱财、赢点名声，也不失体面。"

宋教仁说："克强啊，其实你不用说这么多，这些道理，相信在座的都懂。我们刚才的表态，其实未尝不是出于一种公平和公正的考虑。既然你还提到礼让和牺牲，如果孙中山真的是最合适的人选，为了大局，我们也可以斟酌。但孙中山其人，我了解不多，只能希望他堪当大任，要不然，就算我们做了礼让和牺牲，别的团体也会有想法。"

刘揆一仍然不赞成："革命事业可不是在领导权上礼让和牺牲的事。这与地域观念和私交无关，而是就事论事，对革命负责。"

陈天华因为之前想向清政府请愿而受到黄兴和刘揆一、宋教仁等人劝说，最终幡然醒悟一事，稳重了很多。他说："既然克强大哥有这个意思，我就本着支持的前提，暂时接受。至于最后如何决定，到时看了具体情况再说。"

唐群英和刘道一也表示，会从支持黄兴工作的前提考虑，但也要到时再做决定。

只有刘揆一还是不赞同。

刘揆一是个性格沉稳，耐心细致，虑事周到的人，也颇有包容心，平时很少与黄兴有抵触，这次却杠上了。

黄兴一脸无奈。刘揆一一脸无辜。

大家心里也就有点难过。

宋教仁说："你们两个都有道理，不存在谁对谁错。这事情要一时做出决定，也确实有点儿难，要不先缓缓吧，反正大家心里已经清楚这回事，回头再好好想想。这么一个重要位置，肯定得处理妥当，甚至有必要实行淘汰制。"

唐群英说："对呀，有的事情一时半会儿是难定，缓一缓往往会水到渠成。"

黄兴说："也好。总之希望各位以大局为重，不必以我为念，莫受私情影响。"

待其他人都走了，黄兴又单独与刘揆一谈了起来。黄兴把宫崎和程家柽的话也说给了他听，本来是想说服刘揆一，不想刘揆一听了反而来了气："他们那才叫徇私情，从自己私交出发，明知孙中山这么多年只是口头革命，了无成效，还护着他轻轻松松来做这个领袖。单说那个宫崎，他的侠肝义胆和仁厚宽广，我很敬重，但也正如你所说的，作为朋友，值得深交，而从一个革命者来考量，却未必适合，革命毕竟不是罗曼蒂克，对他的某些想法，我是持保留意见的。"

黄兴叹口气说："揆一，这回，我们就真的说不到一块儿了吗？我都放得下，你就放不下吗？"

刘揆一平静而不无委屈地说："这不是放得下放不下的事，这是合不合理的事。"

黄兴知道只能说到这儿了，便让刘揆一回头再想想。

晚上，黄兴躺在床上，久久难寐。于是翻身起来，摁亮了灯，静静地坐着。窗外，是茫茫夜色，浓浓的漆黑中稀稀落落亮着点点灯火。黄兴坐了一会儿，然后取了一张宣纸，倒了半碟现成的墨汁，从笔筒抽出一支提斗狼毫，饱蘸浓墨，运笔如椽，力透纸背，写下四个古朴苍劲的大字："笃实，无我。"

7月19日，宋教仁请程家柽带路，去拜访宫崎寅藏。

去新宿不过十余里，宋教仁和程家柽像黄兴上次那样，坐电车去。下车后步行到达宫崎家，也逢宫崎外出，只有他妻子在家，把两人迎进客厅。两人喝着茶，等待良久，只见一身材魁梧，挽着日式髻发的男人，从外面昂然走了进来，正是宫崎。相互行礼之后，程家柽说明了来意。宫崎招呼两人落座。

宫崎说："你们来得正好，我正要通知黄先生，中山先生今日会到横滨，然后会来东京。"

程家柽说："那真是太巧了，省得再麻烦宫崎先生。"

宋教仁说："几天前听克强介绍先生，当时就想来拜访，不料因事耽搁了，幸亏今日来得正好。"

"等中山先生到了东京，我一定好好给你们双方介绍介绍。"宫崎不无兴奋地说，"你们作为中国人，生逢国家衰败年代，既是不幸，却也赶上了建功立业的好机会。像我等在日本就很难有所作为，我只恨自己不是中国人，可以大干一场。我与中山先生结交多年，他目前之所以不敢轻易起事，是因为在海外声名太大，有所举动必传播很远，如果行事不慎，不论是对自己还是中国革命都不利。"

宫崎说着，让妻子摆上酒来，接着说："依我看，中山先生为人，志趣清洁，心地光明，这样的人是很难找的，因此是可以信任的。七八年前我曾用中文为他写过一篇《伦敦蒙难记》。1898年，我在做唯一一份正式工作，就是《九州日报》记者时，趁机将此文翻译成了日文，把题目改为《清国革命领袖孙逸仙幽囚录》，以'滔天坊'的笔名在《九州日报》上连载，引起不小反响。后来还为他写过其他文章。这一是出于对中山先生的尊崇，因为他代表着中国革命；二是想为他扩大正面影响，因为此前他可是有着'海贼'的污名，要想更有利于他成事，就需要将他树立为'革命领袖'。我也曾嘲笑过他是'书生造反，三年不成'，空有画图，但他毫不生气，与我辩论，真是个有恒心之人。我看他身边就是还缺少文韬武略、胸怀广大的实干家，而黄克强先生恰是理想人选。"

宋教仁说："难得宫崎先生一番苦心，诚可谓大爱无疆，功德无量。"

宫崎接着说："你不知道，这也是我的理想。当今世界各国，无不垂涎中国，即使日本，也是野心勃勃。日本政党中，能够始终支持中国革命的，恐怕只有反对党的犬养毅一人。我之前到中国进行革命活动的一切经费，都是他资助的。我也曾将中山先生介绍给他，中山先生也得到他很多帮助。君等既有革命志向，改天我也可以介绍给他认识。"

三人边饮边谈，直到下午四点多。

宫崎最后说："看来我又有机会重新做点事了，倘若能够促成兴中会与华兴会两位领袖合作，我就看到了新的希望。真是很荣幸认识各位。"

宫崎嘱咐宋教仁和程家柽，回去转告黄兴，等待他安排如何与孙中山会面。

宋教仁回来后，就去了黄兴寓所，将此事如实作了转达。

7月19日傍晚，从法国马赛来日本的孙中山到达横滨。

说起来，孙中山有个日本夫人叫大月薰，正是横滨人，此时也住在横滨。

原本，孙中山在1897年流亡到日本后，十五岁的日本姑娘浅田春被找来做女仆，十八岁时被孙中山收为妾——因为广东香山县老家还有原配卢慕贞，何况另外还有个紧随身边的革命伴侣陈粹芬。不幸的是，浅田春在二十岁时因病去世。

还是在1898年秋的时候，才十一岁的大月薰一家因为家里发生火灾，暂时租住在孙中山寓所的二楼。一天，大月薰不小心在楼上打碎了花瓶，水流到了楼下。大月薰的父亲让女儿下楼向孙中山道歉，孙中山因此心动。1902年浅田春去世后，孙中山向大月薰的父亲提亲，大月薰的父亲以女儿才十五岁，年龄过小为由，拒绝了他的请求。大月薰十六岁后，孙中山再次提亲，又遭到拒绝。但大月薰自己却愿意了，这回还成了婚，而不是做妾。婚后没多久，孙中山就离开了日本。

孙中山与大月薰已经有一年多没有见面了，到了横滨，自然要回家看看。

7月24日，孙中山到达东京。

孙中山迫不及待地赶到老助手宫崎寅藏家，见了宫崎，落座之后，却不是畅叙别情，而是急切地向宫崎打听这几年中国革命在日本的发展情况。

宫崎告诉他，中国来日本的留学生越来越多了，有数千人，其中不乏革命志士，这绝对是一支不可小觑的力量。

孙中山眼睛一亮，急忙放下茶杯，茶水都泼了出去，迫切地问："其中有无不同凡响者？"

宫崎毫不犹豫地说："有！"

"说说看。"

"有个叫黄兴的，最了不起。"

"哦，他在哪儿？我想见他。"

"哎，别急。"宫崎摆摆手，"好办，我待会儿就去叫他来这里见你。"

宫崎是觉得，孙中山比黄兴年长，资历老，应该让黄兴来见。

"不必那么麻烦。你说他在哪儿，我们等下就去见他。"

宫崎看到孙中山那么恳切，便同意了。

随后，他们乘车来到黄兴住处。宫崎上前拉开移门，冲里面喊。末永节这两天待在黄兴处，他是认识孙中山的。黄兴听到外面有人，和末永节一起走到门口，往外一看，末永节不由惊喜地叫道："啊，孙先生！"

宫崎便对黄兴说："这就是孙先生。"又对孙中山说："这就是黄先生。"

黄兴面带敬意冲两人点点头，却不说话，而是做了个手势，示意两人不要进去。宫崎觉察到了，室内还有很多人，好像在讨论什么，黄兴显然是出于保密考虑。宫崎和孙中山就在门外走到一边儿等。

黄兴和末永节回头进去了，过了一小会儿，黄兴、末永节、张继三人走了出来，几人互相握手问好。然后，黄兴将大家带到了附近一家名叫凤乐园的中国餐馆。

黄兴与孙中山寒暄了一会儿，两人便都有一见如故、相见恨晚之感，推心置腹地深入交谈起来。

孙中山很赞成黄兴"一省发难、各省纷起"的战略和组建联合机构的想法，说："事情正如克强所说，此前一省打算起事，另一省也想起事，却各自号召，不相联络，结果都不敢贸然行动。这样的情况，即使行动了，也必然如秦朝末年，各路武装相互争夺，彼此消耗，很久也难以成事。"

两人说到痛快处，不由拊掌、击节。

宫崎虽然学过汉语，但对黄兴和孙中山所谈的有些内容，听得并不是很懂，但看到两位重要革命领袖意气相投，非常开心。

黄兴与孙中山谈得投入，很少动筷子；宫崎等三人听得投入，也不想打扰两人。黄兴示意他们三人先吃。两人谈得差不多了，这才放开了吃喝，与三人频频碰杯，场面非常融洽。

会面之后，又开始紧锣密鼓的联络工作。

7月29日，黄兴特地召集了在东京的华兴会员，在住处具体商讨与孙中山并会合作的事，希望进一步统一认识。会上，果然仍旧是意见纷纭，很多人要么不同意合并，要么就要黄兴做领袖，也还有一些其他说法。面对这种情况，陈天华建议以华兴会团体名义与兴中会等团体合并，而不是以个人名义加入新会。刘揆一仍坚持立场，如果不让黄兴做新会领袖，他就坚决不同意合并。宋教仁说，既然有人愿意合并，有人却不愿意，那以后这些不愿意的人怎么办？彼此之间是一种什么关系？如果一定要实行合并，就要考虑这个问题。黄兴琢磨了一下，为了尽量照顾到各种想法，决定采取一个折中和缓冲的办法，便提议以华兴会团体的名义在形式上与之合并，同时华兴会仍暂时保留原来的团体，如果有的会员还是不同意，那么可以遵从个人自由。他觉得，这样，就不至于将刘揆一等一批持不同意见者抛弃出去。如果这次合并是对的，那么俟以时日，这些持异议的会员终究会加入的。

同天，黄兴、孙中山、宋教仁、陈天华、张继、宫崎寅藏、末永节、程家柽等重要骨干又在程家柽的寓所开会，商议一些更具体的事宜。最基本的是新会的名称。

孙中山说："我看，可以用'中国革命同盟会'，响亮、明了，不知各位意下如何？"

在场的人有同意的，有不表态的，有开始斟酌的。

其间有人提议，既然是为了推翻清王朝腐败统治的革命，为何不取一个有针对性的名称，更加清楚明了？……

孙中山和黄兴都不同意，说我们进行的排满革命只是针对腐败的清统治，而并非针对所有满人，满人中也有很多普通人，并不乏有见识者，只要是支持我们的，我们一样欢迎他们加入，因此，我们的名称不能狭隘、偏颇。

黄兴接着又用商榷的语气说："首先，我佩服孙先生的高屋建瓴，认同'中国革命同盟会'这个名字的优点。但是，觉得就现阶段而言，采用这个名称似乎还不大合适。"说着用征询的目光看着孙中山。

孙中山看着黄兴，鼓励道："克强，说说你的看法，敞开了说。"

黄兴说："一方面，我们目前的活动，还是属于隐蔽性的，'革命'二字很容易暴露，不利于保密；另一方面，我们的事业肯定需要得到群众的支持，但群众目前还没觉醒，对'革命'还不理解，认为'革命'就是'造反'，而'造反'是政府禁止的，是要招致杀头灭族之祸的，有长期形成的恐惧心理。因此眼下用这个名称的话，可能对我们开展活动和发动群众带来不便。我建议，可以就用'中国同盟会'做名称。"

孙中山扫视一圈众人，又看着黄兴，赞赏道："克强说得很有道理。你对国内的情况，比我把握得好。'中国同盟会'，中国革命志士众志同盟，同心同德，好！我表示赞同，各位说说呢？"

"好！赞同！"众人这回意见都非常一致。

孙中山高兴地说："那么，名称就定下来了。"

接下来，又商议了一些其他事项。

7月30日，新会筹备会议在东京赤坂区黑龙会会所召开。经黄兴、孙中山及其他骨干的邀约，来自十三个行省的七十六名志士及日本的宫崎寅藏、末永节、内田良平（黑龙会魁首）三人共七十九人参加了会议。其中湖南、湖北的就占了三十九人。这些人员主要由与黄兴有直接渊源的华兴会、革命同志会和军国民教育会成员组成，只有少数几名兴中会会员。但黄兴有意一再强调孙中山的领导地位。

孙中山和黄兴在会上先后发表了演说。

本次会议的任务主要是议定同盟会的誓词、宗旨、章程。

孙中山提供了一份在海外活动时吸收会员的《盟约》作为誓词范式。大家推举黄兴和陈天华审定。黄兴和陈天华对《盟约》中的少数部分做了修改，尤其是将其中的最后两句"有渝此盟，神明殛之"改成了"如渝此盟，任众处罚"。

宗旨则以誓词中的十六个字为准：驱除鞑虏，恢复中华，建立民国，平均地权。

由于参会人员家庭成分复杂，有人对"平均地权"提出异议。

孙中山和黄兴对此作了解释：中国是农业社会，工商业还不发达，社会矛盾与土地有着直接而广泛的关系，与政治、种族等问题一样重要，必须解决。坚持保留了这一条。

大家又推举黄兴、陈天华、宋教仁、程家柽、马君武、汪精卫、蒋尊簋和孙中山起草同盟会章程，为成立大会做准备。

最后，与会者当场签名、宣誓加入中国同盟会。众人的盟书由孙中山保管，孙中山的盟书由黄兴保管。

仪式举行完毕，孙中山兴高采烈地说："希望大家今后以誓词自励和共勉。我相信，从此以后，中国革命将汇聚成一股强大的力量，告别一盘散沙、漂泊不定的局面。"

说罢，孙中山与会员们一一握手："祝贺各位，从今天起就不再是清王朝的人了。"

时值炎炎夏日，会所内闷热难耐，即使频饮凉茶，也仍感暑气缠人。黑龙会魁首内田良平吩咐摆上凉糕。大家吃着笑着，十分热闹。

突然，"轰"的一声巨响，只见会场靠后那边，桌倒人翻，近半数会员四仰八叉地躺在地上。会场一片混乱。

黄兴和孙中山也打了个趔趄。黄兴忙扶着孙中山。

孙中山回过神来，看看黄兴又看看众人，笑道："各位不必惊慌，这可是倾覆清廷、革命成功的吉兆！"

黄兴带头鼓掌，会场立即响起一片鼓掌和欢呼。

筹备会后，为了进一步提高孙中山的威望，黄兴决定在留日学生界为孙中山举行一次欢迎会，然后再举行同盟会成立大会。

欢迎会定于8月13日在东京的富士见大楼举行。

提前几天，中国留日学生会馆等处就贴出了大字告示。

由于宣传充足，这天，前来参加欢迎会的竟达一千三百余人。警察原本限定三百人，可是听讲的人潮水般涌向大门，警察只好限定为九百人，然而后面的人还是络绎不绝地到来，警察坚决不让进，双方发生推搡，有的趁乱挤了过去，有的只好趴在窗户外面。为了维持秩序，会场门口的日本警员累得满头大汗。

大会由黄兴主持，宋教仁致欢迎词，孙中山发表了长篇演讲，程家柽、张继、宫崎寅藏、末永节等人也发表了演说。孙中山那极具鼓动性的演讲博得了一阵阵雷鸣般的掌声，其他几人的演说也赢得了热烈喝彩。

而作为策划人的黄兴，除了在开场时对本次大会的简单介绍，并没有作正式演讲，只是关注着会场动态。看到听众欢呼的场面，站在他身边的宫崎寅藏、李书城等人发现，黄兴满脸是笑，把学生帽盖拉了一下，不知是想掩饰他的喜悦，还是下意识的一个动作。

8月20日下午二时，中国同盟会成立大会在东京赤坂区一处民宅的二楼召开，一百余人到会，新增会员三十八人。

大会首先由黄兴宣读起草的同盟会章程，并主持讨论，经稍加修改，予以通过。章程共三十条，其中规定：本会设总理一名，由全体会员投票选举，四年更选一次。总部设执行、评议、司法三部，大致相当于西方的行政、立法、司法三权分立制度。其中执行部设庶务、内务、外务、书记、会计、调查六科。总理、评议部、司法部人员由选举产生，执行部人员由总理指定。总部之下，在国内外分设九个支部：国内设东、西、南、北、中五个支部，国外设南洋、欧洲、美洲、檀香山四个支部。并在各省区成立分会。

按照章程，总理应由到会会员投票选举产生。黄兴考虑到与会的多数人员是与他相熟并支持他的，为了避免节外生枝，提议加以变通，不必再投票，他推举孙中山担任总理一职。众人看到这个情况，就也都表示赞成。

接着，根据章程，孙中山指定黄兴担任执行部庶务。庶务相当于协理，总理不在时，由其全权主持事务。因此，黄兴的地位仅在孙中山之下。

孙中山又指定了执行部其他人选，马君武、陈天华为书记，朱炳麟为内务，程家柽为外务，刘维焘为会计，谷思慎为调查。

经过选举，由汪精卫等二十多人任评议员，汪精卫为议长，朱大符为书记。

经过选举，由邓家彦等八人负责司法部，邓家彦为判事长，张继、何天瀚为判事，宋教仁为检事。

一些活跃的革命志士如刘道一、曹亚伯及胡汉民的堂弟胡毅生等人，都忝列在评议部或司法部职员里，担任不同的职务。

会上，黄兴提议，由于负责《二十世纪之支那》杂志的同人多数已加入同盟会，今后可将刊物改为同盟会的会刊。众人鼓掌赞成。

待掌声稍息，宋教仁大声说："我建议，最好有个转交和接收仪式，以示郑重。"

黄兴也大声说："这个建议很好，过几天我们就办理交接。"

众人又是欢呼。

黄兴看着这场面，兴奋地说："我听说1901年中国留学生会馆成立后，吴禄贞说，'这可与美国费城独立厅差不多'，我看今天这场面更是如此。可惜他在国内，没赶上。不过，他正在训练新军，那必将是我们的革命力量。"

孙中山握住黄兴的手说："克强，你说得对。我想，我们迟早会真正拥有那么一个独立厅的。"

会议流程到此就走完了，会员们相互交流，场面融洽。

同盟会成立大会取得圆满成功。

本次正式成立的中国同盟会，以华兴会与兴中会两大团体为主导，同时包括了大大小小多个团体。光复会主要负责人蔡元培、陶成章虽然都不在日本，章太炎还在狱中，暂时只有极少数会员加入，但上海总部方面对同盟会的成立，也是表示支持的。

同盟会章程中，还明确提出了，未来要建立的国家为：中华民国。

同盟会成立后，确定了开展活动的主要内容：发展会员，扩大组织；办好会刊，做好舆论宣传；组建武装，发动起义。

除了甘肃因未派出留日学生，无人参会之外，其余各行省都有学生加入同盟会。召开成立大会时尚在国内的一些志士，也陆续来到日本。如秋瑾，在同盟会成立半个月后来到日本，自费就读于青山实践女校，由黄兴主盟，张继做介绍人，在黄兴寓所加入同盟会，并成为浙江省主盟人。廖仲恺夫妇、胡汉民夫妇同租在一处，同盟会成立时都回了国，听到消息后马上赶回了日本，两对夫妇都加入了同盟会。各省的分会也陆续在东京成立，一些会员还按本部计划，开始回国组建分会。黄兴又给禹之谟去信，让他在湖南建立分会，并安排正在东京东亚铁道学校学习铁路管理与爆破技术的湖南浏阳籍留日学生、同盟会会员焦达峰，注意保持与湖南会党的联络工作。

《二十世纪之支那》杂志，于8月27日由黄兴向宋教仁正式办理了接收手续。杂志的原口号是"爱国主义"，宗旨是"提倡国民精神，输入文明学说"。黄兴打算在刊物内容上适当做些调整，以适应同盟会的需要，发挥更大作用。可是，就在这天，由于26日出版的第二期刊登了一篇《日本政客之经营中国谈》，对日本的侵华政策进行了抨击，杂志被日本政府没收销毁，杂志社被查封。为了避免干涉，黄兴决定将杂志改为报纸，更名为《民报》，继续出版发行，11月份出创刊号。孙中山在创刊词中，第一次提出了"民族、民权、民生"，即"三民主义"的诉求。

然后，黄兴决定回国进行联络，为反清武装起义做准备。

关于在国内开展武装起义的地点选择，黄兴主张在长江中下游一带，孙中山则主张从两广边地开始。

孙中山也面带微笑，笃定地说："克强啊，你只说到了在长江流域有利的方面，还有不利的方面没有说。你想，内地交通不便，路上关卡重重，起事的武器、物资如何运送？而两广沿海地区运输便捷，民风强悍，会党众多，民间的反清情绪也一直比较强烈，又可进可退，因此不如从两广边地着手，如果先拿下这里，建立文明政府，天下事就好办了。"

"好吧，就依先生的。"两人又讨论了一阵，黄兴还是点了头。

黄兴虽然仍有想法，但觉得孙中山既是总理，说的也不无道理，便同意了其主张。

第十三章
这个秋冬不平静

在中国东北土地上爆发于1904年2月8日的日俄战争，于1905年8月以日本战胜俄国而结束。双方于1905年9月5日正式签订《朴次茅斯和约》，俄国将攫取的中国东北权益大部分转让给日本。

清朝在中日甲午战争中的失败，日本在日俄战争中的节节胜利，震动了清朝廷，也使中国人感到吃惊：小小的日本国不仅战胜了"天朝上国"大清，竟然还战胜了列强之一的俄国，凭的是什么？

清朝廷和有识之士经对日本和俄国的国体进行分析，得出一个结论，认为日本是胜在君主立宪，而俄国是败于封建专制，中国要想强大，只有改变封建专制制度。于是，关于立宪的议论很快遍及全国，朝野上下要求实行立宪的呼声也越来越高，除了资产阶级改良派，很多汉族官员及少数有见识的清族裔也参与了推动。

外有列强窥伺，内有革命风潮。迫于内外交困的巨大压力，清廷于1905年开始鼓吹"预备立宪"，并决定派出载泽、戴鸿慈、徐世昌、端方、绍英五大臣出洋考察宪政，然后制定改制规章，九至十二年后施行。

全国上下，有人信以为真，欢欣鼓舞，感到中国有希望了；有人不以为然，嗤之以鼻，认为这只不过是清朝廷为缓解政治危机的一个花招，"九至十二年"就有点可笑。

正是因为后一种态度，引发了暗杀五大臣事件。

这事与华兴会骨干杨笃生、光复会骨干吴樾等有直接关系。

当初在军国民教育会就与黄兴等一起组建暗杀团的杨笃生，认为对待清政府，是"非隆隆炸弹，不足以惊其入梦之游魂；非霍霍刀光，不足以刮其沁心之铜臭",近几年把精力主要放在暗杀上,一直图谋刺杀慈禧太后及清廷重臣。先是和周来苏、苏鹏从日本携带炸弹回国,潜往北京,蹲守约两个月,没有找到对慈禧下手的机会,而盘缠已难以为继,便饿着肚子撤回了上海。接着在管学大臣张百熙的帮助下,杨笃生在北京出任了译学馆教员,以此为掩护,联络安徽籍光复会会员吴樾等人,组织北方暗杀团,自任团长,吴樾任支部长。其间,他们曾与南京暗杀团的万福华、吴旸谷等人合谋,打算在南京暗杀清军机大臣铁良。吴樾曾给杨笃生分析说,慈禧深处内宫,奕劻深居简出,暗杀不易得手,唯有铁良,掌握兵权,又经常外出,防范也较松懈,因此可将其作为主要暗杀对象。杨笃生认为有道理。

杨笃生还曾教吴樾使用炸弹。

杨笃生先是问吴樾准备用什么暗杀工具,吴樾便把新买的一把日产小型手枪拿了出来。杨笃生接过手枪,把玩了一会儿,笑道:"这种东洋货,杀伤力太小了,打狗都不行,何况是杀人?我有个厉害的家伙,比这可要强百倍,我已带来了。"吴樾半信半疑。杨笃生便让手下关了门窗,随即从一个袋子中取出一坨大纸包,慢慢打开,只见里面是一个椭圆形铜质圆罐,长约五寸,直径约三寸,四周都是密封的,看起来就像罐头食品的样子。吴樾等人很好奇,不知这是何物。杨笃生小声说:"这就是我亲手制造的炸弹,咱们可以找地方试试。"于是他们带着炸弹出了城,来到野外一处谷地,杨笃生让大家隐蔽好,将炸弹塞在几块大石头之下,然后点燃引线,迅速跑开,只听"轰"的一声巨响,有如炸雷,又听得噼里啪啦的石块落地声。几人等声音停止,跑出来一看,发现放置炸弹的地方,大石块已经粉碎不全,地上还炸出一个两人合围那么大的坑。吴樾惊喜道:"好家伙,果然厉害!"当即要担当暗杀铁良的任务。

遗憾的是,那次行动未予实施便中止了。两江总督李兴锐之孙李茂桢与章士钊熟,得悉此事后,说在南京地面做这事,对他爷爷不利,而且事情发生后,清政府必然对当地进行严查,对当地的革命活动也不利,不如暂且搁置。几人这才放弃了。

但杨笃生和吴樾等人仍以暗杀为己任。

现在听说五大臣要出洋考察,杨笃生、吴樾等人觉得机会又来了。

杨笃生来到保定,担忧地对吴樾说:"清廷那帮混账东西,假装预备立宪,派五大臣出洋考察,其实是愚弄百姓,这样一来,中国恐怕永无再见天日的机会了。"

吴樾当即提出，不如趁此机会暗杀五大臣。大家一致赞同。

吴樾仍然要承担这次具体实施暗杀的任务。他把1904年冬万福华在上海刺杀王之春和1905年2月科学补习所成员王汉在河南暗杀铁良殉难当作对自己的勉励。

但杨笃生却不同意。他觉得自己制造的炸弹不是电动开关，实行者要当场引燃，十之八九会殉难，他不忍心让吴樾去实施。他认为自己作为北方暗杀团团长，应当由他去执行任务。吴樾却坚持要自己去，并建议杨笃生设法打入五大臣内部，以便里应外合。因东北是日俄战争地，比较容易找到军火物资，大家经过商议，为安全起见，决定先派成员金猷澍到奉天去看看，能否购买到有电动开关的炸弹。结果一无所获。

而五大臣的行期提前了。暗杀团没有时间再多做准备。

1905年9月24日早上八时，清政府辅国公载泽、兵部侍郎徐世昌、户部侍郎戴鸿慈、湖南巡抚端方、商部右丞绍英，带着数十名随从正式出发赴海外考察。

杨笃生已在事前谋得了载泽随员一职，得以与考察团同行。

吴樾前一天从杨笃生处得知了五大臣的出发日期，心想如果不行动，时机就错过了。当晚，吴樾与成员张榕在安徽会馆设宴招待各方友人，算是诀别。席间慷慨悲歌，令人动容。友人有所不解，他只是说近日可能会有所行动。宴后，他写了一封绝笔信，压于枕下，声明自己所为与他人无关。

考察团的专车一共有五节车厢，前面两节是随员乘坐，第三节是五大臣的花车，第四节是仆役乘坐，最后一节装物品。吴樾乔装成随从，怀揣杨笃生制造的炸弹，从容步入北京正阳门车站站台，混在人群中，上了车，走到第三、四节车厢连接处，准备实施计划。不料机车与车厢挂钩时，车身震动厉害，"哐——当"，触发了炸弹，"轰"的一声巨响，吴樾当场遇难，五大臣中仅载泽、绍英受轻伤。

发生了这么严重的事，考察团停止了出发。

11月底，在湖南东躲西藏的黄一欧，在牧师黄吉亭等人帮助下，随湘潭人黄积成来到日本。这时，他刚满十三岁。

到达东京时，黄兴却刚好离开日本，去了香港。

他们按照之前黄兴告知的地址，找到神乐坂租住处，只见屋门紧闭，屋内静悄悄的，反复敲门也不见回应。邻居探出头来，哇啦哇啦说了几句，他们听不懂，就仍然站在门口。过了一阵，邻居出门来，看他们还不走，比画着又哇啦哇啦说了一通，他们才明白，住在这屋里的人回国了。黄兴是为革命活动回国的，刘揆一是为家事。原来，刘揆一因为父亲被他牵连，去年进了监狱，经弟弟后来回去活动，判得轻，于最近出狱，他因此回了湘潭。

他们只得去找留学生会馆，在那里见到了湖南分会干事章士钊。

章士钊上次在上海出狱后就来了日本，进了东京正则学校学习英语。回顾过去，他觉得自己没有多大本事，反而连累了朋友，于心有愧，一直不安，就不再随便参加活动，而是一心扑在了求学上，想以求学救国。同盟会成立时，他坚决不加入，并决定此后不再加入任何政党。

章士钊在长沙时见过黄一欧，初见时，黄一欧才十一岁，转眼已两年多过去。他摸着黄一欧的头说："伢仔，长高了不少哦。"

黄一欧咧着嘴笑，然而很快，心里又不是滋味。来日本途中，他脑子里一路都在勾画着与父亲见面的情景，谁知父亲却已不在日本。这异国他乡的，他可从来没出过这么远的门。他心里反复想，天底下好宽好宽，哪方是哪里都搞不清，此刻，父亲到底在哪片云下面呢？问章叔叔，章叔叔此时也说不出个所以然。

章士钊突然一本正经地说："一欧啊，这可是外国了呢。你怕不怕被卖掉？你现在找爸找不到，到时候你爸找你找不到。"

黄一欧一愣，然后狡黠地看了看章士钊，肯定地说："章叔叔不会卖我。"

"哈哈哈……"章士钊笑道，"这说明你章叔叔还是信得过的嘛。放心吧，伢仔，你爸不在日本，有我们在，你就丢不了。"

章士钊又叫来了宋教仁，两人商议黄一欧具体怎么安排。宋教仁说："民报社可以住。"

于是黄一欧便住到了民报社，同宋教仁在一块儿。

黄积成见黄一欧有了可靠的托付，便告辞，去办自己的事了。

但宋教仁有时要离开报社去外地，晚上也不一定回来，尽管报社有其他人，黄一欧还是有些孤单。

章士钊了解到这一情况后，就把黄一欧接到了他的住处。

章士钊去学校了，黄一欧就自己待在他租住的房子里，一天除了看看书，练习一下黄兴教他的武术基本功，就常常托着下巴坐在窗户边，看大风吹着外面的几棵银杏树，有时刮起一把金黄的树叶，在空中转圈圈，转啊转，转啊转，转到远处去了。偶尔有鸟叫，刮风时叫得急切些，安静时叫得悠闲些。

黄一欧不由想起了家乡。这样的情景，在家乡也是可以看到的，家乡的甚至更有意思。然而，却好像很难回去了。

暗杀五大臣的那颗炸弹激起的风波平息不久，在日本，同盟会失去了一名举足轻重的骨干成员——陈天华。

1905年12月8日下午，中国留日学生总会干事长杨度在留学生会馆收到陈天华寄来的一封信，他打开一看，登时愣住了，信件的抬头，"绝命辞"三个字赫然入目。

"呜呼我同胞！其亦知今日之中国乎？今日之中国，主权失矣，利权去矣……"

语调悲怆，痛彻肺腑。

《绝命辞》洋洋三千多字。看完信，杨度长叹一声，默然不语。旁边的人不知是怎么回事，杨度仍一言不发，只是把信递了过去。

此时，陈天华已经躺在东京大森海湾冰冷的海水里，结束了三十岁的年轻生命。

这事不得不从日本政府于11月2日颁布的一份文件说起，即《关于清国人入学之公私立学校之规程》——根据文中的关键词"取缔"，又称《清国留学生取缔规则》。

日俄战争后，日本为了让清政府尽快按照日俄和约把东北的土地、路权、矿权等转让给日本，应清政府要求，决定对中国留日学生的政治活动进行限制，因此出台了这份规则。规则的第一条就对中国留日学生在入学、转学、退学、住宿等方面进行了严格的规定，使学生的自由选择权丧失殆尽，而学校拥有绝对的权力斥退学生，取消他们的留学资格。

日本政府的这一行为，既是与清政府勾结的结果，也有出于管理、规范中国留日学生秩序的目的，即"管理学制，完善教育"。此时涌入日本的公、私费中国留学生已达近万人，其中有大约三分之一为私费，想进理想的学校很难，游离于管制边缘。日本的一些野鸡学校乘势而起，从中牟利，但管理松散，学制混乱，大多是短期速成班，教学质量没有保证，引起社会各界的严厉指责。而且这些学生中鱼龙混杂，不乏游手好闲，进入酒楼妓馆之徒，也给中国留学生形象带来了负面影响。

这一规则的颁布，引起了中国留日学生的强烈不满，在东京掀起了一场轰轰烈烈的反抗活动。

这份规制中的关键词"取缔"，在日语中是管理、管束之意——比如日语中的"取缔役"，指的是公司的董事，而用汉语直接译为"取缔"后，含义就有很大差别。这也是激起部分有误解的留学生愤怒的一个原因。

同盟会在孙中山的指示下，在引领本次留学生运动中发挥了重要作用。秋瑾、宋教仁、胡汉民、汪精卫等是重要骨干，他们号召中国留日学生罢课，全部回国，以示反抗。

但也有一些留学生，比如以周树人和许寿裳等为代表，不赞同全部回国，认为可以不必回国。

中国留日学生总会则于11月27日通过决议，决定采取比较折中的方案，由干事长杨度、副干事长范源濂、庶务干事张继、学务干事蒋百里、书记干事林长民和刘思复、调查干事吴玉章和邓家彦，以及各省分会干事长康宝忠、张耀曾、章士钊等联名，向清政府新任驻日公使杨枢上书，阐明理由，要求取消《取缔规则》中的第九条和第十条，既不赞成全部取消，也不赞成留日学生罢课和回国。但遭到集会的学生反对。

对于本次事件，陈天华起初保持了冷静，认为日本的行为虽然有剥夺中国留学生自由、侵犯中国主权之恶，但对本国教育秩序进行规范，却是无可指责的，从《规程》内容来看也是符合实情的。因此，他还拒绝了写文章来支持学生运动。

但随着运动的高涨，陈天华也被深深感染了，觉得虽然有些学生因自身问题授人口实，让人痛心，但各校学生在此关键时刻还算齐心，这种爱国热情和反抗精神，让人感动，给人鼓舞。

而就在运动不断掀起高潮时，孙中山考虑到如果留学生真的回了国，其中的革命者很可能被清政府一网打尽，于是让胡汉民、汪精卫等组织了一个"留日维持同志会"，让他们规劝学生不要回国，改为隐忍的态度，继续留在日本。

留学生中，主张回国的和不回国的两派本来已经起了冲突，如今要让坚持回国的一方改变态度，他们一时难以接受，场面更加混乱了。秋瑾感到十分愤怒，与胡瑛等人带头组织了一个"联合会"，与妥协派针锋相对。留日学生会馆本来是负责协调工作的，但干事长杨度一看场面难以收拾，不想再出面，把事务推给了干事曾鲲化。

敏感的陈天华见局面到了如此地步，沉痛不已。

中国留学生的这种状况，让日本报纸幸灾乐祸，称他们为"乌合之众"，予以嘲讽。12月7日的《朝日新闻》甚至说中国留学生是"放纵卑劣"的一群人，挖苦中国人没有团结力。陈天华看了这张报纸后，连夜椎心泣血写了一封《绝命辞》，第二天一早寄给了留日学生总会干事长杨度，然后便径直去了大森海湾，从海边一步步走向海水深处，直到冰冷的海水没过头顶。

陈天华在《绝命辞》中先肯定了留学生以爱国为念，让他看到一线希望，接着指出了某些留日学生的种种不足，如学业无成、私德先坏、一哄而起等，正因如此，才授人口实。对中国革命也谈了自己的看法，反对空谈救国，认为那还不如从容就死更有效，也不赞成借用会党和外部资助，认为革命要从中等社会开始，再逐渐普及到下等社会，应从长计议，等等。并说自己能力有限，也很难有什么大作为，能做的只有两条，一是以笔墨警醒世人，二是在有需要时以身赴死。然后请大家不要误会他投海的原因，以为他是为取缔规则一事而死，从而进一步采取其他行动。他死后，围绕取缔规则的问题可了则了，不要固执，并希望大家坚忍奉公，力学爱国。最后对留日学生总会干事长的辞职、推诿行为进行了批评，指出在此重要关头，怎么能引身而退呢？

陈天华之死，带给留日学生界极大的悲痛和警醒，很多学生每读他的《绝命辞》便忍不住悲怆泪下。

12月9日，留学生们公推秋瑾为召集人，在锦辉馆为陈天华举行追悼会。其间，秋瑾在台上讲完话后，从靴筒里"唰"地抽出一把日本刀来，插在讲台上，大声说："我今天把话撂这儿：若有谁愿意投降清廷，卖友求荣，吃我一刀！"紧接着又说："像汪精卫、胡汉民之流，就是叛徒，如果再执迷不悟，也吃我一刀！"

随后秋瑾又直斥一些人的表现让她失望，表示以后不再与留学生共事。

杨度也在留学生的一片"揍他！揍他！"之声中躲进一家旅馆。

留学生会馆经过商议，决定安排将陈天华的灵柩运送回国。

秋瑾不久就和运动代表之一易本羲等愤然带头回国，先后有四千余名留学生退学，分批回国。继续留在日本的各校学生复课。

本次事件才算完结。

但一连数日，都陆续有留学生来到大森海湾，冒着风寒，听着海浪，默默凭吊。

12月11日，清廷考察团在做足了安全措施的情况下，再次出发。

兵部侍郎徐世昌因为兼任着巡警部尚书，要负责安全，走不了，绍英受伤未愈，也走不了，这两人换成了山东布政使尚其亨和顺天府丞李盛铎。他们分成两路，载泽一路带了五十四名随从，戴鸿慈一路带了四十八名随从，颇为壮观。

卧底的杨笃生没有被怀疑，仍然得以随同载泽一路前往。

考察团到达东京后，杨笃生本想尽快见到黄兴，却没见上，就去见了宋教仁、张继等人。说到陈天华，想起之前相处的点点滴滴，杨笃生不由涕泪恸哭，悲痛不已。说起吴樾殉难一事，又是黯然神伤，说："我真不该告诉他出发日期。"又拿出他秘密带着的吴樾的遗著《暗杀时代》，给大家看。

众人一面好言抚慰，一面感伤不已。

杨笃生随后毅然辞去了随从职务。由于黄兴不在，同盟会本部缺人手，宋教仁便让杨笃生留在日本，暂时协助打理一些事务。

第十四章
广西之行

同盟会成立后，黄兴尊重孙中山的意见，把发动武装起义的重点由长江中下游一带改为两广边地，并按照这一策略作了新的部署，重要骨干也开始分头行动。

但同盟会就那点会员，经费也非常有限，要在短期内组建正规军是不可能的事。为此，黄兴决定亲自出马，去一趟广西，联络和运动革命力量。

李鸿章的侄子李经羲于1904年从贵州调任广西巡抚后，为了编练新军，搜罗了一批军事人才。李经羲先是把认识的郭人漳从江西调了过来，接着又把蔡锷、雷飙、林虎、钮永建等人调入，都在军务职位上。

其中有几人是湖南的，另外的也大都是留学过日本的，总之多半是黄兴能搭上关系的。

郭人漳任桂林巡防营统领，蔡锷任随营学堂总办，曾广轼任警察学堂总办，雷飙则是蔡锷在湖南供职时的学生，随蔡锷来广西的。蔡锷于1904年从日本陆军士官学校毕业归国后，先后担任过江西随军学堂监督、湖南教练处帮办等职，因为思想激进，热心革命，任期都不得长久，于是决定先不声张，用心军务，以待时机。曾广轼是湖南新化人，与蔡锷在日本时是同学，交情很深，是互换过兰谱的结义兄弟。林虎是广西人，为郭人漳部属。钮永建在日本时曾担任过拒俄义勇队分队长。

黄兴此行的目的主要是深入广西新军，希望能有所作为。至于两广的会党，孙中山已派人联络。

他先是到达香港。在此之前，冯自由已带着一名叫李自重的会员来香港，与陈少白一起负责组建同盟会分会，并主持《中国日报》。黄兴在冯自由处逗留了几天。

冯自由一听黄兴要"千里走单骑"去广西,心里不由为他捏了一把汗,说:"克强兄,你可是通缉令上的头号钦犯啊,时间虽然已过去一年,但赏金可是五千元,你去年逃走时是剃光了胡子的,现在你这胡子一长,和通缉令上的相貌又极为相似,而且你如今又是同盟会的二号领袖,风险更是增加一重。"

黄兴笑道:"不入虎穴,焉得虎子。"

"话虽如此说,但还是小心为好。"

"我不是没想到这事,但广西现在有那么多朋友在,又多是掌握军队、警察的,就算不帮我,也总不会把我往清衙门送吧?"

"倘若遇到劣绅、混子,往官府告发呢?"冯自由还是不放心,"俗话说'不怕一万就怕万一',我看你一定要去的话,还是想个法子。"

"兄弟说得是。我已打算再剃掉胡子,化装成药材商,不知可行否?"

冯自由偏着脑袋把黄兴打量了一番,说:"那总比不化装好。但我觉得,那样与原先体貌相比差别还不够大。"

"那你有何妙策?不妨说说。"

冯自由眨巴了几下眼睛,忍不住笑起来。

"哦?别卖关子了,说吧。"

"相比而言,我的办法应该算最好,只怕你不愿意。"冯自由忍住笑,"《水浒传》里的武松,在十字坡不是也让孙二娘打扮过吗?鲁达也是接受了赵员外的建议,才成了花和尚。我和孙二娘、赵员外的办法差不多。"说到这里又忍不住笑起来。

黄兴也忍不住笑了:"明白了,办法确实不错,那有什么不愿意的?"

冯自由却不笑了:"我看你这粗壮的身体,憨实的相貌,把头发一剃,胡子一刮,僧衣一披,佛珠一挂,不就活脱脱一个赛罗汉吗?"

黄兴说:"好,就这么办。"

黄兴离开香港的前一天,就按冯自由说的办法,换装成了一名和尚,并取了一个化名:张守正。当他对着冯自由双手合十,道了声"阿弥陀佛"时,冯自由一看他这副模样,松了一口气,说:"这哪里还像原先的头号钦犯?张大师,你就放心大胆地去云游吧!"

黄兴从香港乘船到达广西北海,登岸后,往桂林方向,有时步行,有时租轿,有时坐船,一路观察地形,了解民情,向北而行。

数日后的一个午后,黄兴到了桂林巡防营门口,念过"阿弥陀佛",递了名帖,说要拜会统领郭人漳。

那把门的士兵接过名帖看了看,又看着黄兴。他还从来没遇到过当和尚的来拜见自己的头儿,不由一脸狐疑。

"小军爷,我和你们郭大人是一起玩泥巴、掏鸟蛋长大的。你只管告诉他,他自会见我的。"

那士兵只得拿着名帖去向郭人漳报告。

郭人漳刚睡好午觉起来,穿着双排扣军大衣在喝茶。昨天是下雨,今天虽然没下,但太阳还躲着,天气有点冷,茶水热气腾腾的。

听了士兵的报告,又看了名帖,郭人漳心里犯嘀咕:我哪来什么叫张守正的朋友呢?而且还是个和尚,而且还一起玩过泥巴、掏过鸟蛋?

但郭人漳嘀咕归嘀咕,心里却明白:这人一定有来头。所以略为诧异后,便不动声色,让卫兵去把人带进来。

当黄兴站在郭人漳面前时,郭人漳愣了愣,倒吸了一口凉气,立马站了起来,迎了上去。

不是郭人漳不喜欢黄兴这个人——他其实是很佩服黄兴的,而是他知道黄兴是来干什么的。在上海时,他莫名其妙和黄兴他们一起进了监狱,当黄兴冒充他的随从得以与他一起提前出狱时,竟然告诉他创建了华兴会,要发动起义推翻清廷,希望他也加入,他那次可是去江西赴任的,只好让黄兴快走,免得双方扯不清。要知道,他此前在山西道台任上没做多久,就因为贪污被革职,好不容易重新获得任用,竟碰上了黄兴这伙革命党,那还了得。也并不是他郭人漳死心塌地要为清廷卖命,清廷这些年来的情况,他又不是没看到,但他毕竟是将门之后,而且清廷目前虽然危机重重,可政权也还稳固,革命党那些乌合之众,一时能成事吗?如果成不了气候,一旦被镇压,那可是要掉脑袋和株连族亲的。所以,不如敬而远之。

可现在,黄兴找上门来了,一副和尚打扮站在他面前。

郭人漳心里很纠结,但表面仍然不失热情,握住黄兴的手笑道:"克强兄,怎么是你?你什么时候看破红尘遁入空门了?"

"兄弟见笑了。"黄兴呵呵一笑,"别的且不说,如果不是这样,你肯见我吗？"

"哎，你这话就太见外了，咱们谁跟谁呢？我想请你来都只怕你不肯赏光啊。"郭人漳一副很不认同的表情，"啊，我们怎么还站着？快坐快坐。"又吩咐了重新上茶，并问黄兴是否吃过中饭，黄兴说吃过了。

两人喝着茶，谈的都是些家乡事、留学事，以及近年情况，都与革命无关。但两人心里都明白，这些固然也是话题，如今却不过只是游移的话语，最重要的话题还隐藏着没有点破，而迟早又会点破。

"克强兄，我待会儿还要去一个地方观操。你风尘仆仆远道而来，我看不妨先好好休息一下，回头我们再好好聊。"郭人漳最后说。

黄兴点头道："兄弟还有公务，那就千万别耽误了。我这回来广西，游览美景，了解风物，也不只是三两天的事，我们有的是时间畅谈。"

郭人漳便派了一名叫李勇的勤务兵，给黄兴安排住处，并负责今后黄兴的起居事务。然后，带了两名卫兵走了。

李勇帮黄兴提着行李，带黄兴来到军营宿舍，走到一间房外，从窗户探头往里面看看，又走到另一间房外，放下行李，用钥匙打开了房门。这是一个单间，条件虽然不算很好，却也样样齐全。

李勇将房中设施和用品一一指点给黄兴，又介绍了一些日常事宜，然后说："张大师，请自便，我每天会来看大师的，你有何需要只管吩咐在下，在下在勤务处，你可以随时叫我的。"

黄兴平和地说："多谢兄弟，这已很好，如有不明白的地方，再叨扰兄弟。"

李勇便自回勤务处去了。

黄兴洗去风尘，躺在床上，翻来覆去地想：郭人漳作为巡防营统领，广西新军主要就掌在他手里，他愿不愿意反正，关系重大。郭人漳上次没有出卖自己，表明他还保持着做人的底线，目前虽无明显革命倾向，但动员得当，假以时日，还是有投身革命的希望的。

黄兴又想到安全问题。他还是觉得，不管事情是否能成，郭人漳应该不会害他的。

郭人漳出身缙绅，是个很讲面子的人。黄兴就明确地告诉郭人漳，他本次来广西，这里是第一站。郭人漳知道黄兴跟蔡锷、钮永建等人的关系，因此对黄兴首先来他这里感到高兴，即使面临的事情有点棘手。

郭人漳对黄兴的招待还算周到，也带他去游了桂林的风景名胜，吃了桂林的地方美味。此时的桂林与明朝时一样，仍然是广西首府，不仅有美丽风光，也有丰富的民俗人文，如果不是处于国事不堪年代，倒是非常适合游览居住的所在。但黄兴既然是抱着明确的目的而来，住进了郭人漳的军营，自然免不了对郭人漳挑明了讲新军反正的事。

郭人漳早有思想准备，一点儿也不吃惊，但并不明确答应，只是说可以考虑，一俟时机成熟又再说，既给人虚与委蛇之感，又给人很大希望。

黄兴也不急，打算一边继续给郭人漳灌输革命思想，一边利用与军营的官兵接触的机会，宣传革命，同时观察桂林及周边地形。

这样过了几天，黄兴发现，他外出时，常有一个当地普通百姓装束的人，或在巷口，或在路边，假装无意地留意他。

这到底是哪一路的人？

黄兴想过是郭人漳所派，但很快就否定了。郭人漳想要害他的话，根本用不着那样费神，在军营中也好，在外面也好，都好办得很，何必安排人这样反复盯梢？那么是官府的？按说他这样一身装扮，根本就很难与原先通缉的首犯联系起来，除非郭人漳告密。

想到这里，他寻思过是否瞅个机会把那人逮住，一问就明白了，但为了慎重起见，他决定换个方案，就是马上去见蔡锷。本来，他也打算在郭人漳处待几天，就去见蔡锷的。

这天早上，下着小雨，到处雾蒙蒙的，天也冷。黄兴从军营后门出来，拐个弯，在街边打了个轿子，很快就消失在淅淅沥沥的小雨中。

半个多时辰后，黄兴出现在广西随营学堂总办蔡锷的面前。

因为蔡锷很可靠，黄兴启程赴广西前就先给他去过一封信。蔡锷对黄兴的到来并不意外，只是对他的一身打扮感到吃惊，不过马上就明白了他的用意。

由于蔡锷才到广西不久，又是负责学堂的事务，手里能运动的人员还不多。但蔡锷在长江中下游省份军界的名气正越来越大，在日本时他和张孝准、蒋百里就被称为"中国士官三杰"，回国后每当在教习任上，年轻英俊的他，脚穿军靴，腰挎军刀，扬鞭跃马，威风凛凛，对军事技能十分娴熟，讲解精辟，要求严格，又能友好待人，深受官兵敬佩，被赞誉为"人中吕布，马中赤兔"。黄兴相信，假以时日，他必成大器，手握重兵。对他这一支，他是放心的，不到重要关头，也不能让他轻易暴露。

老友相见，分外高兴，畅叙别情，谈论时事，自不必说。

黄兴正准备对蔡锷说那可疑之人时，这时蔡锷的一个亲随走了进来，正要向蔡锷说什么，看到黄兴在座，颇为吃惊，看看黄兴又看看蔡锷。

黄兴一看，这不就是那个盯梢他的人吗？原来他是蔡锷这里的。

蔡锷不解道："你们？……"

黄兴便说了原委。

蔡锷屏退亲随，哈哈大笑道："克强兄受惊了。我也是为你的安全着急，才派了他出去，随时打探消息。他此前还把不准留意到的人到底是不是你呢，你今天来了倒好，让我也放心了。你想啊，我蔡锷在桂林，你若是在这里出了什么事，别说我如何向天下人交代，首先我如何向自己解释？"

黄兴感激地说："松坡真是有心了。我心里正纳闷，我已经脱胎换骨般成了这副模样了，怎么还是被人盯上了？难道那郭人漳真的要卖了我？"

蔡锷对黄兴安抚了一番，说："老话说'害人之心不可有，防人之心不可无'。小心谨慎点，总是好的。"

原来，蔡锷和郭人漳虽然很熟，郭人漳也敬佩蔡锷，蔡锷来广西还是郭人漳向李经羲推荐的，但两人的性情和为人却大不相同，对事情的看法也颇多分歧，因而交情多半还只停留于表面，内心实有不睦，只因都以乡情为重，双方都愿意平和相待。不过，蔡锷对郭人漳终归是不放心的。黄兴来到郭人漳的军营，虽没有向他通过消息，但岂有他不知道的？他必须对黄兴的安全负责。此前手下向他报告时问他，黄兴怎么是个和尚？他还以为是手下看错了人，现在见了面才明白。

疑问既然解开了，黄兴又回到郭人漳处。其间陆续到各处见了钮永建、雷飙、林虎、曾广轼等人，还发展钮永建等人加入了同盟会，并另外创建了一个秘密组织——兴汉会，由蔡锷手下的"十三太保"之一的梅蔚南任会长。

过了大约一个月，就到了1906年春。没想到同盟会的黎仲实、胡毅生先后带了个法国武官也来到郭人漳的军营，与黄兴相会。

原来，孙中山在法国时，与法国上层有所接触，与前法国驻越南总督韬美，以及某些当政者，往来比较亲密，他们同情中国革命。孙中山前往日本与黄兴组建同盟会后，法国方面派正在天津的驻屯军参谋长布加卑，和孙中山保持联络，并电告驻越南总督在必要时给予接洽，提供支持。

布加卑和孙中山因此在上海会了面。与孙中山同行的有胡毅生、邓慕韩等人。布加卑想要孙中山安排一个人，长驻天津的法国军营，方便联络。胡毅生推荐了廖仲恺。孙中山便调派还在日本的廖仲恺去天津，设立革命机关，又派胡毅生和法国一名武官负责调查四川、云南，同时派乔宜斋和法国武官欧吉乐前往南京、武汉，黎仲实和法国一名武官到两广。

黎仲实等人在桂林与黄兴、郭人漳、蔡锷等会了面，又去见了正在龙州的钮永建等人，然后自去按计划行事。

再说胡毅生等人先到南京，在蔡元培等人介绍下，与赵声相见。赵声曾在华兴会谋划长沙起义时积极支持黄兴，事败后，避过风声，在江苏先后担任过江宁督练公所参谋官、江阴新军教练等职务，后又经人向郭人漳推荐，到了广西，但一时没有合适的职位，就回到南京任新军三十三标二营管带。赵声将营长以上的将官都召集了与胡毅生和法国武官相见，法国武官事后对胡毅生说："想不到贵国新军中有这样的军人，贵国革命的前途一定是充满光明的！"

胡毅生和法国武官、赵声等人随后到达武汉，打算会见刚从日本成城学校回国的孙武。孙武刚加入刘静庵领导的武昌日知会，在协助其创办汉江公学。但适逢孙武外出，没能见到。几人便转道湖南、江西，见了一些人，然后到达广西，也和黄兴、郭人漳等人会了面。

黄兴趁此机会，成立了同盟会桂林分会，郭人漳、蔡锷、赵声、林虎、雷飙、梅蔚南等多人入了会，郭人漳、钮永建、蔡锷成为分会负责人。

不久，胡毅生等人动身去贵州、四川，赵声回了南京。

正在这时，在上海的刘揆一得知黄兴去了广西，还打算策反郭人漳，十分着急，马上致电梅蔚南，让其转交黄兴。电报中说，郭人漳之父郭松林，是清击败太平天国的功臣，郭人漳因此得以荫生显要官职。此人表面英明勇武，其实内在闪烁而畏怯。你难道忘了在上海因万福华行刺王之春而入狱时的事了？当你与郭人漳一起出狱后，你告诉了他内情，他就惊慌地让你快走，生怕受牵连。如此胆小怕事之人，肯放弃他的权位利禄，与我们一起冒着生命危险搞革命？他暂时虽不至于陷害你，但久居危地，也须防备生出其他枝节，希望你早日离开广西，另图良策。

梅蔚南也趁机劝黄兴离开桂林。

黄兴虽然很有耐心，沉得住气，但郭人漳摇摆不定的表现，确实也让他感到要在这里等待一个明确结果是不现实的。家在湘潭的刘揆一对同为湘潭人的郭人漳，了解得应该比他黄兴更多。于是决定接受刘揆一的意见，离开广西，前往越南。因为那边有革命机关，越南华侨普遍同情国内的革命，他想借此次机会去越南了解一下情况，为支援广西起义做准备。

正在这时，郭人漳营署来了一位特殊的客人：国画家齐白石。

此时的齐白石，正周游全国，领略各处山川风物，这段时间随王闿运赴江西，游了庐山、南昌等地。齐白石、王闿运、郭人漳同为湘潭人，彼此很熟。郭人漳得知他们正在江西，便邀请来广西游赏，王闿运年已七十三岁，行动不便，并非为游览外出，齐白石就独自随客商从江西往岭南而来，经广东到了广西。

齐白石四十出头，比黄兴年长十来岁，蓄着长须，着一袭青布长衫，一副仙风道骨模样。

齐白石也没有想到，在郭人漳这里能见到个气度非凡的"僧人"。

黄兴与齐白石颇为投缘，但因为黄兴已经打定主意尽快离开桂林，有些事务要抓紧处理，也就没有太多时间与齐白石交往。

齐白石有时住在郭人漳处，有时住在蔡锷处，因为蔡锷请他去教随营学堂的学生绘画。

齐白石是卖画为生，所以郭人漳和蔡锷都给他介绍生意，不时有当地官员和文人雅士前来找齐白石买画。黄兴看齐白石给一名文士画了一幅写意墨梅图，题曰："原为傲寒生，春来亦精神。"又画了一幅写意墨虾，题曰："咫尺天涯，心游八极。"觉得颇有意趣。他也想收藏齐白石的作品，一则为一面之缘，二则看齐白石的笔法和境界，他日必将更负盛名，作品也就会大为升值。

黄兴将二十银圆交给蔡锷作为润笔费，托蔡锷转告齐白石帮忙画一组四条屏，便忙事去了。

黄兴回头取了那画好的四条屏，向齐白石道了谢，又向蔡锷道了别，便离开桂林，往南而去。

黄兴走后，齐白石与蔡锷、郭人漳闲坐时，提起这个"张和尚"，颇多赞誉，说谈吐和气概都非常人可比。蔡锷笑而不语，郭人漳本该更为忌讳，却为了显摆他的交际之广，也因齐白石是他乡党，不会坏他事，便直告齐白石说："他哪是什么'张和尚'，他就是黄轸——现名黄兴，黄克强。"

"善化县的那个黄轸？要发动长沙起义的那个黄轸？被悬五千元赏金的那个黄轸？"齐白石一脸惊愕，然后又坦然一笑，颇感自豪，"怪不得，我就说嘛。我这眼光还不算差吧？咱们三湘子弟就该是这样的英雄！"

郭人漳这下却不好说什么了。齐白石却继续说："早知是他，我可要多送两幅画给他，他请我吃碗桂林米粉就行了，不请也没关系。唉，他咋就不悄悄同我说声呢。"一副很遗憾的样子。

黄兴离开桂林，经过梧州，转向西南，到达龙州。

钮永建在龙州任将弁学堂监督，华兴会副会长秦毓鎏也正在龙州，任边防法正学堂监督。黄兴在龙州停下来，与他们密商秋季在桂林举行起义的设想，以及如何联络越南华侨，筹集款项等事宜。

黄兴又让钮永建和秦毓鎏作介绍，让他仍旧以张守正法师的名义去拜访边防督办庄蕴宽。庄蕴宽是江苏常州人，年已半百，擅诗联，工字画，为官做人都还不错，思想也算开明。对黄兴，他是知道的，因为他与湖南原学务处总办张鹤龄为江苏同乡，彼此交好，早已不止一次听张鹤龄说起过黄兴等革命党。

可是，明明约过了的，当黄兴来到庄蕴宽官邸时，接待的人却告诉他，庄大人不在家。但接待的人很热情周到，交谈中，黄兴得知他叫岳宏群，与蔡锷同是湖南宝庆人。聊了一会儿，两人都觉意气相投。黄兴有些重要的话，是要对庄蕴宽说的，如今见不上人，他就加以变通，对岳宏群说了，料想他事后也会说给庄蕴宽听的。

临了，岳宏群也不是将黄兴打发了事，而是代表庄蕴宽以赞助留学为名，客气又真诚地封赠了黄兴一笔厚款，并派兵一直把他送出镇南关，往南就是越南了。

黄兴也明白了庄蕴宽的心思：在目前这样的时期，稳重细心的庄蕴宽，由于其特殊身份，不管是否支持革命，都不便露面。但他也不想让黄兴吃闭门羹，便安排了亲信岳宏群接待他。

1906年5月12日，黄兴到达越南河内，给钮永建、秦毓鎏写了一封信，并附上同盟会会刊《民报》，一起寄往广西。

也就是在河内期间，黄兴获得一个重要信息：因受通缉而消失多时的秦力山，近两年一直在西南边陲及越南和缅甸活动，目前正在缅甸和云南边地联系华侨和会党。

6月，因综合各方考虑，觉得桂林起义条件还不成熟，黄兴决定暂停此项计划，由越南返回香港机关。

冯自由一见黄兴，大喜道："'张大师'，怎么样？一路还顺利吧？"

黄兴笑道："还好，有不顺也有收获，总之不虚此行。"

"那就好。现在你可以现回真身了。"

于是黄兴去掉僧衣，穿回原先的衣服，头上戴了顶帽子，盖住光头。

冯自由又说："这身僧袍就留在这吧，将来万一升值，也好发笔小财。"

黄兴说："那咱们就只有继续努力，让革命升值才行。"

冯自由点头称是。当晚设宴，为黄兴洗尘。

不过两日，孙中山也来到香港。黄兴与孙中山一商量，便同往新加坡等地，组建同盟会分会。

9月初，黄兴从南洋返程，再次回到香港。

适逢武昌日知会的刘静庵派了一名叫吴昆的联络员来香港与黄兴联络，密商在湖北起义。紧接着梅蔚南也从桂林来到香港。黄兴先后与他们会面。梅蔚南告诉黄兴，他离开桂林后，郭人漳经过同盟会同人劝责，已经答应，等黄兴筹集到钱款，他就率军反正。黄兴因一时筹款困难，交代梅蔚南，回去转告郭人漳，静待时机。

黄兴处理好香港事务，然后到上海，与马君武等在四马路创办了广艺书局，作为与各省联络的交通机关。

9月11日，黄兴回到日本东京。

此次广西之行，除了对郭人漳未达到动员目的，黄兴对桂林以及广西多地区的地形考察还是挺有收获的，尤其是同盟会分会发展了八十余名军界会员，为革命播下了种子。

第十五章
风暴前夕

去时寒风呼啸，归时秋风渐起。

时间已快过去一年。

此前一段时间，黄一欧住在章士钊处。可是，1906年春夏之间，章士钊与名媛吴弱男坠入爱河，黄一欧住在那就多有不便，于是彭渊恂将黄一欧接去了他那里住。

这里面还有个小故事。

吴弱男是"清末四公子"之一吴保初的女儿，其祖父吴长庆曾是淮军将领、广东水师提督，家境颇为优裕。1901年，吴弱男十四岁时就赴日本留学，是中国最早留学日本的女学生之一，原打算入读夏田歌子创办的实践女校，由于当时该校对清朝留学生招生名额仅三十名，而且年龄限定在十六至四十岁之间，她只好改入青山女子学校，此后成为女权运动推动者之一。1905年春，吴弱男在日本结识章士钊。同盟会在东京成立后，吴弱男加入了同盟会，章士钊却拒不入会。张继为了让章士钊入会，悄悄让还在上海狱中的章太炎请吴弱男出面劝说章士钊，因为章士钊对吴弱男甚为倾慕。吴弱男受托之后就去做章士钊的工作。但章士钊坚持自己的立场，就是不愿加入，并让吴弱男转告孙中山："爱情与政治不能相结合。"吴弱男事情没办成，却在与章士钊的多次接触中，与章成了情侣。1906年6月29日，章太炎在上海出狱，同盟会总部派人到上海把章太炎接到日本，他也加入了同盟会，并负责主编会刊《民报》。在章太炎等人的见证下，章士钊与吴弱男两人订了婚约，开始同居。

可怜小小的黄一欧，在湖南是东躲西藏，到了日本也是不得安定，来了这么久连父亲的面也见不上。

黄兴回到东京，得知黄一欧在彭渊恂处，当即赶了去。

当黄兴站在黄一欧面前时，黄一欧愣了一会儿，便惊喜地叫了声"爸爸"，然后抱住黄兴，失声痛哭。

黄兴用大手抚摸着黄一欧的头说："一欧长高了。"一句话刚说完，心中一酸，喉咙一哽，泪水也打湿了眼眶。

彭渊恂受了感染，抹了一下眼睛，感叹道："唉，这孩子，平日只当没事儿一样，该干么子干么子，从来也没见他有太多心事，更没说过一句抱怨父亲的话，我还以为他不懂事呢，他是太懂事了。"

这一说，黄兴心里更是难受，但克制住了。他仍旧抚摸着黄一欧的头说："爸这不是回来了吗？别哭了，一欧已经长成男子汉了，爸还要介绍你加入同盟会呢。"

黄一欧就止住了哭，也松开了黄兴，只管用手抹眼泪。

黄兴带着黄一欧，另租了住处。

这时，有关方面的一些事情的详情才为他所知，并接触到新的信息，对形势理出一个头绪来。

湖南的情况，让黄兴尤为关切。

在长沙的禹之谟，去年冬接到黄兴的密函，欣然受命，在湖南组建了同盟会分会，并自任会长，陈作新等成为骨干会员。禹之谟多年来一直怀着实业救国的梦想，在湖南引进了第一台纺织机器，近年来却发现这条路很难走通，于是倾向了革命。

在此前后，围绕收回粤汉铁路路权，广东、湖南、湖北都掀起了一股抗议运动。由广州至武昌的粤汉铁路自1896年便开始规划，原本是由官方主持广东、湖南、湖北三省的绅商，通力合作来修筑。然而盛宣怀却代表清政府，通过驻美公使伍廷芳，以向美国合兴公司借款四百万英镑的方式，将路权抵押给了合兴公司。签约后，合兴公司拖延执行，不见动工，随后又将路权的三分之二股份私卖给比利时万国东方公司，擅自决定粤汉铁路南段由美国修筑，北段由比利时修筑。粤、湘、鄂三省绅商本来就对朝廷不顾国民利益，出卖筑路权给外国公司极为不满，再加上合兴公司的违约行为，更加义愤填膺，强烈要求废除合同，收回路权，由三省自办粤汉铁路。张之洞对收回路权的呼声表示支持，经过与合兴公司谈判，同意以六百七十五万美元的高价赎回路权。虽然路权的下一步处理仍未落实,但总算先收回来了。禹之谟、陈作新等人在湖南的收回路权运动中发挥了积极作用。

禹之谟随后又创办湘乡旅省中学堂和惟一学堂,被推为湖南商会会长和教育会会长,在湖南的影响力继续提升。

1906年3月27日,当陈天华的灵柩由东京运抵上海时,湖南益阳籍华兴会会员、同盟会会员姚宏业在上海跳黄浦江自殉。姚宏业是随秋瑾等人从日本退学回国的,在上海与秋瑾、于右任等人租了校舍,创办中国公学,决定走国内民间自办新学之路,但遭到官绅阻扼,加上诽谤流言,致使学校经费、校舍都成问题,看到殉难的陈天华灵柩回国,姚宏业也不由怀着满腔悲愤,写下《绝命书》后投江而死,年仅三十五岁。

姚宏业紧接着陈天华为国自殉,两起事件连在一起,再次引起强烈的社会反响,中国公学和上海各界为陈天华和姚宏业举行了有一千余人参加的公葬。在家乡湖南,反响尤其强烈,各界人士对他们举行了各种悼念活动。

禹之谟对陈天华、姚宏业的殉难深感悲痛,他一心将两人的灵柩运回家乡安葬。1906年夏初,他与同盟会会员覃振、陈家鼎等人及"飞毛腿"刘重等人,策动学生自治会,决定迎回两名烈士,组织全城学生把两人遗体公葬于岳麓山,以彰显他们的为国壮举,同时扩大革命影响。禹之谟的决定得到湖南各界的支持,大家纷纷募捐款银。

5月23日,学生代表苏凤仪等将陈天华、姚宏业的灵柩从上海运抵湘江码头,湘江沿岸站满了迎灵的学生和群众。

29日,学界不顾当局反对,在禹之谟的主持下,陈天华、姚宏业两位烈士的公葬仪式在长沙隆重举行,万余名师生身穿白服,手执白旗、挽联,整队前行,延伸十余里,护送灵柩前往湘江西岸的岳麓山,队伍最前面高举的正是禹之谟写的挽联。

到达岳麓山墓地后,又在墓地前举行了盛大的公祭活动。

公葬场面之隆重和悲壮,轰动了长沙城及周边,引起当局极大惶恐。但到场的军警当着这样的场面也不敢轻举妄动,只是呆若木鸡地观望。

然而当晚,善化县学务处总监俞诰庆暗暗指使军警,拘捕了因负责树碑而迟归的十多名学生,进行报复。禹之谟闻讯,以教育会会长的名义与当局交涉,要求放人,未获许可,于是根据俞诰庆有嫖妓嗜好的毛病设下计谋。第二天晚上,禹之谟和学生果然把在妓院宿娼的俞诰庆抓个正着,押到长沙濂溪阁开会声讨，并以释放被捕学生为条件，饶他一条狗命。十几名学生由此得以获释。此事大快人心，轰动一时。当局对禹之谟极为仇视，暗暗将其定为"挟学界、工界、商界为重，主张民权"的首要乱党分子。

6月30日，禹之谟由长沙回到湘乡，参加学界反对苛捐杂税的风潮，要求当局停止捐收，并将已收钱款移作教育经费，未获许可。

友人看到了危险，劝禹之谟先去教会避避风，他谢绝了，淡然说："我等为国家、社会而死，是大义之举，没什么可怕的。为了改革，牺牲是免不了的，我甘为前驱。"

8月10日，禹之谟在长沙被当局以"哄堂塞署"的罪名逮捕入狱。

禹之谟被捕的消息传出，长沙各界纷纷为之奔走。当局一看情形，深恐激起事变，就将禹之谟秘密押送到常德。不久，又从常德秘密转移到偏远的靖州。

在靖州监狱，靖州知州金蓉镜对禹之谟动用了各种酷刑，包括脱光衣服，用绳子绑住大拇指和大脚趾吊起来拷打，直到手指、脚趾被拉断；用香火一下一下烧；让他跪在铁链上用皮鞭抽打近千次，直打得皮开肉绽……被折磨得体无完肤的禹之谟始终没有屈服，对同盟会组织没有供出半个字，反倒是在狱中写下了《告在世同胞遗书》，大声疾呼："同胞！同胞！死就要死得其所，宁可作为牛马之身而死，也不要作为奴隶之身而生！……"

陈作新原在湖南兵目学堂学习，1905年武备学堂和兵目学堂停办后，陈作新被分派到岳州信字营任教习。他自己动手剪断了辫子，采用新的操练方法，与统领意见相左，就辞职回到了长沙，在某学堂当教员。

1906年夏初，为运动新军反正，陈作新设法打入了新军，潜伏下来，打算先谋个官衔，以便更好地策反新军。对于禹之谟的被捕，他焦急万分，但除了悄悄托人营救，一时也别无良策。

此时，刘揆一还在国内。初春时，他在上海给当时还在桂林的黄兴发了密电，黄兴虽然复电说很快会离开桂林，但此后便无确切消息。因他担心黄兴的安危，便亲自动身去了一趟桂林，谁知黄兴早已离开，经越南回到香港又与孙中山去新加坡了，刘揆一便离开桂林，然后在香港、上海等地逗留，与黄兴错过了会面。

黄兴致电让刘揆一探听禹之谟的消息，但禹之谟被关在格外偏僻的靖州，已很难探知下落，刘揆一只好托人继续打探，然后再次东渡前往日本。

陈天华和禹之谟是革命骨干，姚宏业是黄兴的学生。这一系列事件，让黄兴的心情格外沉重。

但纵使变故不断，革命还得继续。

1906年10月的一天，与黄兴已快两年不见的周震鳞出现在黄兴面前。

他乡遇故知，两人的高兴劲儿自不用说。

黄兴早就向黄一欧打听过家乡的一些事情了，包括周震鳞、胡元倓、龙绂瑞、黄吉亭等人的近况。

由于周震鳞在湖南教育界享有盛名，黄兴不想连累他，所以当大家在明德学堂因宣传革命遭遇风险后，黄兴让周震鳞以后不要露面参加革命活动，可以隐藏下来，专心从事教育工作，万一说不定关键时候可以为革命做些保全和掩护。周震鳞也接受了他的建议，此后便一心致力于办学和育人，把精力都放在了办好修业学堂和宁乡中学上面。

黄兴约上刘揆一、彭渊恂等人，为周震鳞设了接风宴。

周震鳞打算在日本逗留几天，顺便访访友，游览一下日本风光，考察一下日本教育。

第二天，黄兴要出去办事，就只黄一欧和周震鳞在家。

临出门前，黄兴嘱咐黄一欧："等下带周叔叔去澡堂洗澡。"

黄一欧响亮地应了声："哎。"

黄一欧的辫子早就剪掉了，周震鳞的辫子还留着。平时，日本的小孩子见了留长辫的中国人，就会嘲笑地喊："铿锵波子！铿锵波子！"

果然，黄一欧带周震鳞走在路上，几个日本孩子像看稀罕似的冲这边喊："铿锵波子！铿锵波子！"嘻嘻哈哈的，一副满是嘲弄的样子。

周震鳞不明就里，听黄一欧一说，才知道是咋回事。

洗好澡回到家里，黄一欧便开始怂恿周震鳞把辫子剪掉。

剪，还是不剪？

汉人原本是束发挽髻的，清立朝后，却发布剃发改装的严令，全国上下，必须遵照满洲人的习惯，剃发留辫。就是把头上前面小半个脑袋剃得精光，不准有刘海儿，脑袋后面结个长辫子搭在背上，一律不得违反，所谓"留头不留发，留发不留头"。近些年，在西风东渐和革命思潮的冲击下，一些思想前卫和激进的人已经剪去了辫子，尤其是留日学生，大部分剪去了辫子。清政府虽然对此不再严加追究，但对于当事者却仍然是个立场问题，即是否忠于清。

"周叔叔，剪掉吧，你看我们的辫子都剪掉了。那么多中国人在日本，但是满大街都看不到几条辫子呢。"

黄一欧和周震鳞太熟了，所以没有顾忌。周震鳞一想也是，别说在日本，国内也有了不少剪辫子的人，如果不剪的话，那这些天在日本就天天会有日本孩子追着自己喊"铿锵波子"。在黄一欧的鼓动下，周震鳞虽然还有些犹豫，一时竟没有提出反对。

还不动手，更待何时？黄一欧拿起剪刀，"咔嚓、咔嚓"就把周震鳞的辫子剪了下来，然后说："这就好了，不会再有人取笑了。"

黄兴回到家一看，老友竟然没了辫子，换了个模样，颇为惊诧。黄一欧便把经过说了。

"你简直是胡闹！"黄兴呵斥道，"你难道不知道，留一条辫子需要多长时间？怎么可以随便要剪就剪呢？"

黄一欧默不作声。他很是不解，父亲不是很革命的吗？和自己不是都剪了辫子的吗？

周震鳞解劝道："剪了就剪了嘛，反正迟早得剪。有的留学生在这边剪了，回国又弄条假辫子戴上，我大不了也仿照一下。"

黄兴这才消了气，不过仍然对黄一欧说："错就是错，有没有人说情、得不得到原谅是另一回事。"然后，又小声对黄一欧说："你以为这只是一条辫子的事？你周叔叔留着辫子，对开展工作是有好处的，有时候说不定还能保护革命同志。"

黄一欧点点头，这才知道自己只图一时之快，这件事却没做妥当，看来有些事是不能只看表面的。

过了两天，黄兴带了周震鳞、黄一欧去附近的靖国神社，那里收藏着不少甲午战争时日本缴获清朝的战利品。黄兴指着这些东西对黄一欧说："看，我们国家都到了什么地步！"

黄一鸥说："日本人原来这样坏！"

"这话又不对了。"黄兴纠正道，"哪里都有好人和坏人，日本也一样，有坏人，也有好人。"

黄一欧领悟道："也是，我们在长沙也被坏人害得到处躲。"

周震鳞深有感触地说:"只有让坏人受到最严格的限制,不再容易使坏,而好人受到最大的尊重,才是好的国家和社会。"

送罢老友周震鳞回国后,黄兴把黄一欧送进了学校。考虑到一欧还年小,如果就这样长期在日本学习,势必会影响到他的中文水平和对祖国的文化认同,而自己又实在太忙,没有时间教他,于是又让他在课余时跟着宋教仁学习中文,还让他跟随宫崎寅藏的表弟学习剑道,并参加射击训练。

来看望黄兴的周震鳞和刚回到日本的刘揆一都对黄兴介绍了湖南最近的革命形势,共同的一点是:马福益的遇害、一些变本加厉的捐税盘剥、陈天华和姚宏业公葬大会的感召、禹之谟的被捕等事件,加上今年长江中下游地区遭遇水灾,湖南长沙、浏阳、醴陵和临近的江西萍乡一带灾情十分严重,百姓到处逃亡,饥民载道,而官僚豪绅乘机哄抬米价,激起强烈的不满和反抗情绪。此外,湖南当局近年的反动气焰似有嚣张之势,有必要给予打击。

想想禹之谟还下落不明,生死未卜,黄兴心里就安稳不下来。

根据湖南的形势,黄兴计划发动一场大规模起义。他征求孙中山意见,孙中山表示同意。

黄兴决定派刘道一和蔡绍南、彭邦栋、覃振、成邦杰等人回国,运动新军和会党,接着又派了焦达峰等人回国。

刘道一,字炳生,自号锄非。华兴会成立之初,便随兄长刘揆一参与其中。长沙起义事败的风头过后,他于1905年3月考取了湖南的官费生留日,入东京的清华学校学习,又参与筹组同盟会,被推为书记、干事、联络部部长等,还与秋瑾、唐群英等成立了一个秘密革命团体——"十人团",又经秋瑾介绍加入了冯自由在横滨创办的"洪门三合会",被封为"草鞋"——将军。

刘道一有语言天赋,不管是外语还是方言,一学就会,口才和交际也不错,为人又豪爽仗义,深得同盟会会员们的信任,是同盟会中最年轻的骨干之一,连秋瑾、唐群英等从事女权运动的都喜欢把他往妇女组织里拉。

蔡绍南是江西人,曾赴湖南求学,后来东渡日本留学,名列同盟会总部十九名联络员第二位。

黄兴严肃地对刘道一等人说:"本次起义以军队和会党同时并举为上策,如果不能实现,那么会党发难后军队就应紧急响应,时间不能相隔过长,因为会党的粮饷和枪械不足,又缺乏正规训练,难以持久。"又做出指示:"要想攻取省城,必须集合会党于省城附近,如萍乡、浏阳、醴陵各县,与运动有效的军队联合，才能成事。"并叮嘱刘道一等人："会党中人只知道要推翻清廷，不知道共和与民主为何物，在运动会党时，要多向他们宣传民族主义、国民主义、民主共和的思想，而不是古代的改朝换代革命，避免到时候形成群雄竞起、争权夺利、互相残杀的局面，落入旧时农民起义的老路。"

同时，考虑到经过革命志士回国后的活动，随着《民报》等革命书报不断向国内输入，国内的革命气氛普遍有增强，只是还需要领导和组织。于是，除了湖南之外，黄兴又对国内的革命活动做了更大范围的布局。

湖北方面，派胡瑛、居正等人前往武汉，与已加入同盟会的湖北日知会刘静庵、冯特民、季雨霖等人联系，运动新军。

江浙一带，由秋瑾、陶成章、徐锡麟、王金发、赵声等光复会骨干成员负责，并加派柳聘农、陈陶公等近十人前往。

东北地区的马侠势力不小，有的也有反清倾向，如果能争取过来，也是一支可为革命所用的武装力量。为此，黄兴与宋教仁以及与马侠有联系的日本人古河商议，希望他们能去东北，运动当地的绿林武装，在东北三省开辟新的革命根据地，与北京方面的革命活动形成呼应。宋教仁便带着白逾桓等人去了东北。

同盟会的发展也得到壮大。

截至此时，湖南、湖北、广东、广西、江西、福建、浙江、江苏、直隶、河南、山东、山西、陕西、安徽、贵州、四川、云南，清朝内地十八个省中，除甘肃外的十七个省都建立了同盟会分会。

黄兴特别重视对军事人才的培养，亲自保管那些陆军士官生会员的入会证件。由于他们学校的军事性质，校方平时管理严格，清朝驻日公使也盯得紧，甚至安插暗探，加入同盟会的学生不便于像其他会员那样自由参加活动。经会员要求，征得总部同意，他们内部成立了一个秘密组织——"铁血丈夫团"，取"富贵不能淫，威武不能屈"之意，团体接受总部的领导，但平时不一定要到总部来，可以内部秘密开展活动。加入这个组织的有李烈钧、李根源、程潜、赵恒惕、李书城、黄郛、尹昌衡、黄恺元、叶荃、温寿泉、仇亮、华世中、曾继梧、程子楷、耿觐文、阎锡山、王家驹等四十来人。黄兴指示，"丈夫团"的会员，不要暴露革命的真面目，其任务是回国后进入军界，掌握兵权，以待时机。

同盟会基本网罗了此时留日学生中的精英和国内大部分革命志士。

同盟会成立后，曾由陈天华具体负责起草过一份《革命方略》，对革命中的有关事宜进行了规划，后由宋教仁、孙毓筠进行订正，于1906年油印出来后征求东京本部党人意见，一共征集到十数条修订建议。10月9日，孙中山从越南回到东京后，黄兴即向孙中山提议，把《革命方略》完善确定下来。经过与孙中山、章太炎一起协商，在陈天华、宋教仁等人拟定的《革命方略》的基础上，编定了《中国同盟会革命方略》，供各地革命活动使用。内容主要包括：一、军政府宣言；二、军政府与各处国民军之关系；三、军队之编制；四、战士赏恤；五、军律；六、略地规则；七、因粮规则；八、对外宣言；九、安民布告；十、招降满洲将士布告；十一、扫除满洲租税厘捐布告；十二、招军章程；十三、招降清朝兵勇条件。对各事项都做了具体规定，以便有章可循，其中的《军政府宣言》对革命胜利后建立民国制订了计划，决定分三道程序进行：第一期为军法之治，第二期为约法之治，第三期为宪法之治。

黄兴觉得，《民报》创办以来，作为同盟会的舆论阵地，为宣传革命思想发挥了极大的作用，很有必要做一个总结和展望。

1906年12月2日，《民报》创刊一周年纪念活动在锦辉堂举行。活动由黄兴策划、主持，章太炎宣读祝词，孙中山作了《三民主义与中国前途》的长篇演说。另有多人演讲，黄兴作总结。

锦辉堂里挤满了人，场面隆重，气氛热烈。

谭人凤由于与李燮和率领会党在湖南宝庆发动起义，遭到失败，被当局通缉，恰好刚刚流亡到日本，他对这边的革命活动了解不多，便抱着观望的心理，不声不响，到场旁听了本次集会。

活动之后，谭人凤的乡友、同盟会会员唐镜三建议他加入同盟会。谭人凤抖索着胡子，摇头道："那个报纸的活动，人数倒是蛮多，洋洋一千余众，但也就一个报纸而已，祝词颂语之多，也未免太夸张了吧。我对海外的革命形势不了解，谁料竟是如此虚张声势。这样的革命，只怕于事无补。说实话，我很失望。入会的事，实无必要。"

唐镜三急了，因为与谭人凤是故交，也就不顾忌了，叫着谭人凤的绰号说："胡子兄，恕我直言，你刚来日本，对这边情况还很陌生，一定是误会了。待你稍加熟悉之后，我相信你定会改变看法。别的不说，难道我等都是傻子呆子，糊里糊涂就冒着风险加入一个毫无意义的组织了？"他本来还想说谭人凤对革命宣传还缺少认识,又省去了,怕更加刺激老友。

谭人凤不单是个直性子,还是个犟性子,仍是不满地说:"我当场见了的还有假?你真当我没见过大世面就啥都不懂?"

唐镜三知道靠自己是很难说服谭人凤的了,于是说:"我带你去见见黄克强吧,权当是老友会个面。"

黄兴与谭人凤是熟识的,只是因为谭人凤长居新化山城,彼此缺乏更多交流。

谭人凤也不愿跟唐镜三去见黄兴。

唐镜三觉得,如果谭人凤不加入同盟会,那就太遗憾了。他知道谭人凤的脾气,但就仗着他们是老友,再三劝说。谭人凤拗不过,终于答应去见黄兴。

黄兴热情地接待了谭人凤,扶着他坐下,说:"胡子兄,没想到你也被逼到这背井离乡的地步。不过,既来之则安之,到了这里就不用再担心,这边志同道合的新朋旧友多得很。"

谭人凤尚未放开,只是喟叹道:"只恨力量不济,不能杀尽清妖,让备受屈辱的同胞扬眉吐气。"

唐镜三已事前把情况告诉了黄兴。黄兴心中明白,谭人凤是条难得的汉子,但长居偏远山城,信息闭塞,对外面的了解还十分有限,在联络会党方面也还局限于比较陈旧的方式,要想他加入同盟会,需要打开他的心结。

黄兴与谭人凤先从家乡事谈起,然后才谈到这边的近况。他给谭人凤分析了一份革命报刊对传播革命思想的重要性,这次举办创刊纪念活动,对刊物作一个总结和展望只是一方面,借此宣传革命和团结革命志士才是重要目的。革命离不开宣传——封建时代的起义为了争取人心,都还知道搞个"鱼腹藏书,篝火狐鸣""斩蛇当道""苍天已死,黄天当立"之类的迷信说辞呢,更何况当今的民主革命,不把道理说清楚得到拥护怎么行?但宣传归宣传,身体力行也不会被轻视半分,这是相辅相成的关系。说到这里,就介绍了他这次的广西之行,还有正在酝酿的大规模起义计划。

谭人凤听到这里,不由说:"我早知道你又要在湖南举行起义的话,我就找个地方待着不出来了。"

"不急,"黄兴安慰谭人凤,"机会有的是。你还是出来避避好,湖南最近风声紧。"

谭人凤愤怒道："是啊，那些狗娘养的清政府奴才，我早晚还得回去召集弟兄们收拾他们。"

黄兴前几天才从越南方面得知一个不好的消息，就是在滇缅边境一带活动的秦力山，因水土不服，又染上瘴气，已于10月11日病逝。于是，他又带着悲痛的心情对谭人凤说："秦力山是个好兄弟，意志坚定，百折不挠，因为被通缉而远走边地，在条件艰苦之地坚持开辟革命基地，然而因为有些脱离组织，力量单薄，难以遂心，直至为革命献出生命。所以，我们还是要注重团结，相互策应，形成合力，才有望推翻清廷，不然独力难支，也很容易被清廷各个击破。"

两人推心置腹地谈了一阵，听着黄兴诚恳务实的谈吐，看着他坚毅沉稳的表情，谭人凤竟爽快地答应了加入同盟会。

黄兴高兴地说："好！我做你的主盟人。我还想让一欧也加入同盟会呢。"

谭人凤问："一欧是谁？"

唐镜三抢答道："黄家长子呢。"

"他多大了？"

"刚满十四岁，个头也不小了。"黄兴答道，"咱们在这里说，你们别看他年龄不大，但这小子学什么还很用心的，我要让他入会，好好锻炼一下。"

谭人凤笑道："一个毛头伢仔都要入会了，那我再不加入，就真是太不像话了，回头他都会笑我这谭伯伯是怎么当的了。"

三人拊掌大笑。

第十六章
揭竿萍浏醴

刘道一、蔡绍南等人回到湖南后，即召集在长沙的革命党人蒋翊武、柳继贞等，以及马福益旧部龚春台等共三十八人，在水陆洲的一只船上秘密举行军事会议。

会上，刘道一传达了黄兴关于本次起义的指示，根据目前长沙周边的革命形势，决定在萍乡、浏阳、醴陵同时发动起义，并制定了这次起义的具体策略方针，计划于农历十二月底，趁官吏"封印"放假的时候举行起义，先占据省城外围要地，再光复全省。

会议对各项事务做了分工：由蒋翊武、覃振、刘承烈、成邦杰、易本羲等人负责运动新军；蔡绍南、龚春台、彭邦栋等人负责联络防营、部署会党；刘道一驻长沙，统筹全局，协调各方，直接与同盟会东京总部联系。

会后，蔡绍南回到家乡萍乡上栗市，与原来在这一带从事会党联络工作的魏宗铨一起，运动和组织会党。魏宗铨是萍乡人，曾入明德学堂，先后结识了黄兴、禹之谟、宁调元等人，从此倾心于革命。华兴会策划长沙起义时，他就曾请命回家乡响应，起义事败后，在萍乡上栗市以开纸笔店为掩护，继续开展革命活动。

由于会党山堂分立，派系不同，互不相属，不便于指挥，蔡绍南、魏宗铨经与龚春台商议，邀请了湘赣边境的各会党首领一百多人，在萍乡蕉园开会，将周边的湘、赣、鄂、闽有关会党进行了合并编排，称"六龙山洪江会"，推举龚春台为"大哥"，以忠孝仁义堂为最高机关，设立八路码头官，总机关设在麻石街。

麻石街位于江西萍乡上栗市和湖南醴陵县富里镇交界之处，两地各有一段,并毗邻湖南浏阳。同人们歃血为盟,一起宣誓。

刘揆一随后也赶往上海,代表黄兴负责多省的有关联络。黄兴另外已在筹划两广的起义。

湘赣边区一带的会党策动迅速,会员很快达到十余万人。当地大约百分之八十的乡民加入了会党。

然而现有的枪械和粮饷远远不能满足会党的需要。蔡绍南与魏宗铨向刘道一反映。刘道一正在长沙忙于运动新军,便以暗语致电东京总部,汇报会党方面的情况,然而一连几天没有回音。原来,会党的大范围活动引起了清政府警觉,已经加强戒备,广布暗哨,刺探情报,刘道一发往东京的电报被湖北当局暗中截获,黄兴并没有收到。而由于离原定起义时间还早,计划内的军械暂时也未运回。黄兴只是另派了宁调元、谭人凤等人回国,协助准备起义。

刘道一见东京总部没有回音,便派蔡绍南与魏宗铨去东京一趟,面见黄兴和孙中山,说明情况,争取尽快补充军需。两人便动身前往上海。

就在这时,由于会党活动频繁,人员庞杂,消息泄露,引起了清政府更大的惶恐,开始对会党采取行动。

一个皓月当空的晚上,主要负责领导安源矿工的第三路码头官李金奇,举行了一个集会,散会后,众人各自回家。一切似乎没有任何异样,可是,当李金奇快走到家门口的时候,从路两旁忽然蹿出几条黑影,不由分说就向他扑来。李金奇大喝一声,猛力一挣,甩掉一条大汉,另两人又死死抱住了他,另一人眼看又要扑上来,李金奇又一使猛力,一甩一滚,滚到了路坎下面的稻田里,撒腿就跑。那几条黑影紧跟后面追,但李金奇还是趁着夜色逃脱了。李金奇逃到了白兔潭边的一户矿工家里隐藏了起来。狡猾的清兵早已安插了一些地方奸细,李金奇很快被人告密,再次被追捕,不幸跌入白兔潭溺亡。

焦达峰是李金奇的联络参谋,他住在李金奇家附近一名矿工家里,散会后他并没有跟随那名矿工一起回家,而是随另一名矿工去了附近一个村寨,打算做些联络工作,当几名清兵在焦达峰的住处抓住那名矿工,仔细看时,才发现不是焦达峰。焦达峰因此得以脱险,及时避走。

麻石街的总机关也受到清兵破坏。

李金奇之死引起会党成员的激愤,他们在三地交界的慧历寺为李金奇举行隆重的超度仪式,由一名会党头目许学生主持。法师身份的会员们在仪式上趁机假托神言,吸纳会众:"乡亲们,如今人间苦难深重,天下即将大乱,将有英雄豪杰出世，铲富济贫，替天行道，我们终将看到善有善报，恶有恶报。但我们不能只是等待，还得趁早行动起来，顺应神意，除暴安良，那救世的英雄豪杰说不定就在我们之中。"会场顿时有了呼应。

就在这时，"砰！""砰！""砰！"连续传来几声枪响。大批清兵已经把慧历寺包围，胡乱放枪，寺内会众猝不及防，手上没有任何武器，场面一时大乱。

"乡亲们，别慌，我们操家伙，跟他们拼了！"许学生大呼道。

可清兵已经冲了进来，举枪往人群中乱射，接连有人中弹倒地。

"大家冲出去！"许学生手执一条木棍，指挥会众向外冲。几个清兵径直向他扑过去，只听"砰！"一声，许学生一条腿中了弹，站立不稳，两名手下正要上前相助，被清兵开枪击中，倒地牺牲。许学生被清兵当场抓获，随后杀害。

蔡绍南、魏宗铨二人到了上海，与刘揆一以及刚回国的宁调元、谭人凤等人会了面。魏宗铨在上海履行了加入同盟会仪式，二人正要东渡日本，会党大哥龚春台发来了紧急电报，告知麻石街总部遭到萍、浏、醴三县清军的联合围攻，李金奇已经殉难，许学生被杀，要二人速回。

蔡绍南、魏宗铨只得带着宁调元、谭人凤等一起立即返回。

鉴于形势紧迫，12月3日，龚春台、蔡绍南、魏宗铨召集会党头目在上栗市高家台举行紧急会议。关于起义的具体时间，龚春台、蔡绍南、魏宗铨认为军械缺乏，目前与东京总部还联系不上，可先隐蔽起来，稍后再发动。但会党头目们认为会众已经动员起来，不如立刻发动。争论了一个通宵，还定不下来。

就在12月4日凌晨，性格急躁的会党头目廖叔宝，召集两三千人，聚集在麻石街的戏台下，亲自在台上高举起一面"大汉"白旗，宣布起义。

就这样，起义在麻石街首先打响。

蔡绍南等人只得发布起义命令，以同盟会名义紧急通知浏阳会党首领姜守旦、普迹市哥老会大头目冯乃古、萍乡煤矿的会党头目肖克昌等人，以及各县各处会党，同时发动起义。

萍浏醴起义正式爆发。

龚春台命令打开高家台的地下武器库，取出仅有的少量武器分发给会众，然后站在高台上大声宣布："弟兄们，操家伙，跟我走！"

会众一呼百应，在龚春台等人领导下，迅速攻占了高家台、麻石街、金刚台等地，队伍集结到两万多人。他们头包白巾，手持土枪、棍棒、柴刀、扁担、锄头、竹尖，用竹轿抬着头领，浩浩荡荡向上栗市进发，清军仓皇而逃。

起义军攻占上栗后，整编了部队，定名为"中华国民军南军革命先锋队"，由龚春台任都督，蔡绍南任左卫都统领兼文案司，魏宗铨任右卫都统领兼钱库督粮司。

龚春台随即以都督名义发布檄文，檄文开头标出"奉中华民国政府命"，接着历数清王朝十大罪恶，说明了本次高举义旗、揭竿而起的目的，解释了本次起义绝非历史上怀着帝王思想的英雄之举，而是本着为同胞谋幸福的初衷，要破除沿袭千年的专制政体，不使君主一人独享特权，要建立共和民国，与四万万同胞共享平等之利益，获得自由之幸福。警告为清廷卖命的官吏早日醒悟，如果继续为虎作伥，一样杀无赦，号召受欺压、受剥削的人民团结起来，一起推翻专制残暴的清王朝，助力中华民国成功建立。

起义檄文深得人们拥护，贫苦农民、矿工和部分防营兵勇纷纷加入起义队伍，使义军人数增加到三万余人。周边的会党也纷纷响应，声势浩大，震动了全国，严重威胁到清在长江中游的统治。

经商议，龚春台留下一路义军驻守上栗，然后兵分三路进军：一路据浏阳、醴陵，以攻占长沙为目标；一路以萍乡安源矿区为根据地；一路往宜春方向东进，以南昌为目标，与东部各省相策应，连成一片。

龚春台命会党头目沈益古留守上栗，又对安源矿区和东路军两路义军作了布置。

1906年12月8日，龚春台、蔡绍南、魏宗铨率军攻打到浏阳的文家市，在文家市团防局整军誓师。随后兵分两路，左路军由蔡绍南统领，右路军由龚春台、魏宗铨率领，向浏阳攻击前进。起义军劫富济贫，不扰百姓，沿途百姓燃放鞭炮欢迎，一些农民拿着简单武器，甚至挑着箩筐，褴褛的衣衫在风中飘飞，自发加入义军。

就在12月8日这天，会党首领姜守旦在浏阳大旗山、大光洞、九鸡洞一带也集合了一万多人，起而响应，自号"新中华大帝国南部起义恢复军"。

龚春台、魏宗铨率领的右路军与蔡绍南率领的左路军在枫林铺会师，随后，在牛石岭、南流桥与清军交战，获得胜利，继续向前推进到浏阳城南外门的南市街。防守南市街的清军看到义军一路冲破官军阻击而来，先有怯意。

义军分为左、中、右三路，分别由蔡绍南、龚春台、魏宗铨率领，一声号令，同时向清军发动进攻。"弟兄们，冲啊！杀啊！"头包白巾的义军愤怒地呐喊着冲向敌军。清军溃败，一部分过河退回城里，一部分逃跑。义军占领了南市街，与浏阳城隔河相望。

姜守旦所部一路义军，也向浏阳城东河边逼近。

萍浏醴起义的烽火，让清政府十分震惊，建立"中华民国政府"的檄文，尤其让他们惶恐。清廷急令湖广总督张之洞、两江总督端方、湖南巡抚岑春煊调集湘、鄂、赣、苏四省精锐兵力及地方武装共五万多人，迅速向萍乡、浏阳、醴陵、长沙一带集结，对起义军进行围剿。并勾结列强，派军舰驶入长江流域，对起义军进行威慑。

留守萍乡上栗的沈益古与前来镇压的清军在普安山发生战斗。会党首领多数武艺在身。沈益古是一名武师，一手执大刀，一手拿锅盖当盾牌，率义军与清兵厮杀，亲手杀死清兵数十名，最后力竭不支，壮烈牺牲。义军失败，上栗失守。

龚春台、魏宗铨、蔡绍南率军在浏阳城南与清军重兵展开激战。义军武器简陋，而清军装备精良，不断向义军发炮轰击、开枪射击，义军伤亡不小，进攻受阻，撤退到牛石岭，与从上栗败退的义军残部会合。清军以优势兵力趁夜发起突袭，大炮轰鸣，枪弹如雨。义军又冷又饿，不能制敌，溃散而去。

姜守旦武功高强，作战勇猛，但有迷信思想，相信占卦，为了等到某个时刻发动进攻，在浏阳城东贻误了战机，遇上赶来支援的清军精锐，夜晚攻城时遭受失败，率残部退回大光洞一带，清兵随后追剿，义军溃散，姜守旦去向不明，不知所终。

龚春台脱险后，化装前往醴陵，打算与会党头领冯乃古会合，谁知冯乃古已被清军诱杀，只得往别处躲避。后来病逝。这已是后话。

蔡绍南潜回上栗老家，扮成小商人，随即取道广东，避往广西。后来也病逝。

魏宗铨潜伏了下来，联络各部，伺机再起。

其他各路义军，也遭到镇压，肖克昌、廖叔保等首领数十人牺牲，宁调元、柳继贞等人被捕。

起义提前爆发，打乱了刘道一的计划。看到会党已经发难，他日夜加紧策动军界，并筹集军火，争取新军和防营能尽快响应。无奈军界有的官兵已经告假，一时难以归队。他连忙发出紧急通知，催促官兵归队，又去衡山，与正在当地活动的彭邦栋等人会面，落实起义事宜。但这时的湘东已布满清军，周边到处都是暗哨。

刘道一的行踪早已引起当局的怀疑。

12月下旬，有情报要汇报的"飞毛腿"刘重在长沙一连两日找不到刘道一，十分着急，得知刘道一去了衡山联络，又赶往衡山。但已迟了一步。就在当天，刘道一带着一名随从，在回长沙的路上，遭到湖南巡抚岑春煊所派的清兵伏击。刘道一与随从拔枪反击，打死几名清兵，但众寡悬殊，随从当场牺牲，刘道一被捕，解送到长沙受审。

当局虽对刘道一留意多时，但一直以为刘道一是已经被通缉过的刘揆一。

刘道一心想：既然他们都当我是兄长刘揆一，那我不妨就冒充兄长，这些官吏以为抓住了兄长，自然大喜过望，急于邀功，这既有利于掩护兄长将来的活动，又可使清吏减轻对其他被捕同志的刑罚。于是他就爽快地承认自己是刘揆一，审讯时签名，他都写"刘揆一"。

刘道一在狱中备受酷刑，但宁死不屈，没有吐露任何有关起义的信息，倒是写下了数千字揭露清军暴行的文字，看得审讯的官吏瞠目结舌。

最后，面对严刑拷问，刘道一怒斥道："士可杀而不可辱，死就死，何必啰唆！"在狱中写下了"天地方兴三字狱，但期吾道不终孤。舍身此日吾何惜，救世中天志已虚"的绝命诗。

一个新来的胖子狱吏隔着狱栅读了刘道一的诗，不免揶揄道："你都是快死的人了，还写什么诗？"

刘道一微微一笑说："我为国家、民族而死，死得其所，青史留名，不负此生。你们这等喝民脂民膏、脑满肠肥的混账东西，也就猖狂得了一时，等不了多久，揭竿而起的人民就会将你们打翻在地，像切冬瓜、宰蠢猪一样消灭。而你们这些没骨头、没脑子的奴才，只是罪有应得的无耻的可怜虫！"

"你，你，你……"狱吏气得脸都青了。

另一名敬佩刘道一的狱吏则把胖子往后一拉，数落他是自取其辱。

当局没有办法，便以从刘道一身上搜出的一枚刻着"锄非"二字的印章为借口，编织罪名。

12月31日，刘道一在长沙浏阳门外就义，年仅二十二岁。

刘道一的父亲刘方峣因悲愤过度，于一个月后病逝。刘道一的夫人曹庄当时正在长沙周氏家塾读书,听到刘道一死讯后,选择自杀,被及时救下,两年后仍然自缢殉节。这已是后话。

萍浏醴起义爆发后,起义军仅凭从清地方机关和武装手里夺来的两三千支枪,加上极其简陋的武器,与清军交战二十余次,终因力量悬殊而告失败。

数万清军随后进行了长达三个月之久的大规模"清乡",在萍、浏、醴等地城乡挨家挨户搜查,并实行株连,又有一批起义将士或被杀或被捕,另有数千群众被杀。湖北的日知会也受到株连,胡瑛、刘静庵等九人相继被捕。

外地的革命武装正待作出响应,日本的中国留学生也正打算回国支援,但义军已被镇压。

萍浏醴起义失败了。

这次起义不仅震动了全国,还传到了国外,成为国内外报刊的重大新闻。

萍浏醴起义爆发的消息传到东京的时候,由于是提前发动,在日本购买的枪械还未及运送回国,黄兴十分担忧。

就在起义的同一天,即12月4日,他特地带着年仅十四岁的黄一欧来到民报社,加入了同盟会,以表纪念。黄一欧因此成为同盟会最年轻的会员。孙中山和章太炎一起担任了黄一欧的介绍人。在父亲的带领下,黄一欧郑重地对着盟书宣了誓:

联盟人: 湖南省长沙府善化县人黄一欧

当天发誓: 驱除鞑虏,恢复中华,创立民国,平均地权。矢信矢忠,有始有卒。如渝此盟,任众处罚。

天运丙午年12月4日。

中国同盟会员黄一欧　押

接着,起义的后续消息不断传来。

振奋里伴随着遗憾,直到悲痛、愤怒。

刘道一就义的噩耗传来,黄兴愣了一会儿,突然往桌上猛击一拳,放声大哭。当见了刚回到东京的刘揆一,两人再次抱头痛哭。

黄兴边哭边对刘揆一说:"同盟会失去了一名年轻能干的精英,我们失去了一位最好的兄弟。"又哭着对已经阴阳两隔的刘道一说:"我常想,我们的革命事业,你是少有的可堪大用之人,又精通外文,能言善辩,实是将来绝好的外交人才,谁知竟在此役中牺牲,离我们而去……"

刘道一的就义,使他成为留日学生中因反清革命被杀害的第一人,也是中国同盟会会员中为革命流血牺牲的第一个烈士。

黄兴满怀悲痛,写下了《七律·挽刘道一》:

> 英雄无命哭刘郎,惨淡中原侠骨香。
> 我未吞胡恢汉业,君先悬首看吴荒。
> 啾啾赤子天何意,猎猎黄旗已有光。
> 眼底人才思国士,万方多难立苍茫。

孙中山也无比哀痛,提笔写下了《七律·挽刘道一》:

> 半壁东南三楚雄,刘郎死去霸图空。
> 尚余遗业艰难甚,谁与斯人慷慨同!
> 塞上秋风悲战马,神州落日泣哀鸿。
> 几时痛饮黄龙酒,横揽江流一奠公。

革命党人纷纷写挽诗进行哀悼,前后达八十多首。

刘道一与秋瑾在日本建立了很深的友谊。萍浏醴起义发动后,秋瑾在浙江正准备举兵响应,这时萍浏醴起义失败了。听闻刘道一牺牲于长沙,秋瑾痛不欲生,随即与光复会骨干徐锡麟等密议,要继续联络会众,发动起义,报仇雪恨。

孙中山对黄兴说:"腐朽的清廷仍在垂死挣扎。这次萍浏醴起义,清政府虽然调集大批军队对义军进行了围剿,起义遭到失败,但对其打击是前所未有的。我们如果能尽快在两广再举义旗,必将令清王朝更加惶惶不可终日,也给全国反清斗争更大鼓舞。"

黄兴点头道:"这次起义虽然失败了,但革命的火种仍然在,群众的仇恨是扑灭不了的,湖南军界的武装也还没有暴露,我相信,不久之后,那里还会有暴风雨式的反抗斗争,清犯下的罪行必将得到清算。至于两广的革命,一定会很快爆发!"

1906年就这样过去了。

这时，终于有了禹之谟的消息——却是死难的噩耗。

1907年2月6日，禹之谟在靖州东门外慷慨就义，年仅四十一岁。靖州知州金蓉镜为了不让禹之谟实现"流血牺牲"的愿望，对他改用绞刑。禹之谟哈哈大笑："很好！我可以保住我的血纯净不受污染了！"临刑前，他已血肉模糊，生命垂危，却仍然最后高呼："为救中国而死，为救四万万同胞而死，我死得其所，也一定有人继承我的遗志！"

黄兴决定亲自回国，看有无可能在湖湘一带组织力量，趁机再予清政府一击。但此时正在风头上，草木皆兵的清政府防控严密。黄兴到了香港，发现风声很紧，已很难成行，只好返回了日本。

没过几日，潜伏下来的魏宗铨打算反攻浏阳，失败了，不幸在醴陵被捕，转押到萍乡县署，遭受严刑拷打，坚贞不屈，于3月7日在萍乡就义。他的妻子刘氏在他就义时，气绝身亡。

萍浏醴革命志士的牺牲，激起了同盟会会员的更大斗志。

悲痛之余，黄兴对刘揆一说："揆一，我尊重你的个人立场，但我还是希望你加入同盟会。孙中山先生以海外联络、筹款为主，常年不在本部，我要把精力放到国内发动武装起义，本部的事务，缺少得力的人员常驻打理。我常想，这份工作，你是最合适的人选，可惜你没有入会。"

刘揆一沉默不语。他想到了英勇就义的弟弟，想到了悲愤而逝的父亲，又想到华兴会的多数同人已加入同盟会，现在自己要以华兴会的名义再开展工作，已是困难重重。他终于点头道："好吧。"

"你答应了？好，那总部的事情我就放心了。"黄兴紧紧握住刘揆一的手，"我就知道，你会帮我的。"

"我这哪是帮你？"刘揆一表情凝重地看着黄兴，"我这是在帮我自己，帮那些不屈而死的英魂和无数还活在屈辱中的百姓。我的力量虽然很微小，但如果不献出来，我心里会不安。"

"你说得很对。"黄兴坚定地说，"'刑天舞干戚，猛志固常在。'我们一定要坚持战斗到底！"

第十七章
论战保皇党

革命派与保皇派的争论已持续多时。

自从戊戌变法失败后,革命派与保皇派便明显开始分野。

革命派先是主要集中在兴中会、华兴会、光复会、科学补习所几大革命团体中,中国同盟会成立后,就集中在了同盟会中。保皇派以当初倡导维新变法的康有为、梁启超为代表,不乏追随者和拥护者,成为大批具有保皇思想人士的代言人。

义和团运动和八国联军侵华之后,焦头烂额的清朝廷决定实行"新政",这对保皇派是一剂兴奋剂。

五大臣奉命出洋考察之举,给保皇派又一次注入强心剂。1906年夏秋之际,五大臣经过近半年的海外考察后回国,向慈禧太后作了详细的口头和书面汇报,强烈希望向海外强国学习,改变政体,实行君主立宪,来消除政治矛盾和社会矛盾,挽救清朝。五大臣之一、辅国公载泽在给慈禧的《奏请宣布立宪密折》中说,实行立宪有"皇位永固""外患渐轻""内乱可弭"三大好处。端方也说:"中国要想国富兵强,除了采取立宪政体之外,已经别无良策!"在此形势之下,包括一些皇族亲贵在内,全国上下的立宪呼声很高。9月1日,清廷正式颁布"预备仿行宪政"谕旨,进一步推动立宪。保皇派的气势更加高涨。

革命派则认为,一方面,清官僚集团决不甘心削弱和失去他们固有的地位、权力和利益,与之前的新政一样,立宪只不过是朝廷缓解危机的一个幌子,立宪派只是充当了清政府预备立宪骗局中的工具而已,少数真正为国为民着想的立宪派也改变不了这一现实;另一方面,倘若清政府与立宪派实现了媾和，使骗局得逞，清统治的合法性将得到加固，中国建立民主共和国的理想将更难实现。因此，必须戳穿他们的阴谋，打破国民的幻想。

一场由民主革命派和保皇立宪派进行的关于革命与保皇、民主立宪与君主立宪以及土地制度等问题进行的论战，早从1903年就拉开了序幕。

先是孙中山试图与逃到日本的康有为合作，一起革命，被其拒绝。康有为和梁启超在其保皇会机关刊物《清议报》上主张保皇，非议革命。孙中山丢掉合作幻想，于1903年和1904年先后发表《驳保皇报书》《敬告同乡书》《中国问题的真解决》等文章，公开揭露康、梁保皇论的欺骗性。章太炎也在《苏报》上撰文猛烈批驳康有为。

1906年，两派的论战再次掀起高潮，一直延续到1907年。

留日学生虽然不是每个人都写文章表达自己的立场和观点，但基本卷入了这场论战。

同盟会于1905年成立后，机关刊物《民报》成为革命派论战保皇派的主阵地，针对梁启超等人的"君主立宪、开明专制"以及反对土地改革等主张进行批驳。《民报》在宣传革命的同时，也注意把清朝的反动统治者同满族人民区别开来，做到专攻反动统治，团结满族人民。

保皇会的《清议报》此时已停办。梁启超等人以1902年创刊的《新民丛报》为阵地，对民主革命进行攻击。梁启超等人自恃有学问，起初根本不把《民报》放在眼里，认为这些撰文者都不过是些浮薄少年，不堪一击。

还是1905年初，放弃进京请愿的陈天华，就作了《怪哉！上海各学堂各报馆之慰问出洋五大臣》一文，来驳斥梁启超的《论请愿国会当与请愿政府并行》。接着又写了《论中国宜改创民主政体》等多篇文章，刊登在《民报》上。

胡汉民在《民报》先后发表《民报之六大主义》《告非难民生主义者》等文章，解释同盟会及孙中山的革命主张，批驳保皇党。

汪精卫也陆续在《民报》发表了《民族的国民》《论革命之趋势》《驳革命可以召瓜分说》等文章，阐述革命，批判保皇言论。

梁启超又在1906年1月出版的《新民丛报》上连续刊登《开明专制论》和《申论种族革命与政治革命之得失》两篇长文，然后又把这两篇文章合印成一本小册子，题名为《中国存亡之大问题》，竭力反对革命，认为中国国民素质太低，还没有做民主共和国民的资格，因此，与其实行共和，还不如君主立宪；与其实行君主立宪，又不如实行开明专制。总之，主张保皇、改良，确立君主立宪，反对土地国有，维护私有制度。

康有为则在1906年9月开始在《新民丛报》上刊载的《法国革命史论》中声称，中国早就废除了封建专制制度，文明完美，自由已极，国人已经在地球万国之中先获得了平等自由两千年，根本就无革命的必要。

1906年4月28日，《民报》以"第三期号外"的形式公布了《〈民报〉与〈新民丛报〉辩驳之纲领》，专门列出了革命派与保皇派的十二条主要分歧，由于第四期刊物已经编排完成即将出版，将从第五期开始逐一进行批驳，并号召读者参与评判。

刘道一在回国发动起义前也写了文章发表。章太炎出狱来到日本主编《民报》后，加入了对保皇派的论战，发表了不少政论。

由柳亚子、田桐主编的《复报》月刊于1906年5月在日本东京创刊，主要撰稿人有陈去病、金松岑等。刊物虽然以发表文学作品为主，但也积极与《民报》相呼应，宣传革命，抨击保皇，发表了如《驳梁启超书》《立宪驳议》《新民丛报非种族革命之驳议》等文章。

梁启超原本以为胜券在握，声称这是与革命党争舆论动力，要与革命党死战，有他则无我，有我则无他。谁知几个回合下来，支撑不住，连引用的法律条文、译述著作的资料错误，都被革命党一一指了出来，这让他十分难堪。

梁启超和康有为都感到这场论战没法再坚持下去。梁启超便对已投靠保皇会并任《新民丛报》撰稿人的徐佛苏说："佛苏啊，这种论争没什么意义，我真的犯不着与他们这些人计较，不如作罢。但我现在说什么他们都不听了。你是华兴会老会员，与黄兴、宋教仁等都是老友，还是由你来作个协调吧。我们退一步，没什么大不了的。"

徐佛苏说："梁先生既有此意，我可以一试。"

徐佛苏便化名"佛公"，在《新民丛报》上发文《劝告停止驳论意见书》，呼吁停止论战，既为试水，也是铺垫。

然而，《民报》却不买账。

黄兴对章太炎等人说："平心而论，《新民丛报》刚创办时，也剖析了清的腐败无能，传播了西方的先进思想，但他们后来被朝廷的美言妙语冲昏了头脑，极力为专治统治辩护，攻击民主革命，使国内舆论陷于混乱，保皇的气焰大有压过革命思潮之势。革命需要明晰的思想和理论来引领，长期的混乱不清对革命是不利的。真理不怕辩论，越辩就越明，越明就越能让民众看清方向。目前这种情况，还不到收兵的时候。"

于是，第十期的《民报》上，刊出了《驳〈劝告停止驳论意见书〉》，表示《民报》决不休战，要继续辩论下去，一辩不胜则再辩，再辩不胜则三辩，哪怕是十辩，甚至于千辩，都在所不辞，一定要把《新民丛报》辩到无立锥之地，还要犁庭扫穴，不留余毒，以免害人。

《民报》拥有广泛的读者，创刊号曾经再版过七次，此后各期也都有几次再版，仍然供不应求。随着论战的升级，每期发行量达到近两万份。还收到不少读者来信，其中一名读者在来信中说："我原先总喜欢读梁启超主办的《新民丛报》之类的刊物，看到《民报》后，才认识到国家不强是'政府恶劣'，而不是'国民恶劣'，应该建立共和，不应该维持专制，种族革命与政治革命必须同时进行，种族革命绝不会妨碍政治革命。"

梁启超一看情形，急了，就让徐佛苏来找宋教仁。

宋教仁这段时间本来正负责联络东北马侠，往返了几次成效不大，但意外地发现了日本侵吞中国图们江间岛地区领土的野心和阴谋，于是仔细侦察，搜集了不少资料。由于身体出了些不适，他就回到了日本，一边养病一边编写《间岛问题》一书，从地理位置、历史归属、国际法等各方面来论证中国对这块领土拥有主权。宋教仁是学法律的，事关国家领土的大事，他不想放过，正好可以利用所学，旁征博引、条分缕析，将这片土地的主权论证明白，以此为据，戳穿日本编造的伪证，让日本无话可说。

除此之外，他还在研究西方的政治制度和社会学说，并挑选了一些重要著作进行翻译，以便于传播。由于操劳、思虑过度，宋教仁患上了失眠症，精神不好，食欲欠佳，有时还出现神思恍惚的状态，他为此颇为苦恼。前些时，他去东京脑病医院做了检查，说是神经衰弱，治疗了一小段时间，效果不是很明显。医生说要多调养，宫崎寅藏也力劝他多休息静处，他平日已深居简出，不再多应酬。

这天，宋教仁正在给黄一欧补习中文，突然响起了敲门声。黄一欧开门一看，是徐佛苏来了。

宋教仁已有些看不起徐佛苏，但毕竟是老友，尽管立场已不同，他还是客气地接待了这位比他年长三岁的旧同人。

喝着茶，扯过几句闲谈，徐佛苏便叫着宋教仁的字，切入主题："钝初啊，梁先生在《民报》上看到诸位的文章，觉得颇多见地，但其中也有值得商榷之处，很想见你一面，有些问题当面探讨可能更利于消弭误会。譬如《民报》总是斥其为保皇党，其实梁先生已经改变方针，保皇会已经改为国民宪政会了。梁先生与《民报》的那些辩论，也是出于不得已。如果可以调和，以后便不再继续。还望钝初与民报社诸位同志相商，以后大家和平相待，不必再相互攻击，不知钝初意下如何？"

宋教仁直言道："我自去年冬以来，奔走于东北，其间虽然屡去屡回，但来去匆匆，如今又忙着写点自认为还有点价值的东西，加之身体欠佳，对《民报》事务已很少过问，主要是张继、胡汉民、章太炎等同人在打理。但刊物我大多看过，对于双方辩论之事，实是你来我往，而且如果要追根究底的话，还并不是由《民报》挑起。《民报》所发文章也许有不足，但梁先生之文，暂且不说立论之高下，仅从行文之严谨而言，也不无纰漏。我是学法律的，虽然学问并不渊博精深，也还是能看出其中的谬误，像这种情况，如果没有人指出来，岂不是会迷惑国人？但说来大家都是朋友，辩论其实是对事不对人，所以辩论归辩论，交情归交情，佛苏兄也不必过虑，不如让他们辩去。"

徐佛苏有些遗憾地说："如此说来，钝初也是不同意休战了？"

"也不能这么说。"宋教仁已有倦意，"主要这事我也做不了主，但我会向各位同人反映，将佛苏兄的意思转达。大家的争论，其实都是为了让国家变好，目的都是好的，如果能够将真理辩明，有利于国家和民族，客观上就不仅是一方的贡献，而是双方的贡献。如今梁先生既有休战之意，只要是《民报》同人愿意，我也没有什么话说。"

徐佛苏见宋教仁这样说，便想再去找找章太炎等人，就告辞而去。走到门外，嘴里不由嘀咕："这还成了蚂蟥缠住鹭鸶脚——甩也甩不脱了？"

徐佛苏正走到外面马路边等车，谁知碰上黄兴和宫崎寅藏的妻姐前田卓子。前田卓子在民报社负责一些日常事务，被大家称为"民报社的大妈"。两人手里都提着东西，是来看望宋教仁的。

黄兴与宋教仁的态度一样，尽管徐佛苏已亲近梁启超，但毕竟都是华兴会的原始创建人，还是他的同县老乡，交情还是要保持的。两人打了招呼，交谈了几句之后，黄兴语重心长地说："佛苏啊，我总觉得吧，别人已经轻装上阵、自由洒脱地跑了很远了，而我们还在为给自己戴上镣铐枷锁的人辩护，有点匪夷所思，何必呢？"

徐佛苏掂量着说："问题，也许不是这样的。"

黄兴豁达地说："我尊重你的思考，但我认为，保皇终归是不可靠的，如今革命正需要人才，你还是回来吧。"

徐佛苏苦笑了一下，为难道："可我总觉得，暂时还很难分辨谁对谁错。我还是想再看看，还望克强兄谅解。"

"也行，如果想回来，什么时候都可以。只是，我想和你打个赌。"

"哦？打什么赌？"

"保皇、君主立宪会让你们失望的。"

"你这么肯定？"

"是的。"

"赌什么？"

"如果我输了，我愿意听你们的；如果你输了，就回来吧。"黄兴微笑道，"不过，赌是这么打，不回来也没关系，还是本着自愿的原则。"

"好吧，我记住了。"徐佛苏话虽这么说，那神情却仍然满是置疑。

两人就此握手告别。

再说黄一欧等徐佛苏走了后，忍不住问宋教仁："宋叔叔，现在两派争得这么厉害，又是革命，又是保皇，又是立宪，又是专制，有的不难理解，而有的我还真不是很明白。"

宋教仁哈哈一笑："一欧啊，这个问题，你问宋叔叔算是问对了人，不仅是你，别看大人们口头喊得凶，其实对这些知识，很多都是不明就里的。"

相对于同一些大人交际，宋教仁倒是更喜欢与一欧这样的孩子相处，没什么顾虑，不需任何戒备，轻松愉快，对心情也是一种调节。

"那你就给我讲讲呗。"

"要得，我给你简单讲讲。"宋教仁对黄一欧侃侃而谈，"先说革命，很好理解，就是以武力手段去推翻现有统治，建立新的政权。其次是保皇，顾名思义，就是保护皇帝、维护皇权，它主要分为两种情形，一种是保护皇帝和专制皇权，一种是保留皇帝，但对皇帝的权力进行削弱，比如实行君主立宪。再说立宪。就是制定宪法，对君权和公权进行限制，以宪法来治国，保障民主、自由和人权，最大限度地体现民意。立宪又分为君主立宪和共和立宪。君主立宪刚才已经说到，就是在保留皇帝的前提下实行立宪，皇帝虽然仍是国家元首，但并无多少实权，是'虚位元首'；共和立宪就是废除世袭皇权，没有皇帝，国家元首由选举产生，元首和公权也受宪法限制。立宪主要包括两方面的内容：一是限权，即限制个人和国家机关的权力，避免出现极权；二是保障，即保障人民的各项基本权利，以体现民主。至于专制，也好理解，就是权力高度集中，人民的基本权利没有保障。总而言之，现今世界上主要就三种国家制度：君主专制、君主立宪、民主立宪。意思大概就是这样，有些复杂精深的，我暂时就不讲了。"

黄一欧眨巴着眼睛，说："明白了，也就是说，梁先生他们是要在保皇的前提下立宪。"

"是的。这种制度也不是一定不好，主要是皇帝及其利益集团肯不肯放权，能不能真正实现。中国目前的情况，是很难很难的。"宋教仁分析道，"当然，他们现在不称'保皇'了，只称'君主立宪'了。你刚才不是听那徐叔叔说了吗？其实没变，只不过'保皇'二字已被批臭，他们顺应朝廷改了个名号而已，所以现在不管叫保皇党，还是叫君主立宪派，都是他们。我刚才懒得戳穿他们的小把戏，免得他们难堪，毕竟大家都是朋友。"

黄一欧继续说："而我们要的是通过革命，废除皇帝，实行民主立宪，尽可能保障民权。"

"一欧聪明。"宋教仁笑道，"推翻专制统治，废除帝制，建立共和，实行民主立宪……"

正在这时，黄兴推门而入。

"你们谈的我都听见了。"黄兴微笑着说，"一欧，你宋叔叔确实是个难得的专家，你向他请教得对。"

"克强兄，卓子大妈，你们来了。"宋教仁招呼道，"克强兄，我们之间，你就别灌我米汤了。"

黄兴说："我可是实事求是。"说着，和前田卓子把提的东西放下。

前田卓子慈爱地微笑着，用比较生硬的中文对宋教仁说："钝初君，身体好些了吗？"

宋教仁笑着答道："好些了。多谢卓子大妈，大家都费心了。"

"钝初，我们带的都是水果，多吃点水果，也许有好处。"黄兴看着宋教仁尚未收拾的茶具，"我们胖子多喝些茶好，你还是少喝点，尤其是现在睡眠不好。"

"是啊，我也知道应少喝点茶，但就是放不下。"宋教仁答道，"徐佛苏刚才来了，说希望辩论休战。这是团体与团体的事，我们虽是老友，我也不好擅自给他个明确答复。"说着又给黄兴和前田卓子备茶。

"你坐下，让我来。"黄兴拉住宋教仁，"我在路上碰到他了。我猜他还会去找太炎先生他们的。"

"很可能。"宋教仁看着黄兴洗茶具，沏茶，"你前两天不是说又要回国吗？什么时候动身？"

"就这几天。这次可能会去得久些，因此有些事情来同你说下。"黄兴沏着茶，"我甚至希望你能代替我这庶务一职，和揆一一起处理同盟会的日常事务呢。"

黄兴这段时间已经潜回国几次了，目的是在两广发动起义。黄兴在时，黄一欧就和他在一起；黄兴离开日本时，黄一欧就在宋教仁、彭渊恂、章太炎、谭人凤等几个叔伯处打转，有时也像个大同学一样去留学生会馆参加一些活动。黄兴感觉自己对他照顾不到，但也没有办法。

两人谈着正事，前田卓子则坐到另一边，跟黄一欧就着摊开的一本书学中文。

末了，黄兴对宋教仁说："卓子大妈说有些时日没看到你了，一定要来看看。"

前田卓子这才回到茶桌边，笑着说："这些天没见钝初君来报社，我以为你在学校忙功课呢，前日去了学校，却没找着你。"

"你真是太有心了。"宋教仁感激道。

"你们离家在外，很多事情不方便。"前田卓子接着说，"是这样：我们在九州有个叫作熊本伊的好友，他家正好在海滨，远离市尘，很少人来往，非常清静，很适合静心养病，我同他说了钝初君的情况，他很欢迎你去那里调养。"

宋教仁更加感受到一种亲情般的关怀，但去还是不去，他心里却很是踌躇，尽管友人们都很好，但自己感到还是有些不便。

看到宋教仁有些犹豫，前田卓子又说："其实宫崎家那儿环境也还不错，旁边有座古寺，无事时可以去寺中闲游，静静心。"

宋教仁再次感激地说："多谢卓子大妈。钝初已经给大家添麻烦了，怎能再叨扰朋友们呢？此事等我想想再定。"

前田卓子说："都是很好的朋友，你不必有太多顾虑。你如果愿意，随时告诉我。"

然后，黄兴带了黄一欧，和前田卓子一起，告辞离开。

晚上，黄兴又去见了孙中山。孙中山也是去去回回，两人难得碰一次面。

孙中山见了黄兴就说："克强，太炎刚才来了呢。"

黄兴笑笑说："我知道，一定是徐佛苏去找过他了。太炎先生怎么说？"

"不仅徐佛苏去找了章太炎，梁启超也去找了汪精卫，想利用广东老乡关系，让汪精卫同意休战。"孙中山招呼黄兴坐下，吩咐助手陈粹芬重新上了茶。

"结果呢？"

"汪精卫坚决不同意。太炎倒是说，他梁启超既然甘愿认输，可以放他一马。"

"那孙先生你的意思呢？"

"我认为不能休战，刚才我也对太炎这样说了。江湖比武有个点到为止，但那常常是已分胜负，如果是出于交情，两人打着打着就停了，观众就无法知道双方的高下。目前的辩论情况，正如后者，休战容易，但混乱的舆论不理清楚，让大家看到明确的方向，就会对革命造成很大的不利影响。"

"我非常赞同先生的看法。"

孙中山放下茶杯，严肃地说："尤其可恶的是那个康有为。领导'公车上书'和维新变法时，他是何等勇敢而意气风发，待逃亡到海外，便以拥有皇帝的'衣带诏'为名，成立保皇会，竭力宣传皇帝是千年不遇的圣主，要如何如何保皇救国，结果拿着华侨们的巨额捐款，挥霍享受，置业纳妾，完全沦落成一个十足的顽固守旧分子。他哪里是在为国为民，他为的只不过是自己的荣华富贵和逍遥自在。这真是读书人的耻辱。对于他们的胡说八道，就是要不断地揭，不断地批，直到民众都看个一清二楚，抛弃他们，也慎戒来者。"

"先生说得好，有你这些话，我就放心了。"

两人接着就两广起义的事具体商议了一番。

临了，孙中山说："克强啊，轰轰烈烈的萍浏醴起义刚过去，两广边地的起义如果能尽快发动起来，对清政府无疑又是一次沉重打击。本次起义意义重大，还望你多费心。我也很快会离开本部，去外地开展活动。"

黄兴沉着地说："中山先生放心，克强定当尽力而为。本部的事务，现在有刘揆一打理，我也轻松了很多。还有些事，我明天交代清楚，就动身回国。"

孙中山送黄兴到门口。夜色已渐深沉。

两人就此握手告别。

黄兴把主要精力仍然放在国内，论战保皇党的事，继续由《民报》同人负责。

梁启超见休战不成，便坚持对抗。然而在《民报》越战越勇的驳击之下，梁启超等人终于弃甲曳兵，《新民丛报》延续至1907年8月，不得不停刊。

革命派与保皇派的论战至此才得以暂停。

第十八章
初起纷争

黄兴与孙中山编定《中国同盟会革命方略》后，同盟会本部又讨论制定中华民国国旗。

同人们提了各种方案。

孙武、焦达峰等人主张用十八星旗，以黄星代表十八省，并寓示都是黄帝子孙，红底表示铁血主义。宋教仁、陈其美等人主张用红、黄、蓝、白、黑五色旗，一是顺应中国历史传统习惯，二是包含五族共和之义。黄兴、廖仲恺等人主张用井字旗，以井田之意，表示平均地权、众生平等之义。还有人主张用金瓜钺斧旗，以表示大汉精神。另外尚有其他方案的。但孙中山主张用青天白日旗。

孙中山所说的青天白日旗，是蓝色背景，中间是一轮白日，白日周围是十二道星芒，青天白日表示光明纯洁，坦白无私，十二道星芒表示中国传统十二时辰。

青天白日旗的设计者是兴中会的早期会员、孙中山的同县乡党陆皓东。1895年，陆皓东协助孙中山在香港成立了兴中会总部，尔后陆皓东、郑士良、陈少白等人准备在广州发动起义，陆皓东亲手绘制了青天白日旗，打算在起义时用，结果起义未及发动便告失败，他亦被捕就义。后来青天白日旗在1900年的惠州起义时用过。

国旗的制定可不是小事，同人们都畅所欲言。

孙中山坚持要用青天白日旗帜作为国旗，但并非所有人都赞同，有的认为此旗之前既然是供起义用，容易被误认为是军旗，国旗还是另外制定为好。黄兴就是反对者之一，但他的理由不一样。

黄兴直言道:"青天白日,寓意不错,但此旗形式不美,而且与日本国旗尤其是军旗式样相似,这是最犯忌的地方。我以为不妥。"

章太炎发话道:"克强说得对,青天白日旗若是将底色换成红色,与日本国旗的区别就仅剩那十二道星芒了,而日本军旗也是有芒的,只不过芒数不同,外粗内细而已。这是否过于相似了,意味着什么?不过,我刚才想了一下,我也不赞成用井字旗,我赞同用五色旗。"

孙中山一听,当即厉声说:"这青天白日旗可是当初兴中会烈士及革命志士为之流过血的旗帜,岂能不用它留作纪念?我在南洋,也是用这面旗帜号召革命的,现在谁想抛弃它,就先打倒我!"

众人都没料到孙中山生了那么大的气。

黄兴知道孙中山对这面旗帜的感情,便说:"中山先生,这面旗帜确实非同一般。但我们既然是召集大家议事,先让各人发表一下意见也无妨。即便最终没有选用这面旗帜,它的历史意义也仍然在,可以留作纪念。"

"可我要的是将它的精神发扬光大,要的是用它来继续号召和领导革命,而不是留作纪念。"

如此说来,就非得用这面旗帜作国旗了?众人有的不解,有的不满。

黄兴平时都很尊重和支持孙中山,从未有过明显抵触。但这次,他觉得国旗之事,非同小可,不能随便妥协,便继续说:"中山先生,我们不是要根据大家的意见来做决定吗?如今大家才开始讨论呢,即便有的看法与你不同,也可以平和以待,因为我们都是同志,没有必要动那么大的肝火吧?不然我们开这个会就失去意义了。"

章太炎瞥了一眼孙中山,接话道:"何谓各抒己见?何谓集思广益?何谓讨论?如果根本不需要大家提意见,又何必开这个会?你一个人做主不就行了吗?只是,那就变成了专断!"

"问题是我的方案明明比其他方案都要好,可你们有些人就是有异议!"孙中山火气更大了,抓起桌上的茶壶,"啪"地往地上一摔。

全场静默不语。

黄兴沉默了一会儿,脸色也变得铁青,突然也抓起桌上的茶壶,往地上一砸:"我们口口声声说要废专制,立民主,可真要破除这专制思想谈何容易啊!"

场面僵持了一阵。孙中山开了口:"好吧,既然说青天白日旗与日本国旗太相似，我同意做些调整，将大背景改为红色，而把'青天白日'往左上角移一些，以便与日本国旗更大地区别开来。你们是否同意？"

没有人说同意，也没有人说不同意。稍过片刻，下面开始小声讨论，彼此交换意见。

黄兴一看情形，再次说："我还是不同意。我觉得就这样定可能有些武断，大家都可以再考虑一下，还是以少数服从多数的方式为好。"

孙中山听了，当即拂袖而去。

黄兴随后也满脸不快地离开会场。

众人不欢而散。

国旗方案之争，让宋教仁心里颇不是滋味，回到住处，他一时根本静不下心来继续写他的《间岛问题》。

这时响起了敲门声。

宋教仁打开门，是黄兴。

宋教仁沏了茶，两人坐着，默然了一会儿。黄兴开了口："钝初啊，我是不是没必要留在同盟会了？"

宋教仁并未答话。他在想，究竟有没有劝说黄兴的必要。说实话，他对孙中山的某些做法，也是持保留意见的。此前同盟会本部考虑到黄兴要经常回国内，特地派一名会员来同他说，让他暂时代理黄兴的庶务一职，他开始并不接受，因为他已经担任着同盟会的两份职务，但那名会员说，可以辞去原职，专门代理新职，他不想让黄兴为难，就答应了。于是去拜访孙中山，正要回国的黄兴也在孙中山处，宋教仁正好说及代理庶务一事，想听孙中山有何指示。谁知孙中山态度傲慢，只说同意让他代职，并不与他谈事，让他心里郁闷：既然要我辞去原职而代理庶务一职，就说明这事重要。庶务一职仅次于总理，我是要对组织负责、向你汇报工作的，我来向你请示，你总得说点什么吧？这事也就罢了，从平时的观察看，他也总感觉孙中山有点独断专行和高蹈凌虚的味道，除了特别亲近的人，与其他人总有点隔膜、疏离似的。再说这次的国旗之争，孙中山明显太失风范了。宋教仁是学法律的，他已经在考虑革命胜利后的立宪问题，立宪可是容不得独裁和专断的。

想到这里，宋教仁决定不劝黄兴。他直言道："克强兄，你与孙先生争执之事，我就不多言了。我相信，凭你的智慧，你会有自己妥当的处理方式。

我只是希望你保重身体，不管怎么解决，都不要再为这事难过。"

黄兴叹口气说："中山先生不乏革命卓识，只是有时觉得，在处事待人上，尚缺开诚布公，虚心坦怀，难免有让人难堪处。真希望这只是我们对他还了解不深的误会。"

两人又聊了一阵。临别，黄兴微笑道："与君一席谈，我这心里现在好受多了。"

黄兴刚走一会儿，刘揆一来了。

宋教仁当然知道刘揆一所为何事，直接就问："揆一兄，此事你怎么看？"

"气头上的冲突是难免的。"刘揆一倒是很淡定，"主要看双方能否尽快回到理性，正确对待，不使事态扩大。"

"那么，你觉得？"

"克强兄会让步的，我太了解他了。"刘揆一有把握地说，"一个老牛一样的人，你见他发过几次火？他要发火时，都是为了立场，而不是争强好胜。"

宋教仁叹口气，却仍皱着眉，说："我也觉得他会让步的，他总是以大局为重，能让则让。不过照我看来，说实话……"

"怎样呢？"

"同盟会成立才一年多，就出现这样的情况，一方固然可以让步，但如果另一方不能自省，回到以诚相待，保持同心同德，那也不是办法，我看还不如趁早散伙了好，免得到时就像克强兄多次说到的，步太平天国的后尘。"

"钝初，我们还是乐观些吧。"刘揆一拨了拨眼镜，有点着急，"老话说'要学桃园三结义，莫学瓦岗半把香'。我还是希望，弟兄们有始有终。"

"说的也是。但现实并不总是如愿望那样美好，所以有时候未雨绸缪也是有必要的。"

刘揆一更加担心："那你刚才是怎么对克强兄说的呢？"

"我刚才可没有这样说。"宋教仁两手一摊，"我只是说相信他会妥当处理。"

"这还差不多。"刘揆一松了口气，"我是担心弟兄们为他抱不平，使事态恶化。克强兄可是率先策动共建同盟会的人，好不容易走到今天，事情不到万不得已，我们可不能意气用事，导致前功尽弃。"

宋教仁哈哈一笑："都说揆一兄虑事周到，此言果然不虚。你就放心好了，我就算有一天自己退出同盟会，也不会让克强兄为难的。"

刘揆一释然道："有你这句话，我就心安多了。但我也不愿看到你离我们而去，希望你只是戏言而已。"说罢，盯着宋教仁看了片刻，突然转了话题："对了，你的那本关于间岛的书写得怎样了？"

"写了一半多了。主要因为逻辑的严密和措辞的严谨，要再三仔细斟酌，不比写其他文章，再加上身体有点状况，所以有些慢。我这眼睛，这些天也感觉不大好使，我都有点担心有一天会不会也像你一样，戴副眼镜成蛤蟆了。"

"我这蛤蟆是定型了。"刘揆一笑道，又关切地看着宋教仁，"你还是要重视调养身体，别太累了。体质差了，也会影响眼睛的。我给你留意一下东京的中医吧。"

"是啊，这身体不争气。有时想还是过陶渊明那种日子最好，但这样的世道，可能吗？有些事，我哪里放得下，哪里能不想？"宋教仁有些无奈，"前田卓子上次要我去九州海边的友人家里调养，我没去，近日宫崎又要我去他家住段时间，我已经答应了。总之你们放心，并无大碍。"

最后，当宋教仁站在门口，望着刘揆一离去的背影，心里不禁涌起一股感动。要知道，刘揆一原本是最坚决地拒绝加入同盟会的华兴会会员，现在却成了同盟会的得力骨干。黄兴可能是考虑到他是刚入会，不好同孙中山说，否则让他代理庶务一职倒是很合适。

再说黄兴。国旗之争不过三四天，他竟然真的如刘揆一所料定的，说服自己，作了让步，认同了孙中山的主张，采用"青天白日满地红"作为中华民国的国旗。他还给与孙中山很亲近的胡汉民致函一封，表明了自己的态度，信中说，同盟会的革命大业，在名声上没必要说他成就了几分，功劳上也没必要说他建立了多少，即使他能有所作为，也不会引以自居的。只是，中山先生何必为了即将到来的起义，如此执着于旗帜之争呢？为了我们的党和革命大局，他现已决定勉强认同先生的主张了。此事，就到此作罢，不要再争。

众人看到黄兴主动作了这么大的让步，便都不再说什么。但这并不表示就都同意了孙中山的方案，包括本国的同盟会会员和几名日本的会员。宋教仁还特地向孙中山辞去了代理庶务一职，黄兴便提议让刘揆一接任了庶务。

孙中山看到黄兴能够顾全大局，放弃主张而支持他，自然很高兴。

国旗之争于是宣告平息。

可是谁也没想到，事情过去只有二十来天光景，这天，民报社里突然炸了锅。

章太炎这回是主角。

有着"章疯子"之称的章太炎，这次真的像个疯子似的，口中大骂着："龌龊！无耻！堂堂同盟会总理，竟然瞒天过海，与日本暗通款曲，狼狈为奸！什么孙文、孙中山、孙逸仙，他就是个只会满嘴放炮的孙大炮！说什么革命，说什么为国为民，为的不过是自己的权力和名利！真是荒唐！可笑！丢四万万同胞的脸！"

章太炎一边骂，一边走到墙壁前，一伸手，"嘶——"，把墙上孙中山的照片扯了下来，扔在地上，踩上一脚。

张继大声说："日本既然要你走，你走就是，却还受他的钱，这是什么讲究？"

刘师培说："受贿呗，勾结呗。"

谭人凤说："骂得好！骂得痛快！我就知道这个会干不了什么正事！"

宋教仁也来了，说："我还是那句话，既然大家走到了一起，理想又是民主共和，做事就要开诚布公。这个钱，到底受不受得，可以在本部讨论一下，商议决定。声都没吭，就自作主张拿了，又自作主张处理了，这本身就不是民主作风。"

另有田桐、白逾桓等人也纷纷嚷着表示不满。

日本籍会员平山周等人则冲着宫崎寅藏大声斥责："都是你做的好事！这简直是我们日本武士的耻辱！"

宫崎寅藏竭力分辩，可谁听他的。

"啊哈哈！"在大家骂着吵着的当儿，章太炎灵机一动，把孙中山的照片捡了起来，放在桌上，拂去脚印，顺手拿了一支笔，在照片上批上"卖《民报》之孙文应即撤去"十个字，又拿了一个信封，把照片装了进去。"啊哈哈，这可是一份大礼，我要把它寄给孙文孙大炮！"

"好！痛快！"众人鼓掌。

这是怎么回事呢？

原来，萍浏醴起义失败后，清政府开始大清算，因为本次起义是刘道一为首的同盟会会员发动的，而同盟会的领袖是孙中山，为了打击同盟会这个第一大反清组织，清政府向日本政府交涉，要求引渡孙中山给清政府。日本政府从自身利益出发，一方面想给清政府一个脸面，一方面又考虑到万一中国的革命党将来成事，也是需要合作的，便采用黑龙会首内田良平的建议，用一种赠送程仪——路费的友好方式，"欢送"孙中山离开日本。结果，孙中山私下接受了日本政府给的七千元，东京的股票商人铃木久五郎献出的一万元。

孙中山拿到钱后，留了两千元给《民报》社做经费，一千元做了饯别宴会的开支，另外一万四千元亲自带着。

1907年3月4日，孙中山带着胡汉民、汪精卫及日本人萱野长知、池亨吉等人，离开日本，计划取道香港、新加坡，去越南。总理一职，暂由黄兴代任。

孙中山受款的事是宫崎寅藏经手的。事后，日本籍会员平山周等人先知道了情况，认为其中必有隐情和交易，先就和宫崎顶上了，随后把事情告诉了章太炎、张继等人。

于是，有了这大闹民报社的一幕。

大家还在闹，刘揆一来了。

刘揆一看了场面，着急地说："大家先静一静，听我说几句好不好？"

宋教仁冲众人喊道："好了，好了，让揆一说说。"

刘揆一说："孙先生也许有不妥的地方，但他肯定不是草率行事，而是有他周全的考虑。我们很快就要发动起义，需要的是军费，只要日本给的这笔钱不附加不合理的政治条件，而是出于友谊，孙先生拿来作为革命活动的经费，也无可厚非。同盟会的发展不容易，大家都多一分理解和包容吧。"

张继答道："揆一兄，我们可是老朋友了，不是我不给你面子，咱们就事论事。当初华兴会成立后，你可是做账的，你想想，现在他孙中山接受日本那么多钱，同谁商议过，让谁记过账？"

刘师培说："受贿！如果不是有见不得人的勾当，何必偷偷摸摸！"

张继更加激愤："照我看，要革命，必须先革掉那些不合格的革命党之命！"

"啊哈哈。"章太炎从办公间走了出来，拿着写好字的信封，高高扬起，"我要把它寄给孙大炮，让他看一看我在他光辉形象上面的经典批语！"不料抬手时碰到自己的眼镜，眼镜"吧嗒"一声掉地上了，他马上弯腰拾起，看了看，"没摔坏也就罢了，不然他孙大炮可得赔偿。我这眼镜可比他这猥琐的伪君子照片贵重多了。"

刘揆一赶忙走了过去："太炎先生，这封信，是否可以不寄？"

"寄去也无妨。"张继也走了过来，"揆一，太炎先生自有他的道理，你就别只顾替人开脱了。"

刘揆一伸手要夺章太炎手上的信，张继却护住了章太炎。

刘揆一也来了气，把张继往旁边推。作为庶务，他此刻只想维护孙中山，维护同盟会，也为黄兴分忧，其他的不管那么多了。

张继火了，立马揪住刘揆一吼道："我原是敬重你的，你可别和我动手，我和邹容还收拾过留日学生监督姚文甫呢。"

刘揆一也一把揪住张继："你要这样说，那我和克强在沅江边还放倒过几名荷枪实弹的清兵呢！"

宋教仁、谭人凤等人赶忙上前劝解。

正在这时，黄兴来了。

"胡闹！"黄兴大喝一声。众人都停了下来。

黄兴扫视了一眼全场，严肃地说："大家都是有思想的人，这难能可贵。但我们同盟会是一个革命组织，有时候为了大局，个人就需要多一份克制，相互间当包容就要包容，当让步就要让步。国旗的事，你们也都看见了，我都能够放弃主张，支持中山先生。现在，为了这受款的事，你们即使有意见，也可以向中山先生提，何必如此大吼大闹呢？"

张继说："克强兄，并不是我们对领袖有多苛刻，故意想为难他。若是细节小事，谁愿计较？正因为我们是一个大团体，领袖受款这么大的事，怎么能私下就擅自处理了呢？让别人怎么看我们这个组织？作为领袖，行事为人就要起到表率作用，方能服众。重要的事都不与人商量，那还要成立这个组织干什么？他自己带一伙喽啰干事不就行了？"

章太炎说："退一步讲，受款受了也就受了，在开支上予以公开，让大家知情，做到支出合理，也还好说。但如今，他的做法就是不合理。比如这《民报》，经费已经告急，他不可以多留下一点儿？"

黄兴解释道："中山先生已经联络好了广东潮州的黄冈起义和惠州的七女湖起义，我相信他会把钱用在起义上面。《民报》经费虽然紧张，但先用着这两千元，稍后继续筹集也是可以的。在此，我给大家做个请求，此事就到此为止吧，我也很快要离开日本回国发动起义了，本部就拜托各位了。"

黄兴话说到了这个份上，大家也就平静了下来。

刘揆一接着说："刚才气头上的话，大家也都不要计较了，我们都还是同志和兄弟。"

等众人一一离开了，黄兴和刘揆一动手对乱糟糟的报社进行了整理。

第十九章
边地烽火

1907年4月初，冯自由电告黄兴，郭人漳已经由广西桂林调至广东肇庆。

黄兴随即离开日本，打算经香港去广东，再去运动郭人漳反正，发兵攻打广州。

但郭人漳很快就率军离开了肇庆，前往广东钦州、廉州镇压百姓的抗捐斗争。

在钦州有一处叫三那（那丽、那彭、那思）的地方，村民有采用土法制糖的传统，清政府借办学为名征收糖捐，又加征粮税，村民因不堪重负，于3月中旬聚众集会，号称"万人会"，推举刘思裕为首领，领导人民开展抗捐斗争。钦廉道尹王秉恩急派分统领宋安枢，带兵前往弹压和瓦解。谁知激起更大反抗，抗捐斗争在钦州、廉州蔓延，声势大振。两广总督周馥只得派郭人漳带兵前往镇压。

奉命与郭人漳一起镇压民变的，还有身为光复会会员、同盟会会员的赵声。

赵声原在南京新军中，为何会到广东？

萍浏醴起义时，两江总督端方派了南京新军第九镇统制徐绍桢率军前往镇压，赵声也随军同行，却事先暗中派人与起义领袖联系，约好阵前接应，不料到达萍乡时，义军已经失败，无可挽回。此前赵声已晋升到第九镇三十三标二营标统，他利用身份借机在军中开展革命活动。有一次，他带着新军士兵到明孝陵，痛陈明朝灭亡的悲惨往事、清军残杀人民的滔天罪行，在场士兵无不对清深恶痛绝，表示要随赵声报仇雪恨。另一次，又与人将玄武湖神庙中供奉的镇压太平天国革命的刽子手曾国藩的画像烧掉。端方知道后，想加害赵声，幸亏徐绍桢很赏识赵声,对其加以保护,以免职作为处罚,使其免受迫害。但端方并不甘心。赵声这次便不想再回南京,于是带着对起义失败的悲伤,离队南下广东,去投靠在广州军中的堂叔和弟弟,他们早就劝过赵声前往。

赵声到了广州后,因堂叔赵珊琳和三弟赵翊三在军中,谋职很顺,先是进了督练公所,很快补缺任了新军第二标二营管带,接着又因治军有方而升为标统。现在,两广总督周馥派赵声带领一营人马前往廉州,与郭人漳一起围剿抗捐义民。

周馥还致电广西提督丁槐,要其派兵配合。

黄兴到了香港,才得知郭人漳已调离肇庆。这时,广东当局已探知他到了香港,要求香港将他缉拿、引渡,他下榻的松原旅馆已出现侦探。恰在此时,刘揆一来电,说秋瑾派了光复会会员黄人障前往东京,打算与黄兴、刘揆一商议起义之事。黄兴于是派在广东活动的胡毅生先行前往钦州、廉州,留意郭人漳和赵声的动静,他自回东京,处理秋瑾那边的事。

黄兴回到东京,接洽了秋瑾派来的黄人障,对秋瑾的想法表示支持,并与刘揆一、黄人障商议了在日本购买枪械的事,然后让黄人障回去转告秋瑾先做好起义准备。

黄兴稍后又离开日本,经过香港,潜往钦州,打算利用百姓的抗捐风潮,联合郭人漳、赵声发动起义,然后攻入广州。

就在黄兴往来于香港和日本的时候,已经到达越南的孙中山,正在部署潮州、惠州起义的事。他得知钦州、廉州发生民变,便打算借此机会,因势利导,在广东的钦州、廉州、潮州、惠州四地同时发动起义。

此时胡毅生已在赵声营中。赵声是热心革命的,而郭人漳也曾留学日本,既是黄兴旧友,又是同盟会会员,黄兴也曾运动过他,虽未有明确结果,但还是有反正希望的。

孙中山于是派邝敬川去钦州联络民军首领刘思裕,向刘思裕传播革命思想;又派萱野长知回日本,与宫崎寅藏等人购买枪械。

刘思裕表示愿意与革命军一起团结作战。孙中山又派陈油带着信函到赵声营中,让胡毅生将信转交给赵声和郭人漳,告诉他们,钦州、廉州的抗捐民团已与革命党人联络好了,自家人不要相互残杀。

谁知这陈油赶到北海时,见郭人漳、赵声都已开往钦州、廉州,而沿途有清军盘查行人,陈油胆怯,竟害怕起来,不敢及时前往送信,郭人漳、赵声都不知道实情,因军令在身,率军抵达目的地后,就对"民匪"发起猛烈攻击。民团武器简陋,难以抵挡,三那陷落,民团死伤惨重,刘思裕也在战斗中牺牲。

直到这时,陈油才将信送到胡毅生手里,赵声才知道这次原本是不用对民团进行违心镇压的,而是可以和郭人漳与民团联合,趁机起事的。由此痛苦之极,在设于海角亭的宴席上借酒浇愁,写下两首七绝,以抒胸中郁闷:

其一

临风吹角九天闻,万里旌旗拂海云。
八百健儿齐踊跃,自惭不是岳家军。

其二

决战由来堪习胆,杀人未必便开怀。
宝刀持向灯前看,无限凄凉感慨来!

误会已经铸成,无可挽回。

镇压三那起义后,郭人漳被升为钦廉边防督办,赵声被升为第一标标统。

孙中山又任命同盟会会员王和顺为中华国民军南军都督,前往钦州、廉州,与先期前往联络民团的邝敬川一起,组织民军,配合黄兴、胡毅生策动的郭人漳和赵声军队,再次发动起义。

王和顺是广西人,早年曾在"黑旗军"首领刘永福部下当过哨官,参加过"洪门会党",后来和会党首领陆亚发起事反清,失败后,陆亚发被清军处死,王和顺逃到香港,得到同盟会照顾,之后到越南西贡,加入同盟会。

这时黄兴来到了郭人漳营中。

郭人漳自然知道黄兴的来意。在黄兴的游说下,郭人漳说:"克强兄,我不知道赵声兄是否同意反正?民军是很弱的,如果就靠我这一支人马,我是不敢贸然行事的。即便是赵声答应了,我们的力量也还是不够的,因为如果两广总督派钦廉兵备道秦秉直率军前来,我们是应付不了的,如果能再有一支正规的生力军加入,三军合一,就不怕了。"

黄兴心想:我们的目的还不仅是攻战钦、廉,而是进取广州,力量不够的话，就算在钦、廉起事顺利，要打到广州也很困难。如果能增加一支兵力，怎么说都是好事，不是坏事。于是说："赵声是同意反正的。要增加一支正规力量，也不是难事，我可以去越南与中山先生商议，组织一支武装。"

郭人漳这才有了点信心。

黄兴离开郭人漳军营，来到越南，与孙中山商议。孙中山认为可行，让黄兴继续前往钦州、廉州，他自己和胡汉民、汪精卫等人在越南召集同志，并聘请法国退役军官多人，等军械由日本运来，就组编正式革命军两千人，开往国内。

萱野长知带着经费回到日本后，就开始办理购买军火的事，但要躲过几重检查，在短时间之内经香港把枪械运到越南再转往钦州、廉州，却并不容易。

这时，潮州黄冈和惠州七女湖的起义相继打响了。

先是黄冈起义，于5月22日发难。起义军一举占领了潮州饶平县黄冈城。两广总督周馥急令潮州总兵黄金福、广东水师提督李准出兵镇压，又电告闽浙总督松寿派兵堵截。历时六天，起义军惨遭失败，革命党人和群众被屠杀二百数十人。

接着是七女湖起义，于6月2日发难。以三合会党为主的义军占领了一些清军据点，但因为队伍人数太少，潮州起义又已经失败，无法接应，在水师提督李准派兵镇压下，起义失败。

两次起义失败的消息传到东京，同盟会本部再次炸了锅。

章太炎高声说："那可是几百条人命哪！孙大炮就知道在沿海发动跳蚤式的起义，顶个屁用！黄兴说要到长江流域去搞，那才是正着。我建议，正式革除孙大炮的总理之职，由黄兴担任！"

刘师培嚷道："说得是！我支持改组同盟会，并增补北一辉、和田三郎为干事。"

就这样，上次积压的不满，这次又爆发出来。一群人聚集在同盟会总部，要求刘揆一召开罢免孙中山总理职务的会议。

刘揆一严肃地说："你们知道如果按你们的意思处理，问题有多严重吗？潮州和惠州的起义虽然失败了，但目前中山先生与克强兄仍在全力谋划起义，你们这么一闹腾，不单是打击中山先生，也是让克强兄陷入窘境，而损害的不仅是两位领导人，整个同盟会都将因此而分崩离析，使我党前途尽毁！"

刘揆一太了解黄兴了。他多次讲过,搞革命最怕的就是像太平天国那样,争权夺利,自相残杀,以致功败垂成。他怎么可能同意罢免孙中山,自己来接替总理一职呢?

但刘揆一只能应付一时,根本不能让章太炎、张继等人轻易放弃倒孙行为。

这回,张继看到刘揆一十分为难,倒是私下来见了他,说:"揆一兄,我首先要向你道个歉,我上次之举有些鲁莽了。你知道,我就这么个脾气,还望你多见谅。同盟会闹到今天,固然有大家的冲动因素在内,但也不全是无事生非。你怎么办?依我看,除了让克强兄出面之外,孙先生如果能从大局出发,诚心诚意给大家一个说明,略致歉意,纵有天大的误会,也能消解。"

看到张继态度如此诚恳,说的都是肺腑之言,刘揆一感动不已,不由抹泪道:"兄弟言重了,我也为当日之事感到愧疚。其实大家都是一片赤诚之心,为了革命有个好前途。误会总是在所难免的,如果人人都有兄弟这样的胸怀和见地,还有什么纠结解不开的呢?"

两人说着,友谊倒似乎比之前更深了。

送走张继,刘揆一立即给在香港的彭邦栋去信,让他将本部发生的事转告黄兴,又致书冯自由和胡汉民,说古代帝王尚且能说出"万方有罪,罪在一人",主动承担过错,赢得人心,希望他们也劝劝孙中山,不妨给本部同人们一个解释,以安人心。

孙中山正催促萱野长知和在香港的冯自由,抓紧运送枪械。

萱野长知与宫崎寅藏等人购买了村田式快枪两千支,子弹一百二十万发。这种落后的枪械在日本已经被淘汰。

平山周、和田三郎、北一辉知道了这事,将实情告诉了章太炎。

章太炎、宋教仁、谭人凤等人都是反对以两广沿海作为起义重地的。他们听平山周等人一说,就急了。

宋教仁担忧地说:"打仗可是玩命的事,这样的武器能行吗?会不会是被日本人坑了?孙先生当年策划的那次惠州起义,也是委托日本人购买枪械,已经被骗过一次,钱给了,枪械却没着落,这次可不要重蹈覆辙啊。"

章太炎说:"没错,这种枪支在日本早就不用了,却卖给我们。这拼命的玩意儿,要买就要买好的,岂能贪便宜而图多?孙大炮动不动就轻率起事,如果用的又是这等废弃枪械,只会造成无谓的牺牲,这不是让革命志士白白送命吗？可见这孙大炮根本就不讲道理，我们一定要阻止他！"

章太炎和宋教仁也不及多想，当即以民报社名义，给香港《中国日报》社的冯自由发了份明码电报："械劣难用，请停运另购。"

冯自由立即将情况转告孙中山。

孙中山听了怒不可遏：谁不知道购买先进武器？可经费有限啊。这些武器在日本过时了不假，但在武器并不先进的中国还可以用啊。这购运军火的机密事，章太炎和宋教仁竟以明码发送电报，一旦泄密，那还得了？于是派同盟会福建分会会长林文回东京总部，负责有关工作，阻止章太炎、宋教仁再参与同盟会事务。又致信宫崎寅藏，对平山周、北一辉、和田三郎等人予以谴责，表示以后再也不相信这些人，东京的重要事务以后全权委托宫崎办理，不仅是平山周等人，即使同盟会本部中人和民报社的人，都不必与他们商量。

黄兴接到刘揆一的信后，心里很着急。

恰在这时，传来了徐锡麟殉难、秋瑾就义的消息。

此前，徐锡麟通过关系打入安徽官府并取得安徽巡抚恩铭的信任，任了安徽巡警处会办兼巡警学堂监督。他原本与秋瑾约定，于7月19日在安徽、浙江二省同时举行起义。由于一名会党成员在上海被捕，供出革命党人的一些化名、暗号，清政府下令按名单拿办，情况紧急。7月6日，设在安庆的安徽巡警学堂举行毕业典礼，徐锡麟乘机刺杀安徽巡抚恩铭，率领学生军提前发动起义，因准备不周，外援未到，经过激烈战斗，起义失败。徐锡麟受审后被当局残杀于安庆抚院门前，剖腹挖心，炒熟而食。徐锡麟的弟弟在供词中牵连到秋瑾，但她拒绝逃离。她遣散众人，独自留守在绍兴大通学堂，13日被捕，在招供书上仅写下"秋风秋雨愁煞人"七个字，于7月15日凌晨就义于绍兴轩亭口。

秋瑾与徐锡麟等人的死难，对同盟会无疑又是一大损失。

黄兴心里除了难过，还深深地感到，同盟会东京本部的问题不解决好，加上其他一些事件的冲击，同盟会的瓦解和溃散是很快的事，再要把全国的革命团体和志士联合起来，更加困难。

黄兴当即给刘揆一写了一封回信。信中，黄兴言辞恳切、立场鲜明地说，我党事关革命前途生死问题，而不是个人名位问题。孙总理德高望重，各位如果希望革命取得成功，就请不要执着于误会，请对孙总理多多拥护和支持，也免得陷他黄兴于不义。

再说孙中山听冯自由、胡汉民转达了刘揆一的意思后，也当即给刘揆一回了信。他在信中说："党内的纠纷，依据事实就足以解决，没有什么过错需要征求谅解的。"

孙中山的信比黄兴的信先到东京。章太炎等人知道了他的态度，更加气愤，正要发作，黄兴的信紧接着到了。他们看了黄兴的信，知道了他的立场，觉得再闹下去也没有必要了，他们原本是要罢免孙中山而推举黄兴的，现在黄兴意不在此，还极力为孙中山辩护，而黄兴之外，暂时又还找不到一个取代孙中山的合适人选。

但他们心里的不满却积压了下来。

再说胡毅生在赵声营中，动员赵声率军起义。

赵声不无忧虑地说："我这里是没有问题的，只是我手头的人数少，而且我目前地位不高，万一郭人漳靠不住，那就难办了。"

胡毅生当即说："郭人漳已经答应反正。再说，即使他不反正，应该也会保持中立，而我们还会另外组织武装，所以不必担心。"

赵声心里稍安。

紧接着，王和顺奉孙中山之命，来到赵声营中。赵声以为真的会有正规武装到来，心里更踏实了。他给王和顺改名为张德兴，颁发了军事委员委任状，以掩人耳目，便于行动。王和顺随后就去了三那。

这时，会党头目梁瑞阳、梁少廷已经聚集了数百人枪，刘思裕的侄儿刘显明也率领数百人前来会合。王和顺出示孙中山的委任状，委任梁瑞阳为副都督，梁少廷为参赞，又拿出所带款项分派给民军。王和顺领导着这支民军，在三那一带发展壮大，颇受当地百姓欢迎。

王和顺决定攻打广西南宁。他与赵声约定，由他带领梁瑞阳、梁少廷和刘显明这支人马做前锋，赵声率军随后跟随，相机行事。

王和顺接着返回家乡广西，运动军界，以便策应。

谁知王和顺在南宁策动清军不成功，只好改变计划。

刘显明因为久等不见王和顺从南宁回来，估计难以成事，由于粮食补给已经困难，就带了数百人撤到了乡间，暂时由百姓供给粮米。王和顺回到三那，带着部众在原地徘徊，等待时机。

正在这时，驻守防城的清军左哨官刘辉廷、右哨官李耀堂，受革命思想影响，有意反正。

王和顺认为机不可失，与黄兴、胡毅生商议，决定在防城发难，并派人到越南向孙中山请示，孙中山也表示同意。

胡毅生却私下对黄兴说："克强兄，不是我说泄气话，我听我哥说，王和顺这人有勇无谋，难成大事，而郭人漳又未有十足把握。但王和顺既以南军都督的名义向中山先生请示，并已获支持，我也不好再说什么。"

黄兴分析道："目前清军正陆续向钦、廉派兵，打算加紧镇压抗捐斗争，全歼民军，消除革命隐患。如果不尽快起义，民军就面临何去何从的问题，与其坐以待毙，倒不如拼死一搏。郭人漳这个人，意志不坚定，没有足够的胜算，他就下不了决心。我倒是希望王和顺的民军能表现出色，打消郭人漳的顾虑，他一旦反正，没有了回头路，形势就会对我方有利。"

胡毅生说："赵声兵力有限，他也在观望郭人漳。我现在就怕王和顺难成事，那么郭人漳就不肯冒险站出来，赵声也就不会单独起事，局面可想而知。"

黄兴表情凝重地说："没错，这是可能出现的最坏的结果。情势紧迫，民军唯一的出路，要么是投降，要么是尽快发难，杀出一条生路，在清军合围之前，利用粤、桂边境的崇山峻岭作掩护，灵活机动地实行进退和攻守，保存实力，再图大举。我们稍后可以在广州等地另谋起事，相互有了呼应，险情自然化解。"

"看来也只有如此了。"

黄兴想了想又说："赵声的职位还不高，但他在新军中的潜伏对我们非常重要。凭他的才干，很快就会得到晋升的。所以我倒是希望，时机不成熟，他不要轻易暴露，因为他那点兵力也是不济事的，反而断了后面的路子。你在他的身边，要相机行事，可为则为，不可为就不要让他做无谓的牺牲。"

胡毅生点头道："确实，如果事不可为，还不如让民军在发难扬威之后，如你所说的，借助有利地形，适时化整为零，散归山林，以待他日。"

此时的局面，除了清兵援军在逼近，民军久扎下去的话也面临补给困难。但在日本购买的那批枪械，一时根本不可能避过风险运到钦州、廉州。

孙中山一看，也很着急，派会党首领、三那本地人关仁甫等人去上思，协助王和顺，就地想办法解决武器问题。

关仁甫回到三那，在上思收集了两百多条枪支，领导会党发动了上思起义，打算夺取清军的武器，但清军统领蔡歧鸣率军坚守，义军围攻不下，起义失败。

事情不能再拖，王和顺决定于9月3日在钦州的王光山发动起义。

9月3日，王和顺率梁瑞阳、梁少廷在王光山如期发难。

次日，义军攻打防城。驻守防城的清军哨官刘辉廷、李耀堂果然倒戈响应。防城知县宋渐元下令抵抗义军，那些士兵却只是嘻嘻哈哈，朝天放枪。义军顺利攻下防城，将宋渐元扣押起来。

义军占领防城后，即发布《告粤省同胞文》《告海外同胞书》和《招降满洲将士布告》。

被扣的知县宋渐元是湖南浏阳人，还曾给为变法殉难的同乡谭嗣同撰写过挽联，所以并不是个思想有多顽固的官僚。他也知道，与孙中山并称的黄兴，就是当年的黄轸。

宋渐元向王和顺表示，愿意支持革命，戴罪立功，并且给王和顺出了个计策：可以从军中挑出数十名勇士，装作押送囚犯，由他率领，骗入钦州城，占领东门，大军就可以轻易入城了。

王和顺等人一想，此计看来确实不错。唯有副都督梁少廷不赞成，认为是宋渐元使诈。原来梁少廷曾经被宋渐元抓捕过，心里很是愤恨。

梁少廷这一反对，王和顺就有些犹豫。梁少廷当场便拔刀将宋渐元杀死，随即又诛杀了他一家老小。

王和顺见状，也只有作罢，便与黄兴联络好，决定攻打钦州城，由黄兴策动郭人漳做内应。

王和顺让邝敬川带了数十人留守防城，自己亲率主力五百余人，于5日冒雨向钦州城进发。

因为走错了路，义军于6日凌晨才抵达钦州城下。王和顺看到钦州城头灯火密布，知道城中已有准备，民军也已疲乏，便退至离城二十余里的涌口扎营。

郭人漳当即就知道了义军已来。

此前赵声对郭人漳是否真的愿意反正，心里还是没有底。想到上次阴差阳错，误伤民团，他心里还有愧，为了万全起见，他决定直接将此事与郭人漳通气。郭人漳接到赵声的亲笔密函后，心中有数，但具体怎么做，他还要看情况。

经与黄兴商议，郭人漳决定前去与王和顺会面，了解详情。

郭人漳偕黄兴，带了卫队六十人，来到王和顺营前。王和顺出来将郭人漳、黄兴一行迎进营中，设宴招待。

其间，郭人漳问王和顺来了多少人。王和顺照实说了，郭人漳有些失望。他之前希望增加一支像样的军队，不是说孙中山要在越南组建一支两千人枪的武装开回国内吗？如今又只是四五百号乌合之众。

黄兴看出了郭人漳的疑虑，便暗示王和顺："王都督，那你们的后续人马呢？"

谁知梁少廷抢先答道："哪儿还有后续人马……"话出口了方知有失。

王和顺连忙说："他们还在防城，很快就会赶上来。"

但郭人漳已不相信。

郭人漳沉吟半晌，对王和顺说："钦州城可是有数千装备精良的清军呢，我所率的不过是其中的一支，这仗怎么打？"

王和顺只道郭人漳是已决定反正的，就把希望主要寄托在他身上，如果郭人漳不反正，那义军要么是拼命硬攻，要么得撤走。硬攻的话，要取胜确实是没有把握的事。撤走的话，又往哪里撤，另去攻打哪里呢？这些都还没有周全的预案。因而面对郭人漳的疑问，他也面露难色。

黄兴紧盯着郭人漳说："那么，以兄弟之见呢？"

"这样的力量对比，如果以开战的方式拿下钦州的话，即使有我的响应，也会送掉不少人命，并且祸及百姓。"郭人漳琢磨着，似乎终于下了决心，"也罢，干脆这样吧，到了晚上，我部打开城门，你们直接开进去。"

黄兴觉得如果真能如此，自然是可行的。那就让赵声也及时举兵响应，造成声势，减小这边兵力不足的压力。拿下钦州，可以造成很大影响，至于后续，也许会不断有应援赶来，即便没有，守不住钦州，也可实行战略转移。

王和顺听了郭人漳的话，心里也是一喜，看了看梁少廷、梁瑞阳、刘辉廷、李耀堂诸人。

刘辉廷说："若是真能这样，倒是最好。我们尽快合计一下看。"

王和顺安排人陪着郭人漳和黄兴等人用着茶点，自己与几位部下离席相商。

刘辉廷说："郭人漳说的省事倒是省事，但万一他使诈，我们不是全军覆灭了？还得有个防备。"

梁少廷说："照我看，不如将郭人漳一行扣下，换下他们的卫队服装，给我们的人穿上，打着郭人漳的旗帜，前往钦州，骗入城中，占领东门，我军主力再趁机杀将进去。"

王和顺说："黄兴在此，没有他的同意，我们怎能贸然行事？而如果征求他的意见，他八成是不会答应的。"

李耀堂说："办法看似不错，但如果郭人漳确是真心，就显得我们不义，后面的事如何是好？"

"如果办法确实可靠，黄兴同不同意倒也没啥，先实行了再说。"梁瑞阳拧着眉，"我担心的是这样一来，郭人漳的人马没有得到他的命令配合我们，我们就算骗进了城，交战后能不能撑得住。"

几人就都有些踌躇，一时做不了决定。

外面，黄兴的心里也在不断寻思：一则，等王和顺他们商量好了，他就必须马上派人去给赵声传信；二则，万一郭人漳有诈，当如何应对。

郭人漳左等右等，不见王和顺出来回话，起了疑心。想到宋渐元一家被杀，他不禁脊背发凉，当下让王和顺的手下去叫了王和顺来，也不多说，即行告辞，偕同黄兴，带人离营而去。王和顺还没反应过来，也不阻拦。

黄兴随郭人漳走在回钦州的路上，心里就明白，如果说郭人漳刚才在王和顺营中说的那个办法是出自真心的话，那么现在他已经改变主意，放弃反正了。这就使事情变得棘手。但必须要郭人漳给个明确态度才行，否则义军如何行动？

回到钦州，黄兴问郭人漳："兄弟有何打算？"

郭人漳直截了当地说："克强兄，你也看见了，这样的一群草寇，能攻下钦州城吗？岂不是自寻死路？"

"民军有欠训练和教育，这是事实，但草寇之语，我不赞同。清的老祖宗努尔哈赤他们当年，不也是一群草寇吗？"黄兴不温不火，"这个就不说了。我现在只想要你一个明确答复。看来兄弟是已经做好决定了？"

郭人漳看到黄兴有些不快，便说："克强兄，我也有我的难处。刚才在王和顺营中你也看到了，我等如果再不快走，谁能保证不成下一个宋渐元？我现在只关心，你下一步作何打算？"

黄兴心想：郭人漳说的倒也是实话。倘若刚才王和顺他们不拖延，决计按照郭人漳说的去做，事情又会如何？但这个假设已经没有意义了。有些事情，转瞬的变化，结果即冰火两重天，判若云泥。

黄兴淡然说："我现在没你好办，我可得为数百名义军的性命着想呢。"

郭人漳摸着下巴想了一阵，然后，眼睛里闪着狡黠的光，看着黄兴说："你我相交这么多年，我也不想让你为难。你放心吧，我自有办法，让义军不至于无谓牺牲。"

"你有么子办法？"

"这你暂且不用管，总之，你不必再为义军担忧。"

黄兴心下犯疑，但郭人漳那样说了，他再问也无益，便开始琢磨王和顺应该怎么办。

9月7日清晨，王和顺正准备发兵硬攻钦州城，先是接到黄兴密报，说城中已有戒备，郭人漳不可倚靠，义军不如往广西方向转移，再作打算。紧接着，郭人漳派联络员郭时安来到王和顺营中报信，说新上任的钦廉道尹王瑚已有戒备，做好布防，他自己这一标人马是不能发起策应的，赵声所部兵力更是有限，也不会反正，劝王和顺放弃攻打钦州，以免造成不必要的伤亡。

王和顺十分扫兴，派人打探，发现城中果真防守严密，如临大敌，这点人马的确不济事。经过商议，临时决定前往攻打钦州东北部防守较弱的灵山，占领灵山后向广西进军。

郭时安从王和顺营中一回到钦州城，就被郭人漳以通敌的罪名斩杀了。然后郭人漳立马又派人前往廉州通知赵声，说起义机密似已泄露，新任两广总督张人骏已经对他们起疑，切不可再轻举妄动。

就这样，郭人漳暗地给钦廉道尹王瑚报了信，给廉州的赵声送了通知，给广州的两广总督张人骏发了告密函，既打消了王和顺在本地发难的念头，又阻止了赵声反正的计划。

郭人漳的所为，看起来似乎对各方都好，却不可谓不阴毒，又岂能对人说得出口？所以他自然不肯告诉黄兴。

黄兴看到郭人漳对郭时安杀人灭口时，就感到事情很诡异，又见钦州提督秦炳直开始对郭人漳的人马换防，显然是对郭人漳放走义军也已起疑。郭人漳为了自保，还不知会干出什么事来。黄兴立即警觉起来，趁郭人漳不注意，利用其纸笔工具悄悄做好沿途过关手续，又抓过一张纸，愤然写上："可做之事很多，何必为虎作伥！"把笔一掷，不辞而别。

等郭人漳发现，派人去追时，哪里还追得上。

王和顺率领义军从钦州城郊往灵山而去。

一路上，不断有团民和百姓加入，队伍壮大到几千人。沿途打了几次小仗，取得胜利，队伍更是发展到两万余人。

孙中山得知后十分高兴，将情况转述给各地同盟会同志，以鼓舞人心。

然而情况急转直下。

郭人漳为了消除钦州提督对自己的猜疑，一面密电把守灵山的宋安枢严防死守，堵住义军，一面亲自率兵攻打防城，追击义军，使王和顺腹背受敌。

王和顺率军抵达灵山后，发起了攻城。由于部下误事，没有按时制成所需竹梯，也未抢占炮台高地，苦战一天，义军伤亡惨重，只得退却。

在退却途中，清军派了一人假冒会党人员，赶上义军，说城中已有党人响应，如果王和顺回师一击，定能成功。

王和顺信以为真，率军往回赶，就在靠近灵山城时，只见宋安枢大开城门，领兵出城发起攻击。王和顺知道已上当，一边接战一边撤退，刚刚脱险，在狮子山又遇上宋安枢所部两名管带领兵截击，双方交战一昼夜，义军弹药缺乏，补给困难，不能再战。王和顺看到大势已去，只得下令残部就地解散，由梁少廷、梁瑞阳、刘辉廷、李耀堂分别率领，或利用当地的十万大山进行隐蔽，或化整为零予以遣散。自己带了二十余人，往越南去。

赵声因为郭人漳通知过他已被猜疑，不要妄动，又看到郭人漳也没有响应义军，不敢单独反正。这时接到宋安枢的请援书，只得率军开拔。为了不与义军遭遇，发生冲突，他只好绕道而行，虚与应付。随后，他就被两广总督张人骏调回广州。胡毅生也只好离开军营，回了河内。

至此，黄冈起义、七女湖起义、防城起义，同盟会在广东举行的三次起义都失败了。

黄兴与王和顺回到河内。

孙中山、黄兴、胡汉民召集骨干在河内开会，决定振作精神，继续发动起义。经商议，将下一个起义地点定为镇南关，委任王和顺为镇南关都督。

由于发动两广起义的革命总机关此时设在越南河内，而镇南关是中越之间的重要关口，占领镇南关，首先就有利于打通革命党在中越之间的往来。按照制订的战略部署，攻占镇南关后，再汇集广东、广西两省边地的各路力量，进军南宁。攻占南宁后，建立中华民国军政府，以孙中山、黄兴为正、副大元帅，号召天下，召集兵马，继而占据整个广西，再向湖南、广东、江西推进。

作为广西南部的边防要隘，镇南关位于两山对峙之间，地势险要，自古为兵家必争之地。除了关楼上的炮台，另有炮台建在险峻的山顶上，紧紧扼住关口。要想拿下镇南关，强攻是下策，最好的办法是智取，比如利用熟悉地形的当地人协助，策反把守炮台的清军进行配合。

镇南关附近有个那模村，在越南境内，但离镇南关很近。那模村有三个会党首领：黄明堂、李佑卿、何伍。他们勇敢善战，活动在广东、广西、云南边地和中越边境，多次袭扰清军，清军也多次对他们进行追剿，由于他们很熟悉地形，如同山泥鳅，刺溜就不见了，清军竟奈何不得，反倒以财物安抚他们。

孙中山、黄兴派人与黄明堂三人会面，以革命大义加以游说，三人深为感动，先后加入同盟会，并愿做起义先锋。

由于三人所属的会党与王和顺所属的绿林素来不和，经王和顺同意，改任黄明堂为镇南关都督，李佑魁为副都督，何伍为支队长，王和顺则负责谋取龙州附近的水口关，作为策应。

1907年10月，黄兴潜往广西，与王和顺、黄明堂等人会于南宁附近的扬美镇，在同盟会会员梁植棠、梁烈亚父子家召开秘密会议，商讨镇南关起义的具体计划，为了避人耳目，后又转移到该镇的魁星楼继续进行。

接着又动员了原广西巡抚苏元春的旧部梁兰泉和刘永福的旧部梁亚珠等人，加入了同盟会。驻守镇南关镇北、镇中、镇南三个炮台的哨官都是梁兰泉和梁亚珠的旧部，通过梁兰泉和梁亚珠，又对他们作了动员。

驻守在镇南关以北凭祥的清军统领陆荣廷，出身贫苦，有过多年抗法经历，既镇压过会党，也有革命倾向，对前往游说的同盟会联络员说，驻守龙州的边防督办龙济光兵力雄厚，王和顺如果要在水口举义，很难得手，对镇南关方面，则愿意配合。但究竟是否可靠，很难确定，孙中山、黄兴也不敢轻信。

一切准备停当，孙中山、黄兴、胡汉民等坐镇河内，静候消息。

12月2日，镇南关起义爆发。

凌晨时分，黄明堂率领一百余人，携带刀枪绳具，迎着刺骨的寒风，从镇南关背面行动，走小路，过断涧，攀悬崖，趁着大雾，消灭了清军巡逻兵，首先出现在第三炮台后面。一百多名清军正在睡梦中。义军一声呐喊，清军从梦中惊醒，天气又冷，全都仓皇失措，还没弄清怎么回事，就失去抵抗，做了俘虏。在哨官的接应下，接着拿下了第二炮台、第三炮台，控制了整个镇南关。

河内的甘必达街六十一号，同盟会革命机关内，孙中山、黄兴等人一夜未眠。

池亨吉前两天跌伤了左肩，孙中山虽已给他诊治，但他还是痛得睡不踏实。孙中山说："唉，池亨君，我又何尝睡得着呢？来，我再给你看看。"

黄兴就在隔壁，更是睡意全无。

大约上午九时，只见黄兴从外面急匆匆奔进门来，"咚咚咚"冲上楼，老远就兴奋地对孙中山和池亨吉喊道："痛快！痛快！电报来了，镇南关已经被占领！"

孙中山接过电报一看，大笑道："果然没有让我失望。这一战太重要了，痛快！痛快！"

池亨吉这时正睡得迷迷糊糊，还没听清，黄兴又冲下楼去了，向同志们宣布了好消息。

楼下的同志们正在讨论镇南关的战事，各有猜测，听到好消息，顿时兴高采烈地欢呼起来："万岁！万岁！"

就在当天，清军陆荣廷所部，对镇南关发起了象征性反攻，被义军的炮火轰退。镇南关的捷报又飞往河内。

按捺不住惊喜的孙中山与黄兴商议，决定亲率众人前往镇南关。黄兴劝他不必亲往，自己去前线指挥即可，孙中山执意要去。

当晚，黄兴和众人做着各种准备。孙中山看着躺在床上的池亨吉，只得说："池亨君，请为我们庆贺吧，电报已经来了三次了，镇南关的形势很好。明天一早，我就要带领同志们去前线了，遗憾的是，你走不了啊。你就安心在这里等着更好的消息吧。"

谁知池亨吉爬了起来，好像没有了痛楚一样大声说："不行，我也要一起去！"

孙中山笑道："你就别强撑了，睡吧，睡吧。"自顾忙去了。

他不知道，池亨吉已打定主意，要随他们去镇南关。

3日上午，黄兴、孙中山、胡汉民、胡毅生、池亨吉和法国退役炮兵上尉男爵狄氏等人,由河内乘火车,到达最北端的同登站下车,然后步行了一阵,与前来接应的义军代表碰了头,一起骑马来到了那模村。何伍正在村中集合增援人马,随后带着几十人,领着黄兴、孙中山等人,绕过敌哨,乘夜从小路攀爬上山。道路崎岖陡峭,黄兴身躯肥胖,孙中山缺少体力锻炼和走山路的经验,胡汉民正闹胃病,池亨吉左肩有伤,大家都走得很辛苦。本来打着火把照亮,突然就引来清军暗哨"砰、砰、砰"一阵射击,只得熄了火把摸黑前行。

大约九时许,突然有激昂的乐曲声传入耳中,很快眼前一亮,一片火把。原来是到地了,黄明堂率领战士们在奏乐欢迎领袖一行到来。全军深受鼓舞。

当天晚上,黄兴、孙中山等人在炮台堡垒中的草堆上睡了一夜。

第二日,黄兴陪同孙中山巡视了义军占领的三座炮台,慰问了将士,又观察了周边地形,与黄明堂等一起制订了下一步作战计划。按照部署,由何伍守南炮台,李佑卿守中炮台,黄明堂守北炮台,黄兴、孙中山坐镇北炮台指挥。

当天,陆荣廷率领清军开到,与其他清军会合,扎下营来,对镇南关形成围截之势。黄明堂带领义军对清军发起打击,山谷中响起枪炮声。

黄兴立于炮台边,大吼道:"弟兄们,给我狠狠地打!"说罢端起一把枪就朝山下的清军射击。早已练就的神枪手,果然弹无虚发,清军中当即有人倒地。

法国退役武官狄氏瞄准敌军开炮,"轰——",清兵一片扑跌,清营着了火,腾起黑烟,乐得那留着一圈黑胡碴的武官叽里呱啦叫。

孙中山拿着望远镜观察了一会儿,要亲自燃炮射击。黄兴看到太危险,让他赶紧退下。孙中山激动地说:"我从事反清革命二十余年,今天才有机会发炮攻击清军,一定要亲手一试。"坚持在狄氏指导下开炮。

黄兴不断向清军射击,屡屡射中。孙中山看到有士兵受伤,就去救护伤员,回头又拿枪加入战斗。

两军打打停停,停停打打,就这样相持了一天。

清政府得到镇南关失守的消息,极为惊恐,急电广西巡抚张鸣岐、边防督办龙济光、统领陆荣廷等,务必在一周之内夺回,否则革职问罪。龙济光奉朝廷和张鸣岐的双重命令,除了调集各路军队向镇南关集结,还亲自率领一支精兵开往镇南关。围攻镇南关的清军将达四千多人。

黄兴和孙中山原以为像镇南关这样的边境要隘，清军预备的军火应该充足，谁知检查后发现，除了新旧几门大炮和仅够半天使用的炮弹，那些枪械子弹实在少得可怜，军火库几乎是空的。由此也可见清廷的军备废弛，腐败衰颓。

大敌当前，义军的枪弹却很难坚持多久。

黄兴一看情势，先与胡汉民计议，义军武器跟不上，一时又难以召集援军，敌我力量悬殊，义军很难坚守，不如适时撤离，保存实力，否则很危险。胡汉民表示赞同。孙中山听了黄兴的分析，有点遗憾，决定及时赶回河内筹集军械。

孙中山当即召开会议，对黄明堂等人说："本次起事，革命军的表现是很出色的。清军目前虽然正向镇南关集结，但我们占尽地利之便，又有周边百姓支持，闻风前来助战的会党也必定越来越多，唯独枪械缺乏，难以持久作战。我等今夜便回河内筹款购买枪弹，尽快前来接济，到时王和顺也将在水口发难，进行策应。为了不至于使此战前功尽弃，还望各位将士能坚守五日。"

黄明堂听了，带头表态道："孙总理放心，我们一定尽力而为！"

当天夜里，黄明堂让何伍护送孙中山、黄兴、胡汉民等一行十人，从山后小路摸索下山。途中似乎被清军发觉，朝这边放了一阵枪。幸好是天黑看不清，没有人中弹。但天却下起雨来，道路泥泞难行，众人连滑带滚，好不容易才下到山脚，摸到那模村。

5日掌灯时分，孙中山、黄兴等人才坐火车回到河内。

7日，几路清军在镇南关会合，炮兵、步兵、竹梯队、药包队，对义军发起猛烈攻击。炮弹密集地炸响，呐喊声此起彼伏，整个镇南关硝烟弥漫，沸腾了起来。义军英勇抵抗，战到8日，已弹尽粮绝。当天深夜，在黄明堂等人带领下，有秩序地悄悄抄小路退入越南境内的燕子大山。

9日清晨，清军再次向义军发起猛攻，然而义军阵地上静悄悄的，没有任何动静。清军出动小分队，小心翼翼搜索前进，到了炮台才发现义军已经撤走。

孙中山回到河内后，还在与法国银行家谈判，打算贷款购买军火，尚未谈成，就接到了镇南关失守的消息。

镇南关起义，历时七天，义军打退了清军多次进攻，击毙清兵两百多人，伤者不计，最后因粮械不济而被迫撤离。

孙中山与黄兴商议，决定趁热打铁，继续在国内西南边地发动起义。

黄兴坚定地说："革命斗争是需要练习的，镇南关之战就是一次很好的锻炼。我们一定不能气馁，清王朝统治越是垂死挣扎，我们就越是要不断地打它。"

孙中山欣喜地说："克强，我就怕有的人丧失斗志，有你这句话，我就更有信心了。你真是我的好战友！"

但起义是需要实力的。这实力，包括人员、饷械和作战技能等。

首先得有人员和饷械。

黄兴为此犯了愁。这天，他正坐在二楼的房间里寻思下一步行动计划，这时，一名同志上来告诉他，有个胡子佬找他。

"胡子佬？"

"是的，留着一把长胡子，叫着你的名字，口音有点重，不好惹的样子。"

黄兴起身走到楼梯口往下面一看，呵，那不是谭人凤嘛，与两名随从一身风尘地站在门口。

"胡子兄，你怎么来了？"黄兴"噔噔噔"下了楼，惊喜地握住谭人凤的手。

"我就不能来吗？"谭人凤瓮声答道，扫了一眼旁人，故作傲慢的样子。

"来来来，楼上坐。"

黄兴把谭人凤三人带上楼，又安排人上茶水，打饭菜。楼下隔壁就是同盟会开的小餐馆，一是为了同人们伙食方便，二是用来作掩护。

一聊才知道，原来义军占领镇南关的消息传到东京时，一心想干实事的谭人凤感到机会来了，竟马上将他儿子谭一鸿的官费留学作抵押借得百金资费，带了两名同人前来河内，打算赶赴镇南关参战，以遂平生之志。

当听黄兴说镇南关战事已经结束，谭人凤顿时倍感失望，叹了口气："唉，就算这战斗最终不成事，能赶到阵前拼杀一番也好啊，我怎么就这么背时呢？"

黄兴忙安慰道："胡子兄不必泄气，镇南关战斗虽然结束了，但打仗的机会有的是，我们一定要搞得清廷神思不安，直到把它推翻。我正需要帮手呢，胡子兄既来之则安之。"

"哦，这么说我这把老骨头还使得上劲儿？"谭人凤摸了一把自己的胡子，"那你有事只管安排吧，我最怕闲着吃白饭。"

黄兴笑道："你先别急，总得安顿下来休息一下嘛。"

接下来，黄兴不再谈战事，而是向谭人凤了解东京方面的情况。

谭人凤说，黄一欧因为黄兴长时间不在家，已经被宫崎寅藏接到家里去了，和宫崎的两个儿子玩得不错，平常还是那样，上学之外，有时去学习击剑和射击，有时去宋教仁处补补中文。宋教仁在宫崎那里住了一小段时间，经过调养，身体状况好多了，搬回了原处，那本《间岛问题》已撰写、校正、誊抄完毕。为了写这本书和翻译那些西方文献，他已把自己搞得很潦倒。日本有人知道他写了这本书，想花高价买走，他坚决拒绝了，并誊了副本托人保管，以防万一。刘揆一照常负责着同盟会总部的事务，有吴玉章、何天炯、林文等骨干协助，只是经费困难。章太炎与刘师培自从"倒孙"事件后，无意参与革命活动，在专心治学、写作。刘师培与妻子何震还开始信奉无政府主义，成立了女子复权会和社会主义讲习会，创办了《天义报》和《衡报》，宣传无政府主义和社会主义理论，鼓吹女权主义、共产主义、无政府主义，并组织翻译马克思的《共产党宣言》和克鲁泡特金的《夺取面包》等著作。章士钊仍是不加入任何政党，去了英国留学。彭渊恂呢，作为华兴会的元老之一，既与黄兴等人关系很好，也与梁启超走得很近，当革命派与保皇党论战时，他因为摇摆不定而受到双方的批评，于是宣布不参与争论，只保持友谊，目前在为梁启超做事，聊以为生。如此等等。

然后两人又谈起老友杨笃生。

杨笃生在日本脱离清政府的出洋考察团后，加入了同盟会，协助宋教仁处理一些事务，不久就回了上海，在上海开了家叫"正利厚成肆"的小店子，作为江苏、上海的革命交通机关。萍浏醴起义时，他准备举兵响应，但未及行动，就传来了起义失败，清政府大肆抓捕革命党的消息，幸好上海机关没有暴露。为了营救入狱同人，他到处奔波筹款。其间他还与易本羲、陈家鼎等人干过一件大事，就是带头多方奔走，成功阻止了湖南巨绅魏蕃实与浙江籍巨绅汪康年欲将湘矿的开采权私卖给德国的企图。此后，他将主要精力用于协助于右任筹办《神州日报》，以便借此继续宣传革命。1907年4月，《神州日报》在上海创刊，它是继蔡元培的《警钟日报》之后，革命党在国内出版的第一份大型日报，成为此时的同盟会在东南八省进行革命宣传的一个舆论阵地,杨笃生担任总主笔。但报纸创刊两个多月后,邻居家失火,殃及报馆,杨笃生从墙角抱着电线杆滑下,才侥幸得以逃生。事后,于右任无力追加经费,主动退出,由杨笃生、汪彭年等人共同主持,想尽办法,勉强维持着报纸出版。

说着这些,谭人凤总有些感喟,就是岁月易老,壮志难酬。

黄兴把谭人凤安顿下来,让他先熟悉河内的情况。

既然下一步仍然是以广东、广西边地为革命重点,就又绕不开钦廉边防督办郭人漳。

黄兴上次从郭人漳处不辞而别后,郭人漳派兵追赶不上,又发电报到河内进行解释,并邀黄兴再去他营中。黄兴觉得他做事不光彩,没有理会。后来郭人漳再次联络,他才作了回复,两人因此继续保持着联系。

郭人漳虽然变化不定,但这个人避是避不过的。作为故交,黄兴还是希望他能浪子回头。

黄兴知道谭人凤与郭人漳也是旧友,便决定让谭人凤去郭人漳营中,再次游说,如果郭人漳能伺机响应更好,就算不直接反正,也希望他能接济些枪弹,以解革命军的军需困难。再退一步,就算这些他都不愿做,也希望能以老友的交情,尽量稳住他,使他不至于对革命活动进行破坏。

谭人凤虽然与郭人漳有旧,但革命情况复杂多变,听黄兴说了之前的经过,谭人凤也拿不准郭人漳会有怎样的表现,但还是爽快地答应前往,他心里特别想在这件事情上做出成效,也好让他谭胡子为革命立下点功劳。

1月29日深夜,谭人凤带着两名随从到达郭人漳驻地,受到其热情接待。次日,又随郭人漳进入钦州城。

不料就在这天,省里来报,因郭人漳镇压民军起义有功,经两广总督张人骏奏请,朝廷恢复郭人漳当年在陕西被革的道台官职级别,派为琼崖兵备道,暂留广东候补。郭人漳欣喜若狂,摆酒庆贺,由此对谭人凤的态度也有了变化,明显多了些敷衍。显然,是加官晋爵让他对利禄多了一份欲望,对清廷多了一份幻想,对革命多了一份排斥。

谭人凤不想放弃。他知道,郭人漳这人最大的嗜好是赌,而且赌术极高,官场中凡与之赌过的人,十之八九输在他手里,他是要看准了才下注,不会轻易冒险。

郭人漳有个侄儿叫郭朴存,被郭人漳带在身边。谭人凤对郭朴存大讲传奇故事，他很是喜欢，两人由此成了忘年交。

谭人凤把郭朴存带到河内游玩。凡遇到革命同志，谭人凤就介绍说："这是郭统帅的侄子。"同志们会意，当郭朴存问及他们一些事情时，他们都虚张声势，说革命军兵如何多，饷如何足。

晚上，黄兴邀郭朴存小饮。刚端起杯，有人来送信函，黄兴接过来看了一下，自顾说："第一军，近日即可逼近龙州待命……好！"

郭朴存侧脸一看，黄兴手上的信件钤着大红印鉴，十分正式。

刚饮了一杯，又有信函来了。黄兴看着信，自顾说："第二军，即将集结完毕，候命开拔……好！"

接下来又先后来了两份信函，都是法文所写。黄兴说："这是法文，叫人来翻译一下。"

有人去了一会儿，却带着法国武官狄氏来了，说："翻译正忙着译电文，恰好狄将军在，说来帮忙。"

狄氏接过一份信函，用半生不熟的中文读了起来："兹汇款……一百万元，望……望查收。"

又接过另一份信函，读了起来："今遵嘱……汇款……一百五十万元，请予留意。"

郭朴存一一听罢，脸上更显佩服之色。

随后，谭人凤送郭朴存回到钦州。郭朴存见了叔叔郭人漳，就绘声绘色盛赞革命军强大。郭人漳于是表示，可以接济革命军枪支弹药，并委派军中的同盟会会员王德润专驻河内做联络员。

孙中山不用说也为筹款的事绞尽脑汁。自己四处活动之外，他还给池亨吉发了证明书，授予他为革命军募集军需的权力，又致函南洋各地同人，发动华侨华商捐款，并派同盟会会员前往南洋等地具体联络和落实。

这时，因为镇南关起义，清政府又开始悬赏通缉作为同盟会领袖的孙中山，并要求越南法国殖民当局驱逐孙中山。

法国政府考虑到同盟会发动的中国革命不仅对清政府带来危险，对他们的殖民国家也是没有好处的，有可能激发殖民国家的民族反抗情绪，因此答应了清政府的要求，决定将孙中山驱逐出境。

1908年3月，孙中山离开越南，前往新加坡。临行前，将在广东、广西以及云南边地发动革命的事宜交给黄兴和胡汉民二人负责，并特别强调，希望黄兴继续重视钦州、廉州，而黄明堂要以云南河口作为重点。

黄兴命刘揆一、何天炯、宫崎寅藏等人筹购枪械，运往越南，又从香港冯自由那里得到一批弹药。在河内，从法商手里买得数十支短枪。武器初步已够用。

黄兴召集同盟会会员黎仲实、刘梅卿、梁建葵等人和此前隐藏、解散的民军，以及越南华侨共两百多人，组成"中华国民军南军"，自任总司令。

3月27日，黄兴率领这支队伍，通过中越边境，向钦州方向进发。他们一路打着青天白日旗，"呜呜呜"吹着号角，张贴"中华国民军南军总司令黄"的告示，宣传革命。乡民燃放鞭炮，夹道欢迎。

就在这时，发生了一件意外的事。

由于黄兴、谭人凤都曾是清政府通缉名单上的人，谭人凤在过镇南关时被清军辨认出来而遭扣留，一同被扣的还有在广西讲武堂任教官的同盟会会员何克夫等五人。

郭人漳一看，自己与革命党暗中往来的事很可能败露，为了撇清与革命党的关系，他立即下令通缉谭人凤，又召回常驻河内的联络员王德润，将其与试图在军中响应黄兴的同盟会会员霍时安等人一并处决。幸好谭人凤在党人的及时活动和营救下得以脱险，躲进大山，逃往广州，免遭郭人漳毒手。

正在进军路上的黄兴得知消息，十分窝火，决定提高警惕，随机应变。

3月29日下午，义军到达一个叫小峰的地方。这时义军已经换成了清军服装，打着郭人漳的旗帜，吹着军号。

当地驻扎的清军哨官听到军号声，又看到正在走来的队伍威武雄壮，有不少人挎短枪，好像是高级别军官，误以为是郭人漳带人前来巡视，就派了三十人，也吹着军号前往迎接。

义军听到军号，误以为是郭人漳派人前来迎接。

当两军就要相遇时，就都停了下来，观察对方。清兵对义军产生了怀疑，慌忙往路边的山体一靠，端枪对准了义军。

义军一见，也立即做好了应急准备。

一名清兵朝义军喊话："喂，你们是哪部分的？"

一名义军答道："我们是二十营的。"

这当然是蒙混不了的。

情况万分紧急，不是你死就是我活。黄兴当机立断，下令："开火！"

义军乱枪齐发，射向清兵，并快速闪开进行包抄。

清兵当场被打死五人，逃走三人，其余二十多人一看义军人多势众，全部投降。义军无一伤亡。

驻在附近的第二十营清军管带杨某得报，率领本营及附近的第三十六营共六百余人，依山布阵，阻击义军。

黄兴观察了一下地形，将义军分为三路：一路迅速绕到山后，从敌后进行偷袭；一路埋伏在田间，等待敌人；一路从正面佯攻，负责将敌人引出阵地，诱入田间。

清军以为自己占尽兵力和地利优势，不把义军放在眼里，只顾出兵攻打，谁知前面中了埋伏，后面又遭突袭，一时乱了阵脚。

黄兴从容挥枪，有时射击，有时指挥。

一阵混战，清军大败，被击毙数十人，伤百多人，管带杨某仅带着五十余人逃回营中，其余的人溃散而去，不知所往。义军的毛瑟短枪在近战中发挥了优势。

30日，义军继续向钦州方向推进。

途中，义军与一营清兵遭遇。双方交火不久，清兵退入一个村子，躲进一户村民的大院中。义军经过时，院中突然射出子弹，一名义军牺牲。

黄兴大怒，提枪避在一棵大树后，急令队伍闪开，围住大院，冲院中喊："要命的赶快放下武器，举手出来，不然全部死路一条！"

只听楼上有人喊道："义士们不要开枪，我是屋主。"

众人抬眼看去，原来是一名大约五十多岁的老者。

黄兴马上以手势示意老者出来。老者也不敢下楼走大门，在楼上拿条绳子，一头系在柱子上，一头系住自己的腰，拼力将自己缒了下来。

黄兴问老者里面是否还有家人，老者说家人都外出了。黄兴让老者赶紧避开，然后下令往屋中猛投炸弹。

"轰——""轰——""轰——"

几声炸弹巨响之后，院中传来几声惨叫和"饶命"的喊叫，接着只见一些脱掉军服扔掉武器的清兵，狼狈不堪，举着手出来，逃命而去。清点屋内，炸死炸伤清兵一百多人。前来支援的清兵不敢接战，退走而去。

义军将财物留下，捡起枪支，撤离了此地。

31日，义军在一座大桥上与两营清兵相遇。狭路相逢勇者胜——义军猛击清兵，一名清兵营官被击倒，其余清兵心生恐惧，不想死战，掉头逃跑。

郭人漳得报，恼羞成怒，怨愤地说："这个黄克强，他怎么老是盯着钦、廉这块地儿呢？"

"大人，小的也不知道。"报信的清军头目说。

"你当然不知道，混账！"郭人漳狠狠地瞪着那头目，"一群废物！还不快滚！"

郭人漳认为黄兴是故意攻打他的部属，决定发重兵歼灭义军。他当即传来了督带官龙某，命令道："你带三营兵力前去，务必给老子将黄克强一帮乌合之众就地消灭！"

"是，大人！"龙某笔挺着身子答道。

4月2日，义军占据钦州城西南的马笃山。

这里曾是民团抗捐斗争的重要战场，还留存着一些残破工事。黄兴知道，一场大战即将来临。他命义军根据地形做好防御。

龙某率三营清兵赶到，列开阵式，与义军对峙。

黄兴又将义军分为三路：一路往左，绕向清军后方；一路往右，攻击清军侧面；一路从正面迎击清军。

马笃山之战打响了。

黄兴看到敌众我寡，并不主动进攻，只是依靠山势之利，在反击中等待时机。

清军向义军攻击前进，义军的抵抗显得很弱。清军以为胜券在握，停了火，命人向义军喊话招降。一名清兵便大喊道："快缴械投降吧，否则全部消灭！"

义军也停了火，却不答话。清兵又喊，义军士兵这才回答道："我们刚才商量了，还是你们快投降，否则全部消灭，一个不留！"

"他妈的，死鸭子嘴巴硬。给我上，全部就地消灭！"

清军被这一激，蜂拥着就向前冲。

眼看清兵靠近了，义军猛地爆发起来，发声吼，个个生龙活虎。黄兴亲自率领着这正面一路义军，接战敌军。清兵看到这情形，心里一惊，便慌了手脚。擒贼先擒王——黄兴举枪瞄准，一枪将龙督带击落马下。义军一见敌方主帅落马，欢声震天，越战越勇，侧面一路拦腰截击，后面一路断敌退路。清军阵脚大乱。三路义军与清兵激战，马笃山下枪声和呐喊声不断。清军营官廖某看到清兵伤亡太大，不敢恋战，率先逃跑，三营清兵顿时溃败。

这一战，清军死亡两百多人，伤一百多人，包括督带官龙某身受重伤，被俘三十多人，包括两名哨官。

战斗中，清军的军旗和数匹战马落到了义军手里。黄兴派人将军旗还给郭人漳，并带信给郭人漳说：兄弟对我党革命本来深表理解，只因误会，而使你我两军相战，这也是不得已的事情。军旗对兄弟来说干系很大，因此派人奉还，并致歉意。至于马匹，就请借给我们使用了。

自29日与清军交战以来，义军连日获胜，缴获快枪四百多支，弹药无数。而义军仅牺牲四人，伤十余人。

义军转战于广东钦州、廉州和广西上思一带，连战连捷，打得清军望风而逃的消息四处传扬，黄兴威名大震，队伍不断壮大，由两百多人增加到六百多人。黄兴打算率军向广西边境攻打过去，以策应黄明堂正在筹备的云南河口起义。

郭人漳不甘心失败，亲率大军，与两广总督张人骏的得力心腹、参将王有宏合力，两部人马共达三千余人，追击义军。

黄兴并不与他们硬战，率领义军穿插闪躲，避其锋芒。待郭人漳他们安营扎寨，黄兴派勇士趁黑夜摸近敌营，从多处往营中乱扔炸弹，一时炸弹轰鸣，火光四起，从梦中惊醒的清兵又不知道来摸营的义军兵力虚实，十分恐惧，喊的喊，叫的叫，乱成一团，像没头的苍蝇。义军乘势攻击，清军不战而溃，四散而逃。

此后，钦州、廉州、上思一带的清军再也不敢轻易出动攻打义军。义军所到之处，纪律严明，秋毫无犯，公平交易，深得乡民拥护。

郭人漳一面与黄兴敷衍，一面与钦廉道一起向两广总督张人骏告急，声称匪势浩大，各营清军多有损失，请求支援。清政府十分震惊，急忙增兵追剿，并悬赏金三万，捉拿黄兴。连在后面支持黄兴的刘揆一，也被悬赏万金。

由于义军人数越来越多，又是孤军深入，粮饷和武器补充十分困难。面对弹尽援绝的境况，黄兴只得忍痛解散义军，带着黎仲实等同盟会骨干于1908年5月5日返回河内，余部散入十万大山。

黄兴率领义军本次转战粤桂边境，历时四十来天，与清军作战数十次，扑钦州，攻东兴，围灵山，陷防城……消灭清军数百人，而义军才阵亡四人，受伤十几人。义军这次发动的系列战斗，也是华兴会、同盟会武装反清以来取得最大胜利、坚持时间最长的一次军事行动。

胡汉民看到黄兴等平安归来，连忙给孙中山发报说：克强精神完足，殊无鞍马之劳。

正在新加坡的孙中山接报大喜。

5月7日，新加坡的同盟会机关报《中兴日报》特地报道了黄兴率领义军与清军交战的情况，其中说：马笃山一役，清军死伤最多，仅阵亡就有二百余人，伤者众多……

孙中山逢人就说："湖南那帮革命党，最著名的是黄克强。钦、廉一带的清军可是有两万来人的，而黄克强只带了两百来人，武器也不比清军好，从河内前往钦、廉发动起义，前后打了四十来天的仗，只有几个人伤亡，到最后弹尽援绝，还能安全而退。革命军这次进行的战斗，显然是非常的战斗，不是寻常可比的。"

在黄兴率义军与清军作战的时候，革命党在云南河口的起义也发动了。

黄明堂负责河口起义，由关仁甫、王和顺协助。

河口位于云南的南部边境，是云南通往越南的门户，有滇越铁路贯通，南达河内，北至蒙自、昆明，也是去往周边各地的要冲，到广西也很近，是铁路工人、会党、游勇、商旅等出没之地。

清政府在这里建有四座炮台，驻有四营巡防队：两营由巡防处督办王镇邦带领，驻守半山两座炮台；一营由管带岑德贵带领，驻守河口城内；一营由管带黄元桢带领，驻守山上炮台。

河口清军的武器，刚于年前全部换为德国毛瑟枪，枪支和子弹都充足，不像钦州清军的武器新旧混杂，参差不齐。然而，由于清军腐败严重，兵饷不能如数及时下发，管理松弛，军队纪律涣散，有的兵卒竟常去打零工，替法国人修筑铁路什么的，挣几个小钱。虽然驻有四营清兵，其实兵员素质差，没有什么战斗力。

黄明堂、关仁甫、王和顺召集旧部，潜往云南，在河口一带集结。经过运动清军，也有了内应。

不料，起义未及发动，出了个意外。

4月中旬，当地清政府发现河口一带最近盗劫案多了起来，照会邻近的越南老街的法国殖民当局协助缉查。法国警察局在搜查中发现了革命党的文告和旗帜等物，才知道是革命党在活动，而并非清政府所说的一般盗劫。关仁甫等人在搜查中被捕，但由于属政治犯，不能随便向清政府引渡，又经过关仁甫解释，革命党的起义行动只是针对清政府，保证不会在当地骚扰法国治安，终于获得释放。

关仁甫一回到河口就与黄明堂、王和顺等商议，起义必须提前发动，要不就只有撤离河口。

4月30日凌晨二时许，黄明堂率领两百多人，分三路向河口发起进攻。

一部分守城的清兵起义响应。四时许，义军攻占河口城，城内清兵和军警大部分反正，管带岑德贵带着少数亲信仓皇逃往半山炮台，企图与兵力充足的王镇邦合力死守。

义军随后向山上发起猛攻。相持到下午，清军守备熊通开枪击毙王镇邦，率部反正。驻守山上炮台的黄元桢看到大势已去，率部投降。

义军占领了河口城和山上四座炮台，共缴获十响毛瑟枪一千余支，子弹二十万发。

黄明堂按照同盟会的《革命方略》，以中华民国南军都督的名义发布安民告示，申明义军纪律，又派兵把外国领事及税关洋人送往越南老街，得到民众支持，获得多笔商界捐赠，前来投军的人很多。

5月3日，关仁甫率军攻占了河口西北部的新街。

4日，王和顺率军攻战了河口东北部的南溪。

义军壮大到一千多人。

但这次的义军组成人员十分复杂，反正和投降的清兵占了近半。这些清兵并没有革命思想和理念，只是对清政府和上级拖欠、克扣军饷不满，现在起义了，占领了当地，他们就等着要好处。义军的金银钱粮非常有限，那些来自清军阵营的兵卒就起哄，要求预发三万两军饷，否则不肯继续进军。

这样的军队是需要整顿后才能投入战斗的。对于这种情况，起义之前没有充分准备，也缺乏这方面的人才，在目前这样的战时状态，要在极短的时间内使军队统一思想，服从指挥，非常困难，不但如此，还随时有一哄而散的危险。

按照作战计划，义军是要继续北上攻打蒙自、昆明的，但因为指挥失灵，只能驻扎在原地。

情况传到河内，胡汉民焦急万分。虽然此前孙中山授意，说军饷没有问题，然而这时却根本拿不出这么一笔钱。

正好黄兴回来了。胡汉民像找到了救星，立即给孙中山发报，汇报情况后说，只有让黄兴前往指挥，另派懂军事的同志予以协助，也许还可以补救。

孙中山当即复电，委任黄兴为云南国民军总司令，前往督师。

黄兴也不顾鞍马劳顿，二话不说，立即带上黎仲实等人，启程去云南。

黄兴先天刚走，谭人凤第二天又来到了河内。

谭人凤上次被郭人漳通缉，带着两名随从逃到了广州，然后又到了香港，住在冯自由处。待了两天，正打算回日本，这时传来了义军在云南起义，清军望风而溃，义军已占领河口的消息。

谭人凤这些天一想到气愤处就忍不住骂郭人漳不是东西，觉得自己这回也太窝囊了。现在不骂了，顿时来了精神。

冯自由看到这情形，问道："胡子兄，你有何打算？"

谭人凤说："待会儿你可能不适合再叫我胡子兄了。"

"啊，为何呢？"

"我要把胡子剪掉，去云南打仗！"

"参加起义当然好，但你刚从那边回来，还在被通缉呢，要不还是别去了。"

"我剪掉胡子换个装不就行了吗？"

冯自由笑道："啊哈，上次黄兴在我这里换装，这次你也在这里换装，看来我这里成化装店了。"

谭人凤不多说，当即让冯自由拿来剪刀，咔嚓剪掉胡子。他原先是不穿西装的，现在又借了冯自由一套西装穿起来。

两个随从也换了装。

三人说走就走，坐船赶往河内。

到了河内的机关，得知黄兴他们前一天已走，谭人凤和两名随从仅喝了两杯茶水，补充了一点干粮，歇息了一会儿，就也启程往云南而去。

路上，黄兴对黎仲实说："这样的军队，一时来不及整顿，人数虽有，战斗力却很难保证。如果云南的清军暂时还不足以对我军构成太大的威胁，他们很可能从广西调兵过去合击我军，那么对广西的清军援兵如果能策反一支就好了，可减轻河口我军的压力。"

黎仲实说："如果真的那样，这也不是不可能，我们对广西军界的运动比云南其实还要成熟。"

一路紧赶慢赶，作为被通缉的人，又要特别注意避开清军的盘查，有时就必须选择难走的路。

5月7日，黄兴等人到达河口。

黄兴看到义军屯兵不前，纪律散漫，疲乏不振，心急如焚。这样只会坐失良机，一旦清政府调集军队形成合围，就麻烦了。于是催促黄明堂趁着士气未泄，抓紧进军，攻打蒙自，直捣昆明。黄明堂却担心粮饷不够，犹豫不决。王和顺、关仁甫率领的另两路义军，原本可以乘胜进击，却也驻在原地不动。

黄兴对黄明堂说："粮饷不够，有时需要等待，有时却不能坐等，而要利用战斗去解决。这里有铁路贯通，沿线有不少清军据点，我们要鼓励士兵在战斗中去补充粮饷。说白了，攻下一个清军据点，就有粮饷来源。这样等待只会夜长梦多。"

但黄明堂还是下不了决心，他为难地说："唉，也不是我黄某人胆小怕死，可这军队……"

谭人凤随后也到了河口，一看这个光景，气就不打一处来，只是不好骂出口。

古人说："一鼓作气，再而衰，三而竭。"黄兴等了一天，决定亲自率军北上。

黄明堂见黄兴态度坚决，便拨了一百名士兵给他。

"一百号人能济什么事呢？"谭人凤十分不满。

黄兴也脸露难色，却对谭人凤说："一百个人如果肯战斗，也是能成事的。我们一路发展，队伍自然会壮大。"

黄兴于是挎刀上马，仍然斗志满怀地带领这百人队伍出发。谭人凤和随从也跟着。

谁知这帮士兵走了还不到一里，竟然朝天放枪，大喊疲惫："哎哟，走不动了。""饷银没得发，肚子都没吃饱，这是要去哪里啊。"

黄兴劝慰道："弟兄们，我们只有向前，攻下清军据点才有希望，迟缓不前只会等来危险。"

这些士兵过惯了得过且过的日子，根本就无所谓。

谭人凤火了，大声说："你们还像是带把儿的爷们吗？是爷们就振作点,战场上去夺取功名和富贵,别病恹恹的,像抽大烟似的。"

不料士兵们听了,竟嘻嘻哈哈地笑起来:"他娘的女人都没有,带把儿又怎样?""我还真想吸几口大烟提提神呢,谁有?"

再走了半里路,士兵们竟然一哄而散。

黄兴、谭人凤等情不得已,只得折返河口。

黄兴又去找王和顺商议,能否进军。王和顺也认为粮饷不足,进军困难。

黄兴痛心地认识到没有一支属于自己的武装的无奈。他当即决定回河内,把解散的义军召集起来——那可是一支听指挥、能战斗的队伍,再带着他们返回河口。

谭人凤决定留在河口,等黄兴回来。

5月11日,黄兴从河口进入越南老街。

在此之前,清政府得知河口被义军占领的消息后,已于5月6日派驻法公使刘式训前往法国政府,请求法国协助镇压起义。法国政府考虑到河口边境和滇越铁路对本国利益的重要性,答应竭力相助清政府,加紧了对在边境活动的革命党的缉查。

当黄兴出现在老街的时候,就进入了法国军警的地界,遭到了军警的盘问。

法国军警先是觉得黄兴像日本人,一问,黄兴却声称自己是广东人。

精通华语的翻译一听,黄兴的口音根本就不是广东话,立即警觉起来。一翻清政府发的协查公文,与上面被通缉的人的照片一对,就发现面前这个留着黄帝胡子的壮汉竟是大名鼎鼎、被悬赏三万金的大钦犯黄兴。他们不敢大意,立即将其押到了警察局。

为了向清政府示好,法国殖民当局很快就将黄兴遣送出境,押到了新加坡释放。随后又封锁中越边境,禁止革命党人和粮械从越南进入云南,一旦在越南境内发现革命党人,即驱逐出境。这样,河口的义军就陷入了孤立,更加人心动摇。

为了消灭义军,清廷急令云贵总督锡良、广西提督龙济光,调兵围剿。又命两广总督张人骏、湖广总督陈夔龙、两江总督端方迅速设法接济枪械。

关仁甫率军出新街时,军队看到清军援兵正在到来,发生哗变,原先投降的清兵又反叛了回去。关仁甫所部减员严重,只得退回河口。

各路清军不断向河口一带集结。王和顺和黄明堂所部先后与清军交战,相持二十余日,失败了。

5月26日,河口陷落。

黄明堂、王和顺、关仁甫率六百余名义军撤往越南境内,被法国殖民当局解除武装,押送到新加坡遣散。

谭人凤长叹一声,只得再次自认倒霉,带着两名随从,也不敢再从口岸进入越南,另寻了荒僻小路潜回河内,随即离开越南,回到日本。

胡汉民等人也从河内撤离,回到香港。

至此,同盟会在广东、广西及云南边地发动的黄冈起义、七女湖起义、镇南关起义、钦廉上思起义、河口起义宣告结束,全部失败。

第二十章
清贫时光

南方的夏日，天气虽然炎热，但如果是乘船航行在海上，却是另外一种体验：抬头是火辣辣的烈日，迎面却是凉爽的海风。

这是1908年的盛夏。

如果是身无所累，心无所羁，这样坐着客轮漂在海上，倒也不失为一件乐事，若能带上家人，环游四海，就更是难得的人生幸福。对那些发达国家的国民来说，这已不难做到。然而，此刻的黄兴，心情却是沉甸甸的，恰如这载重的轮船，吃水很深。幸好轮船虽是负重前行，却始终载着希望。黄兴的内心何尝不是如此。一如在波涛起伏的大海上，船只有时跌入波谷，有时跃然而起，冲上波峰，他的感受也并不只是一味的沉重，而是在不停地变化，沉重之外，也生出包括坚毅、豪迈、执着和对美丽海港的期冀。那些嘎嘎叫着，在风浪中依然自在翻飞的海鸥，更是激起了他再次战斗的雄心。

黄兴被越南的法国殖民当局作为政治犯押送到新加坡释放后，在新加坡的同盟会机关待了几天，便登上了到香港的轮船，在香港又待了两日，就回到了日本。

此时的他，一身风尘，面部的神情，正是屡屡穿越硝烟战火而刚回到生活中的那种，凝重如铁，一般人根本无法揣度其内心的悲喜。

此时的黄一欧，还住在宫崎寅藏家。

黄兴便先去宫崎家。

宫崎家已经由新宿区搬到了文京区的小石川，比原先租住的地方要宽敞些，但房子同样比较陈旧、简陋。宫崎因为不事经营，大力支持和参与中国革命，为孙中山慷慨解囊，早已一贫如洗。幸好妻子并无怨言，辛苦操劳，再加上宫崎这些年靠"浪花节"表演能挣一些钱，总算能应付一家人的生活。

黄一欧已满十五岁，个子长得高高的，也结实，成了个蓬蓬勃勃的小伙子。

父子相见，格外亲切。

黄兴把带的礼物送给大家，向宫崎一家道了谢，问了安。

宫崎见到黄兴很高兴，当晚设宴为其接风。宴后，两人又进行了长谈。

首先，自然是关于本次在两广及云南举行的系列起义的话题。

其实，对于这几次起义，黄兴、孙中山、胡汉民、赵声等人已经有过交流。大家基本已有共识，就是起义虽然都失败了，却给了清政府沉重打击，其影响已扩大到海内外，使革命更加深入人心。

另外，就是在对起义军队的看法上，既有共识也有分歧。

黄兴觉得，依靠会党和游勇组织起来的武装，因为缺乏训练，很容易纪律松弛，难于节制，又因为没有革命理念，很容易局限于冲动式行动，难以持久。同时，没有军事素质过硬的将领来领兵，也是个大问题。像这样的边地起义虽然不难发动，但队伍却很难形成良好的凝聚力和战斗力，再加上武器参差不齐，在清军的围剿之下就难免失败。因此，下一步应以发动新军为主，同时要加强同盟会的发展，同盟会会员是最可靠的骨干力量，特别是要培养自己的军官，因为新军中的军官在革命形势不明朗的情况下，会有较多顾虑，很难下决心站到革命一边。

胡汉民认为，会党游勇不过是乌合之众，应该组建自己的正规军队。

赵声也认为民军不中用，要发动新军，新军的素质高，容易接受革命思想。

孙中山对三人的看法不完全同意：会党的性质，使其具有不少弱点，战斗力不如正规军队是事实，但新军并不好发动，完全自建军队又缺少经费，所以不能不靠会党来发动起义。起义虽然失败了，但失败只是革命必经的一个过程。

胡汉民又根据黄兴的看法作了补充，说军队中标统以上的军官似乎很难发动，应该以连、排长以下的人员为主。孙中山表示赞同。

而关于起义地点，黄兴已倾向于改为在大中城市发动，仍像他原先计划的那样：一省发难、各省响应。

宫崎寅藏对黄兴说："克强君，诚如孙先生所言，这几次起义，要说真的能打,还是你这个湖南蛮子亲手组建的那支队伍。能以弱小兵力在钦州、廉州、上思坚持四十余天,数次给清军以这么大的杀伤,确实不易。但在下以为,这样的作战,不能守住地方,时间一久,就必然难以坚持,这是个问题。"

黄兴深有感触地说:"没错,我们没有自己的根据地,总是处在游走状态,后援又跟不上,而清军却各处都有营寨和堡垒,这怎么成呢?所以,我以为,如果要从短期收到成效来考虑,下一步应该摒弃这种方式,而发动正规的军队参与,攻占大中城市。"

次日,黄兴让黄一欧仍然住在宫崎家,自己回到同盟会总部和民报社看了看情况,又与几个重要朋友会了面。

然后,他用家里寄给黄一欧的钱租了一间简陋的住所,把黄一欧接了回来,父子俩才又住在一块儿。

经过与刘揆一长谈和另外了解,黄兴发现,同盟会总部也好,民报社也好,正如谭人凤在河内时所说,由于经费问题,运作确实已很困难。而且,由于重要领导人长时间不在东京,之前又发生过一些分歧,同盟会已经组织涣散,亟待整顿。

黄兴召集同盟会本部重要骨干开会。

宋教仁没有来,主要是因为他对孙中山以两广边地为起义重点的策略不认同,而黄兴却顺从孙中山,并且上次的"倒孙"事件,黄兴一味袒护孙中山。张继应吴稚晖之邀去法国了,在法国与吴稚晖等人创办《新世纪》周刊,宣传无政府主义。另有易本羲等人也没来。

章太炎和刘师培倒是来了。

章太炎半认真半玩笑地说:"孙先生说不准我们再参与同盟会的事务,他开过会了吗?大家表决过了吗?同盟会是他自家的?我这段时间也确实没参与本会的事务,除了与刘师培研究经史,还在研究佛学,这下他孙先生满意了吧?不过,这干大事还是得群策群力嘛。哈哈。"

大家知道他的性格,都一笑而过。

黄兴详细回顾了这次系列起义的情况,总结了同盟会近期的工作,听取了众人的意见,希望大家仍然如当初一样,团结协作,把革命活动更好地开展起来。

会后，黄兴为宋教仁没来参会感到难过。

本来，他是打算主动去看望宋教仁的，但刚回到东京，太多事情要处理，也就还没顾上，只是让人去通知。这几天，他私下听人说起，宋教仁说过一句话："不杀孙、黄，大事不可就。"过去的亲密战友，如今真到了这样敌对的地步了吗？似乎有点不可思议。现在，他想去看看。

去之前，他向章太炎和刘揆一具体了解宋教仁最近的情况。刘揆一还是大约半年前去过那里，只知道宋教仁已经比较困难。章太炎与宋教仁走得近，他对黄兴说："克强啊，钝初是怎样的人，我想你应该比我还清楚。他虽然不无狷狂，但对你，却并无微词，你可不要听信谗言，那都是看热闹不嫌事大的小人搬弄的是非。他这次之所以不来开会，你知道，孙先生之前是说过的，不准我们再参加本部事务，他觉得犯不着。我之所以来了，是因为有些话，想当着你和大伙儿的面说开。"

黄兴原本也不相信宋教仁会变得这样不可理喻，觉得他可能是对自己有什么误会，有必要弄清和消除，听章太炎这样一说，心里顿时豁然开朗，笑道："快人快语，直来直去，即使未必所见一致，也比那背后玩阴招的人好万倍。太炎先生，你和钝初的性格，我当然知道。我领会不到、处理不妥的地方，你们可一定要谅解。"

章太炎大笑道："我章疯子生就这副脾气，改不了，没办法，有时说的可能是真理，有时也可能是胡说八道，有的人可能会把我说的真理当胡说八道，有的人则可能把我的胡说八道当真理。哈哈。"

说得黄兴和刘揆一都大笑起来。

黄兴随后买了水果，去看宋教仁。

宋教仁见了黄兴，很高兴，半点也看不出对他有多不满的样子。

"克强兄别误会，我只是暂时不想参与那些事而已。"宋教仁解释道。

"我明白的。"黄兴看到宋教仁的气色比原先好多了，也就放心了，"谭人凤说你完成了《间岛问题》，还翻译了不少著作呢。"

"是吗？我还真被那些东西折腾得够呛，好歹现在轻松点了，再休息一阵，应该又可以干大事了，至少也得挣点钱养活自己。"

黄兴打量了一下屋里的情况，看得出，宋教仁这日子确实过得不容易。

"咱们都坚持吧，一定会好起来的。"临别，黄兴握住宋教仁的手说。

过了几天，黄兴又召开了一次由各省分会长参加的会议。

浙江分会的会长是陶成章，近两年他为革命活动奔波于国内和日本，徐锡麟、秋瑾就义后，他受牵连被通缉，本来到了日本，但最近去了南洋，就由章太炎代替他来开会。

黄兴分析了同盟会目前面临的一个重要问题：经费困难。希望同人们一起想办法，解决同盟会日常运作急需的经费。

章太炎又开口了："克强啊，你是个忠厚人，所以我还是愿意同你说说心里话。我们在这里食糠咽菜克服困难鼓吹革命，而你与孙先生在国内发动起义，虽有所收获，其实并不能给清廷以重创，只是让更多人知道了革命党敢作敢为而已。照我看，我们不如先积累一定财力，购买新式枪三千支，机关枪两三门，然后发难，或许可以一战而胜，攻下一道州府，然后四方响应，合力而为，成就大事。如果总是靠这般小打小闹，恐怕只会劳师费财，很难有所作为。"

黄兴微笑答道："太炎先生所言，也许不无道理，我也在思考这个问题。无奈中山先生考虑到在南洋筹款不易，国内如果不能及时发起军事行动以证明钱的用途，以后募捐就更加困难。但你的建言，我会转达给中山先生。"

经商议，最后同意黄兴提出的方案：成立一个叫"勤学舍"的类似于俱乐部性质的机构，由大家分摊经费。

接着，黄兴又进行了一些联络工作。这时，他才意识到不仅是他父子俩，连同盟会的几名负责日常事务的会员也连吃饭都成问题了。

父子俩坐在屋子里发愁。

"爸爸，能再叫妈妈寄钱吗？"黄一欧眨巴着眼睛。在他的心里，父亲是无比强大的，他还从来没见到父亲这样发愁过。

"不行啊，妈妈不是才给你寄了不久吗？"黄兴皱了皱眉，看着黄一欧，"妈妈和奶奶要管一家人的生活，你妹妹和弟弟又要读书，她们很不容易呢。"

"我当然知道，只是，那怎么办呢？"

黄兴沉思了片刻，站了起来，拍拍黄一欧的肩膀说："总会有办法的，你别着急。"然后在屋子里来回踱步。

黄一欧看着父亲无奈的样子，心里难过极了。

突然，黄兴说："嘿，一欧啊，咱们还有些东西可以当啊。"

"可那些……都是要用的啊。"

"傻瓜，先拣不急着用的去当啊。"黄兴笑道，"比如我那件大衣，质量不错，肯定可以当几个钱的，现在又还不冷，对吧？"

"那件大衣是妈妈给你买的，怎么能当？"黄一欧有点不情愿。

黄兴说："是当，又不是卖，等我们有钱了，去赎回来不就行了？"

"我们不久就会有钱吗？"黄一欧怀疑地看着黄兴。

"会有的，你放心吧。"黄兴安慰道，"我哪怕是借钱，也要把它赎回来的。"

"那好吧。"黄一欧勉强同意了。

黄兴于是翻出他那件大衣，拍一拍，打开，又折好，找了个袋子装起来，递给黄一欧说："你替我跑一趟吧。这件大衣，我看，不会少于四十日元。"

黄一欧接过袋子，出门往街上走去。

黄兴看黄一欧出去了，开始着手整理一些信件。

过了一阵，黄一欧回来了。

"爸爸，他们最多只肯当三十日元。"黄一欧站在门口，从衣兜里掏出钱来，"我一连走了三家当铺。"

"三十日元就三十日元吧，那些吝啬的小气鬼。咱们今晚伙食不成问题了。"黄兴安慰黄一欧。

黄兴手里揣着这区区三十日元，就像找到了救星。

父子俩和同盟会的林觉民、林文、何天炯、方声涛等一共十多个人，就靠这笔钱，天天吃红薯，吃了一个星期。

然后，黄兴又当东西，又借债，就这样东拉西扯，勉强维持着生计。而工作，却不能停下来。

黄兴与刘揆一、孙武、李根源、焦达峰、陶铸、潘鼎新等商议后，在东京郊外的大森组织了一个体育会，招收了八十余名同盟会会员，利用"勤学舍"募集的经费聘请了多名日本军官为教练，开展体育和军事训练。"大森体育学校"是日本的一所体校，目的在于培养体育人才，而黄兴的这个"大森体育会"组织，目的却是培养军事精英。除了聘任日本教官，黄兴自己也亲自担任教练，教授学员枪法和作战要点。演习时还将学员分成两队，由他和日本教官各领一军，进行对战模拟训练。

一些同盟会会员因为看到几次武装起义失败，倾向于采用暗杀手段，各自热衷于请人传授制造炸弹。黄兴怕他们出事，就把他们召集起来，诸如黎仲实、喻培伦、黄复生、汪精卫与陈璧君夫妇等，组成暗杀团，在东京郊外设立一个秘密场所，科学研制。

正在这时，《民报》又出事了。

时在1908年10月10日，《民报》出至总第二十四期。副编辑汤增璧因为看到同盟会发动的武装起义屡遭失败，转而鼓吹暗杀，在《民报》第二十四期上发表了《革命之心理》一文，赞扬无政府主义的某些主张。

适逢清廷所派的访美专使唐绍仪经过日本，看到《民报》，对上面刊登的抨击当局的言论颇为不满，与日本政府交涉，要求封禁《民报》。日本担心唐绍仪此行访美成功，使清朝与美国结为联盟，对日本不利，便应允唐绍仪之请，以《革命之心理》一文激扬暗杀为理由，于19日下令封禁《民报》。

《民报》主编章太炎十分气愤，第二天就向日本警察署提出质问。21日、23日、26日连续致书日本内务大臣平田东助，要求收回封禁命令书，并声明本报编辑人员和发行人员宁为玉碎，不为瓦全。

黄兴、宋教仁等人都站了出来，对日本政府的行为表示抗议。在宫崎寅藏等人的支持下，聘请律师向日本法庭提起诉讼。

日本当局为了达到封禁《民报》的目的，首先想逼走章太炎，对章太炎又是威胁又是利诱，但他概不买账。又利用黑龙会等组织成员对黄兴、宋教仁施压，但他们也不屈服。

12月12日，东京地方裁判所作出判决，禁止《民报》继续出版发行，对章太炎处以罚款一百五十元，如果逾期不邀，就要罚做苦役。

12月13日，黄兴、章太炎、宋教仁、刘揆一在黄兴住所开会。

章太炎愤慨地说："我哪怕就是像陈天华那样死在日本，也不信他们这个邪。我们一定要上诉，即便不上诉我也要继续抨击他们。"

宋教仁说："这个事情，若单从法律上来说，我们是有上诉的必要的，但目前的问题是，政治为大，他们未必会按照法律条文来判决。事情的棘手处就在这里，要不宫崎等人都出面了，他们还是这样判。"

刘揆一分析道："清廷派唐绍仪访美，原本打算借美国主动退还部分庚子赔款的善意趁热打铁，缔结中美联盟，谁知被日本政府暗中使坏，先下手为强，先与美国订立了日美协约，日本因得了大便宜，为防节外生枝，眼下是不会对清政府的这个小小要求都不答应的。因此，我们的上诉，能赢的可能性还是很小。"

黄兴听了三人的意见，说："太炎先生，你的心情我非常理解，我们何尝不气愤？你已经做得很好，几次诘问再加上我们的抗议，已经让他们感到头痛，这就是我们的胜利。至于上诉，照情况看，获得改判的希望确实不大，即使获得改判，如果我们刊物的立场不变，他们也仍然随时可能找个理由予以查封，所以上诉的意义不大，不是愿不愿意坚持到底的问题，而是有无必要的问题。"

章太炎说："我何尝看不穿他们的鬼把戏？我章疯子就不吃他们那一套。居然还动用帮会的人来威胁，难道以为咱们是怕死的人？还想用资助我去印度旅游的手段让我妥协，真是狗眼看人低！"

宋教仁又说："太炎先生，陈天华有一个就够了。我们要做的，是继续履行好我们的使命，让害怕我们的人继续害怕下去。"

"对，我们绝不能让他们看到他们想看到的。"刘揆一补充道，"我们最好是想一个更有用的办法。"

"放心，办法我已经想好了。"黄兴沉着地说，"张继和吴稚晖他们不是在法国办《新世纪》吗？我们可以把《民报》挂到他们名下，名义上在法国出版发行，只是传播到日本而已。这样，日本当局根本就奈何不了。"

"好你个黄克强，你这一手倒是妙招！"章太炎夸赞道，"可是那些龟孙子还要罚我的款呢。"

黄兴说："这个，大家一起想办法解决。"

"办法也不是没有，只是远水解不了近渴。"章太炎接着说，"陶成章已经去南洋一个多月了，多少应该会募到一些款吧，不过本来是做《民报》经费和活动经费的。"

黄兴说："我们发动会员，先借点债把罚款交了再说。"

"借债的话，我就不麻烦大家了，我自己借就行了，免得孙先生以为同盟会又给了我章疯子多大人情，他可是对《民报》不闻不问的。周树人等乡友已经问过我此事了，我自己去找他们帮忙就行了。"

就这样，《民报》的问题总算解决了，但暂时已经没有经费运作。无报可编的章太炎，只得先做着讲学和著述的事。

钱，钱，钱。

方方面面要的是钱。

稍微值点钱的东西都当掉了，换的都只是小钱。发动捐款也已经做过了，总不能屡屡要会员出钱，家庭条件好的愿意主动出的已经出过不止一次了，而有的会员本身也困难。借贷的数额已越来越大。孙中山仍旧在南洋活动，自离开日本后仅寄过三百元钱回东京用于《民报》。

巧妇难为无米之炊。作为东京总部的当家人，黄兴一筹莫展。之前率领义军与清军玩命地干，他都从来没这样焦虑过。

他想起了一件事，就是美国独立战争时，也曾面临严重的经费问题，他们靠发行债券，募集了不少资金，缓解了困难。

这个办法可不可以借鉴呢？只能一试了。

于是，黄兴向横滨一个放高利贷的借了一万日元，在东京托人印刷债券。没想到受当局干涉，债券没能印成，反倒又增加了一笔债务。

追债的人越来越多。

黄兴只得对谭人凤说："胡子兄啊，看来我不避一段时间是不行了。债务的事，但凡有人找上门，你权且帮我应付一下，等我有钱就回来。"

谭人凤的胡子本来已经剪掉了，现在又长了一些了。他摸着短短的胡子，叹息道："人说'床头黄金尽，壮士无颜色'，我今天总算见着了。你走吧，我先给你挡着。"

黄兴回到住所，对黄一欧说："一欧啊，看来咱们还得去宫崎家住一段时间。"

黄一欧心里明白。父子俩略作收拾，退了租屋，又来到了小石川的宫崎寅藏家。

宫崎寅藏笑道："我曾像个乞丐，如今克强君也这样了。无妨，在我这里总饿不着的。"

黄兴走后，讨债的人听说是由谭人凤帮他处理债务，就找上了谭人凤。

开始时找的人少，应付一下也就过去了，可是找的人一多，谭人凤也为难了。他只好想办法，继续以儿子谭一鸿的官费作抵押，又贷了一笔钱，帮黄兴先还掉一部分债务。

黄兴在宫崎寅藏家深居简出，只有萱野长知等极少数几个人知道他在这里。宫崎自己也很困难，家里有时有米饭吃，有时只能吃一些杂粮，甚至豆腐渣。但他尽量为黄兴改善伙食。

眼看着天气越来越冷，黄一欧想起了父亲上次让他去当掉的那件大衣，恰好母亲廖淡如从湖南寄了点钱来，他便对黄兴说："爸爸，我想去把那件大衣赎回来，当的期限也快到了呢。"

黄兴之前是许诺过要赎回来的，所以也不好反对："那你去赎吧。"

黄一欧带了钱来到当铺，赎回了那件大衣。

在回宫崎家的车上，黄一欧抱着那件大衣，像抱着寻回的宝贝，生怕丢失。下车后，他步行走在回宫崎家的路上，经过一片僻静的林荫道，他看看没人，把大衣往身上一披，迈着大步，想象着风度。自我陶醉了一会儿，又把大衣脱下来拿着。这时他看到路边落了一地的银杏树叶，金黄的颜色十分亮眼，再加上那特别的小扇子形状，煞是好看，就弯腰捡了几片，欣赏之后，便往大衣口袋里放。就在这时，他发现不对劲——咦，大衣口袋里有东西。

他记得很清楚，当时拿大衣去当时，父亲和他都摸过大衣口袋，确认已经没有东西了的。

现在大衣口袋里不仅有东西，而且凭手感，那东西还很特殊。

黄一欧把东西掏出来一看，啊，竟然是一张100日元的大钞！

怎么办？还回去吗？黄一欧犹豫了。想了一阵，他还是回了宫崎家。

黄一欧回到宫崎家，把这事如实对黄兴说了。

黄兴很诧异，等宫崎回来了，又说给他听，并把钱拿给他看，说："莫非是天无绝人之路？"宫崎接过钱看了后大笑道："天意，天意，留下来用吧。"把钱递给黄兴。

黄一欧和宫崎的两个儿子龙介、震作听了都欢呼起来。

1909年1月1日，黄兴接到程家柽致电，邀他前往京都有要事相商。

程家柽于1906年2月回国后，到北京大学任了农科教授，并担任了肃亲王善耆的家庭教师。他利用机会，一面秘密宣传革命，一面为革命党人做些有益的事。

1907年，《民报》出现经费困难时，肃亲王善耆曾委托程家柽携带一万元来到东京，将钱转交给民报社。关于这笔钱，是收，还是不收，章太炎、刘揆一、程家柽等人当时还有过讨论。有的认为这是肃亲王想收买《民报》，以缓和革命党的反清言论；有的认为只是肃亲王个人的好意。最后决定，不管肃亲王是出于什么目的，都将钱收下，因为《民报》经费已经捉襟见肘、难以为继了。钱收下以后,《民报》照旧那样出就行了,管他是什么用心呢。这笔钱倒是让《民报》又度过了一段时间难关。

如今程家柽又有什么要事呢?

黄兴赶到京都,见了程家柽。一聊才知道,程家柽这回是与黄兴商议联合袁世凯一起反清的事。

原来,1908年11月,光绪帝和慈禧太后相继病死,还不到三岁的溥仪于12月2日继位,改年号为"宣统"。溥仪的父亲醇亲王载沣为摄政王。载沣对袁世凯所主张的一些新政措施不认同,尤其是怀疑袁世凯在戊戌变法中确有告密出卖维新派的行为,才致使光绪帝被慈禧太后幽禁至死,因此对袁世凯非常痛恨。袁世凯一看情况不妙,心里就急了。

程家柽借做肃亲王的家庭教师之机结识了不少皇族和重臣,得知了袁世凯的心结,这才有了对黄兴所说的这回事。

黄兴知道,袁世凯手里的新军是目前国内最强大的军事力量,他如果愿意反清,首先并非坏事,至于推翻清廷后如何建立新政权,可以再议。因而,黄兴表示同意。

程家柽得了黄兴的意见,便留下小笔钱款作为活动经费,决定尽快回国与袁世凯密商。

憋闷了这么久,黄兴总算等到了个高兴事儿。

黄兴打算自己搬回东京市内,方便处理一些事务,让黄一欧仍然留在宫崎家。

这几年,都难得好好陪陪儿子,黄兴想在新的忙碌之前带儿子游游日本,开阔一下眼界。反正日本就这么大,去哪里都不是很远,花不了几个钱。

于是,他决定带着黄一欧,把京都、神户、长崎、福冈、熊本、鹿儿岛等地,主要是东京以西的几个地方,游览一遍。

1月22日是农历正月初一,黄兴父子在宫崎家过了中国新年。

游鹿儿岛是在1月23日,有宫崎陪同。他们不仅观赏了鹿儿岛的风光,还祭扫了日本明治维新的重要领导人、悲情英雄西乡隆盛的墓地,黄兴还为此赋诗一首,抒发感慨:

八千子弟甘同冢,世事唯争一局棋。
悔铸当年九州错,勤王师不扑王师。

24日，黄兴从宫崎家带着简单的行李回到东京市内。

这一躲，就是近三个月。

此时的宋教仁，也已经困难到连房租都快交不起了。

黄兴与宋教仁一合计，另外合租了一处更简陋便宜的住所。

过了几天，黄兴接到程家柽从国内来信，袁世凯已经被醇亲王载沣解除官职，称病回了河南，等待时机。与袁世凯联合反清的事暂时也就没有了指望。

第二十一章
维护同盟会

这天,黄兴收到一封刘师培从上海寄来的信函。

黄兴打开一看,竟是刘师培举报章太炎的资料,不由吃了一惊。

刘师培与章太炎因有治学研究上的同好,原来彼此交好。1907年春节时,刘师培、何震夫妇应章太炎之邀,带着苏曼殊、汪公权——何震的表弟,一起来日本,与章太炎住在一处。苏曼殊还想借此行寻找他的日本生母。

在日本,刘师培既参与同盟会的工作,又受无政府主义思潮影响,夫妇俩成立了女子复权会,又与张继、陶成章等人成立了社会主义讲习会,创办了《天义报》和《衡报》,宣传无政府主义。前段时间因经费困难而停刊,夫妇俩和苏曼殊、汪公权都已经回国。

几人在日本期间,参与事务,著述撰稿,十分活跃,起初也相处融洽,后来刘师培和章太炎却闹起了矛盾。

那是在章太炎、刘师培等人大闹民报社,掀起"倒孙"事件后。章太炎由于对孙中山不满,继而对革命也有点心灰意冷,把精力转向研究佛学和国学,并想去印度学佛,然而却没有资费。一寻思,想起旧识张之洞。张之洞平时对待革命党,只要不是让他下不来台,基本是睁只眼闭只眼。章太炎便写了信,何震将信通过张之洞驻任日本长崎领事的妹夫卞绰昌转交给张。张之洞收信后,传信给章太炎,愿意每年给一千金的资助,但章太炎觉得不够,需要更多,卞绰昌没有答应,却无意中将这个信息告诉了两江总督端方。

其间,刘师培与何震回上海为《民报》筹款时,与两江总督端方有接触,希望能帮章太炎解决费用。章太炎不知刘师培夫妇别有用心,以为他们只是出于好意,因此在与刘师培的书信中涉及向端方谋款的事。

章太炎之所以向张之洞谋款，是因为他们是旧交；之所以借刘师培的介绍向端方谋款，是因为自1907年7月徐锡麟刺杀安徽巡抚恩铭后，清朝贵族铁良、肃亲王善耆、端方等人都不胜惶恐，为了自保，各自对革命党都有施展金钱政策的行为，以化解或缓和矛盾。章太炎就是想利用端方这种心理让他掏点钱出来，反正他们手里的钱财也不干净。

端方同意了章太炎的要求，答应按月支持。章太炎却不干，要求端方先付总款的三分之二，或二分之一，端方又不干，结果也没有谈成。

但在与端方的接触过程中，何震与表弟汪公权却被端方收买，进而想将刘师培和章太炎也笼络进去。

何震是江苏扬州人氏，出身书香世家，能诗擅画，颇具姿色，却是一名悍妻，刘师培虽是个博学耿性的学者，对她却怕得要命。相传有一次刘师培慌慌张张冲进好友张继住所，喘息未定，突然听到一阵敲门声，刘师培顿时脸时惨白，以为是何震追来了，马上冲进卧室，钻到了床底下躲起来。当张继进来告知来者并非何震，他仍然不肯出来，以为张继骗他，张继只得把他拉出来。张继一介血性之人，原本也是怕老婆的，这才知道刘师培比他更胜一筹。

因此，在悍妻何震和表弟汪公权的反复怂恿之下，加上"倒孙"事件对他的理想信仰的打击，刘师培也有了投靠端方进入官场的想法。

章太炎的名气很大，如果能够拉拢成功，带他一起投靠端方，无疑是在端方面前立下大功。

但章太炎却不买账。

端方授意汪公权、何震、刘师培，对革命党收买不成则不妨挑起矛盾，进行离间，挫其力量。

章太炎除了拒绝收买，还因为发现何震与汪公权有私通，便私下告知了刘师培。刘师培不信，反而与章太炎打了一架，闹得不快。

由此，刘师培决定报复章太炎，非把章太炎搞得身败名裂不可。

黄兴因为一段时间以来极少在日本、对章太炎、刘师培等人的某些事情并不知情，尤其是对刘师培等人已被端方笼络的情况，更没有掌握。

刘师培这次寄给黄兴的信函里，除了一封揭批章太炎的信件，还附上了章太炎之前写给刘师培夫妇的密商向端方谋款的五封信的照片复制件。刘师培在信中说，章太炎早就无心于革命了，主动向端方谋款，都是他设法坚决阻止，才使此事没有办成。

就在刘师培给黄兴写这封信的同时,其河东狮吼的妻子何震也给在法国的吴稚晖写了一封信,列举了章太炎的一系列是非,包括当初"苏报案"发生以后,章太炎说是吴稚晖告的密,甚至连章太炎参加童子试时因发癫痫而中途退场的事都写了,随后也寄去了章太炎那几封信件的照片复制件,希望吴稚晖在《新世纪》上面揭露章太炎。

黄兴读了刘师培的信函,心里半信半疑。

黄兴深知,在革命形势不明朗的情况下,文人学士在革命理想和立场上的动摇,是很常见的。

为此,黄兴专门召开了一个只有极少数重要骨干参加的秘密会议,讨论此事。结论是,由于章太炎的性格原因,有可能一时糊涂,做出这等事来。但也不能轻易就下定论。为了慎重起见,决定对刘师培寄来的信件资料,进行保密,不予公开;同时,同盟会以后的机密事宜,暂时不再与章太炎商量。

"他们闹则闹,只是苦了苏曼殊小和尚,跟着他们来日本刚安定下来,寻找生母的事还无半点消息,又被他们带回去不管了,让他去哪里化缘度日呢?他除了诗画逍遥,可是不会谋生的啊。"谭人凤不由慨叹。

同盟会东京总部的运作本来已经处在困难关头,令黄兴没有想到的是,还会掀起一波比之前严重得多的风浪,以致覆水难收。

说到这事,得说到陶成章。

陶成章,字焕卿,1878年1月生于浙江绍兴,幼时家贫,天资聪颖,十五岁便在家乡设立私塾,任塾师。

陶成章少年时就有反清志向。后来经常以麻绳束腰,脚穿芒鞋,奔走于浙江各地,为反清事业奔波,不辞劳苦,四次经过与家乡仅一水之隔的杭州而不回家,因为怕受亲情牵累出不来。

1900年,八国联军侵入北京,陶成章打算乘乱去颐和园行刺慈禧太后,没有成功。归途中,经费耗尽,步行了七个昼夜,差点饿死。1902年,再次北上行刺,也未能找到机会。同年八月,得到蔡元培的资助,东渡日本,先入清华学校,数月后转入成城学校,学习勤奋,成绩优异。但清政府留日学生监督探知他有反清志向,与学校勾结将他开除。

1904年冬,陶成章与蔡元培、龚宝铨、魏兰等人在上海创立光复会,确定以"光复汉族,还我山河,以身许国,功成身退"十六个字为誓词和宗旨,推举蔡元培为会长，自任副会长，并担负联络江、浙、闽、皖、赣五省会党的重任，在东京成立分部，吸收了章太炎、周树人、许寿裳、徐锡麟、秋瑾、赵声、柳亚子、陈去病、张恭、王金发、熊成基等人为会员。

1905年，与徐锡麟创办大通学堂，招收会党骨干入学。

1906年，在日本加入中国同盟会，任留日会员浙江分会会长，兼《民报》编辑。不久回国，任教于芜湖中学，与秋瑾、徐锡麟等密谋在浙江、安徽起义。

1907年夏，徐锡麟、秋瑾殉难后，避走日本，编辑了《民报》第二十期至第二十二期，眼看《民报》就要"断炊"，就于1908年9月去了南洋活动。

陶成章在南洋一边传播革命，一边筹款，几乎踏遍南洋群岛。

在新加坡，陶成章向孙中山要求拨款三千元做《民报》经费，另外筹集五万元，让他带回浙江发动革命。孙中山正为安置河口起义时被越南的法国殖民当局解送到新加坡的几百名人员而焦头烂额，就说手头拮据，目前南洋经济恐慌，华侨们自顾不暇，也很难筹款，因此无法办到，拿了手表给陶成章去当。陶成章就让孙中山给他开介绍信，他自己去各地募捐。孙中山同意了。

陶成章拿着孙中山开的介绍信，到了多个地方，筹款困难重重，历时半年，所得不过区区三千余元。他怀疑是因为自己在孙中山的地盘上，引起孙中山不满，孙中山表面不便于反对，背后却从中作梗，因为听说孙中山的亲信汤伯令曾在演讲中说："陶成章来此，不过是为了游历，并非为了筹款……"新加坡同盟会分部刊物《中兴日报》的陈威涛也对陶成章说起孙中山的一些不是。另外，曾倾家支持潮州起义的许君秋、参加惠州起义的曾直卿以及从镇南关、河口退往南洋的一些志士、同人，也对孙中山的某些做法强烈不满。

陶成章因此感到孙中山难以共事，想独自活动，在以江、浙、皖、赣、闽五省革命军和决死团为名的募捐中，宣传资料既署明是"浙江同盟会分会印"，又进行了说明："本光复会，由来已久……更改为难，故内地暂从旧名。然重要事务员，均任同盟会职事，故又名同盟会浙江分会。"

在南洋期间，陶成章曾主持过新加坡的《南洋日报》及缅甸的《光华日报》。在《光华日报》上，他发表了记述秋瑾、徐锡麟起义的文章《浙案纪略》，引起强烈反响，一时间南洋群岛无人不知陶成章。

对陶成章在南洋的一些活动，孙中山和已到新加坡主持《中兴日报》的胡汉民，均写信予以阻止。陶成章还听到传言，孙中山诬蔑他是"保皇党及暗探",甚至要派人暗杀他,由此对孙中山更加不满。

陶成章也不赞同孙中山把起义重点只放在南方边地,东放一把火,西散一把沙,徒费财力,而主张"中央革命",在江苏、浙江和华北发动起义。在革命理念上,他则更倾向于无政府主义。

再说谭人凤的知交、华兴会会员李燮和,在与谭人凤发动宝庆起义事败后,谭人凤流亡日本,李燮和则在湖南潜伏下来,1906年准备再次发动起义,响应刘道一领导的萍浏醴起义,事泄,得到按察使张鹤龄密告而经上海逃往日本,加入同盟会。同年冬,回到南京,打算行刺两江总督端方,没有成功,为躲避追捕,经上海到了香港,次年春前往南洋活动,以荷属爪哇岛榜甲槟港为据点,一面任华民夜校教员,一面传播革命,发动华人成立会馆,创设华民学校,建立同盟会分部三十多处,在南洋享有威望。两广及云南边地起义时,李燮和曾与易本羲等人提供经费十几万元。

李燮和虽然大力支持革命,但对孙中山也有较深的成见,认为他喜欢以诈术待人。

陶成章在南洋与李燮和等人交好,由于对孙中山的共同不满,陶成章、李燮和、陈方度、易本羲、柳聘农等人在南洋便开始对孙中山进行攻击,先是说孙中山筹集的款项多数已攫为己有,或存于银行,或在香港置业,用于河口起义的不过一千余元。接着又以同盟会分驻英国、荷兰所属的南洋各埠川、粤、湘、鄂、江、浙、闽七省同志的名义,拟定《七省同盟会意见书》,即"孙文罪状",罗列了孙中山三种罪状:残贼同志、蒙蔽同志、败坏全体名誉。并且具体列了十二条事实。最后,陶成章等人想利用总理任期四年已经届满之机,提议开除孙中山的总理职务,改选黄兴接任,并发布孙中山的罪状,遍告海内外。

陶成章等人带着这份"孙文罪状",回到了东京,把材料递交给了黄兴,要求同盟会本部开会讨论,将其印发各处。

黄兴一看材料,知道事态的严重性,当即表示拒绝那样做,随后就与刘揆一商量。

刘揆一也感到这次的事情可能比上次大闹民报社棘手得多。他拿着材料,满脸忧虑地分析道:"客观地说,这上面所写的,有一部分属实,有一部分是谣言,有一部分显然是臆测和捏造。总之,问题有点复杂。"

黄兴严肃地说:"我想过了。首先,我不可能答应他们的要求来接任总理一职，上次我已经说得很清楚了。其次，神都不完美，这世上更无完美之人。中山先生虽然不完美，但就目前来说，也不是随便找个人就能代替他的，起码他对革命的认识和信念，就胜过很多人，不是一遇到斗争失败就彷徨，就改为去信奉无政府主义，或向保皇派靠近。所以，我们一定要维护中山先生的领导地位。"

刘揆一知道黄兴在革命同人中的威望，点头道："只要你态度坚决，毫不含糊，我想，这次的风浪还是可以平息，但对同盟会的破坏，难以预估。"

黄兴说："陶成章是个难得的脚踏实地的革命家，也有很好的平等思想，但见识似乎略为局促，性格似乎略为偏激和急躁了些。我打算和他好好谈谈。"

黄兴知道宋教仁对孙中山的革命方略也是有不同看法的，但如此大事，他还是征求了他的意见。果然，宋教仁说："克强兄，从感情上来说，我是愿意支持你的。对陶成章的无政府主义，我也不认同。但就这件事情本身来说，除了某些部分与事实有出入或很可疑之外，总的来看，很难说得清谁是谁非。不过对中山先生的处事为人，我还是持保留意见。我相信，在真正的大首领出现之前，努力钻研有关的政治书籍，为将来的事业做点准备，总是有益的。因此，我保持中立，不参与此事。"

黄兴没想到宋教仁的态度已变得这么坚决，看来要让他改变，已有点难。

谭人凤知道黄兴的难处后，倒是愿意与他和刘揆一站在一起，维护孙中山。

黄兴心中有了底，便找来了陶成章，就他们所指责的孙中山的"罪状"，逐一分析，属于事实的，给予解释；属于谣言和捏造的，给予拆穿。他希望陶成章能从革命大局出发，从现时的困境考虑，对孙中山先生多一些谅解和包容。

陶成章却不认可。

黄兴与陶成章由谈话到辩论，耗了几天时间，陶成章仍然坚持原先的想法。

黄兴只好再次明确表示拒绝陶成章他们的要求。

陶成章看黄兴总是袒护孙中山，心里更加不满。于是，吩咐南洋的同志，把"孙文罪状"印刷百余份，邮寄给中外多家报纸。南洋的保皇派报纸

《南洋总汇新报》首先登了出来，接着其他一些报纸也陆续登载。孙中山在南洋虽然已有不错的革命基础，但此前却也有过"匪徒海盗"之名。如今出了新的负面新闻，对他终是不利的。

就在此事前些日，"戊戌六君子"之一杨锐的儿子，已经将密藏的光绪帝"衣带诏"原件上缴摄政王载沣，请为杨锐昭雪。这就证明康有为这些年所称的"衣带诏"一事实为诓骗，让人对这位声名显赫的维新领袖极为反感。现在又有人揭露孙中山，对其造成的负面影响可想而知。

孙中山本人和黄兴都急了。

黄兴立即与刘揆一、谭人凤联名致信李燮和等人，对所谓的"孙文罪状"予以解释，要求南洋的同志停止这种行为，进行反省。

孙中山也采取了措施。他没有与陶成章正面交锋，而是一方面利用《中兴日报》等媒体予以澄清，一方面几次致信吴稚晖，一一剖明心迹，比如陶成章等人说他将捐款存在银行，于香港置业，那只不过是他兄长孙眉前两年在檀香山已经破产，和母亲从海外迁回了香港定居，寄人篱人，耕种田地。孙眉本来是实业家，由于为革命捐了不少款而落得拮据，要不他就算在香港建洋楼，不是也很正常的吗？至于说募集的款项未公布，孙中山也列了一个明细，给吴稚晖看。他希望吴稚晖不要轻信陶成章等人的话，《新世纪》能为他主持公义。还说陶成章在煽动人暗杀他。章太炎与陶成章是一块儿的，但孙中山手上并没有关于章太炎是非的证据，所以他要吴稚晖将手里的章太炎写给刘师培那五封信的照片复制件寄给他。

谁知一波未平，一波又起。

就在陶成章回东京后半个月左右，汪精卫也从新加坡回来了。

自上次"倒孙"事件后，章太炎在《民报》上面陆续发表了一些佛教文章，使《民报》的风格有些改变。黄兴觉得不大合适，孙中山更是不满意。孙中山这次特地派了汪精卫回来主持《民报》，黄兴表示同意。

汪精卫回到东京后，不让章太炎等人知道，开始秘密筹编《民报》第二十五、二十六期，按原先黄兴说的方案，假借巴黎的《新世纪》出版发行，其实仍在东京，由秀光社秘密出版。

易本羲知道了，当即告诉了章太炎。

章太炎和陶成章闻讯大怒。

陶成章认为，汪精卫此行回东京，意图很明显，一是为孙中山辩护，二是因为南洋反对孙中山的人越来越多，孙中山特地派汪精卫回来争夺《民报》，使《民报》为其私有，免得读者再通过《民报》看到对其不利的言论。《民报》本为同盟会机关报，现在不经众议，为汪精卫所把持，专为孙中山一人虚张声势，那么不先革除孙中山总理一职，就不能办《民报》。他声明：汪精卫不经众议而私自窃取《民报》，我们绝不同意！

　　章太炎与孙中山相识，还是在1899年第一次流亡日本时。那时孙中山和梁启超都在日本。因为有对戊戌之变的共同愤慨，章太炎与梁启超关系不错，孙中山与梁启超也有交往，彼此在政见上虽不一致，但还没有开始敌视。当年6月，在梁启超主办的《清议报》报馆，经梁启超牵线，章太炎与孙中山见面，作了一番深谈。在此之前，梁启超对章太炎说过，孙中山所提倡的革命不过是陈胜、吴广之流，章太炎还表示不必有这样的成见。但这次深谈之后，章太炎却感到孙中山言辞闪烁，多是空谈，并不实际，还不如东汉末年造反的张角、唐朝末年造反的王仙芝之辈。初次会面，孙中山并没有给章太炎留下很好的印象。而光复会中的重要成员如徐锡麟等，也是瞧不起孙中山的，在加入同盟会一事上，不同意以团体加入，所以章太炎、陶成章等人都是以个人名义加入的。徐锡麟被捕后受审时，清吏问他是否是受孙中山指使，他甚至说："我自己要为复仇而问罪清狗，孙文是何等浅薄小人，岂能命令于我！"

　　章太炎是个性情中人，经过与孙中山的几次抵牾，对孙中山的看法更为糟糕。

　　相对于陶成章的态度，怒不可遏的章太炎更是以民报社社长名义撰写了《伪〈民报〉检举状》，称汪精卫之举是假借复刊《民报》的名义，暗行欺诈的勾当。说孙中山本就是个无赖，只喜欢夸口吹嘘，在东京说他在南洋有多厉害，在南洋说他在内地有多厉害；背本忘初，对《民报》不闻不问，给他致信也好，发报也好，要么不予理会，要么敷衍塞责，要么说会支持五六千元，到后来却是空话，这么久以来，不过寄回了三百元而已，而对他在新加坡的《中兴日报》却是有求必应。还指控孙中山卖国卖友，要将云南的土地送给法国；对友人表里不一，像黄兴这样生死与共、宽厚忍让的同志，汪精卫竟然在演讲中将他比作夺权的杨秀清，对关仁甫等这样卖力支持革命的人，竟然向新加坡英国殖民当局告密，诬蔑其为盗贼……章太炎还将检举状印成传单，广为散发，并寄往南洋、美洲等各地，"伪《民报》"事件一时广为人知。

　　在法国的张继也致信孙中山，建议他隐退深山，或布告天下，宣布辞退同盟会总理。孙中山回信予以拒绝，认为正当进一步推动革命之际，岂能一走了之。

黄兴也怒了。陶成章将汪精卫的行为归咎为黄兴受了汪的蛊惑，而黄兴则认为陶成章恰恰应该负主要责任，章太炎是听信了他的谗言。

黄兴对陶成章和章太炎做了不少工作，但没有效果。章太炎哈哈大笑说："克强，你是个忠厚人，我不和你计较，你就当我真是个疯子好了。但孙大炮和走狗汪精卫，我是不会放过的，我一定要揭露他们，直至让他们无处遁形。"

黄兴一看不行，于是决定反击。他致信孙中山表示：对于此事，陶成章等人虽然强悍，但他会坚决抵制，要孙中山不必为此担忧。他们在下一期《民报》会发一则声明，指出那些中伤只不过是疯人呓语罢了，不足为信。

孙中山此时即将前往美国。曹亚伯目前在旧金山的《美洲少年报》做记者，黄兴又以中国同盟会庶务的名义，撰写了《致美洲各埠中文日报同志书》，寄给曹亚伯及美国的其他中文报刊社，为孙中山辩白，指出章太炎等人之前所寄的攻击孙中山的材料并不代表同盟会总部的意见，为孙中山消除不良影响。

紧接着，巴黎的《新世纪》、香港的《中国日报》、美洲的《美洲少年报》等报刊，掀起了对章太炎和陶成章的猛烈反攻，尤其是"满洲鹰犬""出卖革命""晚节不保"等帽子一股脑儿抛向章太炎。何震此前寄给吴稚晖的章太炎写给刘师培那几封信的复制件，吴稚晖本来没有发表，而是对刘师培、何震夫妇进行了劝说，现在则成了章太炎投靠端方、出卖革命的重要证据，在《新世纪》《美洲少年报》等报刊发表出来。

黄兴并不知道章太炎与刘师培通信密商向端方谋款的内情，而此时何震的表弟汪公权因出卖光复会会员张恭，已经被王金发击毙，其叛变行为广为人知，刘师培也已正式前往两江总督府为端方做事，引起一片哗然，这就似乎坐实了章太炎之前的可疑行为。看到《新世纪》等报刊已经发出那几封信，黄兴也将密藏不宣的那五封信的复制件给了日本的《日华新报》发表。

章太炎立即予以还击，指出黄兴当初也是去过端方幕中的。那是黄兴从日本留学归国，回湖南途经湖北时，听说端方正代理张之洞在湖北大兴教育，便前往提了一些建议。

这时，知道内情的陶成章一看污名落到了章太炎头上，只得为其力证清白，并打算对孙中山发起新的攻击。

双方交锋，一片混乱，乐得保皇党和清政府暗暗高兴。

黄兴觉得这事不能再闹下去了。

在给孙中山的信中，他除了给孙中山以安慰，还对事态的发展提出了担忧，建议对章太炎予以宽容和海涵。

此时，黄兴还有四千来元债务没有偿清，又面临追债了。

1910年1月23日，黄兴接到同盟会南方支部的邀请，打算前往香港，主持广州新军起义。临行前，交代汪精卫等人，事件只宜尽快平息，不能再扩大、激化。29日，黄兴到达香港。债务的事，暂时又得以避过。

2月份出版的《民报》，针对章太炎的调子已明显降低，只说他是听信谗言，不辨真伪。

此时，陶成章已写成《布告同志书》，列举事例，指责孙中山、汪精卫、胡汉民三人"居心险恶，行事巧诈"。比如徐锡麟、秋瑾谋划皖浙起义时，孙中山怕他们成功，放出谣言，声称由南洋运军火到长江一带，致使清吏加紧搜查，导致起义失败；慈禧、光绪去世后，云南志士打算借机起义，他也十分看重，但汪精卫等出于忌妒，挑拨离间，搬弄是非；他到南洋募款，竟被这三人说成是保皇党和清政府侦探，使他筹款艰难；同盟会广西分会会长刘某为发动起义去南洋募款，向孙中山、胡汉民索取介绍信，孙、胡二人竟不肯在介绍信中说刘某是本党中人；多次起义，孙中山或夸口说会提供大量军火，或许诺每人月饷十元，或声称有十万大兵，如此等等，却并不兑现，如同儿戏，视同志性命于不顾，以夸夸其谈博得一己名利……凡此种种，不知真假。

不过，陶成章看到《民报》不再猛攻章太炎和他，也就决定不再发布他刚写成的《布告同志书》了，这份文告才印出来七份，便停止再印。

胡汉民也总算松了一口气，对黄兴大力维护孙中山很感钦佩，在对南洋同志的信中说：东京有黄兴，南洋有孙中山，一起主持公义，相信那些搬弄是非的言论，不久就可以平息。

但陶成章认为，同盟会东京总部已经名存实亡，与章太炎正式宣布退出同盟会，恢复光复会活动，在东京成立了光复会总部，以章太炎为会长，陶成章为副会长，创办《教育今语》杂志作为光复会机关刊物。又由于光复会在南洋的影响不小，因此于南洋设一执行总部，便于处理事务，由李燮和、魏兰、沈钧业为执行员。李燮和等人便将所掌握的南洋同盟会各分会改为光复会分会。一时间，光复会在南洋有取代同盟会之势。

而同在2月，到了美国的孙中山在旧金山重组革命团体，采用"中华革命党"的名称，所用的"中华革命党盟书"，由同盟会的盟书修改而成：

中华革命党盟书

联盟人〇〇省〇〇府〇〇县人〇〇〇，当天发誓：同心协力，废灭鞑虏清朝，创立中华民国，实行民生主义。矢信矢忠，有始有卒。如或渝此，任众处罚。

中华革命党员〇〇〇押
天运〇〇〇〇年〇〇月〇〇日立

其实孙中山在1909年底就正式想舍弃同盟会了。

1909年11月12日，他在给张继复信时说，所说的从新组织团体，他在南洋已经在实行，所以南洋的组织现在和东京已并不相同，这也是陶成章攻击他的后果之一……实际上，前两年在两广及云南发动的起义，都是奉革命党本党的名义，并不是用同盟会的名义。

11月25日，又在给吴稚晖的信中说，他打算重新组织团体，如有成效，可以在欧洲也仿照实行，从而扩张势力。

但由于陶成章和章太炎在舆论上对他带来的负面影响，他没有成功。

现在，在黄兴、吴稚晖、冯自由、汪精卫、胡汉民等人努力反击下，那些不利影响得到了控制和消除，他终于可以着手重新组党了。

同盟会的分裂，似乎已难以挽回。

事态的发展，让宋教仁和谭人凤倍感郁闷。

宋教仁原是无意掺和这事的。谭人凤这次本来是支持黄兴维护孙中山的名誉和地位的，但随着情况的变化，他也不干了。

谭人凤来到宋教仁住处，交换对事情的看法。

宋教仁说："领袖之事，能者上，庸者下，只要是能胜任职位者，谁做都一样，最重要的是维持组织正常运作，并使之发展壮大。如今呢，并不只是陶成章说同盟会东京本部已名存实亡，我看这就是个事实。我早已意识到，自从上次'倒孙'之事以来，中山先生根本就不再关心东京本部的事，甚至包括同盟会组织。他先是将重心转到了越南，接着又转到了新加坡，去年又在香港成立了南方支部，由胡汉民任支部长，汪精卫为书记，发号施令。现又在美国成立个'中华革命党'，并在事实上以《中兴日报》取代了作为总机关报的《民报》。同盟会东京本部虽然还在，但克强兄的精力主要放在国内的武装起义上。且问，同盟会的全局，谁来主导？不是名存实亡是什么？"

谭人凤长叹一声说："我因克强等老友而结识孙中山，我原本也是看好他的，认为是中国出色人物。只可惜，如今看来似乎是自负甚大而气量狭小，志向虽坚却手段拙劣，在方略上也只局限于南方边地，用人也不过只是胡汉民、汪精卫、黄克强三人，对其他人都不信任。"

宋教仁接着说："对于同盟会闹分裂的，明面上是陶成章、章太炎，其实责任最大的应该是中山先生。正如你刚才所说的'气量'二字，作为一名领袖，在上次的事件发生之后，就不能与同志们作个解释？心高气傲，不予理会，撒手不管，这样的处事态度和方式，让谁信服？又如何能领导好一个组织？他这不就是想利用一下大家为他卖命吗？大家一有异议就予以抛弃。"

"是啊，克强不惜交恶于太炎先生和陶成章诸人，如此拼命袒护孙中山和维护本组织，谁知他不是尽力收拾残局，挽回破坏，而是另立新党，实不是同盟会有负于他，而是他有负于同盟会。既然不愿履行总理责任，不再热心于同盟会，可以离开。但现在最尴尬的是，他既要舍弃同盟会，视同盟会中同志们于不屑，又不肯如张继所说的辞去总理一职，处理事务时仍以同盟会总理一职自居，是何道理？言多无益，关键是这个局面，我们何去何从？如何作为？总不能浑浑噩噩混日子吧？"

宋教仁蹙眉沉默了一阵，说："胡子兄，我有个想法，不知可行否？"

"说说看。"

"太炎先生和陶成章不是恢复光复会了吗？中山先生不是另组新党了吗？他们可以做，我们为什么就不可以，要在这儿不尴不尬地晾着？"

"我们也恢复华兴会？"

"难道不可以吗？问题是克强兄是华兴会的头儿，他不带这个头，我们能不能重扛这面旗帜还很难说，但我们也可以用其他名称啊，胡汉民建了个同盟会南方支部，我们也可以建个中部支部，干我们的大事。"

"你这个主意，我同意。"谭人凤的胡子又长得有点长了，他摸了摸胡子，"何况咱俩的革命方略是一致的。至于新的组织到底用什么名称，你最好还是征求一下克强的意见再定。"

"行,那我大不了去一趟香港。"

"还有,你打算把团体建在哪里呢?"

"我们的革命重心既然是放在长江中下游,我想干脆把机关建回国内去,上海似乎最合适,可进可退。"

"我同意建在上海。"

两人就这样说定了。

过了两天,宋教仁真的去了香港。

黄兴听宋教仁说了来意,心里有点难过。但他明白,这事也不能只怪宋教仁和谭人凤。就目前的局面,宋教仁和谭人凤既然因为与孙中山有分歧而不愿意再追随,对于革命事业,他们就使不上劲。其实大家的大目标都是一致的,同是推翻清政府统治。

黄兴与宋教仁长谈了一夜,希望他与谭人凤即使另组了团体,也能在大方向上与同盟会保持一致。说到团体名称,他觉得不能用华兴会,华兴会绝不做分裂同盟会的事,他赞成用同盟会中部支部这个名称,这非但不能看出这个团体与同盟会总部有任何分歧,反而体现了同盟会的发展壮大。

宋教仁的想法得到黄兴的同意,心里非常高兴。回到东京,他与谭人凤说了黄兴的意见,两人更坚定了在上海设立机关的想法。

但要建立一个新的革命机关并开展活动,是需要经费支持的,而眼下正是他们困难的时候,显然无法马上实施。两人开始做一些筹备工作。

第二十二章

喋血广州

自从两广及云南边地起义连续失败，黄兴、赵声、胡汉民决定下一步以运动新军为主，将起义地点改为大中城市后，革命党在广州新军中的活动便活跃起来。

最先主要是由赵声和同盟会会员姚雨平等人运动广州的新军。

赵声上次被从廉州调回广州后，因郭人漳告密，被贬为陆军小学监督，后又获任第一标标统。

两广总督张人骏很欣赏赵声的才干，打算继续提升他为第一协协统。这时端方知道了，上书陆军大臣荫昌，并密电张人骏说：赵声之才，可以重用，但思想危险，不要养虎遗患。张人骏迫于压力，只好将赵声降为督练公所提调。赵声不得志，1909年春，就回了江苏故里。端方闻讯，派人前去缉捕，赵声侥幸逃脱，返回广州，后来到了香港。

姚雨平，广东平远人，1905年考入广州黄埔陆军中学，1907年加入同盟会，曾与同省党人朱执信、胡汉民等在香港策划过潮州黄冈起义。后回广东，与同乡谢逸桥、温靖侯等人在家乡嘉应创办师范讲习所和体育讲习所，培养军事人才，开展革命活动。但只办了一期，便被当局查封。1908年，姚雨平和同村的姚万瑜及朱执信、邹鲁等人，与赵声及湘籍革命志士葛谦、谭馥、罗树苍等人在广州密谋起义，以策应云南河口起义，事泄未成，返回平远，应聘担任平远中学堂文史教员，在校宣传革命，发展组织。

赵声和姚雨平离开广州后，运动新军主要由倪映典负责。

倪映典，安徽合肥人，自幼随父学医，1904年考入安徽武备学堂，加入革命团体岳王会。毕业后到南京，入江南炮兵速成学堂。结业后任新军第九镇炮兵队官时，与赵声、吴旸谷、柏文蔚等人经常在南京鸡鸣寺聚议革命。萍浏醴起义爆发后，随新军第九镇前往镇压，与赵声等密谋响应起义，到地后因起义失败而未成。后任第三十一混成协炮兵营管带，与该营队官熊成基、步队管带冷遹等谋划起义，事泄后逃往广东赵声处，由赵声推荐任新军炮队见习排长，并加入同盟会。

河口起义后，黄兴从新加坡到达香港准备返回日本时，曾嘱咐倪映典运动广州的新军。倪映典利用秘密交流和讲课等机会，积极宣传革命思想。

1909年春，广东新军步、炮、工、辎各营陆续建立，计有步兵第一、二两个标（团），炮兵第一、二两个营，辎重兵一个营，工程兵一个营，学兵一个营，除第二标和学兵营驻在北校场外，其余的都驻在广州东北郊的燕塘。另外还有巡防新军七个营。清军在广州的军事力量大为增强。

同年夏，倪映典与赵声、朱执信等人召集军中革命骨干在白云山的能仁寺开会，商定分工运动新军，并发给每人两百张同盟会盟票，在军队中扩张组织。

倪映典的活动引起管带齐汝汉的怀疑，便借故将他革职。倪映典只得在军外继续开展革命活动。他在花天宫里寄园巷五号设立机关，专门联络新军弁目，并利用野操和假日向士兵演说革命。经过努力，军中的同盟会会员增加到三千余人。

除了倪映典在新军中开展工作外，还由姚雨平和同盟会会员张绿村运动省会附近的巡防营，朱执信、胡毅生联络番禺、南海、顺德的民军。

1909年10月，同盟会南方支部在香港成立，由胡汉民负责。倪映典前往香港，向胡汉民汇报了运动新军的情况。南方支部决定在广州发动起义。胡汉民立即想到，这起义自然还是离不开他心中的"湖南骡子"——黄兴，特邀请黄兴来港，与赵声一起主持。

黄兴很快从东京到了香港。

黄兴的妻子廖淡如得知黄兴这段时间在香港，就从湖南来到了香港，夫妻俩总算又相会了。但黄兴却并没有充足的时间陪妻子。

在同盟会南方支部的领导下，广州起义的各项筹备工作进展顺利。不久，起义时间确定为1910年2月24日，当日正是农历元宵节。

2月7日，黄兴与赵声、倪映典等人在香港具体商讨了起义有关事项。

2月9日，是农历除夕日。傍晚，黄兴与妻子简简单单过了节，又与赵声、倪映典等人借小聚之机议事。突然,负责警卫的同盟会会员刘梅卿带着一人匆匆走了进来。黄兴一看,此人是倪映典的一名亲信。一问,他是刚从广州赶来香港的。

"不好了,出事了。"他急促地说。

黄兴示意他坐下。刘梅卿倒了一杯茶水,递到他手上。

"怎么回事?"倪映典着急地问。

那人喝了两口茶水,平静了些,说:"我们与巡警起冲突了……"

原来,这天上午,新军二标士兵在印章店为刻章与店主发生了争执,巡警前往处理,逮捕了两名新军士兵,矛盾激化,事态发展到新军包围了警局,救回了被押士兵。人虽然救回了,但事态显然更加恶化了。

"小不忍则乱大谋,"倪映典气恼地说,"你们怎么就不管束一下?"

"事发时,我们不知道;闹大时,已经控制不住了,很多人本来就摩拳擦掌等着起事,巡警这一抓人,就爆发了,势如潮水。"

黄兴说:"你先去歇息,我们马上研究一下。"

等刘梅卿把来人带走,黄兴就与赵声、倪映典等人紧急磋商。他担心新军被调散,那就会带来不少麻烦,能不能如期起义就很难说了。经商议,决定把起义时间提前到15日,即正月初六,约定起义成功之后,将部队分为两支,分别由黄兴和倪映典率领,向湖南和江西进发。

倪映典于2月11日回到广州。此时广州的气氛已十分紧张。由于倪映典去了香港,新军二标士兵出于战友受辱的义愤,在初一自动持械入城,遇见警察就打,并再次包围警局,殴伤巡警官兵多人。新军协统张哲培带着宪兵到二标训话,并宣布正月初二不放假,初三阅操,禁止士兵外出,枪支弹药都运回城内保管。二标、三标的驻地北校场受到巡防营的监视。一标驻扎在燕塘,看到春节不放假,又听说受到怀疑,面临危险,群情激愤,蠢蠢欲动。回到广州的倪映典一看形势紧迫,他也难以控制,便当机立断,决定第二天——正月初三发动起义。

2月12日上午,炮一营管带齐汝汉集合士兵训话,并要求士兵交出枪支。突然,"砰"的一声枪响,齐汝汉应声倒地。这一枪正是倪映典开的。倪映典见齐汝汉已毙命,当即把枪高高一举,宣布起义:"弟兄们,反了!革命了!"士兵一片欢呼,纷纷举枪拥护。附近的炮二营、一标、工程营、辎重营群起响应,公推倪映典为总司令。

倪映典将三千余人分成三路：一路由广九路攻大南门；一路由北校场攻小北门；倪映典亲率中路，由东校场直捣东门。

新任两广总督袁树勋看到发生兵变，急忙调兵防御和迎战。

下午，倪映典所率中路军一千余人在牛王庙与清军巡防营统领吴宗禹所部三营约两千人相遇、对峙。这时清水师提督李准派巡防营帮带童长标、管带李景濂到阵前，声称调停，招倪映典上前会话。童长标是倪映典的旧部兼同乡，李景濂是同盟会会员，倪映典便放松了警惕，上前劝说他们共举义旗。童、李两人表示要回营与统领商量。就在童、李两人回到营中时，清军一方突然向倪映典开枪，倪映典猝不及防，中弹坠马牺牲，年仅二十六岁。革命军怒不可遏，奋起迎战。激战约一个小时，革命军因弹药奇缺，又失去主帅指挥，只得且战且退。

三路革命军战斗到第二天夜晚，被清军打败。

黄兴于2月12日夜里得到广州新军已经起义的消息后，与赵声打算紧急赶往广州督战，但当局因兵变已下令广九铁路停运，两人无法启程，另想办法也已经来不及。听到倪映典牺牲和起义失败的消息，两人悲叹不已。

黄兴觉得这次起义虽然又失败了，但基础还在，决定继续推动。

就在这期间，发生了汪精卫刺杀摄政王载沣而被捕的事件。

汪精卫，又名汪兆铭，祖籍浙江山阴，1883年生于广东三水。1902年汪精卫参加广州府试得第一名秀才，同科还有二兄和一个侄儿，名列二、三名，一时传为美谈。1903年，汪精卫考取广东留日官费，入日本法政大学速成科。1905年加入同盟会，被推为同盟会评议部评议长。后以"精卫"的笔名先后在《民报》上发表系列文章，宣传三民主义，痛斥康有为、梁启超的保皇论，受到孙中山好评。1906年毕业后拒绝两广总督岑春煊令其归国服务的要求，1907年初随孙中山前往南洋，任《中兴日报》主笔之一，与保皇党的《南洋总汇报》进行论战。在马来亚（马来西亚西部地区的旧称）的槟榔屿活动时结识了华侨巨富陈耕基的女儿陈璧君，陈从此追随汪精卫。1909年10月奉孙中山之命由南洋至日本，秘密复刊《民报》。同盟会南方支部成立后，任书记员。

南方边地起义的接连失败，让暗杀活动活跃起来。加上梁启超对同盟会领袖"徒骗人于死，己则安享高楼华屋，不过'远距离革命家'而已"的批评，汪精卫为了以实际行动反击梁启超等人，让他们知道同盟会的领袖们也能亲临险境，杀敌立功，带着黄复生、喻培伦、陈璧君潜往北京，开设守真照相馆，暗中策划刺杀摄政王载沣。结果，3月31日夜里，黄复生在桥下埋炸弹的时候被人怀疑而告密，汪精卫和黄复生被捕，喻培伦逃脱。

按清朝律法，汪精卫和黄复生必死无疑，汪精卫因此在狱中写下了"引刀成一快，不负少年头"的诗句，轰动一时。但摄政王却决定免他们一死，只对二人判处"永远监禁"。

孙中山对汪精卫涉险入狱视为失去一只臂膀，万分焦急。

黄兴此时正在新加坡筹款。

广州新军起义失败后，逃到香港的和在香港聚集准备前往广州参加起义的革命志士达一百余人，香港的物价又高，生活成了问题。黄兴只得带上胡汉民、赵声一起去南洋募捐。

这时孙中山从美国接连往香港来电来函，提出要在广东再次举行起义。在香港的胡毅生只得发报告知黄兴。

宫崎寅藏也发报到香港，准备偕同儿玉右儿与黄兴会面，就中国革命的有关问题进行了解。

黄兴又只得于4月下旬偕同胡汉民、赵声返回香港。

为了解决生活开支问题，黄兴在离九龙不远的沙岗租了一百余亩荒地，带领几十人开荒种地，实行屯垦。黄兴放牛，赵声挑粪，大家进行分工，各负其责。

对于在同志间蔓延的一种由失败带来的悲观情绪，黄兴总是笃定地鼓励大家："不要紧，慢慢细细地再来！"

5月初，黄兴接待了宫崎寅藏和儿玉右二，就中国革命的形势，进行了详细的交谈。

5月13日，黄兴给孙中山写了一封五千余字的长信，就孙中山提出的再次起义，充分阐述了自己的见解，强调了在广东发动起义不必再选择边地，而要在省会，由新军着手。广州新军起义虽然失败了，但这次未参与的新军普遍同情起义，仍有很大的发动潜力。要联络其他省的军队及会党，如长江流域各省及华北、东北等各处力量。若能募集到比较充足的经费用于急需，必能形成谷中一鸣、众山皆应之势。在总机关人才选用上，要注意吸纳各省的同志，这样既便于承担各地的运动事务，又便于协调各地的革命力量，只要虚怀以待，不存成见，有用之才自然愿意效力。希望能够召开一次大会议，做好具体安排，使人尽其才，各担责任。并且说到大家在香港的窘迫，虽然租了地在耕种，但蔬菜瓜果不是十天半月就能长起来的，而且同人多为知识分子，并不善于干庄稼活，这是个迫切的问题。

这时有人报告，黄兴的四头小牛被老虎吃掉了三头。原来，租种之处地方偏僻，靠近山林，有老虎出没。黄兴这天事情多，没有时间放牛，交代了同志帮忙照看，小牛进入密林，被老虎盯上了。

这下损失可大了。黄兴正在难过，一个名叫洪承点的江苏籍同盟会会员却安慰道："三头牛虽然被老虎吃得差不多了，但我们追上去，打死了一只老虎。"

"啊，那倒不错，"黄兴心情转好，"血债血偿，那咱们吃老虎肉。"

于是，大家真的打了两天牙祭，尝鲜老虎肉。

为了当面商议起义计划，孙中山约黄兴到日本碰头。

6月7日，黄兴带着廖淡如秘密到达东京，将其安排在宫崎寅藏家，与黄一欧在一起。次日，黄兴在萱野长知的陪同下，赶往横滨。

6月10日，化名多克斯的孙中山从檀香山到达横滨。

船一拢岸，黄兴就登了上去，两人见面，分外惊喜。下了船，两人寒暄了几句，便一起前往早已安排好的西村旅馆，促膝长谈了约两个小时，对起义的若干方针大计基本达成一致。黄兴还希望孙中山能到东京去，亲自主持一次会议。黄兴是觉得，这样有利于弥合东京同志们之间的裂痕。

孙中山有些踌躇，但还是说："我会考虑的。"

临走时，黄兴到了门口，突然想了起来，回头问孙中山："有没有钱？"

孙中山也突然想起来似的，说："有，有啊。"说着，返身提起那个小皮箱，递给黄兴。

黄兴接过皮箱，告辞而去。走了几步，却又站住了，返身回来，说："我应该留些钱给你。"拉开皮箱，抓了一把钱，塞给孙中山，拉上皮箱，这才大踏步走了。

孙中山定定地看着黄兴的背影，心里满是感慨：革命怎么离得开这位敦厚坦诚、沉稳坚定而勇敢无畏的战友呢？胡汉民说他是"湖南骡子"，确实，他之外，又还能找得到第二个能这样百折不挠、负重前行的铁血战友吗？

萱野长知也被两人的举动深深感动了。黄兴从孙中山手中接过钱竟然不点数，给孙中山留钱也不点数。这得是怎样的心照不宣，相互信任啊。

随后，孙中山经过考虑，又化名阿拉哈，于6月11日前往东京，隐藏在宫崎寅藏家里。

赵声也很快来到了东京。

孙中山在东京几次召集黄兴、赵声、宋教仁、谭人凤等人开会，就本次起义的方略和部署进行了商讨，决定按黄兴信中所说的，做好协调，统一各省行动，把其他的起事计划暂时都停下来，集中人力和财力在广州发动起义。

谭人凤看到又要有起义了，颇为兴奋，似乎忘掉了所有的不满、不快，对这个计划表示支持。

宋教仁和谭人凤还趁机私下去拜访孙中山，提议对同盟会改善党务。他们对同盟会仍心存一线希望。

孙中山听了笑道："同盟会已经取消，以中华革命党代替，有能力者尽可以独树一帜，反正大家都是为了共同的目的，推翻清廷。"

尽管宋教仁和谭人凤此前已对孙中山有情绪，但听了这话，仍然很感意外，两人相视愕然。

宋教仁问："同盟会难得成立，虽然小有分歧，但未必不能加以改善，先生何出此言？"

孙中山略有不满地说："党员攻击总理，无总理又怎么会有同盟会？经费由我筹集，党员本无过问之权，但此前有些人为何这般对我横加抨击？你们说是不是这个理？"

谭人凤一听，当即便不认同，反驳道："同盟会由全国志士联合组织而成，怎能由你一个人说取消就取消呢？款项即使是由个人筹集而来，也是用公家名义募捐而得，开销支出，会部成员应该知情，怎么能说无权过问呢？那都成了什么组织？"

孙中山一看谭人凤动了气，犹疑了一下，缓和了语气说："这事以后再议吧，当务之急是筹备起义。"

宋教仁原想看看孙中山有无决心改善同盟会，再趁势提出在上海成立同盟会中部支部的事，征求他的意见，看到孙中山把话说到这个份儿上，心里也不由动了气，懒得再提了，当下与谭人凤告辞而去。

走在路上，谭人凤愤愤地说："真是岂有此理！"

孙中山本来想在日本停留一段时间，但清政府驻日使馆已经探知他回到了日本，又与日本政府交涉。

6月23日，小石川区的警察署署长来到了宫崎寅藏家，催促孙中山离开日本。6月25日，孙中山被迫再次离开日本，经香港前往新加坡。

黄兴和赵声也随后去了南洋，继续筹款。到缅甸仰光时，与云南籍同盟会会员吕志伊商议，看是否可以在云南有所行动，响应广州的起义。

冬天即将来临。

在马来亚的孙中山约黄兴、胡汉民、赵声等前往，召开会议。

11月13日，黄兴和赵声抵达马来亚的槟榔屿，与孙中山、胡汉民、孙眉、谢逸桥、谢良牧、何克夫、熊越珊以及马来亚芙蓉、怡保、槟榔屿等地的代表邓泽如、李孝章等人会面，举行秘密会议。孙中山在此召开会议的重要目的之一是让南洋同志和华侨看到革命党起义的决心，便于筹集经费。

会上，经商讨，决定趁革命风潮已盛之机，倾全党之力，再次发动广州起义。起义队伍以广州新军为主力，另选革命党人五百人组成"选锋"——敢死队，潜入城内首先发难，迎接新军入城。占领广州后，由黄兴率领一军进入湖南，直指湖北，赵声率领一军进入江西，谭人凤、焦达峰在长江流域举兵响应，攻占南京和武昌后，会师北伐，直捣北京。

鉴于之前的起义失败都与经费不足、枪械弹药缺乏有关，本次计划筹款十万元，在南洋英属地、荷属地各筹五万元，筹款因此成为首要任务。为了避免当地政府干涉，决定以中国教育义捐的名义进行募集。

会议一结束，孙中山就召集当地的华侨开会，进行劝捐，当场得八千余元。考虑到留守香港的同人正处于困窘之中，便由赵声先带着这笔钱返港。

随后，对筹款进行了分工：南洋英属地由邓泽如、陆文辉、郑螺生、李源水、李孝章等负责，南洋荷属地由钟幼珊、古质山、李笃彬、吴伟康、陈伯鹏等负责，暹罗由萧佛成、朱广利、何少禧、梁挺英等负责，美洲由冯自由、陈耀垣、黄芸苏等负责。黄兴、胡汉民、姚雨平、谢良牧等人也分赴南洋各地筹款，并协调各处，黄兴、胡汉民还负责督促。

孙中山本来也打算遍游南洋各地亲自筹款，但因为英国、荷兰殖民当局也接到了清政府要求驱逐孙中山的公文，拒绝其再入境，孙中山无处可去，又不得不远赴欧美。

筹款殊非易事，往往带着希望而去，结果却是落空而返。

黄兴在马来亚怡保的决醒园召开了一次由南洋各地同盟分会会长参加的会议，要求大家把主要精力用于发动捐款。接着赶往仰光，将运动云南新军的任务交给吕志伊。然后来到新加坡，与胡汉民会面，得知从英属地所获筹款才一万余元，离预计数字还相差甚远，十分着急，决定亲自前往。

黄兴这时得知邓泽如在马六甲，马上前去相见。邓泽如是著名的华侨实业家，也是同盟会马来亚分会会长。谁知到了马六甲，邓泽如已回芙蓉。黄兴从同盟会会员邓寿如口中得知，邓泽如在马六甲这样一个大埠仅募得三百三十三元。黄兴心里更加着急，当即和邓寿如赶往芙蓉。谁知到了芙蓉，邓泽如又回了居住地坝罗。在坝罗，黄兴才见到邓泽如。原来，是邓泽如的妻子生儿子了。邓泽如看到黄兴来了，很高兴，就要黄兴给儿子取名字，黄兴给取了"光夏"二字，意为光复华夏。

黄兴只顾在南洋奔忙，就在这期间，他自己的次女文华在日本出生了，他竟没能见上，多亏有宫崎寅藏的妻子给予照料。

黄兴下了决心一定要筹到预算的款额。

他对邓泽如说："邓先生，起义之事已经迫在眉睫，如果不能在英属地筹到预计的款额，则本次起义筹划将付之流水，我也没有必要返回香港了，只剩像汪精卫他们那样走行刺之路一条选择了。"说罢，眼泪夺眶而出。

邓泽如看到中国传统的年关将近，而黄兴不达筹款目的誓不回头，十分感动，当即对他说："黄先生可谓不顾一切，一心为国，我邓某真是惭愧，没能按计划募足经费。这样吧，我们不妨再进行一轮筹款旅行，我一定竭尽全力协助先生。"

黄兴点点头，又抱了抱拳。

1911年1月1日元旦节，黄兴在芙蓉发表筹款演说，对与会者动之以情，晓之以理，号召捐款，说到动情处，声泪俱下。听了的人深为感动，当场就有人认捐，其中一名叫谭德栋的，已经捐过一千元，又捐了五千元的货物。1月2日，黄兴和邓泽如往吉隆坡。1月3日，抵怡保。1月4日，到霹雳……然后又至新加坡。每到一处，都少不了耐心的演说、劝募。到了1月10日，邓泽如、陆文辉、郑螺生、李源水、李孝章等负责英属地的人员统计后说，离筹款计划的五千元已相差无几，等达到预定数额，就立即汇往香港，决不拖延。黄兴听了，这才放下心来。

1月9日早上，黄兴与邓泽如等人告别，打算离开新加坡回香港。

途中，乘坐的车子抛锚，车头损坏，修复后继续前行，到新加坡的厅律则已经是晚上九点四十分了。当晚，黄兴给邓泽如写了一封信，对后续筹款作了周详安排，希望邓泽如能将钱在农历年内汇到香港，赵声已经有电报来催款了，可谓十万火急。并说本次能筹到巨款，虽有赖于捐献的同志和同胞的热心支持，但都离不开邓泽如的至诚相助，因此特别感谢，只有全心全力把事情做成，才算是有所回报。又嘱咐邓泽如，以后写往香港的信件，一定要注意保密，不要直接寄他，请寄给一个朋友转交，可采用夹封形式，外封写那个朋友的名字，内封才写他的名字。

1月10日，黄兴又给李源水、郑螺生等人去信。1月11日，又给暹罗的同盟会分会写了一封信。因为胡汉民已于1月1日去了越南西贡，转而要去暹罗，留了一封信给黄兴，说是一定要有所获。黄兴在信中给同志们分析了形势，号召大家竭尽全力，协助胡汉民进行募捐。并给这段时间协助他筹款的谢逸桥、谢良牧等人去信，致谢的同时也催促他们将钱尽快收齐，抓紧汇往香港。

1月18日，黄兴回到香港，主持工作。

黄兴将筹款的艰辛和南洋同志们、华侨同胞对革命的期望告诉了赵声，两人又将此一一告诉同人们，加以激励，务求全力以赴，取得成功。

1月底，按照军政府的组织形式，广州起义统筹部在香港成立，由黄兴任部长，赵声任副部长。下设八课，分派人员专门负责：调度课，姚雨平为课长，负责运动新旧军队；交通课，赵声兼任课长，负责联络江、浙、皖、鄂、湘、桂、闽、滇各省的力量；储备课，胡毅生为课长，负责购买和运送枪械；调查课，罗炽为课长，负责探查敌方情况，掌握情报；秘书课，胡汉民为课长，负责掌管文件资料；编制课，陈炯明为课长，负责起草拟定规章制度；出纳课，李海云为课长，负责掌管财务收支；总务课，洪承点为课长，负责一切后勤杂务。八课各司其职，互不过问和干涉。选锋的人数，原定为五百，现定为八百。

黄兴没有想到，虽然也曾是华兴会会员和同盟会会员，但已脱离出去成为光复会南洋负责人的李燮和，会带着好不容易筹集的一万七千余元，带领陈方度、柳聘农、胡国梁等人及时来到香港，与黄兴晤面，要求参加这次起义。

原来，光复会虽然已从同盟会分裂出去，但得知同盟会要再次举行广州起义的消息后，也很振奋。槟榔屿会议召开前，黄兴曾致信李燮和，劝他也去参加。李燮和没有参会，但会后对黄兴表示，坚决支持会议决议，并发动骨干会员行动起来，进行募款。黄兴虽然知道李燮和这段时间在荷属地大力募款，但谁能保证他会将筹来的钱交给他的香港统筹部而不是光复会自己用呢？因此，见李燮和携款带人来投，黄兴大喜，同人们也都很感动。

陶成章对本次起义也抱乐观态度，对光复会同人说："这次黄兴和赵声联手起事，成功的可能性极大。大敌当前，对于孙中山，以后也可以不必再攻击。彼此意见不同，方略不同，可以通过辩论达成共识更好，达不成共识也没关系，反正革命的大目标是一致的。"并带着此前与他一起反对过孙中山的一些会员来到香港，听候黄兴调遣。又亲自回到上海，打算在江浙谋划起义，予以响应。

按计划，本次起义以选锋首先发难，以新军为主力，再以巡防营、警察、民军等加以配合。新军虽有枪支，但缺少子弹，常常只给每人几发子弹供训练使用。所以必须先有选锋在城中发难，破坏当局重要机关，占领军械所，打开城门放新军入城。联络新军和巡防营主要由调度课课长姚雨平负责，巡警教练所主要由陈方度、柳聘农、胡国梁打入内部进行活动，民军主要由储备课课长胡毅生和朱执信协调。

统筹部设在香港跑马地三十五号，另在摆花街设实行部，有李应生、李沛基、徐宗汉、庄六如、庄汉翘、卓国兴、黄悲汉等成员，负责制造炸弹和谋划暗杀。

会后，黄兴通知有"炸弹大王"之称的喻培伦来香港，在实行部专门制造炸弹。

喻培伦，字云纪，来自四川内江，少年时聪敏好学，喜欢研究机械，留学日本期间，先后入读过警监学校、经纬学校、大阪高等工业预备学校，毕业后入大阪化学研究所，专攻化学，后又考入千叶专门医学校药科，对工业技术颇有研究，尤其擅长制造炸弹，有一次在实验时不慎引起爆炸，左手被炸断三根手指，仍然钻研不辍，直至制造出新的安全炸弹。与汪精卫等进京行刺事败后，他独自侥幸脱身，逃回香港，再到了日本。

统筹部作好机构设置后，各课、部的负责人各司其职，紧锣密鼓地进行起义筹备工作。

各地筹集的经费也开始陆续汇到香港。

黄兴决定将黄一欧召回国参加起义。

黄一欧刚满十八岁，进十九岁，已成长为一个精明能干的壮小伙。他接到父亲的电报后,即打点行装,带着母亲和出生不久的妹妹黄文华,一起踏上了回国的行程。

黄一欧冒用宫崎寅藏的儿子宫崎龙介的名字,一身和服,讲着熟练的日语,派头十足,镇定自若,带了四个大行李箱,里面藏了五十支驳壳枪、二十支勃朗宁手枪和一万多发子弹,顺利到达香港,将枪弹交给黄兴。这是为本次起义运来的第一批军火。

黄兴倒是吃了一惊。要知道,此时风声很紧,这可是一件非常危险的事情,但黄一欧却像没事儿一样。这也让黄兴心里感到安慰:一欧虽然还不到二十,但其胆略和镇定,一点儿也不比自己逊色。

黄兴看着儿子说:"一欧,你就不怕吗?"

"我也经过那么多事了,当时确实不怕。"黄一欧微笑道,"有个清政府探子也盯住了我,上前问这问那,被我用日语训斥了一顿,他就灰溜溜地走开了。事后想起来,才感到有点险。"

黄兴说:"我把你叫回来,不知你怪我不?"

黄一欧坦然一笑,说:"爸,你怎么也客气起来了?我本来就想回来,还怕你不准呢。"

"这就对了,如今正是用人之际,很多热血男儿都在投身革命,你已能扛枪战斗,我怎么能让你置身事外呢?与那些年轻的同人们一起,到战斗中去锻炼自己吧。"

"一欧在所不辞,服从爸的安排。"

"很好。"黄兴高兴地说,"我已经想好了,让你和陈方度、柳聘农、胡国梁打入广州的巡警教练所内部。这个教练所有四百来名学员,有两百来支枪,运动成功的话,是一支不小的力量。你先抓紧把你妈送回湖南吧,回来就去广州。"

"好,我等下就去准备。"

"你要记住,"黄兴又补充道,"进了教练所以后,要戒骄戒躁,谦虚待人,用心联络同学,并听从陈方度的调度,不要意气用事,各搞一套。"

黄一欧点点头。

黄兴的次女黄文华在日本出生后,他还是第一次见到,当下抱着小家伙亲个不停。小家伙不哭不闹,两只清澈的小眼睛有点好奇地看着黄兴。面对廖淡如,黄兴心有愧意,但除了一句"淡如,你辛苦了",他又能给妻子分担什么呢？好在两人心照不宣，廖淡如对他没有半句怨言。

黄一欧按父亲的吩咐，把母亲和妹妹送回了湖南，随即返回，与陈方度三人一起来到广州，通过熟人关系，顺利考入了广东巡警教练所。

黄兴又电召谭人凤来香港，磋商湖南、湖北举兵响应的事。谭人凤正心痒痒的，当即赶往香港。

"克强既然信任我，我谭胡子必当尽力而为。"谭人凤见了黄兴，非常振奋，摸了摸胡子，"南京方面，你们已有考虑，陶成章也会部署，我就不多言了。照我看，两湖地处中原中枢，若能拿下，可以震动全国，牵制四方，否则即使占领广东，因为地处南端海边，仍不能有大作为。"

黄兴问："那么，以你之见，具体而言该如何布置？"

"目前，居正、孙武两人正在武昌谋划起事，但因缺乏资金，不能设立机关大力开展活动，所以两湖之地虽然革命同人很多，但没能进行联络安排，如能适当调拨经费，予以鼓励，设立革命机关，开展联络，做好筹备，只等广东一动，即可发起响应，定下全国局势。"

黄兴说："槟榔屿会议上，我们已有考虑安排你与焦达峰负责长江流域的活动，你的想法正合我意。"

谭人凤欣喜道："这就好，中国革命，看来指日可成也。"

黄兴与赵声于是决定，拨付给两湖活动经费两千元，派谭人凤前往协助工作。

谭人凤次日便坐轮船北上，到达上海。

宋教仁已于去年底回到上海，任《民立报》主笔，以"渔父"为笔名发表大量宣传革命的文章。去年初广州新军起义失败后，宋教仁和谭人凤曾在东京召开有中国十一省区的留日同盟会分会长参加的会议，讨论改进组织问题。会上，宋教仁提出革命方略有上、中、下三策之分：上策是赴京师实行"斩首行动"，号令天下；中策是在长江流域起义，承上启下；下策是在南方边疆起义，徐图进攻。下策已被孙中山屡次实行而均告失败，而且时间一旦延长，很容易引起列强干涉而分裂国家；上策有点鞭长莫及，活动较难，不够实际；现在可注重中策，在同盟会东京总部名存实亡的情况下，在上海组织同盟会中部支部，树起大旗，策动两湖及两江的新军革命。年底，宋教仁便回到上海，一边工作，解决生计问题，一边着手同盟会中部支部的筹组事宜。

谭人凤与宋教仁会面后，进行了磋商。宋教仁见黄兴、谭人凤打算运动两湖，自然高兴，认为是个好势头。两人约定，等谭人凤从两湖回来后，一起去香港协助黄兴谋划起义。

谭人凤来到武昌，见了居正和孙武，给了居正六百元，孙武两百元，并召集骨干开了会，让他们在汉口租界设个机关。然后回到湖南，将七百元给同盟会会员曾伯兴、谢价僧等，嘱咐他们及时设立机关，开展联络。

2月13日，黄兴又派刘承烈带着他的亲笔信，前往武汉，约见居正。黄兴在信中特别叮嘱居正，主持好武汉的工作，注重运动新军，做好策应准备。另派郑赞承带三千元费用，在上海设立办事处，具体负责江、浙、皖等省的联络。派方君瑛、曾醒等人持黄兴、赵声的信件，往广西桂林军中联络方声涛等人。

黄兴又约邹鲁前往香港。邹鲁是广东嘉应人，在广州求学多年，留日回国后在广州活动，在本地人脉不错，此时担任着广东省咨议局书记。咨议局是清廷"预备立宪"的产物。清廷于1906年正式宣布"预备立宪"后，于次年开始筹设咨议局和资政院，到宣统元年（1909），除新疆之外，各省都已选举成立咨议局。咨议局是一个言论、咨询机构，它所决议的方案没有完全的法律效力，不能强制地方政府实行，但有一定监督权力，有权决议地方兴革大政。

邹鲁不知道黄兴要他这次负责什么事务。

黄兴笑道："我就想借你在咨议局的有利条件，办份报纸，配合革命宣传，主要读者是军界。"

擅长诗、书、画的邹鲁文人气虽重，却也有胆识，当下回答道："克强兄，这你都想到了？在下真的佩服。你放心，这事我来办。"

邹鲁回到广州，就同担任咨议局议员的陈炯明商量办报的事，决定在咨议局内部解决经费问题，用资议局关于禁赌之事投票时所用的"可"字作报名，将报纸定为《可报》。邹鲁和陈炯明知道这事不能拖延，所以报纸很快就出版发行了，反响还不错，在军界名义上是半价出售，实际上是免费赠阅。当局发现《可报》除了宣传民主思想，有的言论还有些激烈，但以为是咨议局办的，而咨议局本身是言论机构，所以一时也不便过问。

黄兴又不断给日本的留学生界和同盟会同志写信、发报，鼓动他们回国参加起义。东京同盟会总部的人员带头回国，分赴各处。刘揆一回到了上海，与宋教仁、谭人凤等负责上海的机关。

久病初愈的林文让方声洞代任福建留日学生分会会长，自己和林觉民率先回到香港。

林文、林觉民，还有一个林尹民，同为福建人，三人为族亲，都是1887年出生，关系也特别好。林文，号时爽，出身书香门第，祖父林鸿年为清朝时期福建省的第一个状元，为官任上颇有作为，曾任广东琼州知府，治理海南十四年，回省定居后任正谊书院山长，致力于地方教育。林文素有大志，为人豪迈任侠，不想过早娶妻拖累革命事业，至今独身。林觉民，字意洞，当年参加科考时曾在试卷上写下"少年不望万户侯"七个大字，走出考场。他有很强的活动组织能力，擅长演讲，有一次在福州七圣君庙参加爱国活动时，发表了一篇题为《挽救垂危之中国》的演说，拍案捶胸，声泪俱下，凑巧全闽大学堂的一个学监在场，事后对人说："亡大清者，必定是此辈！"林尹民，字靖庵，学过少林拳，武艺超群，曾入山中徒手格斗猛兽，在学生中久负盛名，立志以身许国，也不愿过早成家，曾经慨叹："大丈夫生于此世，当以铁骑五千，横行天下，驱逐胡虏，收复河山。"

这一门"三林"，在留日学生界可是名气不小。

到了香港，见了黄兴和赵声，林文说："之前的多次起义，牺牲的多是乡民，因而有人以为我等怯懦怕死，我自己也一直以此为耻。这次，我一定要与诸君亲手握枪，冲锋在前，让其他同人在后面。即使事情不成，我与兄弟得以同葬一丘，也死而无憾。"

黄兴甚感欣慰地说："你们能毅然回国参加大举，我心里就更踏实了。"

黄兴转而又不无忧虑地对林觉民说："我们的选锋，预计人数是五百，从目前看，人员还欠缺。你的到来，可谓天助我也，这运筹帷幄之事，可少不了你的份儿。"

林觉民心里明白，说："林尹民也会回来，还有其他学生也会回来。我们还可以再想办法联络一些人。"

黄兴和赵声交换了意见之后，对林觉民说："要不，你回福建一趟？"

"行，我也顺便回家看看。"

经过统筹部各课的分头工作，各项部署大体就绪。

4月8日（农历三月初十），由黄兴主持，统筹部召开了发难会议，有数十名骨干参加，制订了十路进攻计划：第一路由黄兴率领南洋、福建等省同志百人，攻打两广总督署，杀总督张鸣岐；第二路由赵声率领江苏、安徽等省同志百人，攻打水师行台，杀水师提督李准；第三路由徐维扬、莫纪彭率领北江同志百人，攻打督练公所；第四路由陈炯明、胡毅生率领东江同志及民军百人，堵截清军，并占领归德、大北两座城楼；第五路由梁起、黄侠毅率领东莞同志百人，攻打警察署；第六路由姚雨平率领所部百人，攻占飞来庙军械局兼攻小北门，引燕塘新军入城；第七路由李文甫率领五十人，攻占旗界石马槽军械所局；第八路由张绿村率领五十人，攻占龙王庙高地；第九路由洪承点率领五十人，攻打西槐二巷炮营；第十路由罗仲霍率领五十人，破坏电信局。其中闽、苏、皖、蜀、南洋的同志，在香港集结，临期再开往广州；北江、东江、东莞、河南的同志，先在广州附近做好准备，临时开进广州。炸药枪弹，多由女同志运输。在广州的各机关，多标名公馆、利华工业研究所、学员寄宿舍等。革命军所用暗号，以白毛巾缠臂作为标识。

会议决定，由赵声、黄兴为正、副总指挥。

之所以安排赵声为总指挥，黄兴为副总指挥，一是因为黄兴是统筹部长，要统筹全局，而赵声为行伍出身，又在广州做过新军统领，在广州军界也有声望，前往领军也许更适合；二是因为赵声一直为这些年来不能一展抱负而深感郁闷，领军一战的愿望非常强烈。

赵声，字百先，号伯先，1881年生，江苏丹徒人。自幼习文练武，仗义执言，十四岁时就曾闯入狱中砸枷救出无辜乡民。曾以第一名考取江南水师学堂，在校期间倾向反清。1903年2月，东渡日本考察时与黄兴结识，同年夏回国，任南京两江师范教员，曾到长沙明德学堂任教，并任过长沙实业学堂监督，宣传革命思想，撰写过七字唱本《保国歌》。在南京新军、广西新军、广东新军中任过职，但都因倾向革命而被迫离开。武艺超群，能将三十斤重的石锁在手上抛玩。

会议将起义时间定为4月13日（农历三月十五）。

然而，正在这时，发生了同盟会会员温生才刺杀广州将军孚琦事件。

温生才是广东嘉应人，出身贫苦，幼年丧父，后赴南洋谋生，并加入同盟会。1911年3月底，由香港来到广州。这次，他决定效法1900年的史坚如行刺两广总督德寿及后来的光复会徐锡麟刺杀安徽巡抚恩铭、同盟会汪精卫刺杀摄政王，专程前来行刺手握重兵的广东水师提督李准。他决计单独行动，不与人同谋。4月8日那天，适逢美国华侨飞行家冯如在广州郊外的燕塘演放飞机，广州的清廷大员前往观看。温生才携带一把五响手枪，藏身于东门外咨议局前面的茶楼上。下午四时，广州将军孚琦乘坐八抬大轿回城，卫队前呼后拥，十分威风，温生才以为是李准，突然从茶馆冲出，抢到轿边，向轿内连开四枪，孚琦当场死亡。卫队和轿夫惊慌避开，温生才趁机逃跑，但被巡警逮捕。

就在同一天，一名叫吴镜的同志在从香港运送炸弹至广州时，不幸被捕。

广州的清当局异常惊恐，加强了戒备，军警四处搜查，新军也被严加防范。革命党人的行动受到妨碍。

黄兴闻讯，在肯定温生才英勇节义的同时，不由慨叹道："时不凑巧，真是本次大举的不幸！"

此外，各路募集的经费虽然总额已十九万余元，但美洲和荷属地的汇款还未到齐，从日本、越南买的枪械也还未全部运到。就这几天，估计很难一一到位，起义时间不得不往后推迟。于是将日期定为4月26日。

再说林觉民回到福建家中，有孕在身的妻子陈意映颇感惊喜，而他的父亲却很是意外，因为按说他要到放暑假才回家的。林觉民只得谎称，学校放樱花假了，日本同学拉着他来游览江浙风光，他是顺便回家看看。然后瞒着家人，悄悄联络了二十余人，于4月9日告别妻儿老小，从马尾登船驰往香港。

方声洞与林尹民等人也已经从日本来到香港，两人还带回一批枪弹。

喻培伦在移往广州甘家巷的实行部后日夜制造炸弹，半磅、一磅、两磅的炸弹制造了三百多个，并且有各种形状的，有的是茶壶，有的是秤砣，有的是古玩，分批运到吴公馆等处储藏，并与林直勉、李文甫、熊克武、但懋辛等勘察地形和路线。

参加起义的选锋人员和用于起义的枪弹预先进入广州城是件大事。

近段时间以来，革命党人已在广州城内设立机关四十来处。在城内租屋必须有担保或家眷，统筹部就在广州海滂西街和育贤坊开设了两家米店，用来为租屋的人作担保。罗阿练、罗四妹等女同志则冒充几处的主妇，掩护革命党人。

为了运送军火进城，革命党人可算想尽了办法。有装扮成巨商、贵妇或其他角色，乘轮船偷运军火的；有在运进广州的头发、大米、颜料桶、铁床、梳妆盒、罐头、瓷器、盆景、马桶等物品里暗藏军火的。为此，除了米店，还专门设立了头发公司和颜料商行。

这里不能不说到几个女同志,譬如不让须眉的徐宗汉。

徐宗汉,原名佩萱,原籍广东珠海北岭村,1876年出生在上海的一个买办兼茶商家庭。她的伯父徐润,是个大名鼎鼎的实业家,经营涉及多个行业,曾出任上海轮船招商局会办、上海商务总会副总理等职,还曾受曾国藩、李鸿章委托,承办了中国幼童留学美国的组织工作。

徐宗汉从小受到西方文化的熏陶,是思想突破封建禁锢的新女性。

十八岁时,徐宗汉由父母做主,许配给两广总督署洋务委员李庆春的次子李晋一为妻,夫妻俩志趣相投,感情深厚,育有一女一子。凑巧的是,徐宗汉的大姐徐慕兰嫁的是李庆春的大儿子,两姐妹因此成了妯娌。几年后,李晋一不幸病逝,徐宗汉虽然十分悲痛,但并没有就此在家中守寡,而是毅然脱离家庭,积极参加社会活动。具有革命思想的大姐徐慕兰对她影响最大,成为她成长路上的引路人。

徐宗汉让自己的两个孩子李强、李雄认了一个"谊父"。不过这"谊父"可不是男人,而是个美貌女子——广州女医师、中国女权运动先驱之一张竹君。这张竹君出生于广东番禺,是个特立独行、万众瞩目的大靓女,其父曾任三品京官,她先后毕业于广州南华医校和西关夏葛女医学堂,1999年开始在广州行医,是中国历史上第一位女西医。身材高挑、容貌靓丽的张竹君喜欢着洋服,穿高跟鞋,走到哪里都像刮起一阵春风,带出一道奇景,引得人们驻足观看。即使坐在轿子里,被人发现了也会引起围观。她自己感觉不好意思,手上便拿了本书,装作看书,增加定力,谁知有一次竟拿倒了,被好事者传了开来,于是在地方上有了"张竹君坐轿——倒看洋书"的趣话。但尽管仰慕她的青年才俊可以排满一条街,张竹君却立志终身不嫁,断了不少人的念想。

徐宗汉与张竹君私交甚好。1901—1902年,徐宗汉协助张竹君先后在广州荔湾和珠江南岸的漱珠桥侧分别开办了褆福医院、南福医院,主要为平民治病,并在医院里设立福音堂,经常开展活动,议论时政,鼓吹新学,参加的人有胡汉民、马君武等。并创办了育贤女学,在广州开风气之先。此外,张竹君还与人在上海创立了女子中西医学院。对张竹君大力开创的有益于社会的事业,徐宗汉变卖首饰妆奁,慷慨援助。

1906年,徐宗汉应二姐徐佩瑶的邀请,到马来亚的槟榔屿侨校教学,不久加入同盟会,并协助发展会员。1908年秋回国路经香港,拜访了冯自由,后来受派在广州与粤籍画家高剑父、潘达微等人组织同盟会分会，设立"守真阁裱画店"作掩护，先后介绍女医生梁焕真、陈瑞云、罗道膺、杜乐汉等多人加入同盟会，大姐徐慕兰、弟弟徐少秋和徐申伯、侄子李应生和李沛基也在她的介绍下入会。

1910年广州新军起义前夕，徐宗汉应召来到香港冯自由家，与孙眉、杨德初（孙眉好友）、陈淑子（胡汉民夫人）、卢桂屏（冯自由庶母）、李自屏（冯自由夫人）等缝制青天白日旗一百余面，准备在起义时使用。又与陈淑子、李自屏携带军火由香港乘船到广州。她们在行装中塞满子弹炸药，被褥里夹藏青天白日旗，陈、李二人生怕出事，坐卧不安，徐宗汉却若无其事，一路谈笑自如，使清吏并不起疑，顺利进入广州。接着又与侄子李应生等在广州高第街宜安里设立机关，打算在举义时分头纵火，扰乱清军耳目，但后因起义仓促，导致失败。

这次，徐宗汉又率同一批亲友，包括侄儿李应生、李沛基和女友庄汉翘、卓国华、卓国兴、黄悲汉等，先是在香港摆花街的同盟会实行部配合喻培伦制造炸弹，接着又在广州河南的溪峡街设立了一处机关——"徐公馆"，将铺面开为颜料店作掩护，计划将枪械弹药秘密运到这里，再设法运进广州城里，分发各处。

筹备工作后期，实行部由香港摆花街转移到广州西湖街甘家巷，徐宗汉等人也由香港来到广州河南溪峡的"徐公馆"机关里。

这天早上，只见"徐公馆"门外贴上了大红对联，人进人出，一派喜气。

不久，随着噼里啪啦一阵鞭炮声，一支来自城内的迎亲队伍走向"徐公馆"，一顶花轿停在了公馆门口。众人忙着搬嫁妆，备挑子，最后，徐宗汉和庄汉翘把新娘装扮的卓国华扶出门来，送上花轿。李应生、李沛基等人抬起花轿，其他人各负其责，一行人吹吹打打，往城内方向而来。徐宗汉手上挽着个包袱，俨然是个接亲的妇人。

队伍过了河，来到永清门。

把守城门的清军不敢马虎，立即喝令队伍停下。

徐宗汉急忙上前，满脸堆笑说："官爷，我们刚才从这里出去的，到河南接亲呢，各位行个方便。来，吃颗喜糖吧。"说着，从包袱中抓出一把糖果，递给几名清兵。

这些清兵记得这伙接亲的人刚才从城内出去,现在这么快又回来了,应该没有问题,于是嘻嘻哈哈地接了喜糖吃,放了众人入城。

接着,他们又这样顺利过了大南门,进入城中。

清兵没有想到,这些嫁妆里,还有轿子里,都藏了枪弹和炸弹,就连徐宗汉的包袱里都藏着一颗炸弹,也是为了以防万一。

革命党人半数已经进入广州城。

黄一欧和方声洞带回的枪械已运入城中,与广州方面负责自购的部分枪械一起,储存于始平书院、头发公司等各个地方。

本来还有一批由吴玉章、黎仲实在日本采购的枪弹,包括一百一十五支手枪,四千发子弹,包装成行李后交给周来苏运往香港。香港是无税口岸,原是不检查行李的,但这段时间风声紧,黄兴通知吴玉章,说近日对美国的"总统"号轮船有过检查行李,要注意。正好吴玉章给周来苏订的船票是美国的"总统"号,于是立即设法把周来苏的船票换成了头等舱,以避免检查。可是,周来苏竟胆怯起来,当船开到九州岛北端的门司时,他越想越害怕,竟悄悄把所有枪弹投入了海中。而船到香港时,根本没有检查。香港的同人听说周来苏运来了军火,欢呼雀跃,谁知黄兴亲自去接,接到的只是两手空空的周来苏。

黄兴登时气得几乎吐血:"你也算是老党人了,真不知你到底是什么肺肠,竟变得如此胆小如鼠,下得了狠心将关系到战士生死的武器丢到海里!"

谭人凤也感到不可思议,周来苏原是暗杀团成员,在上海还与黄兴等人一起蹲过监狱,在这节骨眼上竟干出这等事来。就算枪弹在香港被查出了,因为香港是英属,英国当局也不会轻易将他向清政府引渡啊。莫非他脑壳里装的全是豆腐渣?

由于周来苏的误事,只得从日本和越南加购一批枪弹,这就延误了时间。

然而尽管如此,起义领导人必须进入广州了,否则广州城中的革命党人便会群龙无首。城内的紧张空气本身已如同一枚定时炸弹,让人担心。起义时间延期,还不知会发生什么。

由于广州的清军认识赵声的人很多,他不便过早露面,统筹部决定由黄兴于4月23日先入广州,代任总指挥。

当天,黄兴分别给孙中山、冯自由及南洋的邓泽如、梅培臣、李源水、郑螺生、李孝章、郭应章等人寄出了绝笔信,表示:"本日驰赴阵地,誓身先士卒,努力杀贼。书此以当绝笔。"并在信末盖上了"铲除世界障碍之使者"和"灭此朝食"两颗大红印章。

当晚,黄兴抱着必死之心,从香港来到广州,在两广总督署东侧仅四百来米的小东营五号机关设立指挥部。

考虑到日本、越南加购那批枪械要26号才能到,黄兴又将起义日期推后了一天,定为27日,通知香港。

起义在即,不少革命党人料定此战生死难卜,纷纷写下绝命书。

林觉民明白此战生还的希望很小,对同人郑烈托付了后事,便提着笔,流着泪,在灯下倾尽肺腑给父亲和妻子写遗书,直到破晓。写给妻子的《与妻书》,有一千二百多字:

意映卿卿如晤:

吾今以此书与汝永别矣!吾作此书时,尚是世中一人;汝看此书时,吾已成为阴间一鬼。吾作此书,泪珠和笔墨齐下,不能竟书而欲搁笔,又恐汝不察吾衷,谓吾忍舍汝而死,谓吾不知汝之不欲吾死也,故遂忍悲为汝言之。

吾至爱汝,即此爱汝一念,使吾勇于就死也。吾自遇汝以来,常愿天下有情人都成眷属;然遍地腥云,满街狼犬,称心快意,几家能彀?司马青衫,吾不能学太上之忘情也。语云:仁者"老吾老,以及人之老;幼吾幼,以及人之幼"。吾充吾爱汝之心,助天下人爱其所爱,所以敢先汝而死,不顾汝也。汝体吾此心,于啼泣之余,亦以天下人为念,当亦乐牺牲吾身与汝身之福利,为天下人谋永福也。汝其勿悲!

汝忆否?四五年前某夕,吾尝语曰:"与使吾先死也,无宁汝先我而死。"汝初闻言而怒,后经吾婉解,虽不谓吾言为是,而亦无词相答。吾之意盖谓以汝之弱,必不能禁失吾之悲,吾先死,留苦与汝,吾心不忍,故宁请汝先死,吾担悲也。嗟夫!谁知吾卒先汝而死乎?

吾真真不能忘汝也!回忆后街之屋,入门穿廊,过前后厅,又三四折,有小厅,厅旁一室,为吾与汝双栖之所。初婚三四个月,适冬之望日前后,窗外疏梅筛月影,依稀掩映;吾与并肩携手,低低切切,何事不语?何情不诉?及今思之,空余泪痕。又回忆六七年前,吾之逃家复归也，汝泣告我："望今后有远行，必以告妾，妾愿随君行。"吾亦既许汝矣。前十余日回家，即欲乘便以此行之事语汝，及与汝相对，又不能启口，且以汝之有身也，更恐不胜悲，故惟日日呼酒买醉。嗟夫！当时余心之悲，盖不能以寸管形容之。

吾诚愿与汝相守以死，第以今日事势观之，天灾可以死，盗贼可以死，瓜分之日可以死，奸官污吏虐民可以死，吾辈处今日之中国，国中无地无时不可以死。到那时使吾眼睁睁看汝死，或使汝眼睁睁看吾死，吾能之乎？抑汝能之乎？即可不死，而离散不相见，徒使两地眼成穿而骨化石，试问古来几曾见破镜能重圆？则较死为苦也，将奈之何？今日吾与汝幸双健。天下人不当死而死与不愿离而离者，不可数计，钟情如我辈者，能忍之乎？此吾所以敢率性就死不顾汝也。吾今死无余憾，国事成不成自有同志者在。依新已五岁，转眼成人，汝其善抚之，使之肖我。汝腹中之物，吾疑其女也，女必像汝，吾心甚慰。或又是男，则亦教其以父志为志，则吾死后尚有二意洞在也。幸甚，幸甚！吾家后日当甚贫，贫无所苦，清静过日而已。

吾今与汝无言矣。吾居九泉之下遥闻汝哭声，当哭相和也。吾平日不信有鬼，今则又望其真有。今是人又言心电感应有道，吾亦望其言是实，则吾之死，吾灵尚依依旁汝也，汝不必以无侣悲。

吾平生未尝以吾所志语汝，是吾不是处；然语之，又恐汝日日为吾担忧。吾牺牲百死而不辞，而使汝担忧，的的非吾所忍。吾爱汝至，所以为汝谋者惟恐未尽。汝幸而偶我，又何不幸而生今日中国！吾幸而得汝，又何不幸而生今日之中国！卒不忍独善其身。嗟夫！巾短情长，所未尽者，尚有万千，汝可以模拟得之。吾今不能见汝矣！汝不能舍吾，其时时于梦中得我乎？一恸。

辛未三月廿六夜四鼓，意洞手书。

家中诸母皆通文，有不解处，望请其指教，当尽吾意为幸。

出身富商之家的方声洞来参加起义前与父母妻儿已有过诀别，但也并没有对父母说出真相。现在，他同样以泪和墨，给父亲写了一封绝笔信：

父亲大人膝下：

跪禀者，此是儿最后亲笔之禀，此禀果到家者，则儿已不在人世者久矣。儿死不足惜，第此次之事，未曾禀告大人，实为大罪，故临死特将其就死之原因为大人陈之。

窃自满洲入关以来，凌虐我汉人，无所不至。迄于今日，外患逼迫，瓜分之祸，已在目前，满洲政府犹不愿实心改良政治，以图强盛，仅以预备立宪之空名，炫惑内外之观听，必欲断送汉人之土地于外人，然后始大快于其心。是以满政府一日不去，中国一日不免于危亡，故欲保全国土，必自驱满始，此固人人所共知也。儿蓄此志已久，只以时机未至，故隐忍未发。迩者与海内外诸同志共谋起义，以扑满政府，以救祖国。祖国之存亡在此一举。失败则中国不免于亡，四万万人皆死，不特儿一人；如事成则四万万人皆生，儿虽死亦乐也。只以大人爱儿切，故临死不敢不为禀告。但望大人以国事为心，勿伤儿之死，则幸甚矣。

夫男儿在世，不能建功立业，以强祖国，使同胞享幸福，奋斗而死，亦大乐也；且为祖国而死，亦义所应尔也。儿克己念（廿）有六岁矣，对于家庭本有应尽之责任，只以国家不能保，则身家亦不能保，即为身家计，亦不得不于死中求生也。儿今日竭力驱满，尽国家之责任者，亦即所谓保卫身家也。他日革命成功，我家之人皆为中华新国民，而子孙万世亦可以长保无虞，则儿虽死亦瞑目于地下矣。

惟从此以往一切家事，均不能为大人分忧，甚为抱憾。幸有涛兄及诸孙在，则儿或可稍安于地下也。惟祈大人得信后，切不可过于伤心，以碍福体，则儿罪更大矣。幸凉之。兹附上致颖媳信一通，俟其到汉时面交。并祈得书时即遣人赴日本接其归国，因彼一人在东，无人照料，种种不妥也。如能早归，以尽子媳之职，或能稍轻儿不孝之罪。临死不尽所言，惟祈大人善保玉体，以慰儿于地下。旭孙将来长成，乞善导其爱国之精神，以为将来报仇也。临书不胜企祷之至。

敬请

万福金安！

儿声洞赴义前一日禀于广州城

家中诸大人及诸兄弟姊妹、诸嫂、诸侄儿女及诸亲戚通此告别！

年仅十八岁的余东雄和十九岁的郭继牧，来自南洋，是选锋中年龄最小的，两人在给郑螺生等人的绝笔书中写道："前仆后继，方显吾党中大有人在。视死如归，弟之素志，但求马革裹尸以为荣耳。"

可是黄兴很快发现，广州城的情况比他在香港预计的还要严峻。

清军正调兵遣将，加紧戒严，大街上的清兵和警察往来频繁。有两营巡防营调入城中，在城北观音山高地等处布防，天字码头等处连续驶来的长头蓝布篷船中，载着调来省城的陆路提督秦炳直所部清兵。最为严重的是新军的枪机被收缴，人员禁止外出。有的机关也遭到破坏，储存放火材料的屋子也被查获了两处。有一次喻培伦在搬炸药入屋时，负责警示的李沛基竟听到警察相互说："此物想必又是那东西。"之所以没有当场缉拿，是因为当局想撒下大网，等革命党全部投入。两广总督张鸣岐提心吊胆，将家眷都悄悄转移出城了。广州城中，可谓风云突变，惊心动魄。

起义指挥部陷入两难的境地。

一方面，敌人显然已有准备，一旦举义，胜败难料；另一方面，起义已如箭在弦上，势在必发，一旦延缓，机关秘密和党人活动难以保全。再说，响应起义的新军第二标又有5月3日要退伍的消息，拖延下去，人员将散，经费也维持不了多久。这就使起义既不能速发，又不能再往后延迟。

陈炯明、胡毅生、朱执信以及赵声的代表宋玉琳等人主张缓期举行，胡毅生还说已发觉负责头发公司的陈镜波可能是奸细。姚雨平反对改期，但要求给他负责的选锋和新军发五百支枪，而此时由统筹部方面而来的已经运进广州的枪支总数不过七十余支，根本没法满足他的要求。

黄兴被迫在4月25日深夜再次做出改期的决定，具体时间待定，届时另行通知。

经商量，黄兴下令各部人员保存好武器弹药，迅速疏散，避免遭遇搜捕，又致电香港总部："省城疫发，儿女勿回家。"暗示赵声和胡汉民停止将在香港集合待命的大批党人继续派来广州。

可是，黄兴的内心异常矛盾。

经过这么长时间，费尽了心力，筹备到这个份儿上，眼看就只差一声号令，起义就要打响了，可这一改期，其实无异于解散队伍，取消计划，前功尽弃。对内，无以面对一腔热血的革命同志和群众，他们对革命本就已经有几分悲观的情绪，由此将更为意志消沉；对外，怎么向那些寄予重托的侨胞交代？他们必定以为这是一场骗局，那里的筹款之路将从此断绝。想想侨胞的殷殷期望，又想想形势的两难之处和内部意见的分歧，黄兴心乱如麻，十分痛苦。他本次专程进入广州，就是奉总部之命来领导起义的，如今就这样将队伍遣散，甩手而回，成何体统？那苦苦筹来的十九万多经费就这样折腾一阵而打水漂了？这事传到了国外，岂不成了国际笑料？这一切，实在不是革命党人和铁血军人之所为！

思前想后，黄兴的心里涌起一股难以抑制的悲壮。他决心留下来，拼命一搏，以谢海内外同胞。

正在这时，喻培伦和林文匆匆来见，报告紧要情报。喻培伦从一名巡官老乡那里得知，巡警局前几天已经接到张鸣岐密令，拟对革命党开始收网，具体包括：一、预备开战；二、城内如有火警，不准轻易前往扑救，以防是革命党诡计；三、挨家挨户搜查，缉捕革命党人。因此，起义绝不能再拖延，应当尽快发动，不然在广州的一切部署都将被破坏，一时不能走避的革命党人也将遭殃。

黄兴听了，沉默了片刻，起身拧着眉在屋里走来走去。

手下人纷纷劝黄兴尽快离开广州。主意已定的黄兴却突然站住了，坚定地说："我既已入了这五羊城，就不能再轻松出去。其他人都可以不战而走，唯独我黄克强一人非死于此地不可！"语调的决绝和悲怆，令听者无不动容。

有这种想法的并非黄兴一人。他们本来就对延期极为不满，听到黄兴如此说，立即振奋起来。

林文当即说："即使人员散去，举义不成，我们也仍然可以做一场大暗杀。总司令既然有以死明志之心，至于人数多少，已在其次，能召回多少是多少，哪怕只剩下我们几个，也可以在这里一起拼命。"

喻培伦坚决表示："同志们不远千里而来，岂能一哄而散！革命哪能没有风险，即使我们失败了，我们的牺牲也可以激励后来者。就这样作鸟兽散，枪支弹药怎么办？岂不白白落于敌人之手？我以为非干不可，哪怕仅剩下我一人，也一定要干，否则莫说别的，我对不起这些日夜赶制的炸弹！"

原本，黄兴认为喻培伦是难得的技术人才，不准他这次参战，说并不少他一人，但他却坚决不同意，说："我制造炸弹就是为了革命，现在难道不正是时候？何况人人都是英才，如果每个人都留下，谁去杀敌？如今大家都冒死前往，我却不去，像啥子话？我比他们都会用炸弹，我必须去！"黄兴拗不过他，只好依允。

黄兴的表态和林文、喻培伦的鼓动，使本来就抱着必死之心而来的党人顿时群情激昂，极力向黄兴要求一定要按计划发难。

黄兴大为感动，当下决定集合三四十人，拼命攻打两广总督署，击杀张鸣岐。

胡毅生却急了，以既然是暗杀行动，不如减少伤亡为由，怂恿林文将刚返回的三十来人遣散。喻培伦十分气愤，要知道，25日他已经亲自搬了两趟炸弹了。李文甫再三劝慰，喻培伦仍是愤愤不平。

这时已经是26日。黄兴正在谋划行动，只见姚雨平和陈炯明匆匆赶来。

"有新情况。"姚雨平不无兴奋地对黄兴说，"李准从顺德调回三营巡防营，其中大部分是同志，十名哨官中有八名是同志，另有一人中立，一人反对。兵船现正停靠在天字码头。我们正好可以借助他们，照旧发难。"

黄兴眼前一亮："这倒是个好消息。就这么办！"

"待我们再去联络，商量落实。"陈炯明也颇有信心，"具体如何，请等候回复。"

姚雨平和陈炯明也不耽误，回头便去了。

大约一个时辰后，两人回来了，说巡防营中的同志已决心响应。

喻培伦听到起义有望，高兴得像个孩子似的，跳了三跳，不再生气，放心地搬炸弹去了。

黄兴心想：这三营士兵如果都反正了，就不怕其他防营不降，何况到时还有新军从外面进入，又有联络好的巡警教练所的三百余名学生相助，事情应该可成。于是，经与姚雨平、陈炯明等商议，决定仍于4月27日（农历三月二十九日）下午五时三十分发动起义。

一经决定，黄兴就给香港发报："母病稍痊，须购通草来。"通知香港的党人前来广州参加起义。

由于已经疏散了一部分人，留在广州的人数已大为减少，黄兴又重新对起义作了部署，立即传令，将还未遣散的人员召集起来，进军计划由原先的十路改为四路：黄兴率军攻打总督衙门；姚雨平率军攻打小北门，占领飞来庙，迎接新军和防营入城；陈炯明率军攻打巡警教练所；胡毅生所部选锋已经遣散，来不及召集，从陈炯明所部一百余人中抽调二十人由其带领，扼守南大门。

各人明确责任后，便开始分头行动。

香港方面接到黄兴的电报时，已是晚上十点。这时，香港开往广州的夜轮已经驶出了港口。此时停留在香港的同志还有三百余人，枪两百多支。香港到广州的早轮只有一班，下午和晚间则有几班，革命党人多数已经剪去辫子，如果太多人挤在同一艘船上，容易暴露。赵声的意见是，明日大家还是一起乘早轮前往，免得误事，万一到广州上岸时被发觉，就开枪攻击，城内必然发起呼应。胡汉民不同意。统筹部最后决定，明日让八十几名同志乘早轮先行，多数同志乘夜轮再来。为此，胡汉民认为发难时间无论如何要推迟一天，赵声同意了，并发报给广州，要求延缓一日。又让谭人凤、林直勉明日也乘早轮到广州，当面向黄兴说明情况。

这一晚，对身在广州和香港的一些革命党人来说，是个不眠之夜。

当香港的电报在深夜到达广州后，在广州的小东营五号，围绕是第二天按时起义还是推迟一天起义的问题，两种不同意见又发生了争执。

但懋辛坚持说："既然香港方面的多数同志明天早上不能上船，要晚上才能到，我们就应该推迟时间。"

喻培伦、林文等则坚决反对。

喻培伦斩钉截铁地说："如此畏缩，实在是懦夫表现。起义非但应该按时举行，而且更应该提前实施，今晚就行动，打敌人一个措手不及。"

林文说："就是。再等，万一又出意外呢？"

黄兴也为众人鼓劲，说广州现在的情况是瞬息万变的，时间延后一刻，就意味着多一分不可知的危险。清军已经有所防范，明天看到那么多人从香港来，会不会关闭城门不让入城都还很难说。明早既然有香港部分同志乘早轮先来，四路人手就已有三四百人，又有防营等方面的配合，完全可以按时发动起义，香港的多数同志晚上赶到，可作为后援，再行配合，确保占领广州。

争论之后，是沉闷的宁静。黄兴看到大家终于安静下来，就安排特地从长沙赶来参加起义的"飞毛腿"刘重等人注意探听情报，然后带着刘梅卿去了"陈公馆"的陈炯明处，进一步商讨有关事项。

当晚，有莫纪彭、陈其尤等负责领兵的骨干到陈炯明处请命，黄兴和陈炯明嘱咐他们明天按时带兵集合。

小东营五号是一幢四进三开间的青砖大屋，能容纳百人。有些党人准备休息，利用最后的时间养足精神。也有一些人睡意全无，复又摩拳擦掌，蠢蠢欲动。一心想减少牺牲的但懋辛万分着急。冲动之下，趁众人不注意，他提起屋角的一筐炸弹，走到屋后，倒入了蓄满清水的井里。不料，被十分警觉的喻培伦发现了。这可是他夜以继日的心血，为了赶制这些炸弹，他已经三天三夜没睡个好觉了，还亲自参与了搬运，岂能随便就丢掉！这样尚未上阵便开始自我破坏的败类留着何用？他愤怒地抓起一把刀，就朝但懋辛走过去："你个龟儿子，我先消灭你！"但懋辛一看，赶紧躲避。两人就在屋子里追逐。被惊动的熊克武等人发现情况不妙，连忙将两人拉开。

4月27日凌晨。时当暮春的广州，如同从温润慵懒的睡梦中醒来，开始了新的一天。这座享有"花城"之称的亚热带沿海南方省城，在和煦的春风里确实是花团锦簇，春光无限。然而在这民生多艰的王朝末世，除了那些达官贵人，普通市民又有多少能有闲暇时光品赏这一年好景呢？尤其是今日，一批克服重重困难会集到此的革命党人，更是无意于这大自然的莺歌燕舞，而有着生死攸关的大事要做。

黄兴一大早就回到了指挥部。

这时刘重等人来报，就在昨天夜里，军警又破坏了谢恩里、二牌楼机关，逮捕了多名党人，并搜走武器。

黄兴镇定自若，一一安排着各项事务。

党人们按照黄兴的吩咐，将小东营五号也贴上了大红对联，营造出过大喜事的隆重喜庆氛围。一些革命党人装扮成喝喜酒的客人，前来集合。

作为储备科科长的胡毅生，准备发放枪弹。

4月27日中午，香港的八十多名党人并谭人凤、林直勉到达广州城外的天字码头。

林直勉与陈炯明是旧交，对陈的住处熟门熟路，于是带着谭人凤先到陈炯明处。谭人凤见了陈炯明，便问情况。

陈炯明惊慌地说："不得了！胡毅生、姚雨平都未准备好，我这里也仅有七八十人，克强手下也不满百人，却即将发难，奈何？"

谭人凤说："既然如此，你为何不劝黄克强缓期？"

陈炯明苦着脸说："已经极力劝过了，他不听，奈何？"

谭人凤心想：黄兴处事稳重，不是浮躁冲动之人，何至于此？于是想见了黄兴再说。

那八十余名同志，为了避免引起注意，分成几批进城，然而却并未全部到达小东营。所到人员大都为黄兴所部，赵声所部有些党人已不知去向，既没有来小东营，也没有去赵声的代表宋玉琳设立的机关报到。有同志反映说，那些人有的是昨天刚返香港的，现在又让他们回来，在船上听到他们有怨言，可能不肯进城，散去了。赵声的代表宋玉琳痛心疾首。

为了万全起见，黄兴立即派熊克武出城查看，如果发现那些人员，就带回。

到午后，聚集在小东营的党人共有近百人，众人做好了装束，开始分发枪弹。

这时，有人来报，邻街又有机关被查，被逮去八名党人。

正说着，谭人凤在陈炯明派人带领下来到小东营，打算要黄兴取消今日发难。

谭人凤当面向黄兴说明了香港方面的情况，建议推迟一天。

黄兴急得直顿足，说："胡子兄，情况十万火急，我不杀人，人要杀我啊！这一改期，后果不堪设想！"

谭人凤一看现场，也感觉到了紧张的气氛，就又说："那你作为总指挥，不能亲自前往拼命，理应居中调度各路人马。"

黄兴急忙把谭人凤拉到一个房间里，说："胡子兄，战士们现在都是视我之勇怯而为勇怯，我们决心已定，你就别扰乱军心了。"

谭人凤一看这情势，知道已无法阻挡黄兴，于是毅然道："那你也给我一支枪！"谭人凤已年过半百，加上漂泊不定，生存不易，已须发皆白。

黄兴握着谭人凤的手，平静而动情地说："胡子兄，本次行动是决死之举，先生已经年老，我等的后事还要人来办，我恳请你不要参加。"

"你这是什么话？"谭人凤却不高兴了，"你们都敢赴死，难道就我谭胡子一人怕死？你快给我枪！"

黄兴拗不过，只好给了谭人凤一把驳壳枪。

谭人凤拿着枪，和黄兴出了房间，自己在一个角落摆弄着。突然，"砰"一声，谭人凤误触扳机，枪走火了，把墙射出一个坑来。

众人被吓了一跳。黄兴急忙赶过去，看到没伤着人才放下心来，一把夺过枪说："先生不行，先生不行，还是请你留下！"

"唉！……"谭人凤沮丧地叹了口气。他确实没有学过使用手枪，不由满脸惭愧，把枪还给了黄兴，不给大家添乱。

这时，陈炯明派人来报：负责守大南门的胡毅生说，从陈炯明处抽调的二十余人都是海陆丰人，讲的是方言，胡毅生与他们语言不通，还是由陈炯明派人指挥为好，他自己出城去接洽从顺德调回的巡防营。陈炯明说他手上的人总共也不过百人，那他干脆一并率领所部把守大南门，不再去攻巡警教练所。

"真是荒唐！"黄兴一听就火了，"分派任务时，他胡毅生难道不知陈炯明所部大多为来自家乡海陆丰的人员？因为他已认领扼守大南门，由他保管的那二十几把驳壳枪我也同意他拿去十多把，只给我们六把，如今火烧眉毛了，却撂挑子！我还等着他继续分发枪弹呢！"

而陈炯明要放弃攻打巡警教练所，只守大南门，事情到了这个份儿上，黄兴也只有默许了。

眼看时间越发紧迫，黄兴让谭人凤随陈炯明的人回去，安全隐藏起来。领谭人凤来的人随即带着谭人凤走了。

时间到了下午四时，离起义时间很近了，可是令黄兴万分着急的是，负责攻打小北门、占领飞来庙并迎接新军和防营入城的姚雨平，既未见主动联络，派人去城南他长驻的嘉属会馆寻找，也见不到人，竟像人间蒸发一样，没了踪影。有人反映，姚雨平声称胡毅生不发枪弹给他，颇有怨言。

这时，陈炯明的手下马育航来到小东营。

黄兴问马育航有什么事，他吞吞吐吐地说："陈先生的意思，还是希望黄先生能改期……"

唉，又是一个来敲退堂鼓的。

黄兴立即将胳膊肘一拐，拨开马育航，径直登上一张木桌，开始发表作战总动员："同志们，起义即将打响，此事已是板上钉钉，再无变动可能。清自入关之后，对汉人的杀戮和压迫极尽残酷，迄今已两百多年。自鸦片战争以来，这个腐败无能的政府，对内欺压百姓，对外丧权辱国，将我神州大地搞得暗无天日，民不聊生。如果不将这个罪恶的政府推翻，亡国之祸就在眼前，内外勾结之下，我国人民必将更加没有出头之日。我们的希望唯有革命，革命！革命就有危险，就有牺牲，我们作为热血男儿，不挺身而出，还指望谁来为我们完成使命？我们已经有不少同人为革命流血献身，我们只有继承他们的遗志，不顾一切，奋勇向前，才有望实现我们的革命目标。这是我们救国救民的不二选择，也是我们作为中华男儿、革命党人的神圣天职。只要我们不畏艰险，不怕牺牲，革命就一定能成功。到时，我们不只是推翻清廷，还要建立一个与封建专制统治完全不一样的民国，平均地权，人人有田种，平等人权，不再有森严的等级。我们本次起义，除了在本省有充分准备，在全国范围也有了广泛联络，一旦此处发动，全国多地将陆续会有响应，到时我们将兵分三路，一军进湖南，一军出江西，一军入广西，革命必成遍地开花之势。同志们，让我们奋力一搏！为革命捐躯，死而犹荣。革命成功，我们的家人和四万万同胞及后代将不再忍受清廷压迫和列强欺负，大家都将过上自由幸福的生活。让我们拿起武器，投入战斗！"

环绕着黄兴的选锋们顿时发出激昂的呼喊："拿起武器，投入战斗！"

近百人个个摩拳擦掌，准备杀敌。

正在这时，朱执信带着十来人匆匆赶到。原来，胡毅生说他召了十多个人在头发公司等候，黄兴让朱执信去接洽，朱执信去了一看，却是黄兴部下、从南洋回来的广东新会籍党人李雁南带来十人，就领了他们赶来。

朱执信喘着气对黄兴说："我现在才知道，胡毅生就是个骗子，口口声声说他联络了多少人，其实都是妄语，我竟被他骗了！"

黄兴忙予以安慰，马上将李雁南等人编入广东连州籍党人何克夫的支队里。

朱执信一看现场情形，又嚷道："快给我武器，我要随黄胡子去拼命！"

朱执信时年二十六岁，虽然年轻，十分能干，却是个十足的文弱书生，身着一袭白色长衫，还戴着眼镜。

当即有人上下打量着朱执信，笑道："朱君之衣着，也适合冲锋杀敌吗？"

"这有何难？"朱执信瞪了那人一眼，立即拿起一把刀，"咔嚓咔嚓"将长衫的下半截割断，随手一扔。

但仍有人说："你会使枪吗？可别像谭胡子啊。"

"我使枪不在行，那我扔炸弹总行吧？"朱执信瞪了那人一眼，然后两手各拿起一颗炸弹，站着候命。

五点已过，气氛紧张得似乎已经可以闻到空气中的火药味。

突然，只见莫纪彭带着一支二十几人的队伍急急忙忙赶来，气喘吁吁地向黄兴报告:"黄先生,陈炯明不知去向,我因此领队来此参战。"

黄兴记得很清楚,昨晚莫纪彭去"陈公馆"向他和陈炯明请示时,他和陈炯明命令莫纪彭务必于今天下午四时领队赶到"陈公馆"听候陈炯明指挥,谁知现在部下按时到了,主将却不见了,陈炯明会去哪里?

黄兴正在猜测,又见上午去城外长堤一带寻找那些散失人员的熊克武匆匆奔回,失望地对黄兴说,那些人没找到,他看时间不早,就回来了,在进南门时,碰到林直勉戴着墨镜坐着轿子出城,接着又遇见陈炯明。因为时间紧迫,他问陈炯明怎样走捷径回指挥部,陈炯明给他指点方向后就匆匆出城了。"他们是不是另有任务?"熊克武不解地问。

黄兴吃了一惊,陈炯明竟然真的也做了逃兵。想不到发难在即,还有人临阵脱逃,而且是一队主将,实在让人愤怒和心寒。

但他很快镇定下来,对熊克武和莫纪彭进行勉励,并给予编队。

现在,聚集的志士共有一百三十余名。

原计划十路进攻,后来改为四路,如今却只剩下黄兴这一路孤军。

这些准备拼死一战的勇士,有近三成是广东人,他们听说姚雨平、胡毅生、陈炯明都有状况,气不打一处来,纷纷骂道:"这些个衰仔,可别丢咱们广东人的脸!"

黄兴给这总共一百三十余人的各个支队分配了任务,嘱咐道:"各队应互相掩护前进,听从命令冲锋。"

五时三十分就要到了。

一百三十余名选锋,手执枪弹,臂缠白巾,脚穿黑面胶鞋,神情肃穆地集合待命。

黄兴内着雪纺衬衫,腰扎皮带,外穿雪青色短衣,裤管紧束,手执双枪,精神抖擞,威风凛凛。

"同志们,胆要大,心要细。时间已到,我们向督署出发!"

随着黄兴一声令下,勇士们个个生龙活虎,冲出小东营五号。

黄兴举枪朝天空连发三枪,"砰!""砰!""砰!"

"同志们,冲啊!"

林文、何克夫、刘梅卿等吹响了海螺,"呜——""呜——""呜——"顿时,螺鸣声动,风起云涌。勇士们如一股狂飙,直扑两广总督署。

三·二九广州起义——黄花岗起义，正式拉开了序幕。

队伍分为三路：一路由黄兴、林文等带领，攻总督署西辕门；一路由徐维扬、何克夫等带领，攻总督署东辕门；另有喻培伦、熊克武、但懋辛等十八名勇士，从总都署后面包抄。

义军沿途遇到巡警，即开枪击毙，很快赶到总督署外。

东、西辕门及总都署内都有卫兵，共有近百人。

两路勇士不顾枪林弹雨，与卫兵激战，从东、西辕门抢入。

林文一手执螺角，一手握枪，对着那些卫兵喊："我们为中国人吐气而战，你们都是中国人，如果赞成我们，就举起手来！"

卫兵没有举手。义军当即乱枪齐发，打死卫兵若干，包括被刘梅卿等人击毙的管带金振邦等头目，余下的扔掉枪支，抱头鼠窜，有的逃跑而去，有的躲往总督署内。

黄兴率军立即冲向总督署大门，击毙守门的卫兵，在门外借石狮子掩护向里面喊话。但负隅顽抗的卫兵从里面向外射击。黄兴大怒，从石狮子后闪身出来，冲上台阶，朝门内双枪齐发。有同志趁机往里面丢了一颗炸弹，一声轰响，黄兴从侧门闯了进去，林文、徐维扬率队从正门杀了进去，一起与里面的卫兵对射。林尹民等武艺在身的勇士则猛扑清兵，当面搏杀，义军一举占领了大堂。

黄兴立在大堂柱子后面，使双枪朝把守二堂的卫兵还击。

紧跟黄兴身边的朱执信，自战斗打响后就全然不再似一名文弱书生，与其他同志一样奋勇争先。这时他急于往里冲，不小心被后面战士的子弹擦伤肩部。

"卧倒！"黄兴喊道。

朱执信闻声趴到地上，眼镜掉在一边，敌人的子弹从身体上方嗖嗖穿过。

朱执信扭头看了看肩膀，只见衣衫破了一个洞，也有点湿乎乎的，那地方麻辣麻辣地痛。

这时战士们的枪弹已经压住了二堂，准备往里冲。

黄兴扶起朱执信。朱执信有点惊慌而急切地问："黄胡子，要不要紧？我还有没有得活？"

黄兴给朱执信查看了一下伤口，并无大碍，说："没事。"

朱执信便松了口气，勇敢如旧，寻机往二堂扔炸弹。

喻培伦等人已经到达总督署后面。

喻培伦因为左手在实验时被炸断三根手指，不便于提炸弹，就用绳子把一个竹筐挂在脖子上，筐里装满了炸弹。

他听到总督署里已枪声大作，明白前面的选锋已经得手，当即向后墙扔出一颗炸弹，只听"轰"一声，后墙被炸出簸箕大一个洞。喻培伦、熊克武、但懋辛等人从洞口冲了进来，与大堂的义军对二堂的卫兵进行夹击。

义军很快占领了总督署。

黄兴等人在几名降兵的引领下直入张鸣岐的私寓，但室内空无一人，只见衣架上挂着衣服数件，茶桌上列着茶具，一条水烟筒搁在上面。朱执信随手拿起水烟筒，对黄兴说："还是热的！"

黄兴与众人继续搜。这时，几名战士把一名头目模样的人押到黄兴面前。

黄兴喝问道："张鸣岐在哪？"

那名头目嗫嚅着说："他……他从后面爬墙跑了，去了水师行台。"

义军将总督署搜了个遍，确实没有张鸣岐。

此前报纸有报道，总都署这几天在开审查会，但黄兴留意到，现场并无半点开会的迹象。看来张鸣岐确实早有提防。莫非真有奸细为他通风报信了？

黄兴在花厅下令，利用衣服、床褥等可燃物，放火烧毁总督署。随即带着众人往外撤，准备前往攻打东侧的水师行台，捉拿李准和张鸣岐。

这时花厅屏风后面有人向外射击，有的战士发出惊呼。原来里面还藏着几名清兵。

黄兴迅速转身，双枪齐发，当即撂倒两个清兵，战士们补了几枪，又击毙两个，还剩一个吓得把枪往前面地上一丢，大喊着"好汉饶命"，举起手走了出来。

黄兴等带领队伍刚刚撤出总督署，水师提督李准派来的亲兵大队已经从东面赶到，打算对义军进行合围，全部歼灭。按原先起义计划，是有一路选锋专攻水师行台的，但后来由于人员散失，缺少力量威胁李准所部，致使他的卫队来得迅速。

黄兴与林文率队正冲向东辕门，恰好与清兵相遇，彼此只相距五十来米。

林文因听说李准的卫队里也有同志，便打算策反，上前招呼道："弟兄们，我们都是汉人，理当同心勠力，共除清贼。不用打！不用打！"谁知话音未落，对方便开了枪，林文被击中头部，立刻倒地牺牲。黄兴看到在林文说话时有清兵举枪，本已迅速伸出右手想招呼林文当心，谁知已迟，林文中了弹，他的右手中指、食指第一节也被击断，一节落地，一节还筋肉相连，腿部也受了轻伤。

林尹民、刘元栋等立即开枪还击，击毙几名清兵。但由于他们暴露无遗，也被清兵密集的枪弹击中，本就已经负伤的林尹民当场身亡。刘元栋血流满面，倒在地上，林觉民等立即将他拉回，避在辕门柱子后面。刘元栋是林觉民从福建带来的。此刻，他以微弱的声音说："我为大志而死，你们不必悲伤。快去杀敌，不用管我。"说罢闭上了眼睛。

黄兴的右手虽然被打断两节手指，但仍然握枪，用中指、食指的第二截手指扣动扳机。他迅速率军就地借助一切掩体，进行还击。两军当即在总督署外展开激战。

黄兴明白，不能在此恋战，否则大批清军赶到，后果不堪设想。于是当机立断，将所部分为三路：喻培伦、熊克武、李雁南等率四川、福建及越南、南洋党人七十余人往攻督练公所；徐维扬等率花县党人四十余人和刘古香的广西军十四人往攻小北门；黄兴自率方声洞、朱执信、何克夫、刘重等十来人，出大南门，接应防营入城。

义军随即发起了突围战，猛攻清兵，势不可当，杀出东西辕门，分头奔袭而去。至此，义军已伤亡减员十多人，清兵伤亡数十人。

战斗接下来分开进行。

先说黄兴一路。黄兴带着十余人，往南到达双门底时，碰上一大队巡防营。双方同时举枪相向。黄兴与方声洞走在最前面，黄兴正在犹豫，方声洞立即想到刚才东辕门的遭遇，马上先发制人，朝敌方握指挥刀的开枪射击，对方应声倒地。

其实这支巡防营是来接应起义的，被击身亡的是哨官温带雄，他和在队尾殿后的哨长陈辅臣，都是同盟会会员，是巡防营中热心革命的同志。他们得到姚雨平通知起义时间后，就做了准备，买了三百条白毛巾，传令当天晚饭提前。但由于姚雨平临时消失了，他们与起义的革命军失去了联络。正在这时，李准派人调该哨入城镇压起义，他们便决定进城相机行事，为了不过早暴露，就没有系上白巾。而黄兴一路看到他们没有按约定的暗号臂缠白巾，就不知这支队伍里有自己人，于是有了方声洞在紧急情况下率先开枪之举。

巡防营的人一看带队的哨官被击身亡，当即开枪还击。黄兴等迅速反应，一名紧随黄兴左右的叫郑坤的南洋猛士，连扔两颗炸弹，阻住清兵，与黄兴等趁机向街道两边散开，利用各种掩体且战且退。首先中弹的方声洞，也仍坚持战斗。

清兵又追了上来，黄兴等人在卫边街巷道口被冲散了。

方声洞全身多处中弹，遍身是血，弹尽力竭而死。

朱执信从一个受重伤卧地不起的同志手上捡起枪来，直到打光子弹。幸好他对地形很熟，一阵奔走，避入了方言学堂一个门生家的林氏私塾里，隐藏起来。

黄兴被一支清兵追击，手上拿着一块从商店门上摘下来的铜牌作掩护，边打边退，突然发现只剩他一个人，看到身边是个小洋货店，就用臂膀猛一使劲，撞开了店铺的门板，闪进店里，以门板作掩护，向外面射击，击中了几个清兵。然后双方都停了下来。

相持了一会儿，黄兴听到外面一个人说："我们搜？"另一个说："搜个屁，你想死啊？快去归队，保护提督要紧。"一队清兵就"咚咚咚"跑步走了。

黄兴打量了一下店里，不见一个人。就找了块布头，随便包扎了一下流血不止的手指，猛灌了几口水，寻思着怎样脱身。

这时，一个十三四岁的少年满脸惊异地站在店门口，往里看，又怯怯地问道："里面有人吗？"

黄兴答道："有。"

少年警惕地问："你是谁？在里面干什么？"

"我刚才在外面与坏人打架了，躲在这里。小兄弟不用怕，你进来吧。"

"哦。"

那少年才将信将疑进了店，看到了黄兴。

黄兴问明少年是店里的小伙计，就说现在急需去城南外面，有没有什么办法。少年心里明白，也不多问，只说他刚从长堤回来，大南门和五仙门都还开着。想了想，又找了一件黑长衫，一顶草帽，让黄兴换装。黄兴换掉血衣，用水洗了一把脸，扣上了草帽。

黄兴说："真是有劳了。不知小兄弟叫什么名字？还请你送我出城去。"

少年说："我叫郭季文。先生快随我走，万一提早关城门了就来不及了。"

黄兴点点头。为了避免引人注意，也为了寻找失散的同志，黄兴让少年绕开大道走。在少年的带领下，黄兴边走边留意，但没有发现一个同志。最后出了大南门，又出五仙门，来到城外河边。然而四顾茫茫，哪里还有什么巡防营可接。黄兴长叹一声，打算去河南的机关，再看情况。

少年叫了一条小艇。黄兴想去河南的海幢寺，从那里到溪峡的机关比较近。

船老板知道城里发生了什么，开口就是高价，并要先付了钱才肯开船。黄兴付不足那么多钱，船老板一脸不高兴，当船开到河南的东头，就要黄兴上岸。黄兴登岸后，去向杂货店打听路线，语言不通，没法交流，于是心一横，干脆迎上去问两个巡逻的警察，才知道这里离机关所在地还远。

这时夜幕深沉，天已经黑了。黄兴站在珠江南岸向北望去，只见城中火光冲天。黄兴心中五味杂陈，唯有暗暗为战士们祈祷。

黄兴沿着街道一路走。他并不知道机关的门牌号码，只知道有办喜事的标识。终于发现一户人家大门上贴着红对联，便上前敲门。开门的是一个女仆模样的人，黄兴问这里是不是"徐公馆"？女仆点点头，但不让黄兴进门，说主人不在家。黄兴再三恳求，才得入内，屋里果然只有女仆一人。

女仆不知黄兴的身份，也就不知该怎么对待他，只能让他先待着；黄兴也不敢以实情相告，只能先求庇身，等熟悉的人回来再说。

黄兴在屋里靠着墙壁坐下，这时才感到极度疲惫，伤口疼痛。他低着头，想到城中的同志们生死难料，又想到误事的姚雨平、胡毅生、陈炯明，心里满是担忧和悲愤。由于长期日夜操劳，本已心力交瘁的他，经此一场战斗，体力早就消耗得差不多了，加上受伤失血不少，坐了一阵，几欲昏睡过去，只因断指那一阵阵钻心的疼痛，让他保持着清醒。

过了一小会儿，有人敲门。黄兴迷迷糊糊的，已听得不是很清了。女仆开了门，是徐宗汉回来了。女仆示意屋里有人，徐宗汉一看，竟是黄兴，不由大惊失色，连忙为其检查伤情。黄兴睁开眼，这才知道徐宗汉回来了，他找对了地方。徐宗汉发现黄兴的断指还在渗血，就给洗了伤口，消了毒，再包扎好，让他卧床休息，自己去给他热粥。此时的黄兴，已几乎虚脱，再等下去，后果难以预料。

再说喻培伦一路。这支大队在从总督署突围时分散成了两队：一队由喻培伦、熊克武等带领，人数多，先冲了出去；一队由刘梅卿带领，有十来人，因为殿后而落在了后面。

喻培伦一队率先赶到城西北离督练公所不远的莲塘街。清军已有防备，调了防勇前来守卫。两军对峙，喻培伦在掩体后对清兵喊话，得不到回应，两军随即展开激战。义军利用两边店铺作掩护，与清兵对射。喻培伦敏捷地爬上一家店铺的屋顶，以屋脊和瓦楞作掩护，居高临下地投掷炸弹，连续打退了几次清兵的进攻。熊克武专门安排了两人用竹筐装了炸弹，紧随喻培伦身后，给予协助。

莲塘街是设有一个头发公司的，还有几个党人潜伏在里面。但由于临时失去联络，他们摸不清外面的情况。喻培伦从屋上下来后，去将他们喊了出来，一起战斗。

他们决定撤出莲塘街，经大石街向东北面转移，支援徐维扬一路，合力攻打小北门。驻扎在旁边观音山上的清兵发现了他们的动向，顿时枪炮齐发，大有冲下来与下面的防勇形成合击之势。

义军奋起反击。喻培伦等人又上了屋，投掷炸弹。正投着，发现莫纪彭也上了屋。莫纪彭是广东东莞人，原被安排在徐维扬队伍里为一支花县民军带路的，途中冲散了，转到了这里。

喻培伦、莫纪彭看到另一处屋上有一名猛士，不断向敌人投弹。只见此人身着雪纺短衫，仪表堂堂，可谓一名身手不凡的美男子。他们不知道，这就是刘梅卿，刚刚赶到。刘梅卿是钦州那丽人，从钦廉起义时就跟着黄兴了。他们只是在开会时看到刘梅卿威武地站在黄兴身边，对他还并不十分了解。

两人就向刘梅卿打招呼。莫纪彭说："喂，兄弟，我们都是同生死的人，说不定就不能活着出去了，报个姓名吧。我叫莫纪彭。"

刘梅卿回道："我叫刘梅卿。"

喻培伦说："知道了。我叫喻培伦。"

刘梅卿又说："我知道你的。这里短枪起不了多大作用，还是炸弹的威力大。"

喻培伦很振奋，当即朝下面喊，让人把头发公司的炸弹都搬出来。

一阵恶战，炸弹隆隆，火光漫天。

义军甚至向观音山发起进攻，三次冲到了半山，但人数太少，考虑到要攻上山去代价太大，也无法把守，又退了回来，边打边撤。撤退中，李雁南等人受伤，被一家店铺老板藏进店内。其余人在黑暗中摸索到了大石街，得到短暂休息。清点人数，七十来人已经只剩下三十余人了。喻培伦看到但懋辛也受伤不轻，不但没了在小东营时的怨愤，还亲自为他包扎伤口。

打了这么久，除了他们自己在拼，并无外援出现。他们又往东北面眺望，一片漆黑里也并无大的动静。他们终于明白，陈炯明、姚雨平、胡毅生是真的当了逃兵。而教练所的学员们原是要等待陈炯明接应的，由于陈炯明临时出逃，加上清军的监视和戒备，他们已经不可能再发起策应。听到密集的枪弹声越来越近，又稀疏下去，他们焦急万分却无可奈何。

喻培伦、熊克武、莫纪彭、刘梅卿、宋玉琳等人商议下一步行动，都感到城中是断不能回去了，要突围也是离北门近。莫纪彭提议，就按原计划，向东北面转移，如果不能碰到徐维扬队伍，就从那边设法翻越城墙出去，向城外燕塘的新军求援，新军中他认识不少人。

众人表示同意。

喻培伦说："弟兄们，这是最后的机会了，也许能成事，也许成不了事——那，我们就来世再见！"

众人默然不语，随即握了握手，拍了拍肩，然后开始行动。

途中，在穿越洪桥警备区时，又遇上大队清兵，再次发生战斗，三十余人被冲散。苦战到深夜十二点左右，战士们多数牺牲，喻培伦、宋玉琳等人多处负伤，弹尽力竭被捕。

刘梅卿打到这时候还没有受伤。在绕过小石街北端时，他沉住气，敲开一家已关门但还亮着灯的杂货店，买了一条绳子，又顺便问店主要了一条木棍。然后，根据城上的灯光辨别方向，刘梅卿摸索着来到小北门旁边，观察了一番地形和动静。城门那里是危险的，上面有不少清兵。他沿着墙根往东走了一阵，停下来，觉得这里比较合适，但听到上面有人说话，一打量，有两个巡逻的清兵吸着烟，边走边聊。他等了一会儿，待两个家伙走远了，才开始行动。他把绳子的一端系在木棍中间，扎紧，抬头望着城墙，用力将木棍往城头抛了上去，一拉，却又拉回来了，掉在地上。他捡起来又抛了上去，再一拉，不错，木棍卡在城墙垛的凹口里了。他把短枪插在腰间，贴着城墙，两手握着绳子，双脚蹬着墙壁，噌噌噌攀着绳子上了城头，两头一望，那两个家伙竟然够警惕，发现有情况，折身跑过来了。刘梅卿抬手就是两枪，放倒两人，迅速将绳子一端的木棍卡在另一面的城垛上，敏捷地縋出了城外，全身而退，消失在茫茫夜色里。

熊克武搀扶着但懋辛，老乡俩好不容易也摸到了城墙根。

这时天下起雨来，淅淅沥沥。广东虽然暖和得早，但在这深夜被雨一淋，还是有些冷。

两人试图翻墙出去，但一则没有工具，二则城上加强了防范，试了几次，没有成功。

这时城内已到处是清兵和军警。两人寻思了一番，觉得与其被捕受刑，不如一死痛快。想起刚才经过一个池塘，两人往回走到池塘边，沉默片刻，一起跳了下去。谁知塘里的水太浅，才齐腿肚，根本淹不死人。"妈了个疤子，死不了。"熊克武沮丧道。

两人被冷水一浸，反倒清醒了：也许天无绝人之路，想想办法，还能够活下去，继续革命。

于是，两人又摸索着来到住宅区，轻轻敲门寻求帮助。市民虽然同情革命党，也多有支持，但这时谁也不敢再接纳他们。连敲了几家的门，都遭到拒绝。最后，他们躲进了一家公厕。但懋辛想了想，觉得两人一起出去危险更大，他受了伤行动不便，又剪掉了辫子容易引起注意，就让还留着辫子的熊克武拾掇掉身上的血迹，去东一区找一个叫李天均的巡官同志，让他帮忙想办法，记住带一套衣服来供他换装，他就在厕所里待着哪儿也不去。

谁知熊克武找到李天均后，李天均设法送走了熊克武，看到风声紧，却不管但懋辛了。但懋辛左等右等不见李天均来，又饥饿又寒冷，伤处又疼痛，不知如何是好。这时一名清洁工发现了他，给他送来了食物和衣服、斗笠。但懋辛在厕所里躲了两天，待风声稍过，便穿着换过的衣服，戴上斗笠，去找李天均。不料在一处警察所门口，引起了怀疑，一名警察上前一掀斗笠，现出短发，几名警察冲过来抓了就走。这时广东巡警道是钦廉道王秉恩之弟王秉必，四川华阳人，他看到但懋辛的供词写得比较机巧，避重就轻，又为同省乡党，且追究起来还牵涉他的部下李天均，经过考虑，便有意为他开脱，于是便以敷衍之词从轻发落，处以押回原籍从严看管了事。但懋辛因此也逃过一劫。这已是后话。

最后是徐维扬一路。这一队在总督署突围时分成了三支：徐维扬带着的一支，先冲出来，人数多；李文甫、李德山落在后面，各带着一支，都只有几人。

徐维扬带领的一支往北行进没多久，在正南街、二牌楼就与清兵遭遇，发生激战。这支队伍虽然多数是农工、会党，看起来比其他队伍弱，但作战勇敢，毫不逊色。当时喻培伦一支已经在莲塘街与敌接火，徐维扬考虑到那一带有清军重兵驻在观音山上，为了防止清军派兵往东截断他率军北进，他派徐满凌带领一支花县民军分队，由莫纪彭带路，前往洛城街、德宣街阻击观音山之敌，也算呼应喻培伦一路。

徐满凌是个五十岁的老农民，他带的这支分队成员基本来自花县乡下。起义前，有不少人看他年老劝他别参加了，他却一拍胸脯说："我这算什么老？黄忠跟随刘备时已经六十，我比他还年轻十岁！"坚决要求参战。

徐满凌率队伍往西经过洛城街，在进入德宣街时，与清兵遭遇。另一名年已四十九岁的农民江继复，一马当先，开枪迎敌。一阵拼杀，清兵被击退，江继复等英勇牺牲，义军被冲散。徐满凌带着七八人，发现向导莫纪彭不在，走了一段路，遇上一个更夫，就请其带路。谁知更夫没有把他们往北带，而是先往东再往南，往回绕，在仓边街，又遇上清兵，更夫撒腿就跑了。徐满凌等人往北且战且退，在小北直街与从总督署突围而来的广西同志李德山等数人相遇，一起继续往北走，在高阳里又遇上从观音山方向追击而来的大队清兵。徐满凌和李德山带人退至状元桥时，避入盛源米店，垒起米袋作掩体，拼死抵抗，坚持战斗了一夜。清兵不能攻克，张鸣岐便下令放火烧屋，一时间大火熊熊。战士们只得突围，徐满凌、李德山中弹被捕，其余战士大多阵亡，唯有广西籍的罗稳脱险。

徐维扬一支，在正南街、二牌楼与敌交火后，奋勇作战，并转战周边的新丰街、都府街、锦荣街。清兵退守水师行台。徐维扬一看，干脆回头攻打水师行台。但清军援兵已到，徐维扬腹背受敌，只得突围，往北撤退。这时与最后从总督署突围的李文甫等人相遇，一合计，打算攻战小北门东侧的飞来庙敌军弹药库。可是人少力薄，久攻不克，被清兵援军冲散，李文甫在退走到北校场时被捕，徐维扬等人潜往北面的三元里，后来只剩他本人与徐佩旒幸免于难。

清军还包围了城南仙湖街的始平书院。始平书院是革命党储存武器的重要机关之一，由胡毅生负责。胡毅生、陈炯明都临时去向不明，留下广东海丰籍志士陈潮等人守在这里，有些弹药都还没有分发出去。看到清兵来攻，陈潮等拿起枪弹反击，由于寡不敌众，在激战中殉难，书院也在爆炸中被毁。

黄兴等人原本把本次起义的希望主要寄托在新军身上，但城内在进行激烈战斗的时候，城外燕塘的新军却无从着手。因为姚雨平并没有与他们联络落实好起义事宜。听到城内枪声不断，炸弹轰鸣，烟焰冲天，他们才知道已经发动了起义。但清军旗兵已经在北门城墙上布满枪炮，防勇和军警四出，做好了镇压准备。因枪机被缴，新军的枪支已如同废铁，又没有弹药，也不见城内接应，即使蠢蠢欲动，也只有痛心疾首干着急。一些士兵登到高处，看到城中的火势变大了，就大为兴奋，火势弱下去了，就感到难过。因此，起义的情形成了城中的战士们望燕塘，城外燕塘的新军望城内，却徒叹奈何。

第二十三章

情缘与悲愤

夜里落了雨,早上有点清凉。

天晴了。江风阵阵,绿树夹岸,原是适宜用"春风骀荡""春意婆娑"之类词语来形容的,然而这一年好景的天气,因了城中的血与火,生与死,竟平添了几分悲凉和肃杀。

城中一夜不宁,溪峡的"徐公馆"里也一夜难眠。

徐宗汉让人准备早点,就查看黄兴的伤势,发现断指还有点渗血,不由心疼地看着黄兴,问:"疼吗?"

"不疼。"黄兴声音不高,有点悲伤。说罢,看着徐宗汉。

"十指连心,能不疼?"

"不疼。"

说着"不疼"的黄兴却满脸苦楚和无助。这是徐宗汉自四年前在南洋时认识黄兴以来,在他脸上从未见过的表情。在她印象中,黄兴就是一位无比雄强、坚毅和笃定的大帅,硬汉中的硬汉。

此刻,徐宗汉似乎从黄兴的眼神里读懂了他的内心:他不是伤口疼痛,而是心在滴血。

是的,想到已经牺牲的和生死未卜的同志们,想到误事不浅的姚雨平、胡毅生、陈炯明,黄兴此时的痛苦可谓生不如死。

徐宗汉心里同样难受。她马上让女同志庄六如外出给黄兴买药,顺便打探消息。

庄六如到了街上,探听了风声,买了药,便放快脚步往回走。正走着,看到一名高个精壮男子从街边店铺门口往路中走来。庄六如定睛一看,啊,这不是赵声吗？庄六如随徐宗汉在香港时已经认识赵声。

庄六如不由叫了声："赵先生。"

赵声因为接触的人太多，如果不是庄六如叫他，他可能并不记得庄六如。这一叫，他一打量庄六如，也就想起来了，不由惊喜地答道："我正要找你们哪。"

庄六如知道赵声这次并没有入城领导起义，便有些疑惑："你怎么在这？"

赵声扫了一眼四周，说："你们住在哪儿？走。"

两人一边走，一边说。

原来，赵声昨夜和胡汉民带领香港的两百余名同志坐夜轮来广州，凌晨到达，分头上岸后，却得知起义已经失败，这时的广州已城门紧闭，不得入内。众人都怅恨不已，在江岸徘徊流连了一阵，有的散去了，有的仍坐轮船返回香港。

赵声本来就为多年来的颠踬不展而郁郁寡欢，渴望本次大干一场，谁知这样一场准备日久的举义，他尚未到场发射一枪一弹，杀死一名敌人，就结束了，失败了。这得牺牲多少兄弟啊！

他不能接受这样的事实，焦虑不安地在城外游走，希望能有什么好的消息传来。就这样，他与众人失散了。意识到这点的时候，他想起河南的溪峡街有机关，就坐船过了河，却不知机关在何处，刚才正是向店主打听路线。

庄六如把赵声带回了"徐公馆"。

这时徐宗汉、黄兴等人刚吃过早餐，在等庄六如。

黄兴、赵声相见，当即抱头痛哭。

这可是同盟会倾全党财力、人力，筹备已久的一次大举啊……

徐宗汉只得好言抚慰。黄兴与赵声松开手，抹去泪水，止住痛哭。黄兴怔了片刻，突然激动地问赵声："是否还有同志在城外？我要带他们入城，与清狗拼命！"说着翻身下床，抓起手枪，就要动身。

赵声与徐宗汉连忙拦住黄兴。赵声无奈地说："同志们散的散了，回的回香港了。事已不成，否则我也不会到此了。"

"城门已经紧闭，清兵已全城出动，正在大肆搜捕。"庄六如也把打听到的消息告诉徐宗汉和黄兴。

"唉！——"黄兴长叹一声，往身上重重捶了一拳，痛苦至极，"天不助我也！"

"你失血过多，快快躺下，我给你上药。"徐宗汉以命令般的口气说。虽然黄兴是领袖，她也顾不得那么多了。

黄兴只好又躺回了床上，任徐宗汉给他伤口消毒、上药。

为了避免清吏严密搜查，徐宗汉与在场各人约定，对外放出黄兴也已经战死的流言。

这时的广州城中，仍鸡飞狗跳，风声鹤唳。

昨天稍晚，张鸣岐就下令关闭四围城门，派兵把守各个重要街口，禁止行人来往，严防革命党人。并传令，包庇和帮助革命党的居民，实行连坐，不管什么人，凡举报和杀死革命党的，一律重奖，按党人的数量计算。整个广州城笼罩在恐怖气氛中。

但仍然有不少居民，冒着一家老小身家性命危险，悄悄救助革命党人。一些幸存的革命党人，也开始了生死大逃亡。一时都很难探听到具体消息。

陈方度、黄一欧、柳聘农、胡国梁四人，在巡警教练所听到枪声渐远，等不到义军来攻，着急万分。等到半夜，带了几个学员，悄悄潜了出来，干掉了两个清兵游哨，放火、投弹，扰乱清军耳目。教练所的所长夏寿华，是湖南益阳人，能诗善文，同情革命。他为陈方度等人提供了武器，并指点他们从何处突围出城，自己也做好了逃走的准备。陈方度等人突出清兵的围截后，往北翻越城墙逃了出来。

初捕的党人志士，也开始受审。张鸣岐、李准看到有的革命党人相貌堂堂，又了解到他们学有所成，家有爱妻稚儿，有的还家境优裕，就进行攻心。谁知毫无效果，这些党人即使受尽酷刑，也仍然大义凛然，反倒对他们侃侃而谈，宣传起革命来，有时让他们听得动容嗟叹，有时把他们驳得哑口无言，有时又骂得他们无地自容。

张鸣岐、李准顿起杀心。然而即使以死相胁，这些革命者仍然面不改色，谈吐自如，甚至求个痛快。

这也令张鸣岐、李准等官吏更加心虚、胆寒。

"呜——"

轮船起航的鸣笛划过珠江。

当沉沉暮色又笼罩了珠江两岸，赵声和庄六如坐上了开往澳门的轮船。

城内已如地狱，城郊的气氛也有点紧张。赵声留在这里已于事无补，徐宗汉就安排庄六如陪同赵声赶紧离开，取道澳门，再转往香港。

黄兴由于有伤在身，又还在风口上，容易引起注意，徐宗汉打算让他再避避，也想让张竹君给他治治伤。黄兴在战斗时用那两根被打断了一节的手指继续扣扳机，尤其是其中的食指未被完全打断，损伤加重，急需医治。张竹君开的南福医院位于珠江南岸的漱珠桥侧，不在城内，来这里还比较方便。但张竹君去了外地，要晚上或明早才回来。

风声虽紧，但徐宗汉淡定自如，她甚至准备好了武器，以防万一，大不了和黄兴一起与敌人同归于尽。那么多生龙活虎的可爱的同志都牺牲了，又何所惧呢？

张竹君是夜里来到机关的。她给黄兴重新检查了一遍伤势，上了药。

次日凌晨，张竹君又来了。

由于城北郊有突围的同志被清兵发现并逮捕、杀害，清兵肯定会更加留意城郊，派出暗哨和安插眼线。为了黄兴的安全，徐宗汉与张竹君商量，决定将黄兴转往香港。

张竹君说回去准备一下。徐宗汉出去给黄兴买了一件灰色长衫，回来给他换了装扮。然后，略作收拾，两人扮作夫妻，与张竹君会了面，坐上了去香港的"哈德轮"。

这已经是起义的第三天，逃难的人仍然很多，船上的房间已经客满。徐宗汉、张竹君只好把黄兴安排在厅中的椅子上装睡，她们两人坐在旁边，用身体挡住他，保持高度警惕。幸亏一路上没有被发觉。

枪伤并不易治，何况这两天徐宗汉又是在紧急情况下仓促应对。到了香港，黄兴的手指仍然疼痛不止，徐宗汉和张竹君把他送到了雅丽氏医院治疗。医院要对将断未断的食指进行切割手术。按医院规定，动手术需要亲属签字。可夫人廖淡如已回湖南，儿子黄一欧此时还在逃亡途中，没有回到香港，谁来为黄兴签这个字？徐宗汉和张竹君犯了难。

突然，张竹君灵机一动，对徐宗汉使眼色，又悄声说："你签呀。"

"我签？"徐宗汉看着张竹君，明白了她的意思，"这……行吗？"

徐宗汉与黄兴假扮夫妻来香港，只是为了掩人耳目，现在可是需要真家属呢。

"怎么不行？我看完全可以！"

徐宗汉虽然是新女性，不拘封建礼法，但脸上还是露出了一丝羞涩。

"签吧，现在就等着你签字呢。"张竹君一再恳愿，"你往常都很干脆，极有主见，怎么现在变得婆婆妈妈了？不就签个字完成手续吗？"

"签就签。"徐宗汉终于爽快地答应了好姐妹。

黄兴的手术得以顺利完成。

手术之后，为避清政府的耳目，徐宗汉将黄兴转移到了九龙筲箕湾养伤，对其精心照料。又将侄儿李应生夫妇，侄儿李沛基和女同志卓国兴等召集到一起居住，既是为了黄兴安全，也是让他多些陪伴。

不久，黄兴与徐宗汉这对在生死关头假扮夫妻的同志，珍惜这份情缘，顺理成章地成了真夫妻。黄兴觉得，徐宗汉是打着灯笼火把都难找的女中豪杰；徐宗汉觉得，黄兴这个双眼皮，敦实、稳重、坚毅，一身本领和胆魄的湖南男人，值得她托付后半生。

起义结束后，广州城中，从北到南，从观音山麓、洪桥、高阳里到双门底，各条街道上，殉难的烈士暴尸街头。有战斗牺牲的，有被捕就义的，有被俘后被以其他方式残杀的，有的散落，有的成堆。

广仁、方便、广济、爱育等善堂奉命派出仵工，把烈士遗体运送到东门外咨议局前的空地里。烈士的遗骸断头折臂、血肉模糊，加上苦风凄雨，天气温湿，真是惨不忍睹。

南海、番禺两县的知事商议，先是决定把烈士移葬到大东门外一处叫狗头山的地方，后又打算葬到臭岗。臭岗是一个专埋死刑犯的乱坟岗，往往是将刑人尸骨草草掩埋，臭气熏天，因此得名。将烈士尸骸如此对待，实在是对烈士的极大侮辱。但慑于清政府的淫威，除了官方，无人敢公开出面收殓烈士尸骸，也无人敢提出异议。

这时，潘达微挺身而出。

潘达微，广东番禺人，1881年出生于一个武官家庭，其父潘文卿是广州广仁善堂的创始人之一。自幼喜好丹青，勤奋好学，工诗文，尤其擅长国画，也喜欢漫画，是著名画家居廉的弟子。后来加入中国同盟会，成为广东同盟会会员中的中坚分子，与妻子陈伟庄一起为革命活动奔走出力。1905年与陈垣、高剑父、陈树人等在广州创办《时事画报》，针砭时弊，鼓吹变革。后又和高剑父、陈树人等在南武公学、培淑女校、洁芳女校等校分别担任图画教员，积极宣传革命，并参与社会救济活动。1910年，又与陈树人等在广州创办《平民报》，并兼任广州《七十二行商报》笔政，常撰文抨击时政。本次起义前，也为运送枪械、掩护同志做了不少工作。

潘达微得悉后，既为烈士们感到悲痛，又为当局的做法感到气愤。自己因为体弱多病不能做一名战士，但现在他决定冒着危险站出来。

潘达微以《平民报》记者身份，前往现场采访，以便引起重视，又去找好友江孔殷帮忙。江孔殷是广东南海人，与潘达微是世交，正担任两广清乡督办，在地方上很有势力和影响，算得上广东政坛一名举足轻重的人物。1906年时，潘达微主编的《时事画报》因发表《美人时局图》，揭露官场利用妻妾买官卖官的黑幕，被勒令查封，由于有江孔殷与南海县令疏通，只处以罚款了事。1910年广州新军起义失败，受伤义军被俘后，潘达微也找过江孔殷出面保释。

江孔殷当时也有接到命令加紧搜捕革命党人，但他同情革命，虚与应付。听潘达微说了择地安葬烈士的想法，江孔殷深为感动，当即表示："请转告各位善董，尽管放心把此事办好，我可以作担保，如有不测，我愿负全责！"

潘达微得到江孔殷的支持后，心里有了底，就前往各善堂，相商殓葬事宜。在善堂协助下筹措经费后，又四处寻找墓地。有一位西医在广州沙河新买了一块地，本想献出来，却遭到亲属极力反对，没能办成。潘达微听说广仁善堂在沙河马路边的红花岗有一块空地，便向广仁堂的善董徐树棠等求援，痛陈大义，说："晚辈叫潘达微，是潘文卿的儿子。那些死难的都是我们的同胞，不是为自己而死，而是为国家和民族而死。诚然，个中是非，暂时不便于定论，但慈善之事，原本就在于急公好义，救危扶困，事已如此，我们怎能忍心让他们继续曝尸风雨。晚辈眼下确实遇到了困难，在座的多为叔伯，难道真的就不能帮帮我吗？"说着，痛哭失声，泪流满面。徐树棠等善董深为感动，忙予以安慰，答应捐出红花岗地段做烈士墓地，并负责棺木收殓营葬等事务。

潘达微转悲为喜，随徐树棠到红花岗察看，觉得此地虽非风水宝地，却为净土，颇适合安葬烈士。

接下来是一些具体的事情要做。潘达微觉得他的堂妹夫郭伟泉堪当此任。郭伟泉在广州一家报纸当编辑，有一群酒友、市井小民及三教九流跟着他。郭伟泉不负重托，马上前往广仁善堂相商，回头就着手雇请仵工，安排购买棺木等事。

5月2日，即农历四月初四这天，潘达微很早就起来了。妻子陈伟庄在他的衣襟下系了白布，以寄哀思，并给他备好了数枚辟秽丸。

潘达微来到咨议局前的尸场，查看了棺木的厚薄，用药丸塞住鼻孔，辟除臭气，亲自协同仵工，为烈士洗去血迹，穿上衣服，收入棺中。有的尸体还被铁链锁着，两三人一束，无法装入棺木，由于尸臭难闻，连见惯了惨况的仵工们都难以忍受，皱着眉头望而却步。郭伟泉对仵工说："可以加钱给你们，还望各位帮衬。"仵工们默不作声，但片刻之后又继续工作，用铁锤把枷锁打掉，将尸骸一一分开，如先前那样洗净血迹，穿上衣服，然后入棺。

此时，阴沉沉的天空，下起了霏霏细雨，仿佛天公也在哭泣。

百余名仵工抬着烈士灵柩，浩浩荡荡向红花岗进发。只有潘达微和郭伟泉跟在后面，挥泪不止，凭吊英魂。市民畏惧清政府，只能远远凝望，却止不住哀恸的泪水。

到了红花岗，潘达微又查看墓穴，发现挖得不够深的，就加钱给土工，让其再挖深些。潘达微在现场指挥，让郭伟泉利用平日的好友帮助，对烈士逐一进行清点、辨认和登记。从上午一直忙到黄昏，才完成安葬，登记的烈士人数是七十二位。

接着，潘达微和郭伟泉经过多方调查访问，弄清了烈士的身世和生平。其中不乏饱学之士和青年、学生、华侨精英，这也戳破了清政府污蔑起义者都是地痞、无赖的谣言。

事情总算办妥了。潘达微也不想声张，只求烈士们入土为安。但保皇党魁康有为的弟子徐君勉却在所办的《国事报》上点名中伤潘达微，他不得不在《平民报》和《七十二行商报》公开发布已安葬七十二烈士的消息——《咨议局前新鬼录，黄花岗上党人碑》。文中以"黄花岗"命名烈士墓地。潘达微平日酷爱菊花，曾以古人"菊残犹有傲霜枝"诗句自勉。他认为"黄花"二字比"红花"优美，而黄花即菊花，象征节烈。他还在文中坦承收葬烈士遗骸是自己所为，党人们都视死如归，他也已将生命置之度外，并为烈士墓题句："七十二坟秋草遍，更无人表汉将军。"

潘达微的举动激怒了清政府当局，两广总督张鸣岐以潘达微是《平民报》成员及发表过激言论为借口，勒令该报停刊。潘达微没有屈服，立即创办了《平民画报》，继续进行抗争。

事后，据有关调查，牺牲的烈士应为八十六人，也有说一百余人的，有的幸存者则说，还有不少被捕者被头上钉进一颗数寸长的铁钉便丢入江中，真实的数字已经无法统计准确。由于"黄花岗七十二烈士"的说法从安葬之日起已经传开，从此便沿袭了下来。

黄兴这段时间的情绪正有些低落，谁知赵声回到香港后，于5月6日生病了。

赵声得的是腹痛。病情时重时轻，他起初不以为意，能忍就忍，后来不见减轻，反而加重，才去了医院，医生检查后说是盲肠炎，非割不可。可赵声这些天极度抑郁悲伤，对治疗不是很积极，又拖延到15日，直到剧痛不止，才前往医院动手术。这时，发病之处已有扩散，血呈黑色，肠已灌脓并腐坏。

手术后，赵声似乎不痛了，身体很虚弱，很安静，却更让人担心。16日，赵声突然口吐紫血，病情加重。18日午后，赵声的精神似乎好了些，对围在病榻前的同志们喃喃吟出："出师未捷身先死，长使英雄泪满襟……"泪水涌出了眼眶。在场者无不悲伤涕泪。过了一会儿，赵声又对众人说："我对不起死难的志士们，而自己身体却又不争气，报仇雪恨的事，可能就只有靠诸位了。"说罢再也说不出话来，缓缓合上了双眼，只有泪水不断溢出。

19日下午一时，赵声去世，年仅三十一岁。

在赵声住院的几天里，黄兴让徐宗汉日夜守在赵声病床前，调药端水，悉心照料。对赵声的一病不起，徐宗汉的心情也非常沉重，每隔一阵就给赵声把一次脉，测一次体温，希望出现转机，但还是没能挽回赵声年轻的生命。

这位本领超群、胸怀壮志的英雄就这样走了，未曾施展一下抱负就这样走了。

本就满腔悲愤难以释怀的黄兴更加悲伤，沉痛地哀叹道："哀哉，痛哉！以赵声平日的豪雄，竟不能冲锋陷阵杀敌而死，而死于无常的疾病，可谓死非其所，实在憋屈。苍天无眼，使我死难了那么多志士才俊，如今又夺走我一员大将！"

黄兴等人知道，赵声实是死于积劳、积恨、积愤。积劳，自不必说；积恨，是恨不能率军杀敌；积愤，除了对敌人的残忍，还包括对胡毅生、姚雨平、陈炯明在起义时的表现。

此前赵声与黄兴一样，心里很明白：仅黄兴一路人马百多号人就已将广州闹得天翻地覆，让张鸣岐、李准应付阙如，倘若姚雨平、胡毅生、陈炯明三人不当逃兵，而是与黄兴按计划行事，齐心协力拼死战斗，引防营和新军入城，即使赵声和胡汉民不领军参战，都有可能拿下广州。他赵声得不到这样的机会，而姚、胡、陈面对这样的机会却选择了开溜。如按军法，临阵脱逃者当属死罪，可现在谁能治他们的罪？

姚雨平、胡毅生、陈炯明三人在起义时到底去了哪里？随着起义的结束，自然很快就有了眉目。

首先是姚雨平。在黄兴等人率军奋战时，姚雨平带着一名党人躲在广州外城的一条巷子里。事后他逃出广州，与黄兴乘同一班客轮到达香港，也不去见黄兴等人。据他声称，起义当天上午，他派人去始平书院找胡毅生领枪，胡毅生没有发给他，下午他又派一名叫陈其尤的党人去始平书院领枪，胡毅生让陈其尤自己去楼上取，等陈取了枪，归德门城门已关，不能把枪带出去发放了。他因为没有枪，空急了一场，没能发动起义。可是，随后从广州脱险到达香港的陈其尤却说，起义当天下午，他根本就没有接到姚雨平的命令去找胡毅生领枪。胡毅生也说，他根本就没有在始平书院见到姚雨平派人去领过枪，他是与姚雨平约定，在河南溪峡交给姚雨平三箱手枪，徐宗汉也证实说，姚雨平从她手上领过三千发子弹。胡毅生说后来发现，姚雨平在装船时，只运了两箱手枪去长堤的嘉属会馆机关，把一箱手枪和三千发子弹都忘在了河边没有运走。而姚雨平还从统筹部支取了三千五百元经费自购枪支，又支取了两万四千九百六十元经费用于运动军界、四千二百元组织所部选锋，仅他一人便支出经费三万两千六百六十元，占去本次起义总经费的六分之一还多。此外他领导的罗炽扬、张绿村、郑平坡等人，也支取了经费数千元。这几人共耗去经费四万余元，谁知却是这样的表现。姚雨平不但没有率领自己组织的一路选锋参加起义，而且在口口声声说已经联络好了的巡防营和新军方面，也没有收到寸功，哪怕他独自一人随黄兴参加起义都好，也不至于发生与温带雄所领防营自相残杀事件。

其次是胡毅生。他先已答应率领从陈炯明处抽调的二十人守大南门，并多分了手枪，在起义就要发动时却以语言不通为由推卸责任，难道在分配任务时他不知道陈炯明所部是海陆丰人？他声称陈炯明在起义当天下午一点到始平书院对他说："不知雨平现在哪儿？赵声、胡汉民已经决定将发难推迟一天。"他因此赶到城外通知同志们停止进城参加起义。黄兴既是统筹部部长，又代赵声担任总指挥，起义在即，他不遵黄兴之命，却轻信陈炯明的谎话。他所任用的借运头发运送枪弹的陈镜波，原做过李准的哨官，有证据表明，那是个奸细，将革命党运枪械的事告知了李准，使李准和张鸣岐对革命党采取放长线钓大鱼的办法，企图一网打尽。胡毅生看到风声紧，负责枪械的他不敢前往头发公司和始平书院取枪弹发放。参加起义的志士们枪弹紧缺，胡毅生既多拿了枪支而不执行任务，又还有枪弹没有发放。同志们在城内浴血奋战的时候，他却在城外事不关己。

再就是陈炯明。起义前夜，黄兴明明就住在陈炯明处，与陈炯明商讨要事，还有莫纪彭、陈其尤等人前去领受任务。陈炯明自然知道黄兴已经最终决定于次日下午五点半发难的事，但第二天下午一点却跑去始平书院，借赵声、胡汉民在电报上所说把日期推后一天，以正式通知的方式告诉胡毅生，说黄兴已经同意将日期推迟到28日。此前他已经答应率队攻打巡警督练所，接着因胡毅生不守大南门了，他改为专守大南门，起义时却逃到城外，躲到了河南尾珠江水面一个同乡的盐船里，还不及朱执信这样一个文弱书生分毫。

这一切，让黄兴和赵声怎能不气愤？

如果说陈炯明没有革命经验，一时生怯畏敌，或者以为谭人凤一定能说服黄兴改期而有误会，自误误人，那么胡毅生可是经历过钦廉和镇南关起义的，姚雨平也曾参与策划潮州黄冈起义，运动过新军发动1910年广州起义，还是同盟会骨干，当知军事无儿戏，无黄兴的命令就不得擅离职守，率先出逃。

黄兴为此感到很痛心，直斥姚雨平、胡毅生、陈炯明成事不足、败事有余。胡汉民却想为自己的堂弟胡毅生辩护，曾趁黄兴在住院，当着赵声的面讥讽黄兴："如果成功了，就归功于己；如今失败了，就诿过于人。岂不是笑话。他黄兴能耐大，同盟会的事，我以后就不管了，全由他说了算。"

他不知道，赵声心里对胡毅生等人已极度愤懑，只因自己没有参战，只是忍着，不便于发作，如今听他竟然这样说，顿时气不打一处来，觉得胡汉民就是在胡说八道，诋毁黄兴，当下怒不可遏地对胡汉民大吼道："胡毅生算个什么东西？简直就是败类！我要杀了他！"

胡汉民吃了一惊。这些天赵声闷闷不乐，他以为赵声只是沉浸于失败的悲伤，没想到他对自己的堂弟等人也有这么大的不满，于是噤了声。

赵声气不过，就把胡汉民的那些话告诉了黄兴，黄兴当即大怒道："我黄兴是怎样的人，对得住自己的良心就行，同志们也自有判断，用不着他胡汉民认可。同盟会的事，以后我就一概不参与了，还是由他号令四海吧。"

徐宗汉怕黄兴动气伤身，就劝慰他，先把身体养好，其他的事可议则议，不可议的，且放于一边，稍后再说，或不必再说。

现在赵声去世了。赵声不会再说话，但谭人凤对胡汉民的不满却更大了。谭人凤对胡汉民本来就有看法，认为他单做个秘书还行，至于对军事，根本就不懂，河口起义之败，他就有不可推卸的责任，只是黄兴为人敦厚，未置一喙。而今起义失败，固然有多方面原因，但胡毅生等人的重大过错，岂能轻描淡写忽略不计？他和陶成章等人甚至怀疑，赵声之死是胡汉民下毒所致，因为赵声发病前曾受胡汉民相邀喝酒，赵声发病后又有吐紫血的症状。

谭人凤把他的怀疑同黄兴说了。黄兴听了有些愕然，似乎不相信同志间会有这样的事发生，沉默了一会儿，缓缓地说："此事没有证据，不便追究，也不能传扬。我宁愿相信，你们的怀疑是错的，否则，就不只是令你我失望的事了……"

但谭人凤压不下心中的不平。在赵声的追悼会后，他与胡汉民碰面时，本想不予理会，擦身而过，谁知还是没忍住，开门见山直斥道："七十二烈士，人人是我们的兄弟，对他们的死，你没有流过泪。赵伯先是我们难得的将才，出师未捷身先死，你也没有流泪。胡毅生下落不明时，你以为他死在广州了，却悲伤不已。真不知胡先生是何心肠！我告诉你，不仅赵声，老子也要判胡毅生死罪！"

胡汉民当即脸色铁青，瞪着谭人凤。

"要说起来，甚至你的责任也不小！"

胡汉民便扭了头，拂袖而去，也真的不管事了。

谭人凤心想：你走就走，不管事就不管事，难道除了王木匠就做不成犁辕了？除了你胡汉民，中国革命就没法搞了？我谭胡子早就不想跟着你们白费心力了呢，老子和宋教仁去上海干，看谁的效果好。

然而，谭人凤回头一想，自己固然随时可以一走了之，可是黄兴呢？这个黄克强，心太实，认定了与孙中山合作，就大有十二头牛都拉不回的犟劲，有时难免让人生气，但正是那份实诚、耿直和犟劲，让人信赖，值得交往。

谭人凤就又充当起调解人，既劝黄兴，又劝胡汉民，两边打圆场。

黄兴说再不参与同盟会的事务，其实也是气头上的话，听了谭人凤的劝解，自然不再坚持。

胡汉民知道谭人凤是个一根肠子到底的直筒子，心里怎么想就怎么说，看到谭人凤放下脸面来劝他，他也不愿再与谭人凤计较，真的置同盟会的事务于不顾。

于是，已有一段时间不见面、不交流的黄兴和胡汉民，又恢复了交往和合作，回到了正常工作。

对本次起义，黄兴觉得，有些事情不说清楚，既对不起死难的同人，也对不起南洋捐款的同胞。还是在五月初，黄兴刚动好手术开始养伤的时候，即使因失血过多，头部时而晕眩，他也支撑着用左手执笔作了一篇报告书——《致海外同志书》，对黄花岗起义的经过进行了回顾和分析，对战士们的表现给予了充分肯定和赞扬，对某些人的失职予以严厉批评，并表达了自己的沉痛、无奈、愧疚心情。现在，由他口述，由胡汉民执笔，两人又作了一份更为详细的报告书——《与胡汉民致谭德栋等书》，除了记述起义经过，总结经验教训，还把经费支出明细一一罗列。这两份报告书，都寄给了南洋各埠的同志。黄兴还在第一份报告书里希望能借款三千元，给烈士们复仇。

姚雨平得知黄兴和胡汉民在报告书里批评他，随即去了南洋，也向各埠发函，自我辩解，并打算约黄兴、胡汉民、陈炯明、胡毅生和海外的同盟会负责人到新加坡开会评理，意思是黄兴冤枉了他，他还要讨个说法，因被不少同志劝阻，方才作罢。

谭人凤对黄花岗起义的失败耿耿于怀，特地为殉难的志士作了十首七律诗，即"十哭"：《哭黄花岗》《哭林时爽》《哭喻云纪》《哭林觉民》《哭方声洞》《哭陈与燊》《哭宋建侯》《哭李文甫》《哭林尹民》《哭赵伯先》。又为死里逃生的一些志士作了十首七律诗，即"十颂"：《颂熊克武》《颂刘梅卿》《颂郑先锋（郑坤）》《颂陆头领》《颂但懋辛》《颂罗稳》《颂何克夫》《颂朱执信》《颂女同志》《颂严骥》。他对生还的同志说："起义虽然失败了，但天留大将他年用。你们不必气馁，革命一定会成功。"

然后，谭人凤带着黄兴的嘱托，离开了香港，一心去与宋教仁等发动长江流域的革命去了。

7月8日，与黄兴已有几年没见面了的杨笃生有了新消息，却是噩耗：杨笃生在英国利物浦蹈海自尽。

杨笃生此前在上海与友人主持《神州日报》，因经费问题颇为艰难。1908年春，被留欧学生监督蒯光典聘为秘书，随行到了英国。1909年冬，蒯光典因故被罢职归国，杨毓麟也辞去秘书一职，进英国苏格兰爱伯汀大学学习英文、数学等，同时担任上海《民立报》特约通讯员，为国内读者介绍西方各党派的活动情况。1910年春，汪精卫、黄复生、喻培伦等人北上暗杀摄政王载沣时，制造炸弹所用的炸药就是杨笃生从英国购买的。

广州的报纸登载过黄兴等人都已殉难的消息，外国报刊也多有宣扬本次起义的惨烈，并说黄兴已战死，革命党中也都在风传这一不幸。杨笃生得知后，十分悲伤，想起与黄兴的交往，不禁痛不欲生。最近他虽然已获悉黄兴得以幸存，但这次起义失败给他的打击太大，以致旧病复发，头痛浮肿，心身都十分痛苦，倍感形单力薄，无法报国。于是，他选择了步陈天华、姚宏业两人的后尘，涉水而去。临走前，他留下了遗书，委托在英国的石瑛、吴稚晖两人将他在英国几年积攒下来的一百三十英镑中的一百英镑转寄黄兴，作为革命经费，用于制造炸弹，继续实行他所一贯奉行的暗杀，剩下的三十英镑转寄给他年迈的母亲，以报答养育之恩。

黄兴闻讯，极度悲痛。杨笃生是他非常器重的一位有才华的革命同志，如今竟然以这种方式离他而去。他将信件置于桌上，恸哭之后，又想起广州死难的志士们，突然起身，就要冲出门去，奔向大海，被徐宗汉死死拉住了。

徐宗汉将黄兴扶回椅中。黄兴就那样躺着发怔，一言不发。

这一阵，有的革命党人看到起义再次失败，更加倾向于暗杀，黄兴也受到感染。现在，他更是下决心要组织暗杀团。他认为，革命与暗杀可以并行，如果暗杀成功，可以收到速效，最大限度减少同志们伤亡。他要亲自参加行动，为烈士们报仇雪恨，也不负杨笃生等同志的寄望，否则他的心里难得安宁。

黄兴组织的暗杀团叫"东方暗杀团"，与刘思复领导的"支那暗杀团"合二为一，统一行动。这也有个好处，免得有些党人任意行事，有时反而添乱。暗杀团的成员有：黄兴、刘思复、徐宗汉、李应生、李沛基、周之贞、谢英伯、林冠慈、李熙斌、陈敬岳、陈其尤、黄悲汉、卓国兴和卓国华姐妹等二十多人。

在未赴广州实行暗杀前，党人先干掉了本次起义的奸细陈镜波。

黄兴、谭人凤等召集一些同志举行秘密会议，检讨广州起义失败的原因时，就都认为一定要除掉奸细陈镜波，为死难的同志报仇，并以示惩戒。

接下来是商定行动方案。由谁来执行这一任务呢？有人主张抽签。

洪承点听了，一拍胸脯说："洪某这次没能进入广州参加举义，实在心中有愧。如今这铲除奸细一事，就交由我负责吧，还抽什么签呢？此前我在运购军火时，与陈贼也混得熟，我自有办法下手。"

众人都表示赞同。

会后，洪承点不无伤感地对好友王子骞说："死，我是不怕的。万一事情干不成，我又死不了，茫茫大地，何处是我的安身之所？这才是我发愁的。"

王子骞说："也不用愁，可以去东京，那边的住处和用度，我全负责。咱们先约定坐后天的船吧，我去买票，帮你一起买，如果到时船开了你还没来，我就当你已死，不再等了。"

洪承点当即点头。

洪承点第二天就约了陈镜波，在九龙乡间一个同志家见面。晚饭后，两人去田间散步。洪承点趁陈镜波不注意，倏地抽出匕首，将其刺死。他看到自己衣服上沾了血迹，也不敢回住处，去了另一个同志家躲了起来，第二天早上换了衣服，赶去上船。快到港口，只听"呜"一声，那班船已拔锚起航。船上的王子骞正在悲伤，突然看见洪承点匆匆奔来，特别兴奋，马上找了条绳索抛了下去。洪承点大喜，一把抓住绳索，被拉上了船，成功逃亡。

接下来，暗杀团将两广总督张鸣岐和广东水师提督李准列为暗杀对象。

再说孙中山。4月28日下午，他从纽约来到芝加哥，受到芝加哥同盟会会员和致公堂、安良堂、协胜堂等会党首领的欢迎。

等众人散去，孙中山这才心情沉重地对芝加哥分会会长梅乔林等几个骨干说："我们的广州起义失败了。"

梅乔林等都沉默了。

孙中山也沉默。稍后从口袋里掏出密电码本，拟了电文，发往香港探询情况："行抵芝加哥。闻败，同志如何？善后如何？"

可是，电报发过去，没有回复。

次日，孙中山又发了第二封电报，还是没有回复。

第三天，再发一封，仍如石沉大海，杳无音信。

孙中山急了。起义损失情况到底有多严重？黄兴安危如何？他可是本党领导冲锋陷阵的关键人物，难以找到第二个啊。

5月4日，同盟会芝加哥分会邀请孙中山到青年会演讲。演讲时间是从晚上八点到十一点，共三个小时。可是，才到九点左右，现场就有不少听众离席而去。在他们的印象中，孙中山是口若悬河、激情飞扬的，可今晚他却有点语无伦次，结结巴巴，神情呆滞，像是在敷衍听众，仿佛这人并不是孙中山。

是的，心神不宁的孙中山，根本没办法如平日那样全身心投入演讲。

梅乔林一看情况不对，就让孙中山提前结束了演讲，回德皇饭店休息。

回到客房，孙中山心里正在难过，分会的同志送来一份电报。

孙中山马上让梅乔林译出来。

梅乔林译出的第一句话是"克伯展归"四个字。他愣住了，看着孙中山，不知其意。

孙中山却松了一口气，连声说："这就好，这就好！天下事尚可为也！"

看到梅乔林迷惑的样子，孙中山解释道："克，就是指黄克强，也就是黄兴；伯，就是指赵伯先，也就是赵声；展，就是指胡展堂，也就是胡汉民。他们都回香港了，表明他们都还安全。我原以为他们都遭遇不测了呢，这下总算可以放心了。"

梅乔林也很高兴，接着译出了全部电文："克伯展归。克夫、克武、执信力战出险……死者姓名后报。"

翌日，胡汉民又发来电报，说处理善后，需要一笔不小的费用，怎么办？

孙中山于是召集同盟会芝加哥分会的同志开会，商量筹款的事。随后，将筹到的三千元汇给了胡汉民。

没多久，孙中山又得到胡汉民报告，说黄兴要亲自出马从事暗杀。孙中山又着急起来。暗杀的风险很大，如果黄兴真的以赴死之心去做，一旦以身殉难，对革命的损失就大了。于是急忙给黄兴发报、去信，极力劝阻，希望他以革命事业大局为重，不要以身涉险，并且希望他继续激励同志，进行联络，准备发动新的起义。

面对孙中山和一些同志的劝阻，黄兴说会慎重考虑自己的安全，但针对广州的暗杀计划仍然要进行，非这样不足以震慑那些官员，不足以壮党威、酬死友。黄兴同时也答应孙中山，继续开展革命活动。

孙中山接到黄兴的回复，放下心来，又开始积极筹款，随后将一万元汇往香港，给黄兴做经费。

得了孙中山的经费支持，黄兴决定首先对张鸣岐和李准采取行动，然后依旧在各处设立革命机关。

李准在1907年镇压潮州黄冈起义和惠州七女湖起义后，就被革命党人刘思复、李思复谋划暗杀过一次，但刘思复在装炸弹雷管时不慎发生爆炸，受重伤；李思复在出门时发生意外，引爆了炸弹。两人都被捕，幸好没有确凿证据，得以保命，被押回香山县原籍监禁，后来获救。

这次，党人林冠慈自告奋勇前往广州实施暗杀，随后偕陈敬岳、潘赋西两名党人潜往广州。

8月13日上午，潜伏在广州的革命党人将李准要从城外回水师行台的情报告知林冠慈。林冠慈把炸弹装在茶箩里，在双门底一带静候。午后，一大批手执短枪大刀的清兵簇拥着李准的轿子从大南门入城而来，行到怡兴缝衣店门前时，林冠慈立即向轿子连投两颗炸弹，炸弹在离轿子一丈远处爆炸，震得李准从轿子里摔了出来，胸部和双手受伤，肋骨被炸断两根。林冠慈被清兵追击，中弹牺牲。陈敬岳因为身穿西装，没有辫子，引起怀疑，被巡警逮捕。

李准遇险后，广州的官员十分恐惧。李准和张鸣岐都成了缩头乌龟，躲在官署里不出来。当听到湖北武昌又爆发了革命，就更加害怕了。自从孚琦被温生才行刺身亡后，广州将军的职位一直空缺。李准和张鸣岐赶忙催请清廷派人来担任广州将军，以增强警备。

革命党暗杀团正在寻思怎么下手时，接到情报，荆州将军凤山即将前来任广州将军，于是决定趁其入城时实行暗杀。

李应生、李沛基兄弟俩这回也参与了行动。

在两人离开香港赴广州时，黄兴和徐宗汉想到两个侄子此行是去冒险，很可能就回不来了，心里不免有些难舍。

黄兴叮嘱道："你们一定要谨慎，不仅要完成任务，还要全身而退。做得到吗？"

不等李应生回答，年方十七岁的李沛基笑着答道："不就是干掉一个清狗吗？三个指头捏田螺的事。"

徐宗汉瞪着李沛基说："你个调皮仔，这可是正儿八经地做刺客，搞不好要掉脑袋的事，可不是看戏台上演武！你给我记牢了，不然就别去了！"

"是，我记牢了，你们就放心吧。"李沛基这才一本正经地说。

黄兴说："那就好。武昌已经爆发革命了，我们可能要离开香港北上。我们在湖北等你们的好消息。"

几人当下互道保重，就此分别。

为了确保万无一失，暗杀团这次特地制造了十磅的重型炸弹，还在里面掺入了毒药。本来徐宗汉的大侄子李应生主动承担了任务，但在制造炸弹放置毒药时，竟然被熏倒了，年方十七岁的李沛基将哥哥救醒，接手完成了炸弹配制，并不顾大家劝阻，坚决要求代哥哥执行任务。大家看他执意前往，又还是个少年，不容易引起注意，于是依允。

暗杀团为本次行动安排了三个伏击点，还预备了两组应急队。其中一处伏击点由李沛基负责，事前埋伏于仓前街一家洋货店楼上。

仓前街这家名叫"成记洋货行"的商铺，本就是周之贞等暗杀团成员开的，专门用来掩护和实施行动的。除了这家店，另外几处还开有杂货店和理发店之类。

李沛基虽然勇敢，但毕竟才十七岁，力气不够大，炸弹每颗都有十磅重，他扔不远。于是他在洋行楼上安装了一个挡板，挡板上面，用绳子系住三颗炸弹。

凤山知道广州的风声，也很谨慎。但他的行程还是被革命党的眼线打探清楚了。

10月25日拂晓，轻车简从秘密南下香港的凤山，转乘"宝壁"号军舰抵达广州，在天字码头上岸。他以为，这样悄悄地来，应该没有引起革命党注意，临时坐轿径直进城，应该也不至于有多大危险，毕竟新官上任，总不能扮个平民百姓混进城去，那样也太不成体统了，于是还是坐了轿，随来接应的人员入城。他没有想到，革命党早就在等着他了。尽管他没有走大南门、归德门等大道，而是选了仓前街这条偏僻冷落的街道，仍难逃厄运。

当凤山的八抬大轿到达仓前街的"成记洋货行"门前时，在楼上等候多时的李沛基一看，心里暗喜："来了！"立即放下挡板，割断绳子，三颗重磅炸弹骨碌碌滚落街头，"轰！""轰！""轰！"接连三声巨响，凤山连人带轿被炸飞到了空中，那些轿夫、护卫、随从倒了一地，街石粉碎，平整的街道被炸出大坑，李沛基藏身的洋货店木楼也哗啦啦倒塌下去，把掉落的他埋在了里面。李沛基从瓦砾堆里爬起来，晃晃脑袋，扫视了一眼街面，只顾拍打身上的尘土。

凤山的一名卫兵惊魂未定地走了过来，恶狠狠地问："你在这儿干什么？"

李沛基答道："没干什么。"

"那你在这儿干什么？"

"哎呀，你这人真是的，我都告诉你没干什么了，你还问我干什么。"

正好街边有个小孩被吓得哇哇大哭，李沛基上前抱起小孩，哄着："别哭，咱们买糖糖去嘞。"若无其事地扬长而去。

那卫兵看到李沛基都还没懂事一样，也懒得追。

凤山被炸得血肉横飞，随行清兵死伤数十人。消息一传开，百姓拍手称快。广州各报纷纷以号外形式快速出版，对事件大加渲染，并刊出了现场的惨烈照片。

清政府官吏吓得魂不附体，更加惶惶不可终日。

第二十四章
立宪骗局

　　清廷为了缓解内外交困的局势，1905年就开始顺应朝野呼声而鼓吹"预备立宪"。接着又派出五大臣出洋考察宪政，于1906年9月1日正式颁布"预备仿行宪政"谕旨，计划制定立宪方案，先从官制改革着手。至于正式实施时间，有的希望尽快，而有的以民智未开为由，主张宜缓不宜急。后来设计的进程是以九年为期。

　　谕旨所宣布的立宪原则是：大权统于朝廷，庶政公诸舆论。预备立宪的内容是：将各项法律详慎厘订，而又广兴教育，清理财务、整饬武备、普设巡警，使绅民悉明国政，以预备好立宪基础。

　　这些措施实际上还是清廷此前"维新""新政"的内容。

　　但各地的立宪风气掀起高潮，立宪团体纷纷出现，国内有上海的预备立宪公会，会长郑孝胥，副会长张謇、汤寿潜；湖北的宪政筹备会，会长汤化龙；湖南的宪政协会，会长谭延闿；广东的自治会，会长丘逢甲；等等。海外则有康有为，将保皇会改组为国民宪政会；梁启超与蒋智由则在东京组成政闻社，鼓吹"预备立宪"。

　　清政府以"预备立宪"笼络立宪派，压制革命派，使立宪派和革命派形成尖锐对立。

　　梁启超派徐佛苏先行回国，将他们的政闻社转移到上海，开展活动。徐佛苏回国后，与国内立宪派加强联络，一起推动立宪。立宪派创办了《国民公报》，作为舆论阵地，徐佛苏被推为主编。梁启超随后也从日本回国。

　　1908年8月，清廷颁布《钦定宪法大纲》二十三条，其中关于"君上大权"的有十四条，规定皇帝有权颁行法律、黜陟百官、设官制禄、宣战议和、解散议院、统帅海陆军、总揽司法权等——这不是以法律手段保障皇帝的无上权力吗？与封建专制有什么区别？

1908年11月，慈禧太后、光绪帝先后死去，宣统帝溥仪继位后，于1909年3月下诏重申"预备立宪"，命各省当年内成立咨议局。

12月，十六省咨议局代表组成国会请愿同志会，要求召开国会，准备选举，未能实现。1910年，又三次请愿。当年10月，资政院在北京成立，也要求1911年召开国会。清政府只得将原定的九年期限改为五年，答应1911年先成立内阁，定于1913年召开国会。

1911年5月，清政府公布所订的内阁官制，组成"责任内阁"，总理大臣由庆亲王奕劻担任，在十三名国务大臣中，汉族官僚仅四人，满洲贵族有九人——其中七人是皇族。这个内阁名单一出来，朝野哗然，被讥为"皇族内阁"。

至此，清朝廷借"预备立宪"欺骗国人的目的完全暴露。革命派对此早有预料，一直对清政府抱有幻想的立宪派也随之梦碎。

徐佛苏不禁想起此前在东京时黄兴与他打的赌。黄兴那么肯定地认为清廷立宪是骗局，而他和梁启超等人却深信不疑。如今时间才过去三年多，立宪骗局就暴露无遗，他们的一腔热情不过是海市蜃楼。

徐佛苏不由对梁启超长叹道："唉，这次，我们确实错了。利益集团的顽固远比我们想象的要严重得多。"

梁启超却镇定地说："不尝试，怎么知道路走不走得通呢？错了不打紧，纠正还来得及。清廷既然背信弃义，不愿走和平重生之路，我们就换另一种方式。你可通知同人，各返本省，做好准备……"

"好吧，他们不愿意改，那我们就来改，四万万同胞一起来改……"

徐佛苏还记得黄兴所说的赌注。现在他输了，按约定，应该回到黄兴那边去。如今这放弃幻想，选择革命路线，也算是一种践约吧。

革命派、立宪派都行动起来，革命运动迅速高涨。

杨度是清政府立宪骗局的重要亲历者，这个立宪过程，他最清楚。

杨度，字皙子，1875年生，湖南湘潭县人。祖父任过湘军哨长，大伯投军后升到总兵职衔。杨度十岁丧父，被过继给大伯。1892年，杨度考取秀才。1895年师从船山书院一代名儒王闿运，学习三年。这时他开始醉心于王室帝王之术，自认为虽然不足以为帝王师，但如有帝王青睐，他自有辅助之才。戊戌变法时，杨度入长沙时务学堂，受康有为、梁启超的维新思想影响，反对封建礼教和帝国主义。1902年，杨度自费留学日本，入东京弘文学院师范速成班，与黄兴同学。受留日学生影响，杨度思想趋于激进，与黄兴等一起创办《游学译编》，宣传新学。不久回国，谒见了张之洞，受到其称赞。

1903年，杨度被保荐进京参加新开的经济特科进士考试，初考获得一等第二名。一等第一名叫梁士诒。慈禧太后看到"梁士诒"这个名字就很不舒服，说是"梁头康尾"，因为"梁"让她想到梁启超，"诒"让她想到康有为——康有为原名"祖诒"。康、梁这两个维新贼首，逃到了海外也不省心，虽声称"保皇"，却仍对革新推波助澜。因此，梁士诒被除名。而杨度是湖南人，在日期间又有对朝廷不满的言论，被疑为唐才常同党和革命党，也被除名，并受到通缉。杨度功名未得，反而惹上了麻烦。他避居乡下，成婚后不久再赴东京。1905年，杨度被选为留日学生总会干事长，后来又被推举为留美、留日学生维护粤汉铁路代表团总代表，向清政府要求废除1900年中美粤汉铁路借款续约，收回路权，让官绅筹款自办。他以总代表的身份回国后，拜见张之洞，得到支持，粤汉铁路最后得以收回。杨度因此声望大振。

当初黄兴在东京打算联络各省志士成立革命总机关——同盟会时，作为湖南同乡的杨度和范源濂却都不支持。他们不认同孙中山、黄兴的革命思想，杨度还曾与孙中山辩论过三天三夜。他们与梁启超关系密切，主张君主立宪，不谈革命，只论宪政。但杨度没有门户之见，曾向孙中山力荐过黄兴。

此时，清朝野上下虽然立宪的呼声很高，犹如一种时髦，但真正懂宪政的人其实极少，梁启超、宋教仁、杨度这三人算是对宪政最有研究的人。三人中，梁启超和杨度是改良派，而宋教仁是革命派，主张用革命手段推翻清廷、废除皇帝再来实行宪政，即民主立宪而非君主立宪。

1906年，清政府派出五大臣出洋考察宪政，在日本的时候，颇有见识的随行官员熊希龄为了五大臣回国后能有一份像样的汇报呈交朝廷，就曾请杨度和梁启超捉刀起草报告，杨度写了《中国宪政大纲应吸收东西各国之所长》和《实行宪政程序》，梁启超写了《东西各国宪政之比较》。杨度因此更是博得大名。

杨度看到清政府对立宪好像很重视，并且在大力推进，崇尚帝王术的他心里很振奋，感觉理想就要实现，趁机捐了个候选郎中，表现出热心报效之意。

1907年12月，湖南宪政公会成立，回到国内的杨度被推为会长，起草《湖南全体人民民选议院请愿书》，邀集不少湖南名流联名上奏，率先要求召开国会。1908年春，袁世凯、张之洞联合向朝廷保荐杨度，说他"精通宪法，才堪大用"。

杨度由此获得朝廷青睐。

气宇轩昂的杨度更觉春风得意，欣然进京，出任宪政编查馆提调一职，候补四品。他还特地作了《驱车篇》一诗："驱车涉名都，曳履升华屋……"可谓豪情万丈。舆论也大张旗鼓地宣传，并对他寄予厚望，如《盛京时报》还专门发了社论，认为杨度一定能倾其所学，编成中国的完整宪法，为正式实行立宪做好预备，上报国家重用之心，不负人民希望之意。

袁世凯还安排杨度在颐和园向皇族亲贵演说立宪精义，宣传开设民选议院。

杨度做足了准备，精神抖擞地来到颐和园涵远堂的讲台上。举目一望，只见台下那些王公大臣，三三两两聚在一起，各自消遣。有的在闲聊，不时发出嬉笑之声；有的在抽水烟，咕噜咕噜，很享受的样子；有的抱着个宠爱的玩意儿，瞪着两眼，看着台上这个不知天高地厚的年轻人，不知他要讲的宪政到底是个啥东西；有的更加傲慢，鄙夷地瞄瞄台上，想干什么就干什么，根本就不打算听他的。

杨度也不在意，仍然按自己的计划讲课。他口若悬河，滔滔不绝，把立宪的必要、宪法的内容和立宪的办法，一一讲解。

台下有的在听，有的似听非听，有的嘀嘀咕咕，有的发出冷笑。

一堂课讲完，讲完也就讲完了，没谁在意。倒是有个方头大耳的家伙，半劝诫半警告似的对杨度说："你好大的胆子，真敢说，就不怕遭杀头之罪吗？"

杨度报之一笑，也不想解释。

杨度进京就职后，清政府关于立宪的文件大多是出于他之手。

1908年8月，清廷颁布《钦定宪法大纲》及《九年预备立宪逐年筹备事宜清单》。因其中过于强化君权而弱化民权，以及九年的预备期等问题，引起立宪派和舆论界严重不满。很多人认为这都是杨度所为，他不由成为被抨击的对象。他不得不借发布《布告宪政公会文》，自我辩白，说那两份文件他没有参与一字。至于立宪预备期，也非他所定——对于这个预备期，张之洞主张越快越好，认为"预备"二字，实在误国。有的主张两年，有的主张十年，有的主张十二年，有的甚至主张十五年。杨度是主张三年的。最后定的是九年。

杨度的辩白有没有用，很难说。但那两份文件，却真的不是他所拟，是宪政编查馆其他人拟的。杨度虽然颇负盛名，但他在宪政编查馆很快就受到了排挤，有些要事，汪荣宝、钱承志、章宗祥、曹汝霖等成员都已避着他及亲近他的人，秘密开会决定了。汪荣宝等人的官职和名望都没有杨度高，为什么他们敢那样做，而且行之有效？杨度明白，是有人为汪荣宝等人撑腰，因为嫌他杨度的宪政观激进，而汪荣宝等人的宪政观保守，更有利于保护皇权。

对于君主立宪，此时主要有日本、德国、英国可供参照。日本的宪政程度最低，英国最高，德国居于其间。日本的立宪，连日本国民都不甚满意，所以杨度和多数立宪派所要的立宪，是英国的虚君立宪，而不是日本的实君立宪。但如今，清政府的立宪呢？《钦定宪法大纲》的头两条明文规定："大清皇帝统治大清帝国，万世一系，永永尊戴。""君上神圣尊严，不可侵犯。"这哪是"虚位元首"的君主立宪啊，而是比日本的实君立宪更实君的立宪，可说是在当前清统治面临挑战的形势下，为了加强君权的"君权宪法"，实质无异于封建专制。章太炎对此揶揄说："看他们的意思，不是为了百姓，也不是为了国家，而是急于拥护皇室啊！"

可是，外界并不知道个中内情，因而强烈的不满情绪是冲着他杨度，而非其他人。

为此，杨度提出了辞职，却没有获准。

杨度极度郁闷，他在天津法政学堂演讲时，忍无可忍，针对预备立宪的年限，大加批驳道："中国的预备立宪之所以要制定数年的期限，他们的借口是人民程度不足，也就是民智未开……那么民智未开总得有个标准，开到什么程度就可以立宪？譬如英国是立宪程度最高的国家，德国、日本也是立宪国家。如果互相比较，德国和英国比，德国为不足，那么德国是不是就不能立宪了？日本和德国比，日本为不足，那么日本是不是就不能立宪了？中国是与谁比？如果与英、德、日比，程度都不如它们，那就不用立宪了？那么程度到底又欠多少，如何提高？政治不开明，他们能提高吗？现在立宪预备期定为九年，九年后如何确定国民素质已经赶上日、德、英了？如果说是还没赶上，是否又得延期或干脆不搞了？真是笑话！梁启超先生曾说：'中国政府若能开明专制，当能促使人民程度进步。'一年前，我创办《中国新报》时也说过，可用立宪来促进人民进步，如果只是等待人民足够进步了才立宪，那即使再等一万年，也可能达不到他们想要的程度。现在若照我说，与其乞求有个开明政府，人民借此得以进步，不如先有开明的人民，使政府不得不开明！总之，凡是国家，都可以立宪！"

"说得好！"现场一片掌声。

"这不是发泄激愤和不满，公开与朝廷唱反调吗？"也有人嘀咕。

杨度似乎均不在意，既不奢望，也不害怕，只是阐明观点，表明心迹，见其超拔。

但杨度虽不如意，却并没有因此离开。而且，他非常感激袁世凯的知遇之恩。在溥仪继承皇位，摄政王载沣要杀袁世凯时，杨度拒不拟诏，冒死相救。他已认定袁世凯就是他要找的有王者气象的非常之人，而他就是"帝师"角色。

袁世凯以病辞官返回河南乡下避险后，杨度颇为失意，作了《回风篇》，其中感叹道："国事日非，不可救药。"立宪的一地鸡毛，使他已经全然没有了当初那种意气风发的劲头。

1911年，在清廷成立的"皇族内阁"中，杨度任统计局局长。

但他心里明白得很，清朝已经腐败透顶了。假立宪，必将带来真革命。

不过，那个"帝王之术"的梦幻，始终还在他脑子里萦绕。

第二十五章

龙蛇上海滩

上海，简称沪，别称申，又称海上，地处华东海滨，是长江的入海口。北靠长江，东临东海，与韩国济州岛和日本九州岛隔海相望，南濒杭州湾，西接江苏、浙江两省，有黄浦江自西向东再往北，穿境而过，与长江交汇，注入东海。

上海在清朝曾与江苏、安徽同属于"江南省"，后属于江苏，是经济繁荣、文化昌盛之地。道光年间鸦片战争后，上海正式开埠，成为对外通商口岸。因其特殊的地理位置，得天然之优势，成为中国最重要的港口城市，工商业十分发达，人口密集。相继设立的英租界、美租界、法租界等，更使上海这个大城市成为灯红酒绿、纸醉金迷的十里洋场。不知有多少人为了施展抱负或仅仅是寻条生路，来到这个"东方魔都"碰运气。上到达官显贵、绅士名流，下至贫民乞丐、流氓阿三，龙蛇混杂，在大上海演绎着他们的成败荣辱，生死悲欢。"上海滩"因此也成为一种具有弱肉强食意味的对上海的称呼。

近代上海也是民间帮会活跃之地，其中最著名的是"青帮"。来自江苏的黄金荣、杜月笙和来自浙江的张啸林是三个大头目，人称"上海三大亨"。他们在上海滩手可遮天，跺跺脚地都要摇三摇。为了谋取财富，黄、赌、毒不在话下；为了争夺利益，打打杀杀亦是常事。

这里也是革命者的天堂。他们不断来到这里，扎下来，用心经营，又离去，走向四方，说不定什么时候又回到这里。

如今要说的却是青帮的两个小后辈，同时也是革命者，一个叫陈其美，一个叫蒋介石。

陈其美，字英士，1878年生，浙江湖州人。读过七年私塾，十五岁丧父，在一个当铺当了十二年学徒,随后到上海投奔一个表叔,在表叔的丝绸店任助理会计。1906年春,二十八岁的陈其美在任上海新军统带的三弟陈其采等资助下,东渡日本留学,先入东京警监学校,后入东斌学校,先后学习过警察、法律和军事。1907年加入中国同盟会。

蒋介石,学名蒋志清,后改名中正,字介石,1887年生,浙江奉化人。八岁丧父,由其母王采玉抚养成人,先后入读奉化凤麓学堂、宁波箭金学堂,1906年春于奉化龙津中学堂肄业,赴日本,入东京清华学校。当年年底回国,考入保定全国陆军速成学堂,学习炮兵。1908年春再赴日本,入东京振武学校。

陈其美与蒋介石是浙江同乡,同在东京留学,碰面是很容易的事,但据说他们的结识却是出于偶然。

1907年夏的一天,陈其美前往东京西片町散步,走到一片小树林边时,看到一名二十来岁的青年同胞在舞剑,于是夸赞道:"好!"那青年便停了下来,两人也就搭上了话。陈其美一问,才知道这青年是浙江同乡,名叫蒋介石,正在陆军士官学校的预备学校振武学校学军事。

两人既是同乡,又都对军事感兴趣,就聊得很投入,从此成为好友。不久,两人又结识了一名来自浙江绍兴的留日士官生,叫黄郛。三人志趣相投,经常在一起谈论天下大事。陈其美提出,三人不如结为异姓兄弟。于是互换兰谱,盟誓结拜。陈其美年龄最大,黄郛比他小两岁,蒋介石比陈其美小九岁,比黄郛小七岁,是小弟。陈其美又介绍两位义弟加入了同盟会。

革命思潮在留日学生中已盛行多时,中国同盟会也已于1905年8月在东京成立。但陈其美和蒋介石留日时间较晚,在日本并无出彩表现,没有名气,陈其美好歹与同盟会本部的一些骨干比较熟,偶尔参加有关活动,蒋介石就只是一名普通会员而已,极少被人提起。

1908年,陈其美回国,开始从事革命活动。

陈其美自称书生,却有"四捷":口齿捷、主意捷、手段捷、行动捷。活动能力强,有江湖之气,拉帮结派,吃喝嫖赌,样样都能。回上海后不久,便混入上海的湖州帮、宁波帮。他原是青帮成员,又利用这个身份,投靠在法租界巡捕房做事的青帮大佬黄金荣,取得其信任,得以在租界设立革命机关。陈其美通过网罗羽翼,培植亲信,成为青帮的一个头目,从官商士绅到黑帮瘪三,建立了社会关系复杂的人际网络,耳目遍及衙门、码头、酒楼、茶馆、妓院、戏园、澡堂等处。

1909年，陈其美创办了《中国公报》《民声丛报》，宣传革命，并协助于右任创办《民立报》。

谭人凤从香港来到上海后，与宋教仁会了面，又见到了逃出广州的"飞毛腿"刘重。谭人凤想回湖南一趟，刘重也有此意，于是两人同行。可是，当两人到达武汉时，碰上焦达峰，焦达峰劝他们不要回去，湖南目下形势很紧，他本来想行刺屡次告密的王先谦，但没有成功，因此来武汉避祸。谭人凤与刘重在武汉待了些天，然后，谭人凤回了上海，刘重潜回了湖南，与党人彭邦栋等人在湘粤边境秘密活动。

1911年7月31日，宋教仁、谭人凤等人在上海四川路的湖北小学召开会议，谋划已久的同盟会中部机构终于正式在上海成立。但名称并不是用当初的"同盟会中部支部"，而是用"同盟会中部总会"，因为此时的同盟会东京总部确实已名存实亡。

参加本次成立会的有湖南、浙江、四川、福建、江苏、安徽、云南七省的同盟会会员三十多人。确定机构总部设于上海，在各地设立分会，凡中国同盟会会员都可以按章程加入，本会奉东京总部为主体，与香港的南方支部为友邦。章程规定：本会以推覆清政府，建立民主的立宪政体为主义。对机关内部的组织原则实行"合议"制，防止专制。

宋教仁等志在必得，一心以本机构领导和推动长江流域的革命运动，夺取革命胜利。

宋教仁、谭人凤与陈其美在日本时就相识，宋、谭在上海活动期间，与陈其美也多有走动。考虑到陈其美的革命热情和在上海滩的势力，陈其美又是骨干成员杨谱生的亲戚，他们团结陈其美，一起负责同盟会中部总会。经过推举，中部总会选定的总务会干事为：谭人凤，掌党务；宋教仁，掌文事；陈其美，掌庶务；潘祖彝，掌财务；杨谱生，掌会计。8月2日，又推举谭人凤为总务会议长。

《中国同盟会中部总会成立宣言》还规定，总理一职虚位以待，等有合适的大人物出现，再由其担任本职。

其实，总理的位置是为黄兴留着的，不管他愿不愿意接受。

会后，宋教仁致电黄兴，邀他来上海主持工作，并打算亲赴香港接他。

此时的黄兴还处在黄花岗起义的悲愤之中，在组织暗杀活动。

黄兴接报同盟会中部总会成立，立即致信祝贺，并要宋教仁、谭人凤、陈其美等吸取广州起义失败的教训，注意纯洁组织，严明纪律，防止内奸。并说他要处理好手头的事情才能前往上海，如果中部总会在湖北等处的工作紧要，宋教仁等就不必去香港接他。又振奋地告诉香港同志，新的革命风暴也许不久就会在长江一带掀起。

胡汉民得知同盟会中部总会成立，心情有点复杂。借与黄兴议事，他顺便问道："克强兄，中部总会的成立，不知他们可曾告知中山先生否？"

黄兴看到胡汉民的脸色不大好看，心里自然明白，于是说："这事还在筹备阶段时，中山先生就已经知道了。去年我与中山先生在日本会面商议广州举义事宜时，宋教仁和谭人凤都在，他俩已经与中山先生说过此事，中山先生没有异议。"

"那就好。"

黄兴又补充道："革命的壮大是好事，中山先生最近来信不是希望我们振作起来，准备新的战斗吗？我看机会就要来了。我们在湖北、湖南都有较好的革命基础，这次我们在广州起义，他们还没来得及响应，一定要趁势推动，从中部再次发起声势更大的斗争。我们不都盼着举义成功，迎接中山先生回国吗？"

胡汉民听了，这才点头赞同道："对，原本我都想好了怎么欢迎中山先生进广州，可惜起义失败了。但愿不久能够实现。"

陈其美此前进行的革命活动都没有什么成效。1909年他曾在浙江谋划过一次起义，但事泄未成，近年正为没有什么路子而郁闷，自从成为同盟会中部总会领导人之一后，在革命阵营的地位和影响力立即大为跃升。从此，革命也有了方向，因而对革命的信心更足了，仿佛走路、说话都精神多了，在上海滩和江浙一带加紧了活动。

此时陈其美的两个义弟，黄郛已回国在北京的清政府机关任职，蒋介石仍在日本留学。他与他们频通消息，并催促蒋介石回国。蒋介石答应了。

形形色色，很多人在这里出没……

满眼繁华的上海滩，即将上演一幕幕怎样的龙争虎斗？

第二十六章
武昌首义

历史的至暗时刻，有时虽然也会迁延日久，但酝酿的雷霆总有爆发之时。

黄花岗起义虽然失败了，但如同一声春雷，震醒了神州大地，拉开了辛亥革命的大幕。风雨如晦的晚清，将迎来惊天巨变。

1911年5月8日，清政府公布了由清贵族、皇族占绝对多数的"责任内阁"，立宪骗局败露。5月9日，清政府又宣布了"铁路国有"政策。

这个"铁路国有"政策，就是清政府为了向英、法、德、美四国银行借款六百万英镑，在邮传大臣盛宣怀策动下，将已归本国商办的川汉、粤汉铁路收归国有，转手卖给英、法、德、美四国修筑。

修筑这些铁路的股东，有绅士、商人、地主，也有农民。由于参与的农民多，农民所占股份的比例也大，因而这些铁路关系到几省人民的切身利益。清政府收回路权后，又不如数退还股东们先前的投入，人民不但失了路，还失了款。

清政府不守信用，不讲法律程序，损害本国人民的卖国行为，激起四川、广东、湖南、湖北人民的强烈反抗，掀起了轰轰烈烈的保路运动。

首先起来反抗的是湖南人民。5月14日，长沙举行了万人群众集会，号召商人罢市，工人罢工，学生罢课，农民抗纳租税，以示抗议。接着，湖北、广东、四川都行动了起来。

四川的保路运动最为声势浩大。他们成立保路同志会，联络社会各界，发起抗争。清廷将同情百姓的代理四川总督王人文革职，调驻藏大臣赵尔丰接任总督，对群众进行镇压。赵尔丰逮捕了几名运动领导人，并下令对请愿的群众开枪，造成数十人死亡，酿成了震惊全国的"成都血案"，引起更大反抗，使运动波及了全省一百四十二个州县，同盟会会员王天杰和吴玉章还宣布了荣县独立，成立了革命军政府。清廷又将赵尔丰免职，另调在慈禧出殡时因拍照惊扰隆裕太后而被罢职，刚刚获任川汉、粤汉铁路督办的端方接任，率领湖北新军入川，平息事态。

人民群众如火如荼的反清斗争，激励了革命党的斗志，他们有的投身其中，有的抓紧活动，谋划大举。

革命党人开始以武汉为据点进行大串联。

武汉，简称汉，别称江城，地处江汉平原东部，是湖北的省会城市。长江自东北流往西南，汉水自西北流往东南，两条大江交汇其间，将大武汉分割为武昌、汉口、汉阳三块，形成武汉三镇隔江鼎立的格局，境内河流纵横，水域密布。武汉三镇交通便利，有"九省通衢"之称，工业发达，风气开化，是中国中部地区的中心城市。

此时在湖南、湖北从事革命运动的组织主要有焦达峰、孙武等人领导的共进会和蒋翊武、刘复基等人领导的文学社。两个组织的总机关都设在武汉。

共进会是1907年下半年，由焦达峰和刘公、孙武等人在东京组建的同盟会外围组织，以同盟会的纲领为纲领，只是将多受质疑的"民生主义"——即平均地权、土地国有——改为了"平均人权"。那正是"倒孙"事件过后，不少同盟会会员对孙中山失望的时候。在这个时期成立新组织难免给人分裂同盟会的嫌疑，黄兴当时不在东京，在国内忙于两广起义，回到东京后特地向焦达峰问起此事。焦达峰作了解释：他在湖南时，本身就是哥老会的新首领，建立共进会这个外围组织一是为了联络会党方面的革命同人，二是孙中山不重视长江流域的起义，致使同盟会革命进程迟缓，他们想用这个组织来作为补充，纲领也是以同盟会的为准。黄兴也就不再追究。1908年秋，共进会主要成员回国开展活动，次年在汉口法租界设立机关，后迁至俄租界。

文学社是1911年1月由振武学社改组而来，蒋翊武为社长，刘复基为副社长，社址设在武昌小朝街。振武学社的前身是群治学社，而再往前则与被禁的日知会和科学补习所都有渊源，因而革命基础深厚。

两个组织的主要负责人多数是湖南人，又大多留学过日本，与黄兴、谭人凤、宋教仁等关系密切。

就在同盟会中部总会成立前夕，谭人凤和刘重曾打算回湖南一趟，到武汉时，正在武汉的焦达峰却力劝他们不要回，因为当时湖南的革命形势正十分险恶。原来，由于1909年、1910年湖南连续发生水灾，导致粮食歉收，巡抚岑春蓂却仍如往年一年答应外商进湖南大批采购，致使湖南出现严重粮荒，米价飞涨，而一些官商劣绅却相互勾结，囤积居奇，使米价持续扶摇直上，挣扎在死亡线上的长沙人民掀起了抢米风潮，在湖南新军任排长的陈作新受黄兴指示，本打算借机起义，却被管带革职，错过了机会，使抢米风潮受到镇压。紧接着又掀起保路运动，清政府又进行了镇压，更加严防革命党。因此，只能稍后再去活动。谭人凤由此打消了回湖南的念头。在武汉逗留期间，谭人凤与共进会、文学社两方人士会晤，建议他们联合，在武昌共谋举义，得到双方赞同。

同盟会中部总会成立后，多个省市的分会也随后成立。湖北分会由居正主持；湖南分会由曾杰、焦达峰主持；南京分会由郑赞丞、章梓主持；安徽分会由范光启主持。各分会分头并进开展工作。

1911年9月14日，文学社和共进会主要成员密聚武昌楚雄楼，在共进会骨干刘公的寓所举行会议，决定双方联合，并派居正、杨玉如二人专程赴上海，向同盟会中部总会请黄兴、宋教仁、谭人凤前来主持军事，顺便从上海买些军火回来。

二人赶到上海，告知情况。此时谭人凤正生病住院，黄兴还在香港，宋教仁又急派吕志伊、刘芷芬二人赴香港，接黄兴来沪。

黄兴听吕志伊和刘芷芬讲了武汉的革命形势，十分高兴，但考虑了一下，分析说："其他各省机关还没有一气打通，湖北一省恐怕很难成功，发难时间最好推迟到10月底，约定多省同时发动。"他给武汉方面写了一封信，信中特别嘱咐：革命屡次失败，损失太大，这次行事必须格外慎重，不可贸然发动，应尽量做到多省并举，胜券在握。

黄兴让吕志伊和刘芷芬二人先回去，将信转交武汉方面。随后，给宋教仁发了一份电报，表达了自己的意见，告诉宋教仁，他打算10月中下旬到上海。

这时，还在武汉狱中的胡瑛也秘密派人前往香港，与黄兴联络。

胡瑛是黄兴的弟子，萍浏醴起义时去湖北活动被捕，相继被捕的还有刘静庵，都被判永远监禁。

想到弟子已经坐了五年牢，黄兴难过地问："胡瑛还好吗？"

来人说："他还好。只是可怜刘静庵，六月份已经死于大牢。"

黄兴陷入了沉默。此前他多少也有些胡瑛和刘静庵两人的消息，只是不确切。来人告诉他，胡瑛入狱后，典狱长看他一表人才，气度不凡，善言辞，能诗文，就把女儿许配给了他，并在狱中给他们夫妻俩设了单间，条件还不错，与外面联系也较方便，他借此继续进行革命活动。因此，胡瑛可算是因祸得福。而刘静庵的遭遇就很悲惨了，他在狱中坚持读书治学，团结狱友，宣传革命，受尽酷刑也不屈服，已于6月12日病逝狱中，由教会安葬。

来人说着，不由落泪。

黄兴悲愤交织，愤然道："所有的血债，一定要那些走狗奴才偿还！"

黄兴与来人商谈了一些关于起义的重要事宜，叮嘱来人，回去转告胡瑛，既要做好起义准备，又要保护好自己。

由于四川的保路运动高涨，起义时机紧迫，9月23日，文学社和共进会在刘公寓所召开小型会议，筹划行动方案。初步决定由蒋翊武任军事总指挥，孙武任军务部部长，刘公任总理。

9月24日，文学社和共进会共六十多名领导、骨干、代表，在胭脂巷秘密机关正式举行联合大会，通过了刘复基报告的军政府组成人员安排：刘公为总理，蒋翊武为军事总指挥，孙武为参谋长，刘复基等为参谋，下设军务、参议、内务、外交、理财、调查、交通等部。并通过了起义计划，将起义时间暂定为10月6日晚间，即农历八月十五中秋之夜，取旧时朱元璋起义的吉兆。起义指挥部设于武昌小朝街八十五号的文学社机关内，刘复基常驻办公，将汉口长清里九十八号的共进会机关设为政治筹备处，另设制造炸弹的机关于汉口俄租界宝善里十四号，由孙武负责。

文学社有五千多名社员，共进会有两千多名会员，两个组织联合，使革命力量大增。其中有些成员是参加了两个组织的，也有利于两个组织的团结。这些成员中还有不少新军士兵和下层军官。

9月25日，宋教仁、谭人凤、陈其美、居正、杨玉如等人在上海召开总机关部会议，有广东、广西、山西、陕西、云南等多省代表参加。会上正式决定，在武昌、南京、上海同时发动起义，并通知其他各省准备响应。

会后，宋教仁、谭人凤将会议情况电告还在香港的黄兴。

黄兴复电对会议决定予以肯定和赞扬，又按捺不住兴奋，和了谭人凤一首七律诗：

> 怀锥不遇粤运终，露布飞传蜀道通。
> 吴楚英豪戈指日，江湖侠气剑如虹。
> 为争汉上为先著，此复神州第一功。
> 愧我年来频败北，马前趋拜敢称雄。

黄兴给正在美国的冯自由写了一封信，并请他转告孙中山，他认为形势不错，若以武昌为中枢，首先发难，弹药有汉阳兵工厂，湖北新军也训练有素，湖南、广东为后劲，江苏、安徽等各省加以策应，对清军进行牵制，大事不难一举而定，相比于在广东边地起义，可谓事半功倍，希望孙中山等加紧筹款寄回。还致信南洋同志，确信这次借保路运动之机发动起义，成功大为可期，请求继续筹款支持，他随后就要前往参战了。

文学社和共进会的联合大会开过的第二天，有人匆匆忙忙赶到机关部，报告新军炮队发生事变。

原来，陆军第八镇炮队第八标第三营有两名士兵被逼请长假离营，同营的战友为他们置酒饯行，正在猜拳行令，被排长发现，予以干涉，要加以处罚，引发众怒。有几名士兵从军火库中拖出大炮，准备暴动。第八镇统制张彪闻变，即命马队第八标统带喻化龙率骑兵弹压。

孙武与正在机关的邓玉麟等人立即商量对策。

孙武说："这一事件，必将引起清政府高度警觉，对党人和机关造成的后果不堪设想。照我看，不如今晚就发难。"

邓玉麟说："这么紧急，来得及组织吗？"

"军情如火，耽误不得啊。"

随后，孙武让负责传令的邓玉麟去通知刘复基等赶紧准备。

刘复基匆匆赶了来，却主张慎重。他说："黄兴上次不是交代过我们要格外慎重吗？时机固然容易错过，但仓促起事，很难有胜算。我看总督瑞澂这家伙胆小，今天这炮兵之事，他八成不敢轻举妄动，如不然，我们再破釜沉舟，拼死一战，也不算晚。因此，我建议稍等几日，等黄兴、宋教仁、谭人凤前来，再突然发难，一定可望成功，切不可小不忍而乱大谋。"

众人觉得刘复基说得在理，就派人前往炮队探听消息。得到的情况是，张彪果然不敢追究，只以"酗酒滋事"为由，将两名带头拖炮的士兵开除了事。

起义指挥部于是决定仍按原定时间发难。

但是，新军事变的消息不胫而走，武汉一时传言四起，有的说，"八月十五杀鞑子"；有的说，革命党的炸弹厉害得很，威力无穷，一个就足以炸平武昌城；有的说，四川乱党已经顺流而下，要攻打武汉；有的说，广东的革命党已经化装转道上海，即将进入武汉；等等。

总督署的眼线就跑回去向两广总督瑞澂报告："大人，不得了，不得了……"

瑞澂问清楚咋回事，脊背就有点发凉。

接着又有人跑来报告："大人，不得了，不得了……"

瑞澂一问，就更加害怕，急令军警严加防范。

10月3日，瑞澂又召集县令级别以上的文官和管带以上级别的武官，在总督署举行防务会议。瑞澂佯装镇定地说："不就是几个亡命之徒吗？谅他们也掀不起什么风浪。但毕竟是非常时期，我们必须严防有人妖言惑众，趁乱滋事。在座各位务必明确责任，加强巡查和警戒，不得掉以轻心。凡有玩忽职守，使革命党有机可乘者，提着脑袋来见我！"

最后下达命令："楚豫""楚谦""楚有"等兵舰升火待命；全城实行戒严；军队提前一天过中秋节，节日那天不放假；所有子弹收缴存库。

这时，一名军官说："据我所知，第八镇工程营的革命党似乎最多，他们守着楚望台军械所，令人担忧。"

军事参议、旗人铁忠说："这好办，可以命一营的满族士兵替换守楚望台军械库的工程营士兵，以防不测。"

新军混成协协统黎元洪却说："这样恐怕不妥。这一调换，守军械库的工程营士兵必然不满，如果激起排满情绪，引发事变，反而弄巧成拙。"

瑞澂想了想说："铁忠所言，是个好办法。但黎协统所说，也很有道理。我看，不如改派督练处几名工兵到军械库进行监视。"

散会后，瑞澂把铁忠留了下来。铁忠随瑞澂来到签押房，瑞澂突然长叹一声："唉——"

铁忠说："大人为何叹气？"

瑞澂背着手，心情沉重地说："想我八旗子弟，当年何其威武雄强，而如今，竟沦落到孱弱不堪。练了那么久的新军，却大多是革命党。我们现在手边可以仗恃的军警、防营、亲兵、卫队，总共也不过一千余人，若是几千新军真要闹事，我们如何抵挡？那我们都得掉脑袋。刚才你说的明明是个好主意，我却不敢用。事情已经到了这一步，真令人担忧哪。"

铁忠忙安慰道："大人不用太着急。端方大人调往四川的三十一标，是革命党最多的，三十二标第一营也被端方大人调走了，第二营被大人你派去了宜昌，第三营派去了施南，这就分散了新军中的革命党。我建议，大人可将第八镇马队第八标一营调去襄阳，使留在武汉的革命党人数更加有限，难以成事。"

"你所说不假，"瑞澂捻着胡须，"但你只说到其一，不知其二。这兵力一调开，武汉也空虚了，革命党正好乘虚而入。"

"那他们就只剩下乌合之众，不堪一击。何况我们已实行全城戒严，盯紧军界和学界，加强巡逻，他们再胆大妄为，想也不会拿小命开玩笑。大人尽管放心，不足为惧。"

"好吧，好吧，但愿真的如你所说。"瑞澂看着钱忠，半信半疑。

武昌实行戒严后，气氛更加紧张了，风声鹤唳，草木皆兵。

中秋节这天，似乎人人都惊恐地张大了耳朵，倾听着动静。

可是奇怪，从早上到中午，从中午到傍晚，安然无事。夜晚来临了，一阵黑暗之后，一轮明月升上了天空，清辉如银。如此美好的夜晚，瑞澂等清政府官吏却心惊胆战，夜色越是平静，他们就越是恐惧。然而城中始终静悄悄的，整个夜晚都过去了，什么也没有发生。

原来，起义指挥部看到炮队的事情没有扩大，清政府对中秋日已有防备，而回湖南运动新军的焦达峰也发来电报，说那边的联络工作尚未就绪，准备不足，不能在中秋夜起义，建议后延十天，再加上黄兴、宋教仁、谭人凤等都还没有赶到武汉，于是决定将发难日期改为10月16日，即农历八月二十五日。

时间既定，革命党人摩拳擦掌，等待这一天。指挥部传信给随军开往岳州的蒋翊武，要他快点回来，又给同盟会中部总部发了电报。

孙武抓紧在汉口俄租界宝善里机关的楼上制造炸弹。

他们打算再造三个五六磅的炸弹，起义时从总督署背后的"武昌帽店"

楼上扔往瑞澂的卧房，给他份厚礼。

10月9日，孙武照常在工作台上检验炸药。同志李作栋在另一边，给桌上的钞票加盖印章。刘公的弟弟刘同，还是个少年，他好奇地站在孙武的旁边，欣赏其制弹技术。看了一阵，他下楼去门外逛了一会儿，点燃一支烟吸了几口。然后，手上夹着烟又回到了孙武的身边。孙武很专注，没注意刘同在抽烟，而他手边的盆子里放有小半盆烈性炸药。

突然，"轰"一声，盆中烟火迸发，屋子里霎时烟雾弥漫。

孙武顿时双手捂脸，往后倒退。刘同也本能地后退。

李作栋立即过来查看，只见孙武的脸和右手都被烧伤了，刘同倒是无碍。

李作栋急中生智，连忙用布将孙武的脸蒙起来，扶起就走，送往自己在共和里的家中，再安排了两名同志送孙武去日本人的同仁医院治疗。孙武让李作栋转告指挥部："必须立即动手，才可死里求生！"

宝善里机关的邻居看到有浓烟从窗户、屋顶冒出，大呼救火。俄国巡捕闻讯赶来，发现是革命机关，逮捕了刘同，将机关可疑物品搜洗一空。又搜查了斜对面十一号刘公的住处，搜走党人名册、印信、旗帜等物，并抓走了刘公的妻子李贞清。

邓玉麟前来宝善里机关，发现机关外面围了很多人，俄国巡警禁止群众靠近，感到情况不对。一打听，才知道出了事。

邓玉麟急忙赶回武昌小朝街机关部，对刘复基和刚从岳州回来的蒋翊武等人说了宝善里机关发生的事。

"唉，真是糊涂啊！"刘复基痛心疾首，"黄兴交代我们要格外谨慎，我们还是大意了，怎么就没想到对制弹重地加强保卫，防止出漏子呢！"

"怎么每次起义都要节外生枝呢！"蒋翊武也很忧心，寻思着，"对了，炸弹造好了没有？"

刘复基说："已经造好了，分发给了各营，只是有少部分有待装雷管，他们只是想再造三颗大的。"

"起义方略都确定好了吗？"

刘复基当即拿出方案和地图，讲解给蒋翊武听。

这时李作栋也赶到了，说据眼线报告，俄国巡捕房已经将刘同和刘公的妻子引渡给了清政府，瑞澂开始调动军警，准备关闭城门进行大搜捕。并说孙武希望立即动手，死里求生。

众人都看着蒋翊武。

蒋翊武蹙着眉，一时也拿不定主意。

刘复基急了，当即拔出手枪，断然说："君为总指挥，如今情势危急，怎能优柔寡断，难道是怕死不成？"

李作栋、邓玉麟也赞成尽快行动，认为刘同年少，可能受不住刑讯，万一供出机密，后果就严重了。

这时紧急赶来的宪兵营党人代表彭楚藩，看蒋翊武还下不了决心，叹了口气，轻轻抚了抚蒋翊武的头，低声说："如果不立即下手，你我生死事小，但受连累的同志太多了。我们怎么忍心让这些热血同胞还来不及反抗就死在清狗手里？多少党人在等着武汉的枪声，难道我们真的就这样一枪不发就宣告失败了吗？难道黄花岗烈士们的鲜血就白流了吗？难道我们就注定还要继续忍受鞑子的奴役吗？"

蒋翊武勃然大怒："我蒋翊武一介军人，你们真以为我怕死？我也是想到黄兴对我们有交代，那可是黄花岗的血的经验教训，因此在为仓促行事而犯踟蹰。既然已时不我待，我不杀贼，贼必杀我，我蒋翊武万死不辞，愿将头颅与诸君拼死一掷。"

于是决定当天夜里十二点发动起义。

刘复基当即起草作战命令，经蒋翊武过目后，派人分送各处。命令规定，夜里十二点以南湖炮队鸣炮为号，城内城外同时发难，起义队伍以左臂系白布为标记。

可是，此时武汉三镇已经全部戒严，城门紧闭，军警四出，对过往行人严加盘问和搜查，负责给南湖炮队发送命令的邓玉麟已经出不了中和门前往南湖炮队了。

浓重的夜色笼罩着大武汉。

蒋翊武、刘复基、彭楚藩等人在小朝街机关部焦急地等候起义的消息。蒋翊武、彭楚藩等人在楼上，刘复基等人在楼下。为了让大家不至于那么紧张，也为了掩护，刘复基叫了外面街头一个放留声机的老者来放曲子，屋子里只听见"咿呀咿……"的歌声。

"咚咚咚，咚咚咚……"突然，响起了敲门声。

刘复基警觉地走到门边，问："谁啊？"

外面一个沙哑的声音答道:"请开门,我是来会你们老爷的。"

暗号不对!刘复基知道情况不妙,悄声对其他人说:"不要慌,快上楼,我来对付。"等其他人上了楼,他迅速从屋角箱子里取出两颗炸弹拿在手上,站在楼梯口。

外面的人见没有开门,撞开门蜂拥而入,果然是军警。

刘复基连投两颗炸弹,然而这两颗炸弹都还没有装顶针,就都没有响。

军警一拥而上,抓住了刘复基,又冲上楼去。

楼上的人得知有变,已经开始逃生,但还是当场被抓住几人。蒋翊武、彭楚藩本已从屋顶逃出,但在落地逃走时,于附近巷子里被捕。负责往工程营运送炸弹和子弹的杨洪胜,被军警尾随,反抗时受伤被捕。党人共被捕三十二人。

蒋翊武由于脑后垂着条长辫子,着一袭白长衫,套件红马褂,像一名酸儒,又声称是看热闹的,没有引起军警重视,被押在后花园里,瞅个机会翻墙逃了出来,避往湖北监利。其他人被挨个严加审讯、定罪。

当晚,由于南湖炮队没有收到通知,也就没有开炮发难,其他已经收到通知的各处,没有听到南湖的炮声,也就没有行动。起义计划落空。

彭楚藩、刘复基、杨洪胜等在受审时,毫不屈服,大骂清廷。彭楚藩身着宪兵服,原本可以诡称是去巡查革命党的,但他不愿如此,爽快承认自己就是革命党。10月10日凌晨,三人被斩首于总督署的东辕门外。彭楚藩就义时高喊:"革命万岁!"刘复基大呼:"同志速起,还我河山!"杨洪胜则哈哈大笑:"要杀就快杀,只怕你们不久也要随老子来也!"

此时天地晦暗,一片混沌。蒙蒙的细雨下起来,又湿又冷。

武汉清当局陶醉在抓捕和屠杀的胜利中,以为革命党人已经被震慑。

三烈士的鲜血,点燃了革命党的怒火。

近些年,经过文学社和共进会为主的革命党的大量秘密活动,新军中已经建立比较广泛、稳定的革命组织,不是一下子就能轻易铲除的。革命党人的名册被搜后,湖北布政司陈树屏等曾向瑞澂提议,将其销毁,以安人心,再图计较。但总督署师爷张梅师却劝瑞澂按名单捕人,严加惩处,以绝后患。瑞澂听了师爷的。彭楚藩、刘复基、杨洪胜的遇害,让革命党人义愤填膺,也感到自己危在旦夕。新军中的党人自行联络,约定以枪声为号,于当晚七时点名时发动起义。

工程营的革命党人总代表熊秉坤对所在的第八营士兵做好了布置，随后又对前、后、左、右四队进行了巡视。看到大家精神抖擞，就十分高兴，发现少数士兵有些紧张，就上前拍拍肩给予打气："不用害怕，有那么多弟兄呢。听从指挥，跟随冲锋，协同杀敌，就是英雄！"

10月10日晚上快七点时，工程第八营二排的值日班长陶启胜，带着两名护兵进行巡查点名，发现二排的正目金兆龙和士兵程定国抱枪和衣而卧，大有枕戈待旦之势，不由对金兆龙呵斥道："你莫非想造反？"

金兆龙睁开眼，瞪着陶启胜答道："老子就是要造反，你又如何？"

陶启胜大惊，急令两名护兵逮人。

金兆龙一跃而起，先发制人，一把揪住陶启胜，两人扭打起来。两名护兵就要上前。金兆龙大喊道："弟兄们，还不动手更待何时！"程定国应声而上，用枪托猛击陶启胜头部。陶启胜挣脱金兆龙就逃。程定国一扣扳机，"砰"一声，打响了起义的第一枪。陶启胜腰部中弹，捂着伤处，连滚带爬逃下楼去。

革命党人哗然而起，准备战斗。

代理管带阮荣发、右队黄坤荣、司务长张文涛闻变，带兵前来镇压，黄、张二人当场被击毙，阮荣发在逃跑中被击毙。

熊秉坤及时赶到，立即鸣笛集合，对着空中连发三枪，正式宣布起义。随即率领数十人，直扑中和门附近的楚望台军械所。

这天晚上守卫楚望台军械所的是工程第八营左队革命党人罗炳顺、马荣等。他们听到枪声，心里明白，立即准备响应起义。监守官李克果听到枪响不知发生了什么事，就对罗炳顺、马荣等人说："我也是替大家伙儿考虑，如果是赤手空拳的匪徒来此，你们就一定要负起责任，坚决抵抗；如果是手执武器的军人前来，你们这点人手也无济于事，就赶紧躲避吧。"

马荣一听，趁机说道："感谢头儿。可我们没有一粒子弹，拿什么抵抗啊？"

李克果想想也是，就让他们打开仓库搬两箱子弹出来备用。罗炳顺、马荣一得到子弹，当即向空中连放几枪，响应起义。李克果见势不妙，翻墙逃跑。众人见他不算太坏，也懒得打他。

这时熊秉坤率军赶到。守仓库的党人打开库门，让大家拿枪支，分子弹，拖大炮，搬炮弹。革命军顺利占领楚望台军械所。

这时，驻扎在武昌城北武胜门外塘角的第二十一混成协辎重队，在革命党人李鹏升、蔡鹏来的领导下，以在马房纵火为号，发动起义，往城内进发。

接着，从南面城外传来了隆隆的炮声，是南湖炮队起义了。

随之，驻在城内的混成协二十九标、三十标、测绘学堂、马队等也相继发动了起义。

城内外一时枪声大作，炮声震天，共三千余人参加了起义，向楚望台聚集。那些不愿参加起义的士兵，一溜烟没了影儿；那些甘当走卒的顽固分子，看到大势已去，也只恨爹妈少生了一双腿，没命地逃了。

新军的子弹原都被收缴了，只有杨洪胜等人送来的少量，拿下军械所，就解决了枪弹问题。

楚望台四围响起一片欢呼。众人推第八镇工程营左队队官吴兆麟为临时总指挥。

吴兆麟对起义重新作了部署，在蛇山、凤凰山、中和门城楼等处布置了炮兵阵地，然后下令集中火力攻打总督署。

两广总督瑞澂正在都署里的签押房给朝廷写奏折，呈报捕杀革命党的经过和功劳。革命党刚刚被镇压，武昌城又四门紧闭，还有军警和防营巡视、站岗，他怎么也想不到会马上发生革命。当他初听到枪声，还以为是自己的人在追击革命党。可是，接下来的情况就让他惊慌不已，急令弹压。

天很黑，革命军的炮弹要击中目标不容易。第一轮进攻总督署受挫。

吴兆麟下令派士兵在王府口、小都司巷一带纵火。霎时火光冲天，如同探照灯，照亮了四周。蛇山与中和门城楼的炮兵调整了炮口，对着总督署猛轰。

听到炮弹越落越近，瑞澂害怕地对一名侍从说："这炮弹太厉害了，如果落一颗到衙门里，那还得了！"正说完，"轰"一声巨响，哗啦啦，衙门塌了一角。侍从吓得惊叫起来。

瑞澂瑟瑟发抖地喊："来人哪！"

统领陈得龙带着几名清兵马上跑了进来。

"现在还有哪里是安全的？"

"大人，可以往城外江上的兵舰上去。"

"马上去！马上去！"

"前门危险，我们从后院走。"陈得龙叫道，立即吩咐士兵去将后院的围墙挖个洞。

几名士兵一时也顾不上找工具，手忙脚乱地就用枪刺挖。挖了一阵，踹了几脚，现出一个能钻人出去的狗洞来。

瑞澂哪管那么多，带了家眷，钻洞而出，在一队亲兵的护卫下，出文昌门，躲到了"楚豫"号兵舰上去，随时准备逃离武汉。

第八镇统制张彪在总督署附近的司令部负隅顽抗，指挥清兵与革命军激战。

这张彪原是1900年与黄兴等人一起赴日本考察的武官之一，那时他还是游击。没想到经过这么多年，他还是那么死心塌地为清廷卖命。

张彪在城墙上竖起一面巨幅白旗，上书："本统制带兵不严，致尔等叛变。汝等均有身家，父母妻子倚闾在望，汝等宜早反省，归队回营，决不究既往；若仍冥顽不灵，则水陆大兵一到，定即诛灭九族，玉石俱焚，莫谓本统制言之不预也！"

熊秉坤组织敢死队，分成两路，向总督署和司令部发起猛攻。进攻总督署的勇士们首先攻进了头门，但因为人数少，被清兵包围。正在危急关头，工程营士兵纪鸿钧提着两桶煤油，飞奔入总督署门房纵火，顿时大火熊熊，阻挡了清兵。清兵乱枪齐发，纪鸿钧当场牺牲。起义士兵又纵火焚烧大堂，署内的清兵翻墙而逃。这时，保安门内外的革命军里应外合，打开了城门，往司令部和总督署猛攻过来。

武昌城里枪炮不断，火光四起。

在三路革命军的攻打下，张彪难以抵挡，总督署和司令部都被革命军占领。张彪见瑞澂早已逃之夭夭，军心不定，独力难支，便率领残兵败卒从文昌门逃走，渡江退守汉口刘家庙。

经过一夜血战，整座武昌城被革命军占领，武昌正式光复。

10月11日上午，一面红底铁血十八星旗，在蛇山之巅巍峨的黄鹤楼上迎风招展。武汉三镇的人民奔走相告，一片欢呼。

早在1906年冬，同盟会东京总部讨论制定中华民国国旗时，有几种方案，孙武、焦达峰等人主张用十八星旗，虽然孙中山坚持用青天白日旗，但并未得到大家的公认。这次起义，孙武和焦达峰就坚持采用了他们自己主张的十八星旗。

武昌城的枪声平息下来，革命党人决定成立湖北军政府。军政府领袖需要一位有名望的人来担任，但黄兴、宋教仁、谭人凤等都还没有来，孙武还在养伤，蒋翊武脱险后没有下落，而且革命军内部存在派系，一群人在咨议局商量了好一阵，也难以确定人选。

"要不，推举黎协统做都督？"吴兆麟突然想起来似的，用征询的目光看着大家。

"这倒是个主意。"作为先后加入日知会、共进会、文学社、同盟会等多个革命组织的一名叫蔡济民的活动骨干，带头表示支持。

黎元洪，原名秉经，字宋卿，1864年生于湖北黄陂，所以又称黎黄陂。相传黎元洪幼年"头角峥嵘，具厚德载福之像"，出生日农历九月十九又为观音出家之日，所以从小就被家人寄予厚望。其本人也素怀大志，所改名字"元洪"二字颇有深意，暗示其以朱元璋（朱洪武）自居。又有一种说法，黄陂黎氏是洪秀全的同族，"元洪"二字隐含"原洪"之意。黎元洪小时候居住在偏僻的乡下，家境贫寒，他的父亲为了儿子上学，搬往县城谋生。黎元洪学习刻苦，后来考入天津北洋水师学堂，毕业后进入军界，在武汉新军中做到混成协协统。

吴兆麟是黎元洪的学生，蔡济民与黎元洪是黄陂同乡，因而拥戴黎元洪，也是自然。要说派别，黎元洪属于旧军官一派。一些党人觉得这样也未必不好，起义刚成功，革命军需要号召力，身为清军将领的黎元洪如果愿意登高一呼倡导革命，影响力可想而知。既然没有更好的方案，这个主张获得了通过。

可是，黎元洪在哪里呢？他没有率军起义，原打算防范部属起义，但无法控制，武昌城闹翻天时，他也没有出头镇压起义。他躲到哪里去了呢？

吴兆麟派人去找。一队革命军士兵来到混成协司令部，但找遍了也没见黎元洪的影子。这时有士兵发现两个肩负皮箱的人匆匆逃出司令部，于是几人悄悄尾随，直到黄土坡，看到那两人进了黎元洪的参谋刘文吉的宅中。士兵们一拥而入，在一间屋子的帐幔后搜出了黎元洪。

黎元洪吓得浑身颤抖，说："我平时带兵并不刻薄，你们为何要为难我？"

士兵们说："黎协统别误会，我们是来请你出面主持大计的，并没有恶意。"

"使不得，使不得，你们放过我吧。"黎元洪仍然战战兢兢。

"他不愿意，怎么办？"士兵们面面相觑。

人是找到了，可人家不买账啊。士兵们为了交差，只好强行将他带到咨议局。

黎元洪见了吴兆麟、熊秉坤、李作栋、蔡济民、张振武等起义头目，脸色惨白。听众人说明意图，急得又摇头又摆手："这等大事，还是慎重为好。黎某委实不能胜任都督一职，还请你们另举贤能。"

这黎元洪心里暗想：你们这类造反又不只是一回两回、三回四回，不都失败了吗？参与者可是要掉脑袋的，还有可能诛九族。你们现在不单是要我参与，而且是逼我做领袖，这罪行我可担当不起。

一名叫李翊东的头目也不管那么多，一把抓过早已拟好的安民告示，要黎元洪签字："请在文末'都督'名下，签上'黎'字。"

黎元洪如遭电击，瑟缩着手，声音颤抖地说："莫害我！莫害我！"

李翊东气得火冒三丈，用枪对着黎元洪说："你厚颜无耻，替清廷卖命，官至统领，论罪行死有余辜。如今不予追究，推举你为都督，你竟再三拒绝，莫非是生成奴性，死不悔改，仍打算效忠于仇敌？那好吧，我现在就杀掉你，另选贤明。"

"不识抬举，杀掉他！"旁边也有人不满地喊道。

吴兆麟、蔡济民等连忙劝阻："切莫开枪，让他三思。"

黎元洪却呆若木鸡，任你劝说，也是爆炒鹅卵石——油盐不进，没有在告示上签字。

"和他啰唆什么！"李翊东不容分说，当即提起笔来，在需要签名的地方写下一个"黎"字，抬头看着黎元洪说："我已代你签了，难道你还能否认不成？"

众人鼓掌叫好。

黎元洪随即被押到咨议局二楼的一间小屋，由测绘学堂的两名学生军看守。

安民告示被复制了数份，贴到了各处街口要道。武昌城的人心顿时安定下来。人们纷纷称奇：想不到这个黎协统，原来也是革命党，由此可见，清王朝真的要完蛋了！

11月12日，革命军又攻下了汉口和汉阳，整个武汉三镇都被革命军占领。

军政府致电同盟会中部总会，催黄兴、宋教仁、谭人凤尽快到武汉，并请转电孙中山。

　　被两名学生军看着的黎元洪如同木偶僵尸，不说一句话。蒋翊武返回武汉，去看了，颇为郁闷和不满："总督如此情形，如何是好！"张振武也去看了，回到军政府十分扫兴地说："我们虽是革命，对未曾敌视革命的清大员却也没有滥杀。这个黎元洪如此冥顽不化，抵触革命，还不如斩首示众，壮我军威，以儆效尤。"

　　这会儿，黎元洪听见有人来说革命军又光复了汉口和汉阳，不由面露吃惊之色。待来人走了，一名学生军用开玩笑的口吻说："黎协统，整个大武汉都已经光复，全国各地都将连成一片，你可要'黄袍加身'了啊！"

　　说者无意，听者有心。黎元洪没有马上答话，但神色却有微妙的变化。过了一会儿，竟开口同两名学生军聊起天来，最后还答应了做这个都督。

　　两名学生军自然高兴，马上报告了军政府。

　　13日下午，黎元洪被邀请参加军政府的军事会议。会上，他一改前两日的害怕和窝囊，当众宣布："对于革命，我原先是尚未考虑周全，因此做不了决定。如今经过一番思考，决心已定。从此以后，我就是军政府一员，不计成败得失，愿与诸君同生共死！"

　　众人听了欣喜若狂，会场掌声如雷，一片欢腾。

　　湖北军政府正式成立。

　　武昌起义的消息传到北京，清廷大为震惊。

　　10月12日，清廷确定了应对措施：将瑞澂革职留任，令其限期克复武汉；速调北洋陆军两镇，由陆军大臣荫昌率领，开往湖北；命海军提督萨镇冰率领海军和长江水师，从水面进抵武汉，配合陆军作战；命河南巡抚宝棻就近派兵一协，星夜驰援武汉；任命荫昌为钦差大臣，湖北各军和增援各军，均归其节制。

　　由于京汉铁路运输力有限，军械物资也需要准备和调度，清廷决定将陆军分批南运，河南设立一处总粮台，向湖北提供后勤补给。

　　但北洋军是袁世凯一手带起来的，将领多为他的亲信，譬如"北洋三杰"王士珍、段祺瑞、冯国璋等。冯国璋和段祺瑞这次就在被调遣的将领中。冯国璋一接到命令，就密访袁世凯，听取授意。

　　袁世凯虽然曾经读书读到吐血都没能考取半个功名，但少有大志，饱读兵书，学习武艺，焚掉诗文投军后倒是发迹迅速。只恨时运不济，落到被逼回河南乡野"养病"的境地。但他一直韬光养晦，等待东山再起。如今他知道机会来了，两眼放光，对冯国璋如此如此作了吩咐。

14日，清廷考虑到荫昌对北洋军可能会指挥不灵，召回袁世凯，起用为湖广总督，负责督办武汉的剿抚事宜。

就在这天，谭人凤和居正到达武昌。与居正一起去上海的杨玉如此前已回武昌复命，居正因为要通过同盟会中部总会在上海购买枪弹，并负责武汉与上海的联络，拖延了时日。而谭人凤前些天赴南京联络党人，争取响应湖北的起义，这两天才回到上海。两人因此才带了枪支赶来武汉。

黎元洪见了谭人凤，满脸焦虑，高兴不起来。一是因为他并非坚定的革命党人，而是倾向于君主立宪的，现在上了革命这条船，成立了军政府，他心里总有点惶惶然，这个军政府是不是个乱党机构啊？二是革命军面临的一堆困难，该如何解决，不解决的话，这个军政府不知还可以撑多少天。

谭人凤对黎元洪予以勉励。对于第一个问题，他代表同盟会中部总会表态，湖北军政府是合法的，并于16日在阅马场为黎元洪授旗授剑。对于第二个问题，谭人凤建议趁敌人援军未到，对汉口外围的清军发起进攻。

17日，清军由荫昌率领的第一军到达河南信阳。由冯国璋率领的第二军随后开拔。萨镇冰所率兵舰则首先进入武汉江面。

第八镇统制张彪率残部逃到刘家庙后，等待援军。此时从河南以及湖南抽调的援军已经到达。张彪兵力增强，信心大增，打算继续等待荫昌大军到来，就开始反攻，洗刷兵败的耻辱。

革命军探悉清军动向，武汉即将重兵压境，决定趁敌人援军尚未完成集结，率先出击，肃清汉口之敌，逐渐向北推进，阻击南下的清军。经过几天的扩军备战，大量学生、工人、农民踊跃投军，革命军队伍已由两千余人扩充到近两万人。因为大多是未经训练的新兵，所以也只能叫民军。看到革命形势大好，本地商界、名绅也慷慨支持，募款捐物。

争夺刘家庙之战很快打响。

汉口从北向南再往西设有三个火车站，即刘家庙车站、大智门车站、玉带门车站。刘家庙在汉口以北十公里处，为南下的清军进入汉口的必经之路，也是革命军守卫汉口的前哨阵地。该处地势开阔，水网纵横，不易展开作战。

张彪残部连同河南、湖南援军共有两千余人，在刘家庙以南面向市内方向构筑工事，沿铁路两侧进行防御。

18日黎明，民军在炮兵掩护下向刘家庙发起进攻，逼近敌军阵地，与清军展开肉搏战。但后续部队遭到江面上的敌舰炮火拦截，未能及时接应，前方部队只得退回紧邻城北的大智门车站一带。

上午十时许，一队民军突然从右翼发起猛攻，突入敌军阵地，该处清军怯战，乘火车往北撤，但民军后续部队又没跟上，在敌人反攻下，伤亡较大，留下百余人隐蔽于铁路两侧，其余的退回大智门车站。

民军与清军对刘家庙反复争夺。民军组织了敢死队，利用骑兵，调动炮队，轮番出击。清军则水陆协作，拼命顽抗。

激战到中午十二时，民军终于占领刘家庙。清军往北向三道桥退却，民军追到三道桥，两军隔河对峙。

民军获胜，使军心和民心大振。躲在兵舰上的瑞澂，慌了手脚，一面急电催促援军，一面对限期克复武汉失去了信心，下令开船，顺流而下逃往上海，因害怕被朝廷治以重罪，又赶忙逃往日本。

荫昌坐镇信阳，其所率援军已陆续抵达汉口地界，驻扎于北郊的祁家湾和滠口。新到兵舰也在北面的阳逻湾待命。

民军占领汉口后，军政府考虑到参战部队已经疲乏，从武昌调兵进行了换防。前线总指挥何锡藩因受人攻讦，辞职卸任，回到武昌，军政府改调张景良前往指挥。张景良是黎元洪部下，原为某标统带，曾劝说黎元洪叛变革命，回归清廷，被革命党及时发现予以拘留，后被黎元洪保释。刘公和张振武等反对重用张景良，但黎元洪不听。张景良到达刘家庙后，有意懈怠，不作任何战备部署。20日，军政府派人前往巡查，发现部队混乱松懈，只得代为进行布置。

21日拂晓，民军向三道桥以北清军发起进攻。清军准备充分，机关枪火力猛烈，民军伤亡惨重，退守三道桥以南，转为防御。

26日早上，清军水陆协同，向民军发起进攻。上午，清军借助机关枪和管退炮的优势，占领刘家庙。下午，民军第四标在标统谢元恺带领下勇往直前，冲入敌阵，与清军肉搏，夺回刘家庙。

27日凌晨，清军集结重兵，对民军发起猛攻。民军坚决抵抗，但指挥官张景良仍然消极避战，不上前线，非但没有任何将功赎罪的表现，还扣发子弹，并派亲信纵火将刘家庙的子弹和辎重烧毁。再加上民军补充的士兵新兵居多，战力减弱，伤亡过大，炮队队长蔡德茂、敢死队队长马荣战死，何锡藩、张廷辅等将领受伤，又看到背后黑烟冲天，以为被清军占领，只得从刘家庙往东绕道退守大智门。清军推进到洋商跑马场。汉口军政分府到这时也见不到张景良的影子，主任詹大悲派人寻找，竟发现张景良在后城一家旅馆与张彪的秘书刘锡祺密谈，当场将两人抓获。詹大悲等录下两人口供，下令将两人在汉口枭首示众，呈报黎元洪。

当晚，汉口军政分府召开紧急会议，打算重新推举主将，但没有一人敢于承担。先推胡瑛，胡瑛以不懂军事推辞；又推时任鄂军第六协统领的罗洪升，罗也不就。

民军战事失利，黎元洪万分着急。当晚，军政府召开军事会议，但除了对汉口作一些兵员补充，也别无良策，特别是选不出得力的前线指挥官。黎元洪便亲自点将，派炮协统领姜明经为临时总指挥，并致电湖南、江西、陕西等省，从速发兵支援湖北。

这时冯国璋率领清兵第二军也已南下逼近汉口，却遵照袁世凯的授意，按兵不动，有意拖延。就在27日这天，清廷不得不任命袁世凯为钦差大臣，统领水陆各军，全权指挥武汉战事，而将荫昌召回北京。袁世凯如愿以偿，即命冯国璋为第一军军统，段祺瑞为第二军军统，由冯国璋总领南下各军。

28日上午，冯国璋亲自督战，清军在大智门发起进攻。民军奋起抵抗，临时组织的学生军也投入战斗，借坚固的房屋等掩体与敌人进行巷战和肉搏。清军最后占领了大智门火车站，往右向玉带门火车站展开，往左向洋商跑马场以南展开，布置兵力，对市内形成半月形攻势。

民军总指挥姜明经一看形势严峻，称病辞职。各队将领经商议，只得将防线划成五个区，由熊秉坤、甘绩熙等五人各负其责。

汉口岌岌可危。

再说湖南。武昌起义的消息传到长沙后，负责在湖南筹备起义的焦达峰和陈作新以及曾杰、成邦杰等党人，于10月22日清晨率领新军起义，攻占了长沙。

当天晚上，各界代表在咨议局开会，商量成立临时革命政府。最后公推焦达峰为都督，陈作新为副都督。次日，焦达峰、陈作新在巡抚衙门正式就任中华民国湖南军政府正、副都督。

彭邦栋和"飞毛腿"刘重等人则在湘南等地发动起义，策应长沙。

长沙新军起义的消息传到武汉，湖北军政府和谭人凤都非常振奋。两天后，谭人凤就回到长沙。但他发现焦达峰、陈作新的都督府有点混乱，立宪派组织了一个参议院总揽全权，焦达峰和陈作新颇受挟制。谭人凤感到问题严重，但支援湖北的事情非常紧急，暂时就没有干预。

湖南军政府不但收到了湖北的求援，还收到了江西的求援。军政府决定予以支持。几天之内，军政府便自由招兵六万余人，编成四镇陆军。

10月28日，在原四十九标新军基础上扩充而成的湖南首批援鄂军——湘军援鄂独立团第一协，一千七百多人，由协统王隆中率领，从长沙大西门码头乘船出发。焦达峰、陈作新亲自到湘江河岸，欢送将士，誓师出征，到河岸为援鄂军壮行的各界代表达数百人。谭人凤当场写了一首军歌激励士气：

湖南子弟善攻取，手执钢刀九十九。
电扫中原定北京，杀尽胡人方罢手。

湖南军政府送走第一批援鄂军，又抓紧组织援赣军，由原第三镇新军统制易堂龄率领第一批援赣军，开往江西。

在援鄂军开拔前，就有人建议陈作新，应该留下一部分革命坚定的首义军队警卫长沙，谭人凤也提醒他要注意保卫革命果实。但陈作新都没有采纳，并劝告焦达峰说："我们革命的目的在于推翻清专制，如今湖南虽已起义成功，但南北多省还在清统治之中，我们绝不能只顾自己。眼下邻省告急，你可以负责援鄂事宜，我可以负责援赣事宜，不必与某些人一般见识，局限于本省，对友邻所急坐视不管。"

焦达峰点头同意。

第二十七章

鏖战阳夏

汉水下游古称夏水，所以汉口也曾叫夏口，汉阳与汉口连在一起，简称阳夏。

武昌首义是成功了，但保卫革命成果的任务非常艰巨。要守住武昌，首先便要保卫汉口和汉阳，即阳夏。随着汉口开战，阳夏之战已经拉开序幕。

在宋教仁催促下，黄兴于10月17日在徐宗汉等人陪同下，离开香港前往上海。临行前，还给印尼和美洲同志致电去函希望加紧筹款支持。

23日上午，黄兴到达上海，悄悄住进朱家桥一家旅馆。

徐宗汉来到民立报社，告诉了宋教仁。

宋教仁当即随徐宗汉来到旅馆，紧紧握住黄兴的手说："克强兄，你终于来了。"

黄兴带着抱歉解释道："我在香港有些广州起义的后续事情要处理，也特别想筹点款带往武汉，原希望武汉方面将发难日期推迟一些，谁知也因事泄而不得不提前发动。如今既然已经取得成功，也是好事，但听说清廷已派重兵南下，形势危急，我们还得好好计议。"

"是啊。"宋教仁不无担忧，"我已让谭人凤随居正先去了武汉。"

"具体情形如何？"

"目前民军与清军在汉口处于相持状态。但袁世凯的北洋军必将继续向汉口集结，使事态恶化。不过也有好消息，我刚接到焦达峰从湖南发来的电报，湖南新军已于昨天起义，占领长沙，成立了军政府，由焦达峰、陈作新任正、副都督。陕西也于昨天发动起义。就在刚刚，江西九江的新军也已反正，南昌的新军正在准备，还有其他省份也蓄势待发。"

"好!"黄兴高兴地说,"一省发难、各省响应,才是最好的方略。如果湖北方面不是起义时间提前了,就是更壮观的一呼百应。"

两人接下来进行了具体的磋商。他们都认为,南京作为华东重镇,必须尽快发动起义,策应武汉。还有上海,也应加紧推动起义。于是决定:由柏文蔚、范鸿仙等人赴南京,策动南京新军反正;陈其美留驻上海,筹备上海起义;黄兴和宋教仁前往武汉,支撑大局。

可是此时,黄兴因为领导黄花岗起义,还在被通缉。而且因为武汉发生革命,江西已有响应,长江水路缉查甚严,要从上海坐船到达武汉,风险很大。

这时,徐宗汉的好伙伴张竹君站了出来。

张竹君早先就曾在上海挂牌行医,并协助上海巨绅李平书在上海开设女子中西医学院、上海医院,还以广东医界代表在上海参加了世界红十字会。黄花岗起义前后,她在广州。起义失败后不久,她被黄兴、胡汉民派往澳门从事革命活动,向那些富家太太和小姐们做工作,筹集革命经费,然后到了上海行医。

徐宗汉到了上海,很快就与张竹君会了面。说到黄兴要和宋教仁冒险去武汉,张竹君琢磨了一会儿,灵机一动说:"哎,我有办法。"

徐宗汉眼睛一亮,急问有何良策。

张竹君便如此如此地说了。徐宗汉也觉得这办法不错。

时间很紧,徐宗汉协助张竹君立即开始行动。

黄兴与宋教仁谈好事情后,又见了在上海负责工作的刘揆一,交流了情况。

傍晚时分,他独自去了一趟法租界平济川路的良善里。

黄兴头戴礼帽,走到良善里的一处院落外,只见绿色的藤萝从院墙上垂下来。他在门口看了看门牌号,便抓起门环叩了起来。

门"吱呀"开了,一名十五六岁的红衣女孩探出头来,一脸天真却不无警惕地问:"先生,你找谁?"

黄兴也不说话,从口袋摸出一封信,给女孩看了看信封。女孩重新把他打量了一番,微笑着礼貌地说:"先生请。"把黄兴让了进去,又把门关上,带着他进屋,上了二楼。

"克强兄,你来了。"李燮和正在楼上屋内伏案忙着什么,一抬头看见了黄兴，当即上前紧紧握住黄兴的手。

黄兴笑着说："是啊，湖北那边催得紧，我明天就要去武汉。"

"快坐下谈。"李燮和欣喜地说，又吩咐女孩，"阿峻，家乡茶。"

被叫作"阿峻"的红衣女孩，就给两人沏了君山银针。

两人就亲密交谈起来。

原来，这里是光复会创立的《锐进学报》报社。

春季时，李燮和应黄兴之邀从南洋回到香港准备参加广州起义，随赵声那一批人赶到广州时起义已经失败，就回了香港，然后来了上海。因为他和陶成章看到清廷的立宪骗局已经败露，而同盟会在广州的起义又失败了，便打算加紧筹划在长江流域的行动。李燮和此时已经是光复会中仅次于陶成章的重要人物，亲自担当起了这一重任。光复会虽然当初就是在上海成立的，但首任会长蔡元培及一些成员，并不是专门从事革命，而是做学问或有其他事业的，章太炎也主要只是以学问而著名的精神领袖，真正将革命当作主要事业来做的一些骨干会员，或牺牲或去世，损失较大，比如徐锡麟、秋瑾、熊成基、赵声等。光复会后来的主要活动地也不在上海，而在江浙和东京、南洋。因此，光复会在上海的力量是薄弱的。陶成章与李燮和商议，决定在上海设立革命机关。经勘查和筹备，他们在上海法租界平济利路良善里成立了"锐进学社"，出版发行《锐进学报》，又在杨树浦和法租界的赖格纳路设立了两处秘密机关。事情办妥后，由总干事李燮和具体负责，陶成章返回南洋筹集起义经费去了。李燮和随后安排会员尹锐志、尹维峻姐妹等人值班，他回湖南安化探望母亲。谁知母亲已经去世，而李燮和因为是重要革命党人，一直受到清政府监视，他回家后，就被人举报，湖南当局下令缉拿，他匆忙从家中逃离，经武汉回到了上海。在武汉时，他与革命党人接触，已经知道他们就要发动起义，便赶紧回到上海，加强联络，准备举旗响应。

李燮和原是华兴会老会员，后来经黄兴介绍加入同盟会，现在又是光复会领导人之一。虽然对孙中山不满，但在革命的大目标上是一致的，又由于黄兴这层关系，他仍然是愿意配合同盟会的。

黄兴听李燮和说了有关情况，肯定地说："你们的工作做得不错，还可以与宋教仁、陈其美他们加强联系，增强力量。袁世凯已经调集北洋精锐到武汉镇压起义，那里的形势一定很严峻。我到湖北后，希望尽快听到你们在上海打响的消息，减轻湖北的压力。"

李燮和振奋地说:"这也正是我所想的。"

"那好,但愿我们都顺利。"

"克强兄保重!"

两人当下别过。李燮和安排尹维峻护送黄兴回到住处。

张竹君的事情也于当晚办妥。她利用手头资源,迅速组建了一支红十字会救护队。由于武汉发生战乱,那里有很多伤员需要救治,作为红十字会成员,他们有责任前往救死扶伤。1904年日俄战争期间,张竹群就曾随英、法、德、美四国组织的"上海万国红十字会",深入东北,救护战争中受害的中国人。

24日晚,由张竹君带领的救护队,登上英商怡和公司的江轮,赶赴武汉。

改装易服成为红十字队员的黄兴,混在救护队中,徐宗汉则扮作护士同行。随行的还有宋教仁、刘揆一、田桐、李书城、马伯援、朱家骅和陈其美的侄儿陈果夫及日本友人萱野长知等,共一百余人。

当江轮经过九江时,他们得知,九江的革命党人林森、吴铁城等不但策动了陆军起义,还说服海军也举旗反正了,从而避免了九江的清军支援武汉。看到湖口悬挂着表示光复的白旗,黄兴等抑止不住心中的喜悦,纷纷向岸上挥手示意。江轮也得以畅行通过。

28日下午,黄兴一行在距武昌城六十余里的地方下船。因为战事,江轮只到这里。他们另雇了船只,于下午五时许抵达武昌。

蒋翊武带人在江边迎接,将黄兴等人带到军政府,受到黎元洪等人和革命同志热烈欢迎。

欢迎仪式之后,黎元洪命人制作了两面一丈二尺长的大旗,上书"黄兴到"三个大字,派人举着大旗,骑马在城中四处跑了一圈。武昌军民一片欢呼,鞭炮阵阵,人心大振。汉口前线的将士听说黄兴来了,士气高涨,斗志倍增,纷纷议论:"来的人懂军事吗?会打仗吗?""那还用说,他就是那个在广州带着一百多号人发动起义的黄兴,是真将军!""人家多次和清军干仗,听说还是个神枪手呢!"

黎元洪正为战局一筹莫展,看到黄兴的到来令武汉军民欢欣鼓舞,如见救星,他也可以就势将不堪重负的挑子交给黄兴,更加高兴,立即单独与黄兴进行了会谈。

黎元洪说:"克强啊,你来得正是时候。你现在就是武汉的军心和民心,由你来担任总指挥一职,可谓众望所归。"

黄兴说:"在下能力有限,但既然来了,哪怕是牺牲在武汉,也将尽力而为,为保卫革命果实而战。"

"有你这句话,我就放心了。我会尽可能调派精干之士由你差遣,你还有什么需要,也请尽管同我说。"

"如此甚好。我们一定要争取守住汉口和汉阳,只要其他多省发起响应,这里的局势就可缓解。湖南、江西已经发动,南京、上海都在紧张筹备中,相信不久就会打响。"

"好啊,果能如此,不仅是武汉之福,也是中国之福。"

两人就一些具体事项作了详谈。

也就在与黎元洪会谈后,黄兴从同志口中获悉李沛基已于25日在广州炸毙广州将军凤山,心里甚感快慰。这些天他虽然离开了香港,但对安排在广州的暗杀活动却时时挂怀,想不到年仅十七岁的李沛基完美地完成了任务。他马上将此事告诉了徐宗汉,徐宗汉这些天都为侄子捏一把汗,听到这个消息,真是太高兴了。这事也更加坚定了黄兴在武汉的杀敌决心。

随后,趁夜幕降临,黄兴在吴兆麟、杨玺章、蔡济民、徐达明等军政府随员陪同下,过江视察军情。

过江后,黄兴设司令部于汉口城内歆生路的满春茶园。此时交战双方已经停火。黄兴对军队进行了检阅,命杨玺章、蔡济民等清点革命军人数,已不足七千人。而清军已经集结到此的兵力达一万五千余人。

黄兴综合分析了情况,知道武汉的战事十分棘手。为了镇压保路运动,新军经过调动之后,参加起义的革命党人原本就只有两千来人,经过半个多月的战斗,减员不少,现在的队伍实际上主要是新组编的民军,人数还不及清军的一半,又欠训练,而清军是训练有素的北洋精兵,而且民军在武器装备上也落后于清军。此外,还有民军军饷被拐走的事情发生,如果战事持久,就面临军费问题。

这显然是一次实力悬殊的硬仗、恶仗。

由于军情紧迫,民军对地形又比清军熟悉,黄兴决定当天晚上就对清军发起突袭,不然等天明了清军发起合围,形势更不乐观。

黄兴等人返回武昌，组织了一千余兵力。等吃过夜宵，整装待发，已是午夜时分。但负责船只的交通部，并未将船备好，居正等人只得临时抓紧调集。到天亮时，军队才得以渡过江去。两面"黄兴到"的大旗也由士兵带去，一面插在司令部门口，一面由参战士兵扛往战场。

战斗打响。清军以猛烈炮火攻击民军阵地。

黄兴下令兵分两路，向歆生路和硚口之敌发起反击。

黄兴身穿新军军装，脚蹬快靴，腰挎一口日本友人赠送的宝刀，骑着战马，与熊秉坤、军政府参谋部副部长杨玺章等，身先士卒，领军与敌厮杀，夺回山炮四门，缴获子弹数百箱。歆生路一队曾突破敌人阵地，予敌杀伤，但硚口一队为清军所阻，未能得手。

30日，双方继续开战，清军借助优势炮火，向市区推进。民军对地形非常熟悉，灵活利用房屋、树木等作掩护，痛击敌人，双方在城北至城西外沿展开激烈的争夺，反复进行拉锯战。近距离的胶作状态，使清军不再敢轻易发炮轰击。

民军的顽强抵抗让北洋军统帅冯国璋恼羞成怒，派人勾结当地的地痞流氓，不顾汉口居民的生命财产，大肆纵火，焚烧房屋，并下令不准救火，凡救火者即予枪杀。汉口顿时浓烟弥漫，火光四起，房屋成片燃烧，倒塌。

31日，双方保持对峙。

袁世凯于本日到达湖北孝感视师。他下令冯国璋调集军队猛攻汉口。清军不顾城内居民死伤，炮火不停地往城区轰击，清兵趁势往市区节节逼近。黄兴急忙从汉阳和武昌调兵增援汉口。

11月1日，清军为了迎接袁世凯南下，从早上六点开始，发起更猛烈的进攻，纵火也更为猖獗。时逢寒冬，长江、汉水夹持，江风阵阵，火借风势，呼啸肆掠，繁华的汉口在火海中化为一片废墟，民宅被毁达数万家，居民被焚烧枪杀者不计其数，幸存者外逃殆尽。

大火连烧了三天三夜，汉口已几乎成为没有障碍的焦土，民军无法藏身，只得逐渐后撤。

黄兴亲率敢死队，上前线拼死督战，阻击敌军，又组织溃军向玉带门发起攻击。民军战士呐喊着发起冲锋，清军害怕，直往后退，民军一路冲杀，攻到了玉带门。但玉带门的守敌火力太猛，民军武器不及清军，兵力不足，难以突破。

军政府担心黄兴的安全,以商议汉阳防务为由,派人力劝黄兴回武昌。黄兴死活不肯下前线,随员多人只好强行将他挟持出战场。黄兴一步一回头,看着即将丢失的阵地,痛苦地交代将士们说:"尽力而为吧,如果实在万不得已,就撤往汉阳,加强防御。"

这几天,张竹君和徐宗汉率领红十字救护队,多次划船过江,冒着危险抢治受伤的民军官兵。夜里抢救伤员时,张竹君的手被划伤而感染细菌,肿得老大,并引起发烧,眼看汉口战事就要停下来,她决定回上海治疗,并为战士们采购冬衣和药品,再回武汉。

黄兴连日来都顾不上同张竹君、徐宗汉等红十字队员说上几句话,这时候,才发现他们为了救治伤员,有的自己也受了伤,生了病,和战士们一样疲惫不堪。看着张竹君肿大的手,黄兴感动地说:"竹君,难为你了。你们本来可以不来的。"

张竹君强忍着疼痛和发热的难受,说:"你这说的就不对了。我这次率队来武汉,并不只是为了掩护你们几个人,而是出于一名医务人员和红十字会成员的责任,即本着救死扶伤的原则,哪里有需要就往哪里去。战争很残酷,我们怎么忍心置那么多受伤的同胞生命于不顾!"

黄兴说:"接下来应该会有几天休战,你安心回上海治疗吧。我让钝初写封信,你顺便给带回上海。"

张竹君点点头。

宋教仁来武汉前,就谋划过上海起义的事,只因考虑到上海无以为恃,很容易受到江浙清军的夹击,才决定暂缓。如今武汉局势吃紧,当晚,黄兴与宋教仁商量,可以让陈其美等提前发动上海起义,以便缓解武汉的压力。宋教仁同意,当即写了一封信,交给张竹君。

傍晚,张竹君在几名队员的陪同下,去江边坐船。徐宗汉、宋教仁前往送行。

就在张竹君要登船时,黄兴急急忙忙赶了来。虽然他体能不错,但因为身体偏胖,也是气喘吁吁。

众人一看,黄兴手里攥着一封信。

"竹君,我这还有封信,你给我带回去。"黄兴举起信,喘着气说。

"克强兄,还有什么事要交代上海方面吗?"宋教仁问。

"不是,我这个是私事。"黄兴答道,"前些天我通知一欧快回国,昨天我听说他到上海了，这封信是给他的，竹君你一定要及时给我送到。"

黄一欧在黄花岗起义时从广州脱险后返回香港，然后化名黄祖光，潜回了长沙，住在明德学堂，准备联络党人，谋划起义，不料事泄，无奈又流亡日本。黄兴离开香港去上海前，就曾致信黄一欧，让他回国，准备参加新的起义。黄一欧很快和几名同志回到香港，胡汉民打算让他们去广州帮助陈炯明发动起义，响应武汉。但陈其美缺少得力人手，两次致电香港，让黄一欧等人去上海。黄一欧就和洪承点、巴泽宪及赵声的二弟赵念伯、三弟赵翊三等七八人去了上海，协助陈其美。

张竹君从黄兴手里接过信。大家都不知道他有什么紧要的事急需告诉儿子。

"让他赶紧来武汉参战。"黄兴解释道，"上海的清军比较薄弱，汉阳大战在即，更缺人手。"

现场一片静默。

"啊，竹君，你们赶紧上船吧。"徐宗汉眼眶湿润了，但抑制住了。

"是啊，竹君，你们快上船。"宋教仁说。

张竹君这才咬着嘴唇和同伴上了船。

夜幕降临，寒风呼啸。桅灯的光亮，在江面晃动。

11月2日，汉口失陷，民军退守汉阳。

自10月18日两军在汉口开战以来，双方各伤亡两千余人。美丽的汉口，只剩下断垣残壁，满目疮痍。

清军的军事目标是武昌。但要攻占武昌，还需先占领汉阳。冯国璋认为，占领汉阳可以收到攻心的效果，汉阳的龟山居高临下，俯瞰武昌，拿下了汉阳，占据了高地，武昌便如釜底一丸，轻而易举便可拾取。而民军保卫汉阳，就是为了捍卫武昌，失了汉口再丢汉阳，人心也就散了。

如今清军已攻占汉口，汉阳之战便进入日程。

2日晚，湖北军政府召开紧急会议，商议下一步军事策略。

会议首先由黄兴报告了汉口战事，分析了民军失利的原因：一、新兵居多，没有受过训练，秩序不整，难以协调，不好指挥。二、军官多为弁目提升，指挥能力差。三、各队战斗日久，伤亡过多，官兵过于疲劳，一闻敌方机关枪声，即纷纷后退。四、士兵多数是在武汉附近招募来的，夜间多有潜回家中，减员较大，军官也难以查核。五、我军只有步枪而没有机关枪，一与敌人接近，我方伤亡就大；只有山炮而没有管退炮，射程不远，炮弹又不开花。但清军既有机关枪也有管退炮，我军在火力上不如敌人。六、清军都是北洋新军，久经训练，秩序好，善于射击，只是在冲锋时不如我军灵敏和勇敢，所以常常在听到民军冲锋呐喊之时便往后退，我军足可恃仗的，目前就只有这气势一样。

大家都认同黄兴的分析。会议决定，民军先守好汉阳，等湖南援军到来，再图反攻汉口。

到此为止，黄兴只是凭个人威望指挥战斗，没有正式名分。为此，居正、田桐、蒋翊武、杨王鹏等党人提议，推举黄兴为湖北、湖南大都督或南方民军总司令，以便于指挥武汉军队和外省援军。

众人听了这个提议，就都陷入沉默，各怀心事。

湖北军政府成员是由革命党人、立宪派、旧军官共同组成，其中包括了文学社社员和共进会会员、湖北咨议局官员等，其中的同盟会会员极少。各团体、各派别之间的关系比较复杂。军政府成立后，原湖北咨议局议长、现军政府民政总长汤化龙曾起草了《中华民国鄂军政府暂行条件》，有意将革命党人排挤出军政府，由立宪派把持行政大权。孙武等人推翻本条例，重新拟定了《军政府改订暂行条例》。宋教仁随黄兴到达武昌后，为了规范军政府在法律上的参照，经他起草颁布了中国第一部具有资产阶级性质的宪法——《鄂州约法》，确定了"主权在民"和"三权分立"的民主政治原则。但他已无法改变军政府既定的成员结构，黎元洪手握大权，与立宪派以及投机分子勾结在一起，革命党在军政府中没有地位。武昌起义后出狱的文学社文书部部长詹大悲，出于对军政府的不满，在汉口成立了军政分府，试图分庭抗礼，但在势力上有些单薄。只因大敌当前，彼此间的矛盾尚未公开化。

湖北军政府中，除了提建议的几位，似乎并没有多少人愿意让黄兴成为湖北、湖南大都督或南方民军总司令，他们更想保住湖北军政府在全国的首功以及由此获得的中央地位，不想让湖北军政府成为南方诸省军政府中的平等一员。他们现在只是需要黄兴来指挥民军作战。

于是，接着便有人反对。孙武、刘公、吴兆麟等都表示不同意，只赞同推举黄兴为隶属于黎元洪的鄂军总司令。

吴兆麟说："我们目前急需团结，因而我认为还是以维持现状为好，不可随意更张，以免生出内乱。并非我反对黄克强为大都督，实是形势不许可。希望大家以大局为重，谨慎议处。"

杨王鹏当即反驳道："我们推举黄克强做大都督，正是从大局出发，便于指挥战事，其实于黎都督的位置并无妨碍。试问，将来推翻清廷后，中国不选举大总统了吗？怎么能以每省有个都督就完事了呢？"

两人辩论不休，众人不知如何是好。其实多数人心里明白，吴兆麟来自旧军队，是想维护黎元洪，而杨王鹏来自文学社，对黎元洪一系的专权颇为不满。

黄兴看了看坐在身边的宋教仁。宋教仁会意，开口道："两位都请停一停，我说几句。"

吴兆麟和杨王鹏就停了下来。

宋教仁说："此事只不过是有人提出建议，征求大家的意见，其初衷，我想应该只是因为黄克强实行革命多年，声望很好，几位同人觉得推他为首领，便于指挥和号召，可以更好地凝聚军心民心，有利于战事，并无成见，更无他意。我们虽曾在武汉数年，但对于本次革命，我们却是初来乍到，对有些情形还不算很熟悉，既然有的同人以为有利害冲突，这个提议我看不如作罢。"

黄兴补充道："钝初说得在理，我看两位就不必再辩论了。"

黎元洪正感到为难，这时松了一口气，说："有的事，辩论一下也无妨，也是为了找到最佳方案。其实呢，我也觉得居正等人的提议颇有道理，至于有不同的声音也很正常，大家可以各抒己见嘛。但既然现在黄先生和宋先生都表了态，我想就不必再费时了，反正我们目下所议之事都是为了临时应对局势，而形势紧迫，能尽快定下来就不要再拖延。我同意任命黄兴为湖北民军战时总司令，诸位以为如何？"

吴兆麟、孙武、刘公一众人等自然是赞成，居正等人也不好再坚持。

"好，好。"黎元洪很满意，"既然大家都赞同，那就通过了。黄先生与宋先生的深明大义和宽阔胸襟，堪称楷模。为了表示对黄先生的敬意和对此事的郑重，我决定举行一个拜将仪式，时间就定于明日，不知诸位以为如何？"

会场响起一片掌声。

刘公高兴地说："我虽然觉得推黄先生为湖南、湖北大都督不是很妥当，但对他做战时总司令，我是十二分赞成的。这个拜将仪式，确实大有必要。"

黄兴和宋教仁等人明白，黎元洪这是要仿效汉高祖刘邦拜韩信为大将的典故。但战事要紧，没有必要与他计较，否则保卫武汉的事情就麻烦大了。

3日，黎元洪命人在武昌阅马场搭起拜将台，举行隆重的拜将典礼。台正中高悬"战时总司令黄"六字大旗。黎元洪登台拜将，庄重地将委任状、印信、战旗和宝剑当面亲手交给黄兴。军政府一众要员和武昌部分军民当场见证了这一仪式。

黄兴受任后，在台上发表了演讲："在下不才，本不足以胜任本职，但既蒙不弃，就不能不竭力而为。此次革命，是为推翻清专制统治，建立共和政府。清廷至今还未觉悟，派兵来湖北与我军为敌，我们应该先将来犯之敌逐出武汉，然后进行北伐，收复北京，完成革命任务。诚然，本人今日既受黎都督和诸位同人信任，被推举为战时总司令，我黄某就当为国尽瘁，义不容辞。但是军人打仗，第一要服从命令。军队纪律，非服从不可，倘若不能服从，长官命令难以执行，这样的军队何来战力？从今以后，对于作战，军令既下，无论是如何危险，都不得逃避，倘有不服从命令及临阵怯敌者，军法从事。第二要同心协力。自古以来，能成大事者，非同心协力不可，若是各持己见，各自为政，必定成不了事。当年洪秀全、杨秀清之败，就是前车之鉴。我们不管是办事人员也好，还是军官、士兵也好，都要做到相互友爱，相互理解，相互协作，以便达到共同目的。本人愿与各位共勉，还希望大家一起努力，共襄革命大业！"

黄兴声音洪亮，言辞恳切，说完握紧拳头，以示决心。

台下一片欢呼，掌声如潮。

拜将典礼结束之后，黄兴和宋教仁接到上海来电，陈其美等已在上海发动起义。黄兴立即回电，告知武汉的情况，要驻会干部潘训初、杨谱生等，力促南京、安徽等地起义。这样，可减轻武汉、上海两边的军事压力。

当晚，黄兴就过江到汉阳，部署汉阳防务。在城西的昭忠祠设立司令部，以李书城为参谋长，吴兆麟为副参谋长，另有参谋多人，以王孝缜为副官长，田桐为秘书长，万声扬等为秘书，日本友人萱野长知为顾问。在昭忠祠北侧的归元寺设立总粮台，命王安澜负责。

到达湖北孝感的袁世凯仍与清廷讨价还价。11月1日，汉口之战一见分晓，袁世凯便以此为筹码向朝廷显示他之于清廷的重要。清廷只好封他为内阁总理，袁世凯得以总揽军政大权。

袁世凯考虑到冯国璋所率第一军在汉口伤亡较大，已经疲惫，需要休整，而且纵火的做法已引起全国公愤，便命段祺瑞所率第二军，携带大量机关枪和管退炮，尽快南下，增援冯国璋。

大批北洋精兵迅速向汉口集结。袁世凯在孝感设立司令部，亲自坐镇。

4日早上，黄兴率司令部人员登上龟山，观察对岸的清军阵地，然后视察沿江防线，决定利用汉阳兵工厂、钢药厂的铁板、木材等材料，沿汉水南岸构筑防御工事。要求招募民工修筑工事，派人监工，让新兵接受训练。

5日，黄兴继续巡视防务，从南面江口起，溯江往上，经十里铺到三眼桥；指示侦察科多派暗探，潜往汉口探听敌情，并对汉阳多加探查，防备敌人安插间谍；又对民军各部划分防区。

就在这天，上海光复。

6日，第一批湖南援军进入武昌，奉命驻扎在两湖书院。武昌城内欢声雷动，一扫几天来的紧张空气。

但也就在这时，从湖南传来了不好的消息，长沙发生了破坏革命的恶性事件：回国的留日士官生、旧军官梅馨等人与立宪派勾结，鼓动原巡防营旧部，发动兵变，将湖南军政府的正、副都督焦达峰和陈作新杀害，军政府参议院议长、民政部部长谭延闿继任都督。黄兴闻讯，十分悲痛和气愤，也意识到革命的复杂性。

黄兴让人叫来了"飞毛腿"刘重，说："刘重，长沙起义时，你及时通风报信，使革命免遭重大损失；广州起义时，你前往参战，死里逃生，捡了条命；光复长沙时，你和彭邦栋在湘南发动起义，策应焦达峰、陈作新；如今保卫阳夏，你又来了。你是我的好兄弟。可是，湖南不能再乱了。你马上回长沙，转告谭人凤、周震鳞等人，务必居中协调，弭息事态，免得再生混乱，造成恶劣影响。"

刘重在来总司令部的路上，心里还在琢磨，是否回长沙去，找机会干掉梅馨那个王八蛋，为焦达峰、陈作新报仇。听了黄兴的话，他不由犯起踌躇来。黄兴让他回长沙，正合他意，但这里的仗他打不成了，回到长沙能不能对梅馨下手也还难说，湖南的事态会不会再次恶化？

刘重迟疑了一下，才点头道："既然这是给我的任务，我没有二话可讲。只是，这边敌情严峻，克强兄多保重。"

"这你放心。"黄兴说着，往口袋里摸了摸，掏出几块钱来，递给刘重，"就这些了，你拿着。回到长沙，你协助他们工作就行，不必再回来。"

刘重接过钱，有点难舍地走了。黄兴站在门口，看着刘重瘦小的身影走远。

7日，黄兴和黎元洪等人一起前往两湖书院检阅湖南援军，对王隆中和士兵进行慰问和鼓励。

掌灯时分，黄兴在军政府与黎元洪、蔡济民等商议汉阳防务，只听外面传来一阵嚷嚷。

这时，站岗的卫兵陪着一个人走了进来。众人一看，只见那人蓬头垢面，衣服又脏又破，形销骨立，似是一名乞丐。

蔡济民问："你是谁？"

那人答道："济民兄，你连我都不认识了？我是甘绩熙啊。"

甘绩熙是军政府参谋，为同盟会会员，几日前汉口之战时，前往领兵参战，后来没了下落，大家都以为他阵亡了。

蔡济民惊愕道："真是你吗？你是人，还是鬼？"说罢，就着灯光仔细辨认。

原来，甘绩熙带着几人一路猛杀，与军队失去了联系，陷入了敌人腹地。战士们接连牺牲，只剩下了他一个。战斗期间，一连四天他就只吃了三顿饭，后来饿了两天，幸亏遇到一个逃不动的老者接济，这才东躲西藏，潜了回来，但人已经变了样儿，刚才在门外，被卫兵挡着不让进。

当确认这人就是甘绩熙，几人都唏嘘不已，蔡济民赶忙命人给他安排饭食。

甘绩熙却满不在乎地说："没事，没事。汉口丢了，什么时候夺回来？给我兵，我还要去。"

黄兴深受触动，说："甘将军，你先养好身体，再去汉阳不迟。如不嫌弃，我欢迎你去我那里做参谋。倘若我们的民军人人都像甘将军一样，何愁保不住汉口啊！"

甘绩熙点头道："那就这样说好了，我一定要去的。"

8日，黄兴正式发布命令，确定汉水沿岸防务，从汉水南岸嘴，至上游的三眼桥，各队必须抓紧时间，构筑坚固工事。命王隆中率湘军进入汉阳，和工程一营一起，在十里铺一带布防，并派一部警戒上游的琴断口、三眼桥附近。又命昨日刚赶到武汉的程潜，和炮兵统带曾继梧一起，在龟山上布置炮兵。

9日，第二批湖南援军在原巡防营管带甘兴典率领下到达汉阳。这支军队是在原巡防营基础上扩充而成，士兵们是空手而来，到武昌后才领了枪支。这些士兵缺少训练，纪律性和战斗力都不及王隆中所率第一支以新军为主的队伍。黄兴命甘兴典率军到汉水上游的美娘山、三眼桥至扁担山一带布防，派侦探警戒西面的蔡甸一带，与王隆中所部加强联络，互为呼应。

民军退守汉阳后，冯国璋命令清军停战十日，一面布防，一面休整。民军则得以借机在汉阳积极设防。两支湖南援军的到来，提振了士气，士兵们都期待一战，夺回汉口。王隆中几乎每日来司令部请战，说他的士兵不愿缩在战壕内，只愿上前线杀敌。黄兴只好耐心安抚，要他等待战机。

袁世凯一面调兵备战，一面又使出了另一招，就是与湖北军政府"议和"。他派出亲信刘承恩、蔡廷干，通过驻汉口的英国领事牵线，与湖北军政府接洽，并向黎元洪和黄兴致信，提出议和，表示南北双方"务宜设法求和平了结"。

袁世凯为什么要提出议和？

黎元洪、黄兴、宋教仁等对此进行了分析和讨论。

首先，袁世凯派北洋军镇压武汉的民军，是否表明他死心塌地效忠清廷？这倒未必。清廷既把镇压革命、挽救危亡的希望寄托在袁世凯身上，让他出山，授予大权，他就要有所表示，也借此向清廷显示他的重要性。事实上，因为被罢黜之事，他与清廷的矛盾已较深，清的衰败也让他把朝廷并不怎么放在眼里，而且他心里明白，革命已经如雨后春笋，根本不可能完全镇压下去。那他为什么不干脆走向革命，与革命党一起颠覆清廷？那是因为他也并不把革命党放在眼里，他自恃手握全国最精锐的军队，他要教训一下革命党，向其展示他的实力。总之，他重兵在握，可以向清廷和革命党双方讨价还价。然后，趁机获取更大的利益。

为此，袁世凯所提的"议和"，是一颗虚虚实实的烟幕弹。

当然，大家都知道袁世凯目下在中国的军事实力。往好的方面想，假若袁世凯真能顺应潮流和大势，以国家民族为重，站在革命一边，与革命军一起，毫无悬念地推翻清统治，或者以和平方式，用共和政体取代清的专制政权，让同胞少流血牺牲，让国家少受战争破坏，实在最好不过。这样的事情并非没有过，1688年，英国发生的"光荣革命"就是典型的例子，以和平方式完成了新旧政权的更迭。时代已经到了今天，何必还要像历史上的封建王朝那样用打打杀杀来完成新旧交替呢？

因此，黄兴在给袁世凯的回信中，希望他以拿破仑、华盛顿之实力，建拿破仑、华盛顿之事业，向清反戈一击，那么不但湖南、湖北人民会拥护他，南北各省都会支持他。这也可以避免长年战乱，实是苍生之福。机会千载难逢，希望他三思而行，当机立断，不要贻误。但黄兴也对袁世凯保持了警惕，他告诫官兵，要提防袁世凯的险恶用心，防止他破坏革命。

黎元洪也向袁世凯的使者刘承恩和蔡廷干献策，希望他们劝说袁世凯，不如挥师入京，光复北方，只要大功告成，凭他的实力和威望，选举总统时，还怕大家不首推他袁世凯？

但袁世凯那边却没了回音。这就使事情更加诡异莫测。

黄兴致电在上海的陈其美，让他赶紧催促孙中山回国。随着革命的发展，需要有人主持大局。

连续十余天，汉水和长江两岸，双方除了偶尔发炮对射，传来隆隆炮声之外，并无大的军事行动。

就在这期间，全国形势发生了很大变化，多个省市的消息不断传到武汉，继湖南、陕西、九江、山西、云南、南昌于10月下旬相继独立之后，又有贵州、上海、浙江、江苏、广西、安徽、福建、广东相继宣布独立。革命形势正如黄兴很早就制订的方略"一省发难、各省纷起"那样，如星火燎原，蓬勃发展。

再说清军水师，在这些天的战斗中，萨镇冰目睹武汉军民对清军的奋起抵抗和海军官兵出于对革命的同情而故意乱发炮弹的表现，明白了人心所向，预感到清王朝必将倾覆，在奉命率军前往九江镇压革命时，悄然离开了舰队，去了上海。11月11日，他的参谋长——湖北军政府民政部部长汤化龙的弟弟汤芗铭，和临时舰队司令黄钟瑛，借萨镇冰之名，率领海军起义，下令将"海容""海筹""海琛"兵舰开回武汉，配合民军作战。

但也就在这时，传来一个不好的消息，袁世凯派人在河北杀害了留日士官高材生、革命党人吴禄贞。吴禄贞时任新军第六镇统制，驻扎在保定，在北方开展革命活动，颇有号召力。武昌起义后，他加紧联络新军，又向清廷提议对武汉的革命不宜采取镇压手段而激化矛盾,并在石家庄截留了北洋军运往湖北的军火,还与山西的阎锡山商定,定于11月7日联手起义,攻打北京,响应武汉。袁世凯为解决后顾之忧,命人以两万元重金买通吴禄贞的部下马步周等人。马步周于7日凌晨率人闯入吴禄贞住所,将其杀害,向袁世凯请功。吴禄贞与黄兴、宋教仁、李书城等都有很深的交情,为众多革命党人所熟悉。吴禄贞之死,激起众将士的无比愤慨,纷纷要求迅速反攻汉口,与清军决一死战。

士气高涨是好事,可是,军费在哪儿?黄兴正在着急,周震鳞派人星夜赶到汉阳,将全力筹集的三百余万元交给黄兴。黄兴松了一口气,心中也满是感动:这雪中送炭,可是故乡人民的一片心意啊!

此时,为了汉阳一战,民军集结了共一万三千余人的兵力,北洋军集结了共三万余人的兵力。袁世凯安排段祺瑞回河北处理吴禄贞被杀事件,亲自到汉口视察清军,仍然让冯国璋全权指挥武汉战事。

11月14日上午,黄兴在总司令部召开军事会议,商议军事策略。意见分为两派,多数人主张速攻,少数人主张防守。主张速攻的以王隆中、李书城和赶来效命的日本军人大元大佐等人为代表,谭人凤也在从湖南写给黄兴的信中说:"现在我军士气旺盛,正好进攻,还是趁热打铁为好,不必再迟疑不决。"以程潜为代表的少数几人则主张守而不攻。程潜留日时当过一年炮兵,进陆军士官学校后也是学炮兵,与李烈钧、唐继尧等同学,回国后在多地军界谋过职。黄兴很欣赏他,特地安排他和同样在士官学校学炮兵的曾继梧负责指挥炮队。

程潜说:"我们现在虽然有两批援鄂湘军加入,士气高涨,但我们还是要从总体上就敌我情势,包括兵力多寡、训练优劣、装备好坏等,作全盘分析。在敌我力量悬殊的情况下,我们可以一面利用长江和汉水横阻敌军的有利条件,坚守阵地,等待各省形势继续变化,一面派出小队人马,出其不意,从背后袭扰敌军,对敌军进行牵制。"

王隆中说:"我们援军早就在战壕中等得不耐烦了,觉得这样太窝囊。如果继续等下去,只怕他们的锐气会丧失殆尽。何况节令已近寒冬,保暖将成问题,总等也不是办法啊。"

大元大佐说:"清军的不行,并不可怕;民军大大的勇敢,现在又有海军协助,理应尽快地发起进攻,一举消灭敌人。"

这时不知谁轻声说了一句："你刚来，并不了解情况。"

"我不是不了解情况，而是太了解情况了才如此说。我这两天都去过汉口打探敌情，清军已有绕道黑山，从汉口西南面包抄我后方的计划。如果我们总是这样防守，等他们以优势兵力形成合围，我们就更艰难了。"

就这样你说几句，他说几句，争论不下。

程潜说："既然如此，不如由总司令定夺。"

黄兴扫视了一圈会场，说："各位的意见我都知道了。今日休会，待我考虑一下再做决定，明日见分晓。"

散会后，黄兴在司令部独自静思了一会儿，把李书城叫到面前，问："书城，你是赞同速攻的，会上却欲言又止，并没有好好阐述一下理由，现在不妨说说。"

李书城是湖北潜江人，与黄兴是多年的知交。1908年从日本陆军士官学校毕业后，回国到广西担任了陆军干部学堂及陆军小学堂的监督，主管教学工作，培养军事人才。后与同志合谋，准备在陆军小学堂学生毕业典礼时，行刺前来观礼的广西巡抚张鸣岐，不料走漏风声，避走北京，在吴禄贞推荐下进入清政府的军咨府担任科员兼官报局副局长。武昌起义后，他与在同一机构任职的黄郛奉命南下调停革命，两人趁机从天津乘船到上海。李书城在上海与黄兴会了面，随他一起来了武汉效力革命，黄郛则留在上海协助陈其美。

李书城坦言道："我作为一个湖北人，保卫武汉的心愿比谁都强烈。但这些天我发现，军政府各派的关系错综复杂，他们现在之所以很尊重你、倚仗你，是因为需要你指挥战事，一旦战事平息，我们是很难左右这里的政局的。目今全国宣布独立的省份已达十四个，占了三分之二还多，清统治的土崩瓦解已为时不远。因此，我们不必只着眼于武汉。基于目前汉阳我军的情况，不如趁士气旺盛，拼力一战，若能取胜，更能给全国革命以鼓舞，加速清王朝的灭亡；万一失利，也只是一省之事，对全局并无决定性影响。"

黄兴听了说："你的想法，我知道了。"

黄兴让李书城先回去，又命人去叫程潜。

李书城说的，当然是实话，当然也有道理，但黄兴总觉得，对这一战的重要性，李书城说得还并不够。不过，黄兴认同他们的速战主张。

程潜很快来了。

"程潜啊，我已经做出决定，尽快出击。"黄兴看着程潜说。

"总司令的决定，我程潜坚决服从。"

"私下你就不必叫我这个临时官职了。"黄兴示意程潜快坐下。

"其实，你的主张很有见地。"黄兴又推心置腹地对程潜说，"所谓'知彼知己，百战不殆'，你的分析基本是对的。但目前的情况很复杂。王隆中频频催战，并且已表示过如果再不开战，就将他们遣返湖南的意思。凡远路援军，多半不宜久扎，久扎容易生变，尤其是如今天气寒冷，物资匮乏。我们的军队本身又是四拼八凑和临时组建，凝聚力、稳固性不够，不比北洋军经营多年，是训练有素的职业军人。我们的军费相当有限，听说此前军政府任人不淑，被拐走二十余万军饷，影响很坏。目今全国各地都在革命，顾不上支援我们，幸亏前几日周震鳞送了一笔筹款过来，但能维持多久呢？南洋的捐款一时到不了。如果我军消耗日久，武汉人民支撑不起，看到我们屯兵不战，也难免会有想法。眼下我军与清军相比，敌众我寡，实力悬殊，但我军在士气上胜过敌军，倘若连这一优势也消磨掉了，我们就更无取胜的把握。为此，我已决定以攻为守，不日进军。只要我们能撑住几日，等其他地方再打响或援军到来，形势就可能变化，多一筹胜算。"

程潜说："克强兄的分析也很有道理，我还没有顾及其他多重因素。"

黄兴继续说："这次大战，胜败难料，我黄兴自然也是生死未卜。但作为军人，只要问心无愧，就死而无憾。你是难得的军事人才，倘能保全，我希望你战后和曾继梧等人回到湖南谋求发展，听说湖南目前的情况有点糟糕，需要有魄力的人改变局面。湖南人民受的苦已经够多了，不能再是老样子。"

"程潜愿随克强兄勠力杀敌，并谨遵克强兄教诲。"

两人紧紧握了握手，黄兴目送程潜离开。

黄兴主意已定，便开始考虑进攻方案。

傍晚，张竹君和几名同伴押着募集来的冬衣和采购的药品，从上海返回武昌，到汉口面见黄兴。同来的还有在上海商船学校任监督和斋务长的庄蕴宽。

黄兴慰问了几人之后，似乎有些不快地问："竹君，一欧怎么没来？你帮我把信送到了吗？"

黄一欧从来都很服从父亲的，这回怎么不遵父命了？黄兴很纳闷。

"信，我一回到上海就给你送到了机关部。"张竹君答道，"但一欧不在，他们说他这些天忙得跟什么似的，马上又要离开上海，但会尽快把信转交给他看。后来，他们告诉我，说一欧这回来不了武汉。"

"哦。"黄兴有点遗憾。

"你就别怪这孩子了，听他们说，上海起义时，他杀敌勇敢得很，上海光复后，江浙多地的起义又打响了，沪军纷纷前往支援，一定是那边的事情更当紧，才顾不上这里。"

"也是。"黄兴答道，"南京也是时候打响了。"

然后让张竹君去休息，又接待庄蕴宽。

寒暄之后，黄兴说："庄大人怎么也来了？"

庄蕴宽恳切地说："克强啊，我首先要说的是，以后你就别叫我'庄大人'了，我比你虚长几岁，咱们以兄弟相称即可。至于这次来见你，是因为上海光复了，很快就要打南京了。那可是咱的家乡地。我们在上海的江苏乡党一商议，觉得还是你去指挥最好。这不，陈其美、张謇等让我做代表，特地来请你赶紧回上海，主持大事。"

"要打南京了，这是大好事。"黄兴既兴奋，却又为难，"可是，这里的事情，我丢不下啊。湖北军政府已经推举我为战时总司令，指挥武汉民军作战，岂能半途而废？南京之事，看来只有看这边的战事进展情况了。"

"也是。"庄蕴宽琢磨着，"不过，一些乡党的意思是，你在这里是为人作嫁，倘若能回上海，带领自己的军队前往光复南京，显然更好。"

"你们的心意，我理解。"黄兴坦诚地说，"如果是只讲私情和私利，我完全可以放任这里不管，马上随兄回上海，率军赴南京。但革命无分西东，我们都有责任，目下我既已在此领命，就万万不可见死不救，做甩手掌柜。至于光复南京，我看在各路革命军配合之下，一定能够成功，有没有我黄兴的功劳实是小事。"

庄蕴宽遗憾地说："那也只能如此了。"

黄兴想起往事，不由感慨道："俗话说'士别三日，当刮目相看'。庄兄如今能如此热心革命，真是让我欢喜。数年前，你在龙州任边防督办那阵，我去广西联络同人时，得钮永建和秦毓鎏介绍，前往拜访你，你没有出面见我，却吩咐了手下接待，还给了我一笔赞助，并派兵送我到镇南关。每想起来，我心里就满是感激。那时我就感觉庄兄是革命的，只是时机未到。后来，你果然加入了同盟会。现在，我们已经是以同志身份议事了，可算是幸事一件。"

"哈哈，我当时就知道，什么'张守正法师'要见我，不就是那个革命党头子黄兴吗？但正如你所说，我身在衙门，时机未到，确实不好见你啊。"庄蕴宽也颇为感慨，"话说回来，我庄蕴宽不是不忠于朝廷，而是这朝廷太让人失望了。我们都是读书人，往大了说，得为国家和民族着想，不只是为着自己的利禄；往小了说，也得为自己的去路考虑，往明亮开阔处走，不立危墙之下。"

黄兴说："我不怪你。我当时为了在两广边地有所作为，对掌有兵权的湖南同乡郭人漳三番五次、苦口婆心地做工作，他也没答应我，但我还是希望他有浪子回头的一天。如今革命在全国遍地开花，闻悉他也率军反正了，做了钦廉都督。英雄造时势很难，没有几人能做到，但能顺乎时势造英雄的潮流也同样可贵。"

两人又聊了一会儿，黄兴让手下安排庄蕴宽休息，自己则给陈其美和李燮和各写了一封信，对上海的光复表示祝贺，对两人的功劳大加褒奖。

当晚，黄兴又在总司令部召开会议，宣布作战计划，安排作战任务，要求各部做好战斗准备。然后，考虑到张竹君所说的上海和江浙的革命形势，黄兴决定让宫崎寅藏陪同宋教仁，随庄蕴宽先回上海去，加强领导。反正宋教仁不是武将，不用在这里参战，军政府需要他做的事情已经做得差不多了。

15日，黄兴在李书城等陪同下，巡视了一遍各处的布防。派吴兆麟、王安澜专门负责为部队补充弹药粮秣以及收集情报。安排在汉口的龟山和武昌的黄鹤楼、凤凰山等处设立信号，以方便联络。通知海军和驻凤凰山的炮队，在汉阳民军发起进攻之际，即向汉口的清军开炮射击，配合汉阳民军。为了易于辨认，民军以身上斜披白布条作为标识。

当晚，黄兴在总司令部正式下达作战命令："我军拟于明天渡过汉水，向汉口的清军发起反攻！具体部署，由参谋长李书城宣布。"

李书城当即起身，手执一根棍子点着壁上的地图说："明天下午三点，工程第一营务必于汉水上游琴断口附近已勘定地点架设浮桥，五点完成。援鄂湘军第一协由王隆中率领，作为右翼，由浮桥渡河，在博学书院北端与襄河之间展开，攻击前进；援鄂湘军第二协由甘兴典率领，作为中路，紧随第一协由浮桥渡河，在博学书院以北堤防一线展开，攻击前进；鄂军步队第五协第九标由熊秉坤率领，作为左翼，继湘军第二协由浮桥渡河，往北展开，策应前两路军作战；炮队第一标由尚安邦率领，由李占魁率工程第一营第一标担任掩护，渡河后在博学书院西南端架炮，以玉带门之敌为射击目标；鄂军步队第十标及其余部队作为预备队，在博学书院西端集合待命；鄂军步队第四协由张廷辅率领，第六协由杨载雄率领，在汉阳南岸嘴一带做好准备，等候命令。各部应按先后顺序渡河，在作战部队渡河之际，凤凰山和龟山的炮队应以炮火进行掩护。希望各部明确任务，严守军令，精诚团结，奋勇杀敌！"

"是！"全场将领齐声答道。

布置好任务，时间已不早。待众人散去，黄兴独自一人来到屋外，在檐下默然伫立，向汉口眺望。天空飘着霏霏细雨，风呼呼地刮着。寒风挟着细雨扑到脸上，浸肌砭骨。但黄兴并不感到冷，而是一种促人清醒的冰凉。

黄兴回到屋内，刚坐下，突然警卫来报，说外面有个自称叫石陶钧的人来找。

"石陶钧？"黄兴很意外，"你快带他进来。"

黄兴已经有好几年没见到石陶钧了。石陶钧在日本学过炮兵也学过陆军。黄兴在东京弘文学院时，因为是湖南同乡，他们往来密切。石陶钧于1909年回国后，与留德回国的张孝准一起北上谋职，进了清政府的陆军部，但却暗地从事革命活动。1911年，他提议整理全国的兵工厂，表面是为清政府着想，实际却是为革命做准备。后来湖南闹保路运动，他回到湖南，观察形势，不久就听到武昌起义的消息。他今天刚到达武昌，在军政府见了黎元洪，听说黄兴明天就要攻打汉口，特地请黎元洪派了两人用划子送他过江来见黄兴。

"你来得好。"黄兴紧紧握住石陶钧的手，"李书城、程潜他们也来了，不少党人奔赴武汉为革命效力。中国有这样一批不计个人得失、不顾生命危险，甘抛富贵前程的仁人志士，革命一定会成功。"

"那自然。"石陶钧很兴奋，毫无旅途劳顿之感，"我总是想起当初我们在日本时的那些事，只是同人们已劳燕分飞，天各一方，甚至有的同人已经不在了。"说着，不由伤感起来。

"坐，快坐呀。"黄兴招呼道，"来，坐下说。"随即沏了茶。

黄兴当年在东京弘文学院时，为了加强湘籍留日学生的联络，领导组织了"土曜会"，每周六举行集会，秘书长就是石陶钧。那时陈天华正在写《警世钟》和《猛回头》，写到情不自已时便痛哭流涕，黄兴和蔡锷特地让石陶钧守着陈天华，适时安抚。而陈天华早就不在了，秦力山、杨笃生也不在了。

石陶钧端起茶杯，仍若有所思："这人生，真是雪泥鸿爪，只堪长歌以当哭。幸好还有一帮热血同心的兄弟。"

"是啊，时光蹉跎，白驹过隙。但当年留日的学子，大都已回国成为各方军政中坚，听到革命消息，无不欢欣鼓舞，愿意卖身求荣的寥寥无几，这倒是最让人欣慰的。"

黄兴知道，除了革命理想，石陶钧还喜欢写诗和哲学，两人久未见面，基于气质情怀，他自然颇多感喟。其实不仅石陶钧，他黄兴又何尝没有这些感受呢？只是，革命容不得感世伤时。

"这样吧，你既然来了，我也就不客套了。"黄兴看着石陶钧，"你先到督战队吧，和柳聘农一块儿，到时再看给你什么任务，这些天有的是仗打。"

"坚决服从命令！"石陶钧走出了伤感，坚定地说，"不过我要强调一点：哪里有需要，你就把我往哪放。战场无私情，你千万不能顾及什么旧交不旧交。"

"放心，我不会埋没你的。"

"那克强兄给我安排个住处就行了，你也早点歇息吧，明天有战事呢。"

"也好，你一路奔波辛苦了。"黄兴让警卫叫来了一名勤务兵，带石陶钧去安顿。

黄兴哪里就静得下心休息？他独自喝着茶，思考着一系列的问题。

不一会儿，警卫又来报，外面有个自称"罗猴子"的人要见黄兴。

"罗猴子？"黄兴一下子就想起来了，那是他在城南书院读书时的同学呢。虽然已经快二十年了，但这个人的形象太鲜明了，留给他的印象太深了，因而一提起便想起。罗猴子的学问也不算差，馆阁体写得不错，但没能考取半个功名，他当时对黄兴说他自己"没有么子远大理想，最好的想法就是在乡里设个教馆，招几个学生，娶上村里孙大富家的三女儿，安心过小日子"。可这个时候，他跑来这里干么子？

警卫带了罗猴子进来，黄兴吃了一惊：站在他面前的并不是记忆中那个精瘦机灵的罗猴子，而是一个身材适中的农民模样的中年人。

可是定睛一看，就是罗猴子。

罗猴子满脸不安地说："黄轸——不，黄兴兄，我知道你会很意外的，如果我不说是罗猴子而报的是书名，你可能都记不得了。这倒没啥，时移世易，原在情理之中。关键是我本不该来打扰你的。"

"你快坐下，不用跟我说见外话。"黄兴赶紧把罗猴子扶到椅子里。

罗猴子一脸真诚地说："黄兴兄，你当上了总司令，可和我一样，看起来也像个农民。咱们应该有太多话题可以聊，三天三夜也聊不完，但我知道你现在时间金贵得很，我只想和你见个面，说上几句话就走。"

"你说。"

"你肯定很奇怪我为什么会到这里来是不？我是投了军来打仗的。没错，我回到永州后是娶上了孙大富的三女儿，生了一儿一女，也开了私塾，收点学费贴补家用。这样一边种地一边带几个弟子，日子过得倒也不错。但好景不长，慢慢兴起了学堂，私塾被取消了——这也没啥。主要是去年春上，长沙抢米风潮时，我在长沙念书的三弟本来并未参与鼓动市民闹事，只是打现场经过，却也被清吏当成乱党分子镇压了，丢了性命。为这事，我多次往省里跑，问他们要个说法，他们不但不给说法，还威胁我若再敢无理取闹，就把我送进大牢。这还有王法吗？还有天理吗？这他娘的是什么世道？我那三弟如果真是革命党倒好了，可他只是胆小怕事的一个学生，就只是打那儿路过。可这理儿去哪里讲？我老爹气不过，一犯病就没了。老娘也是差点把眼哭瞎。前阵子焦达峰、陈作新他们发动起义，端掉了清衙门，真是大快人心。我看到他们征兵，就把家事托付给妻子，带了几名乡亲报名当了兵，发誓与清不共戴天。我是被编入王隆中的队伍里前来支援武汉的，那天你和黎总督到两湖书院检阅，我就看到你了，但那种场合，我不想打扰你，今晚特地请假来这里叙个旧。不然这战事一开，是生是死就很难说了。"

黄兴听了，深受触动，说："兄弟，真是难为你了。推翻清廷，是四万万同胞的共同理想，我相信，这个理想不久就会实现。"

"你当年还说会到永州去看我，顺便验证一下当地有没有柳宗元写过的那种蛇，遗憾的是，至今还未成行，我们却是在这里见面。"

"是啊，我这多年四处奔波，连湖南都没能回去一趟，对不住家人，对不住亲朋好友。好在革命形势越来越好，天就要亮了，我们的付出不会落空。"

"好吧，我就不多说了。"罗猴子站起身，端起茶杯将茶水一饮而尽，对着黄兴笑一笑，"可别忘了当年我们在书院闹出的那个'咖啡事件'哦。"

"刻骨铭心！"黄兴也起了身，握住罗猴子的手，"子弹不长眼睛，兄弟多保重！"

16日下午五时，民军工程第一营悄悄架好了浮桥，主攻部队于傍晚时分开始渡河。

由于汉口西郊为一片荒野，沼泽遍布，几无人烟，民军的行动并未被清军及时发觉。

龟山上的炮队为了麻痹敌人，掩护上游的民军渡河，向对岸发炮轰击。清军也发炮还击。

汉口城区因为遭遇清军纵火，居民几乎逃光。清军对那些残破的房屋加以利用，搭起棚子，在里面生火取暖。他们没想到处于弱势的民军会胆大包天主动渡河进攻，等他们发觉民军动向，民军已经渡过了大部分人马，清兵便仓皇投入战斗。敌我阵前，顿时炮火连天，江中被炮弹激起的水柱冲起老高。

剩下的民军抓紧抢渡，已经过桥到达汉口地界的民军与清军交上了火，开始激战。汉水北岸，枪声大作，火光四起。

到晚上十点，民军几路部队都已渡过汉水，在汉口与清军交战。

黄兴亲率数十名由南京等地前来参战的学生军也到达汉口，经城北的刘家花园往前线督战。他骑着骏马，手握一把雪亮的指挥刀，往来驰骋，指挥作战："同志们，杀啊！杀啊！"

来到张公堤，黄兴正忙于督战，跟随在他后面的萱野长知突然冲他大叫："当心！"话音未落，黄兴已手起刀落，将马下一名手握短枪的人的脑袋劈为两半，那人哼也来不及哼一声便倒在了地上。原来是一名清军便衣混进了民军，企图朝黄兴开冷枪。

湘军第一协统领王隆中是个粗犷、耿直之人，所部在战场的表现最为勇猛，以搏命之势扑向清军，踏着敌人的尸体追击前进。

17日凌晨，黄兴发现民军已按计划占领了玉带门一带敌军前沿阵地，便急电在汉阳南岸嘴候命的张廷辅、杨载雄分别率鄂军步队第四协、第六协，强渡汉水，在汉口龙王庙附近登岸，攻击汉口老城的左翼之敌，减轻玉带门一带民军压力，相互策应，继续往北推进。

上午九时许，王隆中、甘兴典所率两支湘军已经突过玉带门，往北进发，攻占了居仁门一线；熊秉坤所率步队及敢死队也向北突进，占领了王家墩一线。清军害怕民军冲锋，节节后退。

冯国璋正在大智门车站。由敢死队队长方兴与日本人大元大佐所率的一支民军敢死队，虽然向大智门发起了进攻，由于兵力单薄，被清军火力压制，没有进展。但冯国璋不知民军底细，又听说是玩命的黄兴亲临前线指挥，看到民军攻势凶猛，玉带门及以北一带阵地已经丢失，心里开始慌乱，立即下令将火车备好，一旦情况不妙，便向北撤出战场。

张廷辅和杨载雄接到黄兴命令后，各率第四协和第六协在南岸嘴驾船抢渡时，遭到对岸清军炮弹和机关枪的猛烈阻击，几次都没有成功，只好退回，没能实现突破老城区向大智门一带进攻的作战计划，也使正在汉口的民军失去了有力后援。

本地本来水泽众多，加上连日的阴雨，使得泥泞满路，行动不便。天气也格外寒冷。民军由于新兵多，赶走清兵后，就不听号令，纷纷进入棚屋里躲雨和烤火，吵吵嚷嚷，散乱无序。尤其是甘兴典所率湘军第二协，多数是新兵，根本不听他的指挥。

冯国璋看到城区一带除了一小支民军敢死队，没有后援部队来攻，已经北进的民军也无新的动静，急令调动援军，反攻民军，夺回阵地。

下午两点左右，清军援兵陆续赶到，运来机关枪和轻重火炮，向民军逼近。

民军已经疲惫，又冷又饿，恰好后方送来午餐。甘兴典所部听到开饭，手忙脚乱往后跑，争抢饭食。清军趁机开火，民军仓皇无措，甘兴典所部首先溃退。附近民军见了，以为是开始撤退，也跟着后撤。

石陶钧率督战队前往拦截，然而兵退如山倒，哪里拦得住。黄兴率学生团上前制止，挥着指挥刀大喊："退后者斩！"挥刀砍伤数人，无奈难以挽回，直气得痛心疾首："新兵误事，功败垂成！"不得不下令撤退。

甘兴典和熊秉坤所部先后撤了下来，王隆中孤军深入，撤退不及，继续与清军战斗，十分顽强。黄兴看第四、第六两协没有渡过汉水参战，忙命石陶钧率领督战队，自己率领学生团负责断后，接应王隆中所部，相互策应着，边打边退。

民军溃退的士兵拥挤塞途，一片混乱，抢着过桥，不断有人跌落河中，还将并排两座浮桥压垮一座，淹死者达一百多人。

黄兴、石陶钧等人和王隆中所部在黄昏时才从汉口撤回汉阳。

夜里十二时左右，民军集合队伍，统计损失，死伤大小军官五十七名，士兵七百二十九名，丢失山炮十八尊，步枪六百余支，子弹无数。

民军反攻汉口的第一战，因各部缺少配合、士兵不服指挥，先胜而后败。接下来决定暂且按兵不动，保持警戒，准备再战。

直到这时，黄兴才发现，从上海随行而来的一名叫陈果夫的同志，是陈其美的侄子。他当下让人把陈果夫叫了来，吩咐他从明天起到湖北军政府军务部做事，不要再去前线。陈果夫不大情愿，但也只好服从命令。

18日，汉水两岸，两军只是偶尔发炮轰击。

清军这时却决定对汉阳发起主动进攻，因为全国革命形势高涨，如果援鄂军队纷纷开到，他们就等于是坐以待毙，所以武汉的战事需要尽早结束。冯国璋在汉阳沿江正面战场布置了一镇兵力，另有一个混成协分为甲、乙两个支队，由孝感南下，从汉阳西北面侧翼投入战场。

19日，民军侦探向黄兴报告，由孝感南下的清军甲支队两千余人，渡过襄河，已经到达汉阳西北的新沟。黄兴命甘兴典率军前往察看敌情，阻止敌军架桥渡河进入蔡甸。同时向黎元洪报告，往汉阳增调援军。黎元洪派第七协步队统领邓玉麟率军到达汉阳。

21日，清军甲支队两千余人在标统吴金彪率领下，突破湘军第二协阻击，到达蔡甸。湘军二协退守三眼桥。清军向三眼桥进发。三眼桥是通往汉阳的要道，原由甘兴典防守。黄兴派马队管带祁国钧率第二标第二营前往三眼桥，增援甘兴典。民军在三眼桥凭险据守，在附近汤家山炮队的配合下，与清军甲支队激战，几次打退敌人的进攻。

同日，清军乙支队四千余人在协统马继曾率领下，攻占汉阳西北郊的黄金口。汉口的清军也蠢蠢欲动，即将以正侧面相互策应之势对汉阳形成威胁。

为了缓减汉阳的压力，黄兴召开军事会议，决定次日以武昌守军，在海军配合下，对汉口之敌发起攻击。随即下达命令：由鄂军第三协步兵协统成炳荣率领所部，从武昌北郊的青山渡江，在汉口谌家矶登陆，进攻刘家庙的清军。海军在江面以炮火进行掩护。另外抽调鄂军第六协第六标由杨选青率领，用小火轮和民船渡河，在龙王庙登陆，相机攻击敌人，呼应第三协作战。

这样的部署，就形成清军在汉阳进攻民军，而民军在汉口进攻清军的局面。

22日早上八时许，吴金彪率领的清军甲支队，由于昨天没有攻下三眼桥，于今天向民军发起了更猛烈进攻。两军再次展开争夺。

与此同时，来自汉口的清军炮队，向三眼桥东北、黄金口以南的美娘山、仙女山、锅底山发炮猛轰，以策应三眼桥和黄金口的清军甲、乙支队。

民军在炮队的配合下，顽强抵抗。

汉阳的西北角，枪声、炮声、喊杀声，混成一片。

清军进展艰难。

清军工程营随即出动，开往黄金口，准备在黄金口架设浮桥，让马继曾率领的清军乙支队大军南下参战。

汉阳的战斗在激烈地进行，可是汉口的战斗却一直没有打响。

原来，民军第三协协统成炳荣嗜酒成性，昨天晚上喝醉了酒，半夜率军出发时竟然记错了任务，稀里糊涂带领军队往与青山相反的方向行进，当发现犯错时，因为天雨路滑，士兵行军已经疲劳，不肯再听命行动。而负责率第六标从汉阳渡河的杨选青，昨晚在家里成婚，今早没有前来亲自指挥，受委托的部属事不关己，也就没有渡河作战。因此，民军进攻汉口牵扯清军的计划完全落空。

正在汉阳西北面靠前指挥的黄兴闻报，不由痛骂："混账！"当即连吐几口鲜血，少则也有半碗。李书城和田桐、萱野长知等连忙将他扶住，要挽他回总司令部。黄兴当即拒绝了。为了靠前加强指挥，他下令将总司令部移往十里铺。

日落时分，清军工程营在黄金口架好了浮桥。马继曾率领清军乙支队大队人马，带着轻重枪炮，大举南下。

汉阳西北角的三眼桥、汤家山、美娘山、仙女山、锅底山、扁担山、磨子山等几处战略要地，成为双方争夺的焦点。

为了正肃军纪，黄兴向黎元洪汇报，要求将渎职误事的成炳荣和杨选青严处。军政府将成炳荣撤职查办，以刘廷壁代理第三协协统，将杨远青处死。黄兴命刘廷壁于次日按原计划从青山渡江，往汉口骚扰清军。

23日，清军乙支队又渡过襄河，攻向琴断口。

清军甲支队在三眼桥进攻受阻，乙支队便加大了攻势。

琴断口位于琴断河汇入汉水之处，由王隆中部防守。双方激战一个多小时，民军寡不敌众，在敌人机关枪扫射下伤亡很大，退守美娘山，与南侧仙女山的民军互为呼应。清军乙支队占领了琴断口，随后向美娘山进发，与民军在美娘山开战。

马队管带祁国钧将马队一分为二，左队协助湘军二协守三眼桥，自率右队前往增援美娘山。赶到时，美娘山已失守。祁国钧与湘军一协联合组织敢死队，攀岩涉险，向美娘山发起反攻。敢死队冒着清军火力，登上山顶，将把守高地的清军全部消灭。祁国钧全身十多处受伤。清军随后又大举进攻，分左右两翼夹击，炮队居中助攻，战斗异常激烈。最后民军不支，开始溃退。黄兴亲往督战，也无济于事。清军占领美娘山。祁国钧以军被裹身，趁着混乱从山上滚了下来，得以幸免。王隆中在两名随从护卫下撤到十里铺一间民房里。

黄兴急令驻守南岸嘴的鄂军第四协步队抽调第七标，由胡廷佐率领，前往支援。胡廷佐领军到达后，占领了美娘山南侧的仙女山东北部。

清军乙支队中的一支由标统张敬尧率领，直接攻向仙女山，与民军激战到黄昏，占领仙女山。民军退守锅底山。

这天早上，在海军炮火掩护下，刘廷壁率鄂军第三协从青山抢渡长江，成功在汉口谌家矶登陆，向清军发起进攻。海军协同作战，炮火击中了丹水池的油库，"轰"的一声巨响，引起漫天大火。

黄兴命人把这一消息传给汉阳民军各部，民军大受鼓舞，与敌人展开殊死争夺，战斗十分惨烈。

刘廷壁后来率军在刘家庙附近的一道桥与清军激战，相持数小时。战到傍晚，由于当地到处是深泥，不便于推进，又孤掌难鸣，只得退出汉口，沿来路撤回武昌青山。

黄兴见民军伤亡很大，久战力疲，而敌军不断加强攻势，预料汉阳已危在旦夕，派李书城过江向黎元洪报告，如果还能组织兵力，请火速增援。

黎元洪连夜召开紧急会议。

汉阳战事的失利，让众人极为激动。但武昌已经只有少量卫城部队，再也无兵可派。张振武决定将一些学生组织起来，前往参战。

黄兴也连夜召开会议，对众将领说："这些天，多数同人的表现可圈可点，给清军以重大杀伤。但也有的同人，或渎职，或怯战，或协作不够，或不服指挥，造成严重后果，有的已受军法处置。如今战斗已经到了紧要关头，这也是最考验战士们的斗志和意志的时候，我因此对诸位重申军纪：接下来的战斗中，如仍有人贪生怕死，目无纪律，影响战局，必将严格按军法论处，决不容情！目前多省已经独立，只要我们坚持抗敌，再支撑几日，必定有各路援军前来助战。我们作为军人，就要打出军人的尊严！拜托诸位了！"

24日早上，清军甲支队仍对三眼桥发起进攻。黄兴命由上海前来参战的广东华侨敢死队和金兆龙所率敢死队，一起前往增援。已经占领仙女山的清军乙支队张敬尧部，又向锅底山进攻。黄兴命张廷辅率鄂军第四协前往增援，与清军激战，双方伤亡都很大。防守锅底山的民军乘势反击，清军死伤众多。清军随后加大攻势，增强炮火，两军陷入胶着。战至下午四时左右，清军占领锅底山。民军退守扁担山。

就在这天，李作栋率鄂军第三协再次从青山渡江，往汉口袭扰清军，在二道桥与清军接战，伤亡较大，撤回青山。

这天上午，第三批援鄂湘军一千余人，由原巡防营协统刘玉堂率领赶到武昌，于下午三时进入汉阳。刘玉堂不顾劳顿，向黄兴询问战况，听候调遣。黄兴立即派他领兵前往仙女山迎敌。刘玉堂当即率军开往前线，在仙女山一带与清军乙支队的马继曾部交战，阻止大队清军南下。刘玉堂身先士卒，冒着清军的炮火，带领湘军几次发起冲锋，战至黄昏方才停息，协同友军保住了扁担山和磨子山一带阵地。

谭人凤于本日从湖南返回武昌，来到汉阳，看到王隆中的湘军一协已经疲惫，便在军中演说，勉励大家奋勇杀敌。

25日上午，清军甲支队再次攻打三眼桥。民军的步队和炮队拼死抵抗，清军仍然难以突破。

来自汉口的清军不断加入进攻。一支清军炮兵团，向扁担山及周边发起攻击。清军乙支队张敬尧部及援军乘势出击，进攻扁担山和磨子山。

黄兴急令刘玉堂率湘军拦截清军，并从防守汉水沿岸的民军里抽调兵力前往增援。刘玉堂率湘军与友军一起截住清军，展开厮杀。清军机关枪火力太猛，战斗十分惨烈。

连日作战，民军伤亡重大，能战之兵已损失殆尽，又缺少精良武器和援军，而清军在不断增加。汉阳保卫战已到了最艰难的时候。

就在这天下午，甘兴典率援鄂湘军第二协残部首先退出战场，从南面的鹦鹉洲乘船，退往岳州。王隆中随后率援鄂湘军第一协残部也退出战场，撤到武昌两湖书院休息。

黄兴派李书城去两湖书院劝说王隆中，把军队拉回来。李书城赶到两湖书院时，王隆中正手上捏着半支烟骂骂咧咧："妈的，这仗怎么打？有的醉酒把兵带反了，有的回家结婚不管事，有的身为将领带头逃跑，有的在军政府里喝着茶吹牛皮,没有机关枪,也没有管退炮……"

听李书城说了来意,王隆中把手中的烟头一扔,苦着脸说:"李参谋长,不是我王隆中贪生怕死,临阵脱逃,这些天我带着弟兄们是怎样跟清军拼命的,你们也看到了。现在你看看我这队伍吧,我们连续拼了十来天,伤亡太大了,一千七百多弟兄已经只剩下一半了,并且个个疲惫不堪,不像个人样了,你看他们这副样子,不休息个四五天,还能接着打硬仗吗?"

李书城说:"王将军,弟兄们都很勇敢,我知道他们打得艰苦,但汉阳保卫战已到最紧要关头,多一名战士就多一份力量,多一份希望。其实不仅是我军打得艰苦,清军也好不到哪里去,只要我们再支撑几天,等援军到来,到底鹿死谁手还很难说,我们的胜算显然更大。"

王隆中扫视了一眼部下,见众人一片委顿,便说:"李参谋长,请转告黄总司令,真的对不住了,我不能明知不能再打还把弟兄们往死里送。"

李书城无奈,去见黎元洪,黎元洪既气愤又头痛。有人提议应对王隆中以军法处置,然后把军队调回汉阳。黎元洪说:"这个时候汉阳的兵力已经拼得差不多了,自斩大将用来警告何人?你就真把他王隆中斩了,他手下的士兵肯随你回汉阳死拼吗?倘若一怒之下激起兵变,反而弄巧成拙。"

李书城说:"常言道'重奖之下必有勇夫',或可一试?"

经商议,黎元洪同意,只要王隆中愿意率部回师汉阳,可以给予五十万元奖赏。

李书城回到两湖书院,再劝王隆中。王隆中却仍然不答应,说:"军饷固然重要,但我这回并不是为了钱。你说,如果大家命都没了,还要那个钱有么子用呢?"

李书城没法,只得向黎元洪复命。黎元洪又带着谭人凤等人去劝说王隆中,王隆中却"扑通"一声给黎元洪跪下了:"黎总督,人说你是菩萨心肠,你就让弟兄们休整几天吧,他们这样是不能再上战场的。"

黎元洪也无计可施,只得回去了。

半夜里,王隆中带着残部,往湖南而去。

就在这天傍晚,清军占领了扁担山和磨子山及黑山以西地区,兵锋直指十里铺。

黄兴知道,汉阳已不能守,只待最后一战了。晚上就又派李书城向黎元洪报告,商议撤退,将汉阳兵工厂的机器和武器运往武昌,以免资敌。

黎元洪连夜召开军事会议，讨论下一步计划。多数人同意撤守武昌，杨玺章、张振武等则表示反对，决心明天前去参战。争论到最后，决定一面由蒋翊武安排拆运汉阳兵工厂的军械，一面死守汉阳。

　　夜深了，十里铺的总司令部里，黄兴还没有休息，他披着军衣，定定地看着窗外。断断续续的枪炮声时远时近。

　　战士们忙于作战，徐宗汉和张竹君则忙于抢救伤员，并安排红十字队员和请来的民夫将牺牲的战士就近掩埋。

　　这时，徐宗汉和张竹君在一男一女两名队员陪同下来到了总司令部。

　　几人站了片刻，黄兴才转头看着他们，但相视无言。

　　徐宗汉看着两眼布满血丝的黄兴，说："克强，你有何打算？"

　　黄兴并不急于回答，开始在屋里踱步。

　　"那些牺牲的战士，大多数不知道名字，可能永远都很难知道了。"张竹君伤感地说。

　　黄兴默默地摘下了帽子。

　　张竹君又说："对了，其中有一名湘军，他要我转告你一声。"

　　"谁？"

　　"他说他叫罗猴子。"

　　"哦，他是王隆中所部的。他人呢？"

　　"受伤太重，已经牺牲了。"

　　黄兴不语。稍后，又问："他说什么了？"

　　"就只让我转告你一声，说他走了，没说别的。"

　　黄兴缓缓转过头去，又看着窗外茫茫的黑夜。

　　风大起来，一股脑儿往屋里灌。

　　黄兴掉头看看徐宗汉、张竹君和两名队员，说："你们去休息吧，都注意安全。"

　　徐宗汉说："克强，你还没回答我。"

　　黄兴把帽子往头上一扣，说："杀敌！"

　　徐宗汉听了，欲言又止，愣了一会儿，与张竹君等人慢慢退了出去。

　　26日，由于扁担山已失，固守三眼桥、汤家山的民军退路被清军截断，混入民军的清军奸细趁机起哄，民军军心动摇。清军甲支队加大攻势，夺取了三眼桥和汤家山，与清军乙支队对十里铺形成左右两翼夹击之势。汉口的一支清军也开始渡江，配合清军甲、乙支队对十里铺展开合围。

张振武、杨玺章率领的一支敢死队到达汉阳后，黄兴派他们反攻锅底山，与清军乙支队的张敬尧部交火。经过激战，民军不支，张振武在战斗中右膀被子弹击中，跌落水中，幸亏及时被卫兵救起，才没有被淹遇难。撤退经过十里铺时，张振武焦急而沮丧地对黄兴说："战事比我想象的要惨烈得多。敌人正大举南下，这里已很危险，黄总司令要赶紧做好撤离准备才是。"

黄兴却只当没事一样，说："兄弟赶紧回武昌治伤吧，不要再挂念这里。"

张振武感觉黄兴的反应不对，把不准他的表情到底是沉着还是木然，就又说："黄总司令……"

黄兴说："你放心，我会安排的，你快走。"

张振武这才在卫兵搀扶下离开了。

总司令部参谋甘绩熙和刘玉堂一起率敢死队进攻磨子山和扁担山，力阻清军南下、东进。苦战至天黑，将两山夺回。甘绩熙在战斗中负了伤，刘玉堂命人护送甘绩熙下山。甘绩熙两眼含泪地说："兄弟，汉阳已经只剩下这处门户了，希望你能守住。我下山后就请黄总司令调兵增援。"

刘玉堂心里明白，仗打到这个份儿上，哪里还有援兵可调啊。但他坚定地说："甘参谋放心，人在阵地在，我刘玉堂这条命，大不了撂这儿。"

不久，大批清军猛扑而来。刘玉堂率兵拼命抵抗，但敌我力量悬殊，眼看民军渐渐不支，突然，敌军侧翼有了动静，举目一看，似有援兵在与清兵肉搏。

"那是学生军！"刘玉堂看清了。

原来，黄兴将亲自带领的那数十名学生军，只留下几名，其余的与其他学生军联合组成一支敢死队，派了出去。他们原是去支援三眼桥的，三眼桥失守后，他们到了这里来助战。虽然只剩下了三十余人，但这些学生大多是陆军学校出身，信念坚定，作战勇敢。

刘玉堂当即大喊："弟兄们，这些学生伢子不拿军饷，年纪轻轻，自愿赶来武汉参战，图的是么子？我们作为军人，还有什么顾虑的呢？树活一块皮，人活一口气。给我杀该死的鞑子，杀一个够本，杀两个赚一个，大不了一死，二十年后又是一条好汉！"

那些湘军士兵听了，当即随刘玉堂与清军死战。从天黑直战到夜里，刘玉堂多处负伤，牺牲在阵前。

前线战略重地——失陷，汉阳已无险可守。

在刘玉堂等少量守军还在前线与敌人拼命的时候，战火就已经于下午一点多烧到了十里铺。黎元洪致电黄兴，一旦情况危急就撤往武昌，可黄兴置之不理。

黄兴和石陶钧等各带小股民军与清兵激战。杨玺章率军退守到十里铺后，在督战时不幸中弹牺牲。

黄兴身边的人越来越少，只剩下刘揆一、田桐、曾昭文、王孝缜、李诩东、萱野长知、大元大佐等十来名总司令部成员和几名学生军。他们边打边退，于下午六时左右撤回到城西的昭忠祠总司令部。

夜渐深。枪炮声稀落了，但没有停息。冲散的民军还在与清军拼杀。

黄兴躺在总司部的椅子里。突然，他沉痛地哽咽道："战事一败至此，已经无将可用，无兵可调，我怎么对得起那些死去的志士同人，有何面目再见革命同志……"

刘揆一、田桐、大元大佐等连忙劝慰，建议退守武昌，再作计议。

突然，随着一声尖啸，"轰"的一声巨响，一颗炮弹在昭忠祠后面爆炸，震得屋瓦哗啦啦往墙外掉，屋里灰尘渣滓纷纷落到地上。但黄兴没有任何反应。众人随即分散警戒，仅留田桐和刘揆一守着黄兴。

又过了一会儿，早已疲惫不堪的黄兴在椅子里似乎睡着了。

这时，外面响起了喝问："谁？"

"是我们，自己人。"答话的是李书城。

李书城、徐宗汉及两名红十字队员从河边借着微弱的天光摸了过来。

他们走进总司令部。黄兴像是真的睡过去了，没有反应。只见他眼睛微合，一张脸那么憔悴、困乏。

这时，负责警戒的人也都进来了，着急地看着李书城。

"撤往武昌！"李书城不容分说，"敌人已经占领龟山炮地，天亮就来不及了！"

大家又看着黄兴。连日的煎熬，他已经透支了自己，难得睡过去，大家似乎都不忍心打搅他。

"这是军政府的命令，马上走！"李书城以手示意。

田桐、刘揆一、曾昭文等当即将黄兴架起来，往门口就走。其他人收拾东西，随后跟上。

"你们干么子？干么子？"黄兴醒了过来，意识到自己竟被人挟着离开，不由大叫道，"杀敌！杀敌！与汉阳共存亡！"

"克强，你冷静，我们必须撤。"徐宗汉说。

"留得青山在，不愁没柴烧。"李书城说。

一行人来到南面长江边的鹦鹉洲旁，江轮就停在这儿。

上船。开船。

众人都默然不语，只听见江轮犁开江水的哗哗声。就在江轮到达江心时，突然，黄兴猛地扑向船舷，一直陪在他身旁的徐宗汉大叫一声，伸手去拉。

刘揆一和曾昭文眼疾手快，一跃而上，在黄兴就要翻出船舷时将他抱住。

李书城等人也赶紧上前帮忙。一贯坚强冷静的徐宗汉，失声痛哭。

李书城紧攥着黄兴的手说："胜败乃兵家常事。阳夏之战，本就是泰山压顶的事，克强兄何苦呢？我们已经在这里坚持一个月了，而今全国只剩下四省没有独立，清廷很快就会寿终正寝，汉阳的得失其实已经没有多大意义，而你之一身，事关革命大局，比汉阳的胜负重要千万倍，万望从长远考虑，保全身体。"

黄兴也不答话，回望夜色中的汉阳，泪如泉涌。

黄兴等人于26日夜间回到武昌。

27日，在正式召开会议之前，黎元洪召集部分重要人员开了个碰头会，以便达成共识。

当黎元洪说明汉阳战事情况后，有人赞同撤守武昌，有人强烈表示反对，有极少数人则提议要处置黄兴。

黎元洪沉吟片刻，说："赞成撤守也好，反对撤守也罢，可以再议。但要处置黄兴，是欠妥的……"

胡瑛接过话说："我不懂军事，所以当初推我指挥战事，我自知不能胜任，因而推却。除我之外，其余诸位也都没有谁敢于承担这一重任，但黄兴一来，二话不说就答应领军作战，并且坚持至今，没有功劳，也有苦劳吧。再说，若不是他领军指挥，有些援军肯不肯来还很难说，而且他还敦促湖南筹来了三百余万军费呢，这可不是个小数目……"

汤化龙等多人也表态不赞成处置黄兴。

黎元洪说："这就对了。往另一层说，黄兴多年来数次领导起义，亲力亲为，深孚众望，在日本时间也长，那些留日士官生与他都颇为亲近，而现在各省的军界要人，多数就是那些士官生，我们处置黄兴，既是让敌人看笑话，也会寒了革命党人的心，自己将武汉孤立于全国革命。此着千万再休提。"

最后商定，待黄兴将战事详细报告之后，再看如何确定下一步计划。

然后，军政府召开军事会议。一进会场，黄兴就感觉气氛有点不对。但他镇定自若，报告了汉阳作战经过，然后说："汉阳虽然已失守，但敌人也已成强弩之末。以我之意，粤军比较能战，经过黄花岗一役的感召，与我等感情上也颇为亲近，便于指挥。因此，我打算向广东催调援兵，协同武昌守军作战。如今全国各省大多已独立，我们的援军也会越来越多，而敌军只会越来越孤立。加之有长江横阻，海军已归我指挥，依我看，要坚守武昌，是能够做到的。"

但一批少壮派军官，看到汉口、汉阳失守，对黄兴已经失去耐心，当下就开始起哄。

大元大佐性子也有点冲，看到这情景，不由说："那咱们还不如退出武昌，去谋南京。"

"什么？放弃武昌？另谋南京？"少壮派军官们一下子就火了，"真是岂有此理！"

连谭人凤都脸带不满之色，以为那就是黄兴的态度，不然大元大佐怎么会脱口而出？他不知道，有些日本友人，虽然很热心中国革命，但多有浪人性格，若你把他们的话都当作深思熟虑后的谨言慎行，那就错了。

蒋翊武当即把枪拔了出来，激动道："头可断，武昌不可丢。谁要放弃武昌，先问我的枪答不答应！"

孙武和张振武也随声附和。

黄兴立即止住大元大佐，说："误会！武昌是武昌的事，南京是南京的事，两者并不矛盾。我们守好武昌，南京之事已有安排，很快就有分晓。大家都沉住气，别急。"

蒋翊武、孙武和张振武这"三武"，此时算是军政府中的革命派主将。

听到他们都极力反对弃守武昌，此前声言要处置黄兴的某些人忘了黎元洪的诫示，又冷不丁地冒出来："汉阳失守的责任都还没有追究，有些人倒是越发离谱了。"

黎元洪马上发话："都静一静，有话好好说，都不要冲动。"

居正忍不住说："黄兴固然是我奉命去请来的，但我并非因此就庇护他，而是要说句公道话。当初需要总指挥，你们谁敢去？黄兴一到，就前往汉阳布兵。可我们这是什么兵？说得好听点是革命军、民军，说得不好听就是乌合之众，一盘散沙。能带领这样的军队与训练有素、装备精良而且双倍于我的北洋军硬耗一月之久，已经难能可贵了。试想，换上在座的，哪位能够保证做到？何况阳夏之战虽然败了，却对全国革命作出了贡献。人说话总得凭良心，讲事实，不能只凭意气。"

李书城接着说："其实大家的革命目标都是一致的，都不必太动气。说实话，起初我与杨玺章也是有分歧的，黄兴本来打算任他为副参谋长，杨玺章看到自己与我意见多有不同，为了顾全大局，让了步，换了吴兆麟来配合我。如今他战死了，我感到很难过。我希望大家还是要有胸怀，彼此间多些理解，不要再有我这样的遗憾。汉阳失守，若真要追究责任，也有我的一份。但我认为，正如居正兄所说，在敌我力量悬殊的情况下，能坚守至今，确实已属不易，虽然没守住，其实已经达到战略目的，加上民军前期的抵抗，将几万北洋精兵拖住了四十一天之久，为各省革命赢得了时间。有些战事，是不能单以成败论英雄的。如果有人非要说我这是自我开脱和辩解，我也无话可说。"

军政府参谋和战时总司令部参谋万耀煌听了，说："我也是个直性子。书城兄既然如此说，那有些话还是说开了好。我们对黄总司令本来是没有成见的，只是有些人，自己本身也是湖北人，就因为留了洋，就连本省没留过洋的也看不起了，由此生出一些芥蒂来，这是需要引以为鉴的。革命不分出身嘛！"

李书城知道万耀煌在说自己，却不再作声。但又有人借机起哄。

黄兴不觉已心灰意冷，想了想说："大家都不必再争了，革命需以团结为重。既然有的同人意见那么大，我刚才经过考虑，已决定辞去总司令一职。武昌的防务，请黎总督另行安排，我随后就会去南京，南京之事一成，马上率军来援武昌。这段时间叨扰大家了，还望各位见谅。"

"这不就是放弃武昌吗?还说误会!"

"也罢,我们自己死守武昌,就不劳别人费心了!"

"都静一静!"黎元洪既生气又焦灼,却无计可施。

黄兴仍然心平气和,说:"我们本着民主的原则,各作选择,也有好处,就不必再争论不休了。"

本次会议,就这样结束了。

会后,黄兴与谭人凤作了一些交流,谭人凤担心武昌丢失,决定留下来帮助黎元洪。他对黄兴也仍有误解。

"胡子兄,我不怪你。但我还是希望,你能理解我的难处。"黄兴与谭人凤握手道别。

接下来,黄兴也不再多想,只是望着汉阳方向,不安地等待着。直到程潜、石陶钧等幸存者陆续撤回了武昌,才稍稍心安。

当天夜里,黄兴带着徐宗汉、张竹君、李书城、刘揆一、田桐、萱野长知等三十余人,乘船到了汉口租界,在一家旅馆住了下来。

28日清晨,大家坐上了日轮"岳阳丸"号,往上海去。

站在船上,回望汉口、汉阳,那惨烈的一幕幕浮现在眼前。这一个月以来,民军战死达四千二百余人,清兵应该也有三千余人。张竹君还留了几十名红十字队员在汉阳,与民夫一起掩埋牺牲的战士,而大多数战士是连姓名都不知道的。那个原本安分守己的罗猴子,也已长眠于此。

下了这么些天的小雨,天空还是那么阴沉,仿佛有着无尽的悲伤。看着,看着,黄兴不由百感交集,心里默默吟出一首《山虎令》,借以遣怀:

明月如霜照宝刀,

壮士淹汹涛。

男儿争斩单于首,

祖龙一炬咸阳烧,

偌大商场地尽焦。

革命事,

今又抛,

都付与鄂江潮。

黄兴辞职离开武汉后，黎元洪对保卫武昌作了新的人事安排，任命蒋翊武为战时总司令，吴兆麟为参谋长，设总司令部于洪山区宝通寺。蒋翊武号令：城存与存，城亡与亡。

但战争，却停止了。

袁世凯让冯国璋按兵不动，与段祺瑞一起去孝感的总司令部见他。

此前，袁世凯已于11月17日将湖广总督一职让给了段祺瑞，开始新的布局。

袁世凯对两位得意干将热情有加，转着营养很好的圆脑袋说："来来来，坐，喝茶，别客气。"

寒暄之后，袁世凯看着冯国璋说："国璋啊，阳夏的仗打得不错嘛。"

冯国璋谦虚地说："多谢总理栽培。仗虽然打得还好，但招来的非议也不小啊。"

"咦，打仗哪有不死人的，不死人还能镇住革命党？"袁世凯不以为然，却又话锋一转，"但舆论也是要考虑的。祺瑞，你说是不？"转头看着段祺瑞。

冯国璋听到这里，就以为袁世凯这回可能是真的要换将，让段祺瑞攻武昌。

段祺瑞说："总理所言甚是。不过这回也是事出有因，不纵火不能扭转战局，击败乱匪。"

"是啊是啊。所以，也不用太担心，关键看我们怎么处理。"袁世凯眨巴眨巴眼睛，又看着冯国璋，"下一步，你觉得应该怎样做？"

冯国璋说："黄兴已离开武汉回上海，武昌守军有限，将领勇气有余才略不足，只需总理下令，要拿下武昌，应该不是难事。"

段祺瑞对袁世凯的想法已揣摩得八九不离十，却故意说："冯兄的判断，应该不会有错。"

袁世凯吭吭吭咳了几声，然后喝了一口茶，突然问冯国璋："你真想攻下武昌？"

袁世凯在官场混了这么多年，又屡经政治风波，看似豪爽率性，若是细细审视，两颗快要跳出来的眼珠子里面，却满是莫测高深。

"总理的意思是？"冯国璋问。

袁世凯看到冯国璋和段祺瑞都是一副洗耳恭听的样子，颇感满足，就敞开了说:"停下来莫打了。阳夏之战已经死了那么多人,不为士兵着想也要为百姓着想嘛。"

这也转得太快了。

段祺瑞心里更清楚袁世凯的下一步棋了。冯国璋也大致明白袁世凯的思路了,却揣着明白装糊涂:"还望总理明示。"

"我们面对的不仅是武汉的革命,现在到处都在革命,我们应付得过来吗?要镇压就都得镇压,那战火就会燃遍全国,这可不是什么好事。我们要的应该是和平,对,和平。"

袁世凯的话只说出了他的一小部分意思,还有更多的,即使是最信得过的部下,暂时也还不能说透,能不能领会就看他们自己了。要接着攻占武昌,其实还有点儿难。一是北洋军已经疲顿,粮饷也急需补充;二是汉阳与武昌隔着长江,而海军已经起义,直接控制着江面;三是武昌的守军会拼死一战,外省援军也会很快开到。但冯国璋的判断也没错,要下决心攻打,是打得下来的,对北洋军的战斗力,他袁世凯还是心中有数的。可是,如果没有武汉的革命党闹事,他袁世凯会有今天吗?无疑还在河南乡下钓鱼。显然,留着革命党,清廷才更需要他。再说,看形势,革命党已确实是消灭不完的,不少革命党也对他袁世凯是寄予一定期望的,倘若他真的把因首义成功而具有重大意义的武汉革命给整个儿端了,他不是就将自己完全树立为全国革命的公敌了吗?只要他愿意,他明明可以借革命党对他的期望大有作为,却将自己的命运系在已经腐朽不堪的清廷这棵随时都会倒掉的老树上,只有傻不拉叽的愣头青才会那样做。所以,最稳妥的办法,是适可而止,两边通吃,游刃有余。

在战争还在进行的时候,袁世凯就一边关注着战事,一边与朝廷和英国驻华使馆频繁接触。武汉租界的各国势力,在战争期间,除了德国军舰对民军有过一次开炮干预之外,都在观望,不知谁将主宰中国。他们需要找到最理想的利益代言人。英国认为袁世凯是中国目前最有实力的政治强人,因此愿意支持他来组织一个强有力的不再引发革命的政府。袁世凯与他们几经谋划,布好了棋局。11月27日,眼看汉阳胜负已定,他就按与英国驻华公使朱尔典策划好的,派人与英国驻汉口领事戈飞商定,由戈飞出面斡旋,与湖北军政府停战议和。

当袁世凯说出要和平,段祺瑞和冯国璋才像是大彻大悟,连连点头:

"总理高明！"

"国璋的任务已经初步完成了。"袁世凯踌躇满志地说，"祺瑞哪，接下来就要轮到你上阵了，先武后文，相得益彰。"

袁世凯随后以段祺瑞换下了被武汉内外军民痛恨的冯国璋，由段祺瑞统辖一、二军军权。冯国璋只猜到了要换将，却没有猜到代替他的段祺瑞的主要任务不是打仗，而是议和。

清军没有接着攻打武昌，只是偶尔从龟山上对武昌城发射炮弹，虚张声势。

黎元洪很担心武昌保不住，对于袁世凯提出的议和，也就接受了。

在段祺瑞和英方的共同促动下，12月1日，湖北军政府代表蒋翊武、吴兆麟，北洋总理大臣袁世凯的代表刘承恩、蔡廷干，在武昌宝通寺签订了停战协议，约定停战三日，开始议和。

武汉的战事就此结束。

第二十八章

虎子黄一欧

就在黄兴指挥阳夏战争期间，上海发动了起义，并成功光复。

武汉的革命既已发生，布局东南就显得特别重要，作为中国的经济重镇和长江入海口的上海，此时具有举足轻重的军事意义，控制了它就控制了东南半壁。

上海起义前，在上海加强活动的革命组织主要是同盟会中部总会和光复会，从而也形成了两股最强的革命势力。

同盟会中部总会的核心领导是宋教仁，主要实行者是谭人凤和陈其美，在上海则以陈其美为主。

陈其美本身既为青帮头目，又是同盟会会员，后来还成为同盟会中部总会的领导人之一。在上海经营多年，可以说已是上海滩一个能够呼风唤雨的人物。其中最重要的，是通过大批江浙资本家和著名士绅如虞洽卿、王一亭、沈缦云等，结交了李平书、朱葆三等商界闻人、社会名流，既从他们那里获得活动经费，又逐渐掌握了商会、商团武装，为起义准备了武装力量。

陶成章与李燮和在黄花岗起义后三个月，即七月底才着手在上海布局光复会，主要由李燮和具体负责。上海不是光复会的地盘，何况要在短期内形成一股力量，不是件容易事。李燮和决定主要从两方面着手，在上海打开局面。一是加强与江浙方面的配合，壮大实力；二是利用湖南老乡的关系，在上海的军警界发掘革命力量。

光复会在江浙有着广泛而深厚的基础，光复会的领导人和骨干就是以江浙成员为主，其中主要是浙江人。经过陶成章这多年的活动和徐锡麟、秋瑾就义的广泛影响，光复会在江浙具有很强的号召力。为此，李燮和派出一些光复会会员，分赴江苏、浙江的重要城市，如南京、镇江、杭州、苏州等地，与当地会员一起，招兵买马，组建光复军，成立敢死队。上海虽是繁华大都市，但夹在江浙之间，并且属于江苏，既影响江浙，又受江浙制约。

上海方面，在驻闸北、吴淞一带的军警中上层有不少湖南人。"无湘不成军"，这批湖南人发动起来，就是一支有战斗力的武装。李燮和利用自己的湖南人身份，与军警界中的湘籍官兵频繁接触，以乡情拉近了彼此的关系，将吴淞巡官黄汉湘、闸北警备队马队管带陈汉钦、驻沪巡防营管带章豹文、巡防水师管带王楚雄、海盐巡捕营统领朱廷燎等都策反了过来，再通过他们带动下属。尹维峻、尹锐志等会员，也趁机做一些官兵的工作，宣传革命理念。

李燮和还考虑到，上海起义，攻打江南制造局是一场硬仗。江南制造局是曾国藩规划、李鸿章创办的洋务企业，是清政府最重要的军工厂，储存着大量武器弹药，平时有数百名清兵把守，有异动时肯定还会增加防守力量。为了避免伤亡，李燮和曾派人去劝说制造局总办张士珩，希望他看清形势，顺应革命潮流。张士珩是李鸿章的外甥，思想顽固，没有接受。但光复会在制造局卫队中的运动起了作用，卫队士兵答应做内应，并议定了秘密联络暗号，又与制造局附近的炮兵营哨官成贵富等人接上了头。

光复会由此在上海军警界建立了革命力量，也有了比较明朗的起义计划。

当黄一欧和洪承点、赵念伯、赵翊三、巴泽宪等革命党人在陈其美的催促下，从香港来到上海时，黄兴和宋教仁已经离开上海赴武汉三四天了。

陈其美当即把几人带到家中，又召集其他骨干，开会议事。

此时，与陈其美结拜的黄郛，也从北京来了上海。蒋介石也从日本回来了。

陈其美说："按说，上海的起事不算太难，但因为容易受到江浙清军的夹击，所以才没有轻率发动。如今武昌起义已于10月10日打响，全国多省已有响应，上海起义已显很十分迫切，一是可以策应武昌，二是可以促发江浙。目下革命党人或奔赴武汉，或忙于本省的起事，我身边确实缺少得力帮手，因此将各位催了来，这也是风云际会嘛。我们接下来急需做好的事情，一是联络江浙的革命力量，二是制订好上海起义计划，并落实部署。"

赵翊三说："家兄赵声有些旧部还在上海，其中有的与我也相熟，我可以说服他们加入我们的阵营。"

陈其美点头说好。

洪承点说:"江浙一带,光复会的影响很大,同盟会这些年的活动因为侧重于两广边地,江浙的活动较弱,要短期在江浙发动策应,可能有一定难度,还需想想法子。"

陈其美有些不快地说:"是啊,江浙在上海的势力,已在我掌握之中,只是那两省之内的力量,目前还没有多少把握。但我们最近也有过推动,何况我们在座的江浙人士还少吗?我自己作为浙江人,就不相信发动不了他们。我们一定要敢于去做,努力争取,有些资源是要靠抢才能拿到手的。"

赵声是江苏镇江人,生前既是光复会会员又是同盟会会员,颇有威望,在江苏有不少旧部。因此,听了陈其美的话,赵念伯说:"我倒是愿意回江苏一趟,抓紧联络一番试试。"

陈其美高兴地说:"好。武昌发难前后,谭胡子、柏文蔚、范鸿仙、沈缦云等几位都去过江苏的,已有一些基础。念伯、翊三两位兄弟如果肯去加一把火,肯定更有效果。"

黄郛和蒋介石虽然是陈其美的结义兄弟,但都还缺少历练,没有革命活动经验。因为他们都是浙江人,陈其美就安排他们去杭州,与会党首领王金发等联络,筹备杭州起义。

陈其美说:"陶成章前些日已经回国,正在筹划光复杭州、南京。此人的某些问题,我暂时不想计较。大局为重,需要合作的,还得合作。"

黄郛和蒋介石都知道,陶成章虽然也是浙江同乡,但陈其美与他有芥蒂。在日本时,陶成章曾当着孙中山的面,劝说陈其美戒嫖戒赌,让陈其美十分难堪。后来陶成章又反对孙中山,脱离同盟会,恢复光复会。但素以劳苦、实干和节俭著名的陶成章在江浙尤其是浙江的会党中,具有很高的威信。

黄郛和蒋介石自然能够领会陈其美的意思:姑且不计前嫌,共同对敌。

陈其美又打量黄一欧。黄一欧虽然年方十九,却有着一副军人身胚、将才面貌,神情坚毅而沉定,颇有黄兴之风,真是将门虎子。黄花岗起义前,黄一欧淡定从容地从日本携带枪支回国,陈其美也有耳闻。起义时,他虽然未参加过激战,却也有过打入警界和全身而退的经历。于是决定把他留在身边,委以重任。

会上,经商议,确定由赵念伯、赵翊三及赵声的旧部李竞成等党人到江苏镇江、南京、无锡等地活动,运动新军,组建武装。洪承点和同盟会江苏支部支部长章梓等同志负责筹款。陈其美带其他党人负责上海的事务。并且决定，一旦上海光复，就要配合、推动江浙的行动，这既是为了保卫上海的革命成果，也是为了扩大上海的革命影响。

李燮和很清楚作为地头蛇的陈其美在上海的势力和背景，因此主动与陈其美取得了联络。陈其美觉得光复会的力量如果能利用起来，又何乐而不为呢？双方也就达成了某些共识。

为了使自己更师出有名，在与武汉互通声气的情况下，李燮和还决定利用武昌首义成功的影响力，打出受"湖北革命军政府委派"的"长江下游招讨使"的名号，反正这对光复会和湖北军政府来说都是相得益彰的事。

陈其美更是做足了准备，起义未发动，就私下刻好了沪军都督的印章，暗暗以都督自居，任命李平书的侄子、留日士官生李显谟担任上海商团总司令，李平书担任民政总长，又让李平书邀请善于外交的伍廷芳担任外交总长。

陈其美与李燮和原本商定的起义时间是11月5日。但宋教仁于11月1日从武昌发来电报，希望上海尽快起义，响应武昌。陈其美于当日召开紧急军事会议，陈其美、洪承点、黄一欧、杨谱生、李平书、叶惠钧、李显谟等重要党人、工商界代表以及刚回国不久的钮永建等重要人员参加了会议，决定将起义时间提前到3日，行动方案正式确定为"上海先动，苏杭应之"。

第二天，陈其美与李燮和在民立报社会晤，双方约定3日下午四时同时举义，义军以左臂缠扎白布巾作为标识。进攻任务划分为：闸北巡警总局和吴淞巡防营，由光复会负责，商团一部协助；南市老城内的上海道署、县衙和南郊的江南制造局，由同盟会主导的沪军先锋队和商团攻打。

上海的三股力量——同盟会中部总会、光复会、上海商团，开始调集兵马。

陈其美任命洪承点为沪军先锋队司令，黄一欧为副司令，负责指挥以新军、警察、巡防营士兵、革命党人、青帮成员、工人等组成的队伍；商团总司令李显谟，负责指挥几支商团武装。

不料第二天上午，闸北发生了意外。

负责协助光复会的某商团团长尹村夫，乔装打扮前去会晤闸北警备队马队管带陈汉钦时，引起巡警会办汪瑞闽怀疑，向巡警总局局长姚捷勋举报，致使马队部分官兵的武器被没收。陈汉钦估计已泄密，经请示李燮和，决定提前发动起义。

上午十一时许，陈汉钦带领官兵包围了巡警总局，开枪，纵火，宣布起义。巡警总局长和会办仓皇而逃，局里的官兵或扔下武器逃走，或自愿归顺革命。义军占领了巡警总局。

尹村夫率领商团也已赶到，两军合为一处，继续攻打附近的清政府机关。

至下午二时，闸北兵不血刃就已光复。陈汉钦被推举为闸北巡警起义总指挥。

闸北既已提前行动，李燮和下令吴淞也紧跟着起义，获得成功。

攻打南市的义军也提前起义。上海道台刘燕翼逃往租界，知县田宝荣丢下印绶不知去向，道署和县衙都被义军攻占。

象征反正的白旗帜在上海到处飘扬。

再说陈其美。他命洪承点、黄一欧率领沪军先锋队及商团大部兵力，于下午二时对位于城南高昌庙的江南制造局发起进攻。

数百名先锋队员握枪执刀，在洪承点和黄一欧指挥下，如一股疾风暴雨，卷向江南制造局。

但江南制造局虽然军火很多，颇为诱人，却是一块硬骨头，不好啃。

两军交火，顿时枪炮声大作。

清军已有准备，有一千多兵力把守，而且多的是机关枪和轻重火炮，义军虽然勇猛，但推进并不容易。

要拿下制造局，需先攻破其外围防守，再冲进内部，消灭顽抗之敌。

原本，李燮和已经联络好了内应，但陈其美对堆满枪支弹药的制造局兴趣最大，势在必得，亲自承担了进攻任务。那些内应见来的人不对，也就放弃了响应。

黄一欧虽为副司令，冲锋开始后却奋不顾身，拿着短枪，身带炸弹，如一只下山的猛虎，往前冲杀。日本人北一辉也来了，他本来紧随着黄一欧，但一冲锋，就跟不上了，只有在后面追。

义军利用现场的掩体与敌人激战。

黄一欧知道，总这样也不是办法，很难有突破，必须用炸弹破坏敌人的火力。于是组织敢死队。敢死队以青帮成员为主，大都是亡命之徒，洪门头目出身的党人刘福彪为敢死队队长。敢死队队员在战士们的掩护下实行爆破。

敢死队队员们根据现场情况往前突进。就在黄一欧与一名队员试图借助几棵树绕向敌人侧翼的时候，清兵的机关枪"哒哒哒"一梭子扫过来。两人立即卧倒，但还是都受了伤。黄一欧的一只胳膊被子弹擦伤，而那名队员的腿和腰都中了弹，鲜血涌出，直溅到黄一欧身上。那名队员呻吟着，问："我，我死了吗？"黄一欧说："你还活着，你不会死。"但两人都不敢动。北一辉等人在后面看着，不知二人伤势如何，十分着急。这时敌人的枪口被引向了别处，二人趁机撤到了坑地里。

黄一欧休息了一会儿，觉得没有大碍，就又加入了战斗。

强攻了两个小时左右，清兵的外围防线终于被突破。

可是，要攻进制造局，任务仍很艰巨，清军凭借房屋作壁垒，占尽优势。义军一番攻打，伤亡很大。

五点时分，趁着制造局开门放工人出来，一些敢死队队员迅速冲进了大门，但清兵立即关上了二门，开枪射击，即便有的清兵因同情革命举枪乱放，敢死队队员也难免伤亡。

义军开始怯战。

陈其美在后面督战，大声喊道："清军的几艘兵舰就停在吴淞口，准备来装军火去镇压各地革命，我们一定要把制造局拿下来，粉碎敌人的企图。勇猛前进者重赏，临阵退却者杀无赦！"

义军又坚持了一会儿，可还是攻不进去。

双方僵持不下。一方停火，另一方也停火；一方开火，另一方也开火。

陈其美想起李燮和说过，曾派人去劝说过制造局总办张士珩，只是没有效果，但卫队中有愿意做内应的。他当时没有追问究竟，他认为在大上海，李燮和能办到的事他也能办到。可是由于起义时间提前，许多事情要处理，这条线竟然还没有眉目，而且没有实战经验的他想不到制造局这么难打。不过，直到这时，他还是觉得自己怎么着都能够把它拿下来。

陈其美看到义军已有疲意，便命令暂时停火，说他有办法说服制造局的总办放弃抵抗，避免再牺牲。众人力劝他去不得，他仍执意前往，于是经过与清军头目对话，只身进了制造局。

陈其美见了张士珩，说了一通革命道理，可张士珩还是不吃这一套，反而命人将他扣起来，等把起义镇压下去再处置。

洪承点、黄一欧等得知陈其美被扣，十分着急。继续攻打吧，一则士兵已疲，二则投鼠忌器，担心陈其美安危，只好把队伍撤回城里，再想办法。

洪承点和黄一欧随即将陈其美落入虎口的事告知了李书平和李燮和。这个消息也一下子传遍了大上海，引起各界关注。

这时，天已经黑了。

李燮和闻讯，即整顿军队，一面做好防卫，一面决定派援兵合攻制造局。但官兵们听说是去攻打制造局救陈其美，并不怎么情愿。李燮和便激励说："我们的革命才刚刚开始，到底能不能成功还很难说。今晚之事，也许正是拿破仑所说的最后十五分钟，如果不把敌人打败，敌人就很可能把我们镇压。"于是大家才下决心奋力一搏。

李平书先是想通过他的关系把陈其美弄出来，便前往制造局面见张士珩，但张一口回绝。那么就只有用武力了。但商团的力量有限，怎样对付拥有武器优势并训练有素的清军呢？他只得抓紧活动，寻找良策。

深夜时分，朱葆三又急急忙忙来到南市毛家弄的商团会所，告诉李平书等人：上海道台刘燕翼已密电两江总督张人骏，说上海的革命党已经起事，商团也参与其中，张人骏回电说已调清军向上海进发，不管是革命党还是商团成员，擒获一律就地正法。

众人听了，都感到事情紧迫，觉得事已至此，唯有破釜沉舟，背水一战，死里求生了。聚在室外的商团战士也都愿意拼死一战。

11月4日凌晨，李燮和的光复军与洪承点、黄一欧的先锋队，以及李平书的商团，合而为一，共一千多人，对江南制造局发起猛攻。李平书坐镇城内救火联合会，等待消息。

三路人马将一面临江的制造局三面围住，李燮和的军警主攻正门，洪承点、黄一欧的先锋队与李显谟的商团主攻后门。

制造局的内应见到李燮和率领军警来攻，抵抗就开始消极。但张士珩新调来的清兵仍负隅顽抗。

军警经过几次进攻，用炸弹轰开了制造局的铁大门，在二门进行争夺。

再说进攻后门的队伍，面对高而厚的围墙和清军的射击，也感到棘手。经商议，决定用火攻，当即派人去附近杂货店弄来了几桶煤油。敢死队中有几名身手不凡的京剧武生，为首的叫潘月樵，吩咐几个武生在队员的掩护下敏捷地叠罗汉，自己首先爬上了围墙，抛下绳子，把蘸了煤油的木棒和煤油吊上去，点燃一根木棒就往里掷，然后把煤油倒了进去，围墙里燃起熊熊大火。里面的清兵看见大火，以为义军已经攻了进去，一片慌乱，四处逃窜，敢死队趁机从炸开的围墙缺口攻进制造局。

这时正门的军警抢得一门大炮,调转炮头,轰开了二门。很多清兵不愿拿命相搏,何况又有内应,于是纷纷放下武器。军警冲了进来,与顽固分子枪战。

三路义军在制造局冲杀,放火。张士珩下令死守。混战了一阵,看到情况不妙,在亲信的护卫下坐小火轮从水路逃往租界内的德商洋行去了。

早上九时,制造局完全被义军占领。

众人到处搜寻,最后在机械室的一间小屋里找到了陈其美。只见他被铁链紧紧束在一张长条凳上,发辫也被从一块厚厚的木板中间的孔洞中拉过去固定了,口里塞着一团布,动不得也喊不得。

至此,上海完全光复。

李燮和于当天下午派尹维峻率领敢死队,携带大量炸弹坐火车赶往杭州,协助陶成章,与蒋介石和黄郛等一起参加杭州起义。

陈其美则通知已准备反正的镇江新军,速派人来上海领取军火。5日,派柏文蔚、李竟成、赵念伯、赵翊三率领敢死队,与来领军火的新军士兵一同前往镇江。

黄一欧等带人前往吴淞,搬运军械。

上海光复后,急需处理两件大事:一是组织革命机构,履行管理职能;二是配合江浙的起义。

先说这组织革命机构。李燮和的意思是,上海隶属于江苏,又并非省会城市,按照《中国同盟会革命方略》,只能设立革命军政府分府,不能设都督府的,自然也不能设都督,否则如果上海这样开了头,也许全国各地都会竞相效仿。但陈其美不以为然,坚持一定要设都督府,推举都督。推举谁为都督?呼声最高的是李燮和,大都认为他对光复上海功劳最大,李平书也倾向于提他的名。其次是钮永建,他是上海人,也有一定资历。陈其美反倒落于两人下风。

钮永建看到情况微妙,为了避免内部矛盾激化,自愿领军去光复上海苏州河以南的松江府。李燮和也率军退出了城内,驻扎在吴淞,避免与陈其美摩擦。

再说江苏、浙江的起义情况。

柏文蔚和范鸿仙到南京后，与当地同盟会会员一起活动了一段时间，并准备了枪械，与驻守南京的新军第九镇统领徐绍桢约好，定于10月31日发难。不料被两江总督张人骏侦知，将徐绍桢所部调往南京城外六十多公里的秣陵关，随后命江南提督张勋率巡防营在南京城内搜捕革命党。柏文蔚、范鸿仙等人只得离开南京，然后与赵念伯、赵翊三兄弟等一起继续做徐绍桢的工作，并采集军火，重新谋划起义。

11月4日，有两名清军前往求见徐绍桢，图谋行刺，没有得逞。徐绍桢忍无可忍，于当晚率军起义，攻打南京。由于行动仓促，激战中义军伤亡较大，又缺少应援，只得于拂晓时趁着大雾退往镇江，随后与上海方面联系。

苏州也在11月4日发动了起义。

上海离苏州很近，苏州的士绅看到上海光复了，着了急，怕发生战争给自己造成损失，要求驻苏州的江苏巡抚程德全设法保全。苏州新军中的革命党从武昌起义后就开始加紧活动，看到上海起义成功，感到时机已经成熟。新军第九镇第四十五标标统刘之洁先斩后奏，未经程德全同意，就以其名义召集官兵，于11月4日下午开了起义动员会，当晚聚集到巡抚衙门前请求起义。程德全为了避免战争，只得表示同意，并声明不愿参加的可以离开。就这样兵不血刃，民不受惊，光复了苏州。第二天正式成立了军政府，程德全被推为都督。由于行政管理上的原因，此时的江苏有两个省会城市——苏州和南京。程德全因此以江苏省都督的身份，通告全省府县及时反正。

杭州方面，陶成章等人的活动也很见成效。蒋介石和黄郛在当地党人的帮助下，与会党首领、光复会会员王金发和新军里的党人搭上了线，并组织了敢死队。上海起义打响后，新军和王金发等各路义军，于11月4日夜间也举行了起义。清兵很少抵抗，义军也几乎兵不血刃，次日就正式光复杭州。但在成立军政府推选都督时，发生了很大分歧。众人先推新军管带、革命党人顾乃斌和朱瑞，但两人都推辞不就。咨议局的人重新提议推选前任咨议局议长汤寿潜为都督，引起王金发及蒋介石、黄郛等人的反对。王金发认为汤寿潜曾怂恿浙江巡抚张曾扬捕杀秋瑾，不能让他当都督。蒋介石和黄郛不单是因为汤寿潜有谋害秋瑾的嫌疑，还因对都督一职不是由同盟会党人担任，却轻易落到那些原本反对革命的旧官僚手里十分不满，何况汤寿潜目前也住在上海，不在杭州，那还不如由他们选个自己人来做这个都督。但咨议局那些官绅的意见具有权威性，还是确定了由汤寿潜任都督，周承颢任浙军总司令，褚辅成任政事部部长，陶成章任临时参议院议长。

蒋介石和黄郛便愤然离开，回到上海。王金发也回了绍兴。

蒋、黄二人见到陈其美，汇报了情况，蒋介石甚至请求陈其美对杭州都督一事进行干预，否则他宁死不依，并当众拔出手枪。陈其美与作为著名实业家的汤寿潜也是很相熟的，他觉得汤寿潜做都督总比光复会的人做要好，因而劝解道："三弟，革命才刚开始，我们的大目标是进行北伐，推翻清廷，所有的机构和人事，到时都会重新安排，你何必在乎家乡那一片地儿的利害呢？他们愿意当那个官，就让他们当去，于大局无碍。"

黄郛也趁机劝说。

陈其美又说："杭州光复，你们劳苦功高。这样吧，我们马上就要成立沪军都督府，我可以先任命二弟为沪军都督府参谋长兼第二师师长，三弟为沪军第五团团长，如何？"

两人资历都还不深，得了官职，有了兵权，在大哥手下混也好过在外人手下百倍，哪有不高兴的事，当即连声表决心，誓死跟随大哥。

这是11月6日上午的事。此时，钮永建已光复松江府。

也就在这天下午，由李平书主持，上海各方代表六十余人，在小东门原清军海防厅开会，商议成立沪军都督府。光复会只有李燮和一人到会。

按李平书及代表们的推举，李燮和是众望所归的都督，其次便是钮永建……接下来是投票。

陈其美不动声色。

突然，敢死队队长刘福彪掏出一个炸弹放在桌上，恶狠狠地说："都督已归陈其美，谁再敢另提他人，我就引爆此弹，炸了会场！"

黄郛和蒋介石相继拔出短枪，狠声道："陈其美就是都督，谁有异心，吃我们一枪！"

一帮平时混上海滩的，都竖眉瞪眼的。

现场顿时静了下来，充满了紧张气氛，仿佛一点就燃。

没有谁再持异议，一切都按照陈其美会前就预备好的进行，确定了都督府的组织人选：都督陈其美，民政总长李平书，外交部部长伍廷芳，军务部部长钮永建，参谋部部长黄郛，海军部部长毛仲芳，财政部部长沈缦云，工商交通部部长王一亭。

李燮和的名字仅出现在参谋部的"参谋"一栏中——参谋：李燮和、陈汉钦、钮永建、李英石、黄郛。起义前的光复军临时总司令名称，到此也作废了。

第二天上午，陈其美下令举行各界大会，正式宣布上海独立和沪军都督府成立。这时的上海，各处连夜贴出了由"沪军都督陈其美"签署的告示，《民立报》也以粗大标题刊登了陈其美为沪军都督的新闻。

陈其美如愿以偿做上了都督，但街头随即出现了"杨梅都督"的戏言，意思是陈其美出入于风月场所，因而与梅毒有关。

当即有人私下奉劝陈其美，现在是一方军政府都督了，不要再去妓院。陈其美解释说，当初是为了革命需要，在妓院结交各种人物，如今上海已光复，自然已无必要，也没了那种情怀。

再说江苏方面的起义进展。

上海没赶得上支援徐绍桢攻打南京，却赶上了支持镇江起义。

驻扎在镇江的新军第九镇三十六标管带林述庆，是赵声的旧部，最近已经做好了起义准备。柏文蔚、李竟成、赵念伯、赵翊三从上海带来了敢死队，军火也已运到，林述庆便于11月7日下午率部起义，几乎没有经过激烈战斗，于8日黎明光复镇江。随即也仿照上海成立镇江都督府，林述庆任都督。

张竹君是11月6日回到上海的，他把黄兴写给黄一欧的信送到了同盟会中部总会。黄一欧随后看到了信，但这个时候的他，重任在肩，忙个不停，已经不可能去武汉为父亲助战了。于是让机关的人转告张竹君，让张竹君回武汉时转告父亲，他已经去不了武汉。

11月8日，沪军正、副司令洪承点、黄一欧奉命率军开往苏州驻防，与苏州军一起训练，并与苏州和杭州方面商议组织江浙联军，合力攻打南京。苏州离上海不远，驻军于此，可守可攻，也有很重要的军事意义。

11月11日，江浙联军在镇江成立总司令部，推徐绍桢为总司令，范鸿仙、于右任为顾问，下设多个支部、机构。各路义军，闻讯纷纷前往集结。

李燮和这些天也在积极准备应援江苏，攻打南京。

陈其美就任沪军都督后，李燮和所部黄汉湘等将领及光复会同人对陈其美的做派十分不满。陶成章支持他们在吴淞推举李燮和出任都督，但李燮和不肯，将机构改称"吴淞军政分府"，隶属于江苏，自称总司令，把主要精力用于组建"光复军"，招兵买马，训练作战。

章太炎这时回到了上海，也对陈其美的黑道式行为感到气愤，公开予以抨击。他担心政党坐大会带来严重问题，提出"革命军起，革命党消"的口号，主张解散同盟会，还打算与一些立宪党人联合组织"中华民国联合会"，为成立新的国家政权服务。他虽然鄙视陈其美，但看到李燮和在吴淞成立军政分府，又劝李燮和，说既然上海已有一个都督府，再设个军政分府也不是很妥当，男子汉大丈夫，当以挥师北伐为大任，不必在意上海一隅之事。李燮和表示认同，心想如果自己只是在上海滩与不择手段的陈其美争斗，就太没有格局了，也与光复会"功成身退"的誓词不符，加上近日在车站发生一起针对他的暗杀事件，李燮和意识到陈其美对自己的忌恨程度，从此只以光复军总司令自称。接着任命做过清军统领的黎天才，于11月14日率军前往江苏，配合各路义军攻打南京，自己则视形势而定，或支援湖北，或开往南京。

　　新组编的江浙联军中，包括了洪承点所部沪军一千余人，黎天才所部淞军六百余人，刘之洁所部苏州军三千余人，林述庆所部镇江军及徐绍桢从南京撤退下来的部分兵力共计三千余人，徐宝山所部扬州军两千余人，朱瑞所部浙江军三千余人，柏文蔚所部淮军两千余人，总兵力约一万五千人。

　　江浙联军将领在镇江大观楼开会，制定了进攻南京的策略。

　　此时在南京城内外的清军，主要有张人骏的督署卫队两千余人，旗营兵三千余人，张勋的江防营六千余人，王有宏的巡防营六千余人，徐州镇胡令宣的两千余人，总兵力约两万人。

　　11月20日，各路义军向南京城进发。

　　24日，徐绍桢发布了总攻命令，光复南京的战役正式打响。

　　黎天才带领的淞军被分派为打头阵。淞军勇猛杀敌，先攻下了南京城外的乌龙山，接着在浙军一部配合下又攻下了幕府山，为义军攻城创造了条件。

　　洪承点、黄一欧所率沪军，因为多由学生和警察组成，总司令部可能觉得他们战斗力不够强，一开始分派给他们的任务是担任警戒。

　　黄一欧对此很不满意。他是来打仗的，不是来巡逻的。

　　浙军主力的任务，是攻打城东的麒麟门。25日进抵城外时，与清军遭遇，经过激战，夺得了附近五个山头。

　　26日，张勋亲率八千清兵围攻浙军，淞军和镇江军前往支援，击毙清军统领王有宏，歼敌两千余人。

　　27日，苏州军攻战城南的七桥瓮和上方门，与浙军形成掎角之势。

28日晚，各军一起向南京城发起会攻。清军利用坚固的工事和有利地形顽抗，尤其是富贵山、狮子山、天堡城上面的大炮，不断狂轰，义军伤亡很大，苦战了一夜，没有进展，退回原地。

徐绍桢急令洪承点和黄一欧，率沪军与各军联攻最棘手的天堡城要塞。

天堡城位于南京城东的紫金山西峰山顶，是太平天国定都天京——即南京后，用当地坚硬的虎皮石修筑的重要军事壁垒，东西长六十二米，南北宽三十七点二米，东、西、南三面有进出口，居高临下，地势险要，易守难攻，与筑于西峰山麓的地堡城互为呼应，联成火力网，可控制东北方向的尧化门及周边路口至东面的麒麟门、东南面的上方门等入侵之敌。当地有句谚语："要得南京城，先打天堡城。"由此可见其对于南京城的军事意义了。

洪承点对黄一欧说："老弟，硬仗来了。"

黄一欧这几天正憋得慌。

前两天，从武汉回到上海又赶来前线的宫崎寅藏带来了一封黄兴写给他的信。他拆开信封，展开信笺一看，只有八个字："努力杀贼！一欧爱儿！"落款处盖有黄兴常用的一方印章："灭此朝食。"

他本来就郁闷着，看了信，心里就更不是滋味了。别人在打仗，立军功，他负责警戒。虽然警戒也重要，但终归不是打仗，没有杀敌，回头也好意思对人说？尤其是怎么对得住父亲信中的这几个字！

现在机会终于来了。

与洪承点接到战斗任务后，他心里就踏实了。

他当即不惊不乍，微笑着回答洪承点说："硬仗来了，就打呗。"

"这仗估计比攻打江南制造局还要厉害。"

"那也得把它拿下来！"

"好嘛，一欧，确实有'灭此朝食'之风。"洪承点拍拍黄一欧的肩膀，"我也相信，沪军不会给咱们丢脸。"

洪承点最初与光复会骨干熊成基在安庆的新军炮营服役，当过排长。徐锡麟、秋瑾就义后，他们试图再次发动起义，但没有实现。后来，光绪帝和慈禧太后相继死去，他们趁政局不稳，人心浮动，发动了起义，但失败了，不少党人被捕杀，他逃到香港，得以结识黄兴。他算是个有历练的老革命了，而黄一欧是个才十九岁的小伙子，虽然在上海表现很出色，但新的大战在即，出于爱护，他心里还是不免为黄一欧担心。毕竟战争无情，子弹不长眼睛，再说黄一欧可是黄兴的儿子。看到黄一欧这么淡定，他也放心了。

11月30日午后，联军再次攻打天堡城。

联军分为几支，山下的步队、马队与敌交战，另一支从紫金山后面涉险攀登。

黄一欧率军在山下作战。两军厮杀，黄一欧带领几名敢死队员直奔一名骑马指挥的敌兵军官。

"杀！杀！杀！"

几人如几只小老虎似的，咬牙切齿地闷吼着，在敌阵中往前突进。

副司令都冲锋在前了，还有谁会贪生怕死？都玩了命拼杀。

清兵指挥官发现情况不妙，正要策马躲避，已经来不及了，黄一欧左手一举，随着枪响，那军官便像一条冬瓜从马上栽了下来。

两名清兵朝黄一欧扑上来，黄一欧右手挥起日本友人赠送的那把宝刀，刷刷，手起刀落，两名清兵哼唧一声倒在地上。

黄一欧一把抓住那匹敌将战马的缰绳，翻身而上，稳稳坐在上面，宝刀一挥："杀！杀！杀！"纵马驰骋，挥刀猛劈。

清兵看到义军发了疯似的拼命，直往后退却，最后守着工事，就是不出来。

山麓的进攻，其实是为了策应山后的偷袭。

负责偷袭的是镇江、浙江的敢死队。他们爬到紫金山的顶峰后，居高临下，突然向天堡城的清军攻击。清军没有想到义军会从后面的悬崖峭壁爬上来，登时有些慌乱。

激战了一阵，清军停火，挂出白旗。镇江军管带杨韵柯、联军参谋官兼浙军敢死队队长叶仰高见了大喜，以为终于拿下了天堡城。也难怪，镇江、杭州起义时，清军几乎没有什么抵抗，就纷纷挂起白旗反正了，所以杨韵柯、叶仰高没有往复杂处想。

可是，当杨韵柯、叶仰高各带着几名亲兵走向天堡城受降时，突然，清兵乱枪齐发，杨韵柯、叶仰高和几名亲兵当场牺牲。

两军立即又激战起来。

义军因为主将牺牲，缺少指挥，乱了阵脚，伤亡很大。

两军在山上僵持着。

黄一欧奉命率沪军敢死队前往增援。一同前往增援的还有一支浙军敢死队。

同样是从紫金山后，攀悬崖，爬绝壁。

天黑后，两支敢死队先后上了紫金山顶峰，与上面的义军会合。

两军稍事整顿，随后，三支军队猛攻天堡城。

紫金山上，枪炮声，炸弹声，迸射的火光，无不显示这里在进行一场生死争夺。

两位联军将领的牺牲，激起了战士们的极大愤怒。他们报仇心切，誓将清军消灭。但天堡城异常坚固，枪炮打在上面不起作用，单个的炸弹扔到上面也无济于事。双方一直相持不下。

战至后半夜，双方都有些疲惫，但谁都不愿放弃。

黄一欧让敢死队队员把炸弹捆绑起来，绑了好几大坨。然后，命令火力掩护。他亲自和几名敢死队队员带着炸弹，趁着夜色，摸索着向天堡城靠近。然后，瞧准下面的堡垒，将几大坨炸弹接连扔了下去。

"轰！""轰！""轰！"只听惊天动地的几声巨响，火光映红了天空，仿佛整座紫金山都倒塌了一般。天堡城，终于被炸开了！

"冲啊！"联军不顾黑夜里看不清地面的崎岖不平，扑向天堡城，冲入堡内，与敌人残兵搏杀。

趴在地上的黄一欧和几名敢死队队员，刚才似乎被炸弹震晕了。愣了愣，晃了晃脑袋，清醒了过来，爬起来也冲向天堡城。

12月1日凌晨，紫金山上的枪声平息了下来。联军完全占领了天堡城。

山上一片欢呼。

黄一欧自然很高兴，但不声不响。过了一会儿，他走到一座大炮旁边，调了炮口，上了炮弹，连着向山麓的地堡城轰了几炮。

"对，轰他娘的！"敢死队队员们说，走了过来。

黄一欧把大炮让给他们，打算走开，走了几步，又若有所思地掉头回来，捡起地上的三个炮弹壳，抱在手上，走到旁边。他这时才感到十分疲惫，体力已经消耗殆尽，就一屁股坐在石头上。父亲曾经说，打仗的时候，要机智、沉着、勇敢，越是胆小怕死的往往越容易死。他是不怕死的，这次果然又活了下来。

他想起了还揣在口袋里的那封信——"努力杀贼！一欧爱儿！"以及信上面的一方印章——"灭此朝食"。他微笑了一下，心里暗想：这几个炮弹壳，就带回去送给父亲吧。至于杀了多少敌人，在山下的战斗中，杀了三十六个，山上的就难以算准了……

在天堡城、地堡城相继被联军攻占前后，南京雨花台的炮台被苏州军占领。

城郭要塞接连被义军攻克，南京城已岌岌可危。

两江总督张人骏和江宁将军铁良知道南京已守不住，趁夜缒出城外，然后绕到城西北的下关，乘日本兵舰逃往上海。

但掌握江防军的张勋拒不反正和投降。联军用大炮对着城内太平门的清军瞭望台和北极阁的张勋指挥所轰击。城内清军开始人心惶惶。

张勋自知大势已去，带着两千余名残兵退往徐州，在南京西北部的浦口遇上李燮和亲自率领前来支援的光复军。两军交火，张勋不敢恋战，幸亏李燮和兵力不多，张勋得以逃脱。

树倒猢狲散。联军攻入南京城中。

12月2日，南京正式光复。

清军在长江的最后一个重要据点被攻克，稳定了南方的革命大局。

第二十九章

执掌南京

1911年12月1日，黄兴从武昌回到上海。

宋教仁、陈其美为黄兴举行了盛大的欢迎仪式。江夏保卫战虽然失败了，但拖住了北洋精锐，为各省的革命赢得了时间，何况随着袁世凯提出议和，武汉的战火暂时也已平息，上海各界都把黄兴当作大英雄。

《民立报》等媒体记者纷纷围住黄兴，询问黄兴对时局的看法，和下一步计划。

黄兴说："中国革命的形势，正如我们所期望的那样，一呼百应。日薄西山的清王朝专制统治很快就将结束。下一步，我们要做的，是尽快制订北伐计划，实现政治统一。"

记者们举起相机，连连按下快门。

黄兴随后住进日本人开的胜田旅馆。

次日，接到南京光复的消息。黄兴和宋教仁、章太炎联名致电徐绍桢、林述庆等，表示祝贺，催促在苏州的江苏都督程德全移驻南京，方便镇守和管理，并希望林述庆进兵宿迁的临淮要地，可守可攻，做好应援湖北的准备。

革命大局初定，需要成立临时中央政府，统揽全局。

这时，关于临时中央政府是设于武昌还是南京，发生了分歧。

在此前后，武昌方面坚持设在武昌，南京方面要求设在南京，上海方面赞成设在南京，袁世凯则向清廷及英国等外力争取，企图由他来组织临时政府，暂时可设在天津。

武昌是首义成功之地，南京是六朝古都，袁世凯是最强的实力人物。当然，其中还有更错综复杂的纠葛。

在11月30日，湖北军政府为了尽快确立武昌的中央地位，就曾召集各省代表在汉口租界顺昌洋行楼上开会，推举湖南代表谭人凤为议长，胡瑛作会议报告，议决在临时中央政府成立和大总统产生前，由黎元洪以大都督名义，执行中央政务。12月3日，通过了《中华民国临时政府组织大纲》。

正在这时，南京光复的消息传来，多数代表主张，临时政府应设在南京，由十省以上代表公选大总统。黎元洪也无可奈何。

4日，各省留沪代表在上海的江苏教育总会举行会议，决定以南京为临时政府所在地，投票选举黄兴为大元帅，负责筹组临时政府。选举黎元洪为副元帅，兼湖北军政府都督，仍驻武昌。

5日，陈其美等召开上海各界欢迎临时政府大元帅大会。

但出人意料的是，黄兴却在会上力辞担任大元帅一职。他说："本人不才，不能胜任大元帅一职，我建议推举黎元洪为大元帅，再在各位都督中选一名副元帅。至于本人，愿意领兵北伐，直捣黄龙，直到推翻清廷统治。这组织政府的事，不是我所能承担的。"

众人一听就急了。

庄蕴宽说："这是选举的结果，哪有不接受之理？这不是你个人的事情，而是关乎大局。"

陈其美说："大元帅责任重大。当今北方之敌，尚未扫清，军情紧急，必须是知兵能战的坚忍不拔之人才能担此大任，除了黄克强，还有谁能胜任呢？"

其他代表也不断相劝，说战事未定，情势紧迫，急需有威望之人维持局面，不然就是一片混乱。

黄兴想了想，觉得要说服众人，也许只有找一位在革命资历上比自己更老的人了，于是说："我们已致电催请孙中山先生，他很快就会回国，可以由他担任。"

这时，一名代表看黄兴仍在推辞，便慷慨陈词道："会议已经开了两个小时了，还不能商定此事，实为不妥。现在推举大元帅组织临时政府，不仅是基于主持国内革命大局的考虑，还有对外与多国交涉的问题。如果革命政权不能尽快得到外国的承认和支持，他们就会对我们失去信任，在清廷的争取下继续站到清廷一边，对我方造成巨大压力。军务倥偬，时间宝贵。孙中山先生虽然热心革命多年，但事情紧急，不能拖延，倘若没有临时政府，很多事情就无法开展。何况设立大元帅也只是一时权宜之计，将来全国大事已定，自然会在全国范围公选大总统。因此，黄先生实不应当在此时多加推脱。"

黄兴看事已至此，只好点头说："也罢，那黄某就暂且勉力为之吧。"

会场顿时掌声雷鸣。

黄兴随后给已在广东任军政府都督的胡汉民致电，力邀他赴南京一起主持大事。

胡汉民接电后又催促孙中山赶紧回国。

就在黄兴为组织临时政府忙碌的时候，7日，获知消息的黎元洪从湖北发来电报，反对在上海的十四省代表推举黄兴担任大元帅，由他任副元帅。要求上海方面取消这个决定。

南方民军筹组临时政府几乎是与袁世凯提议的南北议和同时进行的。

7日，清廷正式任命袁世凯为全权大臣，不单负责与湖北方面的议和休战，还要与南方诸省的革命派议和休战。

袁世凯又任命唐绍仪为自己的全权代表，与南方民军代表议和。

12月9日，湖北军政府与袁世凯一方在英国驻汉口总领事葛福的敦促下，签署了全面停战协议，正式开始南北议和谈判。黎元洪于同日致电已宣布独立的各省，要求尽快派代表到武汉，商议成立临时政府的事宜。

但以江、浙、沪为主的南方系并不认同黎元洪的主张，他们对被逼上位的黎元洪这样的领袖不买账。尤其是同盟会中部总会，对黎元洪是保持警惕的，如果投机革命的黎元洪以武昌首义成功之名，号令全国革命，那就是一大不幸。所以他们虽然推选了伍廷芳为议和全权代表，却不愿在武汉议和，而提议在上海议和。江、浙、沪三地都督程德全、汤寿潜、陈其美通电各省，倡议在上海召开代表会议，讨论在南京组织临时政府。

15日，南京方面召开会议，决定暂缓选举大总统，但承认上海方面选定的大元帅和副元帅，大总统未选定之前，由大元帅代为履行职权。

关于议和，南方的革命党有一个重要诉求，就是清帝必须退位，不然，就这样议和，革命就白干了。伍廷芳直接致函清廷，劝告清帝退位，实行共和。黄兴也重申，只要袁世凯顾全大局，顺应潮流，推翻清廷，使全国大局尽早稳定，一定推举袁世凯为中华民国大总统。

与之前给袁世凯回信时一样，黄兴还是觉得，革命的目的就是推翻清统治，实现共和，如果袁世凯愿意接受革命主张，以和平方式早日实现革命目标，减少战乱，又何乐而不为呢？反之，除了战争的破坏于国于民都不是好事之外，目前虽然革命形势大好，但各省军队素质良莠不齐，要统一指挥并不容易，而袁世凯手握国内最强的军队，再加上清政府其他的军队，革命党要靠战争手段彻底打败清军，结束清朝统治，要付出的代价太大。除了军队方面的问题，还有巨大的军费开支，从何而来？这些都是很实际的问题。

当然，袁世凯能答应最好，不答应的话，议和就只是暂时的，革命还将继续，直到成功。这是一个目标，两手准备。

袁世凯对于南方革命党的诉求，心里窃喜：如果清帝退位了，那他就是大总统了，等于取代清帝，掌握全国最高权力。

但具体有些事情是不能摆到明面上来说的。于是，在唐绍仪与伍廷芳公开谈判的同时，还有至少两条暗线在进行活动。

一条暗线，是由袁世凯另派的一名亲信，叫廖宇春，是保定陆军小学堂的监督，与南方的另一名代表，叫顾忠琛，是江浙联军总参议，两人负责。

另一条暗线，是由获得摄政王载沣宽待及袁世凯开释而刚出狱不久的汪精卫主导。他对摄政王和袁世凯心存感激，获释后行事风格大变，由激烈倾向于温和，与醉心于"帝王之术"的杨度组织了一个"国事共济会"，呼吁停战议和。汪精卫更是利用其同盟会骨干成员身份和行刺摄政王事件获得的巨大声誉，暗地奔走于南北，为袁世凯与革命党媾和而牵线。

12月18日，南方代表伍廷芳与袁世凯的全权代表唐绍仪，在上海英租界南京路议事厅举行首次会谈。

伍廷芳代表革命军的主张：清帝退位，实现共和，即选袁世凯为大总统。

双方唇枪舌剑，争论不休。彼此都持有戒心，一时很难达成一致。

12月20日，英、美、日、俄、德、法六国驻上海总领事向双方代表分别提出相同照会，认为中国目前的状态，不仅足以使中国人本身也足以使外国人的生命财产遭受严重危险，因而双方应该尽快达成和解，停止冲突。

在公开谈判的同时，暗地里更实质性的谈判也在进行。

就在12月20日，袁世凯的亲信廖宇春与受黄兴和江苏都督程德全委托的顾忠琛，经过讨价还价，在上海甘肃路的文明书局秘密签订了南北议和五条草约：

一、确定共和政体；

二、优待清帝；

三、先推覆清政府者为大总统；

四、南北满汉出力将士，各享其应得之优待，并不负战时害敌之责任；

五、同时组织临时议会，恢复各省秩序。

廖宇春拿着这份草约，回去向袁世凯复命。

袁世凯一直疑疑惑惑，怕革命党只是想借他的实力结束清政府的统治，看了这个草约，心里踏实了些。但他骨子里想的是立宪，而非共和，在谈判中，对"共和"的态度仍然以含糊加以搪塞，没有表明支持，只是表示不反对。

湖北方面则坚持反对上海推举黄兴任大元帅的决定。

这时，章太炎也站出来反对。

章太炎和陶成章曾经反对孙中山，想推黄兴为同盟会总理，但黄兴不依从，极力维护孙中山和同盟会，这让他们很不满。黄兴代表同盟会，代表孙中山，如果黄兴做了大元帅，显然对光复会不利，陈其美羽翼甫丰，便已露出野心，同盟会不能再坐大了。

章太炎便寻找理由，表态说："黄克强虽然功高，但此前已受黎元洪委任为总司令，如今以部将换成主帅，恐怕不妥。何况之前已经承认湖北军政府为中央政府，现在又怎能随意改变？"

黄兴一看，也罢，这大元帅一职，他本来就不想当，如今是非忒多，还是不做的好，当务之急是先把临时政府组织起来接替旧政权，至于国家领导人，到时会重新选举，以民意决定。便于17日电告南京代表会议，再次力辞不就，坚持原先的立场，推黎元洪为大元帅。南京方面只得以黎元洪为大元帅，黄兴为副元帅，黎元洪仍驻武昌，由副元帅代行大元帅职权，组织临时政府。

黎元洪接到南京方面致电，表示同意，委托黄兴代行职权。

南京便催促黄兴速去南京，还派了南京驻军代表李燮和来上海迎接。

黄兴这才打算去南京就职。但组织政府是需要经费的，钱在哪里？无以为计，他只得以个人名义，由张謇担保，向日商三井洋行借款三十万银圆，用于救急。然而据张謇预算，这三十万银圆只够临时政府一天的开支。但也只能先这样了。

就在这时，黄兴接到孙中山来电，说不日即可回国。黄兴当即改变主意，决定延迟去南京。

宋教仁不由叹道："克强兄，你什么都好，就是在出头一事上，顾虑太多了。唉，一个人最大的优点，有时也会成为最大的弱点。"

李书城也不满地问黄兴："克强兄，说好的就要去南京，怎么又不去了？"

黄兴解释道："中山先生是同盟会总理，他不在国内时，我可以代表同盟会，如今他已在回国途中，我还先他一步去南京的话，他心里会作何感想？也会使同志们产生猜疑，不利于团结。"

李书城无话可说。

12月25日早晨的上海，细雨绵绵，雾气弥漫。

天气很冷。然而，上海外滩的金利源码头上，却彩旗飘飘，人头攒动，密匝匝挤满了人。有上海各界的官商士绅，有多家媒体的新闻记者，有来自上海、江苏、浙江、湖北等多个省市的军政府、都督府代表，有各国驻上海的领事，也有普通市民。沪军都督府的卫士和便衣分布现场，保持着警惕。

他们都在等候孙中山的到来。也许，有的是真心期待，有的只是出于应付，也有的纯粹只是看热闹。

黄兴以同盟会代表的身份，亲自和宋教仁、陈其美等到码头欢迎孙中山。沪军都督府还专门派了一艘"建威"号军舰到吴淞口迎接，以示郑重。

孙中山于21日到达香港后，胡汉民、廖仲恺等劝他留在广东主持大局，因为广东既是几人的家乡，又是同盟会在国内最大的根据地，还是最早造成革命影响的省份之一。但孙中山坚持北上，他认真地说："革命形势十分喜人，我如果不去上海、南京，有关对内对外的大事，恐怕不好处理。"并让胡汉民等人随他同行。

既然黄兴主张由孙中山来做临时中央政府领导人，《民立报》等多家上海的报纸对孙中山的归来已经造足了势。

人群中议论纷纷。

"听说孙中山带了几百万美金回来，要成立新政府。"

"岂止几百万美金，还有洋枪洋炮，还带了一艘军舰回来呢！"

"是十艘吧？"

"是四艘！"

突然，"呜——"一声汽笛长鸣，从雾气里传来。

人们都兴奋起来，往江面伸长了脖子。

军舰果然出现了，越驶越近，直到拢岸。

码头欢呼起来。

都督府的保卫队队长郭汉章及谍报科科长应桂馨率领的几十名队员立即加强了警戒。

军舰泊好之后，孙中山、胡汉民、池亨吉一行在田桐、宫崎寅藏等陪同下走上岸来，人群顿时围了上去。

孙中山着一身青色西装，戴一顶白色盔式礼帽，看到这么热烈的场面，微笑着取下礼帽向大家挥了挥，表示致意。

最活跃的是各路中外记者，端着相机，一拥而上堵住孙中山提问。

"孙先生，请问你带了多少钱回国支持革命政府？"

"孙先生，听说你携带了几百万美金海外捐款回来建设新政府，对吗？"

孙中山笑着答道："我孙某不名一文，但带回了革命精神！"

"孙先生真幽默。"

"孙先生说得真好。"

"那军舰呢？"

孙中山又微笑着答道："有了革命精神，就会有无数军舰！"

人群中响起热烈的掌声。相机接连"咔嚓""咔嚓"，镁光灯不断闪亮。

但仍有人不相信孙中山说的是实话："孙先生真是太谦虚了。"

接着又有人提问。

"孙先生，听说南北正在议和，你对此有什么看法？"

"如果谈判能达到革命目的，自然可以；反之，就没有和议可言。"

又是一片掌声。

黄兴等人把孙中山接到戈登路七号湖州巨商唐生豪的唐公馆，互商政务要事。

26日，南京致电上海，决定于29日上午召开选举临时大总统会议。

这天，黄兴、陈其美在静安寺路的哈同花园宴请孙中山，邀请各省在沪代表作陪。黄兴已与宋教仁、陈其美等密商，有意推举孙中山为大总统，席间，又分头向各位代表示意，以便达成共识。《民立报》也继续作了舆论上的配合。

晚上，孙中山在宝昌路寓所召开干部会议。

对于选孙中山为大总统，宋教仁原本是不同意的。昨天孙中山到上海，在南京负责政务的宋教仁本来也是不愿意来迎接的，他仍然有意推黄兴做领导人，日本人北一辉再三劝他拥护孙中山，宋教仁生气地说："老兄，你也学日本浪人那一套吗？黄兴优柔寡断，不肯前来就任大元帅，已经误了事，你现在又要让满脑子空想的孙中山再来误事吗？"后来，张继等人也来劝说，他才勉为其难地来了。在黄兴的反复劝说下，他总算认同了选孙中山为总统。反正意向中的候选人，也就那么几个，黄兴不愿出头，黎元洪也就那个样，其他各省的都督，也大多是旧官僚，那还不如就让孙中山担任。

会上，对于新政权采用共和制，大家自然都无异议。可是，共和制分为总统制和内阁制（议会制）。总统制的话，选举产生的总统的权力是很大的，对许多国家大事有决定权，政府成员由总统任命并领导，议会虽然可以弹劾总统，但程序复杂，并不容易；内阁制的话，总统没有多少实权，议会的权力最大，国家事务主要由选出的政府首脑比如总理组织的内阁管理，对议会负责，议会有弹劾官员包括总统的权力。

在选择是实行总统制还是内阁制时，宋教仁和孙中山产生了分歧。

孙中山主张采取总统制，不设总理；宋教仁主张采取内阁制，选孙中山为总统，另设总理。

孙中山说："内阁制意在削弱总统的权力，所以用总理对议会负责。在目前这种非常时期，这是很不妥的。我们不能对自己最信任而推举出来的人，设置防止性限制制度。我也不能把自己当作一件神圣的摆设，到时凡事问大家的意见，那样难免贻误革命大业。"

与孙中山一并回国的亲信张静江附和说："说得好！孙先生之外，没有第二人能深谙其中利害，我等唯孙先生马首是瞻。"

宋教仁却笃定地说："中国人民已经忍受了几千年专制统治，现在革命就要成功，眼看专制就要覆没。我担心的是，我们的觉悟还不够，如果采取总统制，缺少权力制约，所谓的共和很快就会变质，又回到集权、专制、独裁。

如此，我们的革命不是又白费了？还是内阁制好，多一重保障。"

孙中山说："我刚才已经说得很清楚了，对我们自己信任的人，还抱那么大的戒心，还怎么把事情办好？"

两人各抒己见，直争得面红耳赤，也相持不下。

黄兴心里也很犯难。但出于维护孙中山，趁孙中山走开，他附在宋教仁耳边，试图劝说其收回主张："钝初……"

谁知宋教仁摇头道："哎，不行，不行。这是原则，是对国家和人民负责。我对这方面的研究还是比你们多，总统制的弊端是很明显的，在条件不成熟的时候，总统很容易窃取权力。"

场面再次陷入尴尬。

临了，黄兴只好调解说："那这样吧，等到了南京，听取大家的意见再定吧。"

27日，黄兴和宋教仁来到南京，分别向代表们阐述了两种方案，各自竭力争取支持。黄兴赞成总统制，态度坚决，大多数代表也附和总统制。

宋教仁见了黄兴，皱着眉说："克强兄，还是你的威望高啊。不过，我还是担心，我们的国家能不能得到良好的治理，会不会重蹈专制覆辙。"

黄兴微笑道："钝初，哪里是我威望高，而是很多国民还没认识到你的才华而已。你的担忧，我不是没想过，而是我觉得革命到了这个地步，民众已经普遍醒悟了，如果谁还敢搞专制独裁，一定不会依从。再说中山先生坚持用总统制，如果我们予以反对，他的归国就没有意义了，局面也会再次陷入众说纷纭的境地。"

"罢了。我还是那句话，你啥都好，就是在某些事情上顾虑太多，尤其是太祖护中山先生了。"

"好了，钝初，我们做出点牺牲没什么。许多事情需要处理，我们还是为下一步多想想吧。"

29日上午十时，各省代表在南京选举临时大总统。

先选出了三名候选人：孙中山、黄兴、黎元洪。然后再选举大总统。共有十七省的代表到会，每省只能投一票。经过投票，孙中山得十六票，黄兴得一票，黎元洪零票。孙中山高票当选临时大总统。

由于南北谈判仍在进行，这个选举结果，并未大张旗鼓地宣扬。

谭人凤这次是作为湖南的代表之一，从湖北赶来参会的。会后，黄兴找他了解武汉方面的情况。

谭人凤对本次选举颇不高兴,满腹牢骚地说:"这不就是同盟会的胜利吗?我看还不如选黎元洪呢!"

李书城听了感到奇怪:既然谭人凤宁愿支持黎元洪,为何黎元洪会是零票呢?

李书城当即说:"胡子兄,那你的票怎么不投给黎元洪呢?"

"我得投给黄克强呀!"谭人凤仍愤愤然,"克强,不是我说你,你这人就是太实诚,做实干家可以,但干不了政治的。"

黄兴不气不恼,只是劝慰谭人凤。他刚才还一直在想:这些参加投票的代表,会前交流时,为了顾全大局,几乎都达成了共识,把票投给孙中山,为何竟有一人偏偏不投孙中山而投给自己?原来就是这犟脾气的谭人凤代表湖南投的。

"唉,一个黄克强,一个宋教仁,一个孙中山,"谭人凤摇头叹息,"一个雄而不英,一个英而不雄,一个是空炮司令。"

李书城听得满脸愕然,黄兴却毫不在意,反而咧嘴一笑。

这时监票员刘之洁跑了过来,喘着气说:"胡子兄,胡子兄,有人要打起来了。"

原来,临时大总统选是选出来了,但那些代表会后一交谈,一评议,真实想法就又出来了,因而起了冲突。

谭人凤便说:"你找我?谁和谁要打?"

刘之洁说:"不是,我是找黄胡子,克强兄。"

谭人凤不满地说:"那你得说清楚啊,我是谭胡子,黄克强是黄胡子,于右任是于胡子……我知道你找哪个胡子?"

李书城忍不住笑。

黄兴却着急地问:"谁和谁要打?"

"议员们在讨论选举结果,有几个就争起来了。"

黄兴说:"走,我们去看看。"

1912年1月1日,是孙中山就任中国民国临时大总统的典礼日。

这几日黄兴在上海办事,便于31日上午又回到南京。根据某些省代表的意见,综合考虑,向代表会议提议对此前拟订的《中华民国临时政府组织大纲》

进行修改：原规定大总统由各都督府代表选举，现改为由各省代表选举；建议改用阳历，以"中华民国"纪年，并通知各省都督和《民立报》主持人于右任，从明日起正式废除清朝纪年，改用阳历。

1月1日下午六点多，孙中山一行从上海坐火车抵达南京下关，出站后乘坐扎花马车来到原两江总督署，即新设的总统府。

晚上十一点，孙中山在总统府正式宣誓就职，接受代表会议议长景耀华授予的印绶。孙中山以大总统之名正式发布《临时大总统就职宣言》，宣布实行汉、满、蒙、回、藏五族共和。

接下来要组织临时政府，确定各部人选。

经代表们议决，以代表会议履行临时参议院职权。孙中山与黄兴商议后，经代表们认同，先由总统提出初步人选，再由代表们议定。

3日，孙中山根据自己的考虑，结合黄兴的意思，提出了一个名单：陆军部总长黄兴，海军部总长黄钟瑛，外交部总长王宠惠，内务部总长宋教仁，财政部总长陈锦涛，教育部总长章太炎，司法部总长伍廷芳，实业部总长张謇，交通部总长汤寿潜。

代表们意见有分歧，很难统一。

其中的宋教仁和章太炎，虽与孙中山有隔阂，但黄兴还是向孙中山作了推举，然而名单公开后，很快便引来反对。另外，黄兴提议，伍廷芳更适合任外交总长，王宠惠更适合任司法总长。

黄兴又对孙中山说："宋教仁主张，初组政府，为保证纯洁性，应该全用革命党，不用旧官僚，是很有道理的。现在的情况是，初选名单里有旧官僚，各省代表里有更多旧官僚和立宪派，因而与革命派意见很难一致。如今新旧交替之际，就算容纳非革命党为无奈之举，也不宜让他们过多掌握实权。以我之见，不如以部长之职为名誉，另设次长为实职。既然不少人反对宋教仁和章太炎，那么以程德全掌内务，以蔡元培掌教育，再将王宠惠和伍廷芳职务对调，不知可否？"

孙中山略一沉吟，说："内务、教育两部，可按你说的改，王宠惠和伍廷芳两人就不必对调了。"

黄兴还是有点不明白：王宠惠是学法律的，却被安排为外交总长；伍廷芳擅长外交，却被安排为司法总长。孙中山是出于什么考虑呢？但他也没有再坚持自己的意见。

最后，代表会议通过了新的人选：陆军部总长黄兴，次长蒋作宾；海军部总长黄钟瑛，次长汤芗铭；外交部总长王宠惠，次长魏宸组；内务部总长程德全，次长居正；财政部总长陈锦涛，次长王鸿猷；教育部总长蔡元培，次长景耀月；司法部总长伍廷芳，次长吕志伊；实业部总长张謇，次长马君武；交通部总长汤寿潜，次长于右任。

这个名单中，以同盟会会员为总长的只有陆军、外交、教育三部，其他六部的都是旧官僚、立宪派，但那六个部长基本常驻外地，很少来南京，所以并不管实际事务。而九部的次长，除了汤芗铭之外，都是同盟会会员。由此一来，临时政府的权力，实际还是掌握在革命派手里。

九部之外，临时政府还设置了法制、印铸、公报、稽勋、铨叙几个局。宋教仁担任法制局局长。

总统府设秘书处，孙中山以胡汉民为秘书长。

黄兴考虑到，作为首义成功之地都督的黎元洪，落选了大总统，还是应该给个荣誉，予以抚慰。于是提议选黎元洪为副总统。代表们都表示赞同。

中华民国临时政府就这样成立了。

但接下来，有大量的事情需要处理。孙中山对国内的情况了解不多，名义上只是陆军部总长的黄兴，成了各部的实际领导人和临时政府的大管家。孙中山多半只是开会时到场，平时很少管理具体的事情。

黄兴对于宋教仁在本次选举中的遭遇，颇感遗憾。为此，他特地找宋教仁谈心。

黄兴说："钝初啊，你和太炎先生要骂，就骂我吧。有些事情，我没能办好，有失公允。"

宋教仁呵呵一笑："我骂你做么子？即使太炎先生要骂，我也不会骂的，他是性情文人，想骂就骂，而我是学法律的，得理清缘由。我知道，要说问题，问题是出在我自己身上的，谁让我不知变通，惹人嫌呢？"

"你付出了那么多，我心里总感不安，也怕你想不通。"

"有什么想不通的？总长不总长，无关宏旨，只要大家能把国家引上正途就好，反之，就算一时官居高位，也是没用的，坐不了多久。"宋教仁依然快人快语，"唉，我只是觉得，共和肇始，我党如果不能负起责任，大刀阔斧，革故鼎新，还谈什么政治？我素来主张内阁制，如今采用总统制也就罢了，官员也是七拼八凑，那些旧官僚，模棱两可，畏首畏尾，哪里可以谈革命、讲共和？"

"你说得对。"黄兴点头道，"只是新旧交替之际，如果我们一刀切，将反正过来的旧势力立即全部清理出去，他们势必站到我们的反面，这将给革命带来很大的阻力。其实，我认为，革命不论出身，只要心向革命，就是好的。只是，正如你所说的，有些旧官僚的问题还比较多，一时半会要想改变过来也有点难。因此，我与中山先生商量，尽量让革命同志担任实职。尽管如此，我也是压力很大。情况错综复杂，事情千头万绪，有的还很棘手。某些方面，你还得多帮我。"

"我们之间还讲什么客套？克强兄不妨明说。"

"临时政府里还有谁能比你更懂政法？"黄兴微笑道，"无规矩不成方圆。政府成立了，得有一部成文的法律啊。这活，你最擅长，我想让你捉刀。可是，不知你愿意不？"

因为宋教仁不赞成总统制，黄兴心里也没底。

宋教仁笑道："说实话，对违背内心的事，我向来不愿委屈自己。但这回，我就破例一次吧。在其位，谋其政。我如今既然是法制局局长，制订宪法这事儿，我当然得干。多久要？"

"当然越快越好。"

"行。我拟好了就给你过目。"

"那就这样说定了，有劳你。"

黄兴离开后，宋教仁便开始酝酿。当天晚上就动笔编写，先列大纲，再充实内容，两易其稿，一直写到天亮，一部《中华民国临时约法》草案便已出炉。

宋教仁吃过早点，呼呼大睡了一阵。醒来后斟酌了一番，做了小修改，再次誊正，然后送给黄兴过目。

黄兴接过手稿，大吃一惊："钝初，我知道你对西方政治、法律和议会研究得很深透，但这也太神速了吧？"

宋教仁轻松一笑："你先看看吧，哪里需要调整，我们再商议。"

黄兴说："好，你先回去休息吧，我看了再和你谈感受。"

宋教仁回去后，黄兴把这部一夜间写出来的约法草稿看了一遍。尽管他知道宋教仁有才，但刚才心里还是觉得他是否草率了些，现在却边看边赞叹："好你个钝初，真是个鬼才！"

黄兴打算将草稿给孙中山看看，再给参议会讨论。

陆军部设在原来的督练公所。

黄兴命人将屋子收拾整理一番，开始办公。陆军部的工作是最当紧的，延误不得。

首先是完成本部的行政机构配置，如设立军衡、军务、军需、军械、军学、军医、军法等各局，及副官、秘书处，并落实人员。

出于军事工作的需要，孙中山又在临时政府内设了参谋部，任命黄兴为参谋总长和大本营兵站总监。黄兴就又多了一些事务。

各省的征兵计划，军队的人数、编制，都是混乱的。陆军部得通知各省，进行规范和统计，将材料上报本部。并将旧军队的镇、协、标、营、队编制改为师、旅、团、营、连，相应的军官改为师长、旅长、团长、营长、连长。又制定军队纪律，颁布实行。

又为先烈召开追悼大会，弘扬精神，寄托哀思。按照列出的名单，安排专人负责，或授勋，或抚恤，或建祠，或致祭。如对革命作出特殊贡献的刘道一、徐锡麟、秋瑾、赵声、倪映典、熊成基、吴禄贞等等。

军事人员的俸给，也要制定出标准，包括军官和士兵。

还要制定各种章程、条例。

由于南北和谈尚未落实，策划北伐也是一件大事。一旦和谈破裂，便只有诉诸武力，将革命进行到底。

如此等等。

这天晚上，黄兴披着夜色去见孙中山。寒暄之后，孙中山感慨道："老话说，打天下容易，治天下难。这些天，克强真是辛苦了。"

"确实辛苦。我看中山先生也瘦了嘛。"黄兴答道，"革命初成，百废待举。目前正是关键时期，待各项工作步入正轨就好了。"

"是啊，在实际事务上我帮不了你们多少，但心里却是半点儿不轻松啊……"

两人就一些事情商议了一阵。

交谈中，黄兴表达了对经费问题的担忧。

孙中山说："我正琢磨这事，也正在想办法。眼下的困难，先克服一下。"

回到寓所，已夜深人静。黄兴独自坐在灯前，有时一动不动，似一尊雕塑,有时微微抬头,看看灯光或窗外,又陷于沉思。他再次感到,经费,会不会成为一个难解的大问题。接着,又想起牺牲的同志们。不是正在实施致祭先烈吗?他有些心绪已经积压很久了,总感觉还不到一倾为快的时候。想到此,他拿起笔,抻纸蘸墨,为黄花岗起义烈士写下一副挽联,以悼英魂:

七十二健儿,酣战春云湛碧血;
四百兆国子,愁看秋雨湿黄花。

黄兴一边忙碌,一边通知家人从长沙来南京团聚。

这时,黄兴其实有了两个家。原家庭:继母易自如,妻子廖淡如,长子黄一欧,长女黄振华,次子黄一中,次女黄文华。新家庭:二夫人徐宗汉,继女李雄,继子李强。一大家人相处融洽。

这段时间,黄一欧在上海住院。光复上海和南京,他疲劳过度,野外宿营条件又艰苦,南京之役一结束,他患了伤寒,在上海的日本人医院里治疗,由母亲廖淡如照料。

黄兴前往探望儿子。黄一欧发现父亲憔悴了很多,担心地说:"爸,我这算不了什么,其实你长时间超负荷地工作,才要多加注意。你已经吐过几次血了,要保重身体啊。如今这么多事情要处理,你吃得消吗?"

黄兴慈祥地说:"吃得消要干,吃不消也要干。临时政府刚刚成立,局面还是混乱的,不抓紧理顺不行啊。你安心养病就行,争取早点儿出院,多帮我一些。"

"医生说我体质好,抵抗力强,身体恢复不错,很快就可以出院了。"黄一欧精神很好,"对了,南京之战,我尽力了,有无军功都不重要,我哪天送个礼物给你。"

"我已经听说了,北一辉、宫崎等人都夸你。只要无愧于一名革命军人就好,确实不必在乎功名。你要送什么礼物给我?"

"炮弹壳。"

"好嘛,这是最好的礼物。"

"咱们什么时候北伐?"

"和谈还在进行,暂时未定。洪承点他们都在念叨你,希望你早日归队呢。"

"你回去告诉他，很快了。"黄一欧很盼望，"我和他配合得还不错。我们之前就说好了，一起北伐。"

"他现在是扩编沪军第七师师长，他对我说要你做副师长。可是……"黄兴若有所思。

"爸，怎么？"

"我想让你去留学，还有振华，她已经十六岁了。"

"现在不正是革命的重要关头吗？为什么让我去留学？"

"要不要北伐，还不一定，暂且不说。"黄兴寻思着，不无感触，"争权夺利的人太多了，何时都不缺，哪里都不缺，缺的是不计个人名利而踏实做事的人。说实话，我不希望你卷入权力和政治场中，而想让你多学有用的知识，做实业，搞建设。我们国家接下来会紧缺这方面的人才。年轻正是读书时，不要太在意什么官位。"

黄一欧听了不说话。

廖淡如看着自己的丈夫，也不说话。

黄兴的话，似乎引起了他们的思考。

"怎么，你不愿意吗？"黄兴问。

"我愿意。"黄一欧抬头答道。他完全理解和认同父亲所说的，只是，作为一名军人，他对军队已有很深的感情和眷恋，对设想中的挥师北伐很向往。因而，虽然口上答应愿意，脸上的表情却还是透露出矛盾。

父子俩又谈了一些事，然后，黄兴就走了，廖淡如送他到医院门口。

看着父亲的背影，黄一欧不由鼻子一酸，泪水在眼眶打转。这几年来，父亲四处奔波，劳心劳力，筹组同盟会、联络同志、领导起义、处理内部矛盾、带头筹款、黄花岗之役、阳夏保卫战、组织临时政府，直至眼下管理全局事务，他确实就像有人说的，是一头"湖南骡子"，不知疲累，不断地干活。他原本身体壮实，可年复一年的奔忙和劳损……每每看着父亲，黄一欧除了心痛，还有一种隐忧。

黄兴将宋教仁编写的《临时约法》草稿给孙中山过目后，让宋教仁做了小修改，就给参议会审议。

参议会上，议员们人手一册文稿，仔细地审阅着。

宋教仁坐在主席台上，负责解释。

这时，一名女子悄无声息地走进了会场，在后面拣了个位子坐下。接着，把旁边议员的资料借了过来，一页一页翻看。看完资料，似乎意犹未尽，继续往后面翻，后面却是空白，没有内容了，脸上便似有不悦。她就将文稿又翻了一遍，似乎还是没有找到她要找的东西。

过了一会儿，宋教仁在就一个问题认真进行解读。女子听着听着，脸色越发难看，终于坐不住，站起来，往台上走去。

众人并未感到意外，只当是会务人员。

然而，只见那女子径直走到宋教仁面前，突然出手，"啪！""啪！"扬手往宋教仁劈头盖脸就打。

宋教仁登时蒙了，然后看着女子："唐大姐……？"

女子原来是唐群英。

全场人员都被这突发的一幕惊呆了，一时竟没反应过来，会场一片安静。

唐群英瞪着宋教仁，怒气未消："你还解读个鬼！这约法里为什么没写男女平等？"

黄兴坐在第一排，看到情况不对，起身走上前来，说："唐大姐……？"

唐群英大声说："为什么就没写男女平等呢？革命胜利了，民国成立了，是不是还打算继续把我们女人当作陪衬？"

宋教仁解释道："唐大姐，你别急。这里面第五条不是写了'中华民国人民一律平等'吗？……"

"我只问你有没有写'男女平等'？"

这时，多名女子又出现在会场门口，看样子是来助势的。

黄兴一看不行，急忙把唐群英劝到了会场外。

这些年来，唐英群往来于日本和国内，开展女权运动和参与革命活动。1911年秋，从日本回到上海，来到同盟会中部总会向宋教仁报到。武昌起义后，她在上海联络女子团体，组织女子北伐队，募集物资钱粮。随后率领四百余名女子加入江浙联军，参加了攻打南京，手执双枪，英勇杀敌，被称为"双枪女将"。听说今天在开会讨论《临时约法》，她特地来看看，有没有赋予妇女平等权利，没想到果然让她失望。

会场外，黄兴说："唐大姐，民国成立，也有你和女子队以及众多女同胞的一份功劳，你们不愧是我们的巾帼英雄。我这两天与中山先生议事时才提过，表彰荣誉，一定不能少了你们，并拟将你的荣誉定为二等勋章。中山先生也很认同。男女平等，是无疑的。现在风气正在开化，使这一观念变为现实，到处都在成立女校，女子读书、留学、参加工作和革命，都是自由的，谁再敢阻挠，一定不得人心。"

"我并不在乎什么荣誉，我只是觉得，男女平等也应该写进约法里。这个钝初，他为什么就没写呢？如果你们都做不了主，我就去找孙中山。我已经给他写了几封信，提出女子参政要求，他都还没给我明确答复，就那么难吗？"

唐群英不知道，就在最近的一次参议会上，孙中山提了她的主张，但没有通过。黄兴话到了嘴边，又咽了回去。如果直接告诉唐群英，她肯定更受不了，今天的会议就别想开下去了，不如让孙中山给她解释更好。

"唐大姐，民国政府刚刚成立，一切都还在建设中，你有好想法提出来是对的，让大家一起多考虑，逐步改进。"黄兴微笑着，安慰道，"我们在日本时，钝初还说可能经不住你这女侠一拳，谁知竟一语成谶，应在今日。这个约法草稿可是钝初熬了一整夜写出来的，写的时候，他应该压根想不到今天的事。"

唐群英也笑了，然后歉意地说："也许我做得不对，太性急了。我从来就最相信你们，难道你们也会歧视女性？"

"如果我们歧视女性，还会欢迎你们加入同盟会？"黄兴进一步解释，随即又轻轻叹口气，"千年沉疴，割治不易呀，守旧势力仍然存在。有些事情，确实也还有一些阻力。但我们要有信心，要有毅力，慢慢细细地来，迟早解决它，就像这革命，也是磨出来的。让我们一起努力吧。"

两人又交流了一会儿，唐群英这才走了。

会后，黄兴又去安抚宋教仁。宋教仁不无委屈地说："克强兄，唐大姐打我两下都没关系，但她提的这事，可不只是我的问题啊，主要是守旧势力作梗嘛。再说这种观念性的问题，可以用其他方式来加以干预，予以改变，未必要写进宪法里去。我在约法的第五条已经写了'中华民国人民一律平等'，大家也都认同了。宪法是国家的根本大法，是个主轴性的东西，宪法之外，我们还有一套法律法规，一些具体的事项可以列进去。另外，我们固然要支持女权运动，但由于性别和身体的客观差异，男女是不可能做到完全平等的啊。可是唐大姐……"

黄兴听了说："钝初，你说得有道理。比如这裹足的陋习，可恶得很，现在很多地方还遗留着，我们一定要废除它，但肯定不必写进宪法，可以用下令等方式解决。唐大姐本意是好的，只是方式欠妥，她已表达了歉意，你不必在意。"

"你不会只是在安慰我吧？"宋教仁仍心有余悸，"说实话，男人们辩论，我谁都不怕，只是……"

黄兴说："钝初，你这次真的委屈了。我难道还会同你打诳语？这样吧，这两天抽空，我请你和唐大姐一起聚聚，她也有她的困惑，大家敞开了谈。"

宋教仁这才松了口气，笑道："你没骗我，那就好。聚不聚，倒是小事。"停了停，又说："讲实话，我也想过，假如我真的在宪法里写上'男女平等'，它会获得通过吗？当初我就说过，那些守旧官僚，就不要了。但目下的情况，似乎也难……"

南北谈判持续进行。

从12月18日至31日，南北谈判代表伍廷芳和唐绍仪在上海一共已谈了五次，一些事项仍有待进一步洽商。

已经就任中华民国临时大总统的孙中山，看到袁世凯磨磨蹭蹭，对其的诚意很是怀疑，越来越倾向于北伐，并打算自任北伐军总司令。无奈临时政府和革命军派系林立，经费毫无着落，英、美、德、日各国也不希望中国再发生战乱，派军舰驶入长江，造成要武装干涉的局势。孙中山只得不反对继续议和，只要袁世凯答应条件，就推其为大总统。

袁世凯得知孙中山已就任临时大总统，临时政府已成立，勃然大怒。

南方选举临时大总统、成立临时政府，虽然没有宣扬，但这么大的事，袁世凯岂有不知道之理？但知道了也好，可以借此让他明白，再不接受南方的条件，南方就可能不同他再费口舌了。这也正是妙处所在。

袁世凯本来想继续再逼南方让步，同意只要他设法使清帝退位，实行立宪制也可以。这不是不可能，因为目前革命阵营中的那些立宪派、旧官僚，出于自身利益的考虑，正慢慢在趋附他，他打算以自己为主导，在北方组织临时政府。但孙中山却声明，袁世凯不得在民国成立前，从清廷手里揽权自重，清廷宗室权臣铁良也反对袁世凯那样做。在这博弈之际，南方竟然不再等待，而是一边谈判，一边选举了总统，组织了政府，这不是反过来在逼他吗？尤其恼火的是他的谈判代表唐绍仪，先是对南方让步，同意在上海谈判，后面竟然继续让步，回头劝他同意共和，云云。

袁世凯一怒之下把唐绍仪骂了一通，说他越权，撤去了他的谈判资格，致电伍廷芳、孙中山，质问既然双方已经基本谈妥，只待实现，南方为何就擅自选举总统，组织政府？

孙中山只得复电解释：局面不能持续混乱无序，他只是临时承担此职，便于负责事务，临时政府也只是出于履行军政管理职能的必要，只要袁世凯兑现了谈判所议的事项，他决不食言，一定将大总统之位让给袁世凯。

袁世凯于是加紧了"逼宫"的步伐。

1月26日，段祺瑞等四十六名北洋将领联合通电，要求清帝退位，实行共和，不然就要带兵进京。

就在这一天，反对清帝退位的宗社党首领良弼在议事之后回家时被革命党彭家珍炸死。清朝宗室人人自危。袁世凯趁机派人传扬南方革命党有多凶残，一旦北伐，清廷必遭屠戮。又劝隆裕太后，自古亡国之君都没有好下场，现在按优待条款，大清皇帝退位后，仍然可以保留帝号，住在皇宫，还有丰厚的生活奉养，已很难得，要珍惜机会。

1月3日，以陆徵祥为首的清朝全体驻外使臣也发出联名通电，劝告清帝退位，以安皇室，定人心。

2月6日，参议院正式通过了关于清帝退位的《优待条例》，其中规定：一、清帝称号不变，民国政府待之以外国君主之礼；二、民国政府每年拨给四百万元供皇帝支出；三、清帝仍居清宫，以后移居颐和园；四、清王室原有私产由民国保护，等等。

2月12日，迫于压力，清廷接受优待条件，宣统帝颁布了由张謇起草、南京临时参议院通过的退位诏书，正式退位。

这可是南北和谈中涉及的最关键性大事，但孙中山和黄兴却忧心忡忡。万一袁世凯接过最高领导权之后，背信弃义，那无数革命志士的鲜血不是白流了？

黄兴担心地对孙中山说："中山先生，清帝退位是大好事，统治中国二百六十八年的清朝专制制度到此结束，在中国沿袭几千年的帝王制度也就此结束。可要是袁世凯做了总统后，并不奉行民主，而再次走向专制，怎么办？"

"是啊，我正为此焦虑呢。"孙中山更是纠结，"如果那样的话，我们岂不是白忙乎一场，所有付出全都送给了袁世凯？"

"权力的诱惑太大了。袁世凯手握重兵，外国又大都将他当作最有能力控制中国局面的人，他有足够的资本成为新的君主一样的独裁者。"

"事已至此，我在想，"孙中山思考着，"我们只有给他设置一些限制，制约他的权力。"

孙中山把他的想法说了出来，即为袁世凯设立两项限制：一、临时政府地点设于南京；二、待参议院选举的新总统到南京就职后，原任临时大总统及国务成员才辞职。要向袁世凯声明这些规定都是参议院的代表议定的，不能更改和违背。

黄兴说："看来也只能如此了。不过，总感觉还不够。"

孙中山眼睛一亮："还可以设置一些制约。"

"哪些？"

"宋教仁编写的那部《临时约法》啊。"

"《临时约法》？"黄兴问，心想那部约法对总统的制约太有限了。

"对！"孙中山肯定地说，"反正这部约法还没有正式实施，外部的人还没见过。宋教仁不是赞成内阁制吗？你让他把它改一改，多些内阁制的内容，再给议员们审议一下，相信他们也能理解。"

黄兴听了有点为难：这一时总统制一时内阁制，也太乱了吧？但转念一想，这个非常时期，也不必拘泥不化，就按中山先生说的办吧。

黄兴只得去同宋教仁说。

宋教仁愣了一下，皱皱眉，然后点头道："好，我来改吧。"

宋教仁很快就将约法改好了。原本是根据总统制编写的约法，修改后出现了不少内阁制的内容，比如设置总理等，总之是对总统进行限权……这就成了一部介于总统制和内阁制之间的约法。

孙中山看了修改后的约法，点头道："对，我们可以通过设总理、组内阁，进一步限制袁世凯。"

黄兴说："问题是袁世凯会遵守吗？"

"他如果不遵守，就是失信，在全国舆论面前将自己置于不利的位置，我们就可以号召全国的革命力量讨伐之。"

"哎，俗话说'以小人之心，度君子之腹'。我宁愿我们的担忧都是小人之心，不然，国民又有苦受了。"

"克强啊，政治是复杂的。这种关头，我们必须有两手准备。"孙中山语重心长地说。

13日，接到退位诏书的孙中山，向临时参议院递文辞职，推荐袁世凯为总统，不过附上了三个限制性条件，除了前面说到那两个，还加了一条：三、新总统必须遵守参议院制定通过的《中华民国临时约法》及所颁布的一切法制章程。

15日下午，总统府举行庆祝南北统一大典，临时参议院选举袁世凯为大总统。

孙中山给袁世凯附设的三个条件，第一条和第二条意在让袁世凯离开北方老巢，削弱他的势力；第三条是用法律手段来约束他。

可是，袁世凯会接受吗？

就在临时政府成立和南北和谈期间，各方明暗交织的纷争也在不断演化。

以黎元洪为首的湖北军政府对新成立的临时政府是不满的。

湖北这次有胡瑛、马伯援等五名代表到南京参加选举临时大总统，共投一票。这五名代表都是同盟会会员，加上平时在黎元洪手下并不怎么得志，居然连本省都督的票都没有投。黎元洪闻讯大怒，却又无可奈何，心里更倾向于让袁世凯做大总统。

当英国《泰晤士报》驻华记者、澳大利亚人莫理循前往武汉，采访黎元洪时，他激愤地说："世人对孙中山显然有错误的认识。其实，在推翻清王朝的革命中，他根本没做什么实际的工作。他返回中国时，革命已经结束。除了一些道听途说的模糊印象外，我几乎没有听说过这个人……我认为他是个空想家……孙中山离开中国的时间长，与这里的任何势力均无关联。他在外国的名气很响，因此他似乎很适合这个位置，其实他的名声在很大程度上是虚构的……"

莫理循说："我在北京的时候采访过袁世凯先生，他也说'孙中山是半个中国人'，你们的意思好像一样，就是孙中山不了解中国，国内对他的了解也有限，对吗？"

"是的。"

莫理循随后在写给《泰晤士报》的信中说：袁世凯认为是黎元洪的行动引起了革命，真正的中国人也是拥护他袁世凯的，只有像"半个中国人孙中山"那样对自己的国家并不了解的人才反对他。信中写到孙中山时，又说：孙中山迄今给人们良好的印象，是人们认为他随身携带巨额的外币……据我所了解，实际上他什么钱都没有带回来……

这时，连张謇也开始站在袁世凯一边，说孙中山不仅对中国的情况缺乏了解，在海外由于四处奔波，对各国的政治文化也没有融会贯通。

除了袁世凯、黎元洪和孙中山、黄兴这两方头号人物的角逐，旧官僚、立宪派、革命党几大派系的较量，外国势力的干预，其他人的争权夺利也在进行。

时任湖北军政府军务部部长的孙武，与黎元洪较亲近，本来想谋取临时政府陆军部次长，没有成功，心里也颇多怨愤。

南京临时政府本次确定的九大部成员中，湖北占三人，即陆军部次长蒋作宾、内务部次长居正、海军部次长汤芗铭。陆军部次长蒋作宾与孙武一样是留日士官生，同盟会会员，曾在北京陆军部任职，熟悉军政情况，武昌起义后在北方积极活动，试图举兵响应。蒋作宾入选次长而孙武落选，使孙武有了脱离同盟会而支持袁世凯的想法。

接着发生了更为严重的事件，即陈其美挑起的革命党内部的自相残杀。

首先是陈其美杀害江浙联军参谋总长陶骏保。

陶骏保是镇江都督林述庆的老师兼参谋长，与林述庆一起率领镇江军参加了攻打南京，被推为江浙联军参谋总长，在攻打天堡城时立下大功。

南京光复后，江苏出现了"一省三都督"现象——沪军都督陈其美、镇江都督林述庆、江苏都督程德全，引起各界关注。首先，上海的江苏教育总会的一批立宪派在《时报》上发表致陈其美的公开信，指出沪军都督府只负责军政事务，那民政等公共事务怎么处理？就应该纳入全省统筹。

这封公开信的真实意思是，上海既然为江苏一部分，就不应再设都督府和都督，权辖应归于江苏省府。

陶骏保等人随后劝林述庆自动放弃都督之位，林述庆表示赞同，通电各省，宣布将他的镇江都督取消，并放弃准备新任的江宁都督，建议将都督之权归于江苏都督程德全，以便于统一管理。由于一省有多个都督的现象还不止江苏有，通电各省也有利于大家自律。这本是一件好事，却让陈其美十分恼火，担心他的沪军都督不保，于是决定采取行动。

12月11日，陶骏保来上海，与黄兴、宋教仁、陈其美商量北伐等事务。陶骏保先拜访了宋教仁和黄兴，13日前往都督府拜会陈其美。陈其美让陶骏保在客厅等候，卫兵突然一拥而出将他逮捕，反剪双手，并用布包住脑袋，当场在沪军都督府大堂上连开十三枪将他杀害。陈其美随后公布了陶骏保"播弄是非，几酿大变"等罪名。

陶骏保尸骨未寒，紧接着又发生了陶成章被暗杀事件。

章太炎与陶成章对孙中山当选临时大总统，心里也是不满的，认为他是靠大吹大擂的欺骗手段获得的，为此去信一封，质问他带回的军舰和钱在哪里？章太炎还宣称：孙中山论功不如黄兴，论才不如宋教仁，论德不如汪精卫。又笑话孙中山：当了总统也管不了谁，政令不出百里，只是每天骑马上清凉山晃悠而已。孙中山自然很气愤。他心里明白，陶成章竭力推崇章太炎，他们俩是穿一条裤子的。孙中山在复信中以个人名义严词追问陶成章此前在南洋所播弄的"孙文罪状"一事，该作何处理？予以反击。

南京临时政府成立后，浙江都督汤寿潜在中央政府做了交通总长，浙江都督之位就空了出来。汤寿潜卸任前，推荐了章太炎、陶成章和陈其美三个人选。

章太炎谢绝了，又以陈其美志在北伐为由，代陈其美也推辞了，力荐陶成章担任。其实陈其美是特别在乎此位的。

陶成章与陈其美本有芥蒂，后来矛盾又有加深。武昌起义后，陶成章从海外募款回来，计划发动江浙起义，陈其美听说他筹了不少钱，便向他开口。陶成章却说："你有的是钱在上海嫖赌，我的钱要留着哪天北伐作军费。"陈其美气得差点拔枪相向。

上海光复后，陶成章为李燮和鸣不平，提议成立吴淞军政分府，陶成章也在上海设立浙江光复军练兵筹饷办公处，为攻打南京做准备。陈其美对此十分忌惮，害怕陶成章在上海势力扩大。章太炎曾劝说过李燮和与陶成章，李燮和开始警觉，陶成章并未重视。

现在又面临争夺浙江都督。陶成章在浙江有很高的人望，除了光复会的支持，当地会党龙华会首领沈荣卿等也发表通电，表示浙江都督非陶成章莫属，对陶成章派去的代表非常热情，而对陈其美派去的蒋介石等人不予理会。

眼看陶成章接任浙江都督是众望所归。这样一来，光复会的势力必将更加增强。陈其美决定对陶成章下手。

蒋介石担任了本次暗杀任务。此时的蒋介石，还只知道唯陈其美马首是瞻。

陈其美要刺杀陶成章的消息不胫而走。陶成章也开始提防，发布公告无意于浙江都督，并在上海转移了多个地方，后来因病住院。蒋介石以浙江老乡身份，从陶成章身边的人着手，要到了陶成章的住院地点，特地先去医院探望陶成章，察看环境，而陶成章并未对蒋介石起疑，两人还相谈甚欢。

1912年1月14日凌晨，两个穿西装，戴墨镜，毡帽压到眉头的黑影，鬼鬼祟祟潜进了上海法租界金神甫路的广慈医院，熟门熟路上了二楼，走到二〇五号病房外，推开门，对着一张病床上的人开枪射击。在床上蒙头大睡的正是陶成章，当场饮弹身亡。等陶成章的手下和护士反应过来，两名杀手已经消失在茫茫的夜色里。

这两名杀手，一个就是蒋介石，另一个叫王竹卿。王竹卿是被陈其美、蒋介石收买的光复会叛徒，因为嗜赌，曾被陶成章责备，心里不快，再经挑拨，便生仇恨。

光复会从事反清革命多年，光复军也在江浙起义和攻打南京时立下大功，没想到它的领导人陶成章，竟这样死于暗杀，年仅三十四岁。

陶成章血案，震动了上海，传遍了全国，各大媒体纷纷报道。

凶手到底是谁？

孙中山来电哀悼，肯定陶成章和光复会的革命功绩，要求上海方面缉凶严办。

黄兴致电陈其美，要求照会法国领事缉查严究，并务必保护章太炎的安全。

陈其美做出缉凶的姿态，却利用《民立报》放出烟幕弹，以谣言方式将杀手指向北方清政府派出的暗杀党。蒋介石随后带着陈其美提供的公款避往日本。王竹卿逃回了浙江嘉兴，但不久就被光复会复仇追杀而死。

章太炎对陶成章之死号啕大哭。他曾经担忧陶成章在上海招人忌恨，劝他离开，陶成章不听，最近才开始警惕，没想到终于出了大事。这个被梁启超喻为"当代墨子"、被对手之一吴稚晖说是"性虽褊急，心实坦白"、被他章疯子戏言为"强盗或皇帝"、被周树人称为"用麻绳做腰带的困苦的陶焕卿"

的光复会实际掌舵人陶成章，真的就这样走了。

悲痛之余，章太炎意识到这是同盟会对光复会的残杀，直指是同盟会的阴谋，并点名指责陈其美、孙中山、胡汉民，甚至怀疑到宋教仁、黄兴等头上。

事情被搅得很乱。但凶手是受陈其美指使的事实，很快昭然若揭。曾有过良好合作的同盟会与光复会，从此势若水火。失去陶成章的光复会，也很快走向没落，同盟会成为势力最大的团体。

陶骏保遇害后，由于南北还在和谈，陶骏保的兄长、江苏都督府交通次长陶逊怕影响大局，没有公开发声，随着清帝退位，局面初定，看到上海又再次发生惊天血案，也站了出来，发表了一封很长的电函，质问陈其美为何同类相残、任意屠杀同志，对陈其美为他弟弟罗织的罪名一一辩驳，怒斥陈其美的都督府是强盗窝。

临时政府司法总长伍廷芳也连发三文，谴责陈其美滥施逮捕、无法无天的行径。

而接着在广东，也发生了同盟会对光复会的残杀事件。潮州的许雪秋等光复会会员，于3月30日被陈炯明下令杀害。广东甚至流传起"革命成功，革命党人死"的歌谣。

许多革命党人要求胡汉民和陈炯明惩办凶手，但胡、陈不予理会。

章太炎更加气愤，致信孙中山，要求立即制止这种残杀行为。同盟会对光复会的杀戮这才停止。

袁世凯对临时政府的接管，也在紧锣密鼓地进行。

袁世凯对革命党要求定都南京，要他到南京就职的附加条件，极不认同。他心里明白孙中山、黄兴此举的目的所在。他岂能离开根据地，到南方受革命党挟制？

张謇为他献策：一可以借外国势力干涉；二可以借北方民意反对，不去南京。

袁世凯深以为然。

2月27日，教育总长蔡元培作为南京临时政府专使，率代表团到达北京，接袁世凯赴南京就任大总统。

袁世凯非常热情，下令一路悬挂五色旗，车站搭建松柏楼，派汪精卫等人前往车站迎接。又十分通达地与蔡元培交谈，当着蔡元培等人的面对部下安排事宜，连南下路线都定好了。

蔡元培信以为真，心里高兴，只等着袁世凯布置好北方一应事务，就随代表团启程。

就在这时，多个所谓民间团体，纷纷发表谈话、致函、通电，不赞成袁世凯去南京就职。

29日晚上八时，蔡元培等人吃过晚饭，刚回到专使招待所一会儿，突然外面枪声大作，人声喧哗，火光晃动。正在怀疑，只见士兵破门而入，端着枪，横冲直撞，看到什么拿什么，将他们的行李、文件等洗劫一空。蔡元培等人急得爬墙躲到隔壁的外国人家里，待到天亮，又逃到东交民巷的六国饭店。

据说，这是袁世凯的部下、北洋军第三镇统制官曹锟的人发动兵变。

可是，这些士兵不攻清帝宫室，不犯袁世凯官邸，不侵外国人住所，只抢平民百姓，尤其是对蔡元培等人的住处好像熟门熟路。

次日早上，唐绍仪有事去见袁世凯。袁世凯面门而坐，唐绍仪坐在一侧，从门口看不见。正停下谈话，一身戎装的曹锟来了，走到门口，见只有袁世凯一人，当即汇报说："奉大总统令，昨晚已成功发动兵变。"

"胡说！"袁世凯怒喝一声，"滚出去！我等下再拿你是问！"

曹锟一脸懵懂，摸不着头脑，退了出去。

唐绍仪心里明白，却装聋作哑。

唐绍仪走后，蔡元培等人来反映情况。袁世凯又当着他们和部下的面勃然大怒道："他娘的，这些混账东西，想造反啊。"当即就穿上军装，叫道："拿家伙来，看我怎么收拾他们！""噔噔噔"被部下簇拥着出去了。

蔡元培去见唐绍仪，唐绍仪长叹一声道："蔡先生，这事怕有点儿难了。"

蔡元培一个做学问的，哪知其中诡异，便说："那我们再待几日也无妨，等大总统平了乱再说。"

唐绍仪面带难色，也不便明说。

3月1日，保定、天津等地的军队也发生哗变，假戏真做，抢掠百姓。

这时，以段祺瑞、冯国璋、姜桂题等为首，反对袁世凯南下的呼声又纷纷出来了：袁总统还未离开北京，就闹成了这样，真要去南京了，北方还不乱成一团糟？袁总统绝不能南下！

紧接着，又风闻日本人对北京治安不满，已派兵入京。

汪精卫也趁势替袁世凯说话。

蔡元培无奈，只得致电孙中山，陈述北京情况，提出可取消袁世凯赴南京就职的要求，并将中央政府设在北京，至于其他的，都好商量。

孙中山和黄兴也不知兵变内幕，信以为真——因为北洋军为缺军饷而哗变的事确实也有发生，便致电袁世凯问情况，并决定派兵北上帮助袁世凯平乱。袁世凯一看不行，只得复电孙中山和黄兴，不需要民军北上。

就这样，孙中山为袁世凯所设的三条限制性条件，前两条就作废了。

3月6日，临时参议院做出复议，同意定都北京，袁世凯在北京就任大总统。

袁世凯如愿以偿。革命党人想再作努力，尽可能以防不测。他们提出要求，在袁世凯即将组织的内阁中，应由同盟会会员任总理，另外由黄兴任陆军总长。

袁世凯占了大便宜，觉得也应该让点儿步，但这个步却让得不无滑稽，就是同意让为他效力多时的唐绍仪加入同盟会，再任内阁总理。至于陆军总长，他要让自己的亲信段祺瑞担任，为了安抚黄兴，他表示可任命黄兴为参谋总长，统辖两江一带的军队。黄兴却推辞了，决定解甲归田。袁世凯觉得南京临时政府还有那么多军队既未解散，也未完成整训，如果缺少有威望的人统辖，万一对他不满而生出事来就麻烦了，于是力劝黄兴，先留守南京，以保平稳过渡。

孙中山也趁机劝黄兴："克强，这些革命力量好不容易才发动、聚集起来，如果都散了，万一袁世凯到时反目，我们拿什么和他对抗？你还是先答应袁世凯，留守南京吧，再看情况。"

黄兴心情矛盾地说："中山先生，说实话，只要共和能成，民主可期，我对功名官位这些真的并不在乎，兴趣只在实业。然而，弟兄们走到今天，确实很不容易，如今却面临各自散去，我这心里还真不是滋味。一方面，我们得防备袁世凯；一方面，我们也得对这些军人负责。"

"飞毛腿"刘重听说黄兴要挂冠回乡，直奔陆军部黄兴办公室。一个在万般险恶和枪林弹雨中历经生死考验的人，说着说着竟悲伤地哭泣起来。

对自己这个老部下的身世，黄兴当然很清楚。刘重自小学习优异，考童子试时，每场都交头卷。出场后，在考棚前溜达，一时兴起，竟如一只山猴子，跃上墙头，走来走去，被差役看个正着。主考官闻知大怒，取消了刘重的考试资格。刘重却毫不在意，说："你作废我的成绩，有什么了不起，老子哪天去州里考个头名。"后来，到郴州果然考了个第一。再后来到省城进入游学预备科学习，只要他安心于学业，很快就会获得公费留学，前程一片大好，然而他却接受了革命思想，参加了华兴会和哥老会，不久就辍了学，从此把脑壳挂在裤带上，为革命事业奔走。如今清朝完蛋了，新政府成立了，他也刚被列为候补议员，等着再为国效力，谁知一转眼，国民政府竟要让给袁世凯，黄兴要辞职而去。那么，他何去何从？无数革命同志何去何从？世道又真的就好了吗？

黄兴忍住心中的难过，说："兄弟，武装斗争只是革命的一部分，民主建设和经济复苏是革命的另一部分。我们国家饱经战乱，满目疮痍，百废待兴，建设的重任并不轻于武装斗争。即使军队解散了，你跟着我，也有的是新任务。"

刘重这才好受了些，告退而去。

多位将领也舍不得黄兴离开，纷纷劝他留下。

黄兴虽然很向往无官一身轻，去尝试做实业，但实在不忍丢下这些为共和与民主而战的官兵，于是答应了袁世凯，暂留南京，维持稳定，待事情处理就绪，仍然挂冠归田。

4月1日，孙中山正式解职。

4月6日，黄兴正式就任"南京留守"这一特殊职务。

袁世凯是在北京成立中央政府，刚刚成立不久的南京临时政府就不能再存在下去。黄兴要重新组织一个机构，管理南京一应事务。

黄兴在原陆军部的基础上，进行调整，建立了一个新的临时机构——南京留守府，以李书城为总参议，陈嘉会为秘书长，何成浚为总务处长和副官长，分设军务、政务两厅，分别由张孝准、马相伯任厅长，另设一个警卫团，林虎为团长。以李燮和为长江水师总司令。

张孝准要黄兴给黄一欧也安排个职位，黄兴拒绝了。这以权谋私的事，他做不出，何况留守府这么困难，多一个人就多一份支出。

南京留守府要处理的主要问题是二十多万军队的整顿，包括江浙军、沪军、光复军、卫戍军及后续赶来支援的各路援军。

从军队本身来说，成分复杂，除了接受过正规训练的新军外，有相当一部分兵员素质差，战斗力弱，纪律也不好，违法乱纪的事情时有发生，要成为合格的军队，就需要加强整训。

但军费成为最棘手的难题。

经费问题已经困扰临时政府一段时间了。

张謇曾经为黄兴预算过，临时政府每月的开支大约要一千万两白银，一年大约要一亿两千万两白银。

孙中山在美国接到国内起义成功、催他回国的电报后，他知道组织成立中央政府需要大笔的钱，曾试图在美国、日本、英国、法国、南洋筹款带回中国，无奈各国、各方对中国的时局都还在持观望态度，不愿出头支持，因而并没有筹到钱，只好空手而回。

临时政府成立前后，为了缓解燃眉之急，孙中山和黄兴就想尽了办法。但向各方筹到的一点钱可谓杯水车薪。1月份，发行了一亿元公债，但只募得五百万元，大部分还是海外华侨认购的。接着又发行一百万元军需公债，由于缺少可靠的担保，商人以罢市拒绝认购。向轮船招商局、汉冶萍钢铁公司借款也空手而返。

利用发行公债所得的那几百万元和筹借的一点钱，临时政府好歹硬撑着成立了。可是后续成了大问题，要钱的人踏破门槛。

安徽军队多次索要军饷不得，曾有人找到总统府秘书长胡汉民，请他出面帮忙疏通。胡汉民拿着孙中山给的二十万元批条去财政部拨款，发现国库里竟然只剩十枚银圆。胡汉民急忙回头对孙中山说："孙总统，国库空虚至此，如何是好？"

孙中山愣了一下说："唉，革命不易，治国更难哪。可恨清政府，割地赔款，使偌大的中国一贫如洗，至今还在向列强还款，繁华的租界，我们也没有权力收税。倘若数日之内再无足够的资金以解燃眉之急，只怕军队将会解散，临时政府也将面临瓦解之命运，北伐之事就休想再提。你先回去，我再想想办法看。"

胡汉民又去找黄兴。黄兴为着军饷的事，奔走于南京、上海之间，四处求人，又急又累，已几次吐血。

胡汉民见了黄兴说："克强兄，军队这样杂乱，又无军饷，万一发生哗变，如何是好？"

黄兴比他更急，一脸无奈地说："是啊，如果和平不成，这军队我们还能指挥吗？真到了那一步，我黄兴可能只有割腹以谢天下！"

随即又动身赴上海，再想办法。

很多人以为，孙中山回国后能很顺利选上大总统，主要是大家认为他在海外多年，与外国交好，能使革命政府顺利得到外国承认，并且能获得大笔资金支持。实业部总长张謇就曾寄望于孙中山能募得外债一亿两白银，或者至少五千万两白银，那么临时政府的困难就可以迎刃而解，有比较充足的时间来实现平稳过渡，走上正轨。可是过了一段时间，希望成为泡影。孙中山的威信由此一落千丈。

而新旧交替之际，人心动荡，见风使舵。那些军队人员混杂，在革命大潮下举旗而起，走向革命，除了正常的基本诉求外，抱升官发财之心的人也不少。政府官员也一样，各怀想法，观看形势。如果临时政府没有基本的经费维持正常运转，确实随时都有可能发生不可预知的事情。

孙中山发现南京的军队里到处骚动不安，曾与黄兴商议，不如趁着和议未定，举兵北伐。黄兴为难地对孙中山说："中山先生有没有发觉，一些当初附和革命的，只要占据了一块地盘，就拥兵自重，只顾着眼前利益，不想动了，仿佛革命的目的就只是做一方诸侯。有的甚至与袁世凯暗通声气。这样的军队，不经过一段时间的改造，谁能指挥得了？"

万分着急却计无所出的孙中山初以为黄兴软弱，就试图做众将领的工作，却并无效果。

黄兴对带兵来援的桂军将领耿毅说："我何尝不想挥师北伐，直捣黄龙？但目前的军队状况，如果我强制进军北伐，只要袁世凯对有的将领许以加官晋爵，说不定他们就会对我们倒戈一击。中山先生责怪我软弱，其实我做梦都想着北伐。他的想法是好的，但对情况的复杂性还不了解。"

李书城也说："是啊，就说黎元洪吧，与袁世凯往来频繁，一旦我们北伐，还不知道他是和我们一起打袁世凯，还是和袁世凯一起打我们。另外比如浙军，也是不听号令的。"

孙中山只得暂时搁置北伐事宜。

好在和议已经达成，暂时不用北伐了。但别人可以拍拍屁股走了，一堆问题却等着黄兴解决。

黄兴带人清账，国库还存银三万元。

袁世凯虽然接手了临时政府，要黄兴留守南京，却没有及时给予财政支持。黄兴向他催款，没有结果。

南京方面最大的开支是军费。临时政府北迁后，这里每月也还得八九百万元支撑，区区三万元，还不够塞牙缝。

黄兴想起孙中山前几天说过向英、美借款的事，立即叫上李书城，两人又赶往上海。

两人来到孙中山寓所，孙中山正在看报。

黄兴一坐下，就直截了当地问起借款的事。

孙中山放下报纸，说："外国人曾向我许诺，只要中国革命成功了，成立了政府，就可以借款给我。我昨天还曾发电催问。今天是星期六，明天是星期天，他们不上班，要到星期一才有确切消息，到时我会通知你们的。"

两人告辞出来，无计可施。黄兴只得再去找张謇等人想办法，能不能先弄点钱救急。

张謇已经帮过几次忙了。看到黄兴登门，满面愁容，只好答应与朋友商量，再给解决一些，但要等一些时日。

虽然要等，黄兴仍然很高兴，回去再说服大家熬一熬吧。

4月11日，黄兴又到上海。

结果，孙中山的借款又吹了。张謇的钱，还拿不到。黄兴又去找了一个日本商人，打算拿南京的两辆小火车作抵押，借点钱应急。

就在这天晚上，出了大事。

总务处处长何成浚正准备洗漱就寝，卫兵突然报告，外面出事了。

一问，原来是赣军第七师第十四旅的第二十七、第二十八团，共两千余人，趁黄兴外出，突然发动兵变，冲出营房，在白门桥、太平桥一带大肆抢劫商店和市民，滥杀无辜。

何成浚当即束上皮带，手握枪柄，随卫兵出门，找到第三军军长王芝祥，请他调所部桂军前往戡乱。王芝祥是广西副都督，所率援军驻扎在城外，听何成浚说了情况，马上派部下出城领兵入城。

桂军将领耿毅等率兵入城，包围了叛军，两军展开混战，打破了城中的宁静。

洪承点随后率沪军也加入平乱。

到天亮时分，兵变被平息。参与兵变的官兵被捕往留守府后面水塘边枪决的，达数百人之多。

黄兴于12日上午赶回南京，得知情况后，没有愤怒，只有悲痛和愧疚。这些军队不仅被拖欠军饷，有的连饭都吃不上了。

何成浚从北京陆军部南下上海追随黄兴，王祥芝作为广西副都督率桂军前来打算跟随黄兴北伐，洪承点则是他的老部下。黄兴心里清楚，他们对平息兵变有功，不然后果不堪设想，但他却把三人及李书城、张孝准等人都叫了来，黑着脸发了一通火："数百人说杀就杀了？那可绝大多数都是贫家子弟。难道就没有别的办法了吗？"

他这话就不是一个军事首脑说的，而且与其说是责骂他人，不如说是自言自语。众人都知道，虽然军队目前有点乱，但黄兴对这些官兵有多爱，他一心想将他们"铸成中华伟大之军人"。因而没有一人吭声。

黄兴让几人先回去。李书城走到门外，又折身回来。

黄兴说："有事吗？"

李书城看着黄兴，商量着说："巧妇难为无米之炊。这种情况下，要保证庞大的军队规规矩矩，不生哗变，怎么做得到？要不，我们还是裁军吧？"

黄兴沉默片刻，说："可以考虑先裁一部分。我今天与日商基本谈妥了，将小火车作抵押借二十万元。另外，我想搞一个国民捐。"

"国民捐？"

"是的。我国有四万万同胞，贫苦者除外，如果能捐一点的都参与进来，就是个不小的数字。"

"牵涉的面这么广，行得通吗？"

"对普通民众，实行自由捐献，不强迫；对富裕商家，可酌情摊派一定任务。我们号召一下，为了国家少借外债，实行全民共建共和，也可借此激发国民对革命的感情，增强军队对国民革命的使命感。"

次日，黄兴又到上海，从日本商人手里拿到了二十万元。

"这二十万元先用于解决伙食。"黄兴对李书城等人说，"军饷的事，我会再催袁总统。"

二十万元也挨不了多少天。李书城等人只得让各军饭堂将干饭改为稀饭。

黄兴一连给袁世凯发了两封催饷电报，也没有要到钱。他明白，袁世凯那里其实也好不到哪里去，只不过外国人看好袁世凯，他能想办法借到外债。

黄兴一面抓紧整编军队，一面着手实行国民捐。

4月29日，国民捐正式推出，很快得到各界热烈响应。比如上海制造局兵工学校，领导、教员、学生都积极捐款。留守府家庭条件稍好的官兵，也纷纷捐款，拿不出钱的官兵，也不乏同意以减饷作为支持的，有的甚至划破手指写血书，激励各界为国出力。连还处于混乱状态的川军，都有人热情捐款支援。

国民捐正开展得火热，有人却提出异议。袁世凯让国务院开会讨论，没有通过，未能提交给参议院审议。此事只好停止。

5月13日，黄兴致电袁世凯，说既然提供不了军饷，那干脆取消留守府。袁世凯没有同意。

5月15日，黄兴又致电财政总长熊希龄，说如果两日内还没有军饷到南京，只怕大乱将至。熊希龄也没有办法，他与外国银行去谈，想借点钱救急，然而借款协议都有一些让人难以接受的附加条款，只得作罢。

面对巨大的压力，黄兴终于决定对军队裁冗存精。

此时，驻扎在南京及周边一带的军队，经整编后还有五个军：第一军为镇江军，军长柏文蔚；第二军为扬州军，军长徐宝山；第三军为桂军，军长王芝祥；第四军为粤军，军长姚雨平；第五军为浙江军，军长朱瑞。其中第一军、第二军为陆军部直辖。

留守府先是鼓励官兵自动离队，然后开始大批裁军。第三军全数遣散回广西，第四军开回广东，第五军开回浙江。同时，将优秀的官兵留下来，重编一个师，即第八师。这个师从师长到营连长，大都是日本陆军士官学校和保定军校毕业的同盟会会员，枪械也都有两套，一套储存在仓库，以备战时扩军所用。

黄兴想保存这样一支纯粹的最有战斗力的精锐部队，以防万一。

事情做到这一步，黄兴已是苦不堪言。然而一些好事之徒却散播起流言，说留守府的存在，就是与北方的中央政府唱对台戏。

黄兴一想，他为了这么一个烫手山芋，已经心力交瘁，没想到还有风言风语。再说所谓留守府，也就是过渡性质的机构，既然北京中央政府已经成立，这个留守府别说难以支撑下去，就算能够长期保留，也确实让人猜疑，不利于国家统一。

5月18日，黄兴再次致电袁世凯，要求取消留守府。

袁世凯打听到黄兴已将军队遣散大半，外省的其他民军也在遣散，心里自然高兴。但他不相信黄兴真的甘愿放弃权力。为此，他派了陆军部次长蒋作宾往南京探听虚实。蒋作宾到南京一了解，就致电袁世凯，证实黄兴裁军属实，有的军队已经散去，有的已收拾停当，只是还在等军饷做盘缠，情势窘迫，急需接济，否则会党趁机运动，万分危险。并明说如果几天内没有款来，他就回北京了，在这里没法向官兵们交代。

袁世凯这才相信黄兴是真不想干了，于是决定任命原内务部部长程德全仍做江苏都督，前往接管南京。

袁世凯5月30日致电黄兴，等程德全到南京后，留守府就可以撤销。

黄兴自愿撤销留守府的消息不胫而走，激起不小的波澜，同盟会阵营很多人反对。

陈其美马上赶到南京，力劝黄兴说："克强兄，留守府一撤，军队一散，我们手上的兵力就很有限了。以我之见，如果财政拮据，实难支撑，取消留守府也行，但你万万不可解甲归田，不如趁程德全还未启程，向袁世凯谋个江苏都督做，占据江苏，也好为以后打算。"

黄兴淡然说："李书城也已向我献过此策，只是我确实已意不在此。再说我若真按你们说的做了，别人又会怎样看我？会不会又说我是变着法子保存实力，与北方抗衡？"

"你管那些风言风语作甚？实力就是一切。把权力抓到手上才能成事，否则什么都是空谈。"

"你说得没错，但是这种争权夺利的事情，我素来没有兴趣，奈何？"

陈其美只得失望而回。

在云南领导新军起义后被推为都督的蔡锷也致电黄兴，希望他不要引退。

最急的是谭人凤。

临时政府确定设在南京后，谭人凤就离开了武昌，到了上海，后来也没担任临时政府任何职务，无兵无饷，只是偶尔发发通电，对大事表明态度。南方与袁世凯和谈，答应清帝退位后还可以保持"宣统帝"名号，他通电反对。孙中山予以解释，他还是反对。接着选袁世凯为大总统，他通电反对。后来有人提议撤销各省都督，他认为全国大事未定，还不能撤销，又通电反对，并声称谁敢再提，他必率兵攻打，至于兵在哪里，姑且不管。现在要遣散民军，他更加有火。

谭人凤匆匆赶到南京，一见黄兴就极力劝阻："克强，你真是糊涂！袁世凯为什么有实力，就是手上有军队。革命啊革命，武昌首义最先成功，原说中央政府要设武昌，设不成，设到南京，现在南京也搞不成。民军真的散了，袁世凯一旦反目，我们拿什么和他抗衡？"

黄兴镇静地说："胡子兄，你们说的道理我何尝不知？但我拿什么来养活这些军队？"

谭人凤听黄兴说了详情，痛骂道："袁世凯这个混账东西，我去找他！"

"袁世凯确实不仗义，但他其实也困难。"黄兴沉痛地说，"清政府腐败无能，使国事坏到这个地步，我们还能无休止地打仗继续内耗吗？早点实现和平，发展国民经济，太重要了。"

"只怕你这是一厢情愿！我知道你黄克强是正人君子，但你之所想只是你之所想，你能保证袁世凯也是这样想？"

谭人凤告别黄兴，果然去北京找袁世凯。但袁世凯也唉声叹气，说国库如洗，无可奈何，而且黄兴去意已定，不好强留，反倒邀谭人凤到北京任职，为国出力。谭人凤一肚子气没处出，悻悻离开，返回上海。

黄兴接到袁世凯的答复后，又于6月3日致电袁世凯，请准予他6日解职，并最后一次催袁世凯速发军饷，他也好对仍然在等待的官兵有个交代。

程德全知道南京的事情颇为棘手，所以拖拖挨挨，直到6月14日，才到南京。黄兴将一应事务交接清楚，公开发表了《解职通电》《布告各界文》《布告将士书》，除了回顾这段时间以来的工作，还告诫大家爱国爱民，遵纪守法。

至此，黄兴正式撤销南京留守府，并解除南京留守一职。

留守南京这两个多月，黄兴总共才得到袁世凯二百零五万余元的财政支持，这六十余天，他每天都像在火上烤。

阳光灿烂，天气已经很暖和。

黄兴带着简单的行装，悄然走出留守府。回头看看那大门，又看看屋顶，最后看看道路两旁的树木、花草。两只小鸟在树上啼啭，然后飞往另一棵树。想着在这里的日日夜夜，他百感交集。伫立了一会儿，他深深地舒了口气，然后转身，一直走了出来。

黄兴已提前将家人安排到了上海，住在两处：原家庭住在同孚路二十一号，新家庭住在爱文义路一百号的伍廷芳故宅。

黄兴回到上海。他打算好好睡它两天，然后陪家人逛逛大上海，再然后就回湖南去。再过四天，就是端午节了。故乡端午的画面，一幕幕在他面前浮现。

然而，想好好补补睡眠的黄兴却只睡了一觉，脑子里就常常像深夜的路灯那样亮着，迷糊不了。许多事情仍然让他挂怀不已。

此时的孙中山，还在上海，关注着各方事态。

两人相见，都有如释重负的感觉。毕竟，国内目前似乎已处于一种共和实现了的和平状态。

两人谈了很多，包括对现状的看法和未来形势走向的分析。而考虑最多的，是下一步的计划。中国百废待兴，两人都有从事实业，振兴国民经济的想法。

黄兴还没有明确的计划，只是觉得湖南的矿产丰富，也许可以在这方面做点事。

孙中山却已经想好了，他兴奋地说："克强啊，交通是实业之母，一个地方发不发达，先看交通，而铁路是交通之母。所以啊，我打算借外资，修铁路。"

黄兴笑道："中山先生总能看到问题的关键。铁路确实很重要，只是外资好不好借还难说，可能还得依靠国内筹办。"

"只要我们国家从此太平了，就好借，如果还是战乱不已，就难办。"

"是啊，国家不能再内乱了，人民不能再经受无休止的战火了，需要的是和平安定，休养生息，全面建设。"

"我这两天已经对着地图画了线路，制定了我国铁路发展蓝图：六大铁路干线，十年十万公里。"

"哦，哪六大干线，说说看？"

"西北铁路干线，西南铁路干线，中央铁路干线，东南铁路干线，东北铁路干线，高原铁路干线。"孙中山眉飞色舞，好久没有这样高兴过了，"我们可以用三条主要干线来沟通六大干线，比如南路：起于南海，由广东至广西、贵州，到云南、四川，通入西藏，绕至天山之南；中路：起于长江口，由江苏而安徽，经河南，至陕西、甘肃，越过新疆而抵达伊犁；北路：起于秦皇岛，过辽东，折入蒙古，直穿外蒙古，到乌梁海。"

黄兴也很开怀，半认真半玩笑道："看来确实不错，不知尚缺人手否？"

"那当然少不了你黄克强。人家说你是'湖南骡子'，一点儿都没错，有你这头铁打的骡子干活，我最放心。"

"那先就这样说定了，我就不用另找门道了。"

"好。"孙中山极认真，"当然，我们还要建设水运系统和公路系统，与铁路相辅相成，形成交通网络。"

黄兴点点头，却面带疑虑。

孙中山又说，他正准备着手写《实业计划》，将这些想法形成文字。他觉得就目前中国的情形，建设铁路有三大障碍：资金、人才、方法。本国现在还不具备这些条件，所以主要还得凭借外力。

黄兴于是忍不住问："那，按这个规划完成铁路工程，估摸得多少资金？"

"我也请人大致预算过了，大约得六十亿元。"

黄兴已经被钱折腾苦了，不由说："那只有寄望于国事早日振兴了，否则谁敢借钱给咱们？任务可是艰巨得很呢。"

"所以，袁世凯的表现事关国运啊。"孙中山又忧虑起来，"但南京留守府确实难以维持，这段时间真是难为你了。是非功过，自有公论。这几天都有报纸评议这事，也算是给了你一个公正评价。"

"我也看到了。只能说我已尽力而为，其实心里对众多官兵，深感内疚。"

黄兴留守南京和主动引退一事，虽然是众说纷纭，其中不乏误会，但更多的是理解和赞许。《泰晤士报》记者福来萨在文章中说，留守南京时的黄兴，"相当于一身而兼六个都督""统治着大约四分之一的中国"，却无钱可用。章士钊在《民立报》发表社评《论黄留守》，中肯地评价黄兴"能以死报国，义勇盖天下""心地之光明磊落，其不失为一明道之君子"。

对这一切，黄兴都只是一笑置之。

第三十章
北上调和

黄兴从南京引退后,接着发生了民国政府第一届内阁解散的事件。

临时政府北迁后,以唐绍仪为总理,组织了第一届内阁,即国务院:国务总理唐绍仪,内务总长赵秉钧,财政总长熊希龄,外交总长陆徵祥,陆军总长段祺瑞,海军总长刘冠雄,司法总长王宠惠,教育总长蔡元培,交通总长施肇基(很快离职,由刘冠雄代),工商总长陈其美(未到任),农林总长宋教仁。

唐绍仪曾经是袁世凯的部下,有留美经历,受到民主思想的熏陶,后来成为清政府的开明大臣,又做过外交,在路政、税务、外交上都为维护国权做过努力,曾第一个站出来将海关控制权从洋人手里收回来。在与南方革命党的和谈中,更加倾向民主共和,就任总理后很想有一番作为。

黄兴曾向唐绍仪建议,让广西副都督、第三军军长王芝祥去北京就任直隶都督。王芝祥是北京通县人,在南方做官多年,辛亥革命前在广西做布政使,后来支持广西独立,被推为副都督,走向革命。如果让他做直隶都督,既有利于沟通南北关系,对袁世凯也可以起到一定制衡作用。

唐绍仪答应了此事,袁世凯也已同意,并且经过了议会公举,王芝祥已经于1912年5月底赴北京上任。但黄兴离开南京后,袁世凯便让冯国璋等人上书反对,然后袁世凯未按约法规定,抛开唐绍仪的附署权,擅自就将王芝祥另外委派为南方军队宣抚使,去南京继续裁遣军队。

唐绍仪就任总理以来,勤于公务,提倡民主,重视约法,与喜欢专权的袁世凯已经有了裂痕。有一天,袁世凯竟迷迷瞪瞪对唐绍仪说:"唉,我老了。绍仪啊,你来做总统好吗?"唐绍仪大吃一惊,心想这老狐狸对他意见大着呢。

如今又见袁世凯公然践踏约法，唐绍仪忍无可忍，愤然辞职，出走天津，复往上海。

首届内阁只存在了两个多月便垮台了。

民国政府面临重新组阁。

同盟会党人鉴于内阁成员复杂，意见很难统一，以及袁世凯专权，政务难以顺利推行，便极力主张组织政党内阁，这样既便于内阁行事，又有利于制约袁世凯。此时的中国已经出现多个新的党派，但同盟会的实力仍最强，如果进行公平竞争，同盟会胜算的把握还是很大。

拥护袁世凯的共和党因为实力不如同盟会，怕在竞争中落败，不赞成政党内阁。袁世凯为了避免受内阁限权，也坚持采取混合内阁，众人不和，显然对他更为有利。

关于新的总理人选，袁世凯提名亲信徐世昌。由于同盟会和统一共和党都不赞同，就又提陆徵祥。正在这时，宋教仁、王宠惠、蔡元培、王正廷也退出内阁。接着熊希龄、施肇基也挂冠而去，造成十名内阁成员缺了六人。陆徵祥经袁世凯同意提了几人，但陆徵祥的发言因言不及义，引人反感，所提人员均被参议院否决。袁世凯十分恼火。几经折腾，又由黄兴和宋教仁推荐刘揆一补任工商总长，第二届内阁才算组好。

宋教仁按照政党内阁的思路，觉得有必要建立一个更强大的政党，以巩固民国政权，保护民主共和。

征得孙中山、黄兴同意，宋教仁等人经过积极联络，于8月份将同盟会、统一共和党、国民共进会、国民公党、共和实进会五个政党合并成一个大党，定名为"国民党"。

国民党的宗旨是：巩固共和，实行平民政治。党纲有五条：保持政治统一，发展地方自治，励行种族同化，采用民生政策，保持国际和平。组织机构实行理事制，从理事中推举一人作为理事长。

8月12日，同盟会等五党在北京虎坊桥的湖广会馆召开干部、职员会议，正式确定合并事宜。

8月25日，国民党在湖广会馆举行成立大会，选举孙中山、黄兴、宋教仁、王宠惠、王人文、王芝祥、吴景濂、张凤翙、贡桑诺尔布九人为理事，选举张继、柏文蔚、胡汉民、李烈钧、蒋翊武等二十九人为参议。9月3日，又由黄兴、宋教仁等理事函推孙中山为理事长。

在宋教仁等人筹组国民党的同时，袁世凯也没闲着。

袁世凯感到同盟会是一股不可小觑的力量，与其相互抵牾，不如拉拢利用。于是力邀孙中山和黄兴北上，商谈要政。

孙中山与黄兴商议，觉得这也是一次协调南北关系的机会，并可通过面谈进一步了解袁世凯，便复电袁世凯，接受邀请。

两人将北上的时间定于8月18日。

黄兴让继母和妻子带着次子黄一中、次女黄文华先回湖南去，长子黄一欧和长女黄振华留在上海，等待出国留学。

黄兴和孙中山临行前，惊闻与黎元洪有分歧的武昌首义领导人之一、湖北军政府军务部副部长张振武被袁世凯和黎元洪诱骗到北京，逮捕杀害，一起被害的还有一名叫方维的团长。黄兴十分震惊。这时，蔡元培等人强烈反对孙中山和黄兴北上。

作为革命的直接参与者和领导者，黄兴对革命的复杂性似乎比孙中山认识得要深。在与俄国外交官谈话时，他就毫不讳言：在政府、军队和机关里都混有异己分子，甚至敌对分子。他们企图使国家机器转向，走回头路，打着共和的旗帜恢复旧制度，不受监督地为所欲为，攫取利益。

他本希望袁世凯能凭借实力和威望有所作为，把民国政府从混乱带入正轨，若能如此，革命党做出的让步和牺牲也是值得的。如今看到袁世凯公然对革命党人制造血案，他当即决定取消行程。

孙中山却执意前往，偕魏宸组、居正等人照旧登船启程。

黄兴于当日致电质问袁世凯为何滥杀革命元勋。袁世凯回电说此事完全是黎元洪的主意。黄兴气愤难消，20日再次致电袁世凯，谴责其所为是"人权国法，破坏俱尽"。

袁世凯见黄兴紧追不舍，干脆倒打一耙，诬蔑黄兴与张振武有勾结，试图进行"二次革命"，想把水搅浑。胡瑛、程德全、姚雨平等纷纷致电袁世凯，要求查凶严办，并为黄兴辩护。

孙中山等人于24日到达北京。内务总长赵秉钧带人驾着总统专用金漆朱轮双马车到车站迎接。从车站到总统府，沿街都是五色旗和热烈欢迎的各界群众。

袁世凯对孙中山非常热情，像见了思慕已久的故旧贤哲一样，笑逐颜开："哎呀，孙先生，我可把你盼来了。你再不来，我可要急疯了。我跟你说，有些事情，实是误会，误会。你来了我就放心了。既来之，则安之。你不用急，在这儿多住些时日，咱们好好聊聊，很多事情我都要向你请教呢。"

袁世凯为孙中山接风之后，三天一大宴，两日一密谈，与孙中山纵论国事，气氛十分融洽。对孙中山提出的各项建议，他频频点头，倍加赞赏。孙中山与袁世凯谈过两次后，就忍不住致电黄兴，说袁世凯正陷于无奈境地，没有什么可疑的地方。至于张振武一案，确实是黎元洪的原因，有其密电为证。自从他见到袁世凯，双方误会顿消，建议黄兴一定也要赶紧北上一趟，那么南方革命党对袁世凯的义愤就此可以平息，全国统一也可有圆满结果。千万要先北上，再回湖南。

孙中山的话极具煽动力。黄兴心想：孙中山可一点儿也不傻，他能说出这样的话，莫非我们真的对袁世凯有误解？

袁世凯也再次电邀黄兴，并说要派总统府顾问来上海迎接。

黄兴这才决定北上，看看到底是什么情况，倘若他们所言属实，此行真能起到消除误会、化解矛盾的作用，又何乐而不为呢？

9月5日，黄兴偕陈其美、李书城、张孝准、何成浚等十余人，从上海乘船北上。9月8日到达烟台，接受欢迎时发表演讲，表明此次北上，目的在于视情调和一切，消除隔阂，巩固民国。在天津时，也强调"南北一家，兄弟一堂"。

9月11日，黄兴一行到达北京。

与上次迎接孙中山一样，赵秉钧带人到车站迎接黄兴。袁世凯用接待孙中山的规格接待黄兴，在总统府门口走下三级台级相迎，把黄兴等接入府中。

袁世凯恳切地说："黄先生哪，人说'孙氏理想，黄氏实行；孙黄联手，缔造民国'。还有外国友人敬称先生为'中国革命的拿破仑'。然而这么多年，我却未能一见，实在遗憾。我正要派人去上海接你呢。先生胸怀宽广，卓有见识，不为流言所惑，不计路途遥远，莅临敝处，实在让袁某钦佩。今日得见先生英雄风貌，果然名不虚传，我等深感荣幸。"

袁世凯笑容满面，与众人寒暄。

黄兴心情舒畅，说："袁大总统宽宏大度，能以国事为重，才是真正难得。清帝退位，大总统立了首功，这可是终结几千年的专制制度。接下来，大总统如能顺应民意，领导新政府励精图治，使国家安定，人民幸福，则对我华夏之贡献，一定不亚于华盛顿之于美利坚。"

袁世凯说："是啊，几千年的旧制度，根深蒂固，动起来确实不易。我那年因为倡议革新，在宫廷被太监围着打的事，想必黄先生也有所耳闻。连太监都不想有什么改变，何况那些王公大臣，达官贵僚。现在总算焕然一新了，有什么事儿，咱们大家伙儿商量着办。"

接下来的日子，袁世凯与黄兴推心置腹，畅谈国家大事。对黄兴的建议，也虚心倾听，点头称是，脸上始终是和颜悦色。还说黄兴为革命功高卓著，要授予黄兴上将军衔荣誉，被黄兴谢绝了。9月30日是袁世凯的生日，袁世凯几次谢绝了部下和亲友的贺寿心意，专陪黄兴谈政务要事，显得特别诚恳。

袁世凯的亲信们看他对孙中山也好，对黄兴也好，如此客气、殷勤，心里有点不以为然。这天，黄兴离开后，袁世凯的干将、拱卫司令段芝贵忍不住问："大总统，你认为这黄兴是个怎样的人？"

"哦？"袁世凯看着段芝贵，"你认为呢？"

"勇毅沉雄，百折不挠啊。"

"哈哈，是吗？"袁世凯听罢大笑。

"那大总统的意思？"

"没错，他很勇敢，但其实又太胆小。"袁世凯故作高深。

"此话怎讲？"

"那么多部下拥戴他，他连个孙中山都不敢取代，不是胆小是什么？"

"我也觉得此人有点奇怪。"

"还是书生气太浓。"

两人正说着，杨度走了进来，因为只听到最后一句话，便问："大总统说谁书生气太浓呢？"

"哦，晳子。"袁世凯叫着杨度的字，笑道，"我们正说你呢。"

"大总统又打诳语。"杨度也笑道，"我本书生，哪用得着说这话？你们是在说黄兴。"

袁世凯和段芝贵都愣了眼，反应过来便都直夸："晳子就是不得了！"

"你们还是成见太深。书生就不能经世治国吗？从古至今，那么多宰辅，有几个不是书生出身？连诸葛亮和刘伯温都是书生。"

"那是，那是。"段芝贵一脸讪笑，笑中却还是藏着不服。

这段芝贵，虽是行伍出身，却极善攀龙附凤，而且不择手段，惯用美人计行贿谄媚，又极力怂恿袁世凯称帝。

"晳子说得有道理。"袁世凯看着段芝贵，"别只知道舞刀弄枪的，有空看看书总是好的，现在是治天下，不是打天下了。"

段芝贵点头称是。

杨度又严肃地说："我可告诉你们，黄兴也许并非你们想象的那样好摆布。我和他虽无合作，但他的性格我还是了解的。他可以比谁都和气、谦让，但若是关系到根本立场的事，惹急了，他是十二头牛都拉不回的！"

"哦，这么说，我错看他了。"袁世凯摸摸下巴，"那倒正好说明，我的做法是对的。"

杨度和段芝贵为袁世凯的后半句话也愣了一下，但很快就明白了。

此间，总理陆徵祥因为不称职，以病告退。袁世凯让赵秉钧代理，实则是想让赵秉钧做总理，但又怕同盟会不同意，因此特意安排赵秉钧盛情款待孙中山和黄兴，以便融洽关系。袁世凯与孙中山面谈时，说到总理人选，孙中山推荐黄兴。袁世凯再同黄兴说时，他却坚辞不受，说："只要民主共和成功，我当不当官实是小事。"黄兴推荐宋教仁。袁世凯虽未表示异议，但心里却并不乐意。他知道，宋教仁对议会一套滚瓜烂熟，又坚决主张政党内阁，显然是个惹不起的硬茬。

黄兴知道袁世凯的心事，便从中调和，提议总理人选可以由袁世凯提名，但总理和阁员须先加入国民党，以符合政党内阁制。袁世凯表示同意。赵秉钧在形式上加入国民党后，经参议院投票，如愿做上了国务总理。

孙中山从8月24日到北京至9月17日离京去太原，共与袁世凯晤面十三次。黄兴从9月11日到北京至10月5日离京，也与袁世凯会晤数次。袁世凯给他们都留下了不错的印象。此次会晤，消除了南北双方的隔阂，孙中山和黄兴对袁世凯不再有戒心。孙中山夸袁世凯有大才，甚至希望他连任十年。黄兴也觉得袁世凯是在用心为国操劳。

其间，孙中山与黄兴同在北京的时候，两人还于9月15日下午去湖广会馆参加了国民党的欢迎会，发表了演讲，对新党的成立表示祝贺，并阐释了它的宗旨和使命，黄兴还承诺将长沙的住宅捐献给国民党湖南支部做办公场所。

黄兴先后在二十多个社团的欢迎会上演讲，宣传民主思想和建国主张，希望各族人民同心同德，把中国建设成一个世界第一等的国家，使国民得享自由幸福。并就形势比较严峻的外蒙古问题与袁世凯磋商，主张维护国家领土主权，也对外蒙古的发展提出建议，还会见了十多个国家的驻华大使。

孙中山、黄兴的北京之行，与袁世凯在许多事情上交换了意见，达成了共识。

自此，南方革命党与袁世凯的关系大为改善。

第三十一章
英雄还乡

黄兴一行离开北京后，经天津于10月9日到了南京。

10月10日是武昌首义一周年。

黄兴此前曾发出通电，倡议以这天作为国庆纪念日。

这天上午，他和程德全去万寿宫向革命先烈致祭，下午参加了一些欢迎会。会上，有人捧上笔砚，请他留下墨宝，他郑重挥毫，写下两副对联：

其一

江水汤汤，这似水流年，常记取八月十九；
风云灪灪，愿中华民国，继自今万岁千秋。

其二

百折不回，十七次铁血精神，始有去年今日；
一笔钩尽，四千年帝王历史，才成民主共和。

次日，黄兴等人回到上海。

10月23日，黄兴终于踏上"楚同"舰，启程回湘。

自端午前夕从南京引退，如今已是重阳过后，明日就是霜降。虽然已无一官半职，但从初夏到秋末，他一直也没得消闲。

溯江而上，入眼的是秋色，入耳的是秋声。

25日，是黄兴满三十八岁、入三十九岁生日。这个生日只能在船上过了。

暝色四合。天黑了一阵，月亮上来了。黄兴扶着栏杆，迎着江风，沐着月色，想起了家乡的童谣："月亮粑粑，肚里坐个爹爹……"

而这多年来的革命生涯，一幕幕在脑中回放。他不由感慨万端，吟出一首七律《三十九岁初度感怀》：

> 卅九年知四十非，大风歌好不如归。
> 惊人事业随流水，爱我园林想落晖。
> 入夜鱼龙都寂寂，故山猿鹤正依依。
> 苍茫独立无端感，时有清风振我衣。

10月26日上午，黄兴到达武昌，受到各界热烈欢迎。黎元洪派人将他接到都督府。宴会上，想及武汉的阵亡将士，黄兴不由潸然泪下。27日至28日，黄兴出席了多场欢迎会，宣讲民主，追念烈士。

长沙各界人士早已知道黄兴就要返湘，做好了迎接准备。

10月31日，雨后初晴的长沙，虽然还有点冷，但阳光明媚，空气清新。下午一点半，黄兴所乘轮船在湘江边拢岸。

阔别故乡已八年的黄兴，又踏上了最熟悉的土地。当年仓皇逃离，如今已是元勋。

只听得岸上鸣炮二十一响——这可是起源于英国的属于国家元首的礼遇。湖南都督、国民党湖南支部部长谭延闿快步上船，陪同黄兴登岸。民政司司长、国民党湖南支部副部长仇鳌，以及已经回到湖南警界任职的郭人漳等人，随即迎了上去。学生和各界群众挤满了岸边。一队服装统一的小学生用稚气的童音齐声唱起了专为黄兴创作的歌曲：

> 凉秋时节黄花黄，大好英雄返故乡。
> 一手缔造共和国，洞庭衡岳生荣光。

身着黑色风衣的黄兴摘下黑色礼帽，频频向岸上致意。

然后，为了让家乡人民一睹革命英雄、国家元勋风采，谭延闿临时将乘轿改为骑马，让黄兴骑上一匹高头大马，自己并辔相陪，入小西门，经坡子街进入城内。沿街鼓乐声、鞭炮声、欢呼声响成一片，观者如堵，一路不下数万人。

如今的黄兴,每到一地,最热衷的是三件事:追缅革命先烈,阐述民主共和,倡导和平建国。

在湘春路口的烈士祠致祭时,他呈上了祭文:

> 维我湘湖,义烈最多,民国设立,实为先河。
> 戊庚以来,十余年载,前死后继,求胜于败。
> ……

想起谭嗣同、唐才常、马福益、刘道一、陈天华、杨笃生、禹之谟、陈作新、焦达峰等人以及无数为革命而死的烈士,黄兴不禁涕泪交流。死难者,必须立祠纪念;他们的遗属,必须予以抚恤。

接下来,黄兴参加了湖南党政、军警、农工商、教育、宗教、新闻等各界及多个团体的欢迎会,发表演说,呼吁重视教育和实业,同时发展农工商业,并对市政建设提出建议,希望革命后的湖南,面貌焕然一新。

黄兴给周南女校捐了一千元,又与周震鳞等好友商议,决定筹资创办长沙贫儿教养院。周震鳞虽然在湖南从事教育,却帮了黄兴不少忙,汉阳之战时,没有他募集的那三百万元,黄兴的军队就很难坚持那么久。而且,陈作新、焦达峰遇害后,他和谭人凤等抱着从长计议之策,既力争为二人取得优恤,又尽力协调,避免了湖南再次发生混乱。

当年在两湖书院,黄兴被选去日本留学,周震鳞被湖南方面要求调回本省开展教育,当时两人曾有约定:"今日暂别长江畔,他年重逢湘江边。"时过境迁,如今中国已变了天,国内和省内的局面都已截然不同。时间虽然才过去十年,却也给人沧海桑田之感。两人可说是在不同的战线为革命作出了贡献。

此时,李燮和已经回到湖南。李燮和在光复上海时功劳最大,随后支援南京,接着奉命援鄂,率军开进湖北后,湖北已全面停战议和,就又率军北上,到了烟台。南北和谈达成,清帝退位,便又回到南京,然后挂冠归里。这一路,他做过上海起义军临时总司令、吴淞军政分府总司令、援鄂联军总司令、光复军北伐总司令、长江水师总司令,最后袁世凯要授他长江水师总稽查,他没有接受,选择了功成身退。很多人都对此不解。

黄兴对李燮和的隐退既感到遗憾,又能够理解,见了面,便笑道:"燮和兄,你真的就决定归隐田园了吗?"

李燮和比黄兴大一岁,相识时间又长,说话并不客套,也笑道:"克强啊,'功成身退'本是光复会的誓词,何况我也厌倦了这江湖生涯。"

"革命事业,何谈江湖呢?"

"是的,我们追求的是革命事业,可到了有的人那里,就成了江湖。我何苦呢?所谓的功业,在我看来,也未必好过我乡野那薄田二十顷,古籍千余卷。"

黄兴对陈其美企图暗杀李燮和的行为也是有所耳闻的。实际上,李燮和如果真有争权夺利之心,尽管光复会已失去主心骨陶成章,他也未必不可以再有一番作为。他手上有兵,他的弟弟李云龙曾任光复军参谋长,侄儿李刚曾任光复军炮队司令,若再团结光复会成员,加以扩充,要拥有一支像样的武装,并非难事。尤其是他为茶商家庭,经济优裕,岳父林那能又是南洋华侨巨富,筹措军费比别人都要容易。但他却甘愿放弃权力和军功,回到故乡,这也是黄兴很欣赏的地方。

黄兴又说:"那,和我做做实业,总可以吧?"

"哦,难道你也打算回来?"

"是啊,我虽非光复会成员,但功成身退之心,实在光复会成立之前、华兴会成立之时就有。"

李燮和笑道:"哈哈,你真回来,我们安心做做生意,逛逛山水,倒是不错。"

两人当即商谈了一个项目,打算再拉上龙璋,创办中华汽船有限公司,采用招股方式,订造商轮数艘,营业于湘汉水路航线。

李燮和还谈到,已与于右任初步协商,打算发起组织中华和平会,附办国民厚生银行,专为振兴农、工、商等实业者贷款。

黄兴一听大喜:"那你还走在我前面了啊!带兵打仗,我找你是对的;这回要做实业,我找你也是对的。我也正和郭人漳等旧友协商,打算成立五金矿业公司呢。这贷款筹资的事,哪天就靠你了。"

两人抚掌大笑。原来这退出权力角逐的生活,是真的洒脱啊。

黄兴又特地去北正街造访了圣公会教堂。这所教堂是从吉祥巷搬来的。当年,黄吉亭牧师不但救过他,还帮过他全家。黄吉亭见黄兴归来,十分高兴，畅谈之后，请黄兴给教堂题词留念。黄兴虔诚地挥笔写下：上帝圣名，敬拜宜诚，辞尊居卑，为救世人。

然后，黄兴一边探亲访友、抚慰烈士家属，一边考察矿务。在陈家鼎、金华祝等陪同下去了湘潭、醴陵、株洲和邻近的江西安源、萍乡等多地。

在萍乡，他们去起义地和先烈祠追悼了烈士，然后回到当地的国民党支部。这时，有人来报，外面有一名妇人带着两个孩子求见黄兴。

"那怎么不带进来？"黄兴看着那人，有些不满，随即便起身，在众人陪同下来到门口。只见那妇人衣衫破旧，身边的一儿一女，都不到十岁的样子，十分瘦弱，看起来营养不良。

妇人见了黄兴，愣了一下便说："黄先生，你上次给我寄的信和钱，我都收到了。孩子爸也迁回来下葬了。我不会写信，所以没有回复你，今天听说你来了，我就带着孩子来给你说一声。真是感谢你了，竟然特别记着这事。"妇人说着抬手抹眼睛。

黄兴一下子就想起来了，这妇人必是烈士黄钟杰的遗孀无疑了。萍乡是革命的策源地，烈士很多。南京临时政府成立后，在开展纪念先烈工作时，他就特地指示过在萍乡建祠致祭之事。黄钟杰是华兴会会员，又是同盟会会员，萍浏醴起义后潜伏了下来，继续秘密从事革命活动，发展了一百多名同盟会会员。1910年春，黄钟杰在浏阳被捕，清吏使尽酷刑，想从他口中套出革命党名单，黄钟杰却说："睁开眼睛一个没有，闭上眼睛满脑都是！"最后写下绝命诗，英勇就义，年仅二十九岁。黄兴曾给他的遗孀写了一封信，并寄了一百元钱，让她把丈夫迁回萍乡安葬。

黄兴连忙上前道："弟媳你快别这样说。钟杰为革命捐躯了，而新政府对你们关心不够，我心中有愧啊。"

黄兴又摸了摸两个孩子的头，更是难过。他把母子三人带进屋里，当面安排党部的人，一定要对这寡母稚儿进行救济，并当场表态拨款四百元为黄钟杰修建纪念碑。又要了笔墨，为黄钟杰的墓地题写了挽联，以示郑重和崇敬。外联是"一死激成新世界；万山罗拜此英魂"，横额是"黄烈士钟杰之墓"；内联是"为祖国捐躯，倡议先声垂宇宙；择名山葬骨，稽勋旷典炳旗常"，横额是"气壮山河"。又另写了"光昭吴楚"四字匾额作为表彰。

最后，黄兴回到出生地凉塘。乡亲们敲锣打鼓迎出来很远，把黄兴接回村里，叙乡情，话家常，说变迁。面对家乡风物，想起童年往事，黄兴感觉特别亲切而舒畅。

　　黄兴没想到，袁世凯会拍电报来，任命他督办汉粤川铁路。
　　原来，袁世凯好歹拉谭人凤出山任了汉粤川铁路督办，谭人凤干了个把月就不干了，袁世凯另外任了他为长江巡阅使。黄兴不想做官，此前连总理都推辞不就，何况这铁路督办，当即回电推辞。但袁世凯又密电黄兴担任。谭延闿等人也劝黄兴担任。黄兴考虑到谭人凤已离任，急需有人接替，便勉强答应，打算等把相关工作理清头绪，有新的合适人选，他就辞职。
　　临行前，他特别交代妻子廖淡如说："我在北京时已经答应把这处房子捐给国民党湖南支部做办公场所。最近你有时间就出去找找，先租个房子住着吧。不要着急，一切都会好起来的。"
　　廖淡如愣了一会儿，没有说什么，只默默点了一下头。
　　黄兴又说："母亲那里，这回我已经说不出口，你就代我说说，但我会给她写封信回来。"
　　廖淡如仍然没有说什么，默默转过身去。
　　黄兴知道她心里的难过。
　　她原以为黄兴这次回来了，真的不走了，谁知又要离开，而且还把房子也捐了。好在她和婆婆经历过这么多事情，都已经习惯了。
　　12月16日，黄兴从长沙家中启程，前往武汉接任汉粤川铁路督办一职。
　　1913年元月1日，黄兴正式就任汉粤川铁路督办。
　　孙中山得知黄兴督办铁路，特别高兴，致电祝贺。这与他的"十年十万公里"筑路计划正好合拍。但黄兴回电说，这只不过是暂时承担而已。
　　黄兴觉得要把所负责的工作理顺，当从两方面着手：一是与此前已有人初步谈妥的外国银行商定提款，解决资金；二是改组机关，做好各省协调，提高运转效率。
　　谁知就在这时，交通总长朱启钤竟将铁路督办置于交通部的路政司之下，黄兴平日履行各项职权，都得经过路政司审批同意。堂堂开国元勋，竟然成了小小路政司下面的小吏，各项工作都得受路政司摆布，根本就没有自主权。这不是捉弄人吗？黄兴几次交涉，都无效果。而外国银行也回复说，借款还要附加条件，那又牵涉国权的问题了，岂能答应。
　　一无权，二无钱，这铁路怎么修？

黄兴于元月8日致电袁世凯辞职,派人将文件资料送往北京,然后乘船于23日到达上海。

这时,湖南的革命同志和谭延闿都希望黄兴回湖南担任都督,但他婉拒了。

黄兴想出洋游历一趟,一是考察实业,二是调查各国政治。

第三十二章

刺宋案

在黄兴回湖南的前前后后，宋教仁为了实现政党内阁，完成临时政府向正式政府的过渡，忙着为壮大国民党而马不停蹄地工作。

革命党人中，宋教仁是对袁世凯保持最高警惕的人之一。临时政府如果不按临时约法实现过渡，走向规范，后患无穷。

首届内阁垮台后，宋教仁回到上海，有革命党人问他："钝初兄，你在中央政府也待了些日子，觉得袁世凯这人如何？"

宋教仁鄙夷地说："袁项城，是个狡诈绝伦的奸雄。"

"那他做了大总统，如何是好？"

"也不要紧，可以限制他的权力。"

"一个狡诈的奸雄，你如何限他权力？"

"民主国家的主权在公民，公民的代表是国会。我们实行内阁制，国家的政务主要是由内阁处理，而内阁是通过国会选举产生的。总统只是一个虚位元首。我党如果能在国会选举中获胜，进而控制内阁，任他袁世凯如何狡猾，也是没用的。"

在宋教仁看来，中国革命表面看是成功了，但只是完成了清帝退位，结束了清统治，政治革命的目的根本就还没有达到。推翻专制政体，是政治革命的第一步，而接下来建设民主共和政体尤其重要。如今的情形，只是完成了第一步，第二步还没有实现。怎样来做第二步呢？最重要的在于有宪法并遵宪法。必须制定真正的共和宪法，形成规范的政党内阁，此后的国家政务，先问宪法，再问诸人，做到以法治国而不是以人治国，民主共和政体才能算是实现。

宋教仁强调:"一种先进的庙堂制度,远比任何一个时代强人的光环都要可靠。"在规范、成熟的内阁制政体里,不管事的总统只是一种代表和名誉,无须有多强势,正是那些野心勃勃的实权人物容易破坏政体,实行强人政治。因此,宋教仁和谭人凤一样认为,让奸雄袁世凯做总统还不如让无能的黎元洪做总统。

为了政治理想,宋教仁不但牵头成立了国民党,还进一步推动国会选举,一心在中国实现真正的民主宪政,用制度的笼子关住权力的猛兽。

宋教仁退出内阁后回湖南省亲,住了一小段时间,然后离开长沙,到武汉,下九江,回到上海,寄住在黄兴家中。接着又到杭州和南京,到处演说,评议时政,宣传民主,言论风采,倾动一时,极具感召力,每场演讲必赢得热烈的掌声和喝彩。

孙中山认为三民主义已实现了"民族""民权"两大主义,只有"民生主义"还未实现,正在进一步解释和阐发他的"民生主义",并制定《实业计划》,为发展实业做准备,加上对政党和宪法并不专业,于是干脆让宋教仁代理国民党理事长一职。

以对议会政治和国家制度有深入研究而著名,而且具有出色演讲口才的宋教仁,风头甚至有盖过孙中山之势。

宋教仁雷厉风行,在北京本部之外,还连续于全国各地乃至海外设立了国民党分支机构,并撰写了《国民党之大政见》文献。

宋教仁的活动引起袁世凯的恐慌。

杨度致电黄兴,提出取消政党内阁。黄兴没有答应,而是给他作了分析和解释:这是民主国家惯常采用的方式,并不是单单为了防范袁世凯。

宋教仁每到一地演说,宣讲内容都会很快到达总统府,由内务府秘书洪述祖等第一时间送给袁世凯过目。袁世凯看了直皱眉:"这个宋教仁,言语如此犀利!"

围在他身边的赵秉钧、洪述祖、杨度及他的长子袁克定等人,也感到问题有些严重。

杨度是很了解宋教仁的,他神情凝重地对袁世凯说:"钝初是个很有思想、智慧和主张的人。在日本这些年,革命党多数愿与日本人合作,唯有他对日本保持警惕,还为此特别用心地写了《间岛问题》一书,揭露日本吞并中国领土的阴谋。对革命,他有自己的一套认识,与黄兴的某些想法略有相似之处，倾向于在长江流域举事。早在1902年的样子，他就当众放言：'天下苦清政久矣。若有英雄起，雄踞武昌，东扼九江，下江南；北出武胜关，断黄河铁桥；西通蜀；南则取粮于湘。系鄂督之头于肘，然后可以得志于天下矣。'当时被同学们笑为'狂生'，谁知后来的革命形势，恰好如此。另外，他饱读西方典籍，精研议会政治，又善于辞令，以至有今天的情形。"

宋教仁在首届内阁虽然只待过两个多月，但袁世凯与他也已经很熟。袁世凯何等眼光，宋教仁的睿智、干练、有谋，给他留下了很深的印象。那时他就想把他收入麾下。有一天，他命人把宋教仁叫到总统府，盛情款待。其间，又命侍从拿出一套价格不菲的高档西装，让宋教仁换上试试。盛情难却，宋教仁便脱了身上的旧西装，换上新西装。嘿，这尺寸，不长不短，不大不小，好像就是专为他宋教仁量身定做的。接着，袁世凯又掏出一张五十万元的交通银行支票，递给宋教仁，说："钝初，听说你要离京，少不了到处游历，需要用钱的地方多着呢。这点钱，是我个人的，算是友谊上对你的一点支持，还望笑纳。"

宋教仁当时收下了支票。袁世凯暗暗高兴。

但第二天，袁世凯便收到宋教仁的一封信，除了一段语气客套却立场坚定的话，还有那张支票。袁世凯便觉难堪，心生愠怒。

当晚，总统府的人就告诉袁世凯，车站的线人来了电话，说宋教仁、田桐、居正三人同行，已由西站离京。袁世凯愣了愣，勃然大怒："谢也不来谢，辞也不来辞，他也太藐视我了。听说他撰过一副对联：'白眼观天下，丹心报国家。'联是好联，可这'白眼'二字，也未免太狂了。"

此刻，听了杨度的话，袁世凯眨巴着眼睛，念着"系鄂督之头于肘，然后可以得志于天下矣……"，不由想起了自己当年写下的两句诗——"我欲向天张巨口，一口吞尽胡天骄"，当即夸赞道："有气势！"没错，武昌首义时，湖广总督瑞澂虽然没被斩首，却逃得远远的，而率军入川镇压保路运动的川汉粤汉铁路督办大臣端方和他的弟弟端锦，可真的被手下军官割了头，确实是悬都督之头于手腕了。然而回头一想，革命党曾经针对的是清，如今潜在的敌人针对的可是他袁世凯啊。念及此，他不由脊背发凉，冷冷地说："钝初有才，如能为我所用，自然最好；反之，则是一件头痛的事。"

洪述祖意味深长地说："我们可以再争取一下……"

"好，这事就交给你办。"袁世凯想了想，"你去上海一趟。那里不是刚冒出来一个'欢迎国会团'吗？听说是支持进行国会选举而反对我袁某人的，你也好好调查一下。"

说着，袁世凯就将洪述祖单独留了下来，如此如此吩咐了一番。临了，洪述祖俯首垂肩退了出去。

此时，洪述祖正有一个结识不算很久，却很投机的哥们在北京，叫应桂馨。

那是去年9月，洪述祖奉袁世凯之命，去东南一带调查水上警察事宜时，在上海认识的。应桂馨是浙江人，身份复杂，变化无常，在多个地方谋职都做不长久，声名狼藉，却也多次接济过革命。近些年成为青帮的一个头目，混迹于上海滩。去年还在陈其美手下做过谍报科科长，后来护送孙中山到南京，做了总统府卫队队长，但孙中山没多久便发现他江湖气太重，将他改任庶务长，没多久又发现他贪污伙食费，只好将他革职。应桂馨回到上海后，纠合青帮、洪门等成员成立了中华国民共进会，自任会长，到处闹事，危害治安，并到湖北串联马队发动兵变，被黎元洪镇压后下令通缉。洪述祖从中斡旋，向江苏都督程德全推荐应桂馨担任了江苏驻沪巡查长，还说服黎元洪取消了对他的通缉。

洪述祖本是清朝著名学者、文学家洪亮吉的曾孙，但他的个人履历也有些复杂，虽资历较深，劣迹却较多，在清政府时期为官时，曾因贪污公款、出卖国家利益向法国贷款，两度被弹劾，并下过大狱。他在甲午战争时就认识了袁世凯和唐绍仪，南京临时政府北迁后，得以在内务府任职。加上他也是上海帮会中人，与应桂馨可谓一拍即合。

洪述祖与应桂馨交好，也有袁世凯招安共进会的意思。前些日，应桂馨应洪述祖之邀到北京谒见总统袁世凯和总理赵秉钧，其间想谋个"中央特派驻沪巡查总长"的官做，管辖南方几省的会党势力，赵秉钧没有同意，但给了他国务院的密码电本，以便于秘密联系，袁世凯给了他五万元用于遣散共进会的经费，并承诺每月给他两千元津贴。

1913年1月22日，洪述祖和应桂馨一起南下上海。

洪述祖去见了宋教仁。他们原本也是认识的，所以见面也很自然。洪述祖在对宋教仁委婉表达了劝说之意后，从包里掏出一张十万元的支票，递给宋教仁。

洪述祖说："袁总统知道你一向拮据，尤其是在日本时饿着肚子写《间岛问题》让他特别感动。他此前就很希望你在内阁长久做事，发挥才干，为国出力，但你还是离开了。先生为革命劳苦功高，大总统常说他很过意不去，我这次来沪公干，他特意托我带上一点心意，为你稍微解决一下困难。此后先生如果有需要，只管开口，不必客气。大总统也会为你的前程再作考虑的。"

宋教仁心想：又来了。就说："总统美意，我已心领。只是这钱，无论如何我也拿不得。我在内阁时，也只能从内阁领取薪俸。如今我已不在其位，怎能还从总统处领受好处？我们国家百废待举，却财政困窘，钱当用在紧要之处，我若这样领了这笔钱，传扬出去，我宋某岂不是成了千夫所指的贪婪之辈？又让袁总统如何面对国人？"

"哎，总统已经特别说明，这只是他个人对你的朋友之情，与国事何干？何况你知我知，天知地知，他人怎么会知晓呢？"

"要使人不知，除非己莫为。使不得，使不得。"宋教仁把洪述祖的手往后挡，坚决拒收支票，"古人有言，'君子爱财，取之有道'。请洪先生快快将支票收起。"

洪述祖一脸无趣，收起支票，临出门时说："有些事情，还望宋先生三思，不要辜负袁总统的一番苦心。"

宋教仁答道："请洪先生转告袁总统，若是有国家大事商榷，可以正大光明，开诚布公地探讨和辩论，切不可暗地有不光彩之举。"

洪述祖脸色突变，转身而去。

在宋教仁这里碰了壁，洪述祖只好去办其他事，包括调查"欢迎国会团"。

黄兴很关注民国的宪法问题。

他觉得，宋教仁的一些担忧是很有道理的。如果民主不能保证实行，革命就只是轮流坐庄，不管话说得多漂亮，实质仍然是专制独裁。这是他最不想看到的。

按临时约法规定，须由国会制定宪法，然后根据宪法再选举总统，加上完善的内阁，正式的民国中央政府才算成立。

也只有制定一部好宪法，树立民国之根本，使国家机器的运转做到有法可依，才能使国家发展步入正轨。

黄兴看到宋教仁在为国民党的各项事务及筹组国会忙得够呛，就提议党内的优秀人士都行动起来，要把推进制宪纳入工作日程。

这部宪法具体应该如何制定？

按照《临时约法》和去年由参议院制定、8月份颁布的《国会组织法》的规定，宪法应由参议院和众议院分别推选相同数量的委员共同起草。

但袁世凯想把制宪权抓在自己手里，制定出对自己有利的宪法。他想另外成立个制宪机构。梁启超也撰文偏袒袁世凯，说国会（即议会，包括参议院、众议院）不适宜制宪。江苏都督程德全则发表通电，主张依照美国由各州推举代表之例，由每省各推举两人，一起制宪——这看似不错，但殊不知，美国各州的政府机构是已经高度民主化的产物，而国内目下的情况，各省督府的旧势力还盘根错节。多省都督还商定了几个要点：一、组织内阁无须国会同意；二、大总统任期需定七年以上；三、大总统有解散国会的权力；四、大总统有裁可法律的权力。

从这几点来看，几乎就是在替总统制法，赋予总统特权，走回头路。这些都督有超过三分之二是旧官僚、地方军阀。看来，他们也大多不想有一部用来制约权力的宪法。

袁世凯趁机成立了宪法起草委员会。

国民党在《民立报》《民权报》上连续发文抨击，指出宪法的起草和制定权都在国会，这是不容争议的。

袁世凯因为找不到法律根据另立制宪机构，只好将他的宪法起草委员会改名为宪法讨论委员会，接着又改为宪法研究委员会。

留日、留美时都是学习法律的国民党法学专家王宠惠，适时写出《中华民国宪法刍议》，严正指出：宪法非因一人而立，乃因一国而立；非因一时而定，乃因永久而定。

黄兴读了大呼痛快，这才是摒除了自私和偏狭的真正为国立法的精神。他随即带话给王宠惠，希望王宠惠为民国的宪法建设多作研究，并结合宋教仁编写的《临时约法》，拟一套宪法草案出来，供讨论。

袁世凯却焦虑不安地对杨度说："你知道吗？我现在并不怕国民党以暴力手段来夺取政权，就怕他们以合法手段夺取政权，把我摆在没有权力的位置上。"

杨度安慰说："有那么多力量支持袁大总统，想必那样一部宪法也是不容易出台的，我们也可以再想办法……"

制定宪法的事情一时不会有结果，而拒绝了袁世凯拉拢的宋教仁，接着推动了中国历史上第一次国会选举。国民党在各省选举中连连奏捷，最后以绝对优势获胜，国会在全国经过投票共选出议员八百七十人，其中国民党占三百九十二人，而共和党、统一党、民主党一共才占二百二十三人，除去另外的跨党者和无党派者所占的二百二十五人，国民党在议会的席位占到了三分之二。国民党成了国会中的第一大党。这说明国民党的治国主张得到了大多数人民的支持。

按照民主政治的规则，内阁应由议会中的多数党即国民党来组织，国民党代理理事长宋教仁应担任总理。这是真正意义上按合法程序通过公正选举产生的总理。

国民党陶醉在胜选的喜悦里。

袁世凯看到选举结果，未作公开评论，只是致电宋教仁，力邀他进京商讨国事。

由于宋教仁风头很盛，不少人先后提醒他，要提高警惕。

谭人凤对他说："钝初啊，你如今可是深孚众望之人。君不闻'木秀于林，风必摧之''行高于人，众必非之'？还须提防有人起忌，多加戒备为好。"

宋教仁听了笑道："我前些日回湖南，也有人这样劝我。朗朗乾坤，真有这么严重吗？虽然革命的最终目标还未实现，但大局初定，正大光明地做事还用不着有杯弓蛇影之忧吧？否则我们的工作还如何开展下去？"

主持《民立报》的于右任，此前经常收到一些攻击宋教仁的文稿，署的都是化名。这些天却没有了。他隐隐有些担忧，特地将此事告诉了宋教仁。

宋教仁觉得，他是在阳光下以堂堂正正、合理合法的方式从事国会选举，应该还不会有谁敢冒天下之大不韪，跳出来逆流而行，以阴暗卑鄙手段来对付自己。以往从事暗杀的也主要是革命党人，如今已全国罢兵，谁还会对他仇恨到非除之而后快呢？攻击和诬蔑他的信函没了，是否说明一些心理阴暗之辈看到选举结果后，死了心呢？他反倒安慰于右任不用担心。

3月20日的上海，天空先是阴沉沉的，到了黄昏，飘起蒙蒙的细雨。晚风拂面，有些料峭的春寒。

宋教仁定于今天坐火车北上。他急切地想与袁世凯就选举结果相商大事，并到国民党北京总部处理要务。

临行前，《民立报》主编徐血儿力劝宋教仁不要北上。劝阻不了，又嘱咐宋教仁小心防卫，或可改为乘船。宋教仁觉得乘船太慢了，还是坐火车好。

晚上十点四十五分，宋教仁在黄兴、于右任、廖仲恺的陪同下，从上海火车站的休息室出来，走向检票口。突然，斜刺里蹿出一条黑影，随即"砰！""砰！""砰！"连续发出三声枪响。走在最前面的宋教仁，身子晃了一下，倒在旁边的一张铁椅子上，手捂腰部，忍痛叫道："我中弹了！"

连响的三枪，有一枪射中了宋教仁，另两枪从几人身边擦过。

一片惊呼声中，黄兴扭头一看，只见一道身影迅速穿过人群，逃跑而去。

这时宋教仁已经滑到了地上，满脸痛苦。

"钝初，你怎么样？"黄兴等三人轻轻扶着宋教仁。

黄兴看到宋教仁伤势不轻，立即说："送医院！"

黄兴等人将宋教仁扶上汽车送到附近的铁道医院时，他已经奄奄一息。医生赶紧抢救。

子弹是从背后射入，斜穿到腰部，肾脏及大肠均被击穿。子弹虽然被取出来了，然而弹头有毒。

宋教仁面如白纸，十分虚弱。黄兴和于右任等人陪在身旁。

"克强兄，我……这次，怕是……撑不过去了。"宋教仁知道，他的生命即将走到尽头。

黄兴俯首问道："钝初，你有什么需要我做的吗？"

宋教仁声音颤抖着，对黄兴、于右任、廖仲恺等人留下遗嘱：一是将他在南京、北京及东京寄存的书籍，全部捐入南京图书馆；二是他家中一向贫寒，老母尚在，在他死后，请黄兴及各位故人代为照料；三是诸位同志要继续奋斗救国，勿以他为念而放弃责任。

说罢，宋教仁痛苦至极，眼睛环视四周，双手一会儿抱肩，一会儿合成十字，似乎有说不尽的苦楚和无奈。围在旁边的人见了，无不恻然落泪。

稍稍过后，宋教仁恢复了些气力，又嘱咐黄兴，代他给袁世凯去电，告知被刺经过和最后心愿。黄兴按他所说，拟下了电文："……窃思自己受任以来，束身自爱，从未结怨于私人。如今国本未固，民福不增，遽而撒手，死有余恨。伏冀大总统开诚心布公道，竭力保权，使国家得不拔之宪法，则虽死之日，犹生之年。临死哀言，尚祈鉴纳。"

已从英国携家眷回到上海的章士钊，前往探视，听到此处，不由更加难过，掉头悲叹不已。

第二次缝肠手术后，宋教仁伤情恶化，用最后的力气呻吟着说："我为了调和南北，费尽苦心，可是造谣者和一般人民不知原委，每多误解，我真死不瞑目……"

然后，宋教仁再也不能言语，只是眼神中满是眷恋。

黄兴心痛不已，附在宋教仁耳边，轻声说："钝初，你放心去吧，其余的事情，我会处理。"

22日凌晨四点，在黄兴等人围侍之下，宋教仁气绝身亡，年仅三十二岁。临终前，他双目直视，没有合眼，眼眶中尚有泪珠，滚落面颊，双拳紧握不放。

黄兴轻轻地抚摸着宋教仁的眼皮，为他合上眼睛。众人这才放声大哭。

23日正午十二时，宋教仁出殡。医院门口，聚集了数百名送殡者。下午三时，宋教仁的灵柩登车缓缓前行时，已有三千余人随行。到民立报社门口时，报社同人在门口设祭行礼，恸哭不已。《民立报》创办人于右任哭道："今日不敢为私交哭，不敢为《民立报》哭，实为中华民国前途痛哭。"伤心到几乎不能站立，被众人扶起。《民立报》主编徐血儿悲痛欲绝："先生还约好了与我一起撰写《辛亥革命外史》，谁知如今竟阴阳两隔……"

最后，灵柩送到斜桥南路的湖南会馆，举行葬礼。

从医院到斜桥，有十余里远，沿途道路两旁挤满了人，却一片肃静。送葬的人有国民党党员，有军人，有学生，有名流，有商团，有外国人。

宋教仁被刺，震动全国。

是谁制造了这一惊天大案？出于何种目的？

袁世凯闻悉宋教仁遇刺的消息后，十分惊诧，随即致电江苏都督程德全，要求从速缉拿凶犯，依法严办。得知宋教仁身亡后，又发布命令，要求国务院从优议恤，肯定了宋教仁为缔造共和的付出，表示"民国新建，人才难得，该凶犯胆敢于众目睽睽之地狙击勋良……阅电殊堪发指。凡我国民，同深怆恻"。

江苏都督程德全立即下令，命上海方面破案缉凶，除了沪军都督府，上海租界和沪宁铁路局也悬赏一万两白银追凶。上海的气氛骤然紧张。

宋教仁殒难的第二天,一名叫王阿发的古董字画商到英租界巡捕房报案,声称一周前因卖字画去过小西门外青帮头目应桂馨家中,应桂馨当时拿出一张照片,说愿出一千元酬金请人将照片上的人刺死。他当时没有答应。宋教仁案发生后,他发现各报所刊登的遇害者宋教仁的照片,与那天应桂馨给他看的照片是同一人,因此前来报案。

巡捕房得此线索,当晚就在迎春坊三弄一家妓院将应桂馨抓获,又前往其家中搜查。在搜查应家时发现一名个子矮小、面目丑陋的人神色慌张,于是将其抓获。

经审讯,在应家抓获的这人叫武士英,直言不讳地承认是他杀害了宋教仁。据他供述,他本名吴福铭,山西人,在贵州读过书,后来到云南从军,做到管带,再后来因撤军,流落到上海,去茶馆时遇到一名陈姓朋友,经他介绍认识了应桂馨,应桂馨托付他暗杀一人,说此人祸害国家,他这是为民除害,事成之后给一千元大洋作为酬劳。武士英便答应了。

行刺那天,陈姓朋友给了武士英一把五响手枪,并安排了两个认识宋教仁的人与武士英一起去火车站,买了月台票进入站内,将宋教仁指点给武士英。接下来,武士英趁着宋教仁等人从休息室出来,走向检票口的当儿,开枪行刺。行刺成功并安全逃离后,应桂馨还夸奖武士英办得不错,将来要送他出国留学。那把作案的手枪,被应桂馨收了回去。

一连两天,巡捕房在应桂馨家里,起获了一支五响手枪,内有子弹两粒,与从宋教仁体内取出的子弹一致;密电码三本;信函、电报五十三件。

黄兴和陈其美也通过上海电报局,查到了应桂馨与洪述祖、赵秉钧的密电。

从函电中可知,近半年来,应桂馨与洪述祖联系频繁,谋害宋教仁的阴谋昭然若揭。如3月13日的电报,洪述祖致电应桂馨说:"毁宋酬勋位,相度机宜,妥筹办理。"第二天,应桂馨致电洪述祖说:"梁山匪魁(指宋教仁),顷又四处扰乱,危险突甚。已发紧急命令,设法剿捕,乞转呈候示。"21日凌晨两点多,即行刺宋教仁发生三小时后,应桂馨致电洪述祖:"所发急令已达到,请先呈报。"上午九点,又致电洪述祖:"匪魁已灭,我军一无伤亡,堪慰,望转呈。"

应桂馨的背后是洪述祖,已经是不争的事实。洪述祖的背后,自然是赵秉钧和袁世凯。应桂馨给洪述祖的电文中所说的"乞转呈候示""请先呈报""望转呈"等语，显然已指向赵秉钧或袁世凯。按说，袁世凯是最大的主子，没有他的授意，谁敢擅自行事？赵秉钧呢，按国会选举结果，宋教仁就将担任总理，直接威胁到他的地位，他还给了应桂馨密码本，双方也有两封函电往来，虽然没有说及行刺之事，但这种行为本身就是可疑的，何况在洪述祖与应桂馨的往来函电中，可以佐证赵秉钧对"毁宋"一事是知情的……

从应桂馨的供述中还了解到一个情况，就是随着袁世凯与国民党的关系紧张化，袁世凯十分苦恼，洪述祖主张让应桂馨搜集孙中山、黄兴、宋教仁等人在国外的黑材料，进行曝光，以达到破坏国民党形象的目的，即函电中多次出现的"毁宋"。应桂馨随后胡整了一些孙、黄、宋劣史，说是从日本买到的，交给洪述祖，索要三十万元，但袁世凯一看就知道是糊弄，要求提供真实证据。洪述祖便要应桂馨呈上真凭实据，说只有那样才能搞臭国民党领袖。应桂馨提交的材料本就子虚乌有，哪里去找实证？最后，洪述祖和应桂馨只好合谋下手，行刺宋教仁，除掉袁世凯的心头大患。

那么，宋教仁一案，除了应桂馨和武士英之外，就还有洪述祖甚至赵秉钧、袁世凯是幕后元凶。真相到底如何？一时舆论哗然。

4月13日，国民党上海交通部在张园为宋教仁举行追悼大会。黄兴致挽联：

> 前年杀吴禄贞，去年杀张振武，今年又杀宋教仁；
> 你说是应桂馨，他说是武士英，我说确是袁世凯。

追悼会上，前来为宋教仁致哀者，达两万余人。

宋教仁的妻儿、母亲都在湖南老家。黄兴、谭人凤考虑到他的母亲年迈体弱，行动不便，也经不起打击，暂时就没有接他们来上海。

黄兴等国民党领导人催促有关方面抓紧办案。袁世凯和他的机要秘书张一麟也多次致电程德全查实证据，从速报告。

蹊跷的是，武士英被捕后一直是一副丝毫也不畏惧的态度，并且在一周后的庭审中全部翻供，承认杀宋教仁只是他一个人的想法和行为，与他人无关。

4月17日，武士英和应桂馨被法租界引渡给中方。但就在审判、检查两厅预审的前一天，即4月24日，武士英却突然死亡，疑似被毒杀，尸检样本被分为三份，由不同方面化验，结果却不了了之，为案子蒙上迷雾。

25日，江苏都督程德全和民政长应德闳发表通电，宣布了宋教仁案证据。

同天，谭人凤等人请求政府为宋教仁铸造铜像，并开设公园，以资纪念。

于右任悲愤难抑，为宋教仁铜像预写了铭文："先生之死，天下惜之。先生之行，天下知之。吾又何记？为直笔乎？直笔人戮！为曲笔乎？曲笔天诛。呜呼！九泉之泪，天下之血。老友之笔，贼人之铁！勒之空山，期之良史。铭诸心肝，质诸天地。"

就在这天，在日本获知消息的孙中山乘坐"天津丸"轮船回到上海，来到黄兴寓所，一谈起此案，就怆然泪下，说："不料我这才出去一月有余，回来就再也见不上钝初。对于本案，我党还是应当慎重，先争取法律解决。"

黄兴愤懑而担忧地说："树欲静而风不止。我们北上调和，一再让步，好不容易将激进派同志们的情绪平复下去，迎来难得的和平，从而使稳健如钝初的宪政治国方略得以推进，民生建设可望实行，如今这一粒射向钝初的子弹，将不知给中国带来什么。"

孙中山说："是啊，莫非我们都看错了袁世凯这个人？"

黄兴说："实话说，我也不是全信了他。我只是觉得，在我们做出让步的情况下，南北一统，大局已定，他如愿以偿做上了总统，应该满足了，应该斟酌我等意见，顺应民意，完善政府，用心于治国安邦了。谁知他的权力欲望大得很，心机这样深。"

两人都感到此案的性质非常恶劣，后果还难以预估，但一定要追究不放，一是为宋教仁报仇伸冤，二是为维护民主法制。

26日，《民立报》披露了宋教仁案证据四十四件。

黄兴怒气难消，进一步从美好的梦想中警醒过来：真正的民主共和，还没有实现；渴望中的和平建设，似乎还不到时候。

他给多名外地革命党人写信，希望振奋精神，共商此事，谋划未来。

宋教仁血案，看似破案顺利，已经真相大白，但由于是政治大案，关系到各方力量的角逐，竟陷入死局。

其中还有没有隐情和其他可能？

其实案件一发生后，就引起各界纷纷议论。有说是选举中失利的政党干的，有说是旧势力干的，有说是袁世凯的人干的，但都指向政治谋杀，没有一条指向个人仇怨。

当凶手被捕，证据公开后，人们的疑问却并没有完全消除。

武士英和应桂馨在案中充当的角色，无须异议。洪述祖，也无须异议。据查，在2月27日，洪述祖就将家眷从北京迁往天津。案发后，其本人又于3月26日逃离北京，躲到了青岛的德租界。

那么，袁世凯与本案有多大的关系？从现有情况看，他对宋教仁不满是事实，也知道并认同洪述祖与应桂馨多次所说的"毁宋"一事，但据袁世凯的机要秘书张一麟等透露，所谓"毁宋"，原本只是打算在形象、名誉上丑化国民党领导人，仅此而已，并非指在肉体上加以毁灭。袁世凯对洪述祖和应桂馨因得不到宋教仁的黑材料而决定杀害宋教仁的合谋并不知情，更没有指使，只是应桂馨单方面以为洪述祖是受了袁世凯的明示，因而才放心大胆地雇凶杀人。

再说赵秉钧，在本案中扮演的又是什么角色？他也是知道"毁宋"一事的，但对洪述祖、应杜馨两人谋刺宋教仁，是否知情？或者说，洪述祖有无可能是受他指使？

年过半百的赵秉钧，年轻时曾跟随左宗棠东征西讨，后来被袁世凯重用，专攻警政，勤于公务，没有什么特别的恶名和劣迹。赵秉钧在内阁与宋教仁共事时，与宋教仁关系也还不错，宋教仁当时住在城外，往来不便，经常留宿在赵秉钧家，两人无所不谈。据事后透露，宋教仁被刺案发后的第二天上午，赵秉钧正在召开国务会议，国会选举事务局局长突然闯入会场向他报告了此事。赵秉钧听了大惊失色，当即离席，绕着会议桌自言自语："如果说是我打死宋教仁，岂不是我卖友，还能算是个人吗？"这时总统府来电，他仓皇离开会场去见袁世凯。赵秉钧若是指使过洪述祖和应桂馨，听到宋教仁被刺时，反应就理当不会如此失态。何况因宋教仁威胁到他的总理之位，他就谋杀宋教仁，使自己直接成为怀疑对象，是否也太拙劣了？因而是否有可能，洪述祖为了替袁世凯分忧，在其面前立下大功，瞒着袁世凯和赵秉钧，自作主张把抹黑宋教仁改作了行刺宋教仁，应桂馨则把洪述祖的险恶用心当成上面的意思，为了丰厚报酬而对宋教仁痛下杀手？

但不管怎样，袁世凯也好，赵秉钧也好，他们至少都知晓"毁宋"之谋，哪怕原本只是想借毁名的手段而打倒政敌，结果却导致了害命，这已是不争的事实。因此，即便如此，他们与刺宋案也是脱不了干系的。没有"毁宋"之因，就没有害宋之果。更何况还不能排除他们对此事的策划和指使嫌疑。

袁世凯一口否认参与此案，推脱罪责。鉴于他是总统，又缺少直接证据，姑且搁置。舆论直指赵秉钧也是刺宋案要犯，上海检察厅发出传票，要赵秉钧到上海接受审讯，程德全及各省、各界也要求赵秉钧快速到案。赵秉钧非常恐惧，通电力辩自己与案件无关，又对心腹说："我如今只有免职才能免死，不免职就只有一死。"总统府秘书长梁士诒也建议袁世凯先免去赵秉钧总理一职，平息舆论。袁世凯担心赵秉钧一免职反而有利于警方拿他去受审，暂未同意。赵秉钧便称病躲进了医院，稍后获得免职，始终没有去上海。袁世凯也不可能让他南下受审，即使仅牵出"毁宋"勾当，也足以使他们名誉扫地。于右任为此代表黄兴等专程北上，谒见袁世凯，被其以缺乏证据、维护总理人格为由予以拒绝，使案件难以继续审理。

也有人怀疑陈其美与刺宋案有关。

陈其美一副书生模样，颇有革命才干，但有黑社会背景，心狠手辣，擅长暗杀，杀了陶骏保，又杀陶成章，还企图杀李燮和与林述庆。在宋教仁案两个月后，陈其美又命人以卖古董花瓶为由，暗藏炸弹，炸死了卖私盐出身的扬州军军长徐宝山，原因是徐宝山投靠了袁世凯。接下来，又暗杀了商务印书馆创办人夏瑞芳，继而再杀袁世凯的上海镇守使郑汝成。这已是后话。

陈其美为何要杀宋教仁？宋教仁的影响力越来越大，身负调查中国革命的日本人北一辉都在信中对内田良平说，上海的民立报社成了中国革命的大本营，而大家说起什么事，也口口声声都提宋教仁。再说宋教仁要用宪政将权力约束起来，这对那些借助旧制度和混乱秩序大捞好处的人也是不利的。应桂馨是如何得知宋教仁的准确行期的？他与陈其美都是青帮中人，又曾做过陈其美的谍报科科长，彼此再熟不过。宋案凶手武士英的翻供和在预审前一天死亡，很容易使人想到受人唆使和杀人灭口。上海可是陈其美的地盘。如果武士英的死亡并非偶然，那么在警备森严的监狱，一般人谁进得去？而且上海检察厅的档案材料，后来也被陈其美的士兵破坏得残缺不全。这也是后话了。

甚至还有人怀疑到孙中山。

孙中山将总统之位交给袁世凯后，在革命党中就失去了权威。国民党成立后，大家推他做理事长，主要也只是出于对退位总统的尊重。孙中山也不问党事，甚至连国民党在大选中获胜，马上有望组阁，也反应冷淡。宋教仁是2月15日从湖南回到上海的，孙中山于2月10日乘坐"山城丸"号轮船去了日本考察访问。他为何不等几日，与宋教仁谈谈党事？他是真的已全然意不在此，一心发展实业了吗？宋教仁与孙中山原先就有分歧和隔阂，现在宋的风头越来越盛，这次宋教仁回湖南在演讲中谈到缔造共和，说及有功之人时，提到了黄兴、谭人凤、孙武、居正、黎元洪、袁世凯及自己对辛亥革命所作的贡献，却没有提孙中山，还说孙中山的"十年十万公里铁路"计划不现实。失去总统之位和号召力的孙中山会不会有一种巨大的失落感，继而寻求重拾权威？有人说他一直在努力筹款，并非只为实业，而是念念不忘北伐。

袁世凯、赵秉钧为了把水搅浑，又再次倒打一耙，说本案疑是黄兴所为，意在挑起内乱。《民立报》主编徐血儿等撰文奋起反击，严加驳斥。黄兴感叹道："邪说横行，甚于洪水猛兽。诬蔑我个人事小，为害中华民国事大。"

如此等等，合理的推测，没谱的想象，阴险的诋毁……围绕此案的话题一直不断。这就使宋教仁案更加扑朔迷离。

案子虽然搁下了，但几个涉案人员，也没有好的结果。

应桂馨，于1913年7月"二次革命"爆发后，在帮会成员的帮助下趁机越狱逃跑。先是躲到了青岛的德租界，问洪述祖索要行刺宋教仁的报酬，没有要到，就跑到北京，给袁世凯又是拍电报又是写信，开口就要五十万现金，还要授予他二等勋章，还公开发出通电要袁世凯为他和武士英平反昭雪，并逢人就讲他杀宋教仁的功劳。收拾这样的流氓泼皮，对袁世凯而言自然是眨个眼睛的事。应桂馨闻到风声，为躲避追捕，连夜坐火车逃往天津。火车开到廊坊附近时，应桂馨在车厢里被人乱刀砍死，死状惨极。

赵秉钧，在舆论稍稍平息后，被袁世凯起用为直隶都督。应桂馨被砍死一个多月后，赵秉钧在天津家中突发疾病，两名军医到场也无力回天。传言疑似中毒身亡。

洪述祖，躲进青岛德租界后的第二年，日本对德宣战，占领青岛，随后将青岛房产充公，洪述祖陷于困境，落下债务。1917年春，洪述祖自认为宋教仁案风声已经过去，化名张皎安，又潜往上海。因债务吃官司，行踪暴露，本已获得保释，不料被宋教仁的秘书刘白和年仅十六岁的儿子宋振吕认出，当场揪住扭送法院。经核实，确认张皎安正是刺宋案要犯洪述祖，又被拘押并解往北京，最后被判处死刑，于1919年4月5日被执行绞刑。这也是民国第一次使用绞刑。因身体肥胖太重，竟然身首异处。

这些，也是后话了。

第三十三章
二次革命

宋教仁案，对政局将产生怎样的影响？

黄兴觉得，大致有四种情形：一是袁世凯能抱光明、公正之心，让赵秉钧南下受审，倘若袁、赵二人牵涉不深，审理之后将案情公之于众，对武士英、应桂馨、洪述祖三名主犯依法定罪，对赵秉钧也加以惩处，那么袁世凯既有可能得到各方谅解，仍做总统，也有可能不被谅解而另选总统，不管是前者还是后者，中国仍然可保和平，如果再以此为鉴，那么对于国事向好，仍然是有希望的；二是赵秉钧受审后，发现袁、赵与本案有直接关系，那么袁、赵与另三名案犯都将万劫不复，总统将另选，政府将重组，仍然有可能保持和平；三是袁世凯拒不配合案件审理，那就极有可能发生撕裂和战争，"二次革命"兴起，消灭袁世凯北洋势力，另立民国政府；四是"二次革命"兴起，但民军没能取胜，袁世凯获胜后更加骄横，走向专制集权。

黄兴与孙中山达成了共识，决定先用法律手段来处理本案，不论袁世凯是罪重还是罪轻，抑或是无罪，这样都可以避免再次内乱。

那么，关键就看袁世凯是愿意采取"疏"的应对方试，还是"堵"的应对方式了。

随着事态的发展，黄兴和孙中山越来越感到失望。袁世凯的蛮横和傲慢，让案件的审理走进了死胡同。

黄兴与江苏都督程德全商量，试图组织特别法庭，专门审理本案，遇到很大阻力，没有实现。

这么大的案子竟然搁在了那里。武力讨袁吧，又会引发战乱，而且军事力量不足。

黄兴不禁气愤地对孙中山说:"袁世凯、赵秉钧无赖至此,你我又能拿他们如何?还不如以其人之道,还治其人之身。他们能行刺宋教仁,我们也可以行刺他们。广州将军凤山的下场,就是他们的下场!"

孙中山劝阻道:"暗杀,终归是个人冒险主义。我们还可以想想其他办法,比如借助外力,我们不妨和日本方面谈谈。"

"外部势力,也多是从自身利益考虑。就目前而言,他们多数是看好袁世凯的,只怕也比较难。"

"日助我则我胜,日助袁则袁胜。"孙中山分析道,"争取一下吧,看能否对我们有所帮助。"

在国民党和社会各界关注刺宋案的时候,袁世凯除了应对案件,还在暗地抓紧办理另一件大事,就是向外国银行借款,从而引发了新的聚焦——民国政府"善后大借款"事件。

一年前,民国政府就在与英、美、德、法、俄、日六国银行团商谈借款。由于外国财团所提条件有损中国权益,受到多方反对,负责此事的唐绍仪也对列强的要挟不满,借款因此中止。后来又让财政总长熊希龄继续谈。黄兴那时还在南京,正为军饷着急,熊希龄便告诉他这事,说实在没法就只有先借一点外债垫付,黄兴了解情况后就坚决表示这款不能借,熊希龄也拒绝了银行团的过分要求,借款再次搁置。后来内阁人员变动,周学熙任财政总长后,继续谈判,也没有达成协议。

宋教仁案发生后,袁世凯就让总理赵秉钧、外长陆徵祥和财长周学熙加快谈判。4月22日,命令三人同意签约。26日深夜,在北京汇丰银行大楼正式同英、德、法、俄、日五国银行团(美国已退出)签订了《中国政府善后大借款合同》二十一款和附件六号,借款二千五百万英镑,四十七年偿清。

革命党人对袁世凯的借款举动已有察觉。袁世凯的借款意图,仅仅是为了缓解政府运转的财政困难吗?显然并没有那么简单。

《民立报》于4月19日刊文,公开反对大借款。签约前,黄兴获得密报,又马上致电国民党北京总部,催促速议对策。

刚当选参议院议长的张继即召开会议,然后前往总统府面见袁世凯,但他避而不见。

26日,黄兴致电民国政府,又发表公开通电,提出此种借款按临时约法应当由参议院讨论通过，方能进行。如今已有国会，参议会、众议院一应齐备，这都是全国民意推选出来的，政府却视同无物，擅自专断行事，这样的借款，国民绝不承认。

袁世凯没有理会这些，借款合同照签不误。消息传出，激起各界强烈反对。参议院正、副议长张继、王正廷通电全国，声讨袁世凯非法借款。随后召开会议，会上，多数议员对借款予以否决。参、众两院联合发表通电，声明决不承认。湘、赣、粤、皖四省都督也联名通电，要求立罢协议，不要祸及国家。

面对宋教仁案和善后大借款的双重压力，袁世凯命人以狡辩、造谣，混淆视听，还抛出一个"血光团"暗杀事件。

袁世凯方面宣称，有一名叫周予儆的天津女学生向北京地方检察厅自首，自认是女子暗杀团成员，是奉"血光暗杀团"团长黄兴之命北上执行暗杀活动。北京检察厅随后向上海检察厅发出传票，要求传黄兴去北京受审。

黄兴明白，这是袁世凯方面对上海给赵秉钧发传票的对抗，也是对他的恐吓。但他没有退缩，为了使事情水落石出，让公众明了是非曲直，便于6月11日主动前往租界会审公廨，表示愿意赴京对质。会审公廨官员颇为吃惊，经中西司法官员会审，认为原告未到堂，又没有任何证据，无法立案。

袁世凯没有想到，黄兴不但不怕恐吓，还敢自赴衙门。他反而慌了，忙让人将那个所谓的女子暗杀团成员周予儆遣送出国，免得被追根到底，露出马脚。此后，他再也不提"血光团"了，却又拨款一百六十万元促成共和、统一、民主三党合并，成立进步党，黎元洪为理事长，汤化龙、梁启超为核心人物，为其所用，共同对付国民党。

与此同时，袁世凯抓紧整军备战。

黄兴在留守南京时，为军饷急得吐血，三番五次催袁世凯拨款也没有结果，只得裁军，但袁世凯在北方却还在征兵，购买军火，没有钱就向外国银行借款，用于自己的军备毫不吝啬。同时收买人心，收编民军，安插密探，并以各种借口，调动军队，往南部署。

随着宋教仁案和善后大借款带来的南北矛盾激化，袁世凯的态度也变得更加强硬。5月初，他同意赵秉钧辞去总理一职，以陆军总长段祺瑞代理。连开秘密军事会议，发布"除暴安良"总统令，声言革命党图谋发动"二次革命"，政府将给予严厉打击，制造舆论，威胁革命党人。接着又制订了针对南方革命党的用兵计划，口口声声是受人民托付，为保护人民。

此时的南方，由于大量裁军，属于革命党人的军队已经很少。而袁世凯的军队，除了民国成立前他手上的北洋精兵，还有后来收编的民军，以及清帝退位后的其他清军，袁世凯以民国大总统的名义，几乎掌握着全国的全部军力。只是有的军队动摇不定，战事一旦爆发，是倒向哪方，还要看情况。

这时，于去年提出"不做官、不做议员、不嫖、不赌、不纳妾、不吸鸦片"的"六不主义"，与陈璧君举办了婚礼后双双一起赴法留学的汪精卫被孙中山召回。南北和谈时，汪精卫为袁世凯奔忙，力劝孙中山让位给袁世凯，如今他也得回来尽一份责任。

刚去法国从事学术研究的蔡元培闻听国内出了那么大的事，也回到上海。

汪精卫、蔡元培与孙中山、黄兴商议后，由汪精卫找立宪派宿老赵凤昌出面，请张謇、程德全居中调停，再次处理南北关系。汪精卫提出四条妥协性方案：一、仍举袁世凯为大总统；二、为湘、赣、粤、皖四省都督解释反抗中央的谣传，申明不在临时政府期内撤换总统；三、宋教仁案依法律解决，罪名追究到洪述祖打止，宋案不可以传赵秉钧，周予儆女子暗杀团案也不可以传黄兴；四、申明军人不得干预政治。

然而，调停正在进行，袁世凯却动作不断，一心要消灭革命党。

6月9日，袁世凯下令免去江西都督李烈钧的职务，由黎元洪兼管江西事务；14日，免去广东都督胡汉民的职务；30日，免去安徽都督柏文蔚的职务。

局势非但未缓和，反而越趋紧张。

张謇、程德全等人的调停无效。

而孙中山及黄兴对日本等外力的争取也没有实质性进展。

原本与黄兴一起主张以法律解决的孙中山决定：以武力讨伐袁世凯。

章太炎、谭人凤、陈其美也都主张用武力解决。

孙中山拿出五万元，让黄兴尽快发起讨袁行动。

黄兴再明白不过，除了人心，战争还需靠实力，包括兵力和财力。革命军队就那点兵力，财力更无从谈起，贸然起兵的话，一旦失败，革命成果就将全都付之东流，因而十分犹豫。

他想把黎元洪争取过来。黎元洪是个没有明确立场的两面狐。目前他手上统辖的湖北军共有五万余人，是一支不小的力量。黄兴决定以大总统为筹码，说服黎元洪反袁，事成之后，拥其为大总统。然而，章太炎、章士钊以及李鸿章的侄子李经羲、与袁世凯有隙的清政府旧臣岑春煊都出马了，黎元洪也不答应。黎元洪看到革命军此时力量薄弱，肯定不是袁世凯的对手，死活不愿冒这个险。何况袁世凯刚刚暗中拨给他一百万元，他已对袁世凯表过忠心。

孙中山以为广东是他的老根据地，因此命令胡汉民首先发难。但胡汉民说时机未到，不能出兵，陈炯明也婉言拒绝。袁世凯随后让对他有善意的陈炯明代替胡汉民任广东都督，陈炯明害怕代任后，孙中山、黄兴要他反袁，再三推辞，在两人极力劝说下才担任，但对讨袁没有信心。

孙中山又命陈其美在上海打响第一枪。陈其美说，上海乃弹丸之地，难以与袁军抗衡。

黄兴电令湖南宣布独立，举兵讨袁。都督谭延闿表示要慎重。黄兴让谭人凤前去劝说，谭延闿仍虚与委蛇，暗地里还派人前往武昌，通过黎元洪向袁世凯输诚。

黄兴派李书城、张孝准、李根源、石陶钧等去南京，发动第八师反袁。师长陈之骥认为该师缺员尚多，还不能出兵。

黄兴又派人赴云南，与都督蔡锷相商讨袁。素来谨慎的蔡锷劝黄兴暂勿轻动，保存实力。

湖北方面正在推动的反袁倒黎活动也因泄密，遭黎元洪镇压，詹大悲、蒋翊武、蔡济民、熊秉坤、季雨霖等领导人都受到通缉，数十名革命党人被黎元洪杀害。

黄兴一声长叹，觉得武力讨袁，谈何容易，于是对孙中山说："中山先生，目前形势，武力讨袁，恐不现实。兵法说'知彼知己，百战不殆'。南方经过裁军，眼下我们的兵力很弱，几乎没有一支决心誓死以赴、能与北军抗衡的劲旅，在袁世凯尚未对他们构成直接威胁的情况下，他们大多会观望、自保。何况战争一开，就要军需，我们财力也很艰难。因此，我们可能还得暂缓用兵，以观其变。"

"我明白。"孙中山镇定地说，"有些人的表现，确实让我感到伤心。但是想想，武昌首义前，各方不是也在观望吗？武昌枪声一响，其他各省就群起响应了。这也正是你当初的方略，对吧？而且照我看，观望的不止是国内某些人，外国何尝不是如此，只要我们发动起来了，我相信至少日本方面会给我们支持。"

"你的意思是，只要有人打响反袁第一枪，后面就不成问题？"

"不是吗？"

"这回，我并不那么乐观。"

"理由呢？"

黄兴分析道："此一时，彼一时，情况已经发生了很大变化。我们原先的革命目标主要是反清。现在很多人以为清结束了，革命的目标已经达到。他们并不知道专制制度才是罪魁祸首。钝初的价值也就在这里，他对这方面的认识其实比我们都要深。'一种先进的庙堂制度，远比任何一个时代强人的光环都要可靠。'这是钝初的话。可是对于大众来说，现阶段究竟有多少人能够理解呢？都以为革命成功了，南北统一了，就要维护和平，发展经济，不希望再有战争。他们对袁世凯践踏约法、无视国会的行径和危害还缺乏认识。再就是一些旧势力，你说他们有多坏吗？也未必。他们只是安于现状，不愿冒风险，心中只有一己私利，浑水更好摸鱼，他们并不希望有更清明的政治和社会环境，受到监督和制约。还有商界人士，大多也是不希望发生战争的。"

"克强，你说得没错。"孙中山也深有感触，"所以我们的革命才需要不断地宣传，让人民有更多的了解，能清醒地认识和分辨事物，不再愚昧和糊涂。可是有的人却叫我'孙大炮'。"

"如果要继续进行革命，发动人民是我们必须做的。但启发人民比迷惑人民要困难得多，并不是一时半会儿就能做到的，有时光宣传也不行，还要有关乎切身利益的教训。袁世凯口口声声是为了人民，在有利的位置上占据道德和舆论优势。在目前情况下……"黄兴思索着，面有难色。

孙中山等了一会儿，不见黄兴开口，他虽然知道黄兴的意思，但黄兴的话既然还没说完，他便问："你继续说吧。"

"所以，基于对继续革命认识上的欠缺，我们的军队兵力少、缺军费也就罢了，关键还有群众基础不够，缺乏进一步革命的动力。至于外国方面，他们更加势利，对尚无把握的事，更不会轻易插手的。"

孙中山着急道："那么，你的意思呢？"

"一方面，我们可以继续提倡法律解决，利用国会弹劾袁世凯，料想他也不敢对国会怎样。这样有一大好处，就是把袁世凯的罪行和专权阴谋进一步揭露出来，使其恶名昭著，曝光于全国人民面前，让人民看清他的本来面目，从舆论上置袁世凯于不利境地。如果他胆敢公然破坏国会，我们可将国会中的国民党议员撤回南方，再分庭抗礼。这样可以凭道义而获得民众支持。另一方面，我们着手做好战争准备，一旦袁世凯狗急跳墙，我们就以武力反击。只要袁世凯先动武，他就会陷入道义的下风，对我们有利。"

孙中山想了想，却说："袁世凯已经如此露骨地为所欲为，只差把屠刀架在我们脖子上了，这是明眼人都看得出来的。我们再容忍、拖延，只会更加被动，到时只怕已被袁世凯一一瓦解和肃清，再也无力反抗。我们不能坐以待毙。我认为我们应该利用宋案和大借款激发的舆论，马上行动起来，先发制人，也尽可能速战速决，坚决讨伐破坏共和的独夫民贼袁世凯。革命的火种已经播下，我们有四万万同胞，只要一处打响，我不相信各方都只作壁上观。现在的关键问题是由谁来打响这第一枪。可叹我手上无兵，倘若是有二三万人马，我谁都不求！"

这时，"吱嘎"一声，有人推门而入。

两人一看，是谭人凤。

"明明手上没有一兵一卒，还要假设有二三万人马，这不是扯淡吗？"谭人凤不温不火地说。

孙中山也不恼，因为谭人凤也是主张武力反袁的。便说："谭胡子，你有何妙计？"

"我的妙计在之前的革命中已经用掉了，也见了效。新的妙计还在它娘的肚子里，没有生出来。我正是来看看你们计将安出。"

黄兴说："胡子兄，我们之前采用的合纵连横之策，确实有效。如今要讨袁的话，就还得再用。只是，你也知道，情况已经不同，不好使了。"

"如果还好使，我就不在这上海滩闲着了。"谭人凤拣了把椅子坐下，"但袁光头这个混账，我是饶不了他的。就算无军队赶走他，我也要不断发电报骂他娘的，让他安不了神。"

黄兴沉默了一阵，说："如果真需要这么一个打响第一枪的人，也不是没有，主要就看他了……"

"谁？"孙中山问。

"李烈钧。"

"他可靠吗？"

"李烈钧所统军队训练有素，如果矢志反袁，倒是一支威武能战之师。"

李烈钧被撤去江西都督前，看到袁世凯渐露凶相，步步紧逼，就感到袁世凯对南方革命党不安好心。他手下的革命党人很多，纷纷要求起义。但尽管他的反袁意向很大，当他致电湘、粤、皖三省都督征求意见时，他们都含糊其词，他也就没了主意。又想到正逢袁世凯褫夺自己的都督之际，如果自己率先起兵，别人还以为他是贪恋都督之位，因而放弃了想法，打算再看事机。

　　作为留日士官生，李烈钧与黄兴交情不错，说服他的希望还是挺大的。看到孙中山决意讨袁，黄兴马上通知李烈钧来上海。

　　李烈钧随即赶到上海。黄兴与李烈钧面商机宜之后，一并致电湘、粤、皖三省。三省都督还是说没有准备好，不能马上起兵。

　　黄兴让李烈钧先回江西抓紧筹备。

　　正在这时，李烈钧所部第一师第一旅旅长林虎派第一团团长李思广来到上海。

　　李思广见了李烈钧就说："李都督，将士们对袁世凯的做派十分不满，若是要起兵反袁，都愿跟随李都督为革命而战，林旅长因此派我及时来报告。"

　　"好！"李烈钧兴奋地一握拳头，"那咱们就讨伐他袁老贼！"

　　孙中山和黄兴大喜，当即任命李烈钧为江西讨袁军总司令。

　　7月8日，李烈钧从上海回到江西湖口。

　　李烈钧连夜召集方声涛、林虎、耿毅等数十名将领举行秘密军事会议，商定了起兵计划。

　　12日，李烈钧在湖口宣誓就任讨袁军总司令，宣布江西独立，发布《讨袁军总司令檄文》，历数袁世凯窃取权柄，破坏共和，灭绝人道，暗杀元勋，践踏约法，擅借巨款，重用爪牙，贸然兴兵，有负国民委托，实为全国公敌。

　　"二次革命"爆发。

　　中央陆军第六师师长李纯，已于7月6日率军南下，由九江进入江西。

　　当天，李纯属下张继尧率兵与林虎所率讨袁军左翼在沙河镇交战。张继尧部虽然骁勇，但林虎军是南京临时政府时的警卫团，作战勇敢，击败了张继尧军，乘胜占领了青山瓦子岭一带，并夺取了金鸡坡炮台。

　　就在当天，南京第八师旅长王孝缜、黄恺元匆匆赶到上海，向黄兴报告，孙中山派人去南京运动军队讨袁，已经联络了几个营、连长，准备杀掉师、旅长起兵。黄兴听罢吃了一惊。原来，前几天孙中山让同乡、党人朱卓文携带两万元去了南京，活动军中的激进派，一定要发动军队讨袁，他亲自前去指挥。而第八师师长陈之骥此前对黄兴说过，该师缺员还较多，尚需等待。

看来孙中山是不顾一切也要发动武力讨袁了。

黄兴当即问王孝缜和黄恺元有何想法。

王孝缜说："我们想好了，与其自相残杀，还不如一起反袁。"

黄恺元说："我们的意思，是请克强兄亲自前去主持。"

黄兴已收到江西来电，知道反袁战斗已打响，急需策应，便点头道："事不宜迟，你们先回去准备，我同中山先生说一声，随后就到。"

黄兴送走两人，就去见孙中山，主张由他去指挥，孙中山留在上海，负责后援，并督促陈其美尽快发动。孙中山同意了。

黄兴带了李书城等几名党人，14日到达南京。当晚，在第八师师长陈之骥家中召开紧急会议，商议作战计划。参加会议的军方代表有第八师师长陈之骥，第一师师长章梓，第七师师长洪承点，新第三师师长冷遹，等等。

15日清晨，冷遹命人将都督府的电话线剪断，第八师部分士兵随即控制了都督府。黄兴带着众将领入见程德全。程德全从睡梦中醒来，十分惊慌。

黄兴安抚道："德全兄放心，有我黄兴在，你不会有事。"

程德全这才镇定了些。

王孝缜、黄恺元等当即请求程德全一起讨袁。旧官僚出身的程德全支吾其词，难以决断。众将领"扑通"跪在地上，苦苦恳求。程德全无奈，只得勉强附和，并任命黄兴为江苏讨袁军总司令。随后，程德全、应德闳、黄兴三人联名，宣布江苏独立，发布了章士钊拟好的《讨袁通告》，严斥袁世凯破坏共和，灭绝人道，罪行甚于专制暴君，法律解决既然无效，不得不诉之于武力。并附上了黄兴的声明："兴之本志，唯在倒袁。民贼一去，兴即解甲归农。国中政事，悉让贤者，如存权利之私，神明殛之。"

眼看江西、江苏相继独立，在黄兴和孙中山的催促下，南方各省接连响应。

17日，柏文蔚宣布安徽独立。

18日，陈炯明宣布广东独立。

同日，陈其美宣布上海独立。

黄兴又致电浙江都督朱瑞、广西都督陆荣廷以及海军总司令李鼎新等，敦促他们加入讨袁。并派人持亲笔信北上，去河南联络发动农民起义的白朗，共同讨袁。

鉴于前清名臣岑春煊在位时颇有作为，又与袁世凯一贯交恶，而且广西都督陆荣廷和广东安抚使龙济光都是他的部下，黄兴决定推岑春煊为讨袁军大元帅。

22日，多省一致推举岑春煊为"中华民国讨袁大元帅"。

再说16日至18日，由师长冷遹率第三师、前敌指挥刘建藩率第八师为主的混合梯队，在徐州前线阻击南下的张勋所部北洋军。双方激战了三天三夜，讨袁军获胜。但北军兵力继续增加，发起反攻。第三师的张宗昌所部马队在北军的策反下，发生哗变，首先溃退，导致军心动摇，徐州失守。

这时，南京城内的军队因有的将领被袁世凯收买，也发生哗变。黄兴只得急调刘建藩所部回师南京，稳定局面。冷遹所率第三师孤立无援，南撤至浦口。就在冷遹入南京面见黄兴之时，旅长伍崇仁竟然与北军商谈投降事宜。

江苏讨袁军失利。

江西方面。北军随后也向讨袁军发起反攻。林虎所率左翼与北军三个团的兵力在沙河镇一带从清晨战至下午，坚持不住，开始撤退，这时其中某营营长策动叛变，虽被平息，但已军心不振。方声涛所率右翼也被北军包围，由于敌军援兵未至，讨袁军奋起反击，冲杀出来，支援左翼。张敬尧率北军竭力抵抗。不久，段芝贵率北洋大军进入江西，讨袁军被迫退却，撤退途中，一个营长叛变，杀了团长，率军投敌。第二天，北军一个师又一个混成旅赶来增援。后续北军还在开来。而讨袁军期待的湘、粤援军都没有半点消息。

到25日，湖口失守，江西讨袁军失败。

上海方面。讨袁军23日向江南制造局发起进攻，连战五日，没有进展。北军海军和陆军都有增援，讨袁军伤亡很大，退出战斗，撤至吴淞。驻守司令部的蒋介石遭英租界干涉，两百余人被缴械。讨袁军失利。

安徽方面。局面有点紊乱，军队实际上不归柏文蔚控制，所以并未发动大的攻势。等柏文蔚率领卫队准备前往南京参战的时候，江西、江苏、上海讨袁军都已失利。

再说程德全，于25日发表通电，声明他反袁实是被逼，并非他的本意。随后就劝黄兴赶紧取消反袁，引咎归田，接着又命卫队营营长带人捉拿黄兴。

已经起兵的，处处失利；尚未起兵的，没有动静。南京到上海的火车，也因当局接到交通部电令而停开了。南京的反袁军成了四顾无援的孤军，枪械、军饷无人接济，而冯国璋、张勋正率大军南下。

第八师师长陈之骥是冯国璋的女婿，打算利用特殊关系居中调停，施以缓兵之计。因为至此时，福建都督孙道仁也已在师长许崇智逼迫下宣布独立，湖南都督谭延闿也已在蒋翊武等党人的促动下宣布独立，虽然反袁的决心不坚定，但俟以时日，形势也许会有改变。但军中的激进派党人何海鸣等起哄闹事，枪杀了副团长李浚，军队又有变乱、分裂之势。

黄兴决定破釜沉舟，孤注一掷，大不了为革命捐躯。

第八师前旅长陈裕时却劝道："留得青山在，不愁没柴烧。黄总司令，走吧。我们兵力太单薄，而且不尽可靠。情势紧迫，宜赶紧离开。明知不可为而为之，虽可以以一死而问心无愧，但于国事无补啊！"

陈裕时原任第八师十五旅旅长兼第九混成旅旅长，足智多谋。袁世凯曾想引为己用，但陈裕时觉得袁世凯权变有余，忠厚不足，不愿趋附。袁世凯便想将他除掉，免生后患，陈裕时避过暗害，去了日本。袁世凯又以每月输送三万元旅费进行收买。陈裕时表面接受，暗地却从事革命活动，回国后辞去了旅长职务，往来于南北，筹备革命。

陈之骥、李书城等觉得陈裕时说得对，都劝黄兴不如离去，以图将来。

讨袁军参谋长黄恺元则日夜紧随黄兴，怕他以死明志。

7月28日，看到事情已不可为的黄兴，终于同意离开南京。

29日凌晨，陈之骥率警卫连护送黄兴和黄恺元前往下关，乘坐"龙田丸"日本舰离开南京。这时的黄兴，身无分文，身上仅有勃朗宁短枪一支和治疟疾的金鸡纳霜一瓶，连逃亡的盘缠都没有。

陈之骥心里颇不是滋味，回头对士兵们说："弟兄们，帮帮黄总司令。"士兵们从来还没见过这样清贫的总司令，你掏一元，他掏两元，最后凑了七十余元。

黄兴收下钱，道了谢，叮嘱陈之骥，管好军队，以待来日，然后在黄恺元的陪同下上了船。

虽然紧接着熊克武也宣布了四川独立，南京的反袁军队在何海鸣等人领导下还坚持了一些时日，其他一些地方也仍有零星的讨袁起义，但实际上在黄兴离开南京时，就意味着"二次革命"已经失败。

北洋军所到之处，对讨袁军的士兵也好，对当地平民百姓也好，都当作讨袁军人员对待，烧杀抢掠，无恶不作，尤其以张敬尧部和张勋部为甚。

人们对北军的仇恨，不断加深。

第三十四章

再起分歧

黄兴和黄恺元一路保持警惕，在途中换乘了"嵯峨"号日本舰，于7月30日下午四时到达上海。

黄兴本打算到上海与孙中山会面，相商下一步计划。然而，早在23日，袁世凯就与上海租界工部局达成协议，将黄兴、孙中山、陈其美、岑春煊、李平书、沈缦云、王一亭、杨信之八人逐出租界。因此，黄兴已无法在上海登岸、居留。

不过，王孝缜前两天已经向日本驻南京船津领事疏通，必要时请帮助黄兴乘坐日本船舰，赴广东等地。船津领事向日本外务大臣牧野作了汇报，由于美国已经承认袁世凯领导的中央政府，英国也支持袁世凯，日本不想让人误会在本次中国"动乱"中与革命党有什么牵涉，所以牧野让驻南京船津领事对王孝缜的请求予以拒绝。后来得知黄兴已经上了"龙田丸"舰，就要船津让黄兴去香港或其他地方。

现在黄兴到了上海，牧野赶紧通知日本驻上海领事有吉，尽快让黄兴去香港，万不得已也可以去日本冲绳。

30日深夜，黄兴和黄恺元乘小艇登上"静冈丸"号日轮，于次日凌晨离开上海。

黄兴、黄恺元二人于8月3日早上六点多到达香港。

黄兴打算在香港等孙中山来了，一起商议后再作计较，但香港也已经拒绝他和孙中山等人登岸。

已经先到达香港的张继和马君武与日本驻香港总领事今井已有过交涉，希望让黄兴去日本，而今井说日本方面希望黄兴去新加坡。黄兴不想去新加坡，说如果去不了日本，就去欧洲。

再说孙中山于8月1日深夜乘坐"约克"号英国舰，打算到香港会晤黄兴，再回广东。但到了福建马尾时，得知广东的形势并不乐观，目前事情已不可为，而香港也不准他登岸，只得改变计划，在日本友人的帮助下，换乘"抚须丸"号先去台湾基隆再说。

黄兴得到孙中山电告后，决定去美国。但此前已与几名同志约定在日本神户会面，所以还是得先去日本，然后再议赴美事宜。

今井决定帮助黄兴。

8月4日下午，今井让黄兴悄悄转到运煤船"第四云海丸"号上，前往日本。

8月9日，黄兴到达日本下关。

在日本友人的建议下，为慎重起见，黄兴决定暂时先在日本隐藏下来，设法把赴美护照拿到手。

8月28日，已化名"冈本久太郎"，又换了装束的黄兴，几经辗转，到了东京，在芝区高轮南町五十三号住下来。此前，获知黄兴已经避走日本的徐宗汉，带着李强、李雄和刚出生不久的幼子黄一美，也从上海出发，来了日本，比黄兴提前三天到了此处。

随后，廖淡如带着年已十三岁的次子黄一中，也从长沙来到日本避难，借住在宫崎寅藏家中，让黄一中入读东京晓星中学。

而黄一欧和黄振华，已经随湖南的留学生团去了美国，入读哥伦比亚大学。

一些受迫害或在国内难以立足的革命党人，也已陆续来到日本。孙中山也来了，秘居于东京赤坂区灵南坂町二十七号友人家中。

8月31日，黄兴和石陶钧在宫崎寅藏的表弟前田九二四郎陪同下，来到孙中山的住处。

孙中山听黄兴对"二次革命"的详细情况作了报告。听着听着，他心里便不痛快。临了，孙中山脸色铁青，也不顾旁人在场，瞪着黄兴就骂："克强，不是我说你，这是什么革命嘛？要么不服从命令，拒不行动；要么内部起哄，叛变投敌。这是什么军队？什么革命？"

黄兴不语。

孙中山继续数落："我既已决定武力讨袁，赞同的人不少，可你就是下不了决心，一再拖延，贻误战机，非要等袁世凯已部署就绪，才肯行动。如若不是这样，而是按我的意见，立即兴兵，打他个措手不及，只要一地取胜，守住数日，又何愁没有响应，如同武昌首义，讨袁又何愁不能成功？"

黄兴终于忍不住了，回应道："中山先生，我佩服你对革命的远见卓识，高屋建瓴，但具体到某些事情，我不敢苟同。要说武力讨袁，我心里比你更加急切。但战争非同儿戏，事关多个因素。这次兴兵，不是迟了的问题，恰恰相反，是时机仍未成熟。在上海时，我就给你分析过目前的形势。我们可靠的军队在哪儿？军费在哪儿？明确支持我们兴兵的舆论在哪儿？没错，钝初一案，各界激愤，但除了我党之外，大多倾向于法律解决，而不是战争。我向多省征求了意见，也留意了各方心态，心中有数。譬如商务印书馆的夏瑞芳，公开表示反对讨袁战争，这绝不是个别现象，而是代表了商界相当一部人对和平的向望，陈其美虽然将他杀了，但能扭转形势吗？只会让人更加不满。我的意见，此前已经说得很明白了，就不再重复了。"

孙中山一听更火了："真是荒唐！事到如今，你还在说时机未到？莫非要等袁世凯将我们一网打尽了才算时机成熟？"

"我们和清政府较量了那么多年，他们也没能将我们一网打尽，我们反倒是蓬勃发展。如今是民国了，如果我们不先动武，袁世凯虚张声势恐吓我们是少不了的，但他还不敢大张旗鼓举兵围剿我党。我们一动，他正求之不得，有了维护和平、清剿内乱的借口，恨不得将我党尽数铲除。"

孙中山站起来，在屋子里走来走去，突然掉头说："看来我跟你讲不清楚。本来当时我也不打算再与你争论，决定亲自行动。南京那边，我已经安排好了，只待他们动手，我就亲自前去主持，可你说你去，结果呢？唉，我是真的后悔，当时自己怎么就没坚持呢？"

"唉，我说中山先生，"黄兴也叹了口气，"你是我党的旗帜，怎么能亲临战斗一线呢？何况国内军队的情况，你并不熟悉。很多事情，并非你想象的那样简单。你们运动了几个营、连长，想杀掉师、旅长起义，那样真的就能成功？难道就没想过，很可能使军队立即内讧、分裂乃至一哄而散，仗还没开打就自我瓦解了？"

"我还算我党的旗帜？"孙中山气得不行，连连摆手，"好了好了，都是你有理，我不想听你说了。"

黄兴不再说话。石陶钧和前田九二四郎看到孙中山火气那么大，也不好插话。

这样僵着很难堪。黄兴于是说:"那我们先回去吧。"说罢起了身。石陶钧二人也起了身。

孙中山仍然在屋子里走来走去。

黄兴看看孙中山,然后走出门去。石陶钧二人跟了出去。

黄兴开始与流亡日本的革命党人秘密集会。他认为,应该对革命失败进行总结和反思。如果国内没有大的变动,目前是革命的低潮期,不宜急功近利,懵懂举事带来无谓牺牲,而应从长计议,从培训干部入手,明确新的革命目标,增强正义必伸、革命必胜的信念,既打造骨干队伍,又团结各界反袁力量,扩大革命党人在群众中的威信,以待时机。

正在这时,李烈钧也辗转来到了日本,前来会见黄兴。李烈钧说,袁世凯正在国内通缉、搜捕革命党,蒋翊武在广西被捕,在桂林丽泽门外刑场,坐着红毯,从容就义了。

黄兴颇感震惊。蒋翊武可是辛亥元勋。虽然黄兴指挥阳夏之战失利时,蒋翊武十分不满,但也只是军人血气冲动,"二次革命"时他们有了良好配合,黄兴在南京指挥作战,蒋翊武在湖南推动独立。没想到,难得的革命功臣,就此殒命。倘若不急着举兵反袁,袁世凯显然不敢冒天下之大不韪,明目张胆地对革命党下手。

黄兴不由在心中发誓:"袁老贼,革命党从此与你势不两立!"

李烈钧还带来了谭延闿委托他转交黄兴的十余万元资助。此时,谭延闿已因被迫宣布湖南独立而引起袁世凯不满,被削去都督之职,由汤芗铭接任。八面玲珑的谭延闿与黄兴素有交情,也许是由于在"二次革命"中无所作为,觉得不好向黄兴交代,才有此举。

黄兴对谭延闿在"二次革命"中的表现确实有些失望,但他当年发动长沙起义事泄后,谭延闿是给过他帮助的,现在又以资助表示歉意,他也不便计较了。毕竟,谭延闿出身官宦之家,缺少革命的意志和决心,只要他看重情谊,不镇压革命,还是属于可交之列。

这笔款对于落难中的革命党人来说,无异于雪中送炭。黄兴与李烈钧商量,决定用这笔钱来办两件事:一件是办两所学校,一所学校研习军事,一所学校学习政治法律;另一件事就是安置流亡到日本的革命党人,减少他们的流离之苦,尽快稳定下来,再图将来。

说干就干。两所学校很快就有了初步规划。

军事学校定名为浩然庐,又称浩然学舍,校址设于东京府荏原郡;政治法制学校定名为东京政法学校,校址设于神田区。

在众多日本友人的争取下,黄兴和孙中山都由被拒绝入境而改为容许居留,只是不得公开活动。

黄兴为了掩护办校,大多利用日本人处理有关事务,要求军事学校在年底开学,政法学校在明年初开学。

同时,为了加强革命思想宣传,又设法支持一些革命阵营的刊物,如章士钊创办的《甲寅》等。

但孙中山的想法似乎不一样,对这些兴趣不是很大。

这个10月10日,是民国两周年国庆。一些革命党人打算在当日下午搞个聚会。孙中山在宋蔼龄陪同下,临近中午时来到黄兴寓所。两人经商议,决定不去主持,免得让日本警方为难。两人也没多谈什么,只是在这特别的日子里,心里格外沉重。孙中山走后,黄兴让石陶钧去参加聚会,带去他和孙中山的致意。

这时的孙中山,已经决定放弃国民党组织,另立新党。说新也不新,因为名称"中华革命党"是他在"倒孙"事件后在美国组织团体时就开始采用的。这几年,他一直都想建立一个归他绝对领导的新政党。

时间到了1914年初夏,黄兴很重视的两所学校都开学了。

孙中山要组建的新政党,也提上了日程。

虽然因为"二次革命"之败,他和黄兴已经闹得很不愉快,但如果真的没有黄兴,他的很多工作就很难开展。尽管黄兴不认同他的一些观点,但当初牵头筹组同盟会时和两次"倒孙"事件中对他的维护,多次亲临前线领导起义,都让他感到黄兴是个执行力最强的值得信任的人。

5月5日下午三时,孙中山在萱野长知的陪同下来到黄兴寓所。曹亚伯等人正在此处聊天。

这次,孙中山的目的很明确,就是要放弃国民党,另立中华革命党。孙中山表示,国民党党员各行其是,涣散无力,难以指挥,必须另建一个新党,强化党首的绝对领导,新党党员要"服从党魁命令,并须各具誓约,誓愿牺牲生命、自由权利,服从命令,尽忠职守,誓共生死"。宣誓时还要在誓词里写下"愿牺牲一己之生命自由权利,附从孙先生再举革命……永守誓约,至死不渝。如有二心,甘受极刑",并按上右手中指的手印,以表决心。另外,还将党员分为"首义党员""协助党员""普通党员",对民众宣传时则以"元勋公民""有功公民""先进公民"相号召,不同等级的党员和公民将来可享受不同权利。

孙中山希望黄兴能协助他一起来组建这个新党。

黄兴听了,很感意外。他没有想到,宋教仁等费了大量心力,好不容易组建的这么一个大党,孙中山竟然要将它抛弃。这个党是还存在一些问题,但可以整顿、改进,何必要全盘否定呢?

黄兴当即表示不同意孙中山的决定。

孙中山严厉而痛心地说:"克强,难道你还不明白,'二次革命'为什么会失败?并非袁世凯兵力强大,实是我党人心涣散,不服领导!要推翻袁世凯,其实比推翻清廷容易得多!"

黄兴反驳道:"中山先生,我们要面对现实。革命力量并非你想象的那么乐观。袁世凯自窃权后,已经掌握了全国的政治、军事、财政,不是你认为的那样不堪一击。对清,我们很容易调动全国的民族情绪,联合各方,一致反抗;而对袁世凯,民众还并不能认识到非推翻他不可。如果连敌我形势都分不清,焉能不败?再说对国民党,我们可以纠错、改组,再发展,何必一定要另起炉灶呢?"

孙中山坚持说:"我就是要用另起炉灶的方式,彻底改变存在的严重问题!"

"可按你那样做,不是回到专制集权的老路了吗?那叫什么?叫宣誓效忠!国民革命变成为了你一个人的宣誓效忠,无条件赴死!那还是什么先进政党,不成了老式会党、教派了吗?"黄兴对孙中山似乎从来没有这样气愤过,"不仅如此,竟然还将党员分成'首义''协助''普通',将公民分成'元勋''有功''先进',你这不是在制造等级吗?你是当真?不是在玩儿戏吧?"

"特别时期,就得用特别手段,你怎么就想不通呢?"孙中山瞪着黄兴,几乎气极。

"可是,谁能保证,用这奇怪的特别手段取得革命成功后,能践行革命初衷,而不是继续照着这特别手段,又走回封建专制的老路呢?那样的话,无数革命志士的血岂不是白流了？那还不如不革命！"

对于别的分歧，黄兴愿意忍让、服从，但现在，他觉得自己必须坚持立场。

"如今连你都反对我！"孙中山怒不可遏，"也难怪，我早就成了空头司令！在南京时，名义上我是大总统，可谁把我当总统了？我只是个木偶而已，怪不得章疯子嘲笑我天天只是骑着马上清凉山。我再不采取措施，就别想再指挥谁，革命就完蛋了！"

孙中山除了震怒，也很意外。黄兴一贯是支持和维护他的。同盟会虽然分裂了，但黄兴的矢志追随，可不是用左膀右臂就能比喻的，没有黄兴，他再好的计划都没人能承担得起执行的重任。但黄兴这次竟这样和自己针锋相对，他心中不禁又恼又乱。

黄兴心里也是一惊，说："中山先生何出此言？你是通过选举产生的总统，实至名归。至于有时感到未受尊重，其一可能是错觉，因为作为总统，未必凡事要亲力亲为，接触的人事就有限；其二可能是因为先生与国内各方不很熟悉，由此而有疏离感；其三也可能表明各自为政的问题确实存在，这是新旧交替时的无奈，也是我党我军还不够强大的原因，这不，后来钝初一心致力于成立国内第一大党。我只不过对国内的人事接触多些，任的又是与实务相关的职位，需要处理的事情繁多，因而常有人找，这并不就说明我有多大的权威，更不能说明我有取代先生之意。革命也是完蛋不了的，理念、正义一时被权力、金钱、幻觉所蒙蔽，但不会被摧毁。中国是大国，社会成分复杂，指望如'光荣革命'那样一蹴而就是不切实际的。只要坚持不懈，养晦以待时日，中国革命就一定能胜利！"

两人激烈地争论着。其间，章士钊、陈方度等人来访。大家一起劝解，但双方观点迥异，无法调和。

到下午六点多，双方不欢而散。

黄兴还是想说服孙中山放弃另组新党的想法，与胡汉民、陈其美商量，让他们劝说孙中山。胡汉民本来觉得黄兴有道理，但陈其美和戴季陶等坚决拥护孙中山。胡汉民劝说无效，也改为支持孙中山。

李烈钧、李根源、陈炯明、程潜、熊克武等赞同黄兴的看法，宫崎寅藏也认为这次是孙中山不对。

在互不相让的情况下，孙中山向黄兴表示，希望黄兴能"静养"两年，由他来独自实施一下计划试试。

这样争吵下去，必将影响革命党人的团结和信心。黄兴决定离开日本，去欧美考察。

6月27日，黄兴约孙中山来寓所小聚。黄兴有言在先，本次不谈国事，只叙别情。作陪的有宫崎寅藏、萱野长知、田桐以及党人杨庶堪、邓家彦等。

孙中山看到黄兴有这般气度，又如此理性，气也消了很多。分别前，孙中山挥毫留言相赠：

安危他日终须仗，
甘苦来时要共尝。

黄兴看了留言，心里颇受触动，当众说："党只有国民党，领袖唯有孙中山！"

众人不胜感慨。

孙中山心里感到一分欣慰。毕竟，黄兴还是认他这个领袖的，那么需要他时，仍可以召他回来。黄兴的耿直和坦荡，也再次让他刮目相看。这样不工心计、不耍滑头的人，既值得信任，打交道又不需费太多心思。（以上关于黄兴和孙中山的争议内容，本书主要参考了武汉大学历史系黄兴研究室主任萧致治的《黄兴》及《领袖与群伦：黄兴与各方人物》、广东省社会科学院历史学研究员马庆忠的《肝胆相照的战友：孙中山和黄兴》等学术著作。）

1914年6月30日，黄兴在李书城、石陶钧、翻译徐申伯以及赴美留学的邓家彦四人陪同下，乘坐"登岳"号日本轮船，从横滨出发，前往美国。

黄兴于7月9日上午到达檀香山，逗留了半天，参加了侨胞举办的欢迎会，发表演讲，还接受了美国《太平洋商报》记者采访，他意志坚定地说："我们将奋斗到底，使中国成为一个实至名归的民主共和国，让人民享有和美国公民同样的自由。"

就在要启程时，一个当地的同志十分着急地悄悄告诉黄兴，说袁世凯探知了他要赴美，已经电请美国拒绝他登陆，不知此去情况如何。

黄兴听了，心里不由一沉，暗自吁叹："天地虽大，可何处是我的容身之所啊！"他知道，美国已经承认袁世凯领导的民国政府，那么答应袁世凯的请求是顺理成章的事。可是，已经到了这里，又往哪里去呢？经考虑，他还是决定按计划前往旧金山,如果真上不了岸,又再说。

7月15日上午,"登岳"号靠拢旧金山港口。

黄兴等人心里没底,站在船上往码头张望,只见岸上挤满了人,估计不下一千余众。黄兴不由想起他回长沙时的情形。但他们心里仍忐忑不安。

没想到,登岸手续竟意外地简单,各交一张照片就行了。

原来,美国政府虽然收到了袁世凯的电请,但他们同情中国革命,对袁世凯的请求不予理会,反而通知海关优待黄兴,给予保护。

黄兴一行上了岸,人们发出欢呼,争睹中国革命领袖风采。黄振华也来了,一把抱住漂洋而来的父亲,父女俩惊喜不已。由三十多台车组成的车队从港口开往旅馆,百余名国民党人暗携武器,一路警卫。

黄兴的到来,在华侨社会激起一股欢迎的热潮。在美国的中国留学生精英,也常常前来拜访黄兴,如张奚若、蒋梦麟、任鸿隽等。

除了旧金山,黄兴还去了芝加哥、纽约、华盛顿、费城等多个城市,一面考察社会政治,一面坚决揭露袁世凯的各种罪行,高举反袁旗帜,驳斥袁世凯对革命的诬蔑。一些在美党员,比如梅培等人,对他与孙中山的关系很关切,黄兴特别予以解释,仍然认同孙中山的领袖地位,以免同志们有什么误会。至于他们有的表示对孙中山的中华革命党章程也有不同意见,黄兴要他们直接给孙中山写信讨论。

再说孙中山,于7月8日在东京正式成立中华革命党,孙中山自任总理,协理一职虚位以待,是给黄兴留着的。创办《民国》杂志,胡汉民任总编辑。

7月28日,第一次世界大战爆发。德、俄、英、法等国,都忙于在欧洲战场厮杀,多国的金融受战争影响,陷于停摆。袁世凯屡次借款无果,面临财政危机。

黄兴预感到,倒袁的机会也许很快就会到来。

其间,黄兴打算赴欧洲考察,由于身体不适,未能成行,移居到华盛顿和费城之间的米地亚疗养。一天早上,黄兴吐血数升,被医院诊断为胃溃疡。远在东京的徐宗汉闻讯,带着幼子黄一美,前来照应。

黄兴一边疗养,一边密切关注国内外形势,注意协调各方反袁力量,同时让李书城等继续在美国各地调研,分析美国民主制度的利弊,为中国未来的建设提供参考。

还在日本但不愿加入中华革命党的一些革命党人，如李烈钧、李根源、熊克武、钮永建、林虎、程潜、陈炯明、冷遹、邹鲁、陈独秀、覃振等一百余人，另外成立了欧事研究会，列黄兴为名誉主席，以章士钊主持的《甲寅》杂志为会刊，开展活动。本会的方针基本是按照黄兴的主张来定的，如：集中人才、不分党界；对孙中山先生持尊敬态度；对国内采用渐近主义，以各种方法，争取民意；对军事行动，加强保密性，由军事人员秘密商决。

谭人凤、柏文蔚、白逾桓等人没有加入中华革命党，也没有加入欧事研究会，基本也是按黄兴的主张，奔走于同志之间，试图团结各方，联合起来，共同讨袁。黄兴对谭人凤等人的做法也大加赞扬。

陷入财政困窘的袁世凯，派人赴美国借款。黄兴及在美国的国民党人通过各种渠道，劝阻美方不要支持袁世凯的专制独裁。袁世凯的借款计划最终没有得逞。

黄兴暂住的米地亚位于大西洋西岸的费城近郊，环境幽静，去费城市内只要二十分钟车程，往东北方向去纽约、往西南方向去华盛顿都很方便。费城是美国具有重要历史意义的名城，是1776年美国宣布《独立宣言》的城市，著名的独立厅、自由钟都在这里，华盛顿建市前，一度是美国的首都。

黄兴对寓居此地很满意。

在黄兴行经芝加哥时，美国友人、孙中山的美国顾问林百克提出，希望得到黄兴的详细资料，要为他写一部传记。

这天，当邮差把一件包裹送给林百克的时候，他一看是黄兴寄自米地亚，非常兴奋，以为是黄兴在疗养之余整理好了他想要的资料。他迫不及待地打开包裹，小心翼翼地把资料展开，却是一份用打字机打印的长长的文件，内容是吁请美国朝野支持中国的民主政体建设，根本就不是有关黄兴个人革命经历和功勋的资料。他不敢相信，把所有资料都浏览了一遍，还是没有一字一句是说到黄兴个人的。

林百克搔了搔脑袋，愣了一阵，遗憾之余，脸上露出崇敬的表情。

第三十五章
倒袁护国

镇压"二次革命"后,袁世凯操纵国会,当上了正式大总统。接着,解散了国会。

这还不够。废除对自己不利的,就得有对自己有利的。于是袁世凯又组织约法会议,制订了一部《中华民国约法》,即"袁记约法",取代《中华民国临时约法》。新约法把原来的内阁制改成了总统制,把不利于总统的条款加以修改或去除,将军政大权集于总统一身。然后又制订《修正大总统选举法》,规定总统任期十年,可无限期连任,并有权将总统之位传与子孙。

再说日本趁世界大战之机,宣布与德、奥绝交,不顾中国已宣布中立,公然违反国际法,派兵于1914年9月强行在山东烟台龙口登陆。

北京政府提出强烈抗议,然而日军不予理会。

袁世凯召开紧急会议,听取意见,商议应对措施。懂国际法的外交部参事顾维钧和原国务院参事、伍廷芳的儿子伍朝枢解释说,必须抵御侵略、保卫国土,才能保障中立国的权利,否则若是保持沉默,即便是不承认,也等于是默许日本人的行动。袁世凯就问陆军总长段祺瑞有何意见。

段祺瑞迟疑片刻,说:"如果总统下令,我们也可以选择抵抗,阻止日军深入山东内地。"

袁世凯一看段祺瑞的表现,就有点底气不足:"我最关心的还不只是抵不抵抗,而是能抵抗多久?能否达到军事和政治目的!"

段祺瑞又犹疑了一下,说:"四十八小时。"

会场中人便面面相觑。

"那四十八小时以后呢?"袁世凯一脸不悦。

"听候总统指示。"段祺瑞面无表情。

袁世凯心里便急了。他想听听其他人发言,却没人说话了。

"唉！——"袁世凯深深地叹了口气。他知道根本没法抵抗日军。他想到1904—1905年日、俄两国在中国境内交战时,清政府无力抵抗,只好给日、俄划定"交战区"。现在看来只有借鉴此法,给日本人划一条"走廊",让他们进攻青岛。"走廊"之外的地方,中国仍保持中立。

日军随后攻占了胶州,沿途城镇均被其占领。日军强拉民夫,强征物资,对中国如同对待交战国。接着与英军一起占领了德国租借的青岛,将德国在华利益全部抢占到手。中方提出交涉,要求日、英撤军。日军置若罔闻,竟然想沿着胶济铁路向济南推进,声称山东铁路是德国管辖,他们现在只是接管德国财产,理所应当。

1915年1月,日本驻华公使日置益赴怀仁堂秘密面见袁世凯,提交了一份《对支那政策文件》,即"二十一条"对华要求的草案,打算利用袁世凯进一步在中国进行扩张。表示只要袁世凯接受条件,日本此后就会给他提供各种帮助,并要他"绝对保密,尽速答复"。

袁世凯看了"二十一条",也是十分生气,这日本简直就是想让中国亡国啊！日本人哪怕再怎么帮他,他做个丧权辱国的傀儡有什么好处！

袁世凯又召开紧急会议,连开三天三夜,就二十一条内容,逐一分析,商讨对策。袁世凯强调,日本意在控制中国,千万不可轻视。他认为,这些条款,有的可以答应,有的只能答应部分,有的则不能答应,尤其是第五条,日本竟打算把中国当朝鲜一样对待,那中国就失去了主权,完全受制于日本了,万万没有商量的余地,不得开议。

然而手下这帮平时好像都很厉害的家伙,面对这等大事,一时竟没谁有个好用的良策,主要还得由他亲自拿主意,逐条细审,一一批注,再行讨论。既要尽量让日本人能够接受,从而得到日本的帮助,又不能使中国丧失太多权益,让自己下不来台。

袁世凯思来想去,日本驻华公使日置益之所以要他"绝对保密",就是怕这个对中国充满侵略和吞并野心的阴谋暴露于阳光之下。他心里有了主意。

袁世凯命专办秘密外交的蔡廷干,与澳大利亚人莫理循见面,如此如此。

莫理循不仅是英国《泰晤士报》驻华记者,还是袁世凯重金聘请的中国政府顾问。

蔡廷干与莫理循会了面，也不把"二十一条"书面草案给莫理循看，只是以聊天的方式有意无意地将其中的内容说给了莫理循听。莫理循出于记者的敏锐，当即记下了其中的要点。

莫理循从总统府回来，心想他也不便单方面来正式报道这件事，就约了美国记者端纳来聊天。端纳来了后，莫理循招呼他坐，然后拨弄了一下桌上那份他记录着"二十一条"内容的资料，说他去房间有点事，让端纳等等。因为两人很熟，端纳在等待的过程中，随手翻了翻那份资料，心里顿时明白，将资料装进包里就走了。

日本要强迫中国签订"二十一条"的消息就这样被两名记者传扬出去了。

事情一经披露，全国震惊。各阶层人民和海外华侨纷纷开展各式拒日爱国活动，强烈要求中央政府拒绝答应日本的无理要求。

黄兴等本来正在进行讨袁宣传，面对情况的突然变化，觉得面对民族危机，应该把"救亡"摆在首位。于是立即向国内发表声明，为了团结一致，反对日本的无耻企图，决定即时停止反袁活动，以便袁世凯能专心对外，维护国权。

黄兴的主张得到了国内外多数革命党人的赞同，他们相继通电，表达了相同的心声。

袁世凯借助舆论来拒绝日本要求、拖延答复时间的目的初步达到了。但他突然计上心来，何不借此机会打压一下革命党呢？

很快，一种流言便开始传播：革命党欲借民国政府外交急迫之机，与外国勾结，发动革命，颠覆政府。

这种流言不仅有伤革命党，也有损革命党与他国的关系。

黄兴、李烈钧、柏文蔚、陈炯明、钮永建、林虎等联合致电国内外报馆，一面指出，正是由于袁世凯当政以来的无法无天，才导致政治不良，国情更坏，民困更烈，招来外侮，并警告袁世凯，如果只知道欺内媚外，就无异于自寻末路；一面声明革命党人的立场，革命的目的只是为了使国家更加富强，同胞们能够活得更加有尊严，至于谁掌握国家政权，倒是并不重要，只要遵守纲纪国法就行，何况革命属于本国内部之事，即使本国政府有万恶之罪，也当由本国人民来实行改革，无须以卖国求荣、侵害主权来勾结外国而达到目的。

黄兴又给萱野长知和宫崎寅藏写信，了解日本目前对中国的外交方针，对日本的侵华和亲袁政策表示谴责。

但人民的呼声没能阻止民国政府与日本的谈判。

袁世凯派外交总长陆徵祥、次长曹汝霖为代表，与日本驻华公使日置益谈判。日方要求天天谈，以便尽快促成签约，免得受国内国际舆论的干预。但陆徵祥等故意找借口拖延，希望能多耗些时间。从1915年2月2日起，在此后的两个多月时间里，共谈了二十五次，双方互有让步，仍相持不下。5月7日，日本发出最后通牒，除了第五条允许以后再议之外，其余的限于9日下午六点之前答复，否则将采取必要行动。

5月8日，袁世凯做出决定，答应与日方签约。9日，陆徵祥等前往日本驻华使馆，递交了接受日方最后通牒的公文。25日，陆徵祥与日置益分别在条约和互换文件上签名、盖章，完成手续。

条约签订后，日置益向陆徵祥转达日本首相兼外相大隈重信的意思："关于君主立宪的事，请袁大总统放心去做，日本很愿意帮忙一切。"

条约虽然是在日本做出一定让步的情况下签订的，但终归是一份严重丧权辱国的不平等条约。

袁世凯看到这个头痛的事终于暂告结束，松了口气。

接下来，袁世凯复辟帝制的事，正式拉开了序幕。

光有日本的支持还不够，还需要国内舆论。

6月份时，"共和政体不适于中国"的论调就开始流行。民国政府的喉舌媒体《亚细亚日报》随后发表了袁世凯的政治顾问、美国人古德诺的《共和与君主论》，鼓吹君主制优于共和制。法律顾问、日本人有贺长雄也随声附和。素怀"帝王之术"、倍受袁世凯器重的杨度则抛出了《君宪救国论》，把辛亥革命后袁世凯统治这段时间以来的动乱，都归咎于共和政体，声称中国要实现稳定和富强，必须实行君主立宪。

胡瑛本是"二十一条"签订后，奉黄兴之命从日本回国，与袁世凯协商联合起来、一致对外事宜的。谁知，革命的低潮使他感到国民党要翻身可能有点难，在杨度的影响下，也成了为袁世凯复辟而奔忙的几名干将之一。这样的人，还有同盟会当初的骨干孙毓筠。

全国军、政、商、学等各界有重要影响的人士，成为袁氏政府拉拢和控制的对象。利用不成，则予挟制。一些在京或旅京要人受到监视甚至软禁，失去了行动自由。李燮和与蔡锷便是其中的两个。

章太炎看到袁世凯要复辟称帝，气便不打一处来，决定去北京找袁世凯理论。临行前，他去了邹容墓前告别。

邹容死后，遗体先是被简单葬在监狱外俗称"义冢"的乱坟堆里。当年与他以及张继、陈独秀等人在日本一起将清朝留日学生监督姚文甫强行剪去辫子的刘季平知道了，十分难过，专程返回上海，几经周折找到邹容的遗骸，冒险运出，安葬在华泾村自家的黄叶楼西侧，墓碑由蔡元培题写，为避清廷耳目而将碑名写作了"周容之墓"，章太炎作的碑文，于右任书写。附近过道上另立了一块碑，刻有章太炎的篆书"赠大将军巴县邹容"。刘季平自称"江南刘三"，因此义举而被人称为"义士刘三"。

章太炎在邹容墓前放了祭品，就站在那儿说："兄弟啊，我又来看你了。你知道吗？我当年真不应该叫你去自首，有些人是没有信义可讲的。这不，清帝退位了，革命胜利了，又有人要走回头路，坐龙庭。那咱们的革命不是白干了？你们不是白牺牲了？那个鸟皇帝就那么有吸引力吗？看来我也犯了错误，以为中国共和了，从此天下太平了。这个混账袁项城，我得去北京敲敲他的脑袋，看他清醒不清醒。"章太炎停了一会儿，又说："这碑上的名字，如果我还能从北京回来，就给你改过来，让你坦坦荡荡、堂堂正正地睡在这儿。若是回不来了，那咱们就地下见，再一起讨伐那些王八蛋。我这就走了啊，兄弟。"

章太炎到了北京，见了李燮和等人，了解情况后，便去总统府见袁世凯，表明立场，极力劝谏。谁知袁世凯根本不买他的账，说话总跟他逗圈子。章太炎便跟袁世凯杠上了，干脆在北京待下来，三天两头往总统府跑。章太炎名气很大，袁世凯虽然烦不胜烦，也不好把这不怕死的疯子怎样，就派人趁他在龙泉寺礼佛时，将他幽禁在了那里，不准他再来总统府，也不准他离京，在北京去哪里都有人跟着，每月给他五百元生活费。章太炎便在龙泉诗看书写字，时不时就当着监视他的人对袁世凯破口大骂，或极尽讽刺。监视他的人听得一愣一愣的，有时也忍不住笑。

杨度根据袁世凯的意图，决定邀约几个有头有脸的人物成立一个"筹安委员会"，名义是为"筹一国之治安"，研究国体，其实是为推行帝制服务。

章太炎这个疯子是无须考虑的,他就是块会发癫的榆木头,不会买账的。杨度和孙毓筠特地去拜访李燮和,希望他能够出山,再干一番事业。

李燮和原本是为宋教仁一案,北上了解情况,想从中协调,使案件得到公正处理,因胞弟李云龙和侄儿李刚住在北京,便带了家人来,打算在此住段时间。谁知被袁世凯盯上了,连自己和家人都脱不了身。袁世凯以保护安全为由,派了军警,荷枪实弹站岗放哨。

闲谈中,杨度同李燮和说了他的《君宪救国论》。李燮和作为辛亥元勋,当初对南北和谈就持坚决反对态度,还为此向孙中山上过书。如今他虽已退出军政,但立场未变。听了杨度所言,当即反驳道:"对不起,此论我断然不敢苟同。"杨度无功而返。

可杨度不甘心,过了几天,又陪总统府秘书长梁士诒登门造访。无奈李燮和装疯卖傻,顾左右而言他。

又过了几天,杨度和胡瑛再次前来。说来说去,仍无效果。杨度便说:"俗话说'好汉不吃眼前亏'。燮和兄一人置之度外,不顾一切,无关紧要,但总得为家人考虑。袁总统一番好意,又不是叫你去做谋财害命之事,我等也是看兄长有才,且为同乡,希望一起为国家尽绵薄之力。兄长若是执意不愿合作,万一袁总统动怒,招来坐牢杀头之祸,让我等如何心安?"

胡瑛也说:"是啊,我们国家现在急需稳定,才能团结力量一致对外。也许,立宪确实好过共和呢。这不过是举手投足即可襄助的事,不一定非要先生做出多大努力,还望先生权衡利弊,早作定夺。"

李燮和强捺住火气说:"我李某退居已久,不问国事。诸君想怎样做,各请自便,我既不拥护,也不反对。"

话说到这个份儿上,也等于是下逐客令了。

胡瑛也不气恼,反而感到高兴:"如此也好。反正具体的事情由我们去搞,你只管看书、打牌、下棋,只要不反对我们就行了。"说罢,这才和杨度告辞而去。

看着杨、胡二人走出门外,李燮和不由愤愤地说:"亏他个杨度,满腹才华,说得出'要使中华国果亡,除非湖南人尽死',却放不下一个'帝王之术'和宰辅之志;亏他个胡瑛,为革命矢志不渝牢底坐穿,做过军政府要员,竟也鬼迷心窍,为帝制张目。真是荒唐!"

李妻连忙劝道:"你不参与就是了,任他们自己去折腾。"

"我刚才不就是这个意思吗？希望他们再不要来找我。"李燮和说着，忧虑难消，"这些人，其实只是个书生，老袁听他们那一套，早晚会吃大亏的。"

可是，8月14日出版的《时报》上公布的《发起筹安会宣言书》中，六个发起人中，竟赫然出现了李燮和的名字。

报纸出版三天后，李燮和才看到，他紧盯着筹安会那六个联合通电人的名字：杨度、孙毓筠、严复、刘师培、李燮和、胡瑛。其中杨度、孙毓筠为正、副理事长。

一个人不知有多爱惜自己的名字。但此刻，这六个名字中，李燮和觉得他的名字最刺眼，让他无法忍受，如坐针毡。他不知道，严复的名字，也是如他这般莫名其妙地被列上去的。

他放下报纸，长叹一声道："我的一世清名，就毁在他们的手里了。"

李妻也气愤地说："这是他们的一厢情愿、自作主张，你不参与，看他们又怎的。"

"我当然不会参与，但我恐怕是跳进黄河也洗不清了。"

他连行动的自由都没有了，已经不可能公开发声了。何况一大家人处于监视之中，他确实也得为家人想想，只有哑巴吃黄连。

这时章太炎来了。因曾经同为光复会领袖，两人走得近。章太炎到北京后，在被袁世凯幽禁前，还得过李燮和的接济。

章太炎也是看到了报纸，很感意外，特来质问李燮和的。两个监视他的人在门口等，他自己进屋见李燮和。听李燮和说了原委，又忍不住破口大骂。

筹安会成立后，随即开始了各种活动。伪造民意，通电全国，并派人分赴全国各地，煽动拥护帝制，多个省还成立了分会，一时轰轰烈烈。赞成袁世凯称帝的电函纷至沓来，真真假假的，甚是热闹。

杨度不仅把他的同门师兄夏寿田引荐加入了袁世凯的智囊团，还觉得他那年已八十二岁、从国史馆馆长任上告老还乡的老师王闿运素有声望，如能站出来声援袁世凯，更有说服力，为此伪造了一份王闿运给袁世凯的劝进电。袁世凯信以为真，他对其他人的劝进函电都没有回复，唯独给这位八十多岁高龄的学者回了信，言词倒是非常谦虚和客套。

袁克定为了自己父亲当上皇帝，他好当皇太子，在伪造民意上更是别出心裁。日本人办的中文报纸《顺天时报》发行量很大，他命人每天制作一批假的《顺天时报》，上面大篇大篇刊登着赞颂袁世凯、支持袁世凯称帝的文章，这些报纸专门用来送给总统府和他自己家里。袁克定曾在骑马时摔断一条腿，他每天就拿着新出的《顺天时报》，一瘸一拐地送到袁世凯面前。袁世凯一看，便觉心安。

筹安会的活动也引起广泛质疑：既是研究团体，却又向各省军政发号施令，及煽动群众，要求拥护帝制，造成混乱，是何道理？

有人提议袁世凯取消筹安会。袁世凯声明，这种学人研究的事，与他无关，出于言论自由的原则，只要不危害社会，政府无从干涉。

梁士诒也不愿附和筹安会，另外成立了个全国请愿联合会，名称不同，方式有异，目的却是一样的，所干的头等大事就是向袁世凯上"拥戴书"。筹安会的声势为此有所减弱，改名为宪政协进会，继续活动。

"二十一条"的签订，已经激起全国各界强烈不满，复辟帝制的活动，正以火上浇油之势，引发又一轮反袁浪潮，连袁世凯的一些同党和部下都开始反对。

进步党原本是袁世凯扶持的与国民党相对抗的一个大政党，但其代表人物梁启超突然改变立场，拒绝袁世凯的重金笼络，公开发表长文《异哉所谓国体问题》，对复辟帝制的活动提出警告，让其不要无风鼓浪，兴妖作怪。接着孙洪伊又发表《进步党反对帝制之通电》，直接表明进步党的态度，助推了反袁情绪。

袁世凯对自己是否称帝，心中也没底，并一度打退堂鼓，认为不合潮流。他只是想把军政大权抓在手中，未必要做那个皇帝。但他身边的一帮人格外热心，和他儿子袁克定极力鼓动他，大有不促成此事决不罢休之势。袁世凯一时竟无法知道真实的舆论和民意，迷失了方向。

9月的一天，黄兴正在寓所附近的林地里散步。来自大西洋的风，吹得树叶沙沙响。不知名的鸟雀在林子里唱歌比赛。远处教堂的钟声又敲响了，"当——"。

黄兴觉得恬静而清爽，走一会儿，又停一会儿。

这时徐宗汉拿着一封信走了过来。

黄兴老远就问："宗汉，邮差又来了吗？"

"是的。你猜，这回是谁的来信？"

"我猜不准是谁，但十之八九是国内。"

"为什么不是来自日本呢？"徐宗汉略感惊异。

"我也不知道。"黄兴笑道，"直觉吧。"

待徐宗汉走近了，黄兴接过信，看信封。信封上并没有真实的寄信人姓名，收信人姓名写的也是黄兴的化名"冈本久太郎"。凭手感，这封信很厚。黄兴小心拆开信封一看，吃了一惊："啊，是松坡。"

黄兴前些时日已经获悉蔡锷与李燮和及章太炎都被软禁的事。他很想知道蔡锷的近况和想法。

黄兴读信，读着读着神情就严肃起来。读了几页，他翻了翻，还有若干页。徐宗汉便说："回去看吧。"

"不，就在这儿看完。"

黄兴在一个树墩上坐下来，继续读信。

信终于读完了。黄兴把信递给徐宗汉，然后神情凝重地坐着，开始思考。徐宗汉接过信，先数了一下，共有十七页，接着才读起来。

信中，蔡锷详告了他最近的处境、"二十一条"的签订情况、袁世凯的复辟阴谋、国内的总体形势和他的想法——急盼从袁世凯的严密监视中脱身，回到云南，发起倒袁行动。问黄兴有何意见。

黄兴感到，讨袁的机会已经成熟。民众对袁世凯已经十分不满，一旦袁世凯称帝，矛盾必将更加激化。外部的侵凌固然可恶，内部的邪恶同样不可纵容。外部问题往往正是来自内部问题，这已是沉痛教训。蔡锷素来谨慎，如今都有了讨袁想法，由此可见，必须做好准备了。

徐宗汉看着黄兴，不知他将作何打算。

黄兴回过神来，说："这事非同小可，得让一欧去日本。"

"那，你要不要回去？"

"按说我是一定要回去的，但是，这次与之前不同，这次有蔡锷他们领导军事，我是放心的。其他有些重要的事情，我在外面也可以完成，而且有时还更方便。"

"唉，没想到，袁世凯竟然会复辟。"

"是啊，我也没想到，因为袁世凯很早就支持过维新，是了解世界潮流的。"黄兴心情沉重，"但袁世凯一个人是称不了帝的，可恶的是围着他转的一帮人，旧奴才和旧皇族解散了，他们却想着做新奴才和新皇族。"

"看蔡锷的意思，如果袁世凯坚持称帝，战争就不可避免。"

"是的，"黄兴态度也十分坚决，"这回，只要他一称帝，我们就一定要打倒他。意义并不在于打倒他这一个人，而是要让国人知道，复辟帝制是我们绝对不能容忍的，好断了所有人这一念想，免得开历史的倒车！"

黄兴连夜写了两封信。一封给孙中山，说第三次革命时机已到，要孙中山做好筹备，如有需要，他一定再次效力；另一封给也在东京的张孝准，告诉他蔡锷的情况，要他尽快与蔡锷取得联系，千方百计务必协助蔡锷离开北京回云南。

黄一欧随后向学校请了假，带着父亲给的两封信，乘船赶往日本。临行前，黄兴特别嘱咐他："你此行去日本，必须把事情办妥。我们决不能让帝制死灰复燃！你到了日本后，也别急着回美国，先待在那里，与各方加强联络。"

黄一欧点头道："爸，我一定办到。"

此时，黄兴经济上已逐渐拮据。黄一欧和黄振华本是湖南留美公费生，"二次革命"发生后，因受黄兴连累，被取消了公费。多亏了黄兴平时收藏的那些字画古玩，托付友人从上海寄了八大箱过来，卖了数万元，加上徐宗汉借来的一些钱，才勉强能够应付生活、医疗和黄一欧、黄振华的开支。黄一欧又有了女朋友，也在美国留学。这样下去，财力上是很难支撑的。他已有意将黄一欧及其女友、黄振华转往日本留学，可以节省很多。

黄兴把还留在美国考察的石陶钧和刚到美国不久的张继招呼了来，决定派他们回国参加反袁活动。黄兴对他们提出了六条建议：一是发难需要及时，防止袁世凯采用各种手段瓦解反袁力量；二是发难不择地方，李根源主张在他的家乡云南，或者广东，这都可以，先占据一两个省，各处必有响应，袁世凯因财政窘迫，必然陷入绝境；三是广设暗杀机关，实施暗杀行动，对赞成帝制者造成恐慌和威慑；四是冯国璋这个人，据说也已对袁世凯不满，但此人未必可靠，既要有借助之心，也要有防范之心，如果能先争取他的部下，到时对其进行挟制则更好，总之一定要警惕，这人不如程德全那么好把握，却可能比程德全更反复无常；五是广西都督陆荣廷，一介武夫，手握重兵，与袁世凯有较深矛盾，若从其部下入手，进行运动，似乎比较容易奏效，如果能行，从广西发难也好；六是外交方面，不必非等到有了支持才行动，有或没有，利害其实相等，先尽力去做才是最重要的。

再说蔡锷，袁世凯欣赏他的才干，于1913年底把他从云南调至北京，先任全国经界局督办，打算稍后重用。蔡锷原本希望能有一番作为，但随着"二十一条"的签订和复辟帝制活动的甚嚣尘上，蔡锷对袁世凯也由幻想转为失望。帝制好不容易结束，这才多久，就有人又想着当皇帝。职业军人出身的他觉得，现代军队的职责不应是保护专制，而是捍卫民主。如果袁世凯一意孤行，就非将其推翻不可。

袁世凯感觉到蔡锷不对，就派人对他严密监视。

张孝准接到黄兴的指示后，明白事关重大，干系着讨袁成败，不敢怠慢，与刚到日本不久的周震鳞等最可靠的人合计，通过梁启超等关系，很快与蔡锷取得了联系。

蔡锷得到张孝准的密电码一本，与张孝准保持着密切联系。又派亲信殷承瓛先赴日本，面见张孝准，告知下一步的行程计划，准备离京后经日本回云南，请设法避开记者及袁世凯的密探，保证他在日本的安全。

张孝准决定亲自回国，接应蔡锷。

在袁世凯监视下的蔡锷，假装不问政治，纵情声色，常与杨度、梁士诒等人去北京八大胡同的风月场中厮混，麻痹袁世凯，暗中却潜往天津，与梁启超、张孝准等人及旧部密谋大事。

11月底的一天，蔡锷按与张孝准商定的策略，在京城名妓小凤仙及友人帮助下，逃出虎口，来到天津，于12月3日登上了日本运煤船"山东丸"号，前往日本。站在船舷上，蔡锷真有种"鳌鱼脱却金钩去，摇头摆尾不再回"的轻松。

在张孝准、周震鳞、石陶钧、程潜等安排和掩护下，蔡锷又离开日本，经台湾、香港、越南，于12月19日抵达昆明。

孙中山接到黄兴的信后，非常高兴。自从黄兴离他而去后，他处理事情倍感力不从心，曾两次让陈其美给黄兴写信，请他早日回东京，黄兴没有理会。他又亲自致函，黄兴才复函，表示两人为革命同心协力了那么多年，可谓金兰之交，如果孙中山要图大举，他一定会继续效力，只是条件尚未具备，不能贸然行事。如今黄兴来信说时机已到，希望及时推动起事，他特别重视，随后即着手安排各项工作。

黄兴又指示欧事研究会和国民党人及其他革命同志注意联络各界反袁力量，中华革命党、进步党、地方实力派、北洋系统中的反帝反袁派以及社会名流等，只要有反袁意向，可以摒弃前嫌，建立联合战线。并手书十数封信函，或给诚挚老友，或给有声望的中间派，或给袁氏宿将，言辞语气，各不相同，意在晓以大义，达成共识。又致电各国驻华公使及北京、上海的两家英文报纸，声明讨袁革命的原因、目的和决心。

欧事研究会决定以香港和上海为策源地，加强国内的活动，并作出部署：李烈钧负责广东、江西的军事；程潜和张孝准负责湖南、湖北的军事；柏文蔚、钮永建、冷遹负责江苏、安徽、浙江的军事；熊克武负责四川的军事，并准备为云南主力军作向导；林虎负责广西的联络；耿毅负责北方各省的联络。谷钟秀、彭允彝在上海创办的《中华新报》和刘揆一在天津创办的《公民日报》则担负起反袁宣传的任务。各人各负其责，加紧推动，又互为策应。

梁启超此时也南下上海，与革命党人和其他反袁人士频繁往来，商讨联合讨袁，并与蔡锷、陆荣廷等密电不断。他的住所，一时成了反袁活动的小据点。

正在新加坡的李烈钧，接到黄兴致电后，到达香港，带着李根源、陆荣廷筹借的一百箱现洋，与熊克武等回到昆明。

蔡锷被调入北京后，云南都督由唐继尧接任，后被袁世凯封为开武将军。他正为财政焦头烂额，一见来了那么多现洋，有了起兵信心。唐继尧原本是蔡锷部下，却是云南地方军阀，黄兴为了促成他支持蔡锷，在与蔡锷达成一致后，致电唐继尧，声明蔡锷只率滇军讨袁，不为都督之位，也不留云南。这就消除了唐继尧的顾虑。唐继尧随后致书黄兴，对他的规划和支持深表敬意。

张继、李根源，又向富商借到了两百万元，准备用作军费。但富商却要黄兴签名才肯借。黄兴与孙中山商量，经同意，由张孝准代签，又解决一大笔经费问题。

讨袁的准备工作基本就绪。

1915年12月12日，袁世凯正式发布接受帝位的命令，声称是"民之所欲，天必从之"。

第二天，袁世凯在怀仁堂接受文武百官的朝贺。随即为一百二十八人分封了公、侯、伯、子、男爵位，正式废除都督，改授"将军"。下令将中华民国改为"中华帝国",将民国五年(1916)改为"中华帝国洪宪元年",将总统府改为"新华宫"。又花八十万元制作了两件龙袍,十二万元刻了新朝玉玺,六十万元刻了五颗金印,并发行一面是他的加冕头像、一面是龙形图案的"中华帝国洪宪纪元"银币,准备在1916年元旦正式登基。

蔡锷、李烈钧等相继到达昆明后,唐继尧于12月21日、22日召开秘密军事会议,商议讨袁大事。

蔡锷在会上发表演说,阐明讨袁的必要性和紧迫性,声言与其屈膝而生,不如断头而死,举事所争的并非个人权力地位,而是四万万同胞的人格。与会者报以热烈的掌声。

与会者歃血为盟,宣誓捍卫共和,推翻袁氏,并决定对袁世凯先礼后兵。

23日,唐继尧和巡按使任可澄致电袁世凯,要求取消帝制,惩办祸首,限其于25日上午十点前答复。

24日,唐继尧、蔡锷等又致电袁世凯,要求将祸首杨度、段芝贵等人明正典刑,以谢天下,限其于二十四小时内答复。

但直到25日的限定时间,仍未见袁世凯一字回音。

唐继尧、蔡锷、李烈钧于是通电全国,宣布云南独立,竖起讨袁大纛。成立军都督府,推举唐继尧为军都督,任可澄为参议。护国军总兵力约两万余人,编成三军:蔡锷为第一军总司令,李烈钧为第二军总司令,唐继尧兼任第三军总司令。决定第一军攻打四川,第二军攻打两广和江西,第三军留守云南,随后由贵州入湖南,会师武汉,直捣北京。

昆明各界举行游行,热烈拥护。

护国战争正式拉开序幕。

云南起义的消息很快传到日本。一家东京报纸刊登出一篇记者对孙中山的访谈,关于云南起义,孙中山说那是国民党发动的,与他无关。

张孝准一看,有点着急,这对护国起义无论是在国内还是国际上都有可能产生不良影响,马上委托黄一欧去见孙中山。

黄一欧拜见孙中山,谈了云南起义的经过,说是由蔡锷发动的,蔡锷并非国民党人,委婉地提醒孙中山发表那样的谈话可能引起外界对云南事件的误会,如今举旗讨袁已在一地发起,希望各党各派加强团结,尽快形成策应。

孙中山一心独立率先发起"第三次革命",听了黄一欧的话,心里不免有些触动。他当然明白云南起义是黄兴等国民党人策划和推动的结果，但黄一欧既如此说，也让他颇感快慰。大家都知道，蔡锷确实不是国民党人。

黄一欧走后，孙中山立即致电南洋、美洲各埠，要求加紧筹款，云南首义已经发动，护国战争就将全面打响，中华革命党一定要有所作为。

1916年1月1日，袁世凯在中南海居仁堂正式登基称帝，定1916年为洪宪元年。

同日，云南成立护国军政府都督府。唐继尧、蔡锷、李烈钧联名发表讨袁檄文，历数袁世凯二十大罪状，提出五条要求。但袁世凯仍不理会。

14日，蔡锷率领护国军主力，从昆明出发，向四川进军。

18日，李烈钧派出的使者陈仁、席正铭、刘国敏、刘涛四人到达东京，面见孙中山，汇报云南起义情况，商议联合事宜，尤其是广东方面的军事行动。孙中山十分高兴，即电催陈炯明等人加紧筹备起义。

这时，袁世凯政府调集北洋和四川、湖南、广东共八万余兵力，堵截、围剿护国军：第一路，以马继增为司令，率北洋陆军第三、第六、第二十师各一部及部分混成旅，由湘西经贵州从东面攻入云南；第二路，以张敬尧为司令，率北洋陆军第七师和第三、第六、第八师各一部，与驻川北洋军及川军会合，从北面攻入云南；第三路，以广东振武上将军龙济光之兄、广东陆军第一师师长龙觐光为云南查办使，率部从南面攻入云南。

三路军队的交战随后展开。

四川方面。1月16日，蔡锷所部刘云峰梯团抵达滇川接壤的新场。第二日，向川南镇守使伍祥祯部发起进攻。18日，占领四川高县西北的横江。19日，向叙府西南的安边进攻。21日占领叙府。北洋军随后分四路反攻叙府，均被击退。

27日，贵州护军使刘显世响应护国军，宣布贵州独立，任贵州都督，并派出两路黔军协同云南护国军作战：东路支队以王文华任司令，进军湘西；另一路编入护国第一军戴戡所部，组成滇黔联军右翼军，由戴戡任总司令，向四川綦江、重庆一带进攻。

2月2日，除夕日，四川第二师师长刘存厚在纳溪响应护国军，宣布四川独立，自任护国川军总司令。5日，蔡锷所部董鸿勋支队与刘存厚所部陈礼门支队会攻泸州。战斗非常激烈，掀起护国战争高潮。护国军一度占领泸州外围的蓝田坝、月亮岩等要地。北洋援军陆续开到，护国军退守纳溪等地待援。28日，护国军开始反击。战至3月6日，北洋军伤亡很大，护国军亦因枪弹缺乏，人员疲惫，撤至叙蓬溪休整。15日，蔡锷决定趁北洋军官兵厌战，补给困难之机，集中主要兵力分四路反攻纳溪。17日，右翼由赵又新梯团担任主攻，从纳溪以东的白节滩发起攻击；中路由顾品珍梯团在正面佯攻，牵制敌军；朱德、张煦两个支队从侧翼向蓝田坝迂回前进，阻击泸州支援纳溪之敌；刘存厚所部进攻牛滚场，威胁江安守敌，掩护主力进攻。几经拉锯战，敌军主力第七师将校伤亡殆尽，士兵损失过半。

戴戡所率滇黔联军右翼军，于2月13日抵达川黔边境的松坎。14日，向川军第一师等发动进攻，五天之内，连克綦江以南的东溪、马口垭等地。至下旬，北洋军陆续增兵反攻，戴戡所部相继退守东溪、松坎，与敌对峙。

从1月中旬到3月底，护国军与北洋军在四川反复开战。护国军克服饷械困难，以弱胜强，重创北洋军，使其无力再战。

湘西方面。1916年1月下旬，王文华率部进抵黔湘边境后，立即分兵向湘西的北洋军发起进攻。第一团于2月2日晚趁湖南晃州北洋军欢度除夕之机发起攻击，次日进占晃州城，随后往蜈蚣关追击敌军。第三团于2月5日攻克黔阳。第二团进入麻阳后，攻占县城外围部分据点，两次攻城未果。13日，第一、第三团联合攻打沅州，北洋军弃城而逃。黔军占领沅州后，以第一团一部兵力前往麻阳支援第二团，于16日攻克麻阳城。接着，护国黔军连克洪江、靖县、通道、绥宁等地。3月中旬，北洋军调集援兵向麻阳、黔阳等地发起反攻。黔军顽强抗击，牵制北洋军向四川进发。

滇桂方面。1916年2月20日，李烈钧率护国第二军由昆明向广西开进。3月初，在滇桂边境的广南、富宁地区与龙觐光部展开激战。第二军张开儒梯团于富宁东面的皈朝地区击退龙觐光部第一路司令李文富部的多次进攻，双方成僵持状态。第二军方声涛梯团与龙觐光部第二路司令黄恩锡部在广南地区激战数日，将黄部击退。3月15日，被袁世凯封为宁武将军的陆荣廷通电宣布广西独立，复任广西都督。李烈钧部趁势向龙觐光部发动反攻。开出云南截击龙觐光部的护国军第三军赵钟奇梯团则进抵西隆，与方声涛梯团夹击黄恩锡部。黄部战败，残部向滇南逃窜。护国军第三军的黄毓成部，由云南经贵州兴义进抵广西百色，协同桂军合围龙觐光所部。龙觐光和陆荣廷是儿女亲家，他的儿子娶陆的女儿为妻。陆荣廷网开一面，下令将龙觐光指挥部人员全部缴械，将龙扣留，押回云南原籍。龙觐光部第一路司令李文富见大势已去，率众投降。逃往滇南的龙觐光部第三路龙体乾的土司、土匪武装和黄恩锡残部，被第三军刘祖武等部阻击，部分被歼，部分逃离云南。

至此，袁世凯三路进攻云南镇压护国军的军事计划都失败了。

就在两军激烈争夺期间，中华革命党于2月25日发表了讨袁通启。梁启超也带头积极奔走，为自己的学生蔡锷筹集军饷物资，并派代表周善培赴日本，与孙中山、谭人凤、张继、岑春煊等晤面，商谈机宜。黄兴也多方设法，为护国军募款。

随着护国军的英勇战斗和反袁形势的不断高涨，各方的态度也在发生变化。

日本为了平息事态，于3月7日通过了胁迫袁世凯退位的决议。

3月19日，江苏将军冯国璋、江西将军李纯、长江巡阅使张勋、山东将军靳云鹏、浙江将军朱瑞联名发表"五将军通电"，要求取消帝制。

袁世凯原以为几倍于护国军的"帝国军"能轻易戡乱，谁知等来的不是捷报，而是接连失利的坏消息，心里不由开始惶恐，不知如何是好。

袁世凯有一妻九妾，家里人口众多。袁叔祯是他的三女儿，最受他宠爱。

这天，有个丫头回家看望父亲，回袁府时，按袁叔祯的嘱咐买了一大包黑皮五香酥蚕豆。这是袁叔祯最爱吃的。这些蚕豆是用整张的《顺天时报》包的。袁叔祯在吃蚕豆时，无意中发现，报上登的内容，和前几天在家里看到的《顺天时报》大不一样，很是吃惊。她连忙找来同日期的报纸一对，内容果然是天差地别，有很多不同。家里的《顺天时报》，几乎连日刊登着赞颂袁世凯和拥护他称帝的内容，而丫头带回来的却并非如此。袁世凯平时对家庭采用封建式管理，女孩子不准自由出门，所以袁叔祯平时看不到外面的《顺天时报》。

袁叔祯感到很奇怪，便去问二哥袁克文。袁克文爱好文艺，尤其喜欢昆曲，不关心政治，却是反对袁世凯称帝的。他瞥了一眼妹妹，淡淡地说："这事我早知道了。"

"怎么回事嘛？"

"他们伪造的呗。"

袁叔祯这才明白，是大哥袁克定他们搞的鬼。

"我早就发现这问题了，只是不敢同父亲说而已。"袁克文补充道，"你敢说吗？"

"我敢！"袁叔祯噘起嘴，认真，又撒娇，"你咋不早告诉我？"

"我不关心这些。我的话别人也听不进，只怕反招训斥，影响心情。"

袁叔祯不再与二哥饶舌，回头把那张真实的《顺天时报》放在桌上，再押一押，抚一抚，待晚上袁世凯回到家中，就拿着去见他。

袁世凯刚坐下来，拿起鼻烟壶，看到袁叔祯背着两手走来，还以为她又是来撒娇。谁知，袁叔祯走近了，突然拿出身后的报纸，朝袁世凯一塞，严肃地说："爹，你自己看。"

袁世凯放下鼻烟壶，接过报纸看起来，看着看着，脸色越变越难看，然后抬起头，问袁叔祯，此报从哪里来的。袁叔祯照实说了。袁世凯皱着眉，叹口气，说："你去玩吧。"

袁叔祯也不敢再多说什么，慢慢退后，离开了。

第二天清晨，袁叔祯从父亲的居室外经过，只听到从里面传来大哥的求饶声。她悄悄凑近窗户一看，只见父亲手拿皮鞭，铁青着脸，突然照大哥狠狠抽打起来，一边打，一边咬牙切齿地骂："咦！你个孽障，混账！你这是欺父误国！"

袁叔祯悄悄溜开了。

自此后，她发现，父亲对大哥再也不予理睬。

但已经没有太多的时间供袁世凯犹豫、周旋了。

面对众叛亲离的局面，袁世凯不得不于3月22日下令取消帝制。

袁世凯取消帝制后仍身居大总统之位，将不赞成他称帝而已离位的黎元洪、徐世昌、段祺瑞拉了回来，支撑危局，并以这三人的名义致电蔡锷、唐继尧等，要求取消独立，罢兵休战，并密电四川将军陈宧及还在四川的北洋将领张敬尧与蔡锷接洽议和。双方暂时停战。

袁世凯取消帝制的消息，令反帝制的国人欢欣鼓舞，认为革命再次取得了胜利。黄兴也松了一口气，但仍忧心忡忡。

徐宗汉问："克强，是不是这还不够？"

"不够。"黄兴肯定地说，"我们的革命并不彻底。当时是出于和平可贵等多方面考虑，妥协了。现在看来，那是不行的。钝初那时极力主张限制权力，是对的。擅权、滥权、崇权、媚权，已经成为中国封建专制遗留下来的阻碍现代社会健康管理和文明发展的痼疾，权力和官僚社会的特征没有改变，就是革命没有成功。如果采用和平手段不能达到限制权力的目标，那就宁愿用武力来保障实现，也不能妥协。袁世凯虽然取消了帝制，但并不能表明他和那帮喽啰的帝制之心从此已死，如果等羽翼更丰了又来一次，再要打倒他就更不容易了。"

徐宗汉不由叹道："玩弄权术的人，还真是太复杂了。像我们，只不过是想力所能及做点对社会有益的事。"

"是啊，我何尝不这样想？但国家大局不定，是解决不了根本问题的。"

黄兴当即除了提醒蔡锷，还致电唐绍仪、伍廷芳、张謇、梁启超、钮永建、柏文蔚等多人，注意警惕袁世凯的阴谋，重申反袁到底的必要性。

5月8日，滇、黔、桂、粤四省护国军军务院在广东肇庆成立，推唐继尧为抚军长，岑春煊为副抚军长，梁启超为抚军兼政务委员会委员长，蔡锷、李烈钧、刘显世、陆荣廷、陈炳焜、龙济光为抚军。龙济光在1月至3月才镇压过朱执信、陈炯明等在广东发动的反袁起义，是迫于滇桂护国军和广东民军的军事压力而于4月6日宣布广东独立的。

军务院的成立，是一次各派势力的大联合，包括滇、桂两系军阀、进步党、国民党内的欧事研究会等。

5月9日，黄兴从美国到达日本。

为了防止袁世凯的爪牙实施暗杀，宫崎寅藏、头山满等日本友人用小船将计划到横滨的黄兴在途中就接走了。当轮船到达横滨时，孙中山和岑春煊所派代表只接到徐宗汉和黄一美。

当日，黄兴致电袁世凯，直斥其欺诈谋权、背叛民国的罪行，敦促其尽快悔罪引退。

此前的被骗，让黄兴丢掉了所有对袁世凯的幻想。12日，他又发表《致全国各界讨袁通电》，号召不分党派，不论南北，一定要齐心协力把袁世凯赶下台。此后数日，毫不松懈地继续恳劝各方、各界。

已偕廖仲恺、戴季陶和新任秘书宋庆龄等于5月1日回到上海的孙中山，也于9日发表了《讨袁宣言》。

20日，陈其美在上海被袁世凯指使的张宗昌设下圈套行刺身亡。

黄兴获悉，感慨万千。陈其美，一如其字"英士"二字，本来是一名难得的革命英才，却又有不少争议之处。陈其美素擅暗杀，有滥杀同俦，也有清除敌酋。半年前，袁世凯的得力干将上海镇守使、海军上将郑汝成才被他派人刺死于汽车中。这段时间，他正在江浙一带策动反袁军事行动。西南的护国军已经让袁世凯头痛不已，江浙如果再起烽烟，如何得了？于是命驻军上海的张宗昌将其除掉。张宗昌的手下假称开公司，以做交易签合同为名，在陈其美的秘密住所，连开三枪将其射杀。暗杀多人的陈其美，最后竟也被人暗杀。

孙中山前些时候命朱执信、陈炯明等在惠州、广州发动起义，受袁世凯的干将龙济光镇压，没能成事，本寄望于陈其美在江浙有所突破，谁知他竟遇害而死。孙中山一听到噩耗便忍不住痛呼"失我长城"。蒋介石也抚尸哀恸。

此时，黄兴心里除了感慨，还有深深的悲伤。

他当即致电孙中山，对陈其美的殉难表示哀悼。

孙中山立即给黄兴回了一封长信，告知国内情形，认为讨袁最后是否能成功，就看各派的团结情况了。表示他将联合各路力量，勠力共举，并托黄兴在日本采购枪械。

孙中山随后通告中华革命党各地负责人，要加强与讨袁各派的联系合作，以收群策群力之效。至于旗帜，既然各路护国军都一致用五色旗，他们也一律沿用五色旗。

黄兴看到孙中山能敞开胸怀，不再固执己见，非常高兴，在日本多方奔走，为其筹款买枪。

黄兴意识到在海军方面还发动不够，于是又致信黄郛，要其加紧策动，海军一旦倒袁，袁世凯的势力就去掉大半了。

再说袁世凯，利用黎元洪、徐世昌、段祺瑞并未达到想要的效果，又拉出冯国璋。然而冯国璋同样已无可奈何。袁世凯只有寄望于尚未宣布独立的各省，打算与他们结成最后的联盟。可是，也已经来不及了。

5月22日，一向忠实于袁世凯的四川将军陈宧，被迫宣布四川独立。

袁世凯接报，如五雷轰顶，两眼泪水，喃喃自语道："人心大变，何至于此……"

29日，袁世凯的另一亲信、湖南都督汤芗铭，被迫宣布湖南独立。

袁世凯接报，惊慌失态，顿足大骂，然后呆若木鸡，倒在椅里，陷入绝望。

这真是四面楚歌啊。

冯国璋看着袁世凯的痛苦模样，对这位有恩于自己的老上司也很心痛，说："大总统，你千不该万不该称帝呀。只要不称帝，凡事都有商量余地，现在把黄兴等革命党彻底惹恼了，民意也已反转，对我们极为不利。我真想毙了那几个摇唇鼓舌糊弄你的混账东西！"

段芝贵却似乎仍有不甘，说："蔡锷、李烈钧、林虎、方声涛、程潜、柏文蔚、钮永建等等，这些军界中坚，都是黄兴的人，我们早就该将他们悉数清除……"

冯国璋和段祺瑞都瞪了他一眼。这种马后炮，又于事何补？袁世凯落到今天这步境地，倒是他们这帮帝制吹鼓手做的好事！

"罢了，罢了。"袁世凯哀叹道，"时也，运也，命也……"

袁世凯患有尿毒症，但体质不错，精力旺盛，加以调养，短期身体应无大碍。然而事败至此，竟一病不起。

袁世凯不知是多少人的靠山。他这一病，可慌了一众亲信，纷纷前往探视。他们自然都希望袁世凯尽快好起来，纷纷拿好言相劝。然而袁世凯虽然病得沉重，却似乎比任何时候都要清醒。他躺在床上，如同自语，又如对众人，不无悲凉地说："恨只恨我，读书时少，历事时多。今万方有事，皆由我起。帝制之误，苦我生灵，劳我将士，群情惶惑，商业凋零，如此结果，咎由自取。误我事小，误国事大，摸我心口，痛兮愧兮！"

众人听了，都黯然不语。

1916年6月6日上午十时四十分，病榻上的袁世凯，努力睁开眼，张开嘴，悲恨交集地低语道："他……他们……害了我……"

然后，合上了眼睛。年，五十七岁。

一代政治、军事强人袁世凯，在汹涌的讨伐声中，就此谢幕。

黄兴得知袁世凯病亡的消息，特作挽联一副：

算得个四十余年天下英雄，陡起野心，假筹安两字美名，一意进行，居然想学袁公路；

仅做了八旬三日屋里皇帝，伤哉短命，援快活一时谚语，两相比较，毕竟差胜郭彦威。

这上联中的"袁公路",指的是三国时的袁术,想称帝;下联中的"郭彦威",即郭威,是后汉时的邺城留守,公元951年汉隐帝遇弑后,郭威采用手段,自己称帝,立国号为后周。

袁世凯一殁,副总统黎元洪于6月7日宣誓继任中华民国大总统,段祺瑞任国务总理。

护国运动的目的,在于推翻袁世凯。如今目的似已达到,但接下来,又发生了一场新的争执。

按各方的要求,恢复中华民国后,还要恢复中华民国元年的《临时约法》和国会。这也是南方军务院已经商定的方针。

但以段祺瑞为首的袁世凯旧势力,并不愿意。国务院在发布黎元洪继任总统的通电时,沿引的是袁世凯让人制订的《中华民国约法》,即"袁记约法"。

护国倒袁的各派对此都不予认同。

6月7日,黄兴在给中华革命党东京总部负责人谢持的信中强调,要吸取惨痛教训,去袁之后,还要清除余孽,以免贻害无穷,使共和再起风波。

梁启超于次日致电黎元洪,要求明令恢复旧约法,择期召开国会。

孙中山于9日发表《规复约法宣言》,表达同样的意见。

同日,黄兴发表《为规复〈临时约法〉通电》,再作详解。

6月10日,唐继尧致电黎元洪,要求恢复民国元年的约法和国会,惩办帝制祸首杨度、孙毓筠等十三人,做好各项善后工作。

原国会议员也纷纷站出来,指出袁世凯颁布的《中华民国约法》是根据一己之意妄自篡改而成,并非按合法程序制订,与《临时约法》抵触,国会绝不承认。

面对黄兴、孙中山等反袁各方的强烈主张,段祺瑞仍想拖延。张勋也跳出来阻梗,邀集奉天、吉林、黑龙江、直隶、河南等尚未宣布独立的各省代表在徐州开会,策划抵制黄兴、孙中山等反袁各方的要求,并催促宣布独立的各省取消独立,否则诉诸武力。

黄兴坚持反复致电段祺瑞,并让李书城带信给段,申明约法和国会不恢复,新政府就缺乏法律依据。孙中山、唐绍仪、梁启超等也重申立场。

海军总司令李鼎新本来正在酝酿起义,一看围绕约法和国会之争相持不下,便调集军舰于吴淞口,发表宣言,宣布独立,加入护国军,除非恢复约法和国会，否则不再执行北京海军部的命令。

冯国璋一看，这海军要是真反了，对己方可是大为不利，于是电促段祺瑞，尽快妥善处理，免生严重后果。

段祺瑞这才于6月29日以大总统黎元洪的名义，宣布恢复旧约法，并定于8月1日召集旧国会。

一场新的争端，暂告解决。

随后，民国政府又以大总统名义发布了惩办祸首的名单，共八人：杨度、陈毓筠、顾鳌、梁士诒、夏寿田、朱启钤、周自齐、薛大可。其余一律不予追究。

树倒猢狲散。上榜的和不上榜的帝制分子，竞相逃避，只求保命。

至此，护国运动算是取得了胜利。为护国运动而设的机构和所组的军队，完成了使命。孙中山的中华革命党、国民党的欧事研究会、梁启超的进步党也从此停止活动。

第三十六章
未解的残局

催促黄兴回国的电函不断。

孙中山4月底从日本启程回上海前，就电邀黄兴一起回上海。

黄郛、张謇、唐绍仪、范源濂、谭延闿、孙洪伊、钮永建、张继等纷纷致电黄兴，催促其回国主持大事。

7月4日，黄兴偕徐宗汉、黄一欧等由日本门司启程，于6日到达上海。

前来欢迎的人很多。互道问候之后，黄兴住进圣母院路一百号。

孙中山当晚就在黄兴寓所与其畅谈。

孙中山说："战事已经停了，现在主要是善后的问题。克强，你有何看法？"

黄兴说："北京政府好歹答应恢复约法和国会了，但其实还有不少重要的事情有待处理。"

"是啊，人们多半以为再造共和已经成功，终于天下太平了，我却总还有些担心。"

"没错，有些新的矛盾，仍然错综复杂。这次一定要保持警惕，不能再蹈覆辙。"

孙中山琢磨着说："黎元洪这个人，不知道可不可靠。"

黄兴说："现在需要与一些旧势力相抗衡，建立良性秩序。黎元洪的能力，我有点担心。他若是能基本胜任，也未尝不可，反之，如果贻误国事，他这个总统也很难做得长久，我们不认同，人民也不会认同。"

"唉，俗话说'打天下容易，治天下难'，确乎如此。"孙中山感叹道，又话锋一转，面带微笑，"你回来了，我这心里就踏实多了，否则，有些事都不知同谁商量。"

两人聊了很长时间，无所不谈，之前的芥蒂，已经荡然无存，仿佛从来就没有发生过。

7月9日，湖南籍驻沪议员设宴欢迎黄兴。

10日，驻沪国会议员共同推举各省代表八十余人，在大马路汇中饭店欢迎黄兴，唐绍仪、王宠惠、柏文蔚、于右任、胡汉民等要员到场作陪。时任内务总长孙洪伊致欢迎词，称赞黄兴对缔造共和所立下的功绩。

黄兴在会上对建设共和提出几点希望：一是要精诚团结，各派各党不要再为了私利而明争暗斗了，正义派人士也只有团结起来，才能与残存的守旧、腐败势力相对抗，使国家向好的方向发展；二是要制定宪法，这是目前最紧迫的问题，有了宪法，政府各项工作才能有所遵循，才能巩固共和；三是国会要尽到职责，议员不要随声附和，要勇于行使职权；四是借款问题，为了解决国家财政困难，不是不可以借款，但一定要吸取教训，注意借款方式和具体用途，谨防借款丧权和借款作恶；五是改良政治，这是倒袁的根本目的，要注重民权，顺应民意，尊重选举权，不能为官僚势力所操纵。

每天来登门造访黄兴的人很多，包括报社记者和各种社团及慕名求见者，周边街上大有车水马龙之势。

由于徐宗汉已身怀六甲半年多，黄兴有病在身，又有要事处理，应付不过来，就搬到了福开森路三百九十三号住。

黎元洪得知黄兴已回到上海，电请他担任总统府高等顾问，黄兴婉言谢绝了。

紧接着，程潜又从湖南来电，代表湖南各界催请黄兴回湖南做都督。湖南都督之位正在空缺中。

原来，督湘的汤芗铭在湖南滥杀无辜，不得人心，被称为"汤屠夫"。程潜于2月初奉命率一营兵力回湖南发动护国起义，经贵州回到湘西后，召集旧部，很快组编了三个旅兵力，自称护国军湖南总司令。在湖南活动的"飞毛腿"刘重等党人趁机组织武装，发动起义，向湘西进军，接应程潜，一起反袁驱汤。汤芗铭先是迫于形势，加上其兄长汤化龙的极力劝说，宣布湖南独立。7月5日，眼见程潜大军逼近长沙，自知难以见容，便仓皇潜逃。湖南名绅龙璋、刘人熙等当即致电黄兴，说已公推他为湖南都督。黄兴当时没有答应。13日，湖南省议会又召集军、政、绅、商、学各界大会，再次推举黄兴。程潜除了给黄兴发报，还特地电请黎元洪和段祺瑞，请予任命。

黄兴对官场的争权夺利已经十分厌倦，还是不想做大官，只想干大事，做实业。但湖南都督的人选，关系到家乡的福祉，他不去做的话，总得有个妥当的人担任。他为此琢磨开了。

对湖南都督这个位子，眼下有几方势力在角逐。北京政府段祺瑞、进步党梁启超、桂系陆荣廷，都想让自己的人去补缺，占据一方地盘。

段祺瑞早已先下手为强，于6日将此前督川的陈宧任为湘督，陈宧未到任期间由已驻兵湘南的陆荣廷代任。

但对于这个都督，湖南方面只想由自己推举。因而对段祺瑞的决定表示反对，推举了刘人熙为临时都督，龙璋为民政长，然后力邀黄兴回湘主持局面。

黄兴得知陈宧将率两个旅的兵力督湘，而北洋军在湘北的常德、岳州一带尚有驻军，如果他们串通一气，不仅对湖南，对全国局势都不是什么好事。

黄兴又想：陆荣廷毕竟是对护国运动有贡献的，也是为北上讨袁而进入湖南的，与其让陈宧督湘，还不如暂时先推举陆荣廷，稳定湖南局势，他再设法斡旋。

黄兴向湖南表达这个意见后，又向北京方面提议，以做过湖南都督的谭延闿督湘，或者是蔡锷。

但北京政府拒不接受，决定另派第二十师师长吴光新率兵督湘。

黄兴担心矛盾激化，一面安抚湖南方面保持镇静，一面电请北京的范源濂、章士钊、彭允彝等湘人，敦促北京政府尽快任命谭延闿督湘，以安人心。

这时，凑巧黎元洪派王芝祥来上海当面劝黄兴做总统府高等顾问。

黄兴仍然婉拒道："王老，我是想以身作则，国事若不理顺，绝不当官。所以，担任顾问一事，目前时机尚未成熟，待宪法制定和颁布以后，黄某一定不负众望。"然后话锋一转，趁机说："倒是这湖南都督一事，十分当紧，你老若是方便，还望也给总统、总理二位提个建议。事若能成，我更欢喜。"

年已五十八岁的王芝祥摸摸花白的胡须说："哎，谦逊之如克强者，打着灯笼都难找啊。老弟所说之事，我可以试试。"

"王老过誉了。倒是王老能顺应潮流，拥护革命，又不与人相争，堪称楷模。"

王芝祥在广西布政使任上迫于形势而响应辛亥革命，又不恋旧槽，率军北伐，离开广西到达南京，后来回到北京，算是旧官僚中转变可喜的一个，与黄兴交情也不错。

王芝祥说："我这把年纪，见过的事情太多了，那些生不带来死不带去的东西，有什么好争的呢？之前身不由己，做过一些助纣为虐的事，无法挽回，现在只想做点有益于人们的事。你还年轻，大有可为。但我看你气色欠佳，应是过于忙碌劳累所致，可要保重身体啊。"

黄兴便把患有胃病的事告诉了王芝祥。王芝祥又再嘱黄兴要以身体为重，并约好下次在北京见面。

经过多方疏通，北京政府终于同意让谭延闿督湘。

黄兴松了一口气。

中元节一过，又不觉是暑气渐消，初秋时节。

8月28日上午，暖暖的秋阳下，"江裕"号日轮在金利源码头拢岸了。

黄一欧奉父亲之命来接一位非同一般的客人——蔡锷。

黄一欧是认识蔡锷的。他上了客轮，目光一搜寻，并没看见蔡锷。这时有个身着便装的人打量了一下他，走了过来。一对话，得知那人是蔡锷的亲随。那人把黄一欧带进一个包间，黄一欧这才看到了蔡锷。可他不敢相信自己的眼睛，平时英气逼人的蔡锷，此时已经完全变了一副模样，瘦骨清肌，面容憔悴，倦怠地躺在床上，看到黄一欧来了，亲切地说："一欧，你来了。"声音竟也是沙哑的。

"我来接你，蔡叔。"

黄一欧走近蔡锷，握住了他的手，感觉又瘦又凉，心里越发难过。

原来，在护国运动初起时，蔡锷就患了喉头结核病。部下朱德等人见他两颊深陷，颧骨突起，唯见两只眼睛熠熠放光，便劝他不要亲赴前线，但他却坚定地说："重任在肩，如箭在弦上，不得不发。我的日子可能也不多了，不如把这残存的生命献给民国。"

战地数月，环境恶劣，条件艰苦，仗还是打赢了。但蔡锷的病情也严重恶化，频频发作，疼痛难忍，吃东西也难以下咽。好歹战事已停，倘若病能治好，则做一个太平百姓，于愿足矣。可很多善后事情，纠缠不已。8月7日，黎元洪才终于批了他的假，他才得以脱身，治疗病躯。

黄一欧帮蔡锷在旅馆安顿下来。黄兴立即前去探望。一见面，黄兴心痛不已，说："松坡，你本可以早早地把病治好的。可是现在，竟病成了这样……民国，来之不易啊。"说着，喉咙发涩。

　　蔡锷微微一笑，淡然说："克强兄，我虽是士官出身，但比谁都希望和平，不想动武，这也是为什么此前没有声援你们——我常为此抱歉。可最后，还是得起兵啊。"

　　说到这里，已很吃力。

　　黄兴右手握住蔡锷的手，左手抹眼泪："你我之间，何须多说。我只希望，你能好起来。"

　　在场的人见了，无不怆然。

　　蔡锷随后就住进了医院。黄兴频频前往探视。

　　然而蔡锷的病情并没有好转，决定去日本治疗。黄兴安排石陶钧陪护蔡锷，同去日本。

　　9月9日傍晚，外滩码头，黄兴再次握住蔡锷的手，含泪送别。

　　蔡锷到了日本后，进入九州福冈医科大学病院治疗。石陶钧不时来信，向黄兴汇报治疗情况。

　　10月初的一天，黄兴又接到石陶钧来信，拆开看了，不由脸有喜色。徐宗汉问："如何呢？"

　　"松坡的病好些了，说想吃水果。"黄兴笑着说，"一欧呢？一欧，你去给蔡叔买点柚子寄过去，现在就去。"

　　黄一欧随即上街买了两篓上好的沙田柚，到邮局寄给了蔡锷。

　　1916年10月10日，是民国第五个国庆日，也是恢复共和后第一个国庆日。

　　这么重要的节日，黄兴原本是要和孙中山一起，同各界人民好好庆贺一番的。前一天晚上，孙中山还在同黄兴相商这个节日的一些事情。可是，10日早上，黄兴起床没多久，刚忙乎一会儿，突然不对劲，大口大口地吐起血来。

　　这段时间来，徐宗汉看着他过度操劳，生活规律被打乱，急在心里，多次要他注意休息和饮食，可他总是无法顾及。如今，宿疾终于暴发了。

　　黄一欧马上按医生之前的嘱咐，让父亲平躺，以免堵塞气管，然后去宝隆医院请来了德国医生克礼。

　　当黄一欧带着克礼回到家中时，黄兴已经晕了过去，徐宗汉正流着泪抚着他呼喊。克礼连忙施救。大约一个小时后，黄兴醒了过来。

克礼说:"血自胃出,一般情况下止住了血,便无大碍,出血过量,就需要输血。此病重在防范和调养,但看先生的样子,显然是劳累过度,延误日久,千万要把工作停下来,好好恢复。"

克礼又开了药,并交代黄一欧注意观察,一有情况,就立即叫他。

到了下午,黄兴的精神好了点。

其间,得知消息的朋友、同志,陆续来电问候。黄兴让黄一欧帮他拟电文,一一回复。在给刚分别不久的王芝祥复电中说:"弟今早九时旧疾复发,呕血升余,晕去时许。忧患余生,加以重病,燕云北望,聚首难期,伏枕电闻,无任怀感。"

黄一欧拟好电文,才感觉措辞似乎有些不对,看着黄兴说:"爸,病会好起来的。"

"没关系的。你和振华都长大了,可以照顾妈妈、奶奶和弟妹了。"黄兴微微一笑,"我没有什么留给你们,那两幅字还在吧?"

"还在,我好好地保管着呢。"黄一欧答道。

"我的也好好的。"守在床前的黄振华也答道。

黄一欧和黄振华去美国留学前,黄兴给两人分别题了两个字相赠——"笃实""无我"。

黄兴很满意,看着兄妹俩:"那其实也是送给你们兄弟姐妹几个的,他们还小,你俩要记着,告诉他们。"

黄振华点头道:"爸,我知道。"

黄一欧也点头。

黄兴想了想,又对黄一欧说:"今后,你看情况吧,如果革命需要,你还可以去打仗。但我总以为,不一定要当什么官,还是多读书,学习知识和技术,从事实业为好。从古到今,争权夺利的人从来最不缺,缺的是不计得失做实事的人。"

黄一欧说:"我记住了。"

黄兴很疲倦,就停了话休息。

第三天,为了黄兴安心养病,在徐宗汉和黄一欧督促下,黄兴同意了在《民国日报》刊载一则启事,说明患病的情形,表示遵照医嘱,必须静养,因而对一应函电,不再回复,也谢绝登门探望,请各方谅解。

同天,黄兴又让黄一欧给在北京的李书城、何成浚及日本友人唐月池等发报，嘱咐他们来上海，有要事相商。又通知还在日本的廖淡如，如果情况许可，就带黄一中回上海。

这时，李根源从云南到上海，准备去陕西就任省长，前来探望黄兴。

李根源是云南腾冲人，留学日本时与黄兴相识，成为好友，还一起组织过铁血丈夫团，武昌首义后，与蔡锷等在云南发动起义，后又参与发起成立欧事研究会，推动护国运动。

两人讨论了一下世界局势，又说到北京政府的情况。黄兴担忧地说："宪法未立，而黎元洪太弱，可能很难任事，段祺瑞手握兵权，却只为北洋考虑，不像能拿得起国家大事的人。全国要实现真正的统一与和平，似乎并不容易。"

李根源说："正因如此，我们都盼望克强兄早日病愈，带领我们，再作努力，将国事带入正途。"

黄兴无奈地说："唉，只怕我这病躯已无力回天啊，奈何！"

李根源只得好言安慰，但心里却充满殷忧。如果黄兴真的撒手而去，还有谁能够让各方信服而稳定局面？黎元洪虽然做了总统，但根本就没有威信。孙中山吗？他多年在国外，与国内多方交情不深……

李根源行程很紧，不能久留，黄兴要他以国事为重，尽快赴任，并托付李根源：胡瑛一时糊涂，但毕竟曾于革命有功，还望李根源顾念旧交，能让他维持生活；宋教仁的墓地还未完工，需要有人负责；李烈钧的部队听说已经在饿饭，需要请黎元洪设法解决；要敦促国会立法，只有立法，政治才有依据。

两人都明白，这一别，恐难再见，因而十分难舍，虽是热血军人，却也依依惜别。

李根源走后，黄兴又让黄一欧把宋教仁的儿子宋振吕找来。

宋振吕是宋教仁和妻子方快姐唯一的儿子，此时十六岁。宋教仁被害当年冬天，其老母亲也在湖南乡下去世了。第二年，国民党组织派人将方快姐和宋振吕接来了上海生活。宋振吕在十里洋场的大上海染上了一些恶习，有时竟连日不回家。黄兴前些时听说了，颇为痛心。

宋振吕随黄一欧来了，叫了声"黄伯伯"，低头站在黄兴床前。

黄兴打量了一下宋振吕，这孩子已经长到黄一欧的耳朵处那么高了，只是还有些单薄。看他那乱乱的头发，躲闪的目光，就知道他过的日子了。

黄兴说："振吕啊，你还记得你爸的事吗？"

"记得。"宋振吕声音低低地答道。

"这就好。"黄兴语重心长地说,"你爸血案未了,这可是民国建立以来最大的冤案。你知道你爸有多能干吗?他是为数不多的国家栋梁,却中人算计,早早地为国而死。他就你一个儿子,生前常对我念叨你。如果他地下有知,你知道他该有多难过吗?……"

宋振吕听着听着,泪流满面,哽咽起来。

"你已经长大了,要学会独立,还要照顾好你娘。"黄兴语调平和却又不失严肃,"伯伯这回可能不行了,希望你能记住我的话,让伯伯走得放心。"

宋振吕已是痛哭失声,边哭边点头。

"莫哭,你知道以后怎么做就行了。有什么事,也可以找一欧哥商量。"

宋振吕抹着泪点头。

宋振吕回去了,黄兴复又想到宋教仁。此案未能实现公审,惩办凶手,告慰亡灵,终是遗憾。他心里暗暗想:钝初啊,我们为革命奔忙,都很久没有时间好好下盘棋了。当年我赶考时从那位摆棋的老人处记来的那盘残局——对,叫"颠倒乾坤",咱们竟还没有破解呢。这几年你闲下来了,如果你还可以思考,那么想到解法了吗?

10月26日,黄兴与徐宗汉的次子出生,取名黄一球。

黄兴的病情却已加重。

黄一欧再次恳求说:"爸,去医院吧?"

虽然医生复诊时说这病迁延日久,已很沉重,黄一欧还是想最后争取。

黄兴吃力地说:"不用了。"然后闭目不语。此刻,多少人,多少事,如走马灯在眼前晃过,又似那电影一般,在脑海里闪现……可是,革命成功了吗?革命重任显然只完成了六七成。国家,民族,理想,故园,亲人,同志,对错,得失……一些牵挂,正如韧性的琴丝,欲断还连,时有余音。

黎元洪、段祺瑞、孙中山、宫崎寅藏等,各方人士,多有问候,均由黄一欧等处理。李书城和何成浚到了上海后,终日陪伴左右。

29日,黄兴的病情更加恶化。关于国事,他努力地嗫嚅着说:"我们的革命……必须唤起民众,及世界上以平等待我之民族,共同奋斗……"

30日下午三时起,黄兴进入昏迷状态。黄一欧急忙告知宫崎寅藏,宫崎带着日本医生佐佐木金次郎急急赶来，再次施救。

黄兴勉强睁开眼，看着连日守在床前的黄一欧、黄振华及其他人。

黄一欧和黄振华悲声恸哭。

黄兴翕动着嘴，缓缓地说："不要哭，留着这些眼泪，为苍生而哭，则不愧为我的儿女也！"

因刚产子而身体还很虚弱的徐宗汉，紧紧地握着黄兴的手，刚才只是垂泪，听了黄兴的话，忍不住哽咽。

黄兴看着徐宗汉，不无愧疚地说："宗汉，苦了你了……"然后，再也说不出话来。

31日凌晨二时，黄兴突然再次出血。医生再次注射。四时三十分，黄兴脉停气绝，平静地撒手人寰。

斯人从此逝。轰轰烈烈的一生，就此停笔。

此后的你争我夺，军阀混战，他也许没有想到，其实又已经有所预料。

黄兴病逝的噩耗传出，举国哀悼。

黄兴的结交遍及各界，素昧平生的仰慕者也很多。黄家寓所周边的马路上，空地上，拥满了前来悼念的人。

10月31日，孙中山致电欧美及南洋友人告哀。

11月1日，孙中山致函国民党各分支部，通告黄兴逝世，追述黄兴功绩，寄予哀思。孙中山的心情十分沉重。中国未来的局势到底会怎样？是和平过渡，还是又起纷争，甚至天下大乱？黄兴这一走，他突然感到肩上的担子重似千斤。

11月2日，黎元洪发布大总统令，致悼黄兴，褒扬功绩，安排殡葬。

在日本陪伴蔡锷的石陶钧，本来不想把黄兴逝世的消息告诉蔡锷，怕他因难过而加重病情，谁知蔡锷无意中从报纸上看到了，顿时悲痛欲绝。他强撑着病体，写下了《祭黄兴文》，并致电谭延闿，请优恤黄兴，还拟了两副挽联：

其一

方期公挽我，不期我悼公，国事回首惟一哭；
未以病为忧，竟以忧成病，此心谁与寄同情。

其二

以勇健开国，更宁静持身，贯彻实行，始能造作一生者；
曾送我沪上，忽哭公天涯，惊起挥泪，难为卧病九州人。

蔡锷随后病情也恶化，于8日在异国他乡与世长辞。又一噩耗震惊国人。

11日，总统代表、议会代表、上海官方代表及各界人士到黄兴灵前举行公祭，黄兴的生前好友孙中山、唐绍仪、谭人凤、蔡元培、胡汉民、张孝准、何成浚、于右任、柏文蔚、黄郛、刘建藩、耿觐文等，以及日本人青木中将、松井中佐等参加了致祭。

孙中山组织了治丧委员会，开会确定了治丧各项事宜。

17日午后一时，经日本友人召集，东京数千人在芝区青松寺为黄兴举行追悼会。山门外聚集了上万人。日本政界名人犬养毅、后藤野平等也到场致悼。

12月8日，北京国会通过了国葬法，决议国葬黄兴和蔡锷。黎元洪随后发布总统令，正式宣布为黄兴和蔡锷举行国葬。

21日至22日，在上海福开森路三百九十三号黄家设立灵堂，供公开致祭。黄花翠柏映衬之下，正中悬挂着黎元洪亲题的"气壮山河"四字，左右是黎元洪所撰挽联：

成功却只身萧散；
大勇哪知世险夷。

孙中山代表同盟会致祭，并与唐绍仪、岑春煊、章太炎、谭人凤、李烈钧、柏文蔚、胡汉民、陈炯明一起送挽联致祭：

常恨随陆无武，绛灌无文，纵九等论交到古人，此才不易；
试问夷惠谁贤，彭殇谁寿，只十载同盟有今日，后死何堪！

杨度和黄兴相熟多年，政见不同，却是好友。他写的挽联是：

公谊不妨私，平时政见分驰，肝胆至今推挚友；

一身能敌万，可惜霸才无命，死生自古困英雄。

挽联很多。章太炎所撰的非常简洁，却最是让人过目不忘：

无公则无民国；
有史必有斯人。

关于黄兴的墓地，原先定于杭州西湖，后来湖南方面多次表示希望让黄兴魂归故里。经商议，确定将他安葬于湘江西岸的岳麓山。

12月23日上午十时，黄兴的灵车从福开森路寓所出发，向金利源码头缓缓行进。各机关、学校、团体代表，法、美、日、俄等各国驻沪领事，以及舰队将领，生前知交，一起护送灵柩出城，最后将灵柩移上"平安"号商轮。

1917年1月5日，商轮抵达长沙。

长沙大西门外码头，各界代表和群众云集，迎祭这位从长沙走出去的革命巨子。入城之后，黄兴的灵柩被停放在学院街营葬事务所。丧葬事宜由黄兴的好友、原护国军湘粤军总参谋长刘建藩主持。"飞毛腿"刘重就像当年为陈天华葬礼奔走张罗一样，忙前忙后，想起在南京时黄兴对他说的话，便不由暗自垂泪："克强兄，你可是说过，要给我新的任务……"

4月13日、14日，为黄兴遗容瞻仰日。天下着蒙蒙细雨，前往瞻仰的人络绎不绝。15日出殡这天，雨过天晴，春阳高照。长街上，整队为黄兴送葬的人如长龙一般，自发的群众不计其数。湖南督军兼省长谭延闿受黎元洪委托到墓地致祭，北京政府代表及各省代表，以及谭人凤、章士钊、张继、李书城、石陶钧、何成浚、周震鳞、蒋百里、胡瑛、季雨霖、耿觐文、刘绍襄、徐申伯、徐少秋等从各地赶来，送黄兴最后一程。

黄一欧特地带了一个刻了字的炮弹壳回来，轻轻置于父亲的墓穴中，说："爸，你太累了，安心休息吧……"这炮弹壳是光复南京时，黄一欧留下的纪念物，他曾经对父亲说过，要送一个给他做礼物的。

葬礼完毕后，仍有多人在墓前低回，久久不忍离去。

宫崎寅藏和宫崎民藏兄弟俩，是2月14日赶到长沙的，4月15日黄兴下葬后，他们仍然留在长沙，直到5月13日才离去，在长沙整整逗留了三个月。闻者莫不唏嘘。

其间，湖南第一师范学校的两个学生，联名给宫崎寅藏写了一封信，信中写道："先生之于黄公，生以精神助之，死以涕泪吊之。今将葬矣，波涛万里，又复临穴送棺。高谊贯于日月，精诚动乎鬼神，此天下之所希闻，古今之所未有也。"

这两个学生，一个叫毛泽东，一个叫萧三。

岳麓巍巍且苍苍，湘水浩浩又汤汤。

这里是一块宝地，辽阔中国的无数分之一。

黄兴——当年的黄轸，回到了故乡。戎马倥偬的岁月，将在这里停歇，化为清风明月。一些饱经磨难的旧友，又在这里相聚，刘道一、陈天华、禹之谟、陈作新、焦达峰、蒋翊武、蔡锷……

追思与缅怀，恰如那山，那水，那夜空不灭的星辰。

而小人的攻击和抹杀也好，战友的误解和诋毁也罢，都已经不重要。好在总有人沿着历史的足痕，小心地拨开迷雾，努力探寻真相，告知世人。

天道有常，终有所归。未解的残局，也总会有人来解开；未竟的理想，也总会有人来实现……

2020年3月完稿

2020年5月修改

2020年12月再改

2022年8月定稿

后记
那一场理想和热血的绽放

一

清朝，尤其是晚清，就其与中国的国运而言，留下太多话题。

一个从奴隶制匆忙转向封建制的统治集团，因其闭关锁国、禁锢思想、妄自尊大，导致腐败无能，带来灾祸不断、贫穷落后，使国家和民族脱离于世界先进文明潮流。

长辫、小脚、烟枪、刑枷。紫禁城的乌鸦，飞过帝国的黄昏。

目睹黎民的生命贱如刍狗，面对列强的枪炮撼动国门，一群群觉醒的灵魂不甘屈辱，义无反顾，如飞蛾扑火，前仆后继，将理想与热血一起，在风雨如磐的黑暗中绽放成殷红美丽的灯花。这就是革命。为了自由、民主和富强，可以付出身家性命。

一个国家，一个民族，需要一种精神，一种血脉。

鲁迅说："我们自古以来，就有埋头苦干的人，有拼命硬干的人，有为民请命的人，有舍身求法的人……这就是中国的脊梁。"

黄兴，就是其中一个。

有些名字，一提，就能带出一段历史。而每读那段历史，就有一种冲动，为这些名字，写一写。

黄兴，就是其中一个。

笃实，无我，是他的人生信条；百折不挠，死而后已，是他的生命格调。

与他连在一起的人，有很多，很多，一并在时代的大幕上书写风云激荡、家国恩仇。

他们，不少人原本有着优裕的家境，美好的体貌，无忧的前程，却甘愿选择艰险。"虽千万人，吾往矣。"

还是中学时代，每读林觉民的《与妻书》，就不由潸然泪下，感动满怀。

还有谭嗣同、孙中山、宋教仁、梁启超、蔡锷、谭人凤、章太炎、章士钊、蔡元培、邹容、陈天华、唐才常、刘道一、秋瑾、徐锡麟、赵声、陶成章、喻培伦、刘揆一、刘复基、孙武、蒋翊武、吴禄贞、李烈钧、陈作新、焦达峰、杨笃生、周震鳞等等。

当然，这个世界从来就不简单，因而人间才如此波诡云谲，所以同时也还有慈禧、光绪、康有为、李鸿章、张之洞、袁世凯、黎元洪、冯国璋、段祺瑞、刘师培、杨度、汪精卫、胡汉民、陈其美、蒋介石、谭延闿等等。

而也有的人，在我们平日的阅读中或许只如电光石火之一闪，便倏忽而逝，甚至并无接触，却实是颇堪击节的千秋快士、古道热肠者，如马福益、张竹君、潘达微、义士刘三、龙璋、宫崎寅藏、康德黎等。

杜少陵说："尔曹身与名俱灭，不废江河万古流。"

有些名字，却注定与时间同在。至于是非功过，或可盖棺论定，不必争议，或者莫衷一是，任人评说。

《三国演义》片尾曲唱道："黯淡了刀光剑影，远去了鼓角铮鸣，眼前飞扬着一个个，鲜活的面容……"

担当与回避，勇敢与怯懦，坚定与动摇，理性与冲动，道义与冷漠，良知与残忍，开明与守旧，清醒与迷茫，恪守与背离，希望与失望，荣耀与耻辱，原罪与救赎，淡忘与反思……

慷慨悲歌、取义成仁的英雄固然令人崇敬，然而，和平才是人类追求的终极目标。如果有一天，我们不再需要舍身赴死的英雄，人们都能习以为常地本着人性、良知、平等、友爱，善待同胞、同类，来自人类自身的冲突和战争从此远离，人类的自我完善和与世界的和谐相处成为必修功课和共同基因，也许才是真正实现了天下之"共和"。

如此，则是人类之幸，世界之幸。

二

　　本书做了大量前期工作，于2019年9月下旬开始动笔，然后便马不停蹄。2020年春节前后，新冠肺炎疫情暴发，直到武汉封城，全国禁足，街巷空空，险情不断。英勇无畏的逆行者，如同战士，奔赴一线。尽管他们原本并非英雄，我们也不希望他们成为英雄。

　　一次写作，由此也变得如同一次坚持不懈的战斗，直到杀青。

　　当即将写完"鏖战阳夏"一章时，我心里便默默地想：战争就要结束，武汉，也该解封了吧？谁知疫情虽在国内得到控制，却在全球蔓延，久不平息。整个春天，成千上万的生命接踵离去，更多的生命小心翼翼。春光因此而黯然失色。

　　悲悯的上苍，可看见尘世的子民？如果这也是一场反思，代价却过于沉重。

　　面对这人类突降的生死劫，内心的悲伤、惶惑和思虑，从未有过。好在有亲人和文字陪伴，有先烈和贤哲鼓舞，有感动和启示相随，如暗夜的灯，寒冬的火。

　　人类的修行道阻且长。当痛苦和无助的眼神越来越少，人们的脸上平静地传达着山河无恙，人间值得，让我们记住，浩瀚的天空中，那些理想和热血的绽放，以及那些不留痕迹的翅膀。

　　是为后记。

2020年6月1日附记
2022年8月1日改定